U0599178

新文学选集

鲁迅选集

上　册

开明出版社

鲁迅先生遗像

（一九三零年五十岁庆祝会时摄）

与家属合影

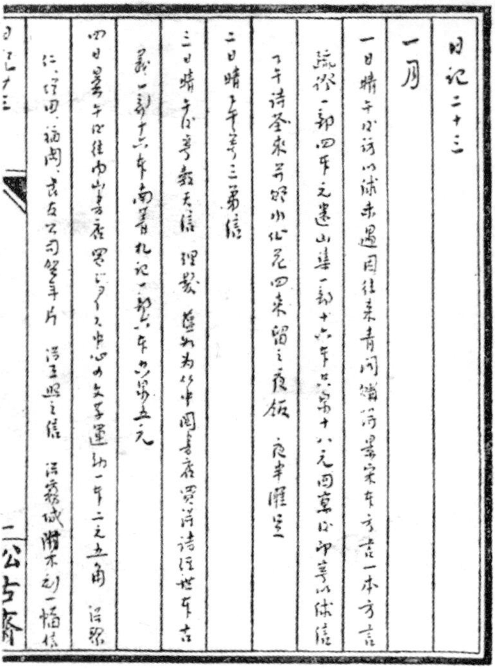
日记二十三

一月

二日 晴。午后寄三弟信。

手　　迹

出版说明

新中国成立不久，中央人民政府文化部就成立了“新文学选集编辑委员会”，负责编选“新文学选集”，文化部部长茅盾任编委会主任，出版总署副署长叶圣陶、中宣部文艺处处长、作协党组书记兼副主席、《文艺报》主编丁玲、文艺理论家杨晦等任编委会委员。“新文学选集”1951 年由开明书店出版，是新中国第一部汇集“五四”以来作家选集的丛书。

这套丛书分为两辑，第一辑是“已故作家及烈士的作品”，共 12 种，即《鲁迅选集》《瞿秋白选集》《郁达夫选集》《闻一多选集》《朱自清选集》《许地山选集》《蒋光慈选集》《鲁彦选集》《柔石选集》《胡也频选集》《洪灵菲选集》和《殷夫选集》。“健在作家”的选集为第二辑，也 12 种，即《郭沫若选集》《茅盾选集》《叶圣陶选集》《丁玲选集》《田汉选集》《巴金选集》《老舍选集》《洪深选集》《艾青选集》《张天翼选集》《曹禺选集》和《赵树理选集》。

“选集”的编排、装帧、设计、印制都相当考究。健在作家选集的封面由本人题签。已故作家中，“鲁迅选集”四个字选自鲁迅生前自题的“鲁迅自选集”，其他作家的书名均由郭沫若题写。正文前印有作者照片、手迹、《编辑凡例》和《序》；“已故作家”的“选集”中有的还附有《小传》，《序》也不止一篇。初版本为大 32 开软精装本，另有乙种本（即普及本）。软精装本扉页和封底衬页居中都印有鲁迅与毛泽东的侧面头像，因为占的版面较大，格外引人注目。毛泽东在《新民主主义论》中称鲁迅“是文化新军的最伟大和最英勇的旗手”，“是中国文化革命的主将”，“不但是伟大的文学家，而且是伟大的思想家和伟大的革命家”，“鲁迅的方向，就是中华民族新文化的方向”，刊印鲁迅头像是为了突出鲁迅在新文学史上的权威地位，将鲁迅头像与毛泽东头像并列刊印在一起，则寄寓着以鲁迅为代表的“五四”新文学发展的最终方向，就是走向 1942 年以后的文艺上的“毛泽东时代”。学习毛泽东《在延安文艺座谈会上的讲话》，实践毛泽东提出的革命文艺发展的正确方针，是新中国文学发展的必由之路。

“已故作家”中，鲁迅、朱自清、许地山、鲁彦、蒋光慈五人“因病致死”；瞿秋白、郁达夫、闻一多、柔石、胡也频、洪灵菲、殷夫七人都是“烈士”，是被反动派杀害的。鲁迅和瞿秋白是“左联”主要领导人；蒋光慈、洪灵菲、胡也频、柔石、殷夫都是“左翼作家”。闻一多、朱自清是“民主主义者和民主个人主义者”，但他们“在美国帝国主义者及其走狗国民党反动派面前站起来了”，“闻一多拍案而起，横眉怒对国民党的手枪，宁可倒下去，不愿屈服。朱自清一身重病，宁可饿死，不领美国的‘救济粮’。他们是我们民族的脊梁”，“表现了我们民族的英雄气概”。[1] “已故作家”和“烈士作家”选集的出版，“正说明了中国人民的、革命的文学和文化所走过来的路，是壮烈的”[2]。

“健在作家”中郭沫若位居政务院副总理兼文教委主任，是国家领导人。茅盾“是党的最早的一批党员之一，曾积极参加党的筹备工作和早期工作”，[3] 又是新中国的文化部部长、作家协会主席，身份特殊。洪深、丁玲、张天翼、田汉、艾青、赵树理等都是党员作家。叶圣陶、巴金、老舍、曹禺等人在文学上的成就自不待言，又都是我党亲密的朋友，是“进步的革命的文艺运动”(茅盾语）的参与者，是“革命文艺家”[4]。

“健在作家的作品”，由作家本人编选，或由作家本人委托他人代选。“已故作家及烈士的作品”，由编委会约请专人编选。《郁达夫选集》由丁易编选、《洪灵菲选集》由孟超编选，《殷夫选集》由阿英编选，《柔石选集》由魏金枝编选，《胡也频选集》由丁玲编选，《蒋光慈选集》由黄药眠编选，《闻一多选集》和《朱自清选集》均由李广田编选，《鲁彦选集》由周立波编选，《许地山选集》由杨刚编选。编委会约请的编选者

① 毛泽东：《别了，司徒雷登》，《毛泽东选集》第4卷，人民出版社1991年版，第1496页。

② 冷火：《新文学的光辉道路——介绍开明书店出版的“新文学选集”》，《文汇报》1951年9月20日第4版。

③ 胡耀邦：1981年4月11日在沈雁冰追悼会上的致词。

④ 冷火：《新文学的光辉道路——介绍开明书店出版的“新文学选集”》，《文汇报》1951年9月20日第4版。

多为名家，且与作者交谊深厚，对作者的创作及其为人都有深切的了解，能够全面把握作家的思想脉络，准确地阐述其作品的文学史意义。《鲁迅选集》和《瞿秋白选集》则由“新文学选集编辑委员会”编选，规格更高。

这套丛书的意义首先在于给“新文学”定位。《编辑凡例》中说：“此所谓新文学，指‘五四’以来，现实主义的文学作品而言”；“现实主义是‘五四’以来新文学的主流”；“新文学的历史就是批判的现实主义到革命的现实主义的发展过程”。这种独尊“现实主义的文学”的做法，把浪漫主义、象征主义以及意识流小说等许许多多优秀的文学作品挡在“新文学”的门槛之外了，在今天看来不免“太偏”，可在新中国成立伊始的“大欢乐的节日”里，似乎是“全社会”的“共识”。《编辑凡例》还说：“这套丛书既然打算依据中国新文学的历史发展的过程，选辑‘五四’以来具有时代意义的作品”，使读者“藉本丛书之助”，“能以比较经济的时间和精力对于新文学的发展的过程获得基本的初步的知识”，从而点出了这部“新文学选集”的“文学史意义”：编选的是“作品”，展示的则是“新文学的发展的过程”。把“现实主义的文学”作为“新文学”的主流，以此来筛选作品；重塑“新文学”的图景；规范“新文学史”的写作；建构“新文学”的传统；回归“完整的理论体系和最高指导原则”；为新中国的文学创作提供借鉴和资源，乃是这套“新文学选集”的意义和使命所在，因而被誉为“新文学的纪程碑”。

遗憾的是这套丛书未能出全。“已故作家及烈士的作品”

只出了11种，《瞿秋白选集》未能出版。瞿秋白曾经是中共的“领袖”，按当时的归定：中央一级领导人的文字要公开发表，必须经中央批准。再加上瞿秋白对“新文学”评价太低，他个别文艺论文中的见解与“左翼”话语相抵牾，出于慎重的考虑，只好延后。健在作家的选集也只出了11种，《田汉选集》未能出版。他在1955年人民文学出版社出版的《〈田汉剧作选〉后记》中对此做了解释：

> 当1950年新文学选集编辑委员会编选五四作品的时候，我虽也光荣地被指定搞一个选集，但我是十分惶恐的。我想——那样的东西在日益提高的人民的文艺要求下，能拿得出去吗？再加，有些作品的底稿和印本在我流离转徙的生活中都散失了，这一编辑工作无形中就延搁下来了。

“作品的底稿和印本”的“散失”，并不是理由；“惶恐”作品“在日益提高的人民的文艺要求下，能拿得出去吗?”，这才是“延搁”的主因。出版的这22种选集中，《鲁迅选集》分上、中、下三册，《郭沫若选集》分上、下二册，其馀20位作家都只有一册，规格和分量上的区别彰显了鲁迅和郭沫若在我国现代文学史上崇高的地位，鲁迅是新文化运动的旗手和主将，郭沫若是继鲁迅之后的又一位“主将”和“向导”[①]，从而为鲁郭茅巴老曹的排序定下规则。

鉴于这套丛书的重要意义，本社依开明版重印，并保留原有的风格，以飨读者。

开明出版社

① 周恩来：《我要说的话》，重庆《新华日报》1941年11月17日第1版。

编辑凡例

一、此所谓新文学，指“五四”以来，现实主义的文学作品而言。如果作一个历史的分析，可以说，现实主义是“五四”以来新文学的主流，而其中又包括着批判的现实主义（也曾被称为旧现实主义）和革命的现实主义（也曾被称为新现实主义）这两大类。新文学的历史就是从批判的现实主义到革命的现实主义的发展过程。一九四二年毛主席在延安文艺座谈会的讲话发表以后，革命的现实主义文学便有了一个新的更大的发展，并建立了自己完整的理论体系和最高指导原则。

二、现在这套丛书就打算依据这一历史的发展过程，选辑“五四”以来具有时代意义的作品，以便青年读者得以最经济的时间和精力获得新文学发展的初步的基本的知识。本来这样的选集可以有两种方式，一是按照作品时代先后，成一总集，又一是个别作家各自成一选集；这两个方式互有短长，现在所采取的，是后一方式。这里还有两个问题须要加以说明。第一，这套丛书既然打算依据中国新文学的历史发展的过程，选辑“五四”以来具有时代意义的作品，换言之，亦即企图藉本丛书之助而使读者能以比较经济的时间和精力对于新文学的发展的过程获得基本的初步的知识，因此，我们的选辑的对象主要是在一九四二年以前就已有重要作品出世的作家们。这一个范围，当然不是绝对的，然而大体上是有这么一个范围，并且也在这一点上，和《人民文艺丛书》作了分工。第二，适合于上述范围的作家与作品，当然也不止于本丛书现在的第一、二两辑所包罗的，我们的企图是，继此以后，陆续再出第三、四……等辑，而使本丛书的代表性更近于全面。

三、本丛书第一、二两辑共包罗作家二十四人，各集有为作家本人自选的，也有本丛书编委会约请专人代选的，如已故诸作家及烈士的作品。每集都有序文。二十馀年来，文艺界的烈士也不止于本丛书所包罗的那几位，但遗文搜集，常苦不全，所以现在就先选辑了这几位，将来再当增补。

新文学选集编辑委员会

一九五一年三月，北京

代 序

——鲁迅生平及他思想发展的梗概

冯雪峰

一

鲁迅，这个中国人民民主革命的伟大的启蒙主义思想家，二十世纪现实主义的世界大师之一，伟大的爱国主义者和国际主义者，他一生的思想和文学的发展道路，是完全和中国人民的革命发展道路相吻合的。他所成就的巨大的文学事业有独立的不能磨灭的灿烂的特色，一方面联系着中国的优秀文化和中国人民的理想与高贵品质；另一方面为一种深广的革命思想和强毅的战斗精神所贯串着，——那就是这样的一种思想和精神：它最深刻地反映着中国人民反帝反封建的革命斗争，并且最尖锐也最实际地为这革命斗争而服务。

鲁迅，这是笔名。他的真姓名是周树人，一八八一年九月二十五日（阴历是八月初三日），出生在浙江省一个古老的有名的城市：绍兴。他的祖父是清朝的一个进士，当他出生时，祖父是在北京做官；可是当鲁迅十三岁时，祖父因故下狱了，鲁迅的家庭受这打击而衰落。鲁迅的父亲是一个没有做官的读书人，不善于生计，并且在和他祖父下狱差不多同时，生了重病，拖延了三年而后死，因此鲁迅的家庭在经济上就陷于困顿的状态。但鲁迅的母亲是一个善良而能干的乡村女人，由自修而得到能够看书的学力，她的宽厚、坚毅的品性对鲁迅终生都有影响。她姓鲁，鲁迅后来用的这笔名就是取用了母姓的。

在幼小的时候，鲁迅就以非凡的聪敏在家族间著称。六岁时进了家塾，开始读中国古老的书籍。一直到十七岁，都在绍兴城里度过他的岁月，其间只有极短暂的时间曾经寄住于在乡村的大舅父家里。根据鲁迅本人的自述、别人的追记、以及我们所已经得到的材料，我们现在已经有充足的证据可以证明鲁迅在这十二个年头中读了不少的中国古籍：他不仅有“过目不忘”的记忆力，并且每每有新颖的见解，而对于旧的观点和封建的、宗法社会的传统的伦理观念常有敢于持异议的勇气。同时在所谓正统的经、史之外，对于野史和杂集之类具有特别的兴趣，因此搜寻、阅读以至抄录，也特别地勤快。而且，少年鲁迅也曾经勤于寻访绍兴的文物遗迹，抱着诚敬的爱慕景仰的心情去对待绍兴府属的先贤们，而对于这些先贤中的具有反抗思想和爱国精神的诗人、文士与学者的著作的搜寻也更为热诚。和这些产生于他故乡的先贤们在精神上的接触，对于鲁迅一生也都有不小的影响。

在少年鲁迅的生活中，对鲁迅本人的品质和文学创作有重要关系的还有一件事情，就是，他在少年时曾经有机会接触了农村社会，曾经和一些淳厚朴实的农民的孩子们做了朋友，建立过高贵的真诚的友谊。这种接触和友谊，不仅成为鲁迅在中年和晚年时自己常常愿意回忆的生活中的最美丽的一部分，而且就成为鲁迅和劳动人民的精神上的实际联系的很重要的起点。

少年鲁迅也以很高的兴趣接触了民间艺术，如年画、故事、传说及赛会和社戏上所表演的种种。尤其有名的绍兴的“目连戏”，给予鲁迅的印象是最深刻的：这是以目连救母的故事为主题的民众化了的佛教的神话剧，在中国相当流行，但演法和剧本是各地不同的，而以绍兴一带地方用绍兴话演出的一种，为最富有人民性，内容也最丰富多彩，并且也带有反抗精神。

此外，鲁迅在少年时就爱好美术和绘画，不仅搜寻画本和有插画的书籍，并且一有闲空就用薄纸影描画本上的图画和旧小说中的“绣像”等。

当然，在少年时代这些方面的学习和他与社会的接触，就奠下了鲁迅后来文学与革命事业上的某些基础。可是，从社会的推动，促使鲁迅向革命的方向发展的，是外国帝国主义向中国的侵略和中国封建社会的开始崩溃。鲁迅既诞生在一八四〇年的鸦片战争后四十年，一八五一年的太平天国革命起义后三十年，那么，当他少年的时代，中国早已从《南京条约》（一八四二年）开始，被一连串的帝国主义侵略条约像铁链似地束缚着，变成为半殖民地和“门户洞开”的市场的时候了。

鲁迅的少年时代，正是帝国主义的侵略越来越厉害，满清皇朝也越来越显示腐败与无能，专以镇压人民的爱国斗争，奉献主权和领土给帝国主义，以求他统治的延续的时代。中国不仅是道地的半殖民地，而且面临着要被瓜分的危险了。

少年鲁迅虽处在比较和外界隔绝的城市里，可是民族和社会的危机也已经开始震动到这样的城市，而他所出生的士大夫家庭中途衰落，一和帝国主义加紧侵略及中国封建统治加速动摇的事实相结合，就更能使他从个人的体验而意识到社会的现象，使他对环境的敏感的反应从家庭而扩大到社会和国家。鲁迅从十三岁到十七岁之间，因为家庭衰落和父亲的病，经常出入于当铺和药店之中，受尽了人家的“白眼”，这对于他是很重大的刺激。这种环境的刺激，使他的思想逐渐深刻，这结果是他感觉到封建宗法社会的压制力及其矛盾和破绽，而发生了蔑视和痛恨封建社会的意识。其次，由封建主义和商业资本主义相结合而开始产生的某些浅薄的、庸俗的、不三不四的文化现象（那本质上仍旧是封建主义的），在绍兴也已经能够约略看见的，这同样为鲁迅所憎恶。他并且一天一天地看不起他周围的人们，觉到他们都有些莫名其妙似的。少年鲁迅的情绪，终于使他对绍兴起反感而要离开它，并且也使他不肯去学做“幕友”（官府的文书之类）和商人——这是绍兴衰落了的读书人家子弟所常走的两条路。这就是说，在经济上他固然不得不离开他困顿的家庭而另谋生路，但他争取着走新的路。

因此，鲁迅在十八岁，即以母亲替他张罗到的八元路费，离家到南京，去考不要学费的满清政府所办的洋务主义的水师学堂。他考进去了，但他并不满意这水师学堂；第二年即改入江南陆师学堂附设的路矿学堂（仍在南京），但依然不很满意。不过就在路矿学堂，鲁迅接触到了维新主义思想（资产阶级改良主义和君主立宪主义），读了一些翻译过来的文艺和科学的书籍，尤其在这里读到了严复翻译的《天演论》等。

鲁迅在南京一共四年，这四年中有一八九八年“戊戌维新变法”，一九〇〇年义和团的反帝斗争和八国联军攻陷北京，一九〇一年《辛丑条约》，正是中国处于生死存亡的关头。虽然维新主义思想对鲁迅的影响是很微小的，因为他在最初就感觉到它的不彻底；可是正在这四年中，鲁迅明确地形成了反对满清和反对帝国主义的民族革命的政治意识。特别对他有关系的，是《天演论》一书对他的影响之大，使他不仅从这时开始拿达尔文的进化论做自己的思想指南继续到一个很长的时期，而且因此曾经让自己选择了科学的研究和提倡，为自己从事民族革命的途径。

一九〇一年路矿学堂毕业，第二年考上官费到日本留学。

二

一到日本，鲁迅所抱的爱国思想不仅更为热烈，而且更能向远大的理想发展，因为在当时留日的中国学生中反满的爱国运动正很活跃，而日本向帝国主义猛进的气焰又正咄咄逼人；为国家民族而愤慨的情绪，使鲁迅要做一个以复兴祖国为终身志愿的人，一个如他在一九〇三年题在赠送朋友的自己小照上面的诗句所说“我以我血荐轩辕”的民族革命的志士。但他很不满意当时留学生中和当时革命思想界的种种浮浅的和不济于事的叫嚣，以及种种不彻底的、迂拙的、以至反动的理论和倾向。由于他在课馀贪婪地阅读欧洲科学、哲学和文艺书籍，更由于他迫切地寻求民族革命的道路，使他思想趋向于深远的发展，达到了当时一般留学生和当时中国革命思想界所远不能达到的彻底的资产阶级民主主义的革命思想。这个到达，是进步的达尔文进化论的思想帮助他的，也是他所热烈地神往的拜伦、雪莱、海涅、普希金、莱蒙托夫、密克威支、彼得斐这些爱国的民主革命的世界诗人的革命思想帮助他的。这些诗人的作品，都是他到日本后新接触到，在他课馀时间从日文译本或从他勉强能读的德文本中所读到的，他热爱这些诗人的革命和爱国的精神，也是他抛弃了他曾经选定的医学而转治文学的原因之一。

他原来是经过了两年预备学校，即在一九〇四年，以他认为科学的医学能够促进中国革命运动的动机，进了仙台医学专门学校的。但只两年，据他自述，就由于有一天在教室里看了描写日俄战争中，一个替俄军当侦探的中国人被日本人捉住杀头，而一群中国人却无动于衷地在围着观看的情形的一个影片，他学医的思想立刻动摇了，认为医治中国人的麻木的精神比医治他们虚弱的肉体更重要，而医治和振奋人民的精神的利器又莫如文艺，于是就中止学医而改治文艺了。显然，鲁迅朝向这样的发展，是因为他当时正被自己的民族革命的意志和他所接受的欧洲进步的科学思想与革命文艺的影响所支配的缘故。

所以，在日本留学的八年，对于鲁迅后来的思想和他的文学事业，奠下了很重要的基础。在民族革命的实际活动上，鲁迅是参与留学生中的某些爱国运动的，并且在一九〇八年加入了反满的革命政党光复会。他在这一年，向中国大学问家章太炎学习《说文解字》，也只因为向往于章氏的不屈不挠的革命精神。而终于在这期间走上了彻底的资产阶级民主革命的思想，同时开始了以文学工作来从事革命的爱国事业。一九〇七年在东京计划创办的文艺杂志虽没有实现，但同一年所写的《摩罗诗力说》等论文，和一九〇八年关于俄罗斯和东、北欧诸国的散文作品的翻译和介绍，是一个非常重要的有历史意义的开始。

鲁迅在辛亥革命前两年，即一九〇九年回国，先后在浙江两级师范、绍兴府中学堂等校任生理学、化学等教员和监学。一九一一年辛亥革命后他任绍兴师范的校长。一九一二年中华民国临时政府成立后，即应教育总长蔡元培的招请去任教育部的部员，一直继续到一九二六年。

从回国到一九一八年之间，是鲁迅面临着中国的政治和社会的现实，在思想上经历了非常深刻的复杂而矛盾的沉思与摸索的时期。这主要的是因为辛亥革命并未完成了它的历史任务，鲁迅对它感到失望，因而他进入了怀疑和重新摸索的状态里。

辛亥革命只是推翻了满清皇朝，而帝国主义和封建势力并未因此有所动摇。政权落在军阀和官僚政客们的手里；帝国主义各自利用各系派的军阀官僚政客集团而加紧对中国侵略。所以，以军阀割据和连年混战以及帝国主义势力范围的竞争为主要特征的半封建半殖民地的形势，反而更深刻、更典型化了。在思想上又是复古运动在抬头和嚣张。所以，辛亥革命并没有完成了它的历史任务——反帝国主义的民族革命和反封建的民主革命。

其次，是鲁迅自己的思想上的矛盾。鲁迅在思想上虽然达到了彻底的（即不是和封建主义妥协的改良主义的）资产阶级民主主义的革命思想，可是，这在鲁迅还只能说是理想，而关于怎样达到这革命，即依靠什么力量和谁来领导的问题，鲁迅还没有明白的认识。他对于人民群众——主要是农民群众的革命性和革命力量，也是怀疑的，估计不足的。所以，鲁迅虽然对革命的要求是彻底的，但对于实现革命的具体路线，他也并没有什么把握。本来，关于中国革命必须依靠什么力量和谁来领导的问题，是只有到了一九一七年俄国十月革命以后，受了十月革命的影响和列宁斯大林关于民族革命和殖民地革命的理论的指导，而中国工人阶级也形成了一个阶级的力量跑上了政治舞台，即“五四”运动以后，才能够成为明白的问题而被认识了的。假如没有十月革命改变了世界历史，没有马克思列宁主义指导，把中国革命划为世界无产阶级革命的一部分而成为新民主主义革命的话，中国革命原是很难有正确出路的。辛亥革命时，中国无产阶级还没有作为一个觉悟了的独立的阶级力量跑上政治舞台。农民，在客观上应该在那时候就是革命的最大动力，可是革命领袖们并不能认识农民的力量，也不愿意认识农民的力量，他们只把农民群众当“阿斗”，只想利用农民而已。辛亥革命是那时的资产阶级领导的，这资产阶级利用了农民，并且吸引了近代的进步知识分子和小资产阶级的爱国主义者参加革命，所以能够推翻了满清皇朝。但那时的中国资产阶级比后来的中国资产阶级还要软弱，他们主要的成分是所谓“华侨式的商业资本家和已经做了大商人或资本家的一些官僚与绅士；他们一部分是和侵入的外国资本相依存的，虽然和帝国主义的势力又有冲突；另一部分则简直是地主官僚的资本主义，它和封建主义有着亲密和坚固的联系。这样，这阶级本身的软弱性使它不能为彻底的民权主义和反帝国主义的民族革命而奋斗，使它天性地要和封建主义及帝国主义妥协，它的最高政治理想不过是资产阶级的改良主义；因此，这阶级，作为辛亥革命的领导者，也就不知道——尤其不愿意发动与组织人民群众的真正反帝国主义反封建的革命力量了。这就是资产阶级领导的辛亥革命，只能推翻了满清皇朝，并不能完成革命的历史任务的原因。可是，辛亥革命失败的历史教训，即证明中国软弱的资产阶级不可能领导中国民主革命到胜利的路上，是一直到了“五四”以后，即中国工人阶级跑上了政治舞台，中国有了共产党，并且受了十月革命和列宁斯大林关于民族革命和殖民地革命的理论的影响以后，才能为人们所明白认识的。

鲁迅对于辛亥革命的失望，就是对于资产阶级的失望，同时他对农民的革命性和革命力量也抱怀疑的态度，而那时工人阶级还没有成为一个阶级的力量，这就使他对中国革命的出路问题不能有明确的认识，于是陷于思想上的苦闷。这是他的矛盾之一。

在辛亥革命前后，鲁迅及和他类似的那些抱有彻底民主革命思想的知识分子，虽然最尖锐地意识着民主革命的客观历史要求，并且都从各种方式参加了辛亥革命，可是可以说他们是苦恼地处在一种“夹缝”之中的，就是，他们的理想和当时的革命现实有很大的距离。鲁迅的那种理想，在当时对于革命运动并不能发生有力量的影响。对于领导辛亥革命的资产阶级的政治上和思想上的代表者，即当时的革命思想界和一些革命领袖们，鲁迅在一九〇七年就有过极尖锐的批评，指出他们的主张的不彻底，尤其指出他们的封建性和市侩的自私性；鲁迅的这种批评确实是一针见血的，确实揭穿了那时资产阶级及其代表者们的真实灵魂；他并且在一九〇七年就指出这些革命家为“骗子”。可是，客观上，当时只有这样的资产阶级，多的是这样的革命家，而像鲁迅自己那样的革命知识分子却还是极少数的。特别是鲁迅自己，他开始就面向人民群众，最早注意到了农民；由于当时人民群众之一般的落后，他主张从思想的启蒙着手，尤其从解放人民的精神，即解放人民的“个性”，改造“国民性”着手。他认为人民有强有力的“个性”，才能起来革命，才能使革命胜利。（这是他从欧洲资产阶级革命初期的思想家们那里得来的思想，并且也从达尔文那里引申出来的。）这是鲁迅所认为的革命的一条道路，至少也是他所认定的自己的一个任务。自然“解放个性”这个思想是一个倒置的思想，而作为革命的具体道路是更不合中国历史条件的，但因为鲁迅是面向群众的，他抱有中国人民群众的精神应该和能够解放的信念，从而进行群众的思想启蒙工作，也仍是革命者的任务之一。但这样的任务，当时认识的人很少，不能得到思想界的共鸣。他的这个主张和他的革命理想，和当时资产阶级革命家的思想比较，是跑到不可计算的遥远的前面去了。不仅那些保守的或“骗子”式的资产阶级的革命家，就是在那些激进的小资产阶级知识分子和真的爱国志士之中，能够真的抱有远大的理想，并且面向人民，愿意负担起启蒙人民的思想的工作的人也不多。这是他的矛盾之二。这个他的理想和现实之间的矛盾，还特别使他感到寂寞和孤独。

但是对于辛亥革命，鲁迅也曾经以兴奋的情绪迎接它的，并且他也承认了它的推翻了满清皇朝和革除了某些制度的历史功绩；只是，如上所述，他很快就失望，并且因这失望而使他自己深刻地感到他的思想和现实之间的矛盾。也如上所述，这是因为他曾经抱着彻底民主革命的思想参加辛亥革命运动，同时当历史的客观要求也确实是彻底的革命——即反帝国主义的民族革命和反封建的民主革命，而辛亥革命却并没有完成的缘故；所以鲁迅的理想和辛亥革命的现实之间的矛盾，在客观上是反映了革命的历史要求和当时资产阶级领导的革命现实之间的距离，反映了当时思想界所不能认识和解决的问题；同时又反映鲁迅自己思想上的一些矛盾，这些矛盾以及当时客观上存在的问题也是为当时的鲁迅所不能明白理解和解决的。

同时，他看见那些曾经抱有革命的理想和热情的知识分子，在辛亥革命之后，很多或者消极，或者和旧势力妥协，或者甚至投降旧势力而成为反动的复古运动者，就更增加了他的失望和苦闷的情绪。

这样，鲁迅在回国以后，特别是辛亥革命之后，以至一九一八年之间的这个时期，对政治的态度是悲愤和消沉，思想上是在苦闷的摸索之中，情绪上也陷于失望与希望交织着的苦恼的状态中。根据他后来的回忆和作品上看起来，这期间他所思索的问题就是以关于中国革命的出路问题（即革命的动力和领导者的问题）为中心的，围绕着这中心他默默地继续观察社会和人民的思想，研究和解剖中国历史和传统的文化。

鲁迅这期间都在北京，曾有两次回绍兴看母亲，那时所见的农村逐渐濒于破产的情形留给了他深刻的印象。

这期间他一面在教育部办公，这是他用来维持家庭和他自己生活的职业，一面完成了一些在中国学术上有很大价值的工作，如关于一些古籍的考证和纂辑，以及金石碑帖的研究等。关于魏朝的一个大诗人嵇康的诗文集的校订，就在这期间做的；这是一个以在封建时代而敢于违反礼教和敢于反抗暴虐政治的思想和态度，反映了某种程度的人民性的爱国诗人。

鲁迅也在这时期研究了中国自六朝以来陆续从印度翻译过来的佛经典籍。

鲁迅的寂寞和沉思摸索的状况，到一九一八年开始了改变，这改变也就是鲁迅的辉煌的革命战斗的开始。

三

这就是在中国民主革命运动史上划分了新旧两个时代的五

四运动的前夜。辛亥革命以后，新的革命高潮在到来；一方面因为第一次世界大战，欧美帝国主义国家忙于战争，暂时放松了对于中国的压迫和控制，使中国的民族资本主义得到了某种程度的新的发展，而工人阶级也因而有发展；另一方面受了一九一七年“十月革命”的影响，就使新的革命高潮在革命知识分子（其中主力是学生和包括以毛泽东同志等为代表的革命青年）的参加和领导之下向着彻底的反帝国主义反封建的革命斗争。这斗争的总的爆发就是一九一九年的五四运动。在五四运动中，资产阶级是参加的，而且表现得相当积极，因为资产阶级已经有着量和质上的改变和发展，又适逢民族资本得到暂时的和某种程度的抬头的机会，代表了资产阶级的知识分子在“五四”当时就相当活动的。可是五四运动的主要特征，是这个运动最实际和最主要的领导者不是资产阶级——即代表这阶级的知识分子，而是在实际上代表着工农劳动群众的受了“十月革命”的影响和接受了马克思列宁主义思想的革命知识分子和青年（如李大钊同志和毛泽东同志等）。小资产阶级的革命知识分子（鲁迅即是其中之一），在当时就表现得比代表资产阶级的知识分子更积极和更彻底，后来才有部分右倾，部分消极，而更多部分前进到马克思列宁主义者。五四运动的另一个主要特征，是范围很广，而工人阶级当时虽没有参加，可是这阶级就以共产主义的知识分子的斗争在客观历史上开始反映了自己的政治思想，并且还吸收了这些共产主义的知识分子到自己的队伍中，在一九二一年成立了共产党，以一个觉悟了的阶级登上了政治舞台了。毛泽东同志说：“五四运动的杰出的历史意义，在于它带着为辛亥革命还不曾有的姿态，这就是彻底的不妥协的反帝国主义与彻底的不妥协的反封建。”（《新民主主义论》）同时，关于当作新文化运动的五四运动，毛泽东同志说：“五四运动的文化革命则是彻底反对封建文化的运动，自有中国历史以来，还没有过这样伟大而彻底的文化革命。当时以反对旧道德提倡新道德、反对旧文学提倡新文学为文化革命的两大旗帜，建立了伟大的功劳。”（同上）毛泽东同志在这里说的彻底反对封建文化的文化革命，也是把“五四”的文化运动同时是反对帝国主义的意思说在里面的。

一九一八年四月，鲁迅开始以“鲁迅”这笔名，在《新青年》（当时领导了文化革命和政治上民主革命思想的杂志，也是十月革命和马克思列宁主义之最初的介绍者，李大钊同志就是参加编辑和主要的领导者之一）上面发表了他以白话写的第一篇短篇小说《狂人日记》。这最激烈地攻击中国封建家族制度和旧礼教的作品，无论在内容上在文学形式上都是思想革命或文化革命的第一声号角。一发表就被公认为中国新文学的第一篇创作。

同在这一个时候，鲁迅还以非常尖锐和深刻的笔，开始写了精悍的、极端战斗性的、针对社会的批判的散文；这是一种诗和政论相结合的小品，鲁迅自己后来称为“杂感”和“杂文”的；它锋利如匕首，可是又能表现最深广的思想。鲁迅后来发展了这种散文形式，完成了一系列思想性和政论性的独创的散文巨著，在他一生文学事业上居于超过他的小说的最重要的地位。

从此，鲁迅就以短篇小说解剖中国社会和反映封建势力支配下的在开始破产过程中的农村情况等，其中也反映着鲁迅自己对于辛亥革命失败的痛苦的回忆情绪及关于那教训的暗示，而对于陷入穷困的无可告诉的状态里的农民寄了最深切的同情；同时，对农民群众的革命性和革命力量他虽然遗留有怀疑的思想，但他努力从农民身上追求着革命的力量，并且对农民的觉悟性，他希望得特别迫切。一九二三年出版了包括《故乡》《阿Q正传》等等不朽作品在内的第一部短篇小说集《呐喊》，奠定了他的中国新文学和现实主义开山祖的地位。

鲁迅以他的创作小说，使文学革命得到了在建设方面也表示了实力的胜利基础，但鲁迅用以战斗的武器，还是以他自己称为“杂感”的那批判的散文为首要；他用他的“匕首”投向一切封建主义者，一切复古者，一切倒退者，一切媚敌者和一切中伤革命、谋害革命者，总之投向一切人民的敌人和革命的敌人。其猛烈与有效，真是所向无不披靡，无不被他杀伤。同时，由于他的学问的广博和深通中国历史与社会，他又以他的这种散文解剖着中国历史、社会和一切旧思想，以他特别深刻与独到的观察与理解，提示和警告着当时的青年和革命文化界，这不仅使青年和当时文化思想界更深刻地看问题，而且从他那里获得了很多关于思想革命的战略战术上的经验和教训，如他反反复复提出的“正视现实”、“韧性战斗”、“不宽恕敌人”和“打落水狗”等。

这时期，鲁迅除以文字作战外，也接近了青年。从一九二〇年起，担任了北京大学及北京高等师范学校等校讲师。编辑过报纸副刊。帮助和指导青年文学者成立过几个文学团体。经常极忙碌和极负责地替青年作家看和修改稿子，接见很多青年并和他们通信。一九二五年热烈地支持了北京女子师范大学（他当时兼任了这大学的讲师）的学生反对当时非法解散该校的教育总长章士钊的斗争。一九二六年段祺瑞大屠杀学生的“三一八”惨案时，鲁迅除文字以外还以别的实际方式支援过学生。由于他的思想上的战斗和实际上指导与帮助了青年，在一九二四年和二六年之间，鲁迅是在北京最为青年所拥戴的人物之一；除了李大钊同志之外，在当时真实的思想界权威就要数到他了。

鲁迅是一九二六年八月被军阀反动统治的压迫而离开北京的，这时南方正在大革命的高潮中。同时这一年他出版了第二短篇小说集《彷徨》。从一九一八年到此，是他创作力最旺、写作最多的第一个时期；第二个时期是从一九二七年到一九三六年逝世为止的在上海时间。他离开北京前，除了小说集外，写了四本杂文集，一本散文诗，并且著了《中国小说史略》等；此外翻译的东西在字数上还多于他所写作的，并且介绍了苏联的文艺理论和勃洛克的《十二个》等。

这期间，鲁迅在世界观上虽然还是根据进化论，如他自己所说，只是认为人民和社会总都是会进步的，新的总会代替了旧的，所以他的战斗是为了催促旧的灭亡和新的生长，而对于新的究竟是怎么样的东西则又颇为茫然的。他还没有明白地接受了马克思列宁主义；对于中国民主革命，即已经走上了无产阶级领导的新民主主义时代的当时革命上的诸问题，还并没有像共产党人那样站在无产阶级立场上用马克思列宁主义的理论去认识。但他是更靠近马克思列宁主义者而以猛烈的态度攻击着资产阶级的右派的。同时他虽然还留着个性解放论的思想，可是在他的工作中对于那压制人民群众的社会黑暗势力的揭发和攻击，已经远远地超过了对于所谓“国民性”的病根的解剖了，更正确地说，就是鲁迅在这时已经一般地解剖出了“国民性”的病根了，那就是重重叠叠地压制着人民群众的中国封建社会和封建思想。这是鲁迅经过了“五四”前的长期的深思和参加“五四”时期的热烈战斗所达到的思想，这思想是使他能够从以前的个性解放论（“国民性”改造论）一步一步过渡到后期的工农大众解放论的基础之一。所以，在这时期，鲁迅虽然还没有取得了无产阶级的立场和马克思列宁主义的观点，但由于他是封建主义的死敌，由于他一切战斗都是最彻底的，都是新民主主义所要求的，又由于他反映了革命的坚决不妥协和大无畏的气魄，终于使他也同样成为新民主主义革命启蒙者和急先锋了。毛泽东同志在评价“五四”文化革命时说：“其声势之浩大，威力之猛烈，简直是所向无敌的。其动员之广大，超过中国任何历史时代。而鲁迅，就是这个文化新军的最伟大与最英勇的旗手。鲁迅是中国文化革命的主将，他不但是伟大的文学家，而且是伟大的思想家与伟大的革命家。鲁迅的骨头是最硬的，他没有丝毫的奴颜与媚骨，这是殖民地半殖民地人民最可宝贵的性格。鲁迅是在文化战线上，代表全民族的大多数，向着敌人冲锋陷阵的最正确、最勇敢、最坚决、最忠实、最热忱的空前的民族英雄。鲁迅的方向，就是中华民族新文化的方向。”（《新民主主义论》）当然，毛泽东同志在这里是尤其包括了鲁迅后期在上海的最艰苦的十年战斗在内而说的。

四

鲁迅一九二六年八月离北京即赴厦门任厦门大学文科教授，十二月即辞职。一九二七年一月到广州任中山大学教务主任兼文学系主任。到四月，蒋介石叛变革命，大捕杀共产党员和革命群众，中山大学学生也有很多被捕杀，鲁迅因营救学生无效，愤而辞职。鲁迅辞职后在广州也有被杀害的危险，就在十月间到上海。从此就一直在上海到逝世，并且不再教书或就别的职业，专门从事文学工作和文学运动，开始了他后期的最英勇和最伟大的战斗。

一九二八年创办了《奔流》杂志，并开始研究马克思列宁主义的社会科学和翻译马克思列宁主义的文艺理论。同时，开始接近了共产党，参加了共产党所发起的群众运动。如一九二八年加入了革命互济会及一九三〇年参加为中国自由运动大同盟发起人之一。一九三〇年三月，在中国革命文学运动史上有历史意义的中国左翼作家联盟在上海成立，鲁迅是发起人之一，并为它的最高领导人，一直到这团体在一九三六年因时势不同而改组时为止。一九三三年一月又加入民权保障同盟；五月亲至德国驻沪领事馆递交反对法西斯的暴行的抗议书；九月间，法国范扬古久叶同志等曾特别到上海来参加的，因为白色恐怖不得不秘密举行的国际反帝反法西斯会议，中国有孙夫人到会，鲁迅虽没有到会，可是事先在实际上协助了这会议的组织，并为名誉主席之一。这些都是他在文字的战斗之外所参加的政治斗争之最显著的。

在这最后的十年中，鲁迅的文字工作也超过了他的前期。他写了九本杂文集，其尖锐性固不逊于他前期，而其思想的深刻与广阔，文字风格上的深厚度，又都超过了前期，构成了一本以历史故事为题材的短篇小说集。翻译和介绍更多于前期，其中以普列汉诺夫和卢那卡尔斯基的文艺论文、法捷耶夫的小说《毁灭》、雅各武莱夫的《十月》、孚尔马诺夫等苏联作家的两本短篇小说集、高尔基的《俄罗斯童话》、果戈理的《死魂灵》等为最主要。同时介绍了绥拉菲莫维支的《铁流》、革拉特珂夫的《士敏土》、萧洛霍夫的《静静的顿河》、伊凡诺夫的《铁甲列车》等。

介绍了苏联的版画和德国珂勒惠支的版画等，并且提倡和领导了中国新的革命的木刻运动，也正是在这十年中。

在这十年中，指示和参加各种刊物的编辑，替青年作家们看、校订和修改稿子，以及和青年们通信等，也远远超过了前期，费去的时间要居他工作的时间三分之一以上，他真是很少有休息时间的。例如一九三六年在病中，也竭力支撑着替青年作家看稿和写序，并以极大的精细工夫编辑、校对和出版了瞿秋白同志的遗著和遗译《海上述林》。

而这十年是国民党“围剿”革命的疯狂白色恐怖血腥统治的十年，鲁迅除出极困难地和少数青年与一二个共产党员有半秘密和秘密地来往外，他和大众的接近是被隔离的，他本人随时有被捕或被暗杀的危险。但鲁迅不屈不挠地战斗着和领导着，不仅撑持着革命的文化战线而从未有过退却，而且冲破和打垮了国民党对于革命文化运动的十年的“围剿”。如毛泽东同志所说，“共产主义者的鲁迅”，就“正在这一‘围剿’中成了中国文化革命的伟人”的。

一九三六年七月和八月在病中最后发表了揭发中国托洛茨基派分子破坏中共的抗日民族统一战线政策的阴谋的公开信和拥护及为中共政策辩护的论文。

十月十九日以“文化革命的伟人”的巍峨姿态，因积劳和肺病而逝世于上海。

鲁迅在这最后十年的战斗，对人民的贡献确实像毛主席所评价的那样伟大，而他成功的关键就在于他的信念的坚定。从他看见了工人农民阶级革命的力量，站到工人阶级的立场上而接受了马克思列宁主义的全部真理以来，他对中国革命的胜利信念就从未有过怀疑；而为中国人民的革命事业和人类的共产主义的理想的奋斗，是拿出了他的一切精力，丝毫也没有保留，不曾有一天有过怠倦的表示的。

他一生的战斗和思想的发展，都是沿着中国革命的发展道路，为着完成他自己所负担起来的历史任务——革命的启蒙主义的任务的，他确实是一个辉煌伟大的革命启蒙主义的思想家；尤其最后的十年，他运用马克思列宁主义的思想武器，自任了工农群众的一个小兵的职务，替工农群众的革命思想和文化扫除障碍，开辟道路，其英勇的姿态和思想的威力更加倍地超过了他的前期。

鲁迅思想的战斗性和它的历史价值的不朽性，在于他的思想是始终围绕着中国人民的进步要求和革命出路这个中心问题，而以人民革命的胜利方向为自己的摸索与发展的方向，并和中国革命的艰苦、曲折和胜利的道路血淋淋地相结合着的。鲁迅一生的思想发展及其最后的到达，可以作为中国人民革命胜利的有力的旁证之一，作为马克思列宁主义在中国胜利的旁证之一，尤其可以作为毛泽东思想必然要胜利的旁证之一。

进化论者的鲁迅，是一个进步的唯物论者；他的这唯物论的思想的基础和价值，在于它反映了当时的革命现实，并以其进步性服务于革命现实，为人民的进步而奋斗。然而从进化论跃进到马克思主义，从革命的小资产阶级跃进到无产阶级，从一般进步的唯物论跃进到革命的、历史辩证的唯物论，这个发展才是一个本质的发展。历史辩证的唯物论的思想，它的革命性才是最高的，它对革命现实的反映才是最正确的，它替革命服务才是最有效的。所以，正是他的这一个本质的发展，才使鲁迅完成了伟大的战斗任务，才使他的思想有不朽的历史价值，才完成了他的“文化革命的伟人”。

因为鲁迅的思想是总不离开革命的现实斗争的，他总是为现实的斗争而思想的，所以他的思想不仅是反映了中国革命发展的轮廓，而且最富有革命现实的斗争经验与教训的内容。鲁迅自己就是一个能够接受人民的血的教训的人，例如他后期成为一个马克思列宁主义者，一个中国共产党旗帜下的最积极的战士，是由于他接受了事实的教训的结果，这样，他的这个发展就不仅反映了一九二七年国民党叛变革命的历史意义，反映了中国革命只有由无产阶级共产党领导才能胜利的历史真理，并且是和革命的现实斗争血肉地相联结着，以富有这样的血肉性来丰富了他的思想的现实性与内容的；他所记录的经验与教训就在长期间都具有现实的意义与价值。

因为他和革命现实有血肉的紧密的联系，所以他的思想又反映了中国人民的伟人的理想性，同时还通过了这种关系又反映了中国文化的伟大优秀的一面——即人民性的一面；这样，再加上马克思列宁主义的光辉，他的思想又具有高度的明确而璀璨的理想性的。由于他的思想丰富地反映着中国人民的思想智慧和品质以及中国文化的精华，是中国人民的革命意志和斗争的结晶品之一，所以他的作品无疑将要成为反映中国人民的奋斗意志和生活理想的经典的作品之一。

他贡献个人的一切，为中国文化和中国人民经由新民主主义的共产主义的胜利前途而奋斗，是一个曾经亲身参与毛泽东事业的工作并死于这工作岗位上的人，所以他是一个真实的爱国主义者。同时他是社会主义苏联和全世界进步人民的忠诚的朋友，一个真实的国际主义者。

他的文学作品，如小说等类形式的创作，在量上是确实并不多的；但就以其质上的成就，这为数不多的创作仍能够奠定了中国现实主义文学的巩固基础并使他成为二十世纪现实主义世界大师之一。鲁迅的现实主义完全是中国的独立的现实主义。如果拿世界文学来比较，则他比较地接近于俄罗斯文学的现实主义；这是因为鲁迅时代的中国社会和十月革命前的俄国社会有相接近的地方，同时如鲁迅自己所告白，他是受过俄国文学和东、北欧诸国文学的影响的缘故。

鲁迅的政论性的、打击敌人和抒写自己的思想的散文，即“杂文”，无论对于鲁迅，对于中国，重要性都超过了他的小说等。他的一共十六本的杂文集，是他记录思想的主要的东西，同时是打击敌人的主要的武器。其中有对于人民敌人的深刻的憎恶和烈火似的愤怒，有人民自己的希望和胜利的光辉；有取之不尽的极丰富的关于中国历史、中国社会和中国革命的非常深广非常宝贵的思想，简直可以当作现代中国人民的智慧的库藏之一看的。这种散文，在艺术性和风格上又有高超的成就；因此，当作散文家看，鲁迅也是属于世界文史上为数不多的大散文家之列的。

鲁迅又是一个博学而有独到见解的文学史家。还有，他是世界文学，特别是俄罗斯与苏联文学的一个热诚的介绍者，他翻译的东西在数量上就超过了他所写作的。

一九五一年九月一日

（《文艺报》第四卷第十一、十二期合刊）

目 次

第二部

第三部

第一部

序　言

我做小说，是开手于一九一八年，《新青年》上提倡“文学革命”的时候的。这一种运动，现在固然已经成为文学史上的陈迹了，但在那时，却无疑地是一个革命的运动。

我的作品在《新青年》上，步调是和大家大概一致的，所以我想：这些确可以算作那时的“革命文学”。

然而我那时对于“文学革命”，其实也并没有怎样的热情。见过辛亥革命，见过二次革命，见过袁世凯称帝，张勋复辟，看来看去，就看得怀疑起来，于是失望，颓唐得很了。民族主义的文学家在今年的一种小报上说，“鲁迅多疑”，是不错的，我也正在疑心这批人们也并非真的民族主义文学者，变化正未可限量呢。不过我却又怀疑于自己的失望，因为我又知道，我所见过的人们、事件，是极其有限的，这一个想头，就给了我提笔的力量。

“绝望之为虚妄，正与希望相同”。

既不是直接对于“文学革命”的热情，又为什么常常提笔的呢？想起来，大半倒是为了对于热情者们的同感。这些战士，我想，虽在寂寞和艰难中，那想头却不错的，也来喊几声助助威罢。——首先，就是为此。在这中间，自然也不免夹杂些将旧社会的病根暴露出来，催人留心，设法加以治疗的愿望。但为达到这愿望起见，是必须与前驱者取同一的步调的，我于是遵着将令，删削些黑暗，装点些欢容，使作品比较的显出若干亮色，那就是后来结集起来的《呐喊》，一共有十四篇。

所以，这些"革命文学"，也可以说，就是"遵命文学"。不过我所遵奉的，是那时代压迫之下的革命的前驱者的命令，也是我自己本来愿意遵奉的命令，决不是皇上的圣旨，也不是金元和真的指挥刀。

后来，《新青年》的团体散掉了，有的高升，有的退隐，有的前进，我又经历了一回同一战阵中的伙伴不久还是会这么变化，并且落得一个所谓"小说家"的头衔，依然在沙漠上走来走去，不过已经逃不脱在散漫的刊物上做文字，叫作随便谈谈。从此有了小感触，我便写些短文，夸大点说，就是散文诗，自洗手不作之后，即印成一本书，谓之《野草》。得到较为整齐的材料，则还是做短篇小说，只因为变了散伏的游勇，布不成阵了，所以技术虽然比先前好一些，思想也似乎较无拘束，而战斗的意气却冷得不少。新的战友在哪里呢？我想，这样下去，是很不好的，于是集印了这时期的十一篇作品，谓之《彷徨》，别了别了，愿以后不再这模样。

"路漫漫其修远兮，吾将上下而求索"。

不料这大口竟夸得无影无踪，逃出北京，躲进厦门，只在荒凉的大楼上写了几则《故事新编》和十篇《朝华夕拾》，前者是神话、传说及史实的演义，后者则只是回忆罢了。

此后就一无所作，“空空如也”。

够得上勉强称为创作的，在我，至今就只有这五种，原可以顷刻读了的，然而出版者希望我自选一本集。推测起来，大约因为这么一办，一者能够节省读者的耗费，二则，以为由作者自选，该能比别人格外知道得清楚罢。关于第一层，我没有异议，至第二层，我却觉得也很难。因为我向来就没有格外出力或格外偷懒的作品，所以也没有自以为格外高妙，配得上特别提拔出来的作品。没有法，就将材料、写法，略有些不同，可供读者参考的东西，取出二十二篇来，凑成了一本，但将太给人一种“重压之感”的文字，却特地竭力抽掉了。这想头，也还是和我那先前的一样：

“并不愿将自以为苦的寂寞，再来传染给也如我那年青时候似的正做着好梦的青年。”

然而这又已经不似做那《呐喊》时候的隐瞒，因为现在我相信，现在和将来的青年是不会有这样的心境的了。

一九三二年十二月十四日，鲁迅于上海寓楼记。

影的告别

人睡到不知道时候的时候，就会有影来告别，说出那些话——

有我所不乐意的在天堂里，我不愿去；有我所不乐意的在地狱里，我不愿去；有我所不乐意的在你们将来的黄金世界里，我不愿去。

然而你就是我所不乐意的。

朋友，我不想跟随你了，我不愿住。

我不愿意!

呜乎呜乎，我不愿意，我不如彷徨于无地。

我不过一个影，要别你而沉没在黑暗里了。然而黑暗又会吞并我，然而光明又会使我消失。

然而我不愿彷徨于明暗之间，我不如在黑暗里沉没。

然而我终于彷徨于明暗之间，我不知道是黄昏还是黎明。我姑且举灰黑的手装作喝干一杯酒，我将在不知道时候的时候独自远行。

呜呼呜呼，倘若黄昏，黑夜自然会来沉没我，否则我要被白天消失，如果现是黎明。

朋友，时候近了。

我将向黑暗里彷徨于无地。

你还想我的赠品。我能献你什么呢？无已，则仍是黑暗和虚空而已。但是，我愿意只是黑暗，或者会消失于你的白天；我愿意只是虚空，决不占你的心地。

我愿意这样，朋友——

我独自远行，不但没有你，并且再没有别的影在黑暗里。只有我被黑暗沉没，那世界全属于我自己。

一九二四年九月二十四日。

好的故事

灯火渐渐地缩小了，在预告石油的已经不多；石油又不是老牌，早熏得灯罩很昏暗。鞭爆的繁声在四近，烟草的烟雾在身旁：是昏沉的夜。

我闭了眼睛，向后一仰，靠在椅背上；捏着《初学记》的手搁在膝髁上。

我在朦胧中，看见一个好的故事。

这故事很美丽、幽雅、有趣。许多美的人和美的事，错综起来像一天云锦，而且万颗奔星似的飞动着，同时又展开去，以至于无穷。

我仿佛记得曾坐小船经过山阴道，两岸边的乌桕、新禾、野花、鸡、狗、丛树和枯树、茅屋、塔、伽蓝、农夫和村妇、村女、晒着的衣裳、和尚、蓑笠、天、云、竹……都倒影在澄碧的小河中，随着每一打桨，各各夹带了闪烁的日光，并水里的萍藻游鱼，一同荡漾。诸影诸物，无不解散，而且摇动，阔大，互相融和；刚一融和，却又退缩，复近于原形。边缘都参差如夏云头，镶着日光，发出水银色焰。凡是我所经过的河，都是如此。

现在我所见的故事也如此。水中的青天的底子，一切事物统在上面交错，织成一篇，永是生动，永是展开，我看不见这一篇的结束。

河边枯柳树下的几株瘦削的一丈红，该是村女种的罢。大红花和斑红花，都在水里面浮动，忽而碎散，拉长了，缕缕的胭脂水，然而没有晕。茅屋、狗、塔、村女、云……也都浮动着。大红花一朵朵全被拉长了，这时是泼剌奔迸的红锦带。带织入狗中，狗织入白云中，白云织入村女中……在一瞬间，他们又将退缩了。但斑红花影也已碎散，伸长，就要织进塔、村女、狗、茅屋、云里去。

现在我所见的故事清楚起来了，美丽，幽雅，有趣，而且分明。青天上面，有无数美的人和美的事，我一一看见，一一知道。

我就要凝视他们……

我正要凝视他们时，骤然一惊，睁开眼，云锦也已皱蹙，凌乱，仿佛有谁掷一块大石下河水中，水波陡然起立，将整篇的影子撕成片片了。我无意识地赶忙捏住几乎坠地的《初学记》，眼前还剩着几点虹霓色的碎影。

我真爱这一篇好的故事，趁碎影还在，我要追回他，完成他，留下他。我抛了书，欠身伸手去取笔，——何尝有一丝碎影，只见昏暗的灯光，我不在小船里了。

但我总记得见过这一篇好的故事，在昏沉的夜……

一九二五年二月二十四日。

过　客

时：

或一日的黄昏。

地：

或一处。

人：

老翁　约七十岁，白须发，黑长袍。

女孩　约十岁，紫发，乌眼珠。白地黑方格长衫。

过客　约三四十岁，状态困顿倔强，眼光阴沉，黑须，乱发，黑色短衣裤皆破碎，赤足着破鞋，胁下挂一个口袋，支着等身的竹杖。

东，是几株杂树和瓦砾；西，是荒凉破败的丛葬！其间有一条似路非路的痕迹。一间小土屋向这痕迹开着一扇门；门侧有一段枯树根。

【女孩正要将坐在树根上的老翁搀起。

翁　孩子。喂，孩子！怎么不动了呢？

孩　（向东望着）有谁走来了，看一看罢。

翁　不用看他。扶我进去罢。太阳要下去了。

孩　我——看一看。

翁　唉，你这孩子！天天看见天，看见土，看见风，还不够好看么？什么也不比这些好看。你偏是要看谁。太阳下去时候出现的东西，不会给你什么好处的。……还是进去罢。

孩　可是，已经近来了。阿阿，是一个乞丐。

翁　乞丐？不见得罢。

【过客从东面的杂树间踉跄走出，暂时踌躇之后，慢慢地走近老翁去。

客　老丈，你晚上好？

翁　阿，好！托福。你好？

客　老丈，我实在冒昧，我想在你那里讨一杯水喝。我走得渴极了。这地方又没有一个池塘，一个水洼。

翁　唔，可以可以。你请坐罢。（向女孩）孩子，你拿水来，杯子要洗干净。

【女孩默默地走进土屋去。

翁　客官，你请坐。你是怎么称呼的。

客　称呼？——我不知道。从我还能记得的时候起，我就只一个人。我不知道我本来叫什么。我一路走，有时人们也随便称呼我，各式各样地，我也记不清楚了，况且相同的称呼也没有听到过第二回。

翁　阿阿。那么，你是从哪里来的呢？

客　（略略迟疑）我不知道。从我还能记得的时候起，我就在这么走。

翁 对了。那么，我可以问你到哪里去么？

客 自然可以。——但是，我不知道。从我还能记得的时候起，我就在这么走，要走到一个地方去，这地方就在前面。我单记得走了许多路，现在来到这里了。我接着就要走向那边去，（西指）前面！

【女孩小心地捧出一个木杯来，递去。

客 （接杯）多谢，姑娘。（将水两口喝尽，还杯）多谢，姑娘。这真是少有的好意。我真不知道应该怎样感激！

翁 不要这么感激。这于你是没有好处的。

客 是的，这于我没有好处。可是我现在很恢复了些力气了。我就要前去。老丈，你大约是久住在这里的，你可知道前面是怎么一个所在么？

翁 前面？前面，是坟。

客 （诧异地）坟？

孩 不，不，不的。那里有许多许多野百合、野蔷薇，我常常去玩，去看他们的。

客 （西顾，仿佛微笑）不错。那些地方有许多野百合、野蔷薇，我也常常去玩过，去看过的。但是，那是坟。（向老翁）老丈，走完了那坟地之后呢？

翁 走完之后？那我可不知道。我没有走过。

客 不知道？

孩 我也不知道。

翁 我单知道南边；北边；东边，你的来路。那是我最熟悉的地方，也许倒是于你们最好的地方。你莫怪我多嘴，据我看来，你已经这么劳顿了，还不如回转去，因为你前去也料不定可能走完。

客　料不定可能走完？……（沉思，忽然惊起）那不行！我只得走。回到那里去，就没一处没有名目，没一处没有地主，没一处没有驱逐和牢笼，没一处没有皮面的笑容，没一处没有眶外的眼泪。我憎恶他们，我不回转去！

翁　那也不然。你也会遇见心底的眼泪，为你的悲哀。

客　不。我不愿看见他们心底的眼泪，不要他们为我的悲哀！

翁　那么，你，（摇头）你只得走了。

客　是的，我只得走了。况且还有声音常在前面催促我，叫唤我，使我息不下。可恨的是我的脚早经走破了，有许多伤，流了许多血。（举起一足给老人看）因此，我的血不够了；我要喝些血。但血在那里呢？可是我也不愿意喝无论谁的血。我只得喝些水，来补充我的血。一路上总有水，我倒也并不感到什么不足。只是我的力气太稀薄了，血里面太多了水的缘故罢。今天连一个小水洼也遇不到，也就是少走了路的缘故罢。

翁　那也未必。太阳下去了，我想，还不如休息一会的好罢，像我似的。

客　但是，那前面的声音叫我走。

翁　我知道。

客　你知道？你知道那声音么？

翁　是的。他似乎曾经也叫过我。

客 那也就是现在叫我的声音么？

翁 那我可不知道。他也就是叫过几声，我不理他，他也就不叫了，我也就记不清楚了。

客 唉唉，不理他……（沉思，忽然吃惊，倾听着）不行！我还是走的好。我息不下。可恨我的脚早经走破了。（准备走路）

孩 给你！（递给一片布）裹上你的伤去。

客 多谢，（接取）姑娘，这真是……这真是极少有的好意。这能使我可以走更多的路。（就断砖坐下，要将布缠在脚髁上）但是，不行！（竭力站起）姑娘，还了你罢，还是裹不下。况且这太多的好意，我没法感激。

翁 你不要这么感激，这于你没有好处。

客 是的。这于我没有什么好处。但在我，这布施是最上的东西了。你看，我全身上可有这样的。

翁 你不要当真就是。

客 是的。但是我不能。我怕我会这样：倘使我得到了谁的布施，我就要像兀鹰看见死尸一样，在四近徘徊，祝愿她的灭亡，给我亲自看见；或者咒诅她以外的一切全部灭亡，连我自己，因为我就应该得到咒诅。但是我还没有这样的力量；即使有这力量，我也不愿意她有这样的境遇，因为她们大概总不愿意有这样的境遇。我想，这最稳当。（向女孩）姑娘，你这布片太好，可是太小一点了，还了你罢。

孩 （惊惧，退后）我不要了！你带走！

客　（似笑）哦哦，……因为我拿过了？

孩　（点头，指口袋）你装在那里，去玩玩。

客　（颓唐地退后）但这背在身上，怎么走呢；……

翁　你息不下，也就背不动。——休息一会，就没有什么了。

客　对咧，休息……（默想，但忽然惊醒，倾听）不，我不能！我还是走好。

翁　你总不愿意休息么？

客　我愿意休息。

翁　那么，你就休息一会罢。

客　但是，我不能……

翁　你总还是觉得走好么？

客　是的。还是走好。

翁　那么，你也还是走好罢。

客　（将腰一伸）好，我告别了。我很感谢你们。（向着女孩）姑娘，这还你，请你收回去。

【女孩惊惧，敛手，躲进土屋里去。

翁　你带去罢。要是太重了，可以随时抛在坟地里面的。

孩　（走向前）阿阿，那不行！

客　阿阿，那不行的。

翁　那么，你挂在野百合野蔷薇上就是了。

孩　（拍手）哈哈！好！

客　哦哦……

【极暂时中，沉默。

翁　那么，再见了。祝你平安。（站起，向女孩）孩子，扶我

进去罢。你看，太阳早已下去了。（转身向门）

客 多谢你们。祝你们平安。（徘徊，沉思，忽然吃惊）然而我不能！我只得走。我还是走好罢……（即刻昂了头，奋然向西走去）

【女孩扶老人走进土屋，随即阖了门。过客向野地里踉跄地闯进去，夜色跟在他后面。

一九二五年三月二日。

失掉的好地狱

我梦见自己躺在床上，在荒凉的野外，地狱的旁边。一切鬼魂们的叫唤无不低微，然有秩序，与火焰的怒吼、油的沸腾、钢叉的震颤和鸣，造成醉心的大乐，布告三界：地下太平。

有一伟大的男子站在我面前，美丽，慈悲，遍身有大光辉，然而我知道他是魔鬼。

“一切都已完结，一切都已完结！可怜的鬼魂们将那好的地狱失掉了！”他悲愤地说：于是坐下，讲给我一个他所知道的故事——

“天地作蜂蜜色的时候，就是魔鬼战胜天神，掌握了主宰一切的大威权的时候。他收得天国，收得人间，也收得地狱。他于是亲临地狱，坐在中央，遍身发大光辉，照见一切鬼众。

“地狱原已废弛得很久了：剑树消却光芒；沸油的边际早不腾涌；大火聚有时不过冒些青烟，远处还萌生曼陀罗花，花极细小，惨白可怜。——那是不足为奇的，因为地上曾经大被焚烧，自然失了他的肥沃。

“鬼魂们在冷油温火里醒来，从魔鬼的光辉中看见地狱小花，惨白可怜，被大蛊惑，倏忽间记起人世，默想至不知几多年，遂同时向着人间，发一声反狱的绝叫。

“人类便应声而起，仗义执言，与魔鬼战斗。战声遍满三界，远过雷霆。终于运大谋略，布大网罗，使魔鬼并且不得不从地狱出走。最后的胜利，是地狱门上也竖了人类的旌旗！

“当鬼魂们一齐欢呼时，人类的整饬地狱使者已临地狱，坐在中央，用了人类的威严叱咤一切鬼众。

“当鬼魂们又发一声反狱的绝叫时，即已成为人类的叛徒，得到永劫沉沦的罚，卷入剑树林的中央。

“人类于是完全掌握了主宰地狱的大威权，那威权且在魔鬼以上。人类于是整顿废弛，先给牛首阿旁以最高的俸草；而且，添薪加火，磨砺刀山，使地狱全体改观，一洗先前颓废的气象。

“曼陀罗花立即焦枯了。油一样沸；刀一样铦；火一样热；鬼众一样呻吟，一样宛转，至于都不暇记起失掉的好地狱。

“这是人类的成功，是鬼魂的不幸……。

“朋友，你在猜疑我了。是的，你是人！我且去寻野兽和恶鬼……”

一九二五年六月十六日。

这样的战士

要有这样的一种战士——

已不是蒙昧如非洲土人而背着雪亮的毛瑟枪的；也并不疲惫如中国绿营兵而却佩着盒子炮。他毫无乞灵于牛皮和废铁的甲胄；他只有自己，但拿着蛮人所用的，脱手一掷的投枪。

他走进无物之阵，所遇见的都对他一式点头。他知道这点头就是敌人的武器，是杀人不见血的武器，许多战士都在此灭亡，正如炮弹一般，使猛士无所用其力。

那些头上有各种旗帜，绣出各样好名称：慈善家，学者，文士，长者，青年，雅人，君子……头下有各样外套，绣出各式好花样：学问，道德，国粹，民意，逻辑，公义，东方文明……

但他举起了投枪。

他们都同声立了誓来讲说：他们的心在胸膛的中央，和别的偏心的人类两样。他们都在胸前放着护心镜，就为自己也深信心在胸膛中央的事作证。

但他举起了投枪。

他微笑，偏侧一掷，却正中了他们的心窝。

一切都突然倒地——然而只有一件外套，其中无物。无物之物已经脱走，得了胜利，因为他这时成了戕害慈善家等类的罪人。

但他举起了投枪。

他在无物之阵中大踏步走，再见一式的点头，各种的旗帜，各样的外套……

但他举起了投枪。

他终于在无物之阵中老衰，寿终。他终于不是战士，但无物之物则是胜者。

在这样的境地里，谁也不闻战叫：太平。

太平……

但他举起了投枪！

一九二五年十二月十四日。

聪明人和傻子和奴才

奴才总不过是寻人诉苦。只要这样，也只能这样。有一日，他遇到一个聪明人。

“先生！”他悲哀地说，眼泪连成一线，就从眼角上直流下来。“你知道的。我所过的简直不是人的生活。吃的是一天未必有一餐，这一餐又不过是高粱皮，连猪狗都不要吃的，尚且只有一小碗……”

“这实在令人同情。”聪明人也惨然说。

“可不是么！”他高兴了。“可是做工是昼夜无休息的：清早担水晚烧饭，上午跑街夜磨面，晴洗衣裳雨张伞，冬烧汽炉夏打扇。半夜要煨银耳，侍候主人要钱；头钱从来没分，有时还挨皮鞭……”

“唉唉……”聪明人叹息着，眼圈有些发红，似乎要下泪。

“先生！我这样是敷衍不下去的。我总得另外想法子。可是什么法子呢？……”

“我想，你总会好起来……”

“是么？但愿如此。可是我对先生诉了冤苦，又得你的同情和慰安，已经舒坦得不少了。可见天理没有灭绝……”

但是不几日，他又不平起来了，仍然寻人去诉苦。

“先生!”他流着眼泪说，“你知道的。我住的简直比猪窠还不如。主人并不将我当人；他对他的叭儿狗还要好到几万倍……”

“混账!”那人大叫起来，使他吃惊了。那人是一个傻子。

“先生，我住的只是一间破小屋，又湿，又阴，满是臭虫，睡下去就咬得真可以。秽气冲着鼻子，四面又没有一个窗……”

“你不会要你的主人开一个窗的么?”

“这怎么行? ……”

“那么，你带我去看去!”

傻子跟奴才到他屋外，动手就砸那泥墙。

“先生！你干什么?”他大声地说。

“我给你打开一个窗洞来。”

“这不行！主人要骂的!”

“管他呢!”他仍然砸。

“人来呀！强盗在毁咱们的屋子了！快来呀！迟一点可要打出窟窿来了！……”他哭嚷着，在地上团团地打滚。

一群奴才都出来了，将傻子赶走。听到了喊声，慢慢地最后出来的是主人。

“有强盗要来毁咱们的屋子，我首先叫喊起来，大家一同把他赶走了。”他恭敬而得胜地说。

“你不错。”主人这样夸奖他。

这一天就来了许多慰问的人，聪明人也在内。

“先生。这回因为我有功，主人夸奖了我了。你先前说我总会好起来，实在是有先见之明……”他大有希望似的高兴地说。

“可不是吗……”聪明人也代为高兴似的回答他。

一九二五年十二月二十六日。

淡淡的血痕中

————纪念几个死者和生者和未生者

目前的造物主，还是一个怯弱者。

他暗暗地使天变地异，却不敢毁灭一个这地球；暗暗地使生物衰亡，却不敢长存一切尸体；暗暗地使人类流血，却不敢使血色永远鲜秾；暗暗地使人类受苦，却不敢使人类永远记得。

他专为他的同类——人类中的怯弱者——设想，用废墟荒坟来衬托华屋，用时光来冲淡苦痛和血痕；日日斟出一杯微甘的苦酒，不太少，不太多，以能微醉为度，递给人间，使饮者可以哭，可以歌，也如醒，也如醉，若有知，若无知，也欲死，也欲生。他必须使一切也欲生；他还没有灭尽人类的勇气。

几片废墟和几个荒坟散在地上，映以淡淡的血痕，人们都在其间咀嚼着人我的渺茫的悲苦。但是不肯吐弃，以为究竟胜于空虚，各各自称为“天之僇民”，以作咀嚼着人我的渺茫的悲苦的辩解，而且悚息着静待新的悲苦的到来。新的，这就使他们恐惧，而又渴欲相遇。

这都是造物主的良民。他就需要这样。

叛逆的猛士出于人间；他屹立着，洞见一切已改和现有的废墟和荒坟，记得一切深广和久远的苦痛，正视一切重叠淤积的凝血，深知一切已死，方生，将生和未生。他看透了造化的把戏；他将要起来使人类苏生，或者使人类灭尽，这些造物主的良民们。

造物主，怯弱者，羞惭了，于是伏藏。天地在猛士的眼中于是变色。

一九二六年四月八日。

孔乙己

鲁镇的酒店的格局，是和别处不同的：都是当街一个曲尺形的大柜台，柜里面预备着热水，可以随时温酒。做工的人，傍午傍晚散了工，每每花四文铜钱，买一碗酒，——这是二十多年前的事，现在每碗要涨到十文，——靠柜外站着，热热的喝了休息；倘肯多花一文，便可以买一碟盐煮笋，或者茴香豆，做下酒物了，如果出到十几文，那就能买一样荤菜。这些顾客，多是短衣帮，大抵没有这样阔绰。只有穿长衫的，才踱进店面隔壁的房子里，要酒要菜，慢慢地坐喝。

我从十二岁起，便在镇口的咸亨酒店里当伙计，掌柜说，样子太傻，怕侍候不了长衫主顾，就在外面做点事罢。外面的短衣主顾，虽然容易说话，但唠唠叨叨缠夹不清的也很不少。他们往往要亲眼看着黄酒从坛子里舀出，看过壶子底里有水没有，又亲看将壶子放在热水里，然后放心；在这严重监督之下，羼水也很为难。所以过了几天，掌柜又说我干不了这事。幸亏荐头的情面大，辞退不得，便改为专管温酒的一种无聊职务了。

我从此便整天的站在柜台里，专管我的职务。虽然没有什么失职，但总觉有些单调，有些无聊。掌柜是一幅凶脸孔，主顾也没有好声气，教人活泼不得；只有孔乙己到店，总可以笑几声，所以至今还记得。

孔乙己是站着喝酒而穿长衫的唯一的人。他身材很高大；青白脸色，皱纹间时常夹些伤痕；一部乱蓬蓬的花白的胡子。穿的虽然是长衫，可是又脏又破，似乎十多年没有补，也没有洗。他对人说话，总是满口之乎者也，教人半懂不懂的。因为他姓孔，别人便从描红纸上的“上大人孔乙己”这半懂不懂的话里，替他取下一个绰号，叫做孔乙己。孔乙己一到店，所有喝酒的人便都看着他笑，有的叫道，“孔乙己，你脸上又添上新伤疤了！”他不回答，对柜里说，“温两碗酒，要一碟茴香豆。”便排出九文大钱来。他们又故意地高声嚷道，“你一定又偷了人家的东西了！”孔乙己睁大眼睛说，“你怎么这样凭空污人清白……”“什么清白？我前天亲眼见你偷了何家的书，吊着打。”孔乙己便涨红了脸，脸上的青筋条条绽出，争辩道，“窃书不能算偷，……窃书！……读书人的事，能算偷么？”接连便是难懂的话，什么“君子固穷”，什么“者乎”之类，引得众人都哄笑起来：店内外充满了快活的空气。

听人家背地里谈论，孔乙己原来也读过书，但终没有进学，又不会营生；于是愈过愈穷，弄到将要讨饭了。幸而写得一笔好字，便替人家钞钞书，换一碗饭吃。可惜他又有一样坏脾气，便是好喝懒做，坐不到几天，便连人和书籍纸张笔砚，一齐失踪。如是几次，叫他钞书的人也没有了。孔乙己没有法，便免不了偶然做些偷窃的事。但他在我们店里，品行却比别人都好，就是从不拖欠；虽然间或没有现钱，暂时记在粉板上，但不出一月，定然还清，从粉板上拭去了孔乙己的名字。

孔乙己喝过半碗酒，涨红的脸色渐渐复了原，旁人便又问道，“孔乙己，你当真认识字么？”孔乙己看着问他的人，显出不屑置辩的神气。他们便接着说道，“你怎的连半个秀才也捞不到呢？”孔乙己立刻显出颓唐不安模样，脸上笼上了一层灰色，嘴里说些话；这回可是全是之乎者也之类，一些不懂了。在这时候，众人也都哄笑起来：店内外充满了快活的空气。

在这些时候，我可以附和着笑，掌柜是决不责备的。而且掌柜见了孔乙己，也每每这样问他，引人发笑。孔乙己自己知道不能和他们谈天，便只好向孩子说话。有一回对我说道，“你读过书么？”我略略点一点头。他说，“读过书，……我便考你一考。茴香豆的茴字，怎样写的？”我想，讨饭一样的人，也配考我么？便回过脸去，不再理会。孔乙己等了许久，很恳切地说道，“不能写罢，……我教给你，记着！这些字应该记着，将来做掌柜的时候，写账要用。”我暗想我和掌柜的等级还很远呢，而且我们掌柜也从不将茴香豆上账；又好笑，又不耐烦，懒懒地答他道，“谁要你教，不是草头底下一个来回的回字么？”孔乙己显出极高兴的样子，将两个指头的长指甲敲着柜台，点头说，“对呀对呀！……回字有四样写法，你知道么？”我愈不耐烦了，努着嘴走远。孔乙己刚用指甲蘸了酒，想在柜上写字，见我毫不热心，便又叹一口气，显出极惋惜的样子。

有几回，邻舍孩子听得笑声，也赶热闹，围住了孔乙己。

他便给他们茴香豆吃，一人一颗。孩子吃完豆，仍然不散，眼睛都望着碟子。孔乙己着了慌，伸开五指将碟子罩住，弯腰下去说道，“不多了，我已经不多了。”直起身又看一看豆，自己摇头说，“不多不多！多乎哉？不多也。”于是这一群孩子都在笑声里走散了。

孔乙己是这样的使人快活，可是没有他，别人也便这么过。

有一天，大约是中秋前的两三天，掌柜正在慢慢地结账，取下粉板，忽然说，“孔乙己长久没有来了。还欠十九个钱呢!”我才也觉得他的确长久没有来了。一个喝酒的人说道，“他怎么会来？……他打折了腿了。”掌柜说，“哦!”“他总仍旧是偷。这一回，是自己发昏，竟偷到丁举人家里去了。他家的东西，偷得的么?”“后来怎么样?”“怎么样？先写服辩，后来是打，打了大半夜，再打折了腿。”“后来呢?”“后来打折了腿了。”“打折了怎样呢?”“怎样？……谁晓得？许是死了。”掌柜也不再问，仍然慢慢地算他的账。

中秋过后，秋风是一天凉比一天，看看将近初冬，我整天地靠着火，也须穿上棉袄了。一天的下半天，没有一个顾客，我正合了眼坐着。忽然间听得一个声音，“温一碗酒。”这声音虽然极低，却很耳熟，看时又全没有人。站起来向外一望，那孔乙己便在柜台下对了门槛坐着。他脸上黑而且瘦，已经不成样子；穿一件破夹袄，盘着两腿，下面垫一个蒲包，用草绳在肩上挂住。见了我，又说道，“温一碗酒。”掌柜也伸出头去，一面说，“孔乙己么？你还欠十九个钱呢!”孔乙己很颓唐地仰面答道，“这……下回还清罢。这一回是现钱，酒要好。”掌柜仍然同平常一样，笑着对他说，“孔乙己，你又偷了东西了!”但他这回却不十分分辩，单说了一句“不要取笑!”“取笑，要是不偷，怎么会打断腿?”孔乙己低声说道，“跌断，跌，跌，……”他的眼色，很像恳求掌柜，不要再提。此时已经聚集了几个人，便和掌柜都笑了。我温了酒，端出去，放在门槛上。他从破衣袋里摸出四文大钱，放在我手里，见他满手是泥，原来他便用这手走来的。不一会，他喝完酒，便又在旁人的说笑声中，坐着用这手慢慢走去了。

自此以后，又长久没有看见孔乙己。到了年关，掌柜取下粉板说，“孔乙己还欠十九个钱呢!”到第二年的端午，又说，“孔乙己还欠十九个钱呢!”到中秋可是没有说，再到年关也没有看见他。

我到现在终于没有见——大约孔乙己的确死了。

一九一九年三月。

一件小事

我从乡下跑到京城里，一转眼已经六年了。其间耳闻目睹的所谓国家大事，算起来也很不少；但在我心里，都不留甚么痕迹。倘要我寻出这些事的影响来说，便只是增长了我的坏脾气，——老实说，便是教我一天比一天地看不起人。

有一件小事，却于我有意义，将我从坏脾气里拖开，使我至今忘记不得。

这是民国六年的冬天，大北风刮得正猛，我因为生计关系，不得不一早在路上走。一路几乎遇不见人，好容易才雇定了一辆人力车，教他拉到S门去。不一会，北风小了，路上浮尘早已刮净，剩下一条洁白的大道来，车夫也跑得更快。刚近S门，忽而车把上带着一个人，慢慢地倒了。

跌倒的是一个女人，花白头发，衣服都很破烂。伊从马路边上突然向车前横截过来；车夫已经让开道，但伊的破棉背心没有上扣，微风吹着，向外展开，所以终于兜着车把。幸而车夫早有点停步，否则伊定要栽一个大筋斗，跌到头破血出了。

伊伏在地上；车夫便也立住脚。我料定这老女人并没有伤，又没有别人看见，便很怪他多事，要自己惹出是非，也误了我的路。

我便对他说，“没有什么的。走你的罢！”

车夫毫不理会，——或者并没有听到，——却放下车子，扶那老女人慢慢起来，搀着臂膊立定，问伊说：

“你怎么啦？”

“我摔坏了。”

我想，我眼见你慢慢倒地，怎么会摔坏呢，装腔作势罢了，这真可憎恶。车夫多事，也正是自讨苦吃，现在你自己想法去。

车夫听了这老女人的话，却毫不踌躇，仍然搀着伊的臂膊，便一步一步地向前走。我有些诧异，忙看前面，是一所巡警分驻所，大风之后，外面也不见人。这车夫扶着那老女人，便正是向那大门走去。

我这时突然感到一种异样的感觉，觉得他满身灰尘的后影，刹时高大了，而且愈走愈大，须仰视才见。而且他对于我，渐渐地又几乎变成一种威压，甚而至于要榨出皮袍下面藏着的“小”来。

我的活力这时大约有些凝滞了，坐着没有动，也没有想，直到看见分驻所里走出一个巡警，才下了车。

巡警走近我说，“你自己雇车罢，他不能拉你了。”

我没有思索地从外套袋里抓出一大把铜元，交给巡警，说，“请你给他……”

风全住了，路上还很静。我走着，一面想，几乎怕敢想到我自己。以前的事姑且搁起，这一大把铜元又是什么意思？奖他么，我还能裁判车夫么？我不能回答自己。

这事到了现在，还是时时记起。我因此也时时熬了苦痛，努力地要想到我自己。几年来的文治武力，在我早如幼小时候所读过的“子曰诗云”一般，背不上半句了。独有这一件小事，却总是浮在我眼前，有时反更分明，教我惭愧，催我自新，并且增长我的勇气和希望。

一九二〇年七月。

故　乡

我冒了严寒，回到相隔二千馀里，别了三十馀年的故乡去。

时候既然是深冬；渐近故乡时，天气又阴晦了，冷风吹进船舱中，呜呜地响，从篷隙向外一望，苍黄的天底下，远近横着几个萧索的荒村，没有一些活气。我的心禁不住悲凉起来了。

阿！这不是我二十年来时时记得的故乡？

我所记得的故乡全不如此。我的故乡好得多了。但要我记起它的美丽，说出它的佳处来，却又没有影像，没有言辞了。仿佛也就如此。于是我自己解释说：故乡本也如此，——虽然没有进步，也未必有如我所感的悲凉，这只是我自己心情的改变罢了，因为我这次回乡，本没有什么好心绪。

我这次是专为了别它而来的。我们多年聚族而居的老屋，已经公同卖给别姓了，交屋的期限，只在本年，所以必须赶在正月初一以前，永别了熟识的老屋，而且远离了熟识的故乡，搬家到我在谋食的异地去。

第二日清早晨，我到了我家的门口了。瓦楞上许多枯草的断茎当风抖着，正在说明这老屋难免易主的原因。几房的本家大约已经搬走了，所以很寂静。我到了自家的房外，我的母亲早已迎着出来了，接着便飞出了八岁的侄儿宏儿。

我的母亲很高兴，但也藏着许多凄凉的神情，教我坐下，歇息，喝茶，且不谈搬家的事。宏儿没有见过我，远远的对面站着只是看。

但我们终于谈到搬家的事。我说外间的寓所已经租定了，又买了几件家具，此外须将家里所有的木器卖去，再去增添。母亲也说好，而且行李也略已齐集，木器不便搬运的，也小半卖去了，只是收不起钱来。

“你休息一两天，去拜望亲戚本家一回，我们便可以走了。”母亲说。

“是的。”

“还有闰土，他每到我家来时，总问起你，很想见你一回面。我已经将你到家的大约日期通知他，他也许就要来了。”

这时候，我的脑里忽然闪出一幅神异的图画来：深蓝的天空中挂着一轮金黄的圆月，下面是海边的沙地，都种着一望无际的碧绿的西瓜，其间有一个十一二岁的少年，项带银圈，手捏一柄钢叉，向一匹猹尽力地刺去，那猹却将身一扭，反从他的胯下逃走了。

这少年便是闰土。我认识他时，也不过十多岁，离现在将有三十年了；那时我的父亲还在世，家景也好，我正是一个少爷。那一年，我家是一件大祭祀的值年。这祭祀说是三十多年才能轮到一回，所以很郑重；正月里供祖像，供品很多，祭器很讲究，拜的人也很多，祭器也很要防偷去。我家只有一个忙月（我们这里给人做工的分三种：整年给一定人家做工的叫长年，按日给人做工的叫短工；自己也种地，只在过年过节以及收租时候来给一定的人家做工的称忙月），忙不过来，他便对父亲说，可以叫他的儿子闰土来管祭器的。

我的父亲允许了；我也很高兴，因为我早听到闰土这名字，而且知道他和我仿佛年纪，闰月生的，五行缺土，所以他的父亲叫他闰土。他是能装弶捉小鸟雀的。

我于是日日盼望新年，新年到，闰土也就到了。好容易到了年末，有一日，母亲告诉我，闰土来了，我便飞跑地去看。他正在厨房里，紫色的圆脸，头戴一顶小毡帽，颈上套一个明晃晃的银项圈，这可见他的父亲十分爱他，怕他死去，所以在神佛面前许下愿心，用圈子将他套住了。

他见人很怕羞，只是不怕我，没有旁人的时候，便和我说话，于是不到半日，我们便熟识了。

我们那时候不知道谈些什么，只记得闰土很高兴，说是上城之后，见了许多没有见过的东西。

第二日，我便要他捕鸟。他说：

“这不能。须大雪下了才好。我们沙地上，下了雪，我扫出一块空地来，用短棒支起一个大竹匾，撒下秕谷，看鸟雀来吃时，我远远地将缚在棒上的绳子只一拉，那鸟雀就罩在竹匾下了。什么都有：稻鸡，角鸡，鹁鸪，蓝背……”

我于是又很盼望下雪。

闰土又对我说：

“现在太冷，你夏天到我们这里来。我们日里到海边捡贝壳去，红的绿的都有，鬼见怕也有，观音手也有。晚上我和爹管西瓜去，你也去。”

“管贼么？”

“不是。走路的人口渴了摘一个瓜吃，我们这里是不算偷的，要管的是獾猪、刺猬、猹。月亮地下，你听，啦啦的响了，猹在咬瓜了。你便捏了胡叉，轻轻地走去……”

我那时并不知道所谓猹的是怎么一件东西——便是现在也没有知道——只是无端地觉得状如小狗而很凶猛。

“它不咬人么？”

“有胡叉呢。走到了，看见猹了，你便刺。这畜生很伶俐，倒向你奔来，反从胯下窜了。它的皮毛是油一般的滑……”

我素不知道天下有这许多新鲜事：海边有如许五色的贝壳；西瓜有这样危险的经历，我先前单知道它在水果店里出卖罢了。

“我们沙地里，潮汛要来的时候，就有许多跳鱼儿只是跳，都有青蛙似的两个脚……”

阿！闰土的心里有无穷无尽的稀奇的事，都是我往常的朋友所不知道的。他们不知这一些事，闰土在海边时，他们都和我一样，只看见院子里高墙上的四角的天空。

可惜正月过去了，闰土须回家里去，我急得大哭。他也躲到厨房里，哭着不肯出门，但终于被他父亲带走了。他后来还托他的父亲带给我一包贝壳和几枝很好看的鸟毛，我也曾送他一两次东西，但从此没有再见面。

现在我的母亲提起了他，我这儿时的记忆，忽而全都闪电似的苏生过来，仿佛看到了我的美丽的故乡了。我应声说：

“这好极！他，——怎样？——……”

“他？……他景况也很不如意……”母亲说着，便向房外看，“这些人又来了。说是买木器，顺手也就随便拿走的，我得去看看。”

母亲站起身，出去了。门外有几个女人的声音，我便招宏儿走近面前，和他闲话：问他可会写字，可愿意出门。

“我们坐火车去么？”

“我们坐火车去。”

“船呢？”

“先坐船。……”

“哈！这模样了！胡子这么长了！”一种尖利的怪声突然大叫起来。

我吃了一吓，赶忙抬起头，却见一个凸颧骨、薄嘴唇，五十岁上下的女人站在我面前，两手搭在髀间，没有系裙，张着两脚，正像个画图仪器里细脚伶仃的圆规。

我愕然了。

“不认识了么？我还抱过你咧！”

我愈加愕然了。幸而我的母亲也就进来，从旁说：

“他多年出门，统忘却了。——你该记得罢，”便向着我说，“这是斜对门的杨二嫂，开豆腐店的。”

哦，我记得了。我孩子时候，在斜对门豆腐店里确乎终日坐着一个杨二嫂，人都叫伊“豆腐西施”。但是擦着白粉，颧骨没有这么高，嘴唇也没有这么薄，而且终日坐着，我也从没有见过这圆规式的姿势。那时人说：因为伊，这豆腐店的买卖非常好。但这大约因为年龄的关系，我却并未蒙着一毫感化，所以竟完全忘却了。然而圆规很不平，显出鄙夷的神色，仿佛嗤笑法国人不知道拿破仑，美国人不知道华盛顿似的，冷笑说：

“忘了？这真是贵人眼高……”

“哪有这事……我……”我惶恐着，站起来说。

“那么我对你说：迅哥儿，你阔了，搬动又笨重，你还要什么这些破烂木器，让我拿去罢。我们小户人家，用得着。”

“我并没有阔哩。我须卖了这些，再去……”

“阿呀呀，你放了道台了，还说不阔？你现在有三房姨太太；出门便是八抬的大轿，还说不阔？吓，什么都瞒不过我。”

我知道无话可说了，便闭了口，默默地站着。

“阿呀阿呀，真是愈有钱，便愈是一毫不肯放松，愈是一毫不肯放松，便愈有钱……”圆规一面愤愤地回转身，一面絮絮地说，慢慢向外走，顺便将我母亲的一副手套塞在裤腰里，出去了。

此后又有近处的本家和亲戚来访问我。我一面应酬，偷空便收拾些行李，这样的过了三四天。

一日是天气很冷的午后，我吃过午饭，坐着喝茶，觉得外面有人进来了，便回头去看。我看时，不由地非常出惊，慌忙站起身，迎着走去。

这来的便是闰土，虽然我一见便知道是闰土，但又不是我这记忆上的闰土了。他身材增加了一倍；先前的紫色的圆脸，已经变作灰黄，而且加上了很深的皱纹；眼睛也像他父亲一样，周围都肿得通红，这我知道，在海边种地的人，终日吹着海风，大抵是这样的。他头上是一顶毡帽，身上只一件极薄的棉衣，浑身瑟索着；手里提着一个纸包和一枝长烟管，那手也不是我所记得的红活圆实的手，却又粗又笨而且开裂，像是松树皮了。

我这时很兴奋，但不知道怎么说才好，只是说：

“阿，闰土哥，——你来了？……”

我接着便有许多话，想要连珠一般涌出：角鸡，跳鱼儿，贝壳，猹，……但又总觉得被什么挡着似的，单在脑里面回旋，吐不出口外去。

他站住了，脸上现出欢喜和凄凉的神情；动着嘴唇，却没有作声。他的态度终于恭敬起来了，分明地叫道：

“老爷！……”

我似乎打了一个寒噤；我就知道，我们之间已经隔了一层可悲的厚障壁了。我也说不出话。

他回过头去说，“水生，给老爷磕头。”便拖出躲在背后的孩子来，这正是一个廿年前的闰土，只是黄瘦些，脖子上没有银圈罢了。

“这是第五个孩子，没有见过世面，躲躲闪闪……”

母亲和宏儿下楼来了，他们大约也听到了声音。

“老太太，信是早收到了。我实在喜欢得了不得，知道老爷回来……”闰土说。

“阿，你怎的这样客气起来。你们先前不是哥弟称呼么，还是照旧：迅哥儿。”母亲高兴的说。

“阿呀，老太太真是……这成什么规矩。那时是孩子，不懂事……”闰土说着，又叫水生上来打拱，那孩子却害羞，紧紧地只贴在他背后。

“他就是水生，第五个？都是生人，怕生也难怪的；还是宏儿和他去走走。”母亲说。

宏儿听得这话，便来招水生，水生却松松爽爽同他一路出去了。母亲叫闰土坐，他迟疑了一回，终于就了坐，将长烟管靠在桌旁，递过纸包来，说：

“冬天没有什么东西了，这一点干青豆倒是自家晒在那里的，请老爷……”

我问问他的景况，他只是摇头。

“非常难。第六个儿子也会帮忙了，却总是吃不够……又不太平……什么地方都要钱，没有定规……收成又坏。种出东西来，挑去卖，总要捐几回钱，折了本；不去卖，又只能烂掉。”

他只是摇头；脸上虽然刻着许多皱纹，却全然不动，仿佛石像一般。他大约只是觉得苦，却又形容不出，沉默了片时，便拿起烟管来默默地吸烟了。

母亲问他，知道他的家里事务忙，明天便得回去；又没有吃过午饭，便叫他自己到厨下炒饭吃去。

他出去了；母亲和我都叹息他的景况：多子，饥荒，苛税，兵，匪，官，绅，都苦得他像一个木偶人了。母亲对我说，凡不必搬走的东西，尽可以送他，听他自己去拣择。

下午，他拣好了几件东西：两条长桌，四个椅子，一副香炉和烛台，一杆抬秤。他又要所有的草灰（我们这里煮饭是烧稻草的，那灰，可以做沙地的肥料），待我们启程的时候，他用船来载去。

夜间，我们又谈些闲天，都是无关紧要的话；第二天早晨，他就领了水生回去了。

又过了九日，是我们启程的日期。闰土早晨便到了，水生没有同来，却只带着一个五岁的女儿管船只。我们终日很忙碌，再没有谈天的工夫。来客也不少，有送行的，有拿东西的，有送行兼拿东西的。待到傍晚我们上船的时候，这老屋里的所有破旧大小粗细东西，已经一扫而空了。

我们的船向前走，两岸的青山在黄昏中，都装成了深黛颜色，连着退向船后梢去。

宏儿和我靠着船窗，同看外面模糊的风景，他忽然问道；

"大伯！我们甚么时候回来？"

"回来？你怎么还没有走就想回来了。"

"可是，水生约我到他家玩去咧……"他睁着大的黑眼睛，痴痴的想。

我和母亲也都有些惘然，于是又提起闰土来。母亲说，那"豆腐西施"的杨二嫂，自从我家收拾行李以来，本是每日必到的，前天伊在灰堆里，掏出十多个碗碟来，议论之后，便定说是闰土埋着的，他可以在运灰的时候，一齐搬回家里去；杨二嫂发见了这件事，自己很以为功，便拿了那狗气杀（这是我们这里养鸡的器具，木盘上面有着栅栏，内盛食料，鸡可以伸进颈子去啄，狗却不能，只能看着气死），飞也似的跑了，亏伊装着这么高底的小脚，竟跑得这样快。

老屋离我愈远了；故乡的山水也都渐渐远离了我，但我却并不感到怎样的留恋。我只觉得我四面有看不见的高墙，将我隔成孤身，使我非常气闷；那西瓜地上的银项圈的小英雄的影像，我本来十分清楚，现在却忽地模糊了，又使我非常的悲哀。

母亲和宏儿都睡着了。

我躺着，听船底潺潺的水声，知道我在走我的路。我想：我竟与闰土隔绝到这地步了，但我们的后辈还是一气，宏儿不是正在想念水生么。我希望他们不再像我，又大家隔膜起来……然而我又不愿意他们因为要一气，都如我的辛苦辗转而生活，也不愿意他们都如闰土的辛苦麻木而生活，也不愿意都如别人的辛苦恣睢而生活。他们应该有新的生活，为我们所未经生活过的。

我想到希望，忽然害怕起来了。闰土要香炉和烛台的时候，我还暗地里笑他，以为他总是崇拜偶像，什么时候都不忘却。现在我所谓希望，不也是我自己手制的偶像么，只是他的愿望切近，我的愿望茫远罢了。

我在朦胧中，眼前展开一片海边碧绿的沙地来，上面深蓝的天空中挂着一轮金黄的圆月。我想：希望是本无所谓有，无所谓无的，这正如地上的路，其实地上本没有路，走的人多了，也便成了路。

一九二一年一月。

阿 Q 正传

第一章　序

我要给阿 Q 做正传，已经不止一两年了。但一面要做，一面又往回想，这足见我不是一个“立言”的人，因为从来不朽之笔，须传不朽之人，于是人以文传，文以人传——究竟谁靠谁传，渐渐地不甚了然起来，而终于归结到传阿 Q，仿佛思想里有鬼似的。

然而要做这一篇速朽的文章，才下笔，便感到万分的困难了。第一是文章的名目。孔子曰，“名不正则言不顺”，这原是应该极注意的。传的名目很繁多：列传、自传、内传、外传、别传、家传、小传……，而可惜都不合。“列传”么，这一篇并非和许多阔人排在“正史”里；“自传”么，我又并非就是阿 Q。说是“外传”，“内传”在哪里呢？倘用“内传”，阿 Q 又决不是神仙。“别传”呢，阿 Q 实在未曾有大总统上谕宣付国史馆立“本传”——虽说英国正史上并无“博徒列传”，而文豪迭更司也做过《博徒别传》这一部书，但文豪则可，在我辈却不可的。其次是“家传”，则我既不知与阿 Q 是否同宗，也未曾受他子孙的拜托；或“小传”，则阿 Q 又更无别的“大传”了。总而言之，这一篇也便是“本传”，但从我的文章着想，因为文体卑下，是“引车卖浆者流”所用的话，所以不敢僭称，便从不入三教九流的小说家所谓“闲话休题，言归正传”这一句套话里，取出“正传”两个字来，作为名目，即使与古人所撰《书法正传》的“正传”字面上很相混，也顾不得了。

第二，立传的通例，开首大抵该是“某，字某，某地人也”，而我并不知道阿 Q 姓什么。有一回，他似乎是姓赵，但第二日便模糊了。那是赵太爷的儿子进了秀才的时候，锣声铛铛地报到村里来，阿 Q 正喝了两碗黄酒，便手舞足蹈地说，这于他也很光彩，因为他和赵太爷原来是本家，细细地排起来，他还比秀才长三辈呢。其时几个旁听人倒也肃然地有些起敬了。哪知道第二天，地保便叫阿 Q 到赵太爷家里去；太爷一见，满脸溅朱，喝道：

“阿 Q，你这浑小子！你说我是你的本家么？”

阿 Q 不开口。

赵太爷愈看愈生气了，抢进几步说：“你敢胡说！我怎么会有你这样的本家？你姓赵么？”

阿 Q 不开口，想往后退了；赵太爷跳过去，给了他一个嘴巴。

“你怎么会姓赵！你哪里配姓赵！”

阿 Q 并没有抗辩他确凿姓赵，只用手摸着左颊，和地保退出去了；外面又被地保训斥了一番，谢了地保二百文酒钱。知道的人都说阿Q太荒唐，自己去招打；他大约未必姓赵，即使真姓赵，有赵太爷在这里，也不该如此胡说的。此后便再没有人提起他的氏族来，所以我终于不知道阿Q究竟什么姓。

第三，我又不知道阿Q的名字是怎么写的。他活着的时候，人们都叫他阿Quei，死了以后，便没有一个人再叫阿Quei了，那里还会有“著之竹帛”的事？若论“著之竹帛”，这篇文章要算第一次，所以先遇着了这第一个难关。我曾经仔细想：阿Quei，阿桂，还是阿贵呢？倘使他号叫月亭，或者在八月间做过生日，那一定是阿桂了。而他既没有号——也许有号，只是没人知道它，——又未尝散过生日征文的帖子：写作阿桂，是武断的。又倘若他有一位老兄或令弟叫阿富，那一定是阿贵了；而他又只是一个人：写作阿贵，也没有佐证的。其馀音Quei的偏僻字样，更加凑不上了。先前，我也曾问过赵太爷儿子茂才先生，谁料博雅如此公，竟也茫然，但据结论证，是因为陈独秀办了《新青年》提倡洋字，所以国粹沦亡，无可查考了。我的最后的手段，只有托一个同乡去查阿Q犯事的案卷，八个月之后才有回信，说案卷里并无与阿Quei的声音相近的人。我虽不知道是真没有，还是没有查，然而也再没有别的方法了。生怕注音字母还未通行，只好用了“洋字”照英国流行的拼法写他为阿Quei，略作阿Q。这近于盲从《新青年》，自己也很抱歉，但茂才公尚且不知，我还有什么好办法呢。

第四，是阿Q的籍贯了。倘他姓赵，则据现在好称郡望的老例，可以照郡名百家姓的注解，说是“陇西天水人也”，但可惜这姓是不甚可靠的，因此籍贯也就有些决不定。他虽然多住未庄，然而也常常宿在别处，不能说是未庄人，即使说是“未庄人也”，也仍然有乖史法的。

我所聊以自慰的，是还有一个“阿”字非常正确，绝无附会假借的缺点，颇可以就正于通人。至于其馀，却都非浅学所能穿凿，只希望有“历史癖与考据癖”的胡适之先生的门人们，将来或者能够寻出许多新端绪来，但是我这《阿 Q 正传》到那时却又怕早经消灭了。

以上可以算是序。

第二章　优胜记略

阿 Q 不独是姓名籍贯有些渺茫，连他先前的“行状”也渺茫。因为未庄的人们之于阿 Q，只要他帮忙，只拿他玩笑，从来没有留心他的“行状”的。而阿 Q 自己也不说，独有和别人口角的时候，间或瞪着眼睛道：

“我们先前——比你阔的多啦！你算是什么东西！”

阿 Q 没有家，住在未庄的土谷祠里；也没有固定的职业，只给人家做短工，割麦便割麦，舂米便舂米，撑船便撑船。工作略长久时，他也或住在临时主人的家里，但一完就走了。所以，人们忙碌的时候，也还记起阿 Q 来，然而记起的是做工，并不是“行状”；一闲空，连阿 Q 都早忘却，更不必说“行状”了。只是有一回，有一个老头子颂扬说：“阿 Q 真能做！”这时阿Q赤着膊，懒洋洋地瘦伶仃地正在他面前，别人也摸不着这话是真心还是讥笑，然而阿Q很喜欢。

阿Q又很自尊，所有未庄的居民，全不在他眼睛里，甚而至于对于两位“文童”也有以为不值一笑的神情。夫文童者，将来恐怕要变秀才者也；赵太爷钱太爷大受居民的尊敬，除有钱之外，就因为都是文童的爹爹。而阿Q在神情上独不表格外的崇奉，他想：我的儿子会阔得多啦！加以进了几回城，阿Q自然更自负。然而他又很鄙薄城里人，譬如用三尺长三寸宽的木板做成的凳子，未庄叫“长凳”，他也叫“长凳”，城里人却叫“条凳”，他想：这是错的，可笑！油煎大头鱼，未庄都加上半寸长的葱叶，城里却加上切细的葱丝，他想：这，也是错的，可笑！然而未庄人真是不见世面的可笑的乡下人呵，他们没有见过城里的煎鱼！

阿Q“先前阔”，见识高，而且“真能做”，本来几乎是一个“完人”了，但可惜他体质上还有一些缺点，最恼人的是在他头皮上颇有几处不知起于何时的癞疮疤。这虽然也在他身上，而看阿Q的意思，倒也似乎以为不足贵的。因为他讳说“癞”以及一切近于“赖”的音，后来推而广之，“光”也讳，“亮”也讳，再后来，连“灯”“烛”都讳了。一犯讳，不问有心与无心，阿Q便全疤通红地发起怒来，估量了对手，口讷的他便骂，气力小的他便打；然而不知怎么一回事，总还是阿Q吃亏的时候多，于是他渐渐地变换了方针，大抵改为怒目而视了。

谁知道阿Q采用怒目主义之后，未庄的闲人们便愈喜欢玩笑他，一见面，他们便假作吃惊地说：

“哈，亮起来了。”

阿 Q 照例地发了怒，他怒目而视了。

“原来有保险灯在这里！”他们并不怕。

阿 Q 没有法，只得另外想出报复的话来：

“你还不配……”这时候，又仿佛在他头上的是一种高尚的光荣的癞头疮，并非平常的癞头疮了。但上文说过，阿 Q 是有见识的，他立刻知道和“犯忌”有点抵触，便不再往底下说。

闲人还不完，只撩他，于是终而至于打。阿 Q 在形式上打败了，被人揪住黄辫子，在壁上碰了四五个响头，闲人这才心满意足地得胜地走了。阿 Q 站了一刻，心里想，“我总算被儿子打了，现在的世界真不像样……”于是也心满意足地得胜的走了。

阿 Q 想在心里的，后来每每说出口来，所以凡有和阿 Q 玩笑的人们，几乎全知道他有这一种精神上的胜利法，此后每逢揪住他黄辫子的时候，人就先一着对他说：

“阿 Q 这不是儿子打老子，是人打畜生。自己说：人打畜生！”

阿 Q 两只手都捏住了自己的辫根，歪着头，说道：

“打虫豸，好不好？我是虫豸——还不放么？”

但虽然是虫豸，闲人也并不放，仍旧在就近什么地方给他碰了五六个响头，这才心满意足地得胜地走了，他以为阿 Q 这回可遭了瘟。然而不到十秒钟，阿 Q 也心满意足地得胜地走了，他觉得他是第一位能够自轻自贱的人，除了“自轻自贱”不算外，馀下的就是“第一个”。状元不也是“第一个”么？“你算是什么东西”呢!?

阿Q以如是等等妙法克服怨敌之后，便愉快地跑到酒店里喝几碗酒，又和别人调笑一通，口角一通，又得了胜，愉快地回到土谷祠，放倒头睡着了；假使有钱，他便去押牌宝，一堆人蹲在地面上，阿Q即汗流满面的夹在这中间，声音他最响：

“青龙四百!”

“咳——开——啦!”桩家揭开盒子盖，也是汗流满面的唱。“天门啦——角回啦！人和穿堂空在那里啦——！阿Q的铜钱拿过来——!”“穿堂一百——一百五十!”

阿Q的钱便在这样的歌吟之下，渐渐地输入别个汗流满面的人物的腰间。他终于只好挤出堆外，站在后面看，替别人着急，一直到散场，然后恋恋地回到土谷祠，第二天，肿着眼睛去工作。

但真所谓“塞翁失马，安知非福”罢，阿Q不幸而赢了一回，他倒几乎失败了。

这是未庄赛神的晚上。这晚上照例有一台戏，戏台左近，也照例有许多的赌摊。做戏的锣鼓，在阿Q耳朵里仿佛在十里之外；他只听得桩家的歌唱了。他赢而又赢，铜钱变成角洋，角洋变成大洋，大洋又成了叠。他兴高采烈得非常：

“天门两块!”

他不知道谁和谁为什么打起架来了。骂声打声脚步声，昏头昏脑的一大阵，他才爬起来，赌摊不见了，人们也不见了，身上有几处很似乎有些痛，似乎也挨了几拳几脚似的。几个人诧异地对他看。他如有所失的走进土谷祠，定一定神，知道他的一堆洋钱不见了。赶赛会的赌摊多不是本村人，还到哪里去寻根柢呢？

很白很亮的一堆洋钱——而且是他的——现在不见了！说是算被儿子拿去了罢，总还是忽忽不乐；说自己是虫豸罢，也还是忽忽不乐；他这回才有些感到失败的苦痛了。

但他立刻转败为胜了。他擎起右手，用力地在自己脸上连打了两个嘴巴，热刺刺的有些痛。打完之后，便心平气和起来，似乎打的是自己，被打的是别一个自己，不久也就仿佛是自己打了别个一般，——虽然还有些热刺刺，——心满意足地得胜地躺下了。

他睡着了。

第三章　续优胜记略

然而阿Q虽然常优胜，却直待蒙赵太爷打他嘴巴之后，这才出了名。

他付过地保二百文酒钱，忿忿地躺下了，后来想："现在的世界太不成话，儿子打老子……"于是忽而想到赵太爷的威风，而现在是他的儿子了，便自己也渐渐地得意起来，爬起身，唱着《小孤孀上坟》到酒店去。这时候，他又觉得赵太爷高人一等了。

说也奇怪，从此之后，果然大家也仿佛格外尊敬他。这在阿Q，或者以为因为他是赵太爷的父亲，而其实也不然。未庄通例，倘如阿七打阿八，或者李四打张三，向来本不算一件事，必须与一位名人如赵太爷者相关，这才载上他们的口碑。一上口碑，则打的既有名，被打的也就托庇有了名，至于错在阿Q，那自然是不必说。所以者何？就因为赵太爷是不会错的，但他既然错，为什么大家又仿佛格外尊敬他呢？这可难解，穿凿起来说，或者因为阿Q说是赵太爷的本家，虽然挨了打，大家也还怕有些真，总不如尊敬一些稳当。否则，也如孔庙里的太牢一般，虽然与猪羊一样，同是畜生，但既经圣人下箸，先儒们便不敢妄动了。

阿Q此后倒得意了许多年。

有一年的春天，他醉醺醺地在街上走，在墙根的日光下，看见王胡在那里赤着膊捉虱子，他忽然觉得身上也痒起来了。这王胡，又癞又胡，别人都叫他王癞胡，阿Q却删去了一个癞字，然而非常渺视他。阿Q的意思，以为癞是不足为奇的，只有这一部络腮胡子，实在太新奇，令人看不上眼。他于是并排坐下去了。倘是别的闲人们，阿Q本不敢大意坐下去，但这王胡旁边，他有什么怕呢？老实说：他肯坐下去，简直还是抬举他。

阿Q也脱下破夹袄来，翻检了一回，不知道因为新洗呢还是因为粗心，许多工夫，只捉到三四个。他看那王胡，却是一个又一个，两个又三个，只放在嘴里毕毕剥剥地响。

阿Q最初是失望，后来却不平了：看不上眼的王胡尚且那么多，自己倒反这样少，这是怎样的大失体统的事呵！他很想寻一两个大的，然而竟没有，好容易才捉到一个中的，恨恨地塞在厚嘴唇里，狠命一咬，劈的一声，又不及王胡响。

他癞疮疤块块通红了，将衣服摔在地上，吐一口唾沫，说：

“这毛虫！”

“癞皮狗。你骂谁？”王胡轻蔑地抬起眼来说。

阿Q近来虽然比较地受人尊敬，自己也更高傲些，但和那些打惯的闲人们见面还胆怯，独有这回却非常武勇了，这样满脸胡子的东西，也敢出言无状么？

“谁认便骂谁！”他站起来，两手叉在腰间说。

“你的骨头痒了么？”王胡也站起来，披上衣服说。

阿Q以为他要逃了，抢进去就是一拳。这拳头还未达到身上，已经被他抓住了，只一拉，阿Q跄跄踉踉地跌进去，立刻又被王胡扭住了辫子，要拉到墙上照例去碰头。

“‘君子动口不动手’！”阿Q歪着头说。

王胡似乎不是君子，并不理会，一连给他碰了五下，又用力地一推，至于阿Q跌出六尺多远，这才满足地去了。

在阿Q的记忆上，这大约要算是生平第一件的屈辱。因为王胡以络腮胡子的缺点，向来只被他奚落，从没有奚落他，更不必说动手了。而他现在竟动手，很意外。难道真如市上所说，皇帝已经停了考，不要秀才和举人了，因此赵家减了威风，因此他们也便小觑了他么？

阿Q无可适从地站着。

远远的走来了一个人，他的对头又到了。这也是阿Q最厌恶的一个人，就是钱太爷的大儿子。他先前跑上城里去进洋学堂，不知怎么又跑到东洋去了，半年之后他回到家里来，腿也直了，辫子也不见了，他的母亲大哭了十几场，他的老婆跳了三回井。后来，他的母亲到处说，“这辫子是被坏人灌醉了酒剪去的。本来可以做大官，现在只好等留长再说了。”然而阿Q不肯信，偏称他“假洋鬼子”，也叫作“里通外国的人”，一见他，一定在肚子里暗暗地咒骂。

阿Q尤其“深恶而痛绝之”的，是他的一条假辫子。辫子而至于假，就是没有了做人的资格；他的老婆不跳第四回井，也不是好女人。

这“假洋鬼子”近来了。

“秃儿，驴……”阿Q历来本只在肚子里骂，没有出过声，这回因为正气忿，因为要报仇，便不由地轻轻地说出来了。

不料这秃儿却拿着一枝黄漆的棍子——就是阿Q所谓哭丧棒——大踏步走了过来。阿Q在这刹那，便知道大约要打了，赶紧抽紧筋骨，耸了肩膀等候着，果然，拍的一声，似乎确凿打在自己头上了。

“我说他！”阿Q指着近旁的一个孩子，分辩说。

拍！拍拍！

在阿Q的记忆上，这大约要算是生平第二件的屈辱。幸而拍拍地响了之后，于他倒似乎完结了一件事，反而觉得轻松些，而且“忘却”这一件祖传的宝贝也发生了效力，他慢慢地走，将到酒店门口，早已有些高兴了。

但对面走来了静修庵里的小尼姑，阿 Q 便在平时，看见伊也一定要唾骂，而况在屈辱之后呢？他于是发生了回忆，又发生了敌忾了。

“我不知道我今天为什么这样晦气，原来就因为见了你！”他想。

他迎上去，大声地吐一口唾沫：

“咳，呸！”

小尼姑全不睬，低了头只是走。阿 Q 走近伊身旁，突然伸出手去摩着伊新剃的头皮，呆笑着，说：

“秃儿！快回去，和尚等着你……”

“你怎么动手动脚……”尼姑满脸通红地说，一面赶快走。

酒店里的人大笑了。阿 Q 看见自己的动业得了赏识，便愈加兴高采烈起来：

“和尚动得，我动不得？”他扭住伊的面颊。

酒店里的人大笑了。阿 Q 更得意，而且为满足那些赏鉴家起见，再用力地一拧，才放手。

他这一战，早忘却了王胡，也忘却了假洋鬼子，似乎对于今天的一切“晦气”都报了仇；而且奇怪，又仿佛全身比拍拍地响了之后更轻松，飘飘然地似乎要飞去了。

“这断子绝孙的阿 Q！”远远地听得小尼姑的带哭的声音。

“哈哈哈！”阿 Q 十分得意地笑。

“哈哈哈！”酒店里的人也九分得意地笑。

第四章　恋爱的悲剧

有人说：有些胜利者，愿意敌手如虎、如鹰，他才感得胜利的欢喜；假使如羊、如小鸡，他便反觉得胜利的无聊。又有些胜利者，当克服一切之后，看见死的死了，降的降了，“臣诚惶诚恐死罪死罪”，他于是没有了敌人，没有了对手，没有了朋友，只有自己在上，一个，孤另另，凄凉、寂寞，便反而感到了胜利的悲哀。然而我们的阿 Q 却没有这样乏，他是永远得意的：这或者也是中国精神文明冠于全球的一个证据了。

看哪，他飘飘然地似乎要飞去了！

然而这一次的胜利，却又使他有些异样。他飘飘然地飞了大半天，飘进土谷祠，照例应该躺下便打鼾。谁知道这一晚，他很不容易合眼，他觉得自己的大拇指和第二指有点古怪：仿佛比平常滑腻些。不知道是小尼姑的脸上有一点滑腻的东西黏在他指头上，还是他的指头在小尼姑脸上磨得滑腻了？……

“断子绝孙的阿 Q！”

阿 Q 的耳朵里又听到这句话。他想：不错，应该有个女人，断子绝孙便没有人供一碗饭，……应该有一个女人。夫“不孝有三，无后为大”，而“若敖之鬼馁而”，也是一件人生的大哀——所以他那思想，其实是样样合于圣经贤传的，只可惜后来有些“不能收其放心”了。

“女人，女人！……”他想。

“……和尚动得……女人，女人！……女人！”他又想。

我们不能知道这晚上阿 Q 在什么时候才打鼾。但大约他从此总觉得指头有些滑腻，所以他从此总有些飘飘然；“女……”他想。

即此一端，我们便可以知道女人是害人的东西。

中国的男人，本来大半都可以做圣贤，可惜全被女人毁掉了。商是妲己闹亡的；周是褒姒弄坏的；秦……虽然史无明文，我们也假定他因为女人，大约未必十分错；而董卓可是的确给貂蝉害死了。

阿 Q 本来也是正人，我们虽然不知道他曾蒙什么明师指授过，但他对于“男女之大防”却历来非常严；也很有排斥异端——如小尼姑及假洋鬼子之类——的正气。他的学说是：凡尼姑，一定与和尚私通；一个女人在外面走，一定想引诱野男人；一男一女在那里讲话，一定要有勾当了。为惩治他们起见，所以往往怒目而视，或者大声说几句“诛心”话，或者在冷僻处，便从后面掷一块小石头。

谁知道他将到“而立”之年，竟被小尼姑害得飘飘然了。这飘飘然的精神，在礼教上是不应该有的，——所以女人真可恶。假使小尼姑的脸上不滑腻，阿 Q 便不至于被蛊，又假使小尼姑的脸上盖一层布，阿 Q 便也不至于被蛊了，——他五六年前，曾在戏台下的人丛中拧过一个女人的大腿，但因为隔一层裤，所以此后并不飘飘然，——而小尼姑并不然，这也足见异端之可恶。

“女……”阿 Q 想。

他对于以为“一定想引诱野男人”的女人，时常留心看，然而伊并不对他笑。他对于和他讲话的女人，也时常留心听，然而伊又并不提起关于什么勾当的话来。哦，这也是女人可恶之一节，伊们全都要装“假正经”的。

这一天，阿Q在赵太爷家里舂了一天米，吃过晚饭，便坐在厨房里吸旱烟。倘在别家，吃过晚饭本可以回去的了，但赵府上晚饭早，虽说定例不准掌灯，一吃完便睡觉，然而偶然也有一些例外：其一，是赵太爷未进秀才的时候，准其点灯读文章；其二，便是阿Q来做短工的时候，准其点灯舂米。

因为这一条例外，所以阿Q在动手舂米之前，还坐在厨房里吸旱烟。

吴妈，是赵太爷家里唯一的女仆，洗完了碗碟，也就在长凳上坐下了，而且和阿Q谈闲天：

“太太两天没有吃饭哩，因为老爷要买一个小的……”

“女人……吴妈……这小孤孀……”阿Q想。

“我们的少奶奶是八月里要生孩子了……”

“女人……”阿Q想。

阿Q放下烟管，站了起来。

“我们的少奶奶……”吴妈还唠叨说。

“我和你困觉，我和你困觉！”阿Q忽然抢上去，对伊跪下了。

一刹时中很寂然。

“阿呀！”吴妈愣了一息，突然发抖，大叫着往外跑，且跑且嚷，似乎后来带哭了。

阿Q对了墙壁跪着也发愣，于是两手扶着空板凳，慢慢地站起来，仿佛觉得有些糟。他这时确也有些忐忑了，慌张地将烟管插在裤带上，就想去舂米。蓬的一声，头上着了很粗的一下，他急忙回转身去，那秀才便拿了一枝大竹杠站在他面前。

“你反了，……你这……”

大竹杠又向他劈下来了。阿 Q 两手去抱头，拍的正打在指节上，这可很有一些痛。他冲出厨房门，仿佛背上又着了一下似的。

“忘八蛋！”秀才在后面用了官话这样骂。

阿 Q 奔入舂米场，一个人站着，还觉得指头痛，还记得“忘八蛋”，因为这话是未庄的乡下人从来不用，专是见过官府的阔人用的，所以格外怕，而印象也格外深。但这时，他那“女……”的思想却也没有了。而且打骂之后，似乎一件事也已经收束，倒反觉得一无挂碍似的，使动手去舂米。舂了一会，他热起来了，又歇了手脱衣服。

脱下衣服的时候，他听得外面很热闹。阿 Q 生平本来最爱看热闹，便即寻声走出去了。寻声渐渐地寻到赵太爷的内院里，虽然在昏黄中，却辨得出许多人，赵府一家连两日不吃饭的太太也在内，还有间壁的邹七嫂，真正本家的赵白眼、赵司晨。

少奶奶正拖着吴妈走出下房来，一面说：

“你到外面来，……不要躲在自己房里想……”

“谁不知道你正经，……短见是万万寻不得的。”邹七嫂也从旁说。

吴妈只是哭，夹些话，却不甚听得分明。

阿Q想：“哼，有趣，这小孤孀不知道闹着什么玩意儿了?”他想打听，走近赵司晨的身边。这时他猛然间看见赵太爷向他奔来，而且手里捏着一枝大竹杠。他看见这一枝大竹杠，便猛然间悟到自己曾经被打，和这一场热闹似乎有点相关。他翻身便走，想逃回舂米场，不图这枝竹杠阻了他的去路，于是他又翻身便走，自然而然地走出后门，不多工夫，已在土谷祠内了。

阿Q坐了一会，皮肤有些起粟，他觉得冷了，因为虽在春季，而夜间颇有馀寒，尚不宜于赤膊。他也记得布衫留在赵家，但倘若去取，又深怕秀才的竹杠。然而地保进来了。

“阿Q，你的妈妈的！你连赵家的佣人都调戏起来，简直是造反。害得我晚上没有觉睡，你的妈妈的！……”

如是云云地教训了一通，阿Q自然没有话。临末，因为在晚上，应该送地保加倍酒钱四百文。阿Q正没有现钱，便用一顶毡帽做抵押，并且订定了五条件：

一、明天用红烛——要一斤重的——一对，香一对，到赵府上去赔罪。

二、赵府上请道士祓除缢鬼，费用由阿Q负担。

三、阿Q从此不准踏进赵府的门槛。

四、吴妈此后倘有不测，惟阿Q是问。

五、阿Q不准再去索取工钱和布衫。

阿Q自然都答应了，可惜没有钱。幸而已经春天，棉被可以无用，便质了二千大钱，履行条约。赤膊磕头之后，居然还剩几文，他也不再赎毡帽，统统喝了酒了。但赵家也并不烧香点烛，因为太太拜佛的时候可以用，留着了。那破布衫是大半做了少奶奶八月间生下来的孩子的衬尿布，那小半破烂的便都做了吴妈的鞋底。

第五章　生计问题

阿 Q 礼毕之后，仍旧回到土谷祠，太阳下去了，渐渐觉得世上有些古怪。他仔细一想，终于省悟过来：其原因盖在自己的赤膊。他记得破夹袄还在，便披在身上，躺倒了，待张开眼睛，原来太阳又已经照在西墙上头了。他坐起身，一面说道，“妈妈的……”

他起来之后，也仍旧在街上逛，虽然不比赤膊之有切肤之痛，却又渐渐地觉得世上有些古怪了。仿佛从这一天起，未庄的女人们忽然都怕了羞，伊们一见阿 Q 走来，便个个躲进门里去。甚而至于将近五十岁的邹七嫂，也跟着别人乱钻，而且将十一岁的女儿都叫进去了。阿 Q 很以为奇，而且想：“这些东西忽然都学起小姐模样来了。这娼妇们……”

但他更觉得世上有些古怪，却是许多日以后的事。其一，酒店不肯赊欠了；其二，管土谷祠的老头子说些废话，似乎叫他走；其三，他虽然记不清多少日，但确乎有许多日，没有一个人来叫他做短工。酒店不赊，熬着也罢了；老头子催他走，噜苏一通也就算了；只是没有人来叫他做短工，却使阿 Q 肚子饿；这委实是一件非常“妈妈的”的事情。

阿Q忍不下去了，他只好到老主顾的家里去探问。——但独不许踏进赵府的门槛——然而情形也异样：一定走出一个男人来，现了十分烦厌的相貌，像回覆乞丐一般地摇手道：——

“没有没有！你出去！”

阿Q愈觉得稀奇了。他想，这些人家向来少不了要帮忙，不至于现在忽然都无事，这总该有些蹊跷在里面了。他留心打听，才知道他们有事都去叫小Don。这小D，是一个穷小子，又瘦又乏，在阿Q的眼睛里，位置是在王胡之下的，谁料这小子竟谋了他的饭碗去。所以阿Q这一气，更与平常不同，当气愤愤地走着的时候，忽然将手一扬，唱道：

“我手执钢鞭将你打！……”

几天之后，他竟在钱府的照壁前遇见了小D。“仇人相见，分外眼明”，阿Q便迎上去，小D也站住了。

“畜生！”阿Q怒目而视地说，嘴角上飞出唾沫来。

“我是虫豸，好么？……”小D说。

这谦逊反使阿Q更加愤怒起来，但他手里没有钢鞭，于是只得扑上去，伸手去拔小D的辫子。小D一手护住了自己的辫根，一手也来拔阿Q的辫子，阿Q便也将空着的一只手护住了自己的辫根。从先前的阿Q看来，小D本来是不足齿数的，但他近来挨了饿，又瘦又乏已经不下于小D，所以便成了势均力敌的现象，四只手拔着两颗头，都弯了腰，在钱家粉墙上映出一个蓝色的虹形，至于半点钟之久了。

“好了，好了！”看的人们说，大约是解劝的。

“好，好!”看的人们说，不知道是解劝，是颂扬，还是煽动。

然而他们都不听。阿Q进三步，小D便退三步，都站着；小D进三步，阿Q便退三步，又都站着。大约半点钟，——未庄少有自鸣钟，所以很难说，或者二十分，——他们的头发里便都冒烟，额上便都流汗，阿Q的手放松了，在同一瞬间，小D的手也正放松了，同时直起，同时退开，都挤出人丛去。

“记着罢，妈妈的……”阿Q回过头去说。

“妈妈的，记着罢……”小D也回过头来说。

这一场“龙虎斗”似乎并无胜败，也不知道看的人可满足，都没有发什么议论，而阿Q却仍然没有人来叫他做短工。

有一日很温和，微风拂拂地颇有些夏意了，阿Q却觉得寒冷起来，但这还可担当，第一倒是肚子饿。棉被、毡帽、布衫，早已没有了，其次就卖了棉袄；现在有裤子，却万不可脱的；有破夹袄，又除了送人做鞋底之外，决定卖不出钱。他早想在路上拾得一注钱，但至今还没有见；他想在自己的破屋里忽然寻到一注钱，慌张地四顾，但屋内是空虚而且了然。于是他决计出门求食去了。

他在路上走着要“求食”，看见熟识的酒店，看见熟识的馒头，但他都走过了，不但没有暂停，而且并不想要。他所求的不是这类东西了；他求的是什么东西，他自己不知道。

未庄本不是大村镇，不多时便走尽了。村外多是水田，满眼是新秧的嫩绿，夹着几个圆形的活动的黑点，便是耕田的农夫。阿Q并不赏鉴这田家乐，却只是走，因为他直觉地知道这与他的“求食”之道是很辽远的。但他终于走到静修庵的墙外了。

庵周围也是水田，粉墙突出在新绿里，后面的低土墙里是菜园。阿Q迟疑了一会，四面一看，并没有人。他便爬上这矮墙去，扯着何首乌藤，但泥土仍然簌簌地掉，阿Q的脚也索索地抖；终于攀着桑树枝，跳到里面了。里面真是郁郁葱葱，但似乎并没有黄酒馒头，以及此外可吃的之类。靠西墙是竹丛，下面许多笋，只可惜都是并未煮熟的，还有油菜早经结子，芥菜已将开花，小白菜也很老了。

阿Q仿佛文童落第似的觉得很冤屈，他慢慢走近园门去，忽而非常惊喜了，这分明是一畦老萝卜。他于是蹲下便拔，而门口突然伸出一个很圆的头来，又即缩回去了，这分明是小尼姑。小尼姑之流是阿Q本来视若草芥的，但世事须“退一步想”，所以他便赶紧拔起四个萝卜，拧下青叶，兜在大襟里。然而老尼姑已经出来了——

“阿弥陀佛，阿Q，你怎么跳进园里来偷萝卜！……阿呀，罪过呵，阿唷，阿弥陀佛！……”

“我什么时候跳进你的园里来偷萝卜，”阿Q且看且走地说。

“现在……这不是？”老尼姑指着他的衣兜。

“这是你的？你能叫得它答应你么？你……”

阿Q没有说完话，拔步便跑；追来的是一匹很肥大的黑狗。这本来在前门的，不知怎地跑到后园来了。黑狗哼而且追，已经要咬着阿Q的腿，幸而从衣兜里落下一个萝卜来，那狗给一吓，略略一停，阿 Q 已经爬上桑树，跨到土墙，连人和萝卜都滚出墙外面了。只剩着黑狗还在对着桑树嗥，老尼姑念着佛。

阿 Q 怕尼姑又放出黑狗来，拾起萝卜便走。沿路又捡了几块小石头，但黑狗却并不再出现。阿 Q 于是抛了石头，一面走一面吃，而且想道，这里也没有什么东西寻，不如进城去……

待三个萝卜吃完时，他已经打定了进城的主意了。

第六章　从中兴到末路

在未庄再看见阿 Q 出现的时候，是刚过了这年的中秋。人们都惊异，说是阿 Q 回来了，于是又回上去想道，他先前哪里去了呢？阿 Q 前几回的上城，大抵早就兴高采烈地对人说，但这一次却并不，所以也没有一个人留心到。他或者也曾告诉过管土谷祠的老头子，然而未庄老例，只有赵太爷钱太爷和秀才大爷上城才算一件事，假洋鬼子尚且不足数，何况是阿 Q。因此老头子也就不替他宣传，而未庄的社会上也就无从知道了。

但阿 Q 这回的回来，却与先前大不同，确乎很值得惊异。天色将黑，他睡眼蒙眬的在酒店门前出现了，他走近柜台，从腰间伸出手来，满把是银的和铜的，在柜上一扔，说，“现钱！打酒来！”穿的是新夹袄，看去腰间还挂着一个大搭连，沉钿钿地将裤带坠成了很弯很弯的弧线。未庄老例，看见略有些醒目的人物，是与其慢也宁敬的，现在虽然明知道是阿Q，但因为和破夹袄的阿Q有些两样了，古人云，“士别三日，便当刮目相待”，所以堂馆、掌柜、酒客、路人，便自然显出一种疑而且敬的形态来。掌柜既先之以点头，又继之以谈话：

“嚄，阿Q，你回来了！”

“回来了。”

“发财发财。你是——在……”

“上城去了！”

这一件新闻，第二天便传遍了全未庄。人人都愿意知道现钱和新夹袄的阿Q的中兴史，所以在酒店里、茶馆里、庙檐下，便渐渐地探听出来了。这结果，是阿Q得了新敬畏。

据阿Q说，他是在举人老爷家里帮忙，这一节，听的人都肃然了。这老爷本姓白，但因为合城里只有他一个举人，所以不必再冠姓，说起举人来就是他。这也不独在未庄是如此，便是一百里方圆之内也都如此，人们几乎多以为他的姓名就叫举人老爷的了。在这人的府上帮忙，那当然是可敬的。但据阿Q又说，他却不高兴再帮忙了，因为这举人老爷实在太“妈妈的”了。这一节，听的人都叹息而且快意，因为阿Q本不配在举人老爷家里帮忙，而不帮忙是可惜的。

据阿Q说，他的回来，似乎也由于不满意城里人，这就在他们将长凳称为条凳，而且煎鱼用葱丝，加以最近观察所得的缺点，是女人的走路也扭得不很好。然而也偶有大可佩服的地方，即如未庄的乡下人不过打三十二张的竹牌，只有假洋鬼子能够叉“麻酱”，城里却连小乌龟子都叉得精熟的。什么假洋鬼子，只要放在城里的十几岁的小乌龟子的手里，也就立刻是“小鬼见阎王”。这一节，听的人都赧然了。

“你们可看见过杀头么？”阿 Q 说，“咳，好看。杀革命党。唉，好看好看，……”他摇摇头，将唾沫飞在正对面的赵司晨的脸上。这一节，听的人都凛然了。但阿 Q 又四面一看，忽然扬起右手，照着伸长脖子听得出神的王胡的后项窝上直劈下去道：

“嚓！”

王胡惊得一跳，同时电光石火似的赶快缩了头，而听的人又都悚然而且欣然了。从此王胡瘟头瘟脑的许多日，并且再不敢走近阿 Q 的身边；别的人也一样。

阿 Q 这时在未庄人眼睛里的地位，虽不敢说超过赵太爷，但谓之差不多，大约也就没有什么语病的了。

然而不多久，这阿 Q 的大名忽又传遍了未庄的闺中。虽然未庄只有钱赵两姓是大屋，此外十之九都是浅闺，但闺中究竟是闺中，所以也算得一件神异。女人们见面时一定说，邹七嫂在阿 Q 那里买了一条蓝绸裙，旧固然是旧的，但只化了九角钱。还有赵白眼的母亲——一说是赵司晨的母亲，待考——也买了一件孩子穿的大红洋纱衫，七成新，只用三百大钱九二串。于是伊们都眼巴巴地想见阿 Q，缺绸裙的想问他买绸裙，要洋纱衫的想问他买洋纱衫，不但见了不逃避，有时阿 Q 已经走过了，也还要追上去叫住他，问道：

“阿 Q，你还有绸裙么？没有？纱衫也要的，有罢？”

后来这终于从浅闺传进深闺里去了，因为邹七嫂得意之馀，将伊的绸裙请赵太太去鉴赏，赵太太又告诉了赵太爷而且着实恭维了一番。赵太爷便在晚饭桌上，和秀才大爷讨论，以为阿Q实在有些古怪，我们门窗应该小心些；但他的东西，不知道可还有什么可买，也许有点好东西罢。加以赵太太也正想买一件价廉物美的皮背心，于是家族决议，便托邹七嫂即刻去寻阿Q，而且为此新辟了第三种的例外：这晚上也姑且特准点油灯。

油灯干了不少了，阿Q还不到。赵府的全眷都很焦急，打着呵欠，或恨阿Q太飘忽，或怨邹七嫂不上紧。赵太太还怕他因为春天的条件不敢来，而赵太爷以为不足虑：因为这是"我"去叫他的。果然，到底赵太爷有见识，阿Q终于跟着邹七嫂进来了。

"他只说没有没有，我说你自己当面说去，他还要说，我说……"邹七嫂气喘吁吁地走着说。

"太爷！"阿Q似笑非笑地叫了一声，在檐下站住了。

"阿Q，听说你在外面发财，"赵太爷踱开去，眼睛打量着他的全身，一面说。"那很好，那很好的。这个，……听说你有些旧东西，……可以都拿来看一看，……这也并不是别的，因为我倒要……"

"我对邹七嫂说过了。都完了。"

"完了？"赵太爷不觉失声地说，"哪里会完得这样快呢？"

"那是朋友的，本来不多。他们买了些。……"

"总该还有一点罢。"

"现在，只剩了一张门幕了。"

“就拿门幕来看看罢。”赵太太慌忙说。

“那么，明天拿来就是。”赵太爷却不甚热心了。“阿Q，你以后有什么东西的时候，你尽先送来给我们看，……”

“价钱决不会比别家出得少，”秀才说。秀才娘子忙一瞥阿Q的脸，看他感动了没有。

“我要一件皮背心。”赵太太说。

阿Q虽然答应着，却懒洋洋地出去了，也不知道他是否放在心上。这使赵太爷很失望，气忿而且担心，至于停止了打呵欠。秀才对于阿Q的态度也很不平，于是说，这忘八蛋要提防，或者竟不如吩咐地保，不许他住在未庄。但赵太爷以为不然，说这也怕要结怨，况且做这路生意的大概是“老鹰不吃窝下食”，本村倒不必担心的；只要自己夜里警醒点就是了。秀才听了这“庭训”，非常之以为然，便即刻撤消了驱逐阿Q的提议，而且叮嘱邹七嫂，请伊万不要向人提起这一段话。

但第二日，邹七嫂便将那蓝裙去染了皂，又将阿Q可疑之点传扬出去了，可是确没有提起秀才要驱逐他这一节。然而这已经于阿Q很不利。最先，地保寻上门了，取了他的门幕去，阿Q说是赵太太要看的，地保也不还，并且要议定每月的孝敬钱。其次，是村人对于他的敬畏忽而变相了，虽然还不敢来放肆，却很有远避的神情，而这神情和先前的防他来“嚓”的时候又不同，颇混着“敬而远之”的分子了。

只有一班闲人们却还要寻根究底地去探阿Q的底细。阿Q也并不讳饰，傲然地说出他的经验来。从此他们才知道，他不过是一个小脚色，不但不能上墙，并且不能进洞，只站在门外接东西。有一夜，他刚才接到一个包，正手再进去，不一会，只听得里面大嚷起来，他便赶紧跑，连夜爬出城，逃回未庄来了，从此不敢再去做。然而这故事却于阿 Q 更不利，村人对于阿 Q 的“敬而远之”者，本因为怕结怨，谁料他不过是一个不敢再偷的偷儿呢，这实在是“斯亦不足畏也矣”。

第七章　革命

宣统三年九月十四日——即阿 Q 将搭连卖给赵白眼的这一天——三更四点，有一只大乌篷船到了赵府上的河埠头。这船从黑魆魆中荡来，乡下人睡得熟，都没有知道；出去时将近黎明，却很有几个看见的了。据探头探脑地调查来的结果，知道那竟是举人老爷的船！

那船便将大不安载给了未庄，不到正午，全村的人心就很摇动。船的使命，赵家本来是很秘密的，但茶坊酒肆里却都说，革命党要进城，举人老爷到我们乡下来逃难了。惟有邹七嫂不以为然，说那不过是几口破衣箱，举人老爷想来寄存的，却已被赵太爷回覆转去。其实举人老爷和赵秀才素不相能，在理本不能有“共患难”的情谊，况且邹七嫂又和赵家是邻居，见闻较为切近，所以大概该是伊对的。

然而谣言很旺盛，说举人老爷虽然似乎没有亲到，却有一封长信，和赵家排了“转折亲”。赵太爷肚里一轮，觉得于他总不会有坏处，便将箱子留下了，现就塞在太太的床底下。至于革命党，有的说是便在这一夜进了城，个个白盔白甲：穿着崇祯皇帝的素。

阿 Q 的耳朵里，本来早听到过革命党这一句话，今年又亲眼见过杀掉革命党。但他有一种不知从那里来的意见，以为革命便是造反，造反便是与他为难，所以一向是“深恶而痛绝之”的。殊不料这却使百里闻名的举人老爷有这样怕，于是他未免也有些“神往”了，况且未庄的一群鸟男女的慌张的神情，也使阿 Q 更快意。

“革命也好罢，”阿 Q 想，“革这伙妈妈的的命，太可恶！太可恨！……便是我，也要投降革命党了。”

阿 Q 近来用度窘，大约略略有些不平，加以午间吃了两碗空肚酒，愈加醉得快，一面想一面走，便又飘飘然起来。不知怎么一来，忽而似乎革命党便是自己，未庄人却都是他的俘虏了，他得意之馀，禁不住大声地嚷道：

“造反了！造反了！”

未庄人都用了惊惧的眼光对他看。这一种可怜的眼光，是阿 Q 从来没有见过的，一见之下，又使他舒服得如六月里喝下雪水。他更加高兴地走而且喊道：

“好，……我要什么就是什么，我欢喜谁就是谁。

得得，锵锵，

悔不该，酒醉错斩了郑贤弟，……

悔不该，呀呀呀……

得得，锵锵，得，锵令锵！

我手执钢鞭将你打……”

赵府上的两位男人和两个真本家，也正站在大门口论革命。阿Q没有见，昂了头道唱过去：

“得得，……”

“老Q，”赵太爷怯怯地迎着低声地叫。

“锵锵，”阿Q料不到他的名字会和“老”字联结起来，以为是一句别的话，与己无干，只是唱：“得，锵，锵令锵，锵！”

“老Q。”

“悔不该……”

“阿Q!”秀才只得直呼其名了。

阿Q这才站住，歪着头问道，“什么?”

“老Q，……现在……”赵太爷却又没有话，“现在……发财么?”

“发财？自然，要什么就是什么……”

“阿……Q哥，像我们这样穷朋友是不要紧的……”赵白眼惴惴地说，似乎想探革命党的口风。

“穷朋友？你总比我有钱。”阿Q说着自去了。

大家都怃然，没有话。赵太爷父子回家，晚上商量到点灯。赵白眼回家，便从腰间扯下搭连来，交给他女人藏在箱底里。

阿Q飘飘然地飞了一通，回到土谷祠，酒已经醒透了。这晚上，管祠的老头子也意外的和气，请他喝茶；阿Q便向他要了两个饼，吃完之后，又要了一枝点过的四两烛和一个树烛台，点起来，独自躺在自己的小屋里。他说不出的新鲜而且高兴，烛火像元夜似的闪闪的跳，他的思想也跳起来了：——

“造反？有趣，……来了一阵白盔白甲的革命党，都拿着板刀、钢鞭、炸弹、洋炮、三尖两刃刀、钩镰枪，走过土谷祠，叫道，‘阿 Q！同去同去！’于是一同去。……

“这时未庄的一伙鸟男女才好笑哩，跪下叫道，‘阿 Q，饶命！’谁听他！第一个该死的是小 D 和赵太爷，还有秀才，还有假洋鬼子，……留几条么，王胡本来还可留，但也不要了。……

“东西，……直走进去打开箱子来：元宝、洋钱、洋纱衫，……秀才娘子的一张宁式床先搬到土谷祠，此外便摆了钱家的桌椅，——或者也就用赵家的罢。自己是不动手的了，叫小 D 来搬，要搬得快，搬得不快打嘴巴。……

“赵司晨的妹子真丑。邹七嫂的女儿过几年再说。假洋鬼子的老婆会和没有辫子的男人睡觉，吓，不是好东西！秀才的老婆是眼胞上有疤的。……吴妈长久不见了，不知道在哪里，——可惜脚太大。”

阿 Q 没有想得十分停当，已经发了鼾声，四两烛还只点去了小半寸，红焰焰的光照着他张开的嘴。

“荷荷！”阿 Q 忽而大叫起来，抬了头仓皇地四顾，待到看见四两烛，却又倒头睡去了。

第二天他起得很迟，走出街上看时，样样都照旧。他也仍然肚饿，他想着，想不起什么来；但他忽而似乎有了主意了，慢慢地跨开步，有意无意地走到静修庵。

庵和春天时节一样静，白的墙壁和漆黑的门。他想了一想，前去打门，一只狗在里面叫。他急急拾下几块断砖，再上去较为用力地打，打到黑门上生出许多麻点的时候，才听得有人来开门。

阿Q连忙捏好砖头，摆开马步，准备和黑狗来开战。但庵门只开了一条缝，并无黑狗从中冲出，望过去只有一个老尼姑。

“你又来什么事？”伊大吃一惊地说。

“革命了……你知道？……”阿Q说得很含糊。

“革命革命，革过一革的，……你们要革得我们怎么样呢？”老尼姑两眼通红地说。

“什么，……”阿Q诧异了。

“你不知道，他们已经来革过了！”

“谁？……”阿Q更其诧异了。

“那秀才和假洋鬼子！”

阿Q很出意外，不由的一错愕，老尼姑见他失了锐气，便飞速地关了门，阿Q再推时，牢不可开，再打时，没有回答了。

那还是上午的事。赵秀才消息灵，一知道革命党已在夜间进城，便将辫子盘在顶上，一早去拜访那历来也不相能的钱洋鬼子。这是“咸与维新”的时候了，所以他们便谈得很投机，立刻成了情投意合的同志，也相约去革命。他们想而又想，才想出静修庵里有一块“皇帝万岁万万岁”的龙牌，是应该赶紧革掉的，于是又立刻回到庵里去革命。因为老尼姑来阻挡，说了三句话，他们便将伊当作满政府，在头上很给了不少的棍子和栗凿。尼姑待他们走后，定了神来检点，龙牌固然已经碎在地上了，而且又不见了观音娘娘座前的一个宣德炉。

这事阿 Q 后来才知道。他颇悔自己睡着，但也深怪他们不来招呼他。他又退一步想道：

“难道他们还没有知道我已经投降了革命党么？”

第八章　不准革命

未庄的人心日见其安静了。据传来的消息，知道革命党虽然进了城，倒还没有什么大异样。知县大老爷还是原官，不过改称了什么，而且举人老爷也做了什么——这些名目，未庄人都不明白——官，带兵的也还是先前的老把总。只有一件可怕的事是另有几个不好的革命党夹在里面捣乱，第二天便动手剪辫子，听说那邻村的航船七斤便着了道儿，弄得不像人样子了。但这却还不算大恐怖，因为未庄人本来少上城，即使偶有想进城的，也就立刻变了计，碰不着这危险。阿 Q 本也想进城去寻他的老朋友，一得这消息，也只得作罢了。

但未庄也不能说是无改革。几天之后，将辫子盘在顶上的逐渐增加起来了。早经说过，最先自然是茂才公，其次便是赵司晨和赵白眼，后来是阿 Q。假在夏天，大家将辫子盘在顶上或者打一个结，本不算什么稀奇事，但现在是暮秋，所以这“秋行夏令”的情形，在盘辫家不能不说是万分的英断，而在未庄也不能说无关于改革了。

赵司晨脑后空荡荡地走来，看见的人大嚷说：

“嚄，革命党来了！”

阿Q听到了很羡慕。他虽然早知道秀才盘辫的大新闻，但总没有想到自己可以照样做，现在看见赵司晨也如此，才有了学样的意思，定下实行的决心。他用一枝竹筷将辫子盘在头顶上，迟疑多时，这才放胆地走去。

他在街上走，人也看他，然而不说什么话。阿Q当初很不快，后来便很不平。他近来很容易闹脾气了。其实他的生活，倒也并不比造反之前反艰难，人见他也客气，店铺也不说要现钱。而阿Q总觉得自己太失意：既然革了命，不应该只是这样的。况且有一回看见小D，愈使他气破肚皮了。

小D也将辫子盘在头顶上了，而且也居然用一枝竹筷。阿Q万料不到他也敢这样做，自己也决不准他这样做！小D是甚么东西呢，他很想即刻揪住他，拗断他的竹筷，放下他的辫子，并且批他几个嘴巴，聊且惩罚他忘了生辰八字，也敢来做革命党的罪。但他终于饶放了，单是怒目而视的地一口唾沫道，“呸！”

这几日里，进城去的只有一个假洋鬼子。赵秀才本也想靠着寄存箱子的渊源，亲身去拜访举人老爷的，但因为有剪辫的危险，所以也就中止了。他写了一封“黄伞格”的信，托假洋鬼子带上城，而且托他给自己绍介绍介，去进自由党。假洋鬼子回来时，向秀才讨还了四块洋钱；秀才便有一块银桃子挂在大襟上了；未庄人都惊服，说这是柿油党的顶子，抵得一个翰林。赵太爷因此也骤然大阔，远过于他儿子初进秀才的时候，所以目空一切，见了阿Q，也就很有些不放在眼里了。

阿Q正在不平，又时时刻刻感着冷落，一听得这银桃子的传说，他立即悟出自己之所以冷落的原因了：要革命，单说投降，是不行的；盘上辫子，也不行的；第一着仍然要和革命党去结识。他生平所知道的革命党只有两个，城里的一个早已“嚓”的杀掉了，现在只剩了一个假洋鬼子。他除却赶紧去和假洋鬼子商量之外，再没有别的道路了。

钱府的大门正开着，阿 Q 便怯怯地躄进去。他一到里面，很吃了惊。只见假洋鬼子正站在院子的中央，一身乌黑的大约是洋衣，身上也挂着一块银桃子，手里是阿 Q 曾经领教过的棍子，已经留到一尺多长的辫子都拆开了披在肩背上，蓬头散发的像一个刘海仙。对面挺直的站着赵白眼和三个闲人，正在必恭必敬地听说话。

阿 Q 轻轻地走近了，站在赵白眼的背后，心里想招呼，却不知道怎样说才好：叫他假洋鬼子固然是不行的了，洋人也不妥，革命党也不妥，或者就应该叫洋先生了罢。

洋先生却没有见他，因为白着眼睛讲得正起劲：

“我是性急的，所以我们见面，我总是说：洪哥！我们动手罢！他却总说道 no！——这是洋话，你们不懂的。否则早已成功了。然而这正是他做事小心的地方。他再三再四地请我上湖北，我还没有肯。谁愿意在这小县城里做事情。……”

“唔，……这个……”阿 Q 候他略停，终于用十二分的勇气开口了，但不知道因为什么，又并不叫他洋先生。

听着说话的四个人都吃惊地回顾他。洋先生也才看见：

“什么？”

“我……”

“出去！”

“我要投……”

“滚出去！”洋先生扬起哭丧棒来了。

赵白眼和闲人便都吆喝道：“先生叫你滚出去，你还不听么！”

阿Q将手向头上一遮，不自觉地逃出门外；洋先生倒也没有追。他快跑了六十多步，这才慢慢地走，于是心里便涌起了忧愁：洋先生不准他革命，他再没有别的路；从此决不能望有白盔白甲的人来叫他，他所有的抱负、志向、希望、前程，全被一笔勾销了。至于闲人们传扬开去，给小D王胡等辈笑话，倒是还在其次的事。

他似乎从来没有经验过这样的无聊。他对于自己的盘辫子，仿佛也觉得无意味，要侮蔑；为报仇起见，很想立刻放下辫子来，但也没有竟放。他游到夜间，赊了两碗酒，喝下肚去，渐渐地高兴起来了，思想里才又出现白盔白甲的碎片。

有一天，他照例地混到夜深，待酒店要关门，才踱回土谷祠去。

拍，吧——！

他忽而听得一种异样的声音，又不是爆竹。阿Q本来是爱看热闹，爱管闲事的，便在暗中直寻过去。似乎前面有些脚步声；他正听，猛然间一个人从对面逃来了。阿Q一看见，便赶紧翻身跟着逃。那人转弯，阿Q也转弯；既转弯，那人站住了，阿Q也站住。他看后面并无什么，看那人便是小D。

“什么？”阿Q不平起来了。

“赵……赵家遭抢了！”小 D 气喘吁吁地说。

阿 Q 的心怦怦地跳了。小 D 说了便走，阿 Q 却逃而又停的两三回。但他究竟是做过“一路生意”的人，格外胆大，于是蹩出路角，仔细地听，似乎有些嚷嚷，又仔细地看，似乎许多白盔白甲的人，络绎地将箱子抬出了，器具抬出了，秀才娘子的宁式床也抬出了，但是不分明，他还想上前，两只脚却没有动。

这一夜没有月，未庄在黑暗里很寂静，寂静到像羲皇时候一般太平。阿 Q 站着看到自己发烦，也似乎还是先前一样，在那里来来往往地搬，箱子抬出了，器具抬出了，秀才娘子的宁式床也抬出了，……抬得他自己有些不信他的眼睛了。但他决计不再上前，却回到自己的祠里去了。

土谷祠里更漆黑；他关好大门，摸进自己的屋子里。他躺了好一会，这才定了神，而且发出关于自己的思想来：白盔白甲的人明明到了，并不来打招呼，搬了许多好东西，又没有自己的份，——这全是假洋鬼子可恶，不准我造反，否则，这次何至于没有我的份呢？阿 Q 越想越气，终于禁不住满心痛恨起来，毒毒地一点头：“不准我造反，只准你造反？妈妈的假洋鬼子，——好，你造反！造反是杀头的罪名呵，我总要告一状，看你抓进县里去杀头，——满门抄斩，——嚓！嚓！”

第九章　大团圆

赵家遭抢之后，未庄人大抵很快意而且恐慌，阿 Q 也很快意而且恐慌。但四天之后，阿Q在半夜里忽被抓进县城里去了。那时恰是暗夜，一队兵，一队团丁，一队警察，五个侦探，悄悄地到了未庄，乘昏暗围住土谷祠，正对门架好机关枪。然而阿Q不冲出。许多时没有动静，把总焦急起来了，悬了二十千的赏，才有两个团丁冒了险，踰垣进去，里应外合，一拥而入，将阿Q抓出来；直待擒出祠外面的机关枪左近，他才有些清醒了。

到进城，已经是正午，阿Q见自己被搀进一所破衙门，转了五六个弯，便推在一间小屋里。他刚刚一踉跄，那用整株的木料做成的栅栏门便跟着他的脚跟阖上了。其馀的三面都是墙壁，仔细看时，屋角上还有两个人。

阿Q虽然有些忐忑，却并不很苦闷，因为他那土谷祠里的卧室，也并没有比这间屋子更高明。那两个也仿佛是乡下人，渐渐和他兜搭起来了，一个说是举人老爷要追他祖父欠下来的陈租，一个不知道为了什么事。他们问阿Q，阿Q爽利地答道，“因为我想造反。”

他下半天便又被抓出栅栏门去了，到得大堂，上面坐着一个满头剃得精光的老头子。阿Q疑心他是和尚，但看见下面站着一排兵，两旁又站着十几个长衫人物，也有满头剃得精光像这老头子的，也有将一尺来长的头发披在背后像那假洋鬼子的，都是一脸横肉，怒目而视地看他。他便知道这人一定有些来历，膝关节立刻自然而然地宽松，便跪了下去了。

“站着说！不要跪！”长衫人物都吆喝说。

阿Q虽然似乎懂得，但总觉得站不住，身不由己地蹲了下去，而且终于趁势改为跪下了。

“奴隶性！……”长衫人物又鄙夷似的说，但也没有叫他起来。

“你从实招来罢，免得吃苦。我早都知道了。招了可以放你。”那光头的老头子看定了阿Q的脸，沉静地清楚地说。

“招罢！”长衫人物也大声说。

“我本来要……来投……”阿Q胡里胡涂地想了一通，这才断断续续地说。

“那么，为什么不来的呢？”老头子和气地问。

“假洋鬼子不准我！”

“胡说！此刻说，也迟了。现在你的同党在哪里？”

“什么？……”

“那一晚打劫赵家的一伙人。”

“他们没有来叫我。他们自己搬走了。”阿Q提起来便愤愤。

“走到哪里去了呢？说出来便放你了。”老头子更和气了。

“我不知道，……他们没有来叫我……”

然而老头子使了一个眼色，阿Q便又被抓进栅栏门里了。他第二次抓出栅栏门，是第二天的上午。

大堂的情形都照旧。上面仍然坐着光头的老头子，阿Q也仍然下了跪。

老头子和气地问道，“你还有什么话说么？”

阿Q一想，没有话，便回答说，“没有。”

于是一个长衫人物拿了一张纸，并一枝笔送到阿Q的面前，要将笔塞在他手里。阿Q这时候很吃惊，几乎“魂飞魄散”了：因为他的手和笔相关，这回是初次。他正不知怎样拿，那人却又指着一处地方教他画花押。

“我……我……不认得字。”阿Q一把抓住了笔，惶恐而且惭愧地说。

“那么，便宜你，画一个圆圈！”

阿Q要画圆圈了，那手捏着笔却只是抖。于是那人替他将纸铺在地上，阿Q伏下去，使尽了平生的力画圆圈。他生怕被人笑话，立志要画得圆，但这可恶的笔不但很沉重，并且不听话，刚刚一抖一抖地几乎要合缝，却又向外一耸，画成瓜子模样了。

阿Q正羞愧自己画得不圆，那人却不计较，早已掣了纸笔去，许多人又将他第二次抓进栅栏门。

他第二次进了栅栏，倒也并不十分懊恼。他以为人生天地之间，大约本来有时要抓进抓出，有时要在纸上画圆圈的，惟有圈而不圆，却是他“行状”上的一个污点。但不多时也就释然了，他想：孙子才画得很圆的圆圈呢。于是他睡着了。

然而这一夜，举人老爷反而不能睡：他和把总呕了气了。举人老爷主张第一要追赃，把总主张第一要示众。把总近来很不将举人老爷放在眼里了，拍案打凳地说道，“惩一儆百！你看，我做革命党还不上二十天，抢案就是十几件，全不破案，我的面子在哪里？破了案，你又来迂。不成！这是我管的！”举人老爷窘急了，然而还坚持，说是倘若不追赃，他便立刻辞了帮办民政的职务。而把总却道，“请便罢！”于是举人老爷在这一夜竟没有睡，但幸而第二天倒也没有辞。

阿 Q 第三次抓出栅栏门的时候，便是举人老爷睡不着的那一夜的明天的上午了。他到了大堂，上面还坐着照例的光头老头子；阿 Q 也照例地下了跪。

老头子很和气地问道，“你还有什么话么？”

阿 Q 一想，没有话，便回答说，“没有。”

许多长衫和短衫人物，忽然给他穿上一件洋布的白背心，上面有些黑字。阿 Q 很气苦，因为这很像是带孝，而带孝是晦气的。然而同时他的两手反缚了，同时又被一直抓出衙门外去了。

阿 Q 被抬上了一辆没有篷的车，几个短衣人物也和他同坐在一处。这车立刻走动了，前面是一班背着洋炮的兵们和团丁，两旁是许多张着嘴的看客，后面怎样，阿 Q 没有见。但他突然觉到了：这岂不是去杀头么？他一急，两眼发黑，耳朵里嗡的一声，似乎发昏了。然而他又没有全发昏，有时虽然着急，有时却也泰然；他意思之间，似乎觉得人生天地间，大约本来有时也未免要杀头的。

他还认得路，于是有些诧异了：怎么不向着法场走呢？他不知道这是在游街，在示众。但即使知道也一样，他不过以为人生天地间，大约本来有时也未免要游街，要示众罢了。

他省悟了，这是绕到法场去的路，这一定是“嚓”的去杀头。他惘惘地向左右看，全跟着蚂蚁似的人，而在无意中，却在路旁的人丛中发见了一个吴妈。很久违，伊原来在城里做工了。阿 Q 忽然很羞愧自己没志气：竟没有唱几句戏。他的思想仿佛旋风似的在脑里一回旋：《小孤孀上坟》欠堂皇，《龙虎斗》里的“悔不该……”也太乏，还是“手执钢鞭将你打”罢。他同时将手一扬，才记得这两手原来都捆着，于是“手执钢鞭”也不唱了。

“过了二十年又是一个……”阿Q在百忙中，“无师自通”的说出半句从来不说的话。

“好!!”从人丛里，便发出豺狼的嗥叫一般的声音来。

车子不住地前行，阿Q在喝采声中，轮转眼睛去看吴妈，似乎伊一向并没有见他，却只是出神地看着兵们背上的洋炮。

阿Q于是再看那些喝彩的人们。

这刹那中，他的思想又仿佛旋风似的在脑里一回旋了。四年之前，他曾在山脚下遇见一只饿狼，永是不近不远地跟定他，要吃他的肉，他那时吓得几乎要死，幸而手里有一柄斫柴刀，才得仗这壮了胆，支持到未庄；可是永远记得那狼眼睛，又凶又怯，闪闪的像两颗鬼火，似乎远远地来穿透了他的皮肉，而这回他又看见从来没有见过的更可怕的眼睛了，又钝又锋利，不但已经咀嚼了他的话，并且还要咀嚼他皮肉以外的东西，永是不远不近地跟他走。

这些眼睛们似乎连成一气，已经在那里咬他的灵魂。

“救命，……”

然而阿Q没有说。他早就两眼发黑，耳朵里嗡的一声，觉得全身仿佛微尘似的迸散了。

至于当时的影响，最大的倒反在举人老爷，因为终于没有追赃，他全家都号咷了。其次是赵府，非特秀才因为上城去报官，被不好的革命党剪掉了辫子，而且又破费了二十千的赏钱，所以全家也号咷了。从这一天以来，他们便渐渐地都发生了遗老的气味。

至于舆论，在未庄是无异议，自然都说阿 Q 坏，被枪毙便是他的坏的证据；不坏又何至于被枪毙呢？而城里的舆论却不佳，他们多半不满足，以为枪毙并无杀头这般好看；而且那是怎样的一个可笑的死囚呵，游了那么久的街，竟没有唱一句戏：他们白跟一趟了。

一九二一年十二月。

鸭的喜剧

俄国的盲诗人爱罗先珂君带了他那六弦琴到北京之后不多久，便向我诉苦说：

“寂寞呀，寂寞呀，在沙漠上似的寂寞呀!”

这应该是真实的，但在我却未曾感得。我住得久了，“入芝兰之室，久而不闻其香”，只以为很是嚷嚷罢了。然而我之所谓嚷嚷，或者也就是他之所谓寂寞罢。

我可是觉得在北京仿佛没有春和秋。老于北京的人说，地气北转了，这里在先是没有这么和暖。只是我总以为没有春和秋：冬末和夏初衔接起来，夏才去，冬又开始了。

一日就是这冬末夏初的时候，而且是夜间，我偶而得了闲暇，去访问爱罗先珂君。他一向寓在仲密君的家里；这时一家的人都睡了觉了，天下很安静。他独自靠在自己的卧榻上，很高的眉棱在金黄色的长发之间微蹙了，是在想他旧游之地的缅甸，缅甸的夏夜。

“这样的夜间，”他说，“在缅甸是遍地是音乐。房里、草间、树上，都有昆虫吟叫，各种声音，成为合奏，很神奇。其间时时夹着蛇鸣：‘嘶嘶!’可是也与虫声相和协……”他沉思了，似乎想要追想起那时的情景来。

我开不得口。这样奇妙的音乐，我在北京确乎未曾听到过，所以即使如何爱国，也辩护不得，因为他虽然目无所见，耳朵是没有聋的。

“北京却连蛙鸣也没有……”他又叹息说。

“蛙鸣是有的！”这叹息，却使我勇猛起来了，于是抗议说。“到夏天，大雨之后，你便能听到许多虾蟆叫，那是都在沟里面的，因为北京到处都有沟。”

“哦……”

过了几天，我的话居然证实了，因为爱罗先珂君已经买到了十几个蝌蚪子。他买来便放在他窗外的院子中央的小池里。那池的长有三尺，宽有二尺，是仲密所掘，以种荷花的荷池。从这荷池里，虽然从来没有见过养出半朵荷花来，然而养虾蟆却实在是一个极合式的处所。

蝌蚪成群结队地在水里面游泳；爱罗先珂君也常常踱来访他们。有时候，孩子告诉他说，“爱罗先珂先生，他们生了脚了。”他便高兴地微笑道，“哦！”

然而养成池沼的音乐家却只是爱罗先珂君的一件事。他是向来主张自食其力的，常说女人可以畜牧，男人就应该种田。所以遇到很熟的友人，他便要劝诱他就在院子里种白菜；也屡次对仲密夫人劝告，劝伊养蜂、养鸡、养猪、养牛、养骆驼。后来仲密家里果然有了许多小鸡，满院飞跑，啄完了铺地锦的嫩叶，大约也许就是这劝告的结果了。

从此卖小鸡的乡下人也时常来，来一回便买几只，因为小鸡是容易积食，发痧，很难得长寿的，而且有一匹还成了爱罗先珂君在北京所作唯一的小说《小鸡的悲剧》里的主人公。有一天的上午，那乡下人竟意外地带了小鸭来了，咻咻地叫着；但是仲密夫人说不要。爱罗先珂君也跑出来，他们就放一个在他两手里，而小鸭便在他两手里咻咻地叫。他以为这也很可爱，于是又不能不买了，一共买了四个，每个八十文。

小鸭也诚然是可爱，遍身松花黄，放在地上，便蹒跚地走，互相招呼，总是在一处。大家都说好，明天去买泥鳅来喂它们罢。爱罗先珂君说，“这钱也可以归我出的。”

他于是教书去了，大家也走散。不一会，仲密夫人拿冷饭来喂它们时，在远处已听得泼水的声音，跑到一看，原来那四个小鸭都在荷池里洗澡了，而且还翻筋斗，吃东西呢。等到拦它们上了岸，全池已经是浑水，过了半天，澄清了，只见泥里露出几条细藕来，而且再也寻不出一个已经生了脚的蝌蚪了。

“伊和希珂先，没有了，虾蟆的儿子。”傍晚时候，孩子们一见他回来，最小的一个便赶紧说。

“唔，虾蟆？”

仲密夫人也出来了，报告了小鸭吃完蝌蚪的故事。

“唉，唉！……”他说。

待到小鸭褪了黄毛，爱罗先珂君却忽而渴念着他的“俄罗斯母亲”了，便匆匆地向赤塔去。

待到四月蛙鸣的时候，小鸭也已经长成，两个白的，两个花的，而且不复咻咻地叫，都是“鸭鸭”地叫了。荷花池也早已容不下它们盘桓了，幸而仲密的住家的地势是很低的，夏雨一降，院子里满积了水，它们便欣欣然，游水，钻水，拍翅子，“鸭鸭”地叫。

现在又从夏末交了冬初，而爱罗先珂君还是绝无消息，不知道究竟在哪里了。

只有四个鸭，却还在沙漠上“鸭鸭”地叫。

一九二二年十月。

在酒楼上

我从北地向东南旅行，绕道访了我的家乡，就到S城。这城离我的故乡不过三十里，坐了小船，小半天可到，我曾在这里的学校里当过一年的教员。深冬雪后，风景凄清，懒散和怀旧的心绪联结起来，我竟暂寓在S城的洛思旅馆里了，这旅馆是先前所没有的。城圈本不大，寻访了几个以为可以会见的旧同事，一个也不在，早不知散到哪里去了；经过学校的门口，也改换了名称和模样，于我很生疏。不到两个时辰，我的意兴早已索然，颇悔此来为多事了。

我所住的旅馆是租房不卖饭的，饭菜须另外叫来，但又无味，入口如嚼泥土。窗外只有渍痕斑驳的墙壁，帖着枯死的莓苔；上面是铅色的天，白皑皑的绝无精采，而且微雪又飞舞起来了。我午餐本没有饱，又没有可以消遣的事情，便很自然地想到先前有一家很熟识的小酒楼，叫一石居的，算来离旅馆并不远。我于是立即锁了房门，出街向那酒楼去。其实也无非想姑且逃避客中的无聊，并不专为买醉。一石居是在的，狭小阴湿的店面和破旧的招牌都依旧；但从掌柜以至堂倌却已没有一个熟人，我在这一石居中也完全成了生客。然而我终于跨上那走熟的屋角的扶梯去了，由此径到小楼上。上面也依然是五张小板桌；独有原是木棂的后窗却换嵌了玻璃。

“一斤绍酒。——菜？十个油豆腐，辣酱要多！”

我一面说给跟我上来的堂倌听，一面向后窗走，就在靠窗的一张桌旁坐下了。楼上“空空如也”，任我拣得最好的坐位：可以眺望楼下的废园。这园大概是不属于酒家的，我先前也曾眺望过许多回，有时也在雪天里。但现在从惯于北方的眼睛看来，却很值得惊异了：几株老梅竟斗雪开着满树的繁花，仿佛毫不以深冬为意；倒塌的亭子边还有一株山茶树，从暗绿的密叶里显出十几朵红花来，赫赫的在雪中明得如火，愤怒而且傲慢，如蔑视游人的甘心于远行。我这时又忽地想到这里积雪的滋润，著物不去，晶莹有光，不比朔雪的粉一般干，大风一吹，便飞得满空如烟雾。……

“客人，酒。……”

堂倌懒懒地说着，放下杯、筷、酒壶和碗碟，酒到了。我转脸向了板桌，排好器具，斟出酒来。觉得北方固不是我的旧乡，但南来又只能算一个客子，无论那边的干雪怎样纷飞，这里的柔雪又怎样的依恋，于我都没有什么关系了。我略带些哀愁，然而很舒服地呷一口酒。酒味很纯正；油豆腐也煮得十分好；可惜辣酱太淡薄，本来S城人是不懂得吃辣的。

大概是因为正在下午的缘故罢，这虽说是酒楼，却毫无酒楼气，我已经喝下三杯酒去了，而我以外还是四张空板桌。我看着废园，渐渐地感到孤独，但又不愿有别的酒客上来。偶然听得楼梯上脚步响，便不由地有些懊恼，待到看见是堂倌，才又安心了，这样的又喝了两杯酒。

我想，这回定是酒客了，因为听得那脚步声比堂倌的要缓得多。约略料他走完了楼梯的时候，我便害怕似的抬头去看这无干的同伴，同时也就吃惊地站起来。我竟不料在这里意外地遇见朋友了，——假如他现在还许我称他为朋友。那上来的分明是我的旧同窗，也是做教员时代的旧同事．面貌虽然颇有些改变，但一见也就认识，独有行动却变得格外迂缓，很不像常年敏捷精悍的吕纬甫了。

“阿，——纬甫，是你么；我万想不到会在这里遇见你。”

“阿阿，是你，我也万想不到……”

我就邀他同坐，但他似乎略略踌躇之后，方才坐下来。我起先很以为奇，接着便有些悲伤，而且不快了。细看他相貌，也还是乱蓬蓬的须发，苍白的长方脸，然而衰瘦了。精神很沉静，或者却是颓唐；又浓又黑的眉毛底下的眼睛也失了精采，但当他缓缓地四顾的时候，却对废园忽地闪出我在学校时代常常看见的射人的光来。

“我们，”我高兴地，然而颇不自然地说，“我们这一别，怕有十年了罢。我早知道你在济南，可是实在懒得太难，终于没有写一封信。……”

“彼此都一样，可是现在我在太原了，已经两年多，和我的母亲。我回来接她的时候，知道你早搬走了，搬得很干净。”

“你在太原做什么呢？”我问。

“教书，在一个同乡的家里。”

“这以前呢？”

“这以前么?”他从衣袋里掏出一枝烟卷来，点了火衔在嘴里，看着喷出的烟雾，沉思似的说，“无非做了些无聊的事情，等于什么也没有做。”

他也问我别后的景况；我一面告诉他一个大概，一面叫堂倌先取杯箸来，使他先喝着我的酒，然后再去添二斤。其间还点菜，我们先前原是毫不客气的，但此刻却推让起来了，终于说不清哪一样是谁点的，就从堂倌的口头报告上指定了四样菜：茴香豆、冻肉、油豆腐、青鱼干。

“我一回来，就想到我可笑。”他一手擎着烟卷，一只手扶着酒杯，似笑非笑地向我说。“我在少年时，看见蜂子或蝇子停在一个地方，给什么来一吓，即刻飞去了，但是飞了一个小圈子，便又回来停在原地点，便以为这实在可笑，也可怜。可不料现在我自己也飞回来了，不过绕了一点小圈子。又不料你也回来了。你不能飞得更远些么?”

“这难说，大约也不外乎绕点小圈子罢。”我也似笑非笑地说。“但是你为什么飞回来的呢?”

“也还是为了无聊的事。”他一口喝干了一杯酒，吸几口烟，眼睛略为张大了。“无聊的。——但是我们就谈谈罢。”

堂倌搬上新添的酒菜来，排满了一桌，楼上又添了烟气和油豆腐的热气，仿佛热闹起来了；楼外的雪也越加纷纷地下。

“你也许本来知道，”他接着说，“我曾经有一个小兄弟，是三岁上死掉的，就葬在这乡下。我连他的模样都记不清楚了，但听母亲说，是一个很可爱的孩子，和我也很相投，至今她提起来还似乎要下泪。今年春天，一个堂兄就来了一封信，说他的坟边已经渐渐地浸了水，不久怕要陷入河里去了，须得赶紧去设法。母亲一知道就很着急，几乎几夜睡不着，——她又自己能看信的。然而我能有什么法子呢，没有钱，没有工夫：当时什么法也没有。

“一直挨到现在，趁着年假的闲空，我才得回南给他来迁葬。”他又喝干一杯酒，看着窗外说，“这在那边哪里能如此呢？积雪里会有花，雪地下会不冻。就在前天，我在城里买了一口小棺材。——因为我预料那地下的应该早已朽烂了，——带着棉絮和被褥，雇了四个土工，下乡迁葬去。我当时忽而很高兴，愿意掘一回坟，愿意一见我那曾经和我很亲睦的小兄弟的骨殖：这些事我生平都没有经历过。到得坟地，果然，河水只是咬进来，离坟已不到二尺远。可怜的坟，两年没有培土，也平下去了。我站在雪中，决然地指着他对土工说，‘掘开来!’我实在是一个庸人，我这时觉得我的声音有些稀奇，这命令也是一个在我一生中最为伟大的命令。但土工们却毫不骇怪，就动手掘下去了。待到掘着圹穴，我便过去看，果然，棺木已经快要烂尽了，只剩下一堆木丝和小木片。我的心颤动着，自去拨开这些，很小心地，要看一看我的小兄弟。然而出乎意外！被褥、衣服、骨骼，什么也没有。我想，这些都消尽了，向来听说最难烂的是头发，也许还有罢。我便伏下去，在该是枕头所在的泥土里仔仔细细地看，也没有。踪影全无!”

我忽而看见他眼圈微红了，但立即知道是有了酒意。他总不很吃菜，单是把酒不停地喝，早喝了一斤多，精神和举动，都活泼起来，渐近于先前所见的吕纬甫了。我叫堂倌再添二斤酒，然后回转身，也举着酒杯，正对面默默地听着。

“其实，这本已可以不必再迁，只要平了土，卖掉棺材，就此完事了的。我去卖棺材虽然有些离奇，但只要价钱极便宜，原铺子就许要，至少总可以捞回几文酒钱来。但我不这样，我仍然铺好被褥，用棉花裹了些他先前身体所在的地方的泥土，包起来，装在新棺材里，运到我父亲埋着的坟地上，在他坟旁埋掉了。因为外面用砖墎，昨天又忙了我大半天：监工。但这样总算完结了一件事，足够去骗骗我的母亲，使她安心些。——阿阿，你这样地看我，你怪我何以和先前太不相同了么？是的，我也还记得我们同到城隍庙里去拔掉神像的胡子的时候，连日议论些改革中国的方法以至于打起来的时候。但我现在就是这样了，敷敷衍衍，模模胡胡。我有时自己也想到，倘若先前的朋友看见我，怕会不认我做朋友了。——然而我现在就是这样。”

他又掏出一枝烟卷来，衔在嘴里，点了火。

“看你的神情，你似乎还有些期望我，——我现在自然麻木得多了，但是有些事也还看得出。这使我很感激，然而也使我很不安：怕我终于辜负了至今还对我怀着好意的老朋友。……”他忽而停住了，吸几口烟，才又慢慢地说，“正在今天，刚在我到这一石居来之前，也就做了一件无聊事，然而也是我自己愿意做的。我先前的东边的邻居叫长富，是一个船户。他有一个女儿叫阿顺，你那时到我家里来，也许见过的，但你一定没有留心，因为那时她还小。后来她也长得并不好看，不过是平常的瘦瘦的瓜子脸，黄脸皮；独有眼睛非常大，睫毛也很长，眼白又青得如夜的晴天，而且是北方的无风的晴天，这里的就没有那么明净了。她很能干，十多岁没了母亲，招呼两个小弟妹都靠她；又得服侍父亲，事事都周到；也经济，家计倒渐渐地稳当起来了。邻居几乎没有一个不夸奖她。连长富也时常说些感激的话。这一次我动身回来的时候，我的母亲又记得她了，老年人记性真长久。她说她曾经知道顺姑因为看见谁的头上戴着红的剪绒花，自己也想有一朵，弄不到，哭了，哭了小半夜，就挨了她父亲的一顿打，后来眼眶还红肿了两三天。这种剪绒花是外省的东西，S城里尚且买不出，她哪里想得到手呢？趁我这一次回南的便，便叫我买两朵去送她。

“我对于这差使倒并不以为烦厌，反而很喜欢；为阿顺，我实在还有些愿意出力的意思的。前年，我回来接我母亲的时候，有一天，长富正在家，不知怎的我和他闲谈起来了。他便要请我吃点心，荞麦粉，并且告诉我所加的是白糖。你想，家里能有白糖的船户，可见决不是一个穷船户了，所以他也吃得很阔绰。我被劝不过，答应了，但要求只要用小碗。他也很识世故，便嘱咐阿顺说，‘他们文人，是不会吃东西的。你就用小碗，多加糖！’然而等到调好端来的时候，仍然使我吃一吓，是一大碗，足够我吃一天。但是和长富吃的一碗比起来，我的也确乎算小碗。我生平没有吃过荞麦粉，这回一尝，实在不可口，却是非常甜。我漫然地吃了几口，就想不吃了，然而无意中，忽然间看见阿顺远远地站在屋角里，就使我立刻消失了放下碗筷的勇气。我看她的神情，是害怕而且希望，大约怕自己调得不好，愿我们吃得有味。我知道如果剩下大半碗来，一定要使她很失望，而且很抱歉。我于是同时决心，放开喉咙灌下去了，几乎吃得和长富一样快。我由此才知道硬吃的苦痛，我只记得还做孩子时候的吃尽一碗拌着驱除蛔虫药粉的沙糖才有这样难。然而我毫不抱怨，因为她过来收拾空碗时候的忍着的得意的笑容，已尽够赔偿我的苦痛而有馀了。所以我这一夜虽然饱胀得睡不稳，又做了一大串恶梦，也还是祝赞她一生幸福，愿世界为她变好。然而这些意思也不过是我的那些旧日的梦的痕迹，即刻就自笑，接着也就忘却了。

“我先前并不知道她曾经为了一朵剪绒花挨打，但因为母亲一说起，便也记得了荞麦粉的事，意外地勤快起来了。我先在太原城里搜求了一遍，都没有；一直到济南……”

窗外沙沙的一阵声响，许多积雪从被它压弯了的一枝山茶树上滑下去了，树枝笔挺的伸直，更显出乌油油的肥叶和血红的花来。天空的铅色来得更浓；小鸟雀啾唧地叫着，大概黄昏将近，地面又全罩了雪，寻不出什么食粮，都赶早回巢来休息了。

“一直到了济南，”他向窗外看了一回，转身喝干一杯酒，又吸几口烟，接着说。“我才买到剪绒花。我也不知道使她挨打的是不是这一种，总之是绒做的罢了。我也不知道她喜欢深色还是浅色，就买了一朵大红的，一朵粉红的，都带到这里来。

“就是今天午后，我一吃完饭，便去看长富，我为此特地耽搁了一天。他的家倒还在，只是看去很有些晦气色了，但这恐怕不过是我自己的感觉。他的儿子和第二个女儿——阿昭，都站在门口，大了。阿昭长得全不像她姐姐，简直像一个鬼，但是看见我走向她家，便飞奔地逃进屋里去。我就问那小子，知道长富不在家。‘你的大姐呢？’他立刻瞪起眼睛，连声问我寻她什么事，而且恶狠狠地似乎就要扑过来，咬我。我支吾着退走了，我现在是敷敷衍衍……

“你不知道，我可是比先前更怕去访人了。因为我已经深知道自己之讨厌，连自己也讨厌，又何必明知故犯地去使人暗暗地不快呢？然而这回的差使是不能不办妥的，所以想了一想，终于回到就在斜对门的柴店里。店主的母亲，老发奶奶，倒也还在，而且也还认识我，居然将我邀进店里坐去了。我们寒暄几句之后，我就说明了回到S城和寻长富的缘故。不料她叹息说：

“‘可惜顺姑没有福气戴这剪绒花了。’

“她于是详细地告诉我，说是‘大约从去年春天以来，她就见得黄瘦，后来忽而常常下泪了，问她缘故又不说；有时还整夜地哭，哭得长富也忍不住生气，骂她年纪大了，发了疯。可是一到秋初。起先不过小伤风，终于躺倒了，从此就起不来。直到咽气的前几天，才肯对长富说，她早就像她母亲一样，不时的吐红和流夜汗。但是瞒着，怕他因此要担心。有一夜，她的伯伯长庚又来硬借钱，——这是常有的事，——她不给，长庚就冷笑着说：你不要骄气，你的男人比我还不如！她从此就发了愁，又怕羞，不好问，只好哭。长富赶紧将她的男人怎样的争气的话说给她听，哪里还来得及？况且她也不信，反而说：好在我已经这样，什么也不要紧了。’

“她还说，‘如果她的男人真比长庚不如，那就真可怕呵！比不上一个偷鸡贼，那是什么东西呢？然而他来送殓的时候，我是亲眼看见他的，衣服很干净，人也体面；还眼泪汪汪的说，自己撑了半世小船，苦熬苦省地积起钱来聘了一个女人，偏偏又死掉了。可见他实在是一个好人，长庚说的全是诳。只可惜顺姑竟会相信那样的贼骨头的诳话，白送了性命。——但这也不能去怪谁，只能怪顺姑自己没有这一分好福气。’

“那倒也罢，我的事情又完了。但是带在身边的两朵剪绒花怎么办呢？好，我就托她送了阿昭。这阿昭一见我就飞跑，大约将我当作一只狼或是什么，我实在不愿意去送她。——但是我也就送她了，对母亲只要说阿顺见了喜欢的了不得就是。这些无聊的事算什么？只要模模胡胡。模模胡胡地过了新年，仍旧教我的‘子曰诗云’去。”

“你教的是‘子曰诗云’么？”我觉得奇异，便问。

“自然。你还以为教的是 ABCD 么？我先是两个学生，一个读《诗经》，一个读《孟子》。新近又添了一个，女的，读《女儿经》。连算学也不教，不是我不教，他们不要教。”

“我实在料不到你倒去教这类的书，……”

“他们的老子要他们读这些；我是别人，无乎不可的。这些无聊的事算什么，只要随随便便……”

他满脸已经通红，似乎很有些醉，但眼光却又消沉下去了。我微微地叹息，一时没有话可说。楼梯上一阵乱响，拥上几个酒客来：当头的是矮子，臃肿的圆脸；第二个是长的，在脸上很惹眼地显出一个红鼻子；此后还有人，一叠连地走得小楼都发抖。我转眼去看吕纬甫，他也正转眼来看我，我就叫堂倌算酒账。

“你藉此还可以支持生活么？”我一面准备走，一面问。

“是的。——我每月有二十元，也不大能够敷衍。”

“那么，你以后预备怎么办呢？”

“以后？——我不知道。你看我们那时预想的事可有一件如意？我现在什么也不知道，连明天怎样也不知道，连后一分……”

堂倌送上账来，交给我；他也不像初到时候的谦虚了，只向我看了一眼，便吸烟，听凭我付了账。

我们一同走出店门，他所住的旅馆和我的方向正相反，就在门口分别了。我独自向着自己的旅馆走，寒风和雪片扑在脸上，倒觉得很爽快。见天色已是黄昏，和屋宇和街道都织在密雪的纯白而不定的罗网里。

一九二四年二月十六日。

肥　皂

四铭太太正在斜日光中背着北窗和她八岁的女儿秀儿糊纸锭，忽听得又重又缓的布鞋底声响，知道四铭进来了，并不去看他，只是糊纸锭。但那布鞋底声却愈响愈逼近，觉得终于停在她的身边了，于是不免转过眼去看，只见四铭就在她面前耸肩曲背地狠命掏着布马褂底下的袍子的大襟后面的口袋。

他好容易曲曲折折地汇出手来，手里就有一个小小的长方包，葵绿色的，一径递给四太太。她刚接到手，就闻到一阵似橄榄非橄榄的说不清的香味，还看见葵绿色的纸包上有一个金光灿烂的印子和许多细簇簇的花纹。秀儿即刻跳过来要抢着看，四太太赶忙推开她。

“上了街？……”她一面看，一面问。

“唔唔。”他看着她手里的纸包，说。

于是这葵绿色的纸包被打开了，里面还有一层很薄的纸，也是葵绿色，揭开薄纸，才露出那东西的本身来，光滑坚致，也是葵绿色，上面还有细簇簇的花纹，而薄纸原来却是米色的，似橄榄非橄榄的说不清的香味也来得更浓了。

“唉唉，这实在是好肥皂。”她捧孩子似的将那葵绿色的东西送到鼻子下面去，嗅着说。

“唔唔，你以后就用这个……。”

她看见他嘴里这么说，眼光却射在她的脖子上，便觉得颧骨以下的脸上似乎有些热。她有时自己偶然摸到脖子上，尤其是耳朵后，背面上总感着些粗糙，本来早就知道是积年的老泥，但向来倒也并不很介意。现在在他的注视之下，对着这葵绿异香的洋肥皂，可不禁脸上有些发热了，而且这热又不绝的蔓延开去，即刻一径到耳根。她于是就决定晚饭后要用这肥皂来拼命地洗一洗。

“有些地方，本来单用皂荚子是洗不干净的。”她自对自地说。

“妈，这给我！”秀儿伸手来抢葵绿纸；在外面玩耍的小女儿招儿也跑到了。四太太赶忙推开她们，裹好薄纸，又照旧包上葵绿纸，欠过身去搁在洗脸台上最高的一层格子上，看一看，翻身仍然糊纸锭。

“学程！”四铭记起了一件事似的，忽而拖长了声音叫，就在她对面的一把高背椅子上坐下了。

“学程！”她也帮着叫。

她停下糊纸锭，侧耳一听，什么响应也没有，又见他仰着头焦急地等着，不禁很有些抱歉了，便尽力提高了喉咙，尖利的叫：

“拴儿呀！”

这一叫确乎有效，就听到皮鞋声橐橐地近来，不一会，拴儿已站在她面前了，只穿短衣，肥胖的圆脸上亮晶晶的流着油汗。

“你在做什么？怎么爹叫也不听见？”她谴责地说。

“我刚在练八卦拳……”他立即转身向了四铭，笔挺地站着，看着他，意思是问他什么事。

“学程，我就要问你：‘恶毒妇’是什么？”

“‘恶毒妇’？……那是，‘很凶的女人’罢？……”

“胡说！胡闹！”四铭忽而怒得可观。“我是‘女人’么!?”

学程吓得倒退了两步，站得更挺了。他虽然有时觉得他走路很像上台的老生，却从没有将他当作女人看待，他知道自己答的很错了。

“‘恶毒妇’是‘很凶的女人’，我倒不懂，得来请教你？——这不是中国话，是鬼子话，我对你说。这是什么意思，你懂么？”

“我，……我不懂。”学程更加局促起来。

“吓，我白化钱送你进学堂，连这一点也不懂。亏煞你的学堂还夸什么‘口耳并重’，倒教得什么也没有。说这鬼话的人至多不过十四五岁，比你还小些呢，已经叽叽咕咕地能说了，你却连意思也说不出，还有这脸说‘我不懂’！——现在就给我去查出来！”

学程在喉咙底里答应了一声“是”，恭恭敬敬地退出去了。

“这真叫作不成样子，”过了一会，四铭又慷慨地说，“现在的学生是。其实，在光绪年间，我就是最提倡开学堂的，可万料不到学堂的流弊竟至于如此之大：什么解放咧，自由咧，没有实学，只会胡闹。学程呢，为他化了的钱也不少了，都白化。好容易给他进了中西折中的学堂，英文又专是‘口耳并重’的，你以为这该好了罢，哼，可是读了一年，连‘恶毒妇’也不懂，大约仍然是念死书。吓，什么学堂，造就了些什么？我简直说：应该统统关掉！”

“对咧，莫不如统统关掉的好。”四太太糊着纸锭，同情地说。

“秀儿她们也不必进什么学堂了。‘女孩子，念什么书？’九公公先前这样说，反对女学的时候，我还攻击他呢；可是现在看起来，究竟是老年人的话对。你想，女人一阵一阵地在街上走，已经很不雅观的了，她们却还要剪头发。我最恨的就是那些剪了头发的女学生，我简直说，军人土匪倒还情有可原，搅乱天下的就是她们，应该很严地办一办……。”

“对咧，男人都像了和尚还不够，女人又来学尼姑了。”

“学程！”

学程正捧着一本小而且厚的金边书快步进来，便呈给四铭，指着一处说：

“这倒有点像。这个……”

四铭接来看时，知道是字典，但文字非常小，又是横行的。他眉头一皱，擎向窗口，细着眼睛，就学程所指的一行念过去：

“‘第十八世纪创立之共济讲社之称。’——唔，不对。——这声音是怎么念的？”他指着前面的“鬼子”字，问。

“恶特拂罗斯（Oddfellows）。”

“不对，不对，不是这个。”四铭又忽而愤怒起来了。“我对你说：那是一句坏话，骂人的话，骂我这样的人的。懂了么？查去！”

学程看了他几眼，没有动。

“这是什么闷葫芦，没头没脑的，你也先得说说清，教他好用心地查去。”她看见学程为难，觉得可怜，便排解而且不满似的说。

“就是我在大街上广润祥买肥皂的时候，”四铭呼出了一口气，向她转过脸去，说。“店里又有三个学生在那里买东西。我呢，从他们看起来，自然也怕太噜苏一点了罢。我一气看了六七样，都要四角多，没有买，看一角一块的，又太坏，没有什么香。我想，不如中通的好，便挑定了那绿的一块，两角四分。伙计本来是势利鬼，眼睛生在额角上的，早就撅着狗嘴的了；可恨那学生这坏小子又都挤眉弄眼地说着鬼话笑。后来，我要打开来看一看才付钱：洋纸包着，怎么断得定货色的好坏呢。谁知道那势利鬼不但不依，还蛮不讲理，说了许多可恶的废话；坏小子们又附和着说笑。那一句是顶小的一个说的，而且眼睛看着我，他们就都笑起来了：可见一定是一句坏话。”他于是转脸对着学程道，“你只要在‘坏话类’里去查去！”

学程在喉咙底里答应了一声“是”，恭恭敬敬地退去了。

“他们还嚷什么‘新文化新文化’，‘化’到这样了，还不够？”他两眼钉着屋梁，尽自说下去。“学生也没有道德，社会上也没有道德，再不想点法子来挽救。中国这才真个要亡了。——你想，那多么可叹？……”

“什么？”她随口地问，并不惊奇。

“孝女。”他转眼对着她，郑重地说。“就在大街上，有两个讨饭的。一个是姑娘，看去该有十八九岁了。——其实这样的年纪，讨饭是很不相宜的了，可是她还讨饭。——和一个六七十岁的老的，白头发，眼睛是瞎的，坐在布店的檐下求乞。大家都说她是孝女，那老的是祖母。她只要讨得一点什么，便都献给祖母吃，自己情愿饿肚皮。可是这样的孝女，有人肯布施么?”他射出眼光来钉住她，似乎要试验她的识见。

她不答话，也只将眼光钉住他，似乎倒是专等他来说明。

“哼，没有。”他终于自己回答说。“我看了好半天，只见一个人给了一文小钱；其馀的围了一大圈，倒反去打趣。还有两个光棍，竟肆无忌惮地说：‘阿发，你不要看得这货色脏。你只要去买两块肥皂来，咯支咯支遍身洗一洗，好得很哩!’哪，你想，这成什么话?”

“哼，”她低下头去了，久之，才又懒懒地问，“你给了钱么?”

“我么? …没有。一两个钱，是不好意思拿出去的。她不是平常的讨饭，总得……”

“嗡。”她不等说完话，便慢慢地站起来，走到厨下去。昏黄只显得浓密，已经是晚饭时候了。

四铭也站起身，走出院子去。天色比屋子里还明亮，学程就在墙角落上练习八卦拳：这是他的“庭训”，利用昼夜之交的时间的经济法，学程奉行了将近大半年了。他赞许似的微微点一点头，便反背着两手在空院子里来回地踱方步。不多久，那唯一的盆景万年青的阔叶又已消失在昏暗中，破絮一般的白云间闪出星点，黑夜就从此开头。四铭当这时候，便也不由地感奋起来，仿佛就要大有所为，与周围的坏学生以及恶社会宣战。他意气渐渐勇猛，脚步愈跨愈大，布鞋底声也愈走愈响，吓得早已睡在笼子里的母鸡和小鸡也都唧唧足足地叫起来了。

堂前有了灯光就是号召晚餐的烽火，合家的人们便都齐集在中央的桌子周围。灯在下横；上首是四铭一人居中，也是学程一般肥胖的圆脸，但多两撇细胡子，在菜汤的热气里，独据一面，很像庙里的财神。左横是四太太带着招儿；右横是学程和秀儿一列。碗筷声雨点似的响，虽然大家不言语，也就是很热闹的晚餐。

招儿带翻了饭碗了，菜汤流得小半桌。四铭尽量地睁大了细眼睛瞪着看得她要哭，这才收回眼光，伸筷自去夹那早先看中了的一个菜心去。可是菜心已经不见了，他左右一瞥，就发见学程刚刚夹着塞进他张得很大的嘴里去，他于是只好无聊地吃了一筷黄菜叶。

“学程，”他看着他的脸说，“那一句查出了没有？”

“哪一句？——那还没有。”

“哼，你看，也没有学问，也不懂道理，单知道吃！学学那个孝女罢，做了乞丐，还是一味孝顺祖母，自己情愿饿肚子。但是你们这些学生哪里知道这些，肆无忌惮，将来只好像那光棍……”

“想倒想着了一个，但不知可是。——我想，他们说的也许是‘阿尔特肤尔’。”

“哦哦，是的！就是这个！他们说的就是这样一个声音：‘恶毒夫咧’。这是什么意思，你也就是他们这一党：你知道的。”

“意思，——意思我不很明白。”

“胡说！瞒我。你们都是坏种！”

“‘天不打吃饭人’，你今天怎么尽闹脾气，连吃饭时候也是打鸡骂狗的。他们小孩子们知道什么。”四太太忽而说。

“什么?”四铭正想发话，但一回头，看见她陷下的两颊已经鼓起，而且很变了颜色，三角形的眼里也发着可怕的光，便赶紧改口说，“我也没有闹什么脾气，我不过教学程应该懂事些。”

“他哪里懂得你心里的事呢。”她可是更气忿了。“他如果能懂事，早就点了灯笼火把，寻了那孝女来了。好在你已经给她买好了一块肥皂在这里，只要再去买一块……”

“胡说！那话是那光棍说的。”

“不见得。只要再去买一块，给她咯支咯支地遍身洗一洗，供起来，天下也就太平了。”

“什么话，那有什么相干？我因为记起了你没有肥皂……”

“怎么不相干？你是特买给孝女的，你咯支咯支地去洗去。我不配，我不要，我也不要沾孝女的光。”

“这么什么话？你们女人……”四铭支吾着，脸上也像学程练了八卦拳之后似的流出油汗来，但大约大半也因为吃了太热的饭。

“我们女人怎么样？我们女人，比你们男人好得多。你们男人不是骂十八九岁的女学生，就是称赞十八九岁的女讨饭：都不是什么好心思。‘咯支咯支’，简直是不要脸！”

“我不是已经说过了？那是一个光棍……”

“四翁！”外面的暗中忽然起了极响的叫喊。

“道翁么？我就来！”四铭知道那是高声有名的何道统，便遇赦似的，也高兴地大声说。“学程，你快点灯照何老伯到书房去！”

学程点了烛，引着道统走进西边的厢房里，后面还跟着卜薇园。

“失迎失迎，对不起。”四铭还嚼着饭，出来拱一拱手，说。“就在舍间用便饭，何如？……”

“已经偏过了。”薇园迎上去，也拱一拱手，说。“我们连夜赶来，就为了那移风文社的第十八届征文题目，明天不是‘逢七’么？”

“哦！今天十六？”四铭恍然地说。

“你看，多么胡涂！”道统大嚷道。

“那么，就得连夜送到报馆去，要他明天一准登出来。”

“文题我已经拟下了。你看怎样，用得用不得？”道统说着，就从手巾包里挖出一张纸条来交给他。

四铭踱到烛台面前，展开纸条，一字一字地读下去：

“‘恭拟全国人民合词吁请贵大总统特颁明令专重圣经崇祀孟母以挽颓风而存国粹文’——好极好极。可是字数太多了罢？”

“不要紧的！”道统大声说。“我算过了，还无须乎多加广告费。但是诗题呢？”

“诗题么，”四铭忽而恭敬之状可掬了。“我倒有一个在这里：《孝女行》。那是实事，应该表彰表彰她。我今天在大街上……”

“哦哦，那不行。”薇园连忙摇手，打断他的话。“那是我也看见的。她大概是‘外路人’，我不懂她的话，她也不懂我的话，不知道她究竟是哪里人。大家倒都说她是孝女；然而我问她可能做诗，她摇摇头；要是能做诗，那就好了。”

“然而忠孝是大节，不会做诗也可以将就……”

“那倒不然，而孰知不然！”薇园摊开手掌，向四铭连摇带推地奔过去，力争说。“要会做诗，然后有趣。”

“我们，”四铭推开他，“就用这个题目，加上说明，登报去。一来可以表彰表彰她；二来可以借此针砭社会。现在的社会还成个什么样子，我从旁考察了好半天，竟不见有什么人给一个钱，这岂不是全无心肝……。”

“阿呀，四翁！”薇园又奔过来，“你简直是在‘对着和尚骂贼秃’了。我就没有给钱，我那时恰恰身边没有带着。”

“不要多心，薇翁。”四铭又推开他，“你自然在外，又作别论。你听我讲下去：她们面前围了一大群人，毫无敬意，只是打趣。还有两个光棍，那是更其肆无忌惮了，有一个简直说，‘阿发，你去买两块肥皂来，咯支咯支遍身洗一洗，好得很哩。’你想，这……”

“哈哈哈！两块肥皂！”道统的响亮的笑声突然发作了，震得人耳朵嗅嗅地叫，“你买，哈哈，哈哈！”

“道翁，道翁，你不要这么嚷。”四铭吃了一惊，慌张地说。

“咯支咯支，哈哈！”

“道翁!”四铭沉下脸来了，“我们讲正经事，你怎么只胡闹，闹得人头昏。你听，我们就用这两个题目，即刻送到报馆去，要他明天一准登出来。这事只好偏劳你们两位了。”

“可以可以，那自然。”薇园极口应承说。

“呵呵，洗一洗，咯支……唏唏……”

“道翁!!!”四铭愤愤地叫。

道统给这一喝，不笑了。他们拟好了说明，薇园誊在信笺上，就和道统跑往报馆去。四铭拿着烛台，送出门口，回到堂屋的外面，心里就有些不安逸，但略一踌躇，也终于跨进门槛去了。他一进门，迎头就看见中央的方桌中间放着那肥皂的葵绿色的小小的长方包，包中央的金印子在灯光下明晃晃的发闪，周围还有细小的花纹。

秀儿和招儿都蹲在桌子下横的地上玩；学程坐在右横查字典。最后在离灯最远的阴影里的高背椅子上发见了四太太，灯光照处，见她死板板的脸上并不显出什么喜怒，眼睛也并不看着什么东西。

“咯支咯支，不要脸不要脸……”

四铭微微地听得秀儿在他背后说，回头看时，什么动作也没有了，只有招儿还用了她两只小手的指头在自己脸上抓。

他觉得存身不住，便熄了烛，踱出院子去。他来回地踱，一不小心，母鸡和小鸡又唧唧足足地叫了起来，他立即放轻脚步，并且走远些。经过许多时，堂屋里的灯移到卧室里去了。他看见一地月光，仿佛满铺了无缝的白纱，玉盘似的月亮现在白云间，看不出一点缺。

他很有些悲伤，似乎也像孝女一样，成了“无告之民”，孤苦零丁了。他这一夜睡得非常晚。

但到第二天的早晨，肥皂就被录用了。这日他比平日起得迟，看见她已经伏在洗脸台上擦脖子，肥皂的泡沫就如大螃蟹嘴上的水泡一般，高高地堆在两个耳朵后，比起先前用皂荚时候的只有一层极薄的白沫来，那高低真有云壤之别了。从此之后，四太太的身上便总带着些似橄榄非橄榄的说不清的香味；几乎小半年，这才忽而换了样，凡有闻到的都说那可似乎是檀香。

一九二四年三月二十二日。

示 众

首善之区的西城的一条马路上，这时候什么扰攘也没有。火焰焰的太阳虽然还未直照，但路上的沙土仿佛已是闪烁地生光；酷热满和在空气里面，到处发挥着盛夏的威力。许多狗都拖出舌头来，连树上的乌老鸦也张着嘴喘气，——但是，自然也有例外的。远处隐隐有两个铜盏相击的声音，使人忆起酸梅汤，依稀感到凉意，可是那懒懒的单调的金属音的间作，却使那寂静更其深远了。

只有脚步声，车夫默默地前奔，似乎想赶紧逃出头上的烈日。

“热的包子咧！刚出屉的……。”

十一二岁的胖孩子，细着眼睛，歪了嘴在路旁的店门前叫喊。声音已经嘶嗄了，还带些睡意，如给夏天的长日催眠。他旁边的破旧桌子上，就有二三十个馒头包子，毫无热气，冷冷地坐着。

“荷阿！馒头包子咧，热的……”

像用力掷在墙上而反拨过来的皮球一般，他忽然飞在马路的那边了。在电杆旁，和他对面，正向着马路，其时也站定了两个人：一个是淡黄制服的挂刀的面黄肌瘦的巡警，手里牵着绳头，绳的那头就拴在别一个穿蓝布大衫上罩白背心的男人的臂膊上。这男人戴一顶新草帽，帽檐四面下垂，遮住了眼睛的一带。但胖孩子身体矮，仰起脸来看时，却正撞见这人的眼睛了。那眼睛似乎正在看他的脑壳。他连忙顺下眼，去看白背心，只见背心上一行一行地写着些大大小小的什么字。

刹时间，也就围满了大半圈的看客。待到增加了秃头的老头子之后，空缺已经不多，而立刻又被一个赤膊的红鼻子胖大汉补满了。这胖子过于横阔，占了两人的地位，所以续到的便只能屈在第二层，从前面的两个脖子之间伸进脑袋去。

秃头站在白背心的略略正对面，弯了腰，去研究背心上的文字，终于读起来——

“嗡，都，哼，八，而，……”

胖孩子却看见那白背心正研究着这发亮的秃头，他也便跟着去研究，就只见满头光油油的，耳朵左近有一片灰白色的头发，此外也不见得有怎样新奇。但是后面的一个抱着孩子的老妈子却想乘机挤进来了；秃头怕失了位置，连忙站直，文字虽然还未读完，然而无可奈何，只得另看白背心的脸：草帽檐下半个鼻子，一张嘴，尖下巴。

又像用了力掷在墙上而反拨过来的皮球一般，一个小学生飞奔上来，一手按住了自己头上的雪白的小布帽，向人群中直钻进去。但他钻到第三——也许是第四——层，竟遇见一件不可动摇的伟大的东西了，抬头看时，蓝裤腰上面有一座赤条条的很阔的背脊，背脊上还有汗正在流下来。他知道无可措手，只得顺着裤腰右行，幸而在尽头发见了一条空处，透着光明。他刚刚低头要钻的时候，只听得一声“什么”，那裤腰以下的屁股向右一歪，空处立刻闭塞，光明也同时不见了。

但不多久，小学生却从巡警的刀旁边钻出来了。他诧异地四顾：外面围着一圈人，上首是穿白背心的，那对面是一个赤膊的胖小孩，胖小孩后面是一个赤膊的红鼻子胖大汉。他这时隐约悟出先前的伟大的障碍物的本体了，便惊奇而且佩服似的只望着红鼻子。胖小孩本是注视着小学生的脸的，于是也不禁依了他的眼光回转头去了，在那里是一个很胖的奶子，奶头四近有几枝很长的毫毛。

“他，犯了什么事啦……”

大家都愕然看时，是一个工人似的粗人，正在低声下气地请教那秃头老头子。

秃头不作声，单是睁起了眼睛看定他。他被看得顺下眼光去，过一会再看时，秃头还是睁起了眼睛看定他，而且别的人也似乎都睁了眼睛看定他。他于是仿佛自己就犯了罪似的局促起来，终至于慢慢退后，溜出去了。

一个挟洋伞的长子就来补了缺；秃头也旋转脸去再看白背心。

长子弯了腰，要从垂下的草帽檐下去赏识白背心的脸，但不知道为什么忽又站直了。于是他背后的人们又须竭力伸长了脖子；有一个瘦子竟至于连嘴都张得很大，像一条死鲈鱼。

巡警，突然间，将脚一提，大家又愕然，赶紧都看他的脚；然而他又放稳了，于是又看白背心。长子忽又弯了腰，还要从垂下的草帽檐下去窥测，但即刻也就立直，擎起一只手来拼命搔头皮。

秃头不高兴了，因为他先觉得背后有些不太平，接着耳朵边就有唧咕唧咕的声响。他双眉一锁，回头看时，紧挨他右边，有一只黑手拿着半个大馒头正在塞进一个猫脸的人的嘴里去。他也就不说什么，自去看白背心的新草帽了。

忽然，就有暴雷似的一击，连横阔的胖大汉也不免向前一跄踉。同时，从他肩膊上伸出一双胖得不相上下的臂膊来，展开五指，拍的一声正打在胖孩子的脸颊上。

“好快活！你妈的……”同时，胖大汉后面就有一个弥勒佛似的更圆的胖脸这么说。

胖孩子也跄踉了四五步，但是没有倒，一手按着脸颊，旋转身，就想从胖大汉的腿旁的空隙间钻出去。胖大汉赶忙站稳，并且将屁股一歪，塞住了空隙，恨恨地问道——

“什么?”

胖孩子就像小鼠子落在捕机里似的，仓皇了一会，忽然向小学生那一面奔去，推开他，冲出去了。小学生也返身跟出去了。

“吓，这孩子……”总有五六个人都这样说。

待到重归平静，胖大汉再看白背心的脸的时候，却见白背心正在仰面看他的胸脯；他慌忙低头也看自己的胸脯时，只见两乳之间的洼下的坑里有一片汗，他于是用手掌拂去了这些汗。

然而形势似乎总不甚太平了。抱着小孩的老妈子因为在骚扰时四顾，没有留意，头上梳着的喜鹊尾巴似的“苏州俏”便碰了站在旁边的车夫的鼻梁。车夫一推，却正推在孩子上；孩子就扭转身去，向着圈外，嚷着要回去了。老妈子先也略略一跄踉，但便即站定，旋转孩子来使他正对白背心，一手指点着，说道——

“阿，阿，看呀！多么好看哪！……”

空隙间忽而探进一个戴硬草帽的学生模样的头来，将一粒瓜子之类似的东西放在嘴里，下颚向上一磕，咬开，退出去了。这地方就补上了一个满头油汗而黏着灰土的椭圆脸。

挟洋伞的长子也已经生气，斜下了一边的肩膊，皱眉疾视着肩后的死鲈鱼。大约从这么大的大嘴里呼出来的热气，原也不易招架的，而况又在盛夏。秃头正仰视那电杆上钉着的红牌上的四个白字，仿佛很觉得有趣。胖大汉和巡警都斜了眼研究着老妈子的钩刀般的鞋尖。

“好！”

什么地方忽有几个人同声喝彩。都知道该有什么事情起来了，一切头便全数回转去。连巡警和他牵着的犯人也都有些摇动了。

“刚出屉的包子咧！荷阿，热的……”

路对面是胖孩子歪着头，磕睡似的长呼；路上是车夫们默默地前奔，似乎想赶紧逃出头上的烈日。大家都几乎失望了，幸而放出眼光去四处搜索，终于在相距十多家的路上，发见了一辆洋车停放着，一个车夫正在爬起来。

圆阵立刻散开，都错错落落地走过去。胖大汉走不到一半，就歇在路边的槐树下；长子比秃头和椭圆脸走得快，接近了。车上的坐客依然坐着，车夫已经完全爬起，但还在摩自己的膝髁。周围有五六个人笑嘻嘻地看他们。

“成么?”车夫要来拉车时，坐客便问。

他只点点头，拉了车就走，大家就惘惘然目送他。

起先还知道那一辆是曾经跌倒的车，后来被别的车一混，知不清了。

马路上就很清闲，有几只狗伸出了舌头喘气；胖大汉就在槐荫下看那很快地一起一落的狗肚皮。

老妈子抱了孩子从屋檐阴下蹩过去了。胖孩子歪着头，挤细了眼睛，拖长声音，磕睡地叫喊——

“热的包子咧！荷阿，……刚出屉的……”

一九二五年三月十八日。

伤　逝

——涓生的手记

如果我能够，我要写下我的悔恨和悲哀，为子君，为自己。

会馆里的被遗忘在偏僻里的破屋是这样地寂静和空虚。时光过得真快，我爱子君，仗着她逃出这寂静和空虚，已经满一年了。事情又这么不凑巧，我重来时，偏偏空着的又只有这一间屋。依然是这样的破窗，这样的窗外的半枯的槐树和老紫藤，这样的窗前的方桌，这样的败壁，这样的靠壁的板床。深夜中独自躺在床上，就如我未曾和子君同居以前一般，过去一年中的时光全被消灭，全未有过，我并没有曾经从这破屋子搬出，在吉兆胡同创立了满怀希望的小小的家庭。

不但如此。在一年之前，这寂静和空虚是并不这样的，常常含着期待；期待子君的到来。在久待的焦躁中，一听到皮鞋的高底尖触着砖路的清响，是怎样地使我骤然生动起来呵！于是就看见带着笑涡的苍白的圆脸，苍白的瘦的臂膊，布的有条纹的衫子，玄色的裙。她又带了窗外的半枯的槐树的新叶来，使我看见，还有挂在铁似的老干上的一房一房的紫白的藤花。

然而现在呢，只有寂静和空虚依旧，子君却决不再来了，而且永远，永远地！……

子君不在我这破屋里时，我什么也看不见。在百无聊赖中，随手抓过一本书来，科学也好，文学也好，横竖什么都一样；看下去，看下去，忽而自己觉得，已经翻了十多页了，但是毫不记得书上所说的事。只是耳朵却分外地灵，仿佛听到大门外一切往来的履声，从中便有子君的，而且橐橐地逐渐临近，——但是，往往又逐渐渺茫，终于消失在别的步声的杂沓中了。我憎恶那不像子君鞋声的穿布底鞋的长班的儿子，我憎恶那太像子君鞋声的常常穿着新皮鞋的邻院的搽雪花膏的小东西！

莫非她翻了车么？莫非她被电车撞伤了么？……

我便要取了帽子去看她，然而她的胞叔就曾经当面骂过我。

蓦然，她的鞋声近来了，一步响于一步，迎出去时，却已经走过紫藤棚下，脸上带着微笑的酒涡。她在她叔子的家里大约并未受气；我的心宁帖了，默默地相视片时之后，破屋里便渐渐充满了我的语声，谈家庭专制，谈打破旧习惯，谈男女平等，谈伊孛生，谈泰戈尔，谈雪莱……她总是微笑点头，两眼里弥漫着稚气的好奇的光泽。壁上就钉着一张铜板的雪莱半身像，是从杂志上裁下来的，是他的最美的一张像。当我指给她看时，她却只草草一看，便低了头，似乎不好意思了。这些地方，子君就大概还未脱尽思想的束缚，——我后来也想，倒不如换一张雪莱淹死在海里的记念像或是伊孛生的罢；但也终于没有换，现在是连这一张也不知哪里去了。

“我是我自己的，他们谁也没有干涉我的权利！”

这是我们交际了半年，又谈起她在这里的胞叔和在家的父亲时，她默想了一会之后，分明地，坚决地，沉静地说了出来的话。其时是我已经说尽了我的意见，我的身世，我的缺点，很少隐瞒；她也完全了解的了。这几句话很震动了我的灵魂，此后许多天还在耳中发响，而且说不出的狂喜，知道中国女性，并不如厌世家所说那样的无法可施，在不远的将来，便要看见辉煌的曙色的。

送她出门，照例是相离十多步远.，照例是那鲇鱼须的老东西的脸又紧贴在脏的窗玻璃上了，连鼻尖都挤成一个小平面；到外院，照例又是明晃晃的玻璃窗里的那小东西的脸，加厚的雪花膏。她目不邪视地骄傲地走了，没有看见；我骄傲地回来。

“我是我自己的，他们谁也没有干涉我的权利！”这彻底的思想就在她的脑里，比我还透彻，坚强得多。半瓶雪花膏和鼻尖的小平面，于她能算什么东西呢？

我已经记不清那时怎样地将我的纯真热烈的爱表示给她。岂但现在，那时的事后便已模糊，夜间回想，早只剩了一些断片了；同居以后一两月，便连这些断片也化作无可追踪的梦影。我只记得那时以前的十几天，曾经很仔细地研究过表示的态度，排列过措辞的先后，以及倘或遭了拒绝以后的情形。可是临时似乎都无用，在慌张中，身不由己地竟用了在电影上见过的方法了。后来一想到，就使我很愧恧，但在记忆上却偏只有这一点永远留遗，至今还如暗室的孤灯一般，照见我含泪握着她的手，一条腿跪了下去……

不但我自己的，便是子君的言语举动，我那时就没有看得分明；仅知道她已经允许我了。但也还仿佛记得她脸色变成青白，后来又渐渐转作绯红，——没有见过，也没有再见的绯红；孩子似的眼里射出悲喜，但是夹着惊疑的光，虽然力避我的视线，张皇地似乎要破窗飞去。然而我知道她已经允许我了，没有知道她怎样说或是没有说。

她却是什么都记得：我的言辞，竟至于读熟了的一般，能够滔滔背诵；我的举动，就如有一张我所看不见的影片挂在眼下，叙述得如生，很细微，自然连那使我不愿再想的浅薄的电影的一闪。夜阑人静，是相对温习的时候了，我常是被质问，被考验，并且被命复述当时的言语，然而常须由她补足，由她纠正，像一个丁等的学生。

这温习后来也渐渐稀疏起来。但我只要看见她两眼注视空中，出神似的凝想着，于是神色越加柔和，笑涡也深下去，便知道她又在自修旧课了，只是我很怕她看到我那可笑的电影的一闪。但我又知道，她一定要看见，而且也非看不可的。

然而她并不觉得可笑。即使我自己以为可笑，甚而至于可鄙的，她也毫不以为可笑。这事我知道得很清楚，因为她爱我，是这样地热烈，这样地纯真。

去年的暮春是最为幸福，也是最为忙碌的时光。我的心平静下去了，但又有别一部分和身体一同忙碌起来。我们这时才在路上同行，也到过几回公园，最多的是寻住所。我觉得在路上时时遇到探索，讥笑，猥亵和轻蔑的眼光，一不小心，便使我的全身有些瑟缩，只得即刻提起我的骄傲和反抗来支持。她却是大无畏的，对于这些全不开心，只是镇静地缓缓前行，坦然如入无人之境。

寻住所实在不是容易事，大半是被托辞拒绝，小半是我们以为不相宜。起先我们选择得很苛酷，——也非苛酷，因为看去大抵不像是我们的安身之所；后来，便只要他们能相容了。看了二十多处，这才得到可以暂且敷衍的处所，是吉兆胡同一所小屋里的两间南屋；主人是一个小官，然而倒是明白人，自住着正屋和厢房。他只有夫人和一个不到周岁的女孩子，雇一个乡下的女工，只要孩子不啼哭，是极其安闲幽静的。

我们的家具很简单，但已经用去了我的筹来的款子的大半；子君还卖掉了她唯一的金戒指和耳环，我拦阻她，还是定要卖，我也就不再坚持下去了；我知道不给她加入一点股份去，她是住不舒服的。

和她的叔子，她早经闹开，至于使他气愤到不再认她做侄女；我也陆续和几个自以为忠告，其实是替我胆怯，或者竟是嫉妒的朋友绝了交。然而这倒很清静。每日办公散后虽然已近黄昏，车夫又一定走得这样慢，但究竟还有二人相对的时候。我们先是沉默地相视，接着是放怀而亲密的交谈，后来又是沉默。大家低头沉思着，却并未想着什么事。我也渐渐清醒地读遍了她的身体，她的灵魂，不过三星期，我似乎于她已经更加了解，揭去许多先前以为了解而现在看来却是隔膜，即所谓真的隔膜了。

子君也逐日活泼起来，但她并不爱花，我在庙会时买来的两盆小草花，四天不浇，枯死在壁角了，我又没有照顾一切的闲暇。然而她爱动物，也许是从官太太那里传染的罢，不一月，我们的眷属便骤然加得很多，四只小油鸡，在小院子里和房主人的十多只在一同走，但她们却认识鸡的相貌，各知道哪一只是自家的。还有一只花白的叭儿狗，从庙会买来，记得似乎原有名字，子君却给它另起了一个，叫作阿随。我就叫它阿随，但我不喜欢这名字

这是真的，爱情必须时时更新，生长，创造。我和子君说起这，她也领会地点点头。

唉唉，那是怎样的宁静而幸福的夜呵！

安宁和幸福是要凝固的，永久是这样的安宁和幸福。我们在会馆里时，还偶有议论的冲突和意思的误会，自从到吉兆胡同以来，连这一点也没有了；我们只在灯下对坐的怀旧谭中，回味那时冲突以后的和解的重生一般的乐趣。

子君竟胖了起来，脸色也红活了；可惜的是忙。管了家务便连谈天的工夫也没有，何况读书和散步。我们常说，我们总还得雇一个女工。

这就使我也一样地不快活，傍晚回来，常见她包藏着不快活的颜色，尤其使我不乐的是她要装作勉强的笑容。幸而探听出来了，也还是和那小官太太的暗斗，导火线便是两家的小油鸡。但又何必硬不告诉我呢？人总该有一个独立的家庭。这样的处所，是不能居住的。

我的路也铸定了，每星期中的六天，是由家到局，又由局到家。在局里便坐在办公桌前钞，钞，钞些公文和信件；在家里是和她相对或帮她生白炉子，煮饭，蒸馒头。我的学会了煮饭，就在这时候。

但我的食品却比在会馆里时好得多了。做菜虽不是子君的特长，然而她于此，却倾注着全力；对于她的日夜的操心，使我也不能不一同操心，来算作分甘共苦。况且她又这样地终日汗流满面，短发都黏在脑额上；两只手又只是这样地粗糙起来。

况且还要饲阿随，饲油鸡，……都是非她不可的工作。

我曾经忠告她：我不吃，倒也罢了；却万不可这样地操劳。她只看了我一眼，不开口，神色却似乎有点凄然；我也只好不开口。然而她还是这样地操劳。

我所预期的打击果然到来。双十节的前一晚，我呆坐着，她在洗碗。听到打门声，我去开门时，是局里的信差，交给我一张油印的纸条。我就有些料到了，到灯下去一看，果然，印着的就是——

> 奉
>
> 局长谕史涓生着毋庸到局办事
>
> 秘书处启　十月九号

这在会馆里时，我就早已料到了；那雪花膏便是局长的儿子的赌友，一定要去添些谣言，设法报告的。到现在才发生效验，已经要算是很晚的了。其实这在我不能算是一个打击，因为我早就决定，可以给别人去钞写，或者教读，或者虽然费力，也还可以译点书，况且《自由之友》的总编辑便是见过几次的熟人，两月前还通过信。但我的心却跳跃着。那么一个无畏的子君也变了色，尤其使我痛心；她近来似乎也较为怯弱了。

“那算什么。哼，我们干新的。我们……”她说。

她的话没有说完；不知怎地，那声音在我听去却只是浮浮的；灯光也觉得格外黯淡。人们真是可笑的动物，一点极微末的小事情，便会受着很深的影响。我们先是默默地相视，逐渐商量起来，终于决定将现有的钱竭力节省，一面登“小广告”去寻求钞写和教读，一面写信给《自由之友》的总编辑，说明我目下的遭遇，请他收用我的译本，给我帮一点艰辛时候的忙。

“说做，就做罢！来开一条新的路！”

我立刻转身向了书案，推开盛香油的瓶子和醋碟，子君便送过那黯淡的灯来。我先拟广告；其次是选定可译的书，迁移以来未曾翻阅过，每本的头上都满漫着灰尘了；最后才写信。

我很费踌躇，不知道怎样措辞好，当停笔凝思的时候，转眼去一瞥她的脸，在昏暗的灯光下，又很见得凄然。我真不料这样微细的小事情，竟会给坚决的、无畏的子君以这么显著的变化。她近来实在变得很怯弱了，但也并不是今夜才开始的。我的心因此更缭乱，忽然有安宁的生活的影像——会馆里的破屋的寂静，在眼前一闪，刚刚想定睛凝视，却又看见了昏暗的灯光。

许久之后，信也写成了，是一封颇长的信；很觉得疲劳，仿佛近来自己也较为怯弱了。于是我们决定，广告和发信，就在明日一同实行。大家不约而同地伸直了腰肢，在无言中，似乎又都感到彼此的坚忍倔强的精神，还看见从新萌芽起来的将来的希望。

外来的打击其实倒是振作了我们的新精神。局里的生活，原如鸟贩子手里的禽鸟一般，仅有一点小米维系残生，决不会肥胖；日子一久，只落得麻痹了翅子，即使放出笼外，早已不能奋飞。现在总算脱出这牢笼了，我从此要在新的开阔的天空中翱翔，趁我还未忘却了我的翅子的扇动。

小广告是一时自然不会发生效力的；但译书也不是容易事，先前看过，以为已经懂得的，一动手，却疑难百出了，进行得很慢。然而我决计努力地做，一本半新的字典，不到半月，边上便有了一大片乌黑的指痕，这就证明着我的工作的切实。《自由之友》的总编辑曾经说过，他的刊物是决不会埋没好稿子的。

可惜的是我没有一间静室，子君又没有先前那么幽静，善于体贴了，屋子里总是散乱着碗碟，弥漫着煤烟，使人不能安心做事，但是这自然还只能怨我自己无力置一间书斋。然而又加以阿随，加以油鸡们。加以油鸡们又大起来了，更容易成为两家争吵的引线。

加以每日的“川流不息”的吃饭；子君的功业，仿佛就完全建立在这吃饭中。吃了筹钱，筹来吃饭，还要喂阿随，饲油鸡；她似乎将先前所知道的全都忘掉了，也不想到我的构思就常常为了这催促吃饭而打断。即使在坐中给看一点怒色，她总是不改变，仍然毫无感触似的大嚼起来。

使她明白了我的作工不能受规定的吃饭的束缚，就费去五星期。她明白之后，大约很不高兴罢，可是没有说。我的工作果然从此较为迅速地进行，不久就共译了五万言，只要润色一回，便可以和做好的两篇小品，一同寄给《自由之友》去。只是吃饭却依然给我苦恼。菜冷，是无妨的，然而竟不够；有时连饭也不够，虽然我因为终日坐在家里用脑，饭量已经比先前要减少得多。这是先去喂了阿随了，有时还并那近来连自己也轻易不吃的羊肉。她说，阿随实在瘦得太可怜，房东太太还因此嗤笑我们了，她受不住这样的奚落。

于是吃我残饭的便只有油鸡们。这是我积久才看出来的，但同时也如赫胥黎的论定“人类在宇宙间的位置”一般，自觉了我在这里的位置：不过是叭儿狗和油鸡之间。

后来，经多次的抗争和催逼，油鸡们也逐渐成为肴馔，我们和阿随都享用了十多日的鲜肥；可是其实都很瘦，因为它们早已每日只能得到几粒高粱了。从此便清静得多。只有子君很颓唐，似乎常觉得凄苦和无聊，至于不大愿意开口。我想，人是多么容易改变呵！

但是阿随也将留不住了。我们已经不能再希望从什么地方会有来信，子君也早没有一点食物可以引它打拱或直立起来。冬季又逼近得这么快，火炉就要成为很大的问题；它的食量，在我们其实早是一个极易觉得的很重的负担。于是连它也留不住了。

倘使插了草标到庙市去出卖，也许能得几文钱罢，然而我们都不能，也不愿这样做。终于是用包袱蒙着头，由我带到西郊去放掉了，还要追上来，便推在一个并不很深的土坑里。

我一回寓，觉得又清净得多了；但子君的凄惨的神色，却使我很吃惊。那是没有见过的神色，自然是为阿随。但又何至于此呢？我还没有说起推在土坑里的事。

到夜间，在她的凄惨的神色中，加上冰冷的分子了。

"奇怪。——子君，你怎么今天，这样儿了？"我忍不住问。

"什么？"她连看也不看我。

"你的脸色……"

"没有什么，——什么也没有。"

我终于从她言动上看出，她大概已经认定我是一个忍心的人。其实，我一个人，是容易生活的，虽然因为骄傲，向来不与世交来往，迁居以后，也疏远了所有旧识的人，然而只要能远走高飞，生路还宽广得很。现在忍受着这生活压迫的苦痛，大半倒是为她，像是放掉阿随，也何尝不如此。但子君的识见却似乎只是浅薄起来，竟至于连这一点也想不到了。

我拣了一个机会，将这些道理暗示她；她领会似的点头。然而看她后来的情形，她是没有懂，或者是并不相信的。

天气的冷和神情的冷，逼迫我不能在家庭中安身。但是往哪里去呢？大道上，公园里，虽然没有冰冷的神情，冷风究竟也刺得人皮肤欲裂。我终于在通俗图书馆里觅得了我的天堂。

那里无须买票；阅书室里又装着两个铁火炉。纵使不过是烧着不死不活的煤的火炉，但单是看见装着它，精神上也就总觉得有些温暖。书却无可看：旧的陈腐，新的是几乎没有的。

好在我到那里去也并非为看书。另外时常还有几个人，多则十馀人，都是单薄衣裳，正如我，各人看各人的书，作为取暖的口实。这于我尤为合式。道路上容易遇见熟人，得到轻蔑的一瞥，但此地却决无那样的横祸，因为他们是永远围在别的铁炉旁，或者靠在自家的白炉边的。

那里虽然没有书给我看，却还有安闲容得我想。待到孤身枯坐，回忆从前，这才觉得大半年来，只为了爱，——盲目的爱，——而将别的人生的要义全盘疏忽了。第一，便是生活。人必生活着，爱才有所附丽。世界上并非没有为了奋斗者而开的活路；我也还未忘却翅子的扇动，虽然比先前已经颓唐得多……

屋子和读者渐渐消失了，我看见怒涛中的渔夫，战壕中的兵士，摩托车中的贵人，洋场上的投机家，深山密林中的豪杰，讲台上的教授，昏夜的运动者和深夜的偷儿……子君，——不在近旁。她的勇气都失掉了，只为着阿随悲愤，为着做饭出神；然而奇怪的是倒也并不怎样瘦损……

冷了起来，火炉里的不死不活的几片硬煤，也终于烧尽了，已是闭馆的时候。又须回到吉兆胡同，领略冰冷的颜色去了。近来也间或遇到温暖的神情，但这却反而增加我的苦痛。记得有一夜，子君的眼里忽而又发出久已不见的稚气的光来，笑着和我谈到还在会馆时候的情形，时时又很带些恐怖的神色。我知道我近来的超过她的冷漠，已经引起她的忧疑来，只得也勉力谈笑，想给她一点慰藉。然而我的笑貌一上脸，我的话一出口，却即刻变为空虚，这空虚又即刻发生反响，回向我的耳目里，给我一个难堪的恶毒的冷嘲。

子君似乎也觉得的，从此便失掉了她往常的麻木似的镇静，虽然竭力掩饰，总还是时时露出忧疑的神色来，但对我却温和得多了。

我要明告她，但我还没有敢，当决心要说的时候，看见她孩子一般的眼色，就使我只得暂且改作勉强的欢容。但是这又即刻来冷嘲我，并使我失却那冷漠的镇静。

她从此又开始了往事的温习和新的考验，逼我做出许多虚伪的温存的答案来，将温存示给她，虚伪的草稿便写在自己的心上。我的心渐被这些草稿填满了，常觉得难于呼吸。我在苦恼中常常想，说真实自然须有极大的勇气的；假如没有这勇气，而苟安于虚伪，那也便是不能开辟新的生路的人。不独不是这个，连这人也未尝有！

子君有怨色，在早晨，极冷的早晨，这是从未见过的，但也许是从我看来的怨色。我那时冷冷地气愤和暗笑了；她所磨练的思想和豁达无畏的言论，到底也还是一个空虚，而对于这空虚却并未自觉。她早已什么书也不看，已不知道人的生活的第一着是求生，向着这求生的道路，是必须携手同行，或奋身孤往的了，倘使只知道捶着一个人的衣角，那便是虽战士也难于战斗，只得一同灭亡。

我觉得新的希望就只在我们的分离；她应该决然舍去，——我也突然想到她的死，然而立刻自责，忏悔了。幸而是早晨，时间正多，我可以说我的真实。我们的新的道路的开辟，便在这一遭。

我和她闲谈，故意地引起我们的往事，提到文艺，于是涉及外国的文人，文人的作品：《诺拉》《海的女人》。称扬诺拉的果决……也还是去年在会馆的破屋里讲过的那些话，但现在已经变成空虚，从我的嘴传入自己的耳中，时时疑心有一个隐形的坏孩子，在背后恶意地刻毒地学舌。

她还是点头答应着倾听，后来沉默了。我也就断续地说完了我的话，连馀音都消失在虚空中了。

“是的。”她又沉默了一会，说，“但是，……涓生，我觉得你近来很两样了。可是的？你，——你老实告诉我。”

我觉得这似乎给了我当头一击，但也立即定了神，说出我的意见和主张来：新的路的开辟，新的生活的再造，为的是免得一同灭亡。

临末，我用了十分的决心，加上这几句话——

“……况且你已经可以无须顾虑，勇往直前了。你要我老实说；是的，人是不该虚伪的。我老实说罢：因为，因为我已经不爱你了！但这于你倒好得多，因为你更可以毫无挂念地做事……”

我同时预期着大的变故的到来，然而只有沉默。她脸色陡然变成灰黄，死了似的；瞬间便又苏生，眼里也发了稚气的闪闪的光泽。这眼光射向四处，正如孩子在饥渴中寻求着慈爱的母亲，但只在空中寻求，恐怖地回避着我的眼。

我不能看下去了，幸而是早晨，我冒着寒风径奔通俗图书馆。

在那里看见《自由之友》，我的小品文都登出了。

这使我一惊，仿佛得了一点生气。

我想，生活的路还很多，——但是，现在这样也还是不行的。

我开始去访问久已不相闻问的熟人，但这也不过一两次：他们的屋子自然是暖和的，我在骨髓中却觉得寒冽。夜间，便蜷伏在比冰还冷的冷屋中。

冰的针刺着我的灵魂，使我永远苦于麻木的疼痛。生活的路还很多，我也还没有忘却翅子的扇动，我想。——我突然想到她的死，然而立刻自责，忏悔了。

在通俗图书馆里往往瞥见一闪的光明，新的生路横在前面。她勇猛地觉悟了，毅然走出这冰冷的家，而且，——毫无怨恨的神色。

我便轻如行云，漂浮空际，上有蔚蓝的天，下是深山大海，广厦高楼、战场、摩托车、洋场、公馆、晴明的闹市、黑暗的夜……

而且，真的，我预感得这新生面便要来到了。

我们总算度过了极难忍受的冬天，这北京的冬天；就如蜻蜓落在恶作剧的坏孩子的手里一般，被系着细线，尽情玩弄，虐待，虽然幸而没有送掉性命，结果也还是躺在地上，只争着一个迟早之间。

写给《自由之友》的总编辑已经有三封信，这才得到回信，信封里只有两张书券：两角的和三角的。我却单是催，就用了九分的邮票，一天的饥饿，又都白挨给于己一无所得的空虚了。

然而觉得要来的事，却终于来到了。

这是冬春之交的事，风已没有这么冷，我也更久地在外面徘徊；待到回家，大概已经昏黑。就在这样一个昏黑的晚上，我照常没精打采地回来，一看见寓所的门，也照常更加丧气，使脚步放得更缓。但终于走进自己的屋子里了，没有灯火；摸火柴点起来时，是异样的寂寞和空虚！

正在错愕中，官太太便到窗外来叫我出去。

“今天子君的父亲来到这里，将她接回去了。”她很简单地说。

这似乎又不是意料中的事，我便如脑后受了一击，无言地站着。

“她去了么？”过了些时，我只问出这样一句话。

“她去了。”

“她，——她可说什么？”

“没说什么。单是托我见你回来时告诉你，说她去了。”

我不信；但是屋子里是异样的寂寞和空虚。我遍看各处，寻觅子君。只见几件破旧而黯淡的家具，都显得极其清疏，在证明着它们毫无隐匿一人一物的能力。我转念寻信或她留下的字迹，也没有，只是盐和干辣椒、面粉、半株白菜，却聚集在一处了，旁边还有几十枚铜元。这是我们两人生活材料的全副，现在她就郑重地将这留给我一个人，在不言中，教我藉此去维持较久的生活。

我似乎被周围所排挤，奔到院子中间，有昏黑在我的周围；正屋的纸窗上映出明亮的灯光，他们正在逗着孩子玩笑。我的心也沉静下来，觉得在沉重的迫压中，渐渐隐约地现出脱走的路径：深山大泽、洋场、电灯下的盛筵、壕沟、最黑最黑的深夜，利刃的一击，毫无声响的脚步……

心地有些轻松，舒展了，想到旅费，并且嘘一口气。

躺着，在合着的眼前经过的预想的前途，不到半夜已经现尽；暗中忽然仿佛看见一堆食物，这之后，便浮出一个子君的灰黄的脸来，睁了孩子气的眼睛，恳托似的看着我。我一定神，什么也没有了。

但我的心却又觉得沉重。我为什么偏不忍耐几天，要这样急急地告诉她真话的呢？现在她知道，她以后所有的只是她父亲——儿女的债主——的烈日一般的严威和旁人的赛过冰霜的冷眼。此外便是虚空。负着虚空的重担，在严威和冷眼中走着所谓人生的路，这是怎么可怕的事呵！而况这路的尽头，又不过是——连墓碑也没有的坟墓。

我不应该将真实说给子君，我们相爱过，我应该永久奉献她我的说谎。如果真实可以宝贵，这在子君就不该是一个沉重的空虚。谎语当然也是一个空虚，然而临末，至多也不过这样地沉重。

我以为将真实说给子君，她便可以毫无顾虑，坚决地毅然前行，一如我们将要同居时那样。但这恐怕是我错误了。她当时的勇敢和无畏是因为爱。

我没有负着虚伪的重担的勇气，却将真实的重担卸给她了。她爱我之后，就要负了这重担，在严威和冷眼中走着所谓人生的路。

我想到她的死……我看见我是一个卑怯者，应该被摈于强有力的人们，无论是真实者，虚伪者。然而她却自始至终，还希望我维持较久的生活……

我要离开吉兆胡同，在这里是异样的空虚和寂寞。我想，只要离开这里，子君便如还在我的身边；至少，也如还在城中，有一天，将要出乎意表地访我，像住在会馆时候似的。

然而一切请托和书信，都是一无反响；我不得已，只好访问一个久不问候的世交去了。他是我伯父的幼年的同窗，以正经出名的拔贡，寓京很久，交游也广阔的。

大概因为衣服的破旧罢，一登门便很遭门房的白眼。好容易才相见，也还相识，但是很冷落。我们的往事，他全都知道了。

"自然，你也不能在这里了，"他听了我托他在别处觅事之后，冷冷地说，"但哪里去呢？很难。——你那，什么呢，你的朋友罢，子君，你可知道，她死了。"

我惊得没有话。

"真的？"我终于不自觉地问。

"哈哈。自然真的。我家的王升的家，就和她家同村。"

"但是，——不知道是怎么死的！"

"谁知道呢。总之是死了就是了。"

我已经忘却了怎样辞别他，回到自己的寓所。我知道他是不说谎话的；子君总不会再来的了，像去年那样。她虽是想在严威和冷眼中负着虚空的重担来走所谓人生的路，也已经不能。她的命运，已经决定她在我所给与的真实——无爱的人间死灭了！

自然，我不能在这里了，但是，“哪里去呢?”

四围是广大的空虚，还有死的寂静。死于无爱的人们的眼前的黑暗，我仿佛一一看见，还听得一切苦闷和绝望的挣扎的声音。

我还期待着新的东西到来，无名的，意外的。但一天一天，无非是死的寂静。

我比先前已经不大出门，只坐卧在广大的空虚里，一任这死的寂静侵蚀着我的灵魂。死的寂静有时也自己战栗，自己退藏，于是在这绝续之交，便闪出无名的，意外的，新的期待。

一天是阴沉的上午，太阳还不能从云里面挣扎出来，连空气都疲乏着。耳中听到细碎的步声和咻咻的鼻息，使我睁开眼。大致一看，屋子里还是空虚；但偶然看到地面，却盘旋着一匹小小的动物，瘦弱的，半死的，满身灰土的……

我一细看，我的心就一停，接着便直跳起来。

那是阿随。它回来了。

我的离开吉兆胡同，也不单是为了房主人和他家女工的冷眼，大半就为着这阿随。但是，“哪里去呢?”新的生路自然还很多，我约略知道，也间或依稀看见，觉得就在我面前，然而我还没有知道跨进那里去的第一步的方法。

经过许多回的思量和比较，也还只有会馆是还能相容的地方。依然是这样的破屋，这样的板床，这样的半枯的槐树和紫藤，但那时使我希望，欢欣，爱，生活的，却全都逝去了。只有一个虚空，我用真实去换来的虚空存在。

新的生路还很多，我必须跨进去，因为我还活着。但我还不知道怎样跨出那第一步。有时，仿佛看见那生路就像一条灰白的长蛇，自己蜿蜒地向我奔来，我等着，等着，看看临近，但忽然便消失在黑暗里了。

初春的夜，还是那么长。长久的枯坐中，记起上午在街头所见的葬式，前面是纸人纸马，后面是唱歌一般的哭声。我现在已经知道他们的聪明了，这是多么轻松简截的事。

然而子君的葬式却又在我的眼前，是独自负着虚空的重担，在灰白的长路上前行，而又即刻消失在周围的严威和冷眼里了。

我愿意真有所谓鬼魂，真有所谓地狱，那么，即使在孽风怒吼之中，我也将寻觅子君，当面说出我的悔恨和悲哀，祈求她的饶恕；否则，地狱的毒焰将围绕我，猛烈地烧尽我的悔恨和悲哀。

我将在孽风和毒焰中拥抱子君，乞她宽容，或者使她快意……

但是，这却更虚空于新的生路；现在所有的只是初春的夜，竟还是那么长。我活着，我总得向着新的生路跨出去，那第一步，——却不过是写下我的悔恨和悲哀，为子君，为自己。

我仍然只有唱歌一般的哭声，给子君送葬，葬在遗忘中。

我要遗忘；我为自己，并且要不再想到这用了遗忘给子君送葬。

我要向着新的生路跨进第一步去，我要将真实深深地藏在心的创伤中，默默地前行，用遗忘和说谎做我的前导……

一九二五年十月二十一日。

离　婚

“阿阿，木叔！新年恭喜，发财发财！

“你好，八三！恭喜恭喜！……”

“唉唉，恭喜！爱姑也在这里……”

“阿阿，木公公！……”

庄木三和他的女儿——爱姑——刚从木莲桥头跨下航船去，船里面就有许多声音一齐嗡地叫了起来，其中还有几个人捏着拳头打拱；同时，船旁的坐板也空出四人的座位来了。庄木三一面招呼，一面就坐，将长烟管倚在船边；爱姑便坐在他左边，将两只钩刀样的脚正对着八三摆成一个“八”字。

“木公公上城去？”一个蟹壳脸的问。

“不上城，”木公公有些颓唐似的，但因为紫棠色脸上原有许多皱纹，所以倒也看不出什么大变化，“就是到庞庄去走一遭。”

合船都沉默了，只是看他们。

“也还是为了爱姑的事么？”好一会，八三质问了。

“还是为她。……这真是烦死我了，已经闹了整三年，打过多少回架，说过多少回和，总是不落局……”

"这回还是到慰老爷家里去？……"

"还是到他家。他给他们说和也不止一两回了，我都不依。这倒没有什么。这回是他家新年会亲，连城里的七大人也在……"

"七大人？"八三的眼睛睁大了。"他老人家也出来说话了么？……那是……其实呢，去年我们将他们的灶都拆掉了，总算已经出了一口恶气。况且爱姑回到那边去，其实呢，也没有什么味儿……"他于是顺下眼睛去。

"我倒并不贪图回到那边去，八三哥！"爱姑忿忿地昂起头，说，"我是赌气。你想，'小畜生'姘上了小寡妇，就不要我，事情有这么容易的？'老畜生'只知道帮儿子，也不要我，好容易呀！七大人怎样？难道和知县大老爷换帖，就不说人话了么？他不能像慰老爷似的不通，只说是'走散好，走散好'。我倒要对他说说我这几年的艰难，且看七大人说谁不错！"

八三被说服了，再开不得口。

只有潺潺的船头激水声；船里很静寂。庄木三伸手去摸烟管，装上烟。

斜对面，挨八三坐着的一个胖子便从肚兜里掏出一柄打火刀，打着火绒，给他按在烟斗上。

"对对。"[①] 木三点头说。

"我们虽然是初会，木叔的名字却是早已知道的。"胖子恭敬地说。"是的，这里沿海三六十八村，谁不知道，施家的儿

---

① "对对"是"对不起对不起"之略，或"得罪得罪"的合音：未详。

子姘上了寡妇，我们也早知道。去年木叔带了六位儿子去拆平了他家的灶，谁不说应该？……你老人家是高门大户都走得进的，脚步开阔，怕他们甚的！……”

“你这位阿叔真通气，”爱姑高兴地说，“我虽然不认识你这位阿叔是谁。”

“我叫汪得贵。”胖子连忙说。

“要撇掉我，是不行的。七大人也好，八大人也好。我总要闹得他们家败人亡，慰老爷不是劝过我四回么？连爹也看得赔贴的钱有点头昏眼热了……”

“你这妈的！”木三低声说。

“可是我听说去年年底施家送给慰老爷一桌酒席哩，八公公。”蟹壳脸道。

“那不碍事。”汪得贵说，“酒席能塞得人发昏么？酒席如果能塞得人发昏，送大菜又怎样？他们知书识理的人是专替人家讲公道话的，譬如，一个人受众人欺侮，他们就出来讲公道话，倒不在乎有没有酒喝。去年年底我们敝村的荣大爷从北京回来，他是见过大场面的，不像我们乡下人一样。他就说，那边的第一个人物要算光太太，又硬……”

“汪家汇头的客人上岸哩！”船家大声叫着，船已经要停下来。

“有我有我！”胖子立刻一把取了烟管，从中舱一跳，随着前进的船走在岸上了。

“对对！”他还向船里面的人点头，说。

船便在新的静寂中继续前进；水声又很听得出了，潺潺的。八三开始打磕睡了，渐渐地向对面的钩刀式的脚张开了嘴。前舱中的两个老女人也低声哼起佛号来，她们撷着念珠，又都看爱姑，而且互视，努嘴，点头。

爱姑瞪着眼睛看定篷顶，大半正在悬想将来怎样闹得他们家败人亡；“老畜生”，“小畜生”，全都走投无路。慰老爷她是不放在眼里的，见过两回，不过一个团头团脑的矮子；这种人本村里就很多，无非脸色比他紫黑些。

庄木三的烟早已吸到底，火逼得斗底里的烟油吱吱地叫了，还吸着。他知道一过汪家汇头，就到庞庄；而且那村口的魁星阁也确乎已经望得见。庞庄，他到过许多回，不足道的，以及慰老爷。他还记得女儿的哭回来，他的亲家和女婿的可恶，后来给他们怎样地吃亏。想到这里，过去的情景便在眼前展开，一到惩治他亲家这一局，他向来是要冷冷地微笑的，但这回却不，不知怎的忽而横梗着一个胖胖的七大人，将他脑里的局面挤得摆不整齐了。

船在继续的寂静中继续前进，独有念佛声却宏大起来，此外一切，都似乎陪着木叔和爱姑一同浸在沉思里。

“木叔，你老上岸罢，庞庄到了。”

木三他们被船家的声音惊觉时，面前已是魁星阁了。

他跳上岸，爱姑跟着，经过魁星阁下，向着慰老爷家走。朝南走过三十家门面，再转一个弯，就到了，早望见门口一列地泊着四只乌篷船。

他们跨进黑油大门时，便被邀进门房去；大门后已经坐满着两桌船夫和长年。爱姑不敢看他们，只是溜了一眼，倒也并不见有“老畜生”和“小畜生”的踪迹。

当工人搬出年糕汤来时，爱姑不由得越加局促不安起来了，连自己也不明白为什么。“难道和知县大老爷换帖，就不说人话么?”她想。“知书识理的人是讲公道话的。我要细细地对七大人说一说，从十五岁嫁过去做媳妇的时候起……”

她喝完年糕汤；知道时机将到。果然，不一会，她已经跟着一个长年，和她父亲经过大厅，又一弯，跨进客厅的门槛去了。

客厅里有许多东西，她不及细看；还有许多客，只见红青缎子马褂发闪。在这些中间第一眼就看见一个人，这一定是七大人了。虽然也是团头团脑，却比慰老爷们魁梧得多；大的圆脸上长着两条细眼和漆黑的细胡须；头顶是秃的，可是那脑壳和脸都红润，油光光地发亮。爱姑很觉得稀奇，但也立刻自己解释明白了：那一定是擦着猪油的。

“这就是‘屁塞’，就是古人大殓的时候塞在屁股眼里的。”七大人正拿着一条烂石似的东西，说着，又在自己的鼻子旁擦了两擦，接着道，“可惜是‘新坑’。倒也可以买得，至迟是汉。你看这一点是‘水银浸’……”

“水银浸”周围即刻聚集了几个头，一个自然是慰老爷；还有几位少爷们，因为被威光压得像瘪臭虫了，爱姑先前竟没有见。

她不懂后一段话；无意，而且也不敢去研究什么“水银浸”，便偷空向四处一看望，只见她后面，紧挨着门旁的墙壁，正站着“老畜生”和“小畜生”。虽然只一瞥，但较之半年前偶然看见的时候，分明都见得苍老了。

接着大家就都从“水银浸”周围散开；慰老爷接过“屁塞”，坐下，用指头摩挲着，转脸向庄木三说话。

“就是你们两个么?”

“是的。”

“你的儿子一个也没有来?”

“他们没有工夫。”

“本来新年正月又何必来劳动你们。但是，还是只为那件事，……我想，你们也闹得够了。不是已经有两年多了么? 我想，冤仇是宜解不宜结的。爱姑既然丈夫不对，公婆不喜欢……也还是照先前说过那样：走散的好。我没有这么大面子，说不通。七大人是最爱讲公道话的，你们也知道。现在七大人的意思也这样：和我一样。可是七大人说，两面都认点晦气罢，叫施家再添十块钱：九十元!”

“…………”

“九十元! 你就是打官司打到皇帝伯伯跟前，也没有这么便宜。这话只有我们的七大人肯说。”

七大人睁起细眼，看着庄木三，点点头。

爱姑觉得事情有些危急了，她很怪平时沿海的居民对他都有几分惧怕的自己的父亲，为什么在这里竟说不出话。她以为这是大可不必的；她自从听到七大人的一段议论之后，虽不很懂，但不知怎的总觉得他其实是和蔼近人，并不如先前自己所揣想那样的可怕。

“七大人是知书识理，顶明白的；”她勇敢起来了。“不像我们乡下人。我是有冤无处诉；倒正要找七大人讲讲。自从我嫁过去，真是低头进，低头出，一礼不缺。他们就是专和我作对，一个个都像个‘气杀钟馗’。那年的黄鼠狼咬死了那匹大公鸡，哪里是我没有关好吗？那是那只杀头癞皮狗偷吃糠拌饭，拱开了鸡橱门。那‘小畜生’不分清红皂白，就夹脸一嘴巴……”

七大人对她看了一眼。

“我知道那是有缘故的。这也逃不出七大人的明鉴；知书识理的人什么都知道。他就是着了那滥婊子的迷，要赶我出去。我是三茶六礼定来的，花轿抬来的呵！那么容易吗？……我一定要给他们一个颜色看，就是打官司也不要紧。县里不行，还有府里呢……”

“那些事是七大人都知道的。”慰老爷仰起脸来说。“爱姑，你要是不转头，没有什么便宜的。你就总是这模样。你看你的爹多少明白；你和你的弟兄都不像他。打官司打到府里，难道官府就不会问问七大人么？那时候是，‘公事公办’，那是，……你简直……”

“那我就拼出一条命，大家家败人亡。”

“那倒并不是拼命的事，”七大人这才慢慢地说了。“年纪轻轻。一个人总要和气些：‘和气生财。’对不对？我一添就是十块，那简直已经是‘天外道理’了。要不然。公婆说‘走’！就得走。莫说府里，就是上海北京，就是外洋，都这样。你要不信，他就是刚从北京洋学堂里回来的，自己问他去。”于是转脸向着一个尖下巴的少爷道，“对不对？”

“的的确确。”尖下巴少爷赶忙挺直了身子，毕恭毕敬地低声说。

爱姑觉得自己是完全孤立了；爹不说话，弟兄不敢来，慰老爷是原本帮他们的，七大人又不可靠，连尖下巴少爷也低声下气地像一个瘪臭虫，还打“顺风锣”。但她在胡里胡涂的脑中，还仿佛决定要作一回最后的奋斗。

“怎么连七大人……”她满眼发了惊疑和失望的光。“是的……我知道，我们粗人，什么也不知道。就怨我爹连人情世故都不知道，老发昏了。就专凭他们‘老畜生’‘小畜生’摆布；他们会报丧似的急急忙忙钻狗洞，巴结人……”

“七大人看看，”默默地站在她后面的“小畜生”忽然说话了。“她在大人面前还是这样。那在家里时，简直闹得六畜不安。叫我爹是‘老畜生’，叫我是口口声声‘小畜生’‘逃生子’①。”

“哪个‘娘滥十十万人生’的叫你‘逃生子’?”爱姑回转脸去大声说，便又向着七大人道，“我还有话要当大众面前说说哩。他哪里有好声好气呵，开口‘贱胎’，闭口‘娘杀’。自从结识了那婊子，连我的祖宗都入起来了。七大人，你给我批评批评，这……”

她打了一个塞噤，连忙住口，因为她看见七大人忽然两眼向上一翻，圆脸一仰，细长胡子围着的嘴里同时发出一种高大摇曳的声音来了。

---

① 私生儿。

“来——兮!”七大人说。

她觉得心脏一停，接着便突突地乱跳，似乎大势已去，局面都变了；仿佛失足掉在水里一般，但又知道这实在是自己错。

立刻进来一个蓝袍子黑背心的男人，对七大人站定，垂手挺腰，像一根木棍。

全客厅里是“鸦雀无声”。七大人将嘴一动，但谁也听不清说什么。然而那男人，却已经听到了，而且这命令的力量仿佛又已钻进了他的骨髓里，将身子牵了两牵，“毛骨悚然”似的；一面答应道——

“是。”他倒退了几步，才翻身走出去。

爱姑知道意外的事情就要到来，那事情是万料不到，也防不了的。她这时才又知道七大人实在威严，先前都是自己的误解，所以太放肆，太粗鲁了。她非常后悔，不由地自己说——

“我本来是专听七大人吩咐……”

全客厅里是“鸦雀无声”。她的话虽然微细得如丝，慰老爷却像听到霹雳似的了；他跳了起来。

“对呀！七大人也真公平；爱姑也真明白!”他夸赞着，便向庄木三，“老木，那你自然，是没有什么说的了，她自己已经答应。我想你红绿帖是一定已经带来了的，我通知过你。那么，大家都拿出来……”

爱姑见她爹便伸手到肚兜里去掏东西；木棍似的那男人也进来了，将小乌龟模样的一个漆黑的扁的小东西递给七大人。爱姑怕事情有变故，连忙去看庄木三，只见他已经在茶几上打开一个蓝布包里，取出洋钱来。

七大人也将小乌龟头拔下，从那身子里面倒一点东西在掌心上；木棍似的男人便接了那扁东西去。七大人随即用那一只手的一个指头蘸着掌心，向自己的鼻孔里塞了两塞，鼻孔和人中立刻黄焦焦了。他皱着鼻子，似乎要打喷嚏。

庄木三正在数洋钱。慰老爷从那没有数过的一叠里取出一点来，交还了“老畜生”；又将两份红绿帖子互换了地方，推给两面，嘴里说道——

“你们都收好。老木，你要点清数目呀。这不是好当玩意儿的，银钱事情……”

“呃啾”的一声响，爱姑明知道是七大人打喷嚏了，但不由得转过眼去看。只见七大人张着嘴，仍旧在那里皱鼻子，一支手的两个指头却撮着一件东西，就是那“古人大殓的时候塞在屁股眼里的”，在鼻子旁边摩擦着。

好容易，庄木三点清了洋钱；两方面各将红绿帖子收起，大家的腰骨都似乎直得多，原先收紧着的脸相也宽懈下来，全客厅顿然见得一团和气了。

“好！事情是圆功了。”慰老爷看见他们两面都显出告别的神气，便吐一口气，说。“那么，嗡，再没有什么别的了。恭喜大吉，总算解了一个结。你们要走了么？不要走，在我们家里喝了新年喜酒去：这是难得的。”

“我们不喝了。存着，明年再来喝罢。”爱姑说。

“谢谢慰老爷。我们不喝了。我们还有事情……”庄木三，“老畜生”和“小畜生”，都说着，恭恭敬敬地退出去。

“唔？怎么，不喝一点去么？”慰老爷还注视着走在最后的爱姑，说。

“是的，不喝了。谢谢慰老爷。”

一九二五年十一月六日

奔　月

一

聪明的牲口确乎知道人意，刚刚望见宅门，那马便立刻放缓脚步了，并且和他背上的主人同时垂了头，一步一顿，像捣米一样。

暮霭笼罩了大宅，邻屋上都腾起浓黑的炊烟，已经是晚饭时候。家将们听得马蹄声，早已迎了出来，都在宅门外垂着手直挺挺地站着。羿在垃圾堆边懒懒地下了马，家将们便接过缰绳和鞭子去。他刚要跨进大门，低头看看挂在腰间的满壶的簇新的箭和网里的三匹乌老鸦和一匹射碎了的小麻雀，心里就非常踌躇。但到底硬着头皮，大踏步走进去了；箭在壶里豁朗豁朗地响着。

刚到内院，他便见嫦娥在圆窗里探了一探头。他知道她眼睛快，一定早瞧见那几匹乌鸦的了，不觉一吓，脚步登时也一停，——但只得往里走。使女们都迎出来，给他卸了弓箭，解下网兜。他仿佛觉得她们都在苦笑。

“太太……”他擦过手脸，走进内房去，一面叫。

嫦娥正在看着圆街外的暮天，慢慢回过头来，似理不理地向他看了一眼，没有答应。

这种情形，羿倒久已习惯的了，至少已有一年多。他仍旧走近去，坐在对面的铺着脱毛的旧豹皮的木榻上，搔着头皮，支支吾吾地说——

“今天的运气仍旧不佳，还是只有乌鸦……”

“哼！”嫦娥将柳眉一扬，忽地站起来，风似的往外走，嘴里咕噜着，“又是乌鸦的炸酱面，又是乌鸦的炸酱面！你去问问去，谁家是一年到头只吃乌鸦肉的炸酱面的？我真不知道是走了什么运，竟嫁到这里来，整年的就吃乌鸦的炸酱面！”

“太太，”羿赶紧也站起，跟在后面，低声说，“不过今天倒还好，另外还射了一匹麻雀，可以给你做菜的。女辛！”他大声地叫使女，“你把那一匹麻雀拿过来请太太看！”

野味已经拿到厨房里去了，女辛便跑去挑出来。两手捧着，送在嫦娥的眼前。

“哼！”她瞥了一眼，慢慢地伸手一捏，不高兴地说，“一团糟！不是全都粉碎了么？肉在哪里？”

“是的，”羿很惶恐，“射碎的。我的弓太强，箭头太大了。”

“你不能用小一点的箭头的么？”

“我没有小的。自从我射封豕长蛇……”

“这是封豕长蛇么？”她说着，一面回转头去对着女辛道，“放一碗汤罢！”便又退回房里去了。

只有羿呆呆地留在堂屋里，靠壁坐下；听着厨房里柴草爆炸的声音。他回忆当年的封豕是多么大，远远望去就像一坐小土冈，如果那时不去射杀它，留到现在，足可以吃半年，又何用天天愁饭菜。还有长蛇，也可以做羹喝……

女乙来点灯了，对面墙上挂着的彤弓、彤矢、卢弓、卢矢、弩机、长剑、短剑，便都在昏暗的灯光中出现。羿看了一眼，就低了头，叹一口气，只见女辛搬进夜饭来，放在中间的案上，左边是五大碗白面；右边两大碗，一碗汤；中央是一大碗乌鸦肉做的炸酱。

羿吃着炸酱面自己觉得确也不好吃，偷眼去看嫦娥，她炸酱是看也不看，只用汤泡了面，吃了半碗，又放下了。他觉得她脸上仿佛比往常黄瘦些，生怕她生了病。

到二更时，她似乎和气一些了，默坐在床沿上喝水，羿就坐在旁边的木榻上，手摩着脱毛的旧豹皮。

“唉，”他和蔼地说，“这西山的文豹，还是我们结婚以前射得的，那时多么好看，全体黄金光。”他于是回想当年的食物，熊是只吃四个掌，驼留峰，其馀的就都赏给使女和家将们。后来大动物射完了，就吃野猪、兔、山鸡；射法又高强，要多少有多少。“唉，”他不觉叹息，“我的箭法真太巧妙了，竟射得遍地精光。那时谁料到只剩下乌鸦做菜……”

“哼。”嫦娥微微一笑。

“今天总还要算运气的，”羿也高兴起来，“居然猎到一只麻雀。这是远绕了三十里路才找到的。”

“你不能走得更远一点的么?!”

“对。太太。我也这样想。明天我想起得早些。倘若你醒得早，那就叫醒我。我准备再远走五十里，看看可有些獐子，兔子。……但是，怕也难。当我射封豕长蛇的时候，野兽是那么多。你还该记得罢，丈母的门前就常有黑熊走过，叫我去射了好几回……”

“是么？”嫦娥似乎不大记得。

“谁料到现在竟至于精光的呢。想起来，真不知道将来怎么过日子。我呢，倒不要紧，只要将那道士送给我的金丹吃下去，就会飞升。但是我第一先得替你打算，……所以我决计明天再走得远一点……”

“哼。”嫦娥已经喝完水，慢慢躺下，合上眼睛了。

残膏的灯火照着残妆，粉有些褪了，眼圈显得微黄，眉头的黛色也仿佛两边不一样。但嘴唇依然红得如火；虽然并不笑，颊上也还有浅浅的酒涡。

“唉唉，这样的人，我就整年地只给她吃乌鸦的炸酱面……”羿想着觉得惭愧、两颊连耳根都热起来。

二

过了一夜就是第二天。

羿忽然睁开眼睛，只见一道阳光斜射在西壁上，知道时候不早了；看看嫦娥，兀自摊开了四肢睡着。他悄悄地披上衣服，爬下豹皮榻，躄出堂前，一面洗脸，一面叫女庚去吩咐王升备马。

他因为事情忙，是早就废止了朝食的；女乙将五个炊饼，五株葱和一包辣酱都放在网兜里，并弓箭一齐替他系在腰间。他将腰带紧了一紧，轻轻地跨出堂外面，一面告诉那正从对面进来的女庚道——

“我今天打算到远地方去寻食物去，回来也许晚一些。看太太醒后，用过早点心，有些高兴的时候，你便去禀告，说晚饭请她等一等，对不起得很。记得么？你说：对不起得很。”

他快步出门，跨上马，将站班的家将们扔在脑后，不一会便跑出村庄了。前面是天天走熟的高粱田，他毫不注意，早知道什么也没有的。加上两鞭，一径飞奔前去，一气就跑了六十里上下，望见前面有一簇很茂盛的树林，马也喘气不迭，浑身流汗，自然慢下去了。大约又走了十多里，这才接近树林，然而满眼是胡蜂、粉蝶、蚂蚁、蚱蜢，哪里有一点禽兽的踪迹。他望见这一块新地方时，本以为至少总可以有一两匹狐儿兔儿的，现在才知道又是梦想。他只得绕出树林，看那后面却又是碧绿的高粱田，远处散点着几间小小的土屋。风和日暖，鸦雀无声。

“倒楣，”他尽量地大叫了一声，出出闷气。

但再前行十多步，他即刻心花怒放了，远远地望见一间土屋外面的平地上，的确停着一匹飞禽，一步一啄，像是很大的鸽子。他慌忙拈弓搭箭，引满弦，将手一放，那箭便流星般出去了。

这是无须迟疑的，向来有发必中；他只要策马跟着箭路飞跑前去，便可以拾得猎物。谁知道他将要临近，却已有一个老婆子捧着带箭的大鸽子，大声嚷着，正对着他的马头抢过来。

“你是谁哪，怎么把我家的顶好的黑母鸡射死了？你的手怎的有这么闲哪？……”

羿的心不觉跳了一跳，赶紧勒住马。

“阿呀！鸡么？我只道是一只鹁鸪。”他惶恐地说。

“瞎了你的眼睛！看你也有四十多岁了罢。”

“是的。老太太。我去年就有四十五岁了。”

“你真是枉长白大，连母鸡也不认识，会当作鹁鸪！你究竟是谁哪？”

“我就是夷羿。”他说着，看看自己所射的箭，是正贯了母鸡的心，当然死了，末后的两个字便说得不大响亮；一面从马上跨下来。

“夷羿？……谁呢？我不知道。”她看着他的脸，说。

“有些人是一听就知道的。尧爷的时候，我曾经射死过几匹野猪，几条蛇……”

“哈哈，骗子！那是逢蒙老爷和别人合伙射死的。也许有你在内罢；……你倒说是你自己了，好不识羞！”

“阿阿，老太太。逢蒙那人，不过近几年时常到我那里来走走，我并没有和他合伙，全不相干的。”

“说谎。近来常有人说，我一月就听到四五回。”

“那也好。我们且谈正经事罢。这鸡怎么办呢？”

“赔。这是我家最好的母鸡，天天生蛋。你得赔我两柄锄头，三个纺锤。”

“老太太，你瞧我这模样，是不耕不织的，哪里来的锄头和纺锤。我身边又没有钱，只有五个炊饼，倒是白面做的，就拿来赔了你的鸡，还添上五株葱和一包甜辣酱，你以为怎样？……”他一只手去网兜里掏炊饼，伸出那一只手去取鸡。

老婆子看见白面的炊饼，倒有些愿意了，但是定要十五个。磋商的结果，好容易才定为十个，约好至迟明天正午后到，就用那射鸡的箭作抵押。羿这时才放了心，将死鸡塞进网兜里，跨上鞍鞒，回马就走，虽然肚饿，心里却很喜欢，他们不喝鸡汤实在已经有一年多了。

他绕出树林时，还是下午，于是赶紧加鞭向家里走；但是马力乏了，刚到走惯的高粱田近旁，已是黄昏时候。只见对面远处有人影子一闪，接着就有一枝箭忽地向他飞来。

羿并不勒住马，任它跑着，一面却也拈弓搭箭，只一发，只听得铮的一声，箭尖正触着箭尖，在空中发出几点火花，两枝箭便向上挤成一个“人”字，又翻身落在地上了。第一箭刚刚相触，两面立刻又来了第二箭，还是铮的一声，相触在半空中。那样地射了九箭，羿的箭都用尽了；但他这时已经看清逢蒙得意地站在对面，却还有一枝箭搭在弦上正在瞄准他的咽喉。

“哈哈，我以为他早到海边摸鱼去了，原来还在这些地方干这些勾当，怪不得那老婆子有那些话……”羿想。

那时快，对面是弓如满月，箭似流星。飕的一声，径向羿的咽喉飞过来。也许是瞄准差了一点了，却正中了他的嘴；一个筋斗，他带箭掉下马去了，马也就站住。

逢蒙见羿已死，便慢慢地躄过来，微笑着去看他的死脸，当作喝一杯胜利的白干。

刚在定睛看时，只见羿张开眼，忽然直坐起来。

“你真是白来了一百多回。”他吐出箭，笑着说，“难道连我的‘啮镞法’都没有知道么？这怎么行。你闹这些小玩艺儿是不行的，偷去的拳头打不死本人，要自己练练才好。”

“即以其人之道，反诸其人之身……”胜者低声说。

“哈哈哈！”他一面大笑，一面站了起来，“又是引经据典。但这些话你只可以哄哄老婆子，本人面前捣什么鬼？俺向来就只是打猎，没有弄过你似的翦径的玩艺儿……”他说着，又看看网兜里的母鸡，倒并没有压坏，便跨上马，径自走了。

“……你打了丧钟！……”远远地还送来叫骂。

“真不料有这样没出息。轻轻年纪，倒学会了诅咒，怪不得那老婆子会那么相信他。”羿想着，不觉在马上绝望地摇了摇头。

三

还没有走完高粱田，天色已经昏黑；蓝的空中现出明星来，长庚在西方格外灿烂，马只能认着白色的田塍走，而且早已筋疲力竭，自然走得更慢了。幸而月亮却在天际渐渐吐出银白的清辉。

“讨厌！”羿听到自己的肚子里骨碌骨碌地响了一阵，便在马上焦躁起来。“偏是谋生忙，便偏是多碰到些无聊事，白费工夫！”他将两腿在马肚子上一磕，催它快走，但马却只将后半身一扭，照旧地慢腾腾。

“嫦娥一定生气了，你看今天多么晚。”他想。“说不定要装怎样的脸给我看哩。但幸而有这一只小母鸡，可以引她高兴。我只要说：太太，这是我来回跑了二百里路才找来的。不，不好，这话似乎太逞能。”

他望见人家的灯火已在前面，一高兴便不再想下去了。马也不待鞭策，自然飞奔。圆的雪白的月亮照着前途，凉风吹脸，真是比大猎回来时还有趣。

马自然而然地停在垃圾堆边；羿一看，仿佛觉得异样，不知怎地似乎家里乱毵毵。迎出来的也只有一个赵福。

“怎的？王升呢？”他奇怪地问。

“王升到姚家找太太去了。”

“什么？太太到姚家去了么？”羿还呆坐在马上，问。

“喳……”他一面答应着，一面去接马缰和马鞭。

羿这才爬下马来，跨过门，想了一想，又回过头去问道——

“不是等不迭了，自己上饭馆去了么？”

“喳。三个饭馆，小的都去问过了，没有在。”

羿低了头，想着，往里面走，三个使女都惶惑地聚在堂前。他便很诧异，大声问道——

“你们都在家么？姚家，太太一个人不是向来不去的么？”

她们不回答，只看看他的脸，便来给他解下弓袋和箭壶和装着小母鸡的网兜。羿忽然心惊肉跳起来，觉得嫦娥是因为气忿寻了短见了，便叫女庚去叫赵富来，要他到后园的池里树上去看一遍。但他一跨进房，便知道这推测是不确的了：房里也很乱，衣箱是开着，向床里一看，首先就看出失了首饰箱。他这时正如头上淋了一盆冷水，金珠自然不算什么，然而那道士送给他的仙药，也就放在这首饰箱里的。

羿转了两个圆圈，才看见王升站在门外面。

“回老爷，”王升说，“太太没有到姚家去；他们今天也不打牌。”

羿看了他一眼，不开口。王升就退出去了。

“老爷叫？……”赵富上来，问。

羿将头一摇，又用手一挥，叫他也退出去。

羿又在房里转了几个圈子，走到堂前，坐下，仰头看着对面壁上的彤弓、彤矢、卢弓、卢矢、弩机、长剑、短剑，想了些时，才问那呆立在下面的使女们道：

“太太是什么时候不见的？”

“掌灯时候就不看见了，”女乙说，“可是谁也没见她走出去。”

“你们可见太太吃了那箱里的药没有？”

“那倒没有见。但她下午要我倒水喝是有的。”

羿急得站了起来，他似乎觉得，自己一个人被留在地上了。

“你们看见有什么向天上飞升的么？”他问。

“哦！”女辛想了一想，大悟似的说，“我点了灯出去的时候，的确看见一个黑影向这边飞去的，但我那时万想不到是太太……”于是她的脸色苍白了。

“一定是了！”羿在膝上一拍，即刻站起，走出屋外去，回头问着女辛道，“哪边？”

女辛用手一指，他跟着看去时，只见那边是一轮雪白的圆月，挂在空中，其中还隐约现出楼台，树木；当他还是孩子时候祖母讲给他听的月宫中的美景，他依稀记得起来了。他对着浮游在碧海里似的月亮，觉得自己的身子非常沉重。

他忽然愤怒了。从愤怒里又发了杀机，圆睁着眼睛，大声向使女们叱咤道：

“拿我的射日弓来！和三枝箭！”

女乙和女庚从堂屋中央取下那强大的弓，拂去尘埃，并三枝长箭都交在他手里。

他一手拈弓，一手捏着三枝箭，都搭上去，拉了一个满弓，正对着月亮。身子是岩石一般挺立着，眼光直射，闪闪如岩下电，须发开张飘动，像黑色火，这一瞬息，使人仿佛想见他当年射日的雄姿。

飕的一声，——只一声，已经连发了三枝箭，刚发便搭，一搭又发，眼睛不及看清那手法，耳朵也不及分别那声音。本来对面是虽然受了三枝箭，应该都聚在一处的，因为箭箭相衔，不差丝发。但他为必中起见，这时却将手微微一动，使箭到时分成三点，有三个伤。

使女们发一声喊，大家都看见月亮只一抖，以为要掉下来了，——但却还是安然地悬着，发出和悦的更大的光辉，似乎毫无伤损。

“呔！”羿仰天大喝一声，看了片刻；然而月亮不理他。他前进三步，月亮便退了三步；他退三步，月亮却又照数前进了。

他们都默着，各人看各人的脸。

羿懒懒地将射日弓靠在堂门上，走进屋里去。使女们也一齐跟着他。

“唉，”羿坐下，叹一口气，“那么，你们的太太就永远一个人快乐了。她竟忍心撇了我独自飞升？莫非看得我老起来了？但她上月还说：并不算老，若以老人自居，是思想的堕落。”

“这一定不是的。”女乙说，“有人说老爷还是一个战士。”

“有时看去简直好像艺术家。”女辛说。

“放屁——不过乌老鸦的炸酱面确也不好吃，难怪她忍不住……”

“那豹皮褥子脱毛的地方，我去剪一点靠墙的脚上的皮来补一补罢，怪不好看的。”女辛就往房里走。

“且慢，”羿说着，想了一想，“那倒不忙。我实在饿极了，还是赶快去做一盘辣子鸡，烙五斤饼来，给我吃了好睡觉。明天再去找那道士要一服仙药，吃了追上去罢。女庚，你去吩咐王升，叫他量四升白豆喂马！”

一九二六年十二月三十日。

铸　剑

一

眉间尺刚和他的母亲睡下，老鼠便出来咬锅盖，使他听得发烦。他轻轻地叱了几声，最初还有些效验，后来是简直不理他了，格支格支地径自咬。他又不敢大声赶，怕惊醒了白天做得劳乏，晚上一躺就睡着了的母亲。

许多时光之后，平静了；他也想睡去。忽然，扑通一声，惊得他又睁开眼。同时听到沙沙地响，是爪子抓着瓦器的声音。

“好！该死！”他想着，心里非常高兴，一面就轻轻地坐起来。

他跨下床，借着月光走向门背后。摸到钻火家伙，点上松明，向水瓮里一照。果然，一匹很大的老鼠落在那里面了；但是，存水已经不多，爬不出来，只沿着水瓮内壁，抓着，团团地转圈子。

“活该！”他一想到夜夜咬家具，闹得他不能安稳睡觉的便是它们，很觉得畅快。他将松明插在土墙的小孔里，赏玩着；然而那圆睁的小眼睛，又使他发生了憎恨，伸手抽出一根芦柴，将它直按到水底去。过了一会，才放手，那老鼠也随着浮了上来，还是抓着瓮壁转圈子。只是抓劲已经没有先前似的有力，眼睛也淹在水里面，单露出一点尖尖的通红的小鼻子，咻咻地急促地喘气。

他近来很有点不大喜欢红鼻子的人。但这回见了这尖尖的小红鼻子，却忽然觉得它可怜了，就又用那芦柴，伸到它的肚下去。老鼠抓着，歇了一回力，便沿着芦干爬了上来。待到他看见全身，——湿淋淋的黑毛，大的肚子，蚯蚓似的尾巴，——，便又觉得可恨可憎得很，慌忙将芦柴一抖，扑通一声，老鼠又落在水瓮里，他接着就用芦柴在它头上捣了几下，叫它赶快沉下去。

换了六回松明之后，那老鼠已经不能动弹，不过沉浮在水中间，有时还向水面微微一跳。眉间尺又觉得很可怜，随即折断芦柴，好容易将它夹了出来，放在地面上。老鼠先是丝毫不动，后来才有一点呼吸；又许多时，四只脚运动了，一翻身，似乎要站起来逃走。这使眉间尺大吃一惊，不觉提起左脚，一脚踏下去。只听得吱的一声，他蹲下去仔细看时，只见口角上微有鲜血，大概是死掉了。

他又觉得很可怜，仿佛自己作了大恶似的，非常难受。他蹲着，呆看着，站不起来。

“尺儿，你在做什么?”他的母亲已经醒来了，在床上问。

“老鼠……”他慌忙站起，回转身去，却只答了两个字。

“是的，老鼠。这我知道。可是你在做什么？杀它呢，还是在救它？”

他没有回答。松明烧尽了；他默默地立在暗中，渐看见月光的皎洁。

“唉！”他的母亲叹息说，“一交子时，你就是十六岁了，性情还是那样，不冷不热地，一点也不变。看来，你的父亲的仇是没有人报的了。”

他看见他的母亲坐在灰白色的月影中，仿佛身体都在颤动；低微的声音里，含着无限的悲哀，使他冷得毛骨悚然，而一转眼间，又觉得热血在全身中忽然腾沸了。

“父亲的仇，父亲有什么仇呢？”他前进几步，惊急地问。

“有的。还要你去报。我早想告诉你的了；只因为你太小，没有说。现在你已经成人了，却还是那样的性情；这教我怎么办呢？你似的性情，能行大事的么？”

“能。说罢，母亲。我要改过……”

“自然。我也只得说。你必须改过……那么，走过来罢。”

他走过去；他的母亲端坐在床上，在暗白的月影里，两眼发出闪闪的光芒。

“听哪！”她严肃地说，“你的父亲原是一个铸剑的名工，天下第一。他的工具，我早已都卖掉了来救了穷了，你已经看不见一点遗迹；但他是一个世上无二的铸剑的名工。二十年前，王妃生下了一块铁，听说是抱了一回铁柱之后受孕的，是一块纯青透明的铁。大王知道是异宝，便决计用来铸一把剑，想用它保国，用它杀敌，用它防身。不幸你的父亲那时偏偏入了选，便将铁捧回家里来，日日夜夜地锻炼，费了整三年的精神，炼成两把剑。

“当最末次开炉的那一日，是怎样地骇人的景象呵！哗拉拉地腾上一道白气的时候，地面也觉得动摇。那白气到天半便变成白云，罩住了这处所，渐渐现出绯红颜色，映得一切都如桃花。我家的漆黑的炉里，是躺着通红的两把剑。你父亲用井华水慢慢地滴下去，那剑嘶嘶地吼着，慢慢转成青色了。这样地七日七夜，就看不见了剑，仔细看时，却还在炉底里，纯青的，透明的，正像两条冰。

“大欢喜的光彩，便从你父亲的眼睛里四射出来；他取起剑，拂拭着，拂拭着。然而悲惨的皱纹，却也从他的眉头和嘴角出现了。他将那两把剑分装在两个匣子里。

“‘你只要看这几天的景象，就明白无论是谁，都知道剑已炼就的了。’他悄悄地对我说。‘一到明天，我必须去献给大王。但献剑的一天，也就是我命尽的日子。怕我们从此要长别了。’

“‘你……’我很骇异，猜不透他的意思。不知怎么说的好。我只是这样地说‘你这回有了这么大的功劳……’

“‘唉！你怎知道呢！’他说。‘大王是向来善于猜疑，又极残忍的。这回我给他炼成了世间无二的剑，他一定要杀掉我，免得我再去给别人炼剑，来和他匹敌，或者超过他。’

“我掉泪了。

“‘你不要悲哀。这是无法逃避的。眼泪决不能洗掉运命。我可是早已有准备在这里了！’他的眼里忽然发出电火似的光芒，将一个剑匣放在我膝上。‘这是雄剑，’他说。‘你收着。明天，我只将这雌剑献给大王去。倘若我一去竟不回来了呢，那是我一定不再在人间了。你不是怀孕已经五六个月了么？不要悲哀；待生了孩子，好好地抚养。一到成人之后，你便交给他这雄剑，教他砍在大王的颈子上，给我报仇！’”

“那天父亲回来了没有呢？”眉间尺赶紧问。

“没有回来！”她冷静地说。“我四处打听，也杳无消息。后来听得人说，第一个用血来饲你父亲自己炼成的剑的人，就是他自己——你的父亲。还怕他鬼魂作怪，将他的身首分埋在前门和后苑了！”

眉间尺忽然全身都如烧着猛火，自己觉得每一枝毛发上都仿佛闪出火星来。他的双拳，在暗中捏得格格地作响。

他的母亲站起了，揭去床头的木板，下床点了松明，到门背后取过一把锄，交给眉间尺道：“掘下去！”

眉间尺心跳着，但很沉静地一锄一锄轻轻地掘下去。掘出来的都是黄土，约到五尺多深，土色有些不同了，似乎是烂掉的材木。

“看罢！要小心！”他的母亲说。

眉间尺伏在掘开的洞穴旁边，伸手下去，谨慎小心地撮开烂树，待到指尖一冷，有如触着冰雪的时候，那纯青透明的剑也出现了。他看清了剑靶，捏着，提了出来。

窗外的星月和屋里的松明似乎都骤然失了光辉，惟有青光充塞宇内。那剑便溶在这青光中，看去好像一无所有。眉间尺凝神细视，这才仿佛看见长五尺馀，却并不见得怎样锋利，剑口反而有些浑圆，正如一片韭叶。

“你从此要改变你的优柔的性情，用这剑报仇去！”他的母亲说。

“我已经改变了我的优柔的性情，要用这剑报仇去！”

“但愿如此。你穿了青衣，背上这剑，衣剑一色，谁也看不分明的。衣服我已经放在这里，明天就上你的路去罢。不要记念我！”她向床后的破衣箱一指，说。

眉间尺取出新衣，试去一穿，长短正很合适。他便重新叠好，裹了剑，放在枕边，沉静地躺下。他觉自己已经改变了优柔的性情；他决心要并无心事一般，倒头便睡，清晨醒来，毫不改变常态，从容地去寻他不共戴天的仇雠。

但他醒着。他翻来覆去，总想坐起来。他听到他母亲的失望的轻轻的长叹。他听到最初的鸡鸣；他知道已交子时，自己是上了十六岁了。

二

当眉间尺肿着眼眶，头也不回的跨出门外，穿着青衣，背着青剑，迈开大步，径奔城中的时候，东方还没有露出阳光。杉树林的每一片叶尖，都挂着露珠，其中隐藏着夜气。但是，待到走到树林的那一头，露珠里却闪出各样的光辉，渐渐幻成晓色了。远望前面，便依稀看见灰黑色的城墙和雉堞。

和挑葱卖菜的一同混入城里，街市上已经很热闹。男人们一排一排地呆站着；女人们也时时从门里探出头来。她们大半也肿着眼眶；蓬着头；黄黄的脸，连脂粉也不及涂抹。

眉间尺预觉到将有巨变降临，他们便都是焦躁而忍耐地等候着这巨变的。

他径自向前走；一个孩子突然跑过来，几乎碰着他背上的剑尖，使他吓出了一身汗。转出北方，离王宫不远，人们就挤得密密层层，都伸着脖子。人丛中还有女人和孩子哭嚷的声音。他怕那看不见的雄剑伤了人，不敢挤进去；然而人们却又在背后拥上来。他只得宛转地退避；面前只看见人们的背脊和伸长的脖子。

忽然，前面的人们都陆续跪倒了；远远地有两匹马并着跑过来。此后是拏着木棍、戈、刀、弓弩、旌旗的武人，走得满路黄尘滚滚。又来了一辆四匹马拉的大车，上面坐着一队人，有的打钟击鼓，有的嘴上吹着不知道叫什么名目的劳什子。此后又是车，里面的人都穿画衣，不是老头子，便是矮胖子，个个满脸油汗。接着又是一队拿着刀枪剑戟的骑士。跪着的人们便都伏下去了。这时眉间尺正看见一辆黄盖的大车驰来，正中坐着一个画衣的胖子，花白胡子，小脑袋；腰间还依稀看见佩着和他背上一样的青剑。

他不觉全身一冷，但立刻又灼热起来，像是猛火焚烧着。他一面伸手向肩头捏住剑柄，一面提起脚，便从伏着的人们的脖子的空处跨出去。

但他只走得五六步，就跌了一个倒栽葱，因为有人突然捏住了他的一只脚。这一跌又正压在一个干瘪脸的少年身上；他正怕剑尖伤了他，吃惊地起来看的时候，肋下就挨了很重的两拳，他也不暇计较，再望路上，不但黄盖车已经走远，连拥护的骑士也过去了一大阵了。

路旁的一切人们也都爬起来。干瘪脸的少年却还扭住了眉间尺的衣领，不肯放手，说被他压坏了贵重的丹田，必须保险，倘若不到八十岁便死掉了，就得抵命。闲人们又立刻围上来，呆看着，但谁也不开口，后来有人从旁笑骂了几句，却全是附和干瘪脸少年的。眉间尺遇到了这样的敌人，真是怒不得，笑不得，只觉得无聊，却又脱身不得。这样地经过了煮熟一锅小米的时光，眉间尺早已焦躁得浑身发火，看的人却仍不见减，还是津津有味似的。

前面的人圈子动摇了，挤进一个黑色的人来，黑须黑眼睛，瘦得如铁。他并不言语，只向眉间尺冷冷地一笑，一面举手轻轻地一拨干瘪脸少年的下巴，并且看定了他的脸。那少年也向他看了一会，不觉慢慢地松了手，溜走了；那人也就溜走了；看的人们也都无聊地走散。只有几个人还来问眉间尺的年纪，住址，家里可有姐姐。眉间尺都不理他们。

他向南走着；心里想，城市中这么热闹，容易误伤，还不如在南门外等候他回来，给父亲报仇罢，那地方是地旷人稀，实在很便于施展。这时满城都议论着国王的游山，仪仗，威严，自己得见国王的荣耀，以及俯伏得有怎么低，应该采作国民的模范等等，很像蜜蜂的排衙。直至将近南门，这才渐渐地冷静。

他走出城外，坐在一株大桑树下，取出两个馒头来充了饥；吃着的时候忽然记起母亲来，不觉眼鼻一酸，然而此后倒也没有什么。周围是一步一步地静下去了，他至于很分明地听到自己的呼吸。

天色愈暗，他也愈不安，尽目力望着前方，毫不见有国王回来的影子。上城卖菜的村人，一个个挑着空担出城回家去了。

人迹绝了许久之后，忽然从城里闪出那一个黑色的人来。

“走罢，眉间尺！国王在捉你了！”他说，声音好像鸱鸮。

眉间尺浑身一颤，中了魔似的，立刻跟着他走；后来是飞奔。他站定了喘息许多时，才明白已经到了杉树林边。后面远处有银白的条纹，是月亮已从那边出现；前面却仅有两点燐火一般的那黑色人的眼光。

“你怎么认识我？……”他极其惶骇地问。

“哈哈！我一向认识你。”那人的声音说。“我知道你背着雄剑，要给你的父亲报仇，我也知道你报不成。岂但报不成；今天已经有人告密，你的仇人早从东门还宫，下令捕拿你了。”

眉间尺不觉伤心起来。

“唉唉，母亲的叹息是无怪的。”他低声说。

“但她只知道一半。她不知道我要给你报仇。”

“你么？你肯给我报仇么，义士？”

“阿，你不要用这称呼来冤枉我。”

“那么，你同情于我们孤儿寡妇？……”

“唉，孩子，你再不要提这些受了污辱的名称。”他严冷地诠，“仗义，同情，那些东西，先前曾经干净过，现在却都成了放鬼债的资本。我的心里全没有你所谓的那些。我只不过要给你报仇！”

“好。但你怎么给我报仇呢？”

“只要你给我两件东西。”两粒燐火下的声音说。“哪两件么？你听着：一是你的剑，二是你的头！”

眉间尺虽然觉得奇怪，有些狐疑，却并不吃惊。他一时开不得口。

“你不要疑心我将骗取你的性命和宝贝。”暗中的声音又严冷地说。“这事全由你。你信我，我便去；你不信，我便住。”

“但你为什么给我去报仇的呢？你认识我的父亲么？”

“我一向认识你的父亲，也如一向认识你一样。但我要报仇，却并不为此。聪明的孩子，告诉你罢。你还不知道么，我怎么地善于报仇。你的就是我的；他也就是我。我的魂灵上是有这么多的，人我所加的伤，我已经憎恶了我自己！”

暗中的声音刚刚停止，眉间尺便举手向肩头抽取青色的剑，顺手从后项窝向前一削，头颅坠在地面的青苔上，一面将剑交给黑色人。

“呵呵！”他一手接剑，一手捏着头发，提起眉间尺的头来，对着那热的死掉的嘴唇，接吻两次，并且冷冷地尖利地笑。

笑声即刻散布在杉树林中，深处随着有一群燐火似的眼光闪动，倏忽临近，听到咻咻的饿狼的喘息。第一口撕尽了眉间尺的青衣，第二口便身体全都不见了，血痕也顷刻舔尽，只微微听得咀嚼骨头的声音。

最先头的一匹大狼就向黑色人扑过来。他用青剑一挥，狼头便坠在地面的青苔上。别的狼们第一口撕尽了它的皮，第二口便身体全都不见了，血痕也顷刻舔尽，只微微听得咀嚼骨头的声音。

他已经掣起地上的青衣，包了眉间尺的头，和青剑都背在背脊上，回转身，在暗中向王城扬长地走去。

狼们站定了，耸着肩，伸出舌头，咻咻地喘着，放着绿的眼光看他扬长地走。

他在暗中向王城扬长地走去，发出尖利的声音唱着歌。

哈哈爱兮爱乎爱乎！
爱青剑兮一个仇人自屠。
伙颐连翩兮多少一夫。
一夫爱青剑兮呜呼不孤。
头换头兮两个仇人自屠。
一夫则无兮爱乎呜呼！
爱乎呜呼兮呜呼阿呼，
阿呼呜呼兮呜呼呜呼！

三

游山并不能使国王觉得有趣；加上了路上将有刺客的密报，更使他扫兴而还。那夜他很生气，说是连第九个妃子的头发，也没有昨天那样的黑得好看了。幸而她撒娇坐在他的御膝上，特别扭了七十多回，这才使龙眉之间的皱纹渐渐地舒展。

午后，国王一起身，就又有些不高兴，待到用过午膳，简直现出怒容来了。

“唉唉，无聊!”他打一个大呵欠之后，高声说。

上自王后，下至弄臣，看见这情形，都不觉手足无措。白须老臣的讲道，矮胖侏儒的打诨，王是早已听厌的了；近来便是走索、缘竿、抛丸、倒立、吞刀、吐火等等奇妙的把戏，也都看得毫无意味。他常常要发怒；一发怒，便挥着青剑，总想寻点小错处，杀掉几个人。

偷空在宫外闲游的两个小宦官，刚刚回来，一看见官里面大家的愁苦的情形，便知道又是照例的祸事临头了，一个吓得面如土色；一个却像是大有把握一般，不慌不忙，跑到国王的面前，俯伏着，说道：

“奴才刚才访得一个异人，很有异术，可以给大王解闷，因此特来奏闻。”

“什么?!”王说。他的话是一向很短的。

“那是一个黑瘦的，乞丐似的男子。穿一身青衣，背着一个圆圆的青包里；嘴里唱着胡诌的歌。人问他。他说善于玩把戏，空前绝后，举世无双，人们从来就没有看见过；一见之后，便即解烦释闷，天下太平。但大家要他玩，他却又不肯。说是第一须有一条金龙，第二须有一个金鼎……”

“金龙？我是的。金鼎？我有。”

“奴才也正是这样想……”

“传进来!”

话声未绝，四个武士便跟着那小宦官疾趋而出。上自王后，下至弄臣，个个喜形于色。他们都愿意这把戏玩得解愁释闷，天下太平；即使玩不成，这回也有了那乞丐似的黑瘦男子来受祸，他们只要能挨到传了进来的时候就好了。

并不要许多工夫，就望见六个人向金阶趋进。先头是宦官，后面是四个武士。中间夹着一个黑色人。待到近来时，那人的衣服却是青的，须眉头发都黑，瘦得颧骨、眼圈骨、眉棱骨都高高地突出来。他恭敬地跪着俯伏下去时，果然看见背上有一个圆圆的小包袱，青色布，上面还画上一些暗红色的花纹。

“奏来！”王暴躁地说。他见他家伙简单，以为他未必会玩什么好把戏。

“臣名叫宴之敖者；生长汶汶乡。少无职业；晚遇明师，教臣把戏，是一个孩子的头。这把戏一个人玩不起来，必须在金龙之前，摆一个金鼎，注满清水，用兽炭煎熬。于是放下孩子的头去，一到水沸，这头便随波上下，跳舞百端，且发妙音，欢喜歌唱。这歌舞为一人所见，便解愁释闷，为万民所见，便天下太平。”

“玩来！”王大声命令说。

并不要许多工夫，一个煮牛的大金鼎便摆在殿外，注满水，下面堆了兽炭，点起火来。那黑色人站在旁边，见炭火一红，便解下包袱，打开，两手捧出孩子的头来，高高举起。那头是秀眉长眼，皓齿红唇；脸带笑容；头发蓬松，正如青烟一阵。黑色人捧着向四面转了一圈，便伸手擎到鼎上，动着嘴唇说了几句不知什么话，随即将手一松，只听得扑通一声，坠入水里去了，水花同时溅起，足有五尺多高，此后是一切平静。

许多工夫，还无动静。国王首先暴躁起来，接着是王后和妃子，大臣、宦官们也都有些焦急，矮胖的侏儒们则已经开始冷笑了。王一见他们的冷笑，便觉得自己受愚，回顾武士，想命令他们就将那欺君的莠民掷入牛鼎里去煮杀。

但同时就听得水沸声；炭火也正旺，映着那黑色人变成红黑，如铁的烧到微红。王刚又回过脸来，他也已经伸起两手向天，眼光向着无物，舞蹈着，忽地发出尖利的声音唱起歌来：

哈哈爱兮爱乎爱乎！
爱兮血兮兮谁乎独无。
民萌冥行兮一夫壶卢。
彼用百头颅，千头颅兮用万头颅！
我用一头颅兮而无万夫。
爱一头颅兮血乎呜呼！
血乎呜呼兮呜呼阿呼，
阿呼呜呼兮呜呼呜呼！

随着歌声，水就从鼎口涌起，上尖下广，像一座小山，但自水尖至鼎底，不住地回旋运动。那头即随水上上下下，转着圈子，一面又滴溜溜自己翻筋斗，人们还可以隐约看见他玩得高兴的笑容。过了些时，突然变了逆水的游泳，打旋子夹着穿梭，激得水花向四面飞溅，满庭洒下一阵热雨来。一个侏儒忽然叫了一声，用手摸着自己的鼻子。他不幸被热水烫了一下，又不耐痛，终于免不得出声叫苦了。

黑色人的歌声才停，那头也就在水中央停住，面向王殿，颜色转成端庄。这样的有十馀瞬息之久，才慢慢地上下抖动；

从抖动加速而为起伏的游泳，但不很快，态度很雍容。绕着水边一高一低地游了三匝，忽然睁大眼睛，漆黑的眼球显得格外精采，同时也开口唱起歌来：

王泽流兮浩洋洋；
克服怨敌，怨敌克服兮，赫兮强！
宇宙有穷止兮万寿无疆。
幸我来也兮青其光！
青其光兮永不相忘。
异处异处兮堂哉皇！
堂哉皇哉兮嗳嗳唷，
嗟来归来，嗟来来赔兮青其光！

头忽然升到水的尖端停住；翻了几个筋斗之后，上下升降起来，眼球向着左右瞥视，十分秀媚，嘴里仍然唱着歌：

阿呼呜呼兮呜呼呜呼，
爱乎呜呼兮呜呼阿呼！
血一头颅兮爱乎呜呼。
我用一头颅兮而无万夫！
彼用百头颅，千头颅……

唱到这里，是沉下去的时候，但不再浮上来了；歌词也不能辨别。涌起的水，也随着歌声的微弱，渐渐低落，像退潮一般，终至到鼎口以下，在远处什么也看不见了。

“怎了?”等了一会，王不耐烦地问。

“大王，”那黑色人半跪着说。“他正在鼎底里作最神奇的团圆舞，不临近是看不见的。臣也没有法术使他上来，因为作团圆舞必须在鼎底里。”

王站起身，跨下金阶，冒着炎热立在鼎边，探头去看。只见水平如镜，那头仰面躺在水中间，两眼正看着他的脸。待到王的眼光射到他脸上时，他便嫣然一笑。这一笑使王觉得似曾相识，却又一时记不起是谁来。刚在惊疑，黑色人已经掣出了背着的青色的剑，只一挥，闪电般从后项窝直劈下去，扑通一声，王的头就落在鼎里了。

仇人相见，本来格外眼明，况且是相逢狭路。王头刚到水面，眉间尺的头便迎上来，狠命在他耳轮上咬了一口。鼎水即刻沸涌，澎湃有声；两头即在水中死战。约有二十回合，王头受了五个伤，眉间尺的头上却有七处。王又狡猾，总是设法绕到他的敌人的后面去。眉间尺偶一疏忽，终于被他咬住了后项窝，无法转身。这一回王的头可是咬定不放了，他只是连连蚕食进去；连鼎外面也仿佛听到孩子的失声叫痛的声音。

上自王后，下至弄臣，骇得凝结着的神色也应声活动起来，似乎感到暗无天日的悲哀，皮肤上都一粒一粒地起粟；然而又夹着秘密的欢喜，瞪了眼，像是等候着什么似的。

黑色人也仿佛有些惊慌，但是面不改色。他从从容容地伸开那捏着看不见的青剑的臂膊，如一段枯枝；伸长颈子，如在细看鼎底。臂膊忽然一弯，青剑便蓦地从他后面劈下，剑到头落，坠入鼎中，澎的一声，雪白的水花向着空中同时四射。

他的头一入水，即刻直奔王头，一口咬住了王的鼻子，几乎要咬下来。王忍不住叫一声“阿唷”，将嘴一张，眉间尺的头就乘机挣脱了，一转脸倒将王的下巴下死劲咬住。他们不但都不放，还用全力上下一撕，撕得王头再也合不上嘴。于是他们就如饿鸡啄米一般，一顿乱咬，咬得王头眼歪鼻塌，满脸鳞伤。先前还会在鼎里面四处乱滚，后来只能躺着呻吟，到底是一声不响，只有出气，没有进气了。

黑色人和眉间尺的头也慢慢地住了嘴，离开王头，沿鼎壁游下一匝，看他可是装死还是真死。待到知道了王头确已断气，便四目相视，微微一笑，随即合上眼，仰面向天，沉到水底里去了。

四

烟消火灭；水波不兴。特别的寂静倒使殿上殿下的人们警醒。他们中的一个首先叫了一声，大家也立刻叠连惊叫起来；一个迈开腿向金鼎走去，大家便争先恐后地拥上去了。有挤在后面的，只能从人脖子的空隙间向里面窥探。

热气还炙得人脸上发烧。鼎里的水却一平如镜，上面浮着一层油，照出许多人脸孔：王后、王妃、武士、老臣、侏儒、太监……

"阿呀，天哪！咱们大王的头还在这里面哪，哀哀哀！"第六个妃子忽然发狂似的哭嚷起来。

上自王后，下至弄臣，也都恍然大悟，仓皇散开，急得手足无措，各自转了四五个圈子。一个最有谋略的老臣独又上前，伸手向鼎边一摸，然而浑身一抖，立刻缩了回来，伸出两个指头，放在口边吹个不住。

大家定了定神，便在殿门外商议打捞办法。约略费去了煮熟三锅小米的工夫，总算得到一种结果，是：到大厨房去调集了铁丝勺子，命武士协力捞起来。

器具不久就调集了，铁丝勺、漏勺、金盘、擦桌布，都放在鼎旁边。武士们便揎起衣袖，有用铁丝勺的，有用漏勺的，一齐恭行打捞。有勺子相触的声音，有勺子括着金鼎的声音；水是随着勺子的搅动而旋绕着。好一会，一个武士的脸色忽而很端庄了，极小心地两手慢慢举起了勺子，水滴从勺孔中珠子一般漏下，勺里面便显出雪白的头骨来。大家惊叫了一声；他便将头骨倒在金盘里。

"阿呀！我的大王呀！"王后、妃子、老臣，以至太监之类，都放声哭起来。但不久就陆续停止了，因为武士又捞起了一个同样的头骨。

他们泪眼模糊地四顾，只见武士们满脸油汗，还在打捞。此后捞出来的是一团糟的白头发和黑头发；还有几勺很短的东西，似乎是白胡须和黑胡须。此后又是一个头骨。此后是三支簪。

直到鼎里面只剩下清汤，才始住手；将捞出的物件分盛了三金盘：一盘头骨，一盘须发，一盘簪。

"咱们大王只有一个头。哪一个是咱们大王的呢？"第九个妃子焦急地问。

"是呵……"老臣们都面面相觑。

"如果皮肉没有煮烂，那就容易辨别了。"一个侏儒跪着说。

大家只得平心静气，去细看那头骨，但是黑白大小，都差不多，连那孩子的头，也无从分辨。王后说王的右额上有一个疤，是做太子时候跌伤的，怕骨上也有痕迹。果然，侏儒在一个头骨上发见了；大家正在欢喜的时候，另外的一个侏儒却又在较黄的头骨的右额上看出相仿的瘢痕来。

“我有法子。”第三个王妃得意地说，“咱们大王的龙准是很高的。”

太监们即刻动手研究鼻准骨，有一个确也似乎比较地高，但究竟相差无几；最可惜的是右额上却并无跌伤的瘢痕。

“况且，”老臣们向太监说，“大王的后枕骨是这么尖的么?”

“奴才们向来就没有留心看过大王的后枕骨……”

王后和妃子们也各自回想起来，有的说是尖的，有的说是平的。叫梳头太监来问的时候，却一句话也不说。

当夜便开了一个王公大臣会议，想决定哪一个是王的头，但结果还同白天一样。并且连须发也发生了问题。白的自然是王的，然而因为花白，所以黑的也很难处置。讨论了小半夜，只将几根红色的胡子选出；接着因为第九个王妃抗议，说她确曾看见王有几根通黄的胡子，现在怎能知道决没有一根红的呢。于是也只好重行归并，作为疑案了。

到后半夜，还是毫无结果，大家却居然一面打呵欠，一面继续讨论，直到第二次鸡鸣，这才决定了一个最慎重妥善的办法，是：只能将三个头骨都和王的身体放在金棺里落葬。

七天之后是落葬的日期，合城很热闹。城里的人民，远处的人民，都来瞻仰国王的“大出丧”。天一亮，道上已经挤满了男男女女；中间还夹着许多祭桌。待到上午，清道的骑士才缓辔而来。又过了不少工夫，才看见仪仗，什么旌旗、木棍、戈戟、弓弩、黄钺之类；此后是四辆鼓吹车。再后面是黄盖随着路的不平而起伏着，并且渐渐近来了，于是现出灵车，上载金棺，棺里面藏着三个头和一个身体。

百姓都跪下去，祭桌便一列一列地从人丛中出现。几个义民很忠愤，咽着泪，怕那两个大逆无道的逆贼的魂灵，此时也和王一同享受祭礼，然而也无法可施。

此后是王后和许多王妃的车。百姓看她们，她们也看百姓，但哭着。此后是大臣、太监、侏儒等辈，都装着哀戚的颜色。只是百姓已经不看他们，连行列也挤得乱七八遭，不成样子了。

一九二六年十月。

狗·猫·鼠

从去年起，仿佛听得有人说我是仇猫的。那根据自然是在我的那一篇《兔和猫》；这是自画招供，当然无话可说，——但倒也毫不介意。一到今年，我可很有点担心了。我是常不免于弄弄笔墨的，写了下来，印了出去，对于有些人似乎总是搔着痒处的时候少，碰着痛处的时候多。万一不谨，甚而至于得罪了名人或名教授，或者更甚而至于得罪了“负有指导青年责任的前辈”之流，可就危险已极。为什么呢？因为这些大脚色是“不好惹”的。怎地“不好惹”呢？就是怕要浑身发热之后，做一封信登在报纸上，广告道：“看哪！狗不是仇猫的么？鲁迅先生却自己承认是仇猫的，而他还说要打‘落水狗’！”这“逻辑”的奥义，即在用我的话，来证明我倒是狗，于是而凡有言说，全都根本推翻，即使我说二二得四，三三见九，也没有一字不错。这些既然都错，则绅士口头的二二得七，三三见千等等，自然竟不错了。

我于是就间或留心着查考它们成仇的“动机”。这也并非敢妄学现下的学者以动机来褒贬作品的那些时髦，不过想给自己预先洗刷洗刷。据我想，这在动物心理学家，是用不着费什么力气的，可惜我没有这学问。后来，在覃哈特博士（Dr. O. Dähnhardt）的《自然史底国民童话》里，总算发见了那原因了。据说，是这么一回事：动物们因为要商议要事，开了一个会议，鸟、鱼、兽都齐集了，单是缺了象。大家议定，派伙计去迎接他，拈到了当这差使的阄的就是狗。“我怎么找到那象呢，我没有见过它，也和它不认识。”它问。“那容易，”大众说，“它是驼背的。”狗去了，遇见一匹猫，立刻弓起脊梁来，它便招待，同行，将弓着脊梁的猫介绍给大家道：“象在这里。”但是大家都嗤笑它了。从此以后，狗和猫便成了仇家。

日耳曼人走出森林虽然还不很久，学术文艺却已经很可观，便是书籍的装潢，玩具的工致，也无不令人心爱。独有这一篇童话却实在不漂亮；结怨也结得没有意思。猫的弓起脊梁，并不是希图冒充，故意摆架子的，其咎却在狗的自己没眼力。然而原因也总可以算作一个原因。我的仇猫，是和这大大两样的。

其实人禽之辨，本不必这样严。在动物界，虽然并不如古人所幻想的那样舒适自由，可是噜苏做作的事总比人间少。它们适性任情，对就对，错就错，不说一句分辩话。虫蛆也许是不干净的，但它们并没有自鸣清高；鸷禽猛兽以较弱的动物为饵，不妨说是凶残的罢，但它们从来就没有竖过“公理”“正义”的旗子，使牺牲者直到被吃的时候为止，还是一味佩服赞叹它们。人呢，能直立了，自然是一大进步；能说话了，自然又是一大进步；能写字作文了，自然又是一大进步。然而也就堕落，因为那时也开始了说空话。说空话尚无不可，甚至于连自己也不知道说着违心之论，则对于只能嗥叫的动物，实在免不得“颜厚有忸怩”。假使真有一位一视同仁的造物主，高高在上，那么，对于人类的这些小聪明，也许倒以为多事，正如我们在万生园里，看见猴子翻筋斗，母象请安，虽然往往破颜一笑，但同时也觉得不舒服，甚至于感到悲哀，以为这些多馀的聪明，倒不如没有的好罢。然而，既经为人，便也只好“党同伐异”，学着人们的说话，随俗来谈一谈，——辩一辩了。

现在说起我仇猫的原因来，自己觉得是理由充足，而且光明正大的。一，它的性情就和别的猛兽不同，凡捕食雀鼠，总不肯一口咬死，定要尽情玩弄，放走，又捉住，捉住，又放走，直待自己玩厌了，这才吃下去，颇与人们的幸灾乐祸，慢慢地折磨弱者的坏脾气相同。二，它不是和狮子同族的么？可是有这么一副媚态！但这也许是限于天分之故罢，假使它的身材比现在大十倍，那就真不知道它所取的是怎么一种态度。然而，这些口实，仿佛又是现在提起笔来的时候添出来的，虽然也像是当时涌上心来的理由。要说得可靠一点，或者倒不如说不过因为它们配合时候的嗥叫，手续竟有这么繁重，闹得别人心烦，尤其是夜间要看书，睡觉的时候。当这些时候，我便要用长竹竿去攻击它们。狗们在大道上配合时，常有闲汉拿了木棍痛打；我曾见大勃吕该尔（P. Bruegel d. Ä）的一张铜版画Allegorieder Wollust上，也画着这回事，可见这样的举动，是中外古今一致的。自从那执拗的奥国学者弗罗特（S. Freud）提倡了精神分析说——Psychoanalysis，听说章士钊先生是译作“心解”的，虽然简古，可是实在难解得很——以来，我们的名人教授也颇有隐隐约约，检来应用的了，这些事便不免又要归宿到性欲上去。打狗的事我不管，至于我的打猫，却只因为它们嚷嚷，此外并无恶意，我自信我的嫉妒心还没有这么博大，当现下“动辄获咎”之秋，这是不可不预先声明的。例如人们当配合之前，也很有些手续，新的是写情书，少则一束，多则一捆；旧的是什么“问名”“纳采”，磕头作揖，去年海昌蒋氏在北京举行婚礼，拜来拜去，就十足拜了三天，还印有一本红面子的《婚礼节文》，《序论》里大发议论道：“平心论之，既名为礼，当必繁重。专图简易，何用礼为，……然则世之有志于礼者，可以兴矣！不可退居于礼所不下之庶人矣！”然而我毫不生气，这是因为无须我到场；因此也可见我的仇猫，理由实在简简单单，只为了它们在我的耳朵边尽嚷的缘故。人们的各种礼式，局外人可以不见不闻，我就满不管。但如果当我正要看书或睡觉的时候，有人来勒令朗诵情书，奉陪作揖，那是为自卫起见，还要用长竹竿来抵御的。还有，平素不大交往的人，忽而寄给我一个红帖子，上面印着“为舍妹出阁”，“小儿完姻”，“敬请观礼”或“阖第光临”这些含有“阴险的暗示”的句子，使我不化钱便总觉得有些过意不去的，我也不十分高兴。

但是，这都是近时的话。再一回忆，我的仇猫却远在能够说出这些理由之前，也许是还在十岁上下的时候了。至今还分明认得，那原因是极其简单的：只因为它吃老鼠。——吃了我饲养着的可爱的小小的隐鼠。

听说西洋是不很喜欢黑猫的，不知道可确；但 Edgar Allan Poe 的小说里的黑猫，却实在有点骇人。日本的猫善于成精，传说中的“猫婆”，那食人的惨酷确是更可怕。中国古时候虽然曾有“猫鬼”，近来却很少听到猫的兴妖作怪，似乎古法已经失传，老实起来了。只是我在童年，总觉得它有点妖气，没有什么好感。那是一个我的幼时的夏夜，我躺在一株大桂树下的小板桌上乘凉，祖母摇着芭蕉扇坐在桌旁，给我猜谜，讲故事。忽然，桂树上沙沙地有趾爪的爬搔声，一对闪闪的眼睛在暗中随声而下，使我吃惊，也将祖母讲着的话打断，另讲猫的故事了——

“你知道么，猫是老虎的先生。”她说。“小孩子怎么会知道呢，猫是老虎的师父。老虎本来是什么也不会的，就投到猫的门下来。猫就教给它扑的方法，捉的方法，吃的方法，像自己的捉老鼠一样。这些教完了；老虎想，本领都学到了，谁也比不过它了，只有老师的猫还比自己强，要是杀掉猫，自己便是最强的脚色了。它打定主意，就上前去扑猫。猫是早知道它的来意的，一跳，便上了树，老虎却只能眼睁睁地在树下蹲着。它还没有将一切本领传授完，还没有教给它上树。”

这是侥幸的，我想，幸而老虎很性急，否则从桂树上就会爬下一匹老虎来。然而究竟很怕人，我要进屋子里睡觉去了。夜色更加黯然；桂叶瑟瑟地作响，微风也吹动了，想来草席定已微凉，躺着也不至于烦得翻来覆去了。

几百年的老屋中的豆油灯的微光下，是老鼠跳梁的世界，飘忽地走着，吱吱地叫着，那态度往往比“名人名教授”还轩昂。猫是饲养着的，然而吃饭不管事。祖母她们虽然常恨鼠子啮破了箱柜，偷吃了东西，我却以为这也算不得什么大罪，也和我不相干，况且这类坏事大概是大个子的老鼠做的，决不能诬陷到我所爱的小鼠身上去。这类小鼠大抵在地上走动，只有拇指那么大，也不很畏惧人，我们那里叫它“隐鼠”，与专住在屋上的伟大者是两种。我的床前就帖着两张花纸，一是“八戒招赘”，满纸长嘴大耳，我以为不甚雅观；别的一张“老鼠成亲”却可爱，自新郎新妇以至傧相、宾客、执事，没有一个不是尖腮细腿，像煞读书人的，但穿的都是红衫绿裤。我想，能举办这样大仪式的，一定只有我所喜欢的那些隐鼠。现在是粗俗了，在路上遇见人类的迎娶仪式，也不过当作性交的广告看，不甚留心；但那时的想看“老鼠成亲”的仪式，却极其神往，即使像海昌蒋氏似的连拜三夜，怕也未必会看得心烦。正月十四的夜，是我不肯轻易便睡，等候它们的仪仗从床下出来的夜。然而仍然只看见几个光着身子的隐鼠在地面游行，不像正在办着喜事。直到我熬不住了，快快睡去，一睁眼却已经天明，到了灯节了。也许鼠族的婚仪，不但不分请帖，来收罗贺礼，虽是真的“观礼”，也绝对不欢迎的罢。我想，这是它们向来的习惯，无法抗议的。

老鼠的大敌其实并不是猫。春后，你听到它“咋！咋咋咋咋!”地叫着，大家称为“老鼠数铜钱”的，便知道它的可怕的屠伯已经光降了。这声音是表现绝望的惊恐的，虽然遇见猫，还不至于这样叫。猫自然也可怕，但老鼠只要窜进一个小洞去，它也就奈何不得，逃命的机会还很多。独有那可怕的屠伯——蛇，身体是细长的，圆径和鼠子差不多，凡鼠子能到的地方，它也能到，追逐的时间也格外长，而且万难幸免，当“数钱”的时候，大概是已经没有第二步的办法了。

有一回，我就听得一间空屋里有着这种“数钱”的声音，推门进去，一条蛇伏在横梁上，看地上，躺着一匹隐鼠，口角流血，但两胁还是一起一落的。取来给躺在一个纸盒子里，大半天，竟醒过来了，渐渐地能够饮食，行走，到第二日，似乎就复了原，但是不逃走。放在地上，也时时跑到人面前来，而且缘腿而上，一直爬到膝髁。给放在饭桌上，便捡吃些菜渣，舔舔碗沿；放在我的书桌上，则从容地游行，看见砚台便舔吃了研着的墨汁。这使我非常惊喜了。我听父亲说过的，中国有一种墨猴，只有拇指一般大，全身的毛是漆黑而且发亮的。它睡在笔筒里，一听到磨墨，便跳出来，等着，等到人写完字，套上笔，就舔尽了砚上的馀墨，仍旧跳进笔筒里去了。我就极愿意有这样的一个墨猴，可是得不到；问哪里有，哪里买的呢，谁也不知道。“慰情聊胜无”，这隐鼠总可以算是我的墨猴了罢，虽然它舔吃墨汁，并不一定肯等到我写完字。

现在已经记不分明，这样地大约有一两月；有一天，我忽然感到寂寞了，真所谓“若有所失”。我的隐鼠，是常在眼前游行的，或桌上，或地上。而这一日却大半天没有见，大家吃午饭了，也不见它走出来，平时，是一定出现的。我再等着，再等它一半天，然而仍然没有见。

长妈妈，一个一向带领着我的女工，也许是以为我等得太苦了罢，轻轻地来告诉我一句话。这即刻使我愤怒而且悲哀，决心和猫们为敌。她说：隐鼠是昨天晚上被猫吃去了！

当我失掉了所爱的，心中有着空虚时，我要充填以报仇的恶念！

我的报仇，就从家里饲养着的一匹花猫起手，逐渐推广，至于凡所遇见的诸猫。最先不过是追赶、袭击；后来却愈加巧妙了，能飞石击中它们的头，或诱入空屋里面，打得它垂头丧气。这作战继续得颇长久，此后似乎猫都不来近我了。但对于它们纵使怎样战胜，大约也算不得一个英雄；况且中国毕生和猫打仗的人也未必多，所以一切韬略，战绩，还是全都省略了罢。

但许多天之后，也许是已经经过了大半年，我竟偶然得到一个意外的消息：那隐鼠其实并非被猫所害，倒是它缘着长妈妈的腿要爬上去，被她一脚踏死了。

这确是先前所没有料想到的。现在我已经记不清当时是怎样一个感想，但和猫的感情却终于没有融和；到了北京，还因为它伤害了兔的儿女们，便旧隙夹新嫌，使出更辣的辣手。"仇猫"的话柄，也从此传扬开来。然而在现在，这些早已是过去的事了，我已经改变态度，对猫颇为客气，倘其万不得已，则赶走而已，决不打伤它们，更何况杀害。这是我近几年的进步。经验既多，一旦大悟，知道猫的偷鱼肉，拖小鸡，深夜大叫，人们自然十之九是憎恶的，而这憎恶是在猫身上。假如我出而为人们驱除这憎恶，打伤或杀害了它，它便立刻变为可怜，那憎恶倒移在我身上了。所以，目下的办法，是凡遇猫们捣乱，至于有人讨厌时，我便站出去，在门口大声叱曰："嘘！滚——"小小平静，即回书房，这样，就长保着御侮保家的资格。其实这方法，中国的官兵就常在实做的，他们总不肯扫清土匪或扑灭敌人，因为这么一来，就要不被重视，甚至于因失其用处而被裁汰。我想，如果能将这方法推广应用，我大概也总可望成为所谓“指导青年”的“前辈”的罢，但现下也还未决心实践，正在研究而且推敲。

一九二六年二月二十一日。

无 常

迎神赛会这一天出巡的神，如果是掌握生杀之权的，——不，这生杀之权四个字不大妥，凡是神，在中国仿佛都有些随意杀人的权柄似的，倒不如说是职掌人民的生死大事的罢，就如城隍和东岳大帝之类。那么，他的卤簿中间就另有一群特别的脚色：鬼卒、鬼王，还有活无常。

这些鬼物们，大概都是由粗人和乡下人扮演的。鬼卒和鬼王是红红绿绿的衣裳，赤着脚；蓝脸，上面又画些鱼鳞，也许是龙鳞或别的什么鳞罢，我不大清楚。鬼卒拿着钢叉，叉环振得琅琅地响，鬼王拿的是一块小小的虎头牌。据传说，鬼王是只用一只脚走路的；但他究竟是乡下人，虽然脸上已经画上些鱼鳞或者别的什么鳞，却仍然只得用了两只脚走路。所以看客对于他们不很敬畏，也不大留心，除了念佛老妪和她的孙子们为面面圆到起见，也照例给他们一个“不胜屏营待命之至”的仪节。

至于我们——我相信：我和许多人——所最愿意看的，却在活无常。他不但活泼而诙谐，单是那浑身雪白这一点在红红绿绿中就有“鹤立鸡群”之概。只要望见一顶白纸的高帽子和他手里的破芭蕉扇的影子，大家就都有些紧张，而且高兴起来了。

人民之于鬼物，唯独与他最为稔熟，也最为亲密，平时也常常可以遇见他。譬如城隍庙或东岳庙中，大殿后面就有一间暗室，叫作“阴司间”，在才可辨色的昏暗中，塑着各种鬼：吊死鬼、跌死鬼、虎伤鬼、科场鬼，……而一进门口所看见的长而白的东西就是他。我虽然也曾瞻仰过一回这“阴司间”，但那时胆子小，没有看明白。听说他一手还拿着铁索，因为他是勾摄生魂的使者。相传樊江东岳庙的“阴司间”的构造，本来是极其特别的：门口是一块活板，人一进门，踏着活板的这一端，塑在那一端的他便扑过来，铁索正套在你脖子上。后来吓死了一个人，钉实了，所以在我幼小的时候，这就已不能动。

倘使要看个分明，那么，《玉历钞传》上就画着他的像，不过《玉历钞传》也有繁简不同的本子的，倘是繁本，就一定有。身上穿的是斩衰凶服，腰间束的是草绳，脚穿草鞋，项挂纸锭；手上是破芭蕉扇、铁索、算盘；肩膀是耸起来，头发却披下来；眉眼的外梢都向下，像一个“八字”。头上一顶长方帽，下大顶小，按比例一算，该有二尺来高罢；在正面，就是遗老遗少们所戴瓜皮小帽的缀一粒珠子或一块宝石的地方，直写着四个字道：“一见有喜”。有一种本子上，却写的是“你也来了”。这四个字，是有时也见于包公殿的匾额上的。至于他的帽上是何人所写，他自己还是阎罗王，我可没有研究出。

《玉历钞传》上还有一种和活无常相对的鬼物，装束也相仿，叫作“死有分”。这在迎神时候也有的，但名称却讹作死无常了，黑脸黑衣，谁也不爱看。在“阴司间”里也有的，胸口靠着墙壁，阴森森地站着；那才真真是“碰壁”。凡有进去烧香的人们，必须摩一摩他的脊梁，据说可以摆脱了晦气；我小时也曾摩过这脊梁来，然而晦气似乎终于没有脱，——也许那时不摩，现在的晦气还要重罢，这一节也还是没有研究出。

我也没有研究过小乘佛教的经典，但据耳食之谈，则在印度的佛经里，焰摩天是有的，牛首阿旁也有的，都在地狱里做主任。至于勾摄生魂的使者的这无常先生，却似乎于古无征，耳所习闻的只有什么“人生无常”之类的话。大概这意思传到中国之后，人们便将他具象化了。这实在是我们中国人的创作。

然而人们一见他，为什么就都有些紧张，而且高兴起来呢？

凡有一处地方，如果出了文士学者或名流，他将笔头一扭，就很容易变成“模范县”。我的故乡，在汉末虽曾经虞仲翔先生揄扬过，但是那究竟太早了，后来到底免不了产生所谓“绍兴师爷”，不过也并非男女老小全是“绍兴师爷”，别的“下等人”也不少。这些“下等人”，要他们发什么“我们现在走的是一条狭窄险阻的小路，左面是一个广漠无际的泥潭，右面也是一片广漠无际的浮砂，前面是遥遥茫茫荫在薄雾的里面的目的地”那样热昏似的妙语，是办不到的，可是在无意中，看得往这“荫在薄雾的里面的目的地”的道路很明白：求婚，结婚，养孩子，死亡。但这自然是专就我的故乡而言，若是

“模范县”里的人民，那当然又作别论。他们——敝同乡“下等人”——的许多，活着，苦着，被流言，被反噬，因了积久的经验，知道阳间维持“公理”的只有一个会，而且这会的本身就是“遥遥茫茫”，于是乎势不得不发生对于阴间的神往。人是大抵自以为衔些冤抑的；活的“正人君子”们只能骗鸟，若问愚民，他就可以不假思索地回答你：公正的裁判是在阴间！

想到生的乐趣，生固然可以留恋；但想到生的苦趣，无常也不一定是惑客。无论贵贱，无论贫富，其时都是“一双空手见阎王”有冤的得申，有罪的就得罚。然而虽说是“下等人”，也何尝没有反省，自己做了一世人，又怎么样呢？未曾“跳到半天空”么？没有“放冷箭”么？无常的手里就拿着大算盘，你摆尽臭架子也无益。对付别人要滴水不羼的公理，对自己总还不如虽在阴司里也能够寻到一点私情。然而那又究竟是阴间，阎罗天子，牛首阿旁，还有中国人自己想出来的马面，都是并不兼差，真正主持公理的脚色，虽然他们并没有在报上发表过什么大文章。当还未做鬼之前，有时先不欺心的人们，遥想着将来，就又不能不想在整块的公理中，来寻一点情面的末屑，这时候，我们的活无常先生便见得可亲爱了，利中取大，害中取小，我们的古哲墨翟先生谓之“小取”云。

在庙里泥塑的，在书上墨印的模样上，是看不出他那可爱来的。最好是去看戏。但看普通的戏也不行，必须看“大戏”或者“目连戏”。“目连戏”的热闹，张岱在《陶庵梦忆》上也曾夸张过，说是要连演两三天。在我幼小时候可已经不然了，也如“大戏”一样，始于黄昏，到次日的天明便完结。这都是敬神禳灾的演剧，全本里一定有一个恶人，次日的将近天明便是这恶人的收场的时候，“恶贯满盈”，阎王出票来勾摄了，于是乎这活的活无常便在戏台上出现。

我还记得自己坐在这一种戏台下的船上的情形，看客的心情和普通是两样的。平常愈夜深愈懒散，这时却愈起劲。他所戴的纸糊的高帽子，本来是挂在台角上的，这时预先拿进去了；一种特别乐器，也准备使劲地吹。这乐器好像喇叭，细而长，可有七八尺，大约是鬼物所爱听的罢，和鬼无关的时候就不用；吹起来，nhatu，nhatu. nhatututuu 地响，所以我们叫它“目连嗐头”。

在许多人期待着恶人的没落的凝望中，他出来了，服饰比画上还简单，不拿铁索，也不带算盘，就是雪白的一条莽汉，粉面朱唇，眉黑如漆，蹙着，不知道是在笑还是在哭。但他一出台就须打一百零八个嚏，同时也放一百零八个屁，这才自述他的履历。可惜我记不清楚了，其中有一段大概是这样：——

…………

大王出了牌票，叫我去拿隔壁的癞子。

问了起来呢，原来是我堂房的阿侄。

生的是什么病？伤寒，还带痢疾。

看的是什么郎中？下方桥的陈念义 la 儿子。

开的是怎样的药方？附子，肉桂，外加牛膝。

第一煎吃下去，冷汗发出；

第二煎吃下去，两脚笔直。

我道 nga 阿嫂哭得悲伤，暂放他还阳半刻。

大王道我是得钱买放，就将我捆打四十！

这叙述里的“子”字都读作入声。陈念义是越中的名医，俞仲华曾将他写入《荡寇志》里，拟为神仙；可是一到他的令郎，似乎便不大高明了。la 者“的”也；“儿”读若“倪”，倒是古音罢；nga 者，“我的”或“我们的”之意也。

他口里的阎罗天子仿佛也不大高明，竟会误解他的人格，——不，鬼格。但连“还阳半刻”都知道，究竟还不失其“聪明正直之谓神”。不过这惩罚，却给了我们的活无常以不可磨灭的冤苦的印象，一提起，就使他更加蹙紧双眉，捏定芭蕉扇，脸向着地，鸭子浮水似的跳舞起来。

Nhatu，nhatu，nhatu-nhatu-nhatututuu！目连嗐头也冤苦不堪似的吹着。

他因此决定了：——

难是弗放者个！

那怕你，铜墙铁壁！

那怕你，皇亲国戚！

…………

“难”者，“今”也；“者个”者“的了”之意，词之决也。“虽有忮心，不怨飘瓦”，他现在毫不留情了，然而这是受了阎罗老子的督责之故，不得已也。一切鬼众中，就是他有点人情；我们不变鬼则已，如果要变鬼，自然就只有他可以比较的相亲近。

我至今还确凿记得，在故乡时候，和“下等人”一同，常常这样高兴地正视过这鬼而人，理而情，可怖而可爱的无常；而且欣赏他脸上的哭或笑，口头的硬语与谐谈……

迎神时候的无常，可和演剧上的又有些不同了。他只有动作，没有言语，跟定了一个捧着一盘饭菜的小丑似的脚色走，他要去吃；他却不给他。另外还加添了两名脚色，就是“正人君子”之所谓“老婆儿女”。凡“下等人”，都有一种通病：常喜欢以己之所欲，施之于人。虽是对于鬼，也不肯给他孤寂，凡有鬼神，大概总要给他们一对一对地配起来。无常也不在例外。所以，一个是漂亮的女人，只是很有些村妇样，大家都称她无常嫂；这样看来，无常是和我们平辈的，无怪他不摆教授先生的架子。一个是小孩子，小高帽，小白衣；虽然小，两肩却已经耸起了，眉目的外梢也向下。这分明是无常少爷了，大家却叫他阿领，对于他似乎都不很表敬意；猜起来，仿佛是无常嫂的前夫之子似的。但不知何以相貌又和无常有这么像？吁！鬼神之事，难言之矣，只得姑且置之弗论。至于无常何以没有亲儿女，到今年可很容易解释了；鬼神能前知，他怕儿女一多，爱说闲话的就要旁敲侧击地锻成他拿卢布，所以不但研究，还早已实行了“节育”了。

这捧着饭菜的一幕，就是“送无常”。因为他是勾魂使者，所以民间凡有一个人死掉之后，就得用酒饭恭送他。至于不给他吃，那是赛会时候的开玩笑，实际上并不然。但是，和无常开玩笑，是大家都有此意的，因为他爽直，爱发议论，有人情，——要寻真实的朋友，倒还是他妥当。

有人说，他是生人走阴，就是原是人，梦中却入冥去当差的，所以很有些人情。我还记得住在离我家不远的小屋子里的一个男人，便自称是“走无常”，门外常常燃着香烛。但我看他脸上的鬼气反而多。莫非入冥做了鬼，倒会增加人气的么？吁！鬼神之事，难言之矣，这也只得姑且置之弗论了。

（一九二六年）六月二十三日。

范爱农

在东京的客店里，我们大抵一起来就看报。学生所看的多是《朝日新闻》和《读卖新闻》，专爱打听社会上琐事的就看《二六新闻》。一天早晨，辟头就看见一条从中国来的电报，大概是：——

"安徽巡抚恩铭被 Jo Shiki Rin 刺杀，刺客就擒。"

大家一怔之后，便容光焕发地互相告语，并且研究这刺客是谁，汉字是怎么三个字。但只要是绍兴人，又不专看教科书的，却早已明白了。这是徐锡麟。他留学回国之后，在做安徽候补道，办着巡警事务，正合于刺杀巡抚的地位。

大家接着就预测他将被极刑，家族将被连累。不久，秋瑾姑娘在绍兴被杀的消息也传来了，徐锡麟是被挖了心，给恩铭的亲兵炒食净尽。人心很愤怒。有几个人便秘密地开一个会，筹集川资；这时用得着日本浪人了，撕乌贼鱼下酒，慷慨一通之后，他便登程去接徐伯荪的家属去。

照例还有一个同乡会，吊烈士，骂满洲；此后便有人主张打电报到北京，痛斥满政府的无人道。会众即刻分成两派：一派要发电，一派不要发。我是主张发电的，但当我说出之后，即有一种钝滞的声音跟着起来：——

“杀的杀掉了，死的死掉了，还发什么屁电报呢。”

这是一个高大身材，长头发，眼球白多黑少的人，看人总像在渺视。他蹲在席子上，我发言大抵就反对；我早觉得奇怪，注意着他的了，到这时才打听别人：说这话的是谁呢，有那么冷？认识的人告诉我说：他叫范爱农，是徐伯荪的学生。

我非常愤怒了，觉得他简直不是人，自己的先生被杀了，连打一个电报还害怕，于是便坚执地主张要发电，同他争起来。结果是主张发电的居多数，他屈服了。其次要推出人来拟电稿。

“何必推举呢？自然是主张发电的人啰——”他说。

我觉得他的话又在针对我，无理倒也并非无理的。但我便主张这一篇悲壮的文章必须深知烈士生平的人做，因为他比别人关系更密切，心里更悲愤，做出来就一定更动人。于是又争起来。结果是他不做，我也不做，不知谁承认做去了；其次是大家走散，只留下一个拟稿的和一两个干事，等候做好之后去拍发。

从此我总觉得这范爱农离奇，而且很可恶。天下可恶的人，当初以为是满人，这时才知道还在其次；第一倒是范爱农。中国不革命则已，要革命，首先就必须将范爱农除去。

然而这意见后来似乎逐渐淡薄，到底忘却了，我们从此也没有再见面。直到革命的前一年，我在故乡做教员，大概是春末时候罢，忽然在熟人的客座上看见了一个人，互相熟视了不过两三秒钟，我们便同时说：——

“哦哦，你是范爱农！”

“哦哦，你是鲁迅！”

不知怎地我们便都笑了起来，是互相的嘲笑和悲哀。他眼睛还是那样，然而奇怪，只这几年，头上却有了白发了，但也许本来就有，我先前没有留心到。他穿着很旧的布马褂，破布鞋，显得很寒素。谈起自己的经历来，他说他后来没有了学费，不能再留学，便回来了。回到故乡之后，又受着轻蔑，排斥，迫害，几乎无地可容。现在是躲在乡下，教着几个小学生糊口。但因为有时觉得很气闷，所以也趁了航船进城来。

他又告诉我现在爱喝酒，于是我们便喝酒。从此他每一进城，必定来访我，非常相熟了。我们醉后常谈些愚不可及的疯话，连母亲偶然听到了也发笑。一天，我忽而记起在东京开同乡会时的旧事，便问他：——

“那一天你专门反对我，而且故意似的，究竟是什么缘故呢？”

“你还不知道？我一向就讨厌你的，——不但我，我们。”

“你那时之前，早知道我是谁么？”

“怎么不知道。我们到横滨，来接的不就是子英和你么？你看不起我们，摇摇头，你自己还记得么？”

我略略一想，记得的，虽然是七八年前的事。那时是子英来约我的，说到横滨去接新来留学的同乡。汽船一到，看见一大堆，大概一共有十多人，一上岸便将行李放到税关上去候查检，关吏在衣箱中翻来翻去，忽然翻出一双绣花的弓鞋来，便放下公事，拿着仔细地看。我很不满，心里想，这些鸟男人，怎么带这东西来呢。自己不注意，那时也许就摇了摇头。检验完毕，在客店小坐之后，即须上火车。不料这一群读书人又在客车上让起座位来了，甲要乙坐在这位上，乙要丙去坐，揖让未终，火车已开，车身一摇，即刻跌倒了三四个。我那时也很不满，暗地里想：连火车上的座位，他们也要分出尊卑来……自己不注意，也许又摇了摇头。然而那群雍容揖让的人物中就有范爱农，却直到这一天才想到。岂但他呢，说起来也惭愧，这一群里，还有后来在安徽战死的陈伯平烈士；被害的马宗汉烈士；被囚在黑狱里，到革命后才见天日而身上永带着匪刑的伤痕的也还有一两人。而我都茫无所知，摇着头将他们一并运上东京了。徐伯荪虽然和他们同船来，却不在这车上，因为他在神户就和他的夫人坐车走了陆路了。

我想我那时摇头大约有两回，他们看见的不知道是哪一回。让坐时喧闹，检查时幽静，一定是在税关上的那一回了，试问爱农，果然是的。

“我真不懂你们带这东西做什么？是谁的？”

“还不是我们师母的？”他瞪着他多白的眼。

“到东京就要假装大脚，又何必带这东西呢？”

“谁知道呢？你问她去。”

到冬初，我们的景况更拮据了，然而还喝酒，讲笑话。忽然是武昌起义，接着是绍兴光复。第二天爱农就上城来，戴着农夫常用的毡帽，那笑容是从来没有过的。

“老迅，我们今天不喝酒了。我要去看看光复的绍兴。我们同去。”

我们便到街上去走了一通，满眼是白旗。然而貌虽如此，内骨子是依旧的，因为还是几个旧乡绅所组织的军政府，什么铁路股东是行政司长，钱店掌柜是军械司长……这军政府也到底不长久，几个少年一嚷，王金发带兵从杭州进来了，但即使不嚷或者也会来。他进来以后，也就被许多闲汉和新进的革命党所包围，大做王都督。在衙门里的人物，穿布衣来的，不上十天也大概换上皮袍子了，天气还并不冷。

我被摆在师范学校校长的饭碗旁边，王都督给了我校款二百元。爱农做监学，还是那件布袍子，但不大喝酒，也很少有工夫谈闲天。他办事，兼教书，实在勤快得可以。

“情形还是不行，王金发他们。”一个去年听过我的讲义的少年来访问我，慷慨地说，“我们要办一种报来监督他们。不过发起人要借用先生的名字。还有一个是子英先生，一个是德清先生。为社会，我们知道你决不推却的。”

我答应他了。两天后便看见出报的传单，发起人诚然是三个。五天后便见报，开首便骂军政府和那里面的人员；此后是骂都督，都督的亲戚、同乡、姨太太……

这样地骂了十多天，就有一种消息传到我的家里来，说都督因为你们诈取了他的钱，还骂他，要派人用手枪来打死你们了。

别人倒还不打紧，第一个着急的是我的母亲，叮嘱我不要再出去。但我还是照常走，并且说明，王金发是不来打死我们的，他虽然绿林大学出身，而杀人却不很轻易。况且我拿的是校款，这一点他还能明白的，不过说说罢了。

果然没有来杀。写信去要经费，又取了二百元。但仿佛有些怒意，同时传令道：再来要，没有了！

不过爱农得到了一种新消息，却使我很为难。原来所谓“诈取”者，并非指学校经费而言，是指另有送给报馆的一笔款。报纸上骂了几天之后，王金发便叫人送去了五百元。于是乎我们的少年们便开起会议来，第一个问题是：收不收？决议曰：收。第二个问题是：收了之后骂不骂？决议曰：骂。理由是：收钱之后，他是股东；股东不好，自然要骂。

我即刻到报馆去问这事的真假。都是真的。略说了几句不该收他钱的话，一个名为会计的便不高兴了，质问我道：——

“报馆为什么不收股本？”

“这不是股本……”

“不是股本是什么？”

我就不再说下去了，这一点世故是早已知道的，倘我再说出连累我们的话来，他就会面斥我太爱惜不值钱的生命，不肯为社会牺牲，或者明天在报上就可以看见我怎么怕死发抖的记载。

然而事情很凑巧，季茀写信来催我往南京了。爱农也很赞成，但颇凄凉，说：——

“这里又是那样，住不得。你快去罢……”

我懂得他无声的话，决计往南京。先到都督府去辞职，自然照准，派来了一个拖鼻涕的接收员，我交出账目和馀款一角又两铜元，不是校长了。后任是孔教会会长傅力臣。

报馆案是我到南京后两三个星期了结的，被一群兵们捣毁。子英在乡下，没有事；德清适值在城里，大腿上被刺了一尖刀。他大怒了。自然，这是很有些痛的，怪他不得。他大怒之后，脱下衣服，照了一张照片，以显示一寸来宽的刀伤，并且做一篇文章叙述情形，向各处分送，宣传军政府的横暴。我想，这种照片现在是大约未必还有人收藏着了，尺寸太小，刀伤缩小到几乎等于无，如果不加说明，看见的人一定以为是带些疯气的风流人物的裸体照片，倘遇见孙传芳大帅，还怕要被禁止的。

我从南京移到北京的时候，爱农的学监也被孔教会会长的校长设法去掉了。他又成了革命前的爱农。我想为他在北京寻一点小事做，这是他非常希望的，然而没有机会。他后来便到一个熟人的家里去寄食，也时时给我信，景况愈困穷，言辞也愈凄苦。终于又非走出这熟人的家不可，便在各处飘浮。不久，忽然从同乡那里得到一个消息，说他已经掉在水里，淹死了。

我疑心他是自杀。因为他是浮水的好手，不容易淹死的。

夜间独坐在会馆里，十分悲凉，又疑心这消息并不确，但无端又觉得这是极其可靠的，虽然并无证据。一点法子都没有，只做了四首诗，后来曾在一种日报上发表，现在是将要忘记完了。只记得一首里的六句，起首四句是："把酒论天下，先生小酒人，大圜犹酩酊，微醉合沉沦。"中间忘掉两句，末了是"旧朋云散尽，余亦等轻尘"。

后来我回故乡去，才知道一些较为详细的事。爱农先是什么事也没得做，因为大家讨厌他。他很困难，但还喝酒，是朋友请他的。他已经很少和人们来往，常见的只剩下几个后来认识的较为年青的人了，然而他们似乎也不愿意多听他的牢骚，以为不如讲笑话有趣。

“也许明天就收到一个电报，拆开来一看，是鲁迅来叫我的。”他时常这样说。

一天，几个新的朋友约他坐船去看戏，回来已过夜半，又是大风雨，他醉着，却偏要到船舷上去小解。大家劝阻他，也不听，自己说是不会掉下去的。但他掉下去了，虽然能浮水，却从此不起来。

第二天打捞尸体，是在菱荡里找到的，直立着。

我至今不明白他究竟是失足还是自杀。

他死后一无所有，遗下一个幼女和他的夫人。有几个人想集一点钱作他女孩将来的学费的基金，因为一经提议，即有族人来争这笔款的保管权，——其实还没有这笔款，大家觉得无聊，便无形消散了。

现在不知他唯一的女儿景况如何？倘在上学，中校已该毕业了罢。

（一九二六年）十一月十八日。

狂人日记

某君昆仲。今隐其名，皆余昔日在中学校时良友；分隔多年，消息渐阙。日前偶闻其一大病；适归故乡，迂道往访，则仅晤一人，言病者其弟也。劳君远道来视，然已早愈，赴某地候补矣。因大笑，出示日记二册，谓可见当日病状，不妨献诸旧友。持归阅一过，知所患盖“迫害狂”之类。语颇错杂无伦次，又多荒唐之言；亦不著月日，唯墨色字体不一，知非一时所书。间亦有略具联络者，今撮录一篇，以供医家研究。记中语误，一字不易；唯人名虽皆村人，不为世间所知，无关大体，然亦悉易去。至于书名，则本人愈后所题，不复改也。七年四月二日识。

一

今天晚上，很好的月光。

我不见他，已是三十多年；今天见了，精神分外爽快。才知道以前的三十多年，全是发昏；然而须十分小心。不然，那赵家的狗，何以看我两眼呢？

我怕得有理。

二

今天全没月光，我知道不妙。早上小心出门，赵贵翁的眼色便怪：似乎怕我，似乎想害我。还有七八个人，交头接耳的议论我。又怕我看见。一路上的人，都是如此。其中最凶的一个人，张着嘴，对我笑了一笑；我便从头直冷到脚跟，晓得他们布置，都已妥当了。

我可不怕，仍旧走我的路。前面一伙小孩子，也在那里议论我；眼色也同赵贵翁一样，脸色也都铁青。我想我同小孩子有什么仇，他也这样。忍不住大声说，"你告诉我！"他们可就跑了。

我想：我同赵贵翁有什么仇，同路上的人又有什么仇；只有廿年以前，把古久先生的陈年流水簿子，踹了一脚，古久先生很不高兴。赵贵翁虽然不认识他，一定也听到风声，代抱不平；约定路上的人，同我作冤对。但是小孩子呢？那时候，他们还没有出世，何以今天也睁着怪眼睛，似乎怕我，似乎想害我。这真教我怕，教我纳罕而且伤心。

我明白了。这是他们娘老子教的！

三

晚上总是睡不着。凡事须得研究，才会明白。

他们——也有给知县打枷过的，也有给绅士掌过嘴的，也有衙役占了他妻子的，也有老子娘被债主逼死的；他们那时候的脸色，全没有昨天这么怕，也没有这么凶。

最奇怪的是昨天街上的那个女人，打他儿子，嘴里说道，“老子呀！我要咬你几口才出气!”他眼睛却看着我。我出了一惊，遮掩不住；那青面獠牙的一伙人，便都哄笑起来。陈老五赶上前，硬把我拖回家中了。

拖我回家。家里的人都装作不认识我；他们的眼色，也全同别人一样。进了书房，便反扣上门，宛然是关了一只鸡鸭。这一件事，越教我猜不出底细。

前几天，狼子村的佃户来告荒，对我大哥说，他们村里的一个大恶人，给大家打死了；几个人便挖出他的心肝来，用油煎炒了吃，可以壮壮胆子。我插了一句嘴，佃户和大哥便都看我几眼。今天才晓得他们的眼光，全同外面的那伙人一模一样。

想起来，我从顶上直冷到脚跟。

他们会吃人，就未必不会吃我。

你看那女人“咬你几口”的话，和一伙青面獠牙人的笑，和前天佃户的话，明明是暗号。我看出他话中全是毒，笑中全是刀，他们的牙齿，全是白厉厉的排着，这就是吃人的家伙。

照我自己想，虽然不是恶人，自从踹了古家的簿子，可就难说了。他们似乎别有心思，我全猜不出。况且他们一翻脸，便说人是恶人。我还记得大哥教我做论，无论怎样好人，翻他几句，他便打上几个圈；原谅坏人几句，他便说，“翻天妙手，与众不同。”我哪里猜得到他们的心思，究竟怎样；况且是要吃的时候。

凡事总须研究，才会明白。古来时常吃人，我也还记得，可是不甚清楚。我翻开历史一查，这历史没有年代，歪歪斜斜的每页上都写着“仁义道德”几个字。我横竖睡不着，仔细看了半夜，才从字缝里看出字来，满本都写着两个字是“吃人”!

书上写着这许多字，佃户说了这许多话，却都笑吟吟地睁着怪眼睛看我。

我也是人，他们想要吃我了！

四

早上，我静坐了一会。陈老五送进饭来，一碗菜，一碗蒸鱼；这鱼的眼睛，白而且硬，张着嘴，同那一伙想吃人的人一样。吃了几筷，滑溜溜的不知是鱼是人，便把他兜肚连肠的吐出。

我说，“老五，对大哥说，我闷得慌，想到园里走走。”老五不答应，走了，停一会，可就来开了门。

我也不动，研究他们如何摆布我；知道他们一定不肯放松。果然！我大哥引了一个老头子，慢慢走来；他满眼凶光，怕我看出，只是低头向着地，从眼镜横边暗暗看我。大哥说，“今天你仿佛很好。”我说，“是的。”大哥说，“今天请何先生来，给你诊一诊。”我说，“可以！”其实我岂不知道这老头子是刽子手扮的！无非借了看脉这名目，揣一揣肥瘠：因这功劳，也分一片肉吃。我也不怕，虽然不吃人，胆子却比他们还壮。伸出两个拳头，看他如何下手。老头子坐着，闭了眼睛，摸了好一会，呆了好一会；便张开他鬼眼睛说，“不要乱想。静静地养几天，就好了。”

不要乱想，静静地养！养肥了，他们是自然可以多吃；我有什么好处，怎么会“好了”？他们这群人，又想吃人，又是鬼鬼祟祟，想法子遮掩，不敢直捷下手，真要令我笑死。我忍不住，便放声大笑起来，十分快活。自己晓得这笑声里面，有的是义勇和正气。老头子和大哥，都失了色，被我这勇气正气镇压住了。

但是我有勇气，他们便越想吃我，沾光一点这勇气。老头子跨出门，走不多远，便低声对大哥说道，“赶紧吃罢！”大哥点点头。原来也有你！这一件大发见，虽似意外，也在意中：合伙吃我的人，便是我的哥哥！

吃人的是我哥哥！

我是吃人的人的兄弟！

我自己被人吃了，可仍然是吃人的人的兄弟！

五

这几天是退一步想：假使那老头子不是刽子手扮的，真是医生，也仍然是吃人的人。他们的祖师李时珍做的“本草什么”上，明明写着人肉可以煎吃；他还能说自己不吃人么？

至于我家大哥，也毫不冤枉他。他对我讲书的时候，亲口说过可以“易子而食”；又一回偶然议论起一个不好的，他便说不但该杀，还当“食肉寝皮”。我那时年纪还小，心跳了好半天。前天狼子村佃户来说吃心肝的事，他也毫不奇怪，不住地点头。可见心思是同从前一样狠。既然可以“易子而食”，便什么都易得，什么人都吃得。我从前单听他讲道理，也胡涂过去；现在晓得他讲道理的时候，不但唇边还抹着人油，而且心里满装着吃人的意思。

六

黑漆漆的，不知是日是夜。赵家的狗又叫起来了。

狮子似的凶心，兔子的怯弱，狐狸的狡猾……

七

我晓得他们的方法，直捷杀了，是不肯的，而且也不敢，怕有祸祟。所以他们大家连络，布满了罗网，逼我自戕。试看前几天街上男女的样子，和这几天我大哥的作为，便足可悟出八九分了。最好是解下腰带，挂在梁上，自己紧紧勒死；他们没有杀人的罪名，又偿了心愿，自然都欢天喜地地发出一种呜呜咽咽的笑声。否则惊吓忧愁死了，虽则略瘦，也还可以首肯几下。

他们是只会吃死肉的！——记得什么书上说，有一种东西，叫“海乙那”的，眼光和样子都很难看；时常吃死肉，连极大的骨头，都细细嚼烂，咽下肚子去，想起来也教人害怕。“海乙那”是狼的亲眷，狼是狗的本家。前天赵家的狗，看我几眼，可见它也同谋，早已接洽。老头子眼看着地，岂能瞒得我过。

最可怜的是我的大哥，他也是人，何以毫不害怕；而且合伙吃我呢？还是历来惯了，不以为非呢？还是丧了良心，明知故犯呢？

我诅咒吃人的人，先从他起头，要劝转吃人的人，也先从他下手。

八

其实这种道理，到了现在，他们也该早已懂得……

忽然来了一个人；年纪不过二十左右，相貌是不很看得清楚，满面笑容，对了我点头；他的笑也不像真笑。我便问他，“吃人的事，对么？”他仍然笑着说，“不是荒年，怎么会吃人。”我立刻就晓得，他也是一伙，喜欢吃人的；便自勇气百倍，偏要问他。

“对么？”

“这等事问他甚么。你真会……说笑话。……今天天气很好。”

天气是好，月色也很亮了。可是我要问你，“对么？”

他不以为然了。含含胡胡地答道，“不……”

“不对？他们何以竟吃？！”

“没有的事……”

“没有的事？狼子村现吃；还有书上都写着，通红崭新！”

他便变了脸，铁一般青。睁着眼说，“也许有的，这是从来如此……”

“从来如此，便对么？”

“我不同你讲这些道理；总之你不该说，你说便是你错！”

我直跳起来，张开眼，这人便不见了。全身出了一大片汗。他的年纪，比我大哥小得远，居然也是一伙；这一定是他娘老子先教的。还怕已经教给他儿子了；所以连小孩子，也都恶狠狠地看我。

九

自己想吃人，又怕被别人吃了，都用着疑心极深的眼光，面面相觑……

去了这心思，放心做事，走路，吃饭，睡觉，何等舒服。这只是一条门槛，一个关头。他们可是父子、兄弟、夫妇、朋友、师生、仇敌和各不相识的人，都结成一伙，互相劝勉，互相牵掣，死也不肯跨过这一步。

十

大清早，去寻我大哥；他立在堂门外看天，我便走到他背后，拦住门，格外沉静，格外和气地对他说：

“大哥，我有话告诉你。”

“你说就是。”他赶紧回过脸来，点点头。

“我只有几句话，可是说不出来。大哥，大约当初野蛮的人，都吃过一点人。后来因为心思不同，有的不吃人了，一味要好，便变了人，变了真的人。有的却还吃——也同虫子一样，有的变了鱼鸟猴子，一直变到人。有的不要好，至今还是虫子。这吃人的人比不吃人的人，何等惭愧。怕比虫子的惭愧猴子，还差得很远很远。

“易牙蒸了他儿子，给桀纣吃，还是一直从前的事。谁晓得从盘古开辟天地以后，一直吃到易牙的儿子；从易牙的儿子，一直吃到徐锡林；从徐锡林，又一直吃到狼子村捉住的人。去年城里杀了犯人，还有个生痨病的人，用馒头蘸血舐。

“他们要吃我，你一个人，原也无法可想；然而又何必去入伙。吃人的人，什么事做不出；他们会吃我，也会吃你，一伙里面，也会自吃。但只要转一步，只要立刻改了，也就人人太平。虽然从来如此，我们今天也可以格外要好，说是不能！大哥，我相信你能说，前天佃户要减租，你说过不能。”

当初，他还只是冷笑，随后眼光便凶狠起来，一到说破他们的隐情，那就满脸都变成青色了。大门外立着一伙人，赵贵翁和他的狗，也在里面，都探头探脑地挨进来。有的是看不出面貌，似乎用布蒙着；有的是仍旧青面獠牙，抿着嘴笑。我认识他们是一伙，都是吃人的人。可是也晓得他们心思很不一样，一种是以为从来如此，应该吃的；一种是知道不该吃，可是仍然要吃，又怕别人说破他，所以听了我的话，越发气愤不过，可是抿着嘴冷笑。

这时候，大哥也忽然显出凶相，高声喝道：

“都出去！疯子有什么好看！”

这时候，我又懂得一件他们的巧妙了。他们岂但不肯改，而且早已布置；预备下一个疯子的名目罩上我。将来吃了，不但太平无事，怕还会有人见情。佃户说的大家吃了一个恶人，正是这方法。这是他们的老谱！

陈老五也气愤愤地直走进来。如何按得住我的口，我偏要对这伙人说：

“你们可以改了，从真心改起！要晓得将来容不得吃人的人，活在世上。

“你们要不改，自己也会吃尽。即使生得多，也会给真的人除灭了，同猎人打完狼子一样！——同虫子一样！”

那一伙人，都被陈老五赶走了。大哥也不知哪里去了。陈老五劝我回屋子里去。屋里面全是黑沉沉的。横梁和椽子都在头上发抖；抖了一会，就大起来。堆在我身上。

万分沉重，动弹不得；他的意思是要我死。我晓得他的沉重是假的，便挣扎出来，出了一身汗。可是偏要说：

“你们立刻改了，从真心改起！你们要晓得将来是容不得吃人的人，……”

十一

太阳也不出，门也不开，日日是两顿饭。

我捏起筷子，便想起我大哥；晓得妹子死掉的缘故，也全在他。那时我妹子才五岁，可爱可怜的样子，还在眼前。母亲哭个不住，他却劝母亲不要哭；大约因为自己吃了，哭起来不免有点过意不去。如果还能过意不去……

妹子是被大哥吃了，母亲知道没有，我可不得而知。

母亲想也知道；不过哭的时候，却并没有说明，大约也以为应当的了。记得我四五岁时，坐在堂前乘凉，大哥说爷娘生病，做儿子的须割下一片肉来，煮熟了请他吃，才算好人；母亲也没有说不行。一片吃得，整个的自然也吃得。但是那天的哭法，现在想起来，实在还教人伤心，这真是奇极的事！

十二

不能想了。

四千年来时时吃人的地方，今天才明白，我也在其中混了多年；大哥正管着家务，妹子恰恰死了，他未必不和在饭菜里，暗暗给我们吃。

我未必无意之中，不吃了我妹子的几片肉，现在也轮到我自己……

有了四千年吃人履历的我，当初虽然不知道，现在明白，难见真的人！

十三

没有吃过人的孩子，或者还有？

救救孩子……

一九一八年四月。

药

一

秋天的后半夜，月亮下去了，太阳还没有出，只剩下一片乌蓝的天；除了夜游的东西，什么都睡着。华老栓忽然坐起身，擦着火柴，点上遍身油腻的灯盏，茶馆的两间屋子里，便弥满了青白的光。

“小栓的爹，你就去么?”是一个老女人的声音。里边的小屋子里，也发出一阵咳嗽。

“唔。”老栓一面听，一面应，一面扣上衣服；伸手过去说，“你给我罢。”

华大妈在枕头底下掏了半天，掏出一包洋钱，交给老栓。老栓接了，抖抖地装入衣袋，又在外面按了两下；便点上灯笼，吹熄灯盏，走向里屋子去了。那屋子里面，正在窸窸窣窣地响，接着便是一通咳嗽。老栓候他平静下去，才低低地叫道，“小栓……，你不要起来。……店么？你娘会安排的。”

老栓听得儿子不再说话，料他安心睡了；便出了门，走到街上。街上黑沉沉的一无所有，只有一条灰白的路，看得分明。灯光照着他的两脚，一前一后地走。有时也遇到几只狗，可是一只也没有叫。天气比屋子里冷得多了；老栓倒觉爽快，仿佛一旦变了少年，得了神通，有给人生命的本领似的，跨步格外高远。而且路也愈走愈分明，天也愈走愈亮了。

老栓正在专心走路，忽然吃了一惊，远远里看见一条丁字街，明明白白横着。他便退了几步，寻到一家关着门的铺子，蹩进檐下，靠门立住了。好一会，身上觉得有些发冷。

"哼，老头子。"

"倒高兴……"

老栓又吃一惊，睁眼看时，几个人从他面前过去了。一个还回头看他，样子不甚分明，但很像久饿的人见了食物一般，眼里闪出一种攫取的光。老拴看看灯笼，已经熄了。按一按衣袋，硬硬的还在。仰起头两面一望，只见许多古怪的人，三三两两，鬼似的在那里徘徊；定睛再看，却也看不出什么别的奇怪。

没有多久，又见几个兵，在那边走动；衣服前后的一个大白圆圈，远地里也看得清楚，走过面前的，并且看出号衣上暗红色的镶边。——一阵脚步声响，一眨眼，已经拥过了一大簇人。那三三两两的人，也忽然合作一堆，潮一般向前赶；将到丁字街口，便突然立住，簇成一个半圆。

老栓也向那边看，却只见一堆人的后背；颈项都伸得很长，仿佛许多鸭，被无形的手捏住了的，向上提着。静了一会，似乎有点声音，便又动摇起来，轰的一声，都向后退；一直散到老栓立着的地方，几乎将他挤倒了。

“喂！一手交钱，一手交货！”一个浑身黑色的人，站在老栓面前，眼光正像两把刀，刺得老栓缩小了一半。那人一只大手，向他摊着；一只手却撮着一个鲜红的馒头，那红的还是一点一点地往下滴。

老栓慌忙摸出洋钱，扯抖地想交给他，却又不敢去接他的东西。那人便焦急起来，嚷道，“怕什么？怎的不拿！”老栓还踌躇着；黑的人便抢过灯笼，一把扯下纸罩，裹了馒头，塞与老栓；一手抓过洋钱，捏一捏，转身去了。嘴里哼着说，“这老东西……”

“这给谁治病的呀？”老栓也似乎听得有人问他，但他并不答应；他的精神，现在只在一个包上，仿佛抱着一个十世单传的婴儿，别的事情，都已置之度外了。他现在要将这包里的新的生命，移植到他家里，收获许多幸福。太阳也出来了；在他面前，显出一条大道，直到他家中，后面也照见丁字街头破匾上“古□亭口”这四个黯淡的金字。

二

老栓走到家，店面早经收拾干净，一排一排的茶桌，滑溜溜的发光。但是没有客人：只有小栓坐在里排的桌前吃饭，大粒的汗，从额上滚下，夹袄也帖住了脊心，两块肩胛骨高高凸出，印成一个阳文的“八”字。老栓见这样子，不免皱一皱展开的眉心。他的女人，从灶下急急走出，睁着眼睛，嘴唇有些发抖。

“得了么?”

“得了。”

两个人一齐走进灶下，商量了一会；华大妈便出去了，不多时，拿着一片老荷叶回来，摊在桌上。老栓也打开灯笼罩，用荷叶重新包了那红的馒头。小拴也吃完饭，他的母亲慌忙说：——

“小栓——你坐着，不要到这里来。”一面整顿了灶火，老拴便把一个碧绿的包，一个红红白白的破灯笼，一同塞在灶里；一阵红黑的火焰过去时，店屋里散满了一种奇怪的香味。

“好香！你们吃什么点心呀?”这是驼背五少爷到了。这人每天总在茶馆里过日，来得最早，去得最迟，此时恰恰蹩到临街的壁角的桌边，便坐下问话，然而没有人答应他。“炒米粥么?”仍然没有人应。老栓匆匆走出，给他泡上茶。

“小栓进来罢!”华大妈叫小栓进了里面的屋子，中间放好一条凳，小栓坐了。他的母亲端过一碟乌黑的圆东西，轻轻说：——

“吃下去罢，——病便好了。”

小栓撮起这黑东西，看了一会，似乎举着自己的性命一般，心里说不出的奇怪。十分小心地拗开了，焦皮里面窜出一道白气，白气散了，是两半个白面的馒头。——不多工夫，已经全在肚里了，却全忘了什么味；面前只剩下一张空盘。他的旁边，一面立着他的父亲，一面立着他的母亲，两人的眼光，都仿佛要在他身里注进什么又要取出什么似的；便禁不住心跳起来，按着胸膛，又是一阵咳嗽。

“睡一会罢，——便好了。”

小栓依他母亲的话，咳着睡了。华大妈候他喘气平静，才轻轻地给他盖上了满幅补丁的夹被。

三

店里坐着许多人，老栓也忙了，提着火铜壶，一趟一趟地给客人冲茶，两个眼眶，都围着一圈黑线。

“老栓，你有些不舒服么？——你生病么？”一个花白胡子的人说。

“没有。”

“没有，——我想笑嘻嘻的，原也不像……”花白胡子便取消了自己的话。

“老栓只是忙。要是他的儿子……”驼背五少爷话还未完，突然闯进了一个满脸横肉的人，被一件玄色布衫，散着钮扣，用很宽的玄色腰带，胡乱捆在腰间。刚进门，便对老栓嚷道：——

“吃了么？好了么，老栓，就是运气了你！你运气，要不是我信息灵……”

老栓一手提了茶壶，一手恭恭敬敬地垂着；笑嘻嘻地听。满座的人，也都恭恭敬敬地听。华大妈也黑着眼眶，笑嘻嘻地送出茶碗茶叶来，加上一个橄榄，老栓便去冲了水。

“这是包好！这是与众不同的。你想，趁热的拿来，趁热吃下。”横肉的人只是嚷。

“真的呢，要没有康大叔照顾，怎么会这样……”华大妈也很感激地谢他。

“包好，包好！这样的趁热吃下。这样的人血馒头，什么痨病都包好！”

华大妈听到“痨病”这两个字，变了一点脸色，似乎有些不高兴；但又立刻堆上笑，搭讪着走开了。这康大叔却没有觉察，仍然提高了喉咙只是嚷，嚷得里面睡着的小栓也合伙咳嗽起来。

“原来你家小栓碰到了这样的好运气了。这病自然一定全好：怪不得老栓整天地笑着呢。”花白胡子一面说，一面走到康大叔面前，低声下气地问道，“康大叔——听说今天结果的一个犯人，便是夏家的孩子，那是谁的孩子，究竟是什么事?”

“谁的？不就是夏四奶奶的儿子么？那个小家伙！”康大叔见众人都耸起耳朵听他，便格外高兴，横肉块块饱绽，越发大声说，“这小东西不要命，不要就是了。我可是这一回一点没有得到好处；连剥下来的衣服，都给管牢的红眼睛阿义拿去了。——第一要算我们栓叔运气；第二是夏三爷赏了二十五两雪白的银子，独自落腰包，一文不花。”

小栓慢慢地从小屋手走出，两手按了胸口，不住地咳嗽；走到灶下，盛出一碗冷饭，泡上热水，坐下便吃。华大妈跟着他走，轻轻地问道，“小栓你好些么？——你仍旧只是肚饿？……”

“包好，包好!”康大叔瞥了小栓一眼，仍然回过脸，对来人说，“夏三爷真是乖角儿，要是他不先告官，连他满门抄斩。现在怎样，银子！——这小东西也真不成东西！关在牢里，还要劝牢头造反。”

“阿呀，那还了得。”坐在后排的一个二十多岁的人，很现出气愤模样。

“你要晓得红眼睛阿义是去盘盘底细的，他却和他攀谈了，他说：这大清的天下是我们大家的。你想：这是人话么？红眼睛原知道他家里只有一个老娘，可是没有料到他竟会那么穷，榨不出一点油水，已经气破肚皮了。他还要老虎头上搔痒，便给他两个嘴巴！”

“义哥是一手好拳棒，这两下，一定够他受用了。”壁角的驼背忽然高兴起来。

“他这贱骨头打不怕，还要说可怜可怜哩。”

花白胡子的人说，“打了这种东西，有什么可怜呢？”

康大叔显出看他不上的样子，冷笑着说，“你没有听清我的话；看他神气，是说阿义可怜哩！”

听着的人的眼光，忽然有些板滞；话也停顿了。小栓已经吃完饭，吃得满身流汗，头上都冒出蒸气来。

“阿义可怜——疯话，简直是发了疯了。”花白胡子恍然大悟似的说。

“发了疯了，”二十多岁的人也恍然大悟地说。

店里的坐客，便又现出活气，谈笑起来。小栓也趁着热闹，拚命咳嗽；康大叔走上前，拍他肩膀说：——

“包好！小拴——你不要这么咳。包好！”

“疯了。”驼背五少爷点着头说。

四

西关外靠着城根的地面，本是一块官地；中间歪歪斜斜一条细路，是贪走便道的人，用鞋底造成的，但却成了自然的界限。路的左边，都埋着死刑和瘐毙的人，右边是穷人的丛冢。两面都已埋到层层叠叠，宛然阔人家里祝寿时候的馒头。

这一年的清明，分外寒冷；杨柳才吐出半粒米大的新芽。天明未久，华大妈已在右边的一坐新坟前面，排出四碟菜，一碗饭，哭了一场。化过纸，呆呆地坐在地上；仿佛等候什么似的，但自己也说不出等候什么。微风起来，吹动她短发，确乎比去年白得多了。

小路上又来了一个女人，也是半白头发，褴褛的衣裙；提一个破旧的朱漆圆篮，外挂一串纸锭，三步一歇地走。忽然见华大妈坐在地上看他，便有些踌躇，惨白的脸上，现出些羞愧的颜色；但终于硬着头皮，走到左边的一座坟前，放下了篮子。

那坟与小栓的坟，一字儿排着，中间只隔一条小路。华大妈看他排好四碟菜，一碗饭，立着哭了一通，化过纸锭；心里暗暗地想，“这坟里的也是儿子了。”那老女人徘徊观望了一回，忽然手脚有些发抖，跄跄踉踉退下几步，瞪着眼只是发怔。

华大妈见这样子，生怕她伤心到快要发狂了；便忍不住立起身，跨过小路，低声对她说，“你这位老奶奶不要伤心了，——我们还是回去罢。”

那人点一点头，眼睛仍然向上瞪着；也低声吃吃地说道，“你看。——看这是什么呢?”

华大妈跟了她指头看去，眼光便到了前面的坟，这坟上草根还没有全合，露出一块一块的黄土，煞是难看。再往上仔细看时，却不觉也吃一惊；——分明有一圈红白的花，围着那尖圆的坟顶。

他们的眼睛都已老花多年了，但望这红白的花，却还能明白看见。花也不很多，圆圆她排成一个圈，不很精神，倒也整齐。华大妈忙看她儿子和别人的坟，却只有不怕冷的几点青白小花，零星开着；便觉得心里忽然感到一种不足和空虚，不愿意根究。那老女人又走近几步，细看了一遍，自言自语地说，“这没有根，不像自己开的！这地方有谁来呢？孩子不会来玩；——亲戚本家早不来了。——这是怎么一回事呢?”她想了又想，忽又流下泪来，大声说道：——

“瑜儿，他们都冤枉了你，你还是忘不了，伤心不过，今天特意显点灵，要我知道么?”她四面一看，只见一只乌鸦，站在一株没有叶的树上，便接着说，“我知道了。——瑜儿，可怜他们坑了你，他们将来总有报应，天都知道；你闭了眼睛就是了。——你如果真在这里，听到我的话，——便叫这乌鸦飞上你的坟顶，给我看罢。”

微风早经停息了；枯草支支直立，有如铜丝。一丝发抖的声音，在空气中愈颤愈细，细到没有，周围便都是死一般静。

两人站在枯草丛里，仰面看那乌鸦；那乌鸦也在笔直的树枝间，缩着头，铁铸一般站着。

许多的工夫过去了；上坟的人渐渐增多，几个老的小的，在土坟间出没。

华大妈不知怎的，似乎卸下了一挑重担，便想到要走；一面劝着说，“我们还是回去罢。”

那老女人叹一口气，无精打彩地收起饭菜；又迟疑了一刻，终于慢慢地走了。嘴里自言自语地说，“这是怎么一回事呢？……”

她们走不上二三十步远，忽听得背后“哑——”的一声大叫；两个人都竦然地回过头，只见那乌鸦张开两翅，一挫身，直向着远处的天空，箭也似的飞去了。

一九一九年四月。

社　戏

我在倒数上去的二十年中，只看过两回中国戏，前十年是绝不看，因为没有看戏的意思和机会，那两回全在后十年，然而都没有看出什么来就走了。

第一回是民国元年我初到北京的时候，当时一个朋友对我说，北京戏最好，你不去见见世面么？我想，看戏是有味的，而况在北京呢。于是都兴致勃勃地跑到什么园，戏文已经开场了，在外面也早听到冬冬地响。我们挨进门，几个红的绿的在我的眼前一闪烁，便又看见戏台下满是许多头，再定神四面看，却见中间也还有几个空座，挤过去要坐时，又有人对我发议论，我因为耳朵已经喤喤地响着了，用了心，才听到他是说“有人，不行！”

我们退到后面，一个辫子很光的却来领我们到了侧面，指出一个地位来。这所谓地位者，原是一条长凳，然而他那坐板比我的上腿要狭到四分之三，他的脚比我的下腿要长过三分之二。我先是没有爬上去的勇气，接着便联想到私刑拷打的刑具，不由地毛骨悚然地走出了。

走了许多路，忽听得我的朋友的声音道，“究竟怎的？”我回过脸去，原来他也被我带出来了。他很诧异地说，“怎么总是走，不答应？”我说，“朋友，对不起，我耳朵只在冬冬喤喤地响，并没有听到你的话。”

后来我每一想到，便很以为奇怪，似乎这戏太不好，——否则便是我近来在戏台下不适于生存了。

第二回忘记了哪一年，总之是募集湖北水灾捐而谭叫天还没有死。捐法是两元钱买一张戏票，可以到第一舞台去看戏，扮演的多是名角，其一就是小叫天。我买了一张票，本是对于劝募人聊以塞责的，然而似乎又有好事家乘机对我说了些叫天不可不看的大法要了。我于是忘了前几年的冬冬喤喤之灾，竟到第一舞台去了，但大约一半也因为重价购来的宝票，总得使用了才舒服。我打听得叫天出台是迟的，而第一舞台却是新式构造，用不着争座位，便放了心，延宕到九点钟才出去，谁料照例，人都满了，连立足也难，我只得挤在远处的人丛中看一个老旦在台上唱。那老旦嘴边插着两个点火的纸捻子，旁边有一个鬼卒，我费尽思量，才疑心他或者是目连的母亲，因为后来又出来了一个和尚。然而我又不知道那名角是谁，就去问挤小在我的左边的一位胖绅士。他很看不起似的斜瞥了我一眼，说道，“龚云甫！”我深愧浅陋而且粗疏，脸上一热，同时脑里也制出了决不再问的定章，于是看小旦唱，看花旦唱，看老生唱，看不知什么角色唱，看一大班人乱打，看两三个人互打，从九点多到十点，从十点到十一点，从十一点到十一点半，从十一点半到十二点，——然而叫天竟还没有来。

我向来没有这样忍耐的等候过什么事物，而况这身边的胖绅士的吁吁的喘气，这台上的冬冬喤喤的敲打，红红绿绿的晃荡，加之以十二点，忽而使我省悟到在这里不适于生存了。我同时便机械地拧转身子，用力往外只一挤，觉得背后便已满满的，大约那弹性的胖绅士早在我的空处胖开了他的右半身了。我后无回路，自然挤而又挤，终于出了大门。街上除了专等看客的车辆之外，几乎没有什么行人了，大门口却还有十几个人昂着头看戏目，别有一堆人站着并不看什么，我想，他们大概是看散戏之后出来的女人们的，而叫天却还没有来……

然而夜气很清爽，真所谓"沁人心脾"，我在北京遇着这样的好空气，仿佛这是第一遭了。

这一夜，就是我对于中国戏告了别的一夜，此后再没有想到它，即使偶尔经过戏园，我们也漠不相关，精神上早已一在天之南一在地之北了。

但是前几天，我忽在无意之中看到一本日本文的书，可惜忘记了书名和著者，总之是关于中国戏的。其中有一篇，大意仿佛说，中国戏是大敲，大叫，大跳，使看客头昏脑眩，很不适于剧场，但若在野外散漫的所在，远远地看起来，它自有他的风致。我当时觉得这正是说了在我意中而未曾想到的话，因为我确记得在野外看过很好的好戏，到北京以后的连进两回戏园去，也许还是受了那时的影响哩。可惜我不知道怎么一来，竟将书名忘却了。

至于我看那好戏的时候，却实在已经是"远哉遥遥"的了，其时恐怕我还不过十一二岁。我们鲁镇的习惯，本来是凡有出嫁的女儿，倘自己还未当家，夏间便大抵回到母家去消夏。那时我的祖母虽然还康健，但母亲也已分担了些家务。所以夏期便不能多日的归省了，只得在扫墓完毕之后，抽空去住几天，这时我便每年跟了我的母亲住在外祖母的家里。那地方叫平桥村，是一个离海边不远，极偏僻的，临河的小村庄住户不满三十家，是种田，打鱼，只有一家很小的杂货店。但在我是乐土：因为我在这里不但得到优待，又可以免念“秩秩斯干，幽幽南山”了。

和我一同玩的是许多小朋友，因为有了远客，他们也都从父母那里得了减少工作的许可，伴我来游戏，在小村里，一家的客，几乎也就是公共的。我们年纪都相仿，但论起行辈来，却至少是叔子，有几个还是太公，因为他们合村都同姓，是本家。然而我们是朋友，即使偶尔吵闹起来，打了太公，一村的老老小小，也决没有一个会想出“犯上”这两个字来，而他们也百分之九十九不识字。

我们每天的事情大概是掘蚯蚓，掘来穿在铜丝做的小钩上，伏在河沿上去钓虾。虾是水世界里的呆子，决不惮用了自己的两个钳捧着钩尖送到嘴里去的，所以不半天便可以钓到一大碗。这虾照例是归我吃的。其次便是一同去放牛，但或者因为高等动物了的缘故罢，黄牛水牛都欺生，敢于欺侮我，因此我也总不敢走近身，只好远远地跟着，站着。这时候，小朋友们便不再原谅我会读“秩秩斯干”，却全都嘲笑起来了。

至于我在那里所第一盼望的，却在到赵庄去看戏。赵庄是离平桥村五里的较大的村庄；平桥村太小，自己演不起戏，每年总付给赵庄多少钱，算作合作的。常时我并不想到他们为什么年年要演戏。现在想，那或者是春赛，是社戏了。

就在我十一二岁时候的这一年，这日期也看看等到了。不料这一年真可惜，在早上就叫不到船。平桥村只有一只早出晚归的航船是大船，决没有留用的道理。其馀的都是小船，不合用；央人到邻村去问，也没有，早都给别人定下了。外祖母很气恼，怪家里的人不早定，絮叨起来，母亲便宽慰伊，说我们鲁镇的戏比小村里的好得多，一定看几回，今天就算了。只有我急得要哭，母亲却竭力地嘱咐我，说万不能装模装样，怕又招外祖母生气，又不准和别人一同去，说是怕外祖母要担心。

总之，是完了。到下午，我的朋友都去了，戏已经开场了，我似乎听到锣鼓的声音，而且知道他们在戏台下买豆浆喝。

这一天，我不钓虾，东西也少吃。母亲很为难，没有法子想。到晚饭时候，外祖母也终于觉察了，并且说我应当不高兴，他们太怠慢，是待客的礼数里从来所没有的。吃饭之后，看过戏的少年们也都聚拢来了，高高兴兴地来讲戏。只有我不开口；他们都叹息而且表同情。忽然间，一个最聪明的双喜大悟似的提议了，他说，“大船？八叔的航船不是回来了么？”十几个别的少年也大悟，立刻撺掇起来，说可以坐了这航船和我一同去。我高兴了。然而外祖母又怕都是孩子们，不可靠；母亲又说是若叫大人一同去，他们白天全有工作，要他熬夜，是不合情理的。在这迟疑之中，双喜可又看出底细来了，便又大声地说道，“我写包票！船又大；迅哥儿向来不乱跑；我们又都是识水性的！”

诚然！这十多个少年，委实没有一个不会凫水的，而且两三个还是弄潮的好手。

外祖母和母亲也相信，便不再驳回，都微笑了。我们立刻一哄地出了门。

我的很重的心忽而轻松了，身体也似乎舒展到说不出的大。一出门，便望见月下的平桥内泊着一只白篷的航船，大家跳下船，双喜拔前篙，阿发拔后篙，年幼的都陪我坐在舱中，较大的聚在船尾。母亲送出来吩咐“要小心”的时候，我们已经点开船，在桥石上一磕，退后几尺，即又上前出了桥。于是架起两枝橹，一枝两人，一里一换，有说笑的，有嚷的，夹着潺潺的船头激水的声音，在左右都是碧绿的豆麦田地的河流中，飞一般径向赵庄前进了。

两岸的豆麦和河底的水草所发散出来的清香，夹杂在水气中扑面地吹来；月色便朦胧在这水气里。淡黑的起伏的连山，仿佛是踊跃的铁的兽脊似的，都远远地向船尾跑去了，但我却还以为船慢。他们换了四回手，渐望见依稀的赵庄，而且似乎听到歌吹了，还有几点火，料想便是戏台，但或者也许是渔火。

那声音大概是横笛，宛转，悠扬，使我的心也沉静，然而又自失起来，觉得要和它弥散在含着豆麦蕴藻之香的夜气里。

那火接近了，果然是渔火；我才记得先望见的也不是赵庄。那是正对船头的一丛松柏林，我去年也曾经去游玩过，还看见破的石马倒在地下，一个石羊蹲在草里呢。过了那林，船便弯进了叉港，于是赵庄便真在眼前了。

最惹眼的是屹立在庄外临河的空地上的一座戏台，模糊在远处的月夜中，和空间几乎分不出界限，我疑心画上见过的仙境，就在这里出现了。这时船走得更快，不多时，在台上显出人物来，红红绿绿地动，近台的河里一望乌黑的是看戏的人家的船篷。

"近台没有什么空了，我们远远地看罢。"阿发说。

这时船慢了，不久就到，果然近不得台旁，大家只能下了篙，比那正对戏台的神棚还要远。其实我们这白篷的航船，本也不愿意和乌篷的船在一处，而况并没有空地呢……

在停船的匆忙中，看见台上有一个黑的长胡子的背上插着四张旗，捏着长枪，和一群赤膊的人正打仗。双喜说，那就是有名的铁头老生，能连翻八十四个筋斗，他日里亲自数过的。

我们便都挤在船头上看打仗，但那铁头老生却又并不翻筋斗，只有几个赤膊的人翻，翻了一阵，都进去了，接着走出一个小旦来，咿咿呀呀地唱，双喜说，"晚上看客少，铁头老生也懈了，谁肯显本领给白地看呢？"我相信这话对，因为其时台下已经不很有人，乡下人为了明天的工作，熬不得夜，早都睡觉去了，疏疏朗朗地站着的不过是几十个本村和邻村的闲汉。乌篷船里的那些土财主的家眷固然在，然而他们也不在乎看戏，多半是专到戏台下来吃糕饼、水果和瓜子的。所以简直可以算白地。

然而我的意思却也并不在乎看翻筋斗。我最愿意看的是一个人蒙了白布，两手在头上捧着一支棒似的蛇头的蛇精，其次是套了黄布衣跳老虎。但是等了许多时都不见，小旦虽然进去了，立刻又出来了一个很老的小生。我有些疲倦了，托桂生买豆浆去。他去了一刻，回来说，“没有，卖豆浆的聋子也回去了。日里倒有，我还喝了两碗呢。现在去舀一瓢水来给你喝罢。”

我不喝水，支撑着仍然看，也说不出见了些什么，只觉得戏子的脸都渐渐地有些稀奇了，那五官渐不明显，似乎融成一片的再没有什么高低。年纪小的几个多打呵欠了，大的也各管自己谈话。忽而一个红衫的小丑被绑在台柱子上，给一个花白胡子的用马鞭打起来了，大家才又振作精神地笑着看。在这一夜里，我以为还实在要算是最好的一折。

然而老旦终于出台了。老旦本来是我所最怕的东西，尤其是怕他坐下了唱。这时候，看见大家也都很扫兴，才知道他们的意见是和我一致的。那老旦当初还只是踱来踱去地唱，后来竟在中间的一把交椅上坐下了。我很担心；双喜他们却就破口喃喃地骂。我忍耐地等着，许多工夫，只见那老旦将手一拍，我以为就要站起来了。不料他却又慢慢地放下在原地方，仍旧唱。全船里几个人不住地吁气，其馀的也打起呵欠来。双喜终于熬不住了，说道，怕他会唱到天明还不完，还是我们走的好罢。大家立刻都赞成，和开船时候一样踊跃，三四人径奔船尾，拔了篙，点退几丈，回转船头，架起橹，骂着老旦，又向那松柏林前进了。

月还没有落，仿佛看戏也并不很久似的，而一离赵庄，月光又显得格外的皎洁。回望戏台在灯火光中，却又如初来未到时候一般，又漂渺得像一座仙山楼阁，满被红霞罩着了，吹到耳边来的又是横笛，很悠扬；我疑心老旦已经进去了，但也不好意思说再回去看。

不多久，松柏林早在船后了，船行也并不慢，但周围的黑暗只是浓，可知已经到了深夜。他们一面议论着戏子，或骂，或笑，一面加紧地摇船。这一次船头的激水声更其响亮了，那航船，就像一条大白鱼背着一群孩子在浪花里窜，连夜渔的几个老渔父，也停了艇子看着喝彩起来。

离平桥村还有一里模样。船行却慢了，摇船的都说很疲乏，因为太用力。而且许久没有东西吃。这回想出来的是桂生，说是罗汉豆正旺相，柴火又现成，我们可以偷一点来煮吃的。大家都赞成，立刻近岸停了船；岸上的田里，乌油油的便都是结实的罗汉豆。

“阿阿，阿发，这边是你家的，这边是老六一家的，我们偷哪一边的呢？”双喜先跳下去了，在岸上说。

我们也都跳上岸。阿发一面跳，一面说道，“且慢，让我来看一看罢，”他于是往来地摸了一回，直起身来说道，“偷我们的罢，我们的大得多呢。”一声答应，大家使散开在阿发家的豆田里，各摘了一大捧，抛入船舱中。双喜以为再多偷，倘给阿发的娘知道是要哭骂的，于是各人便到六一公公的田里又各偷了一大捧。

我们中间几个年长的仍然慢慢的摇着船，几个到后舱去生火，年幼的和我都剥豆。不久豆熟了，便任凭航船浮在水面上，都围起来用手撮着吃。吃完豆，又开船，一面洗器具，豆荚豆壳全抛在河水里，什么痕迹也没有了。双喜所虑的是用了八公公船上的盐和柴，这老头子很细心，一定要知道，会骂的。然而大家议论之后，归结是不怕。他如果骂，我们便要他归还去年在岸边拾去的一枝枯柏树，而且当面叫他“八癞子”。

“都回来了！哪里会错。我原说过写包票的！”双喜在船头上忽而大声地说。

我向船头一望，前面已经是平桥，桥脚上站着一个人，却是我的母亲，双喜便是对伊说着话。我走出前舱去，船也就进了平桥了，停了船，我们纷纷都上岸。母亲颇有些生气，说是过了三更了，怎么回来得这样迟，但也就高兴了，笑着邀大家去吃炒米。

大家都说已经吃了点心，又渴睡，不如及早睡的好，各自回去了。

第二天，我向午才起来，并没有听到什么关系八公公盐柴事件的纠葛，下午仍然去钓虾。

“双喜，你们这般小鬼，昨天偷了我的豆了罢？又不肯好好地摘，踏坏了不少。”我抬头看时，是六一公公棹着小船，卖了豆回来了，船肚里还有剩下的一堆豆。

“是的。我们请客。我们当初还不要你的呢。你看，你把我的虾吓跑了！”双喜说。

六一公公看见我，便停了楫，笑道，“请客，——这是应该的。”于是对我说，“迅哥儿，昨天的戏可好么？”

我点一点头，说道，“好。”

“豆可中吃呢？”

我又点一点头，说道，“很好。”

不料六一公公竟非常感激起来，将大拇指一翘，得意地说道，“这真是大市镇里出来的读过书的人才识货！我的豆种是粒粒挑选过的，乡下人不识好歹，还说我的豆比不上别人的呢。我今天也要送些给我们的姑奶奶尝尝去……”他于是打着楫子过去了。

待到母亲叫我回去吃晚饭的时候，桌上便有一大碗煮熟了的罗汉豆，就是六一公公送给母亲和我吃的。听说他还对母亲极口夸奖我，说“小小年纪便有见识，将来一定要中状元。姑奶奶，你的福气是可以写包票的了。”但我吃了豆，却并没有昨夜的豆那么好。

真的，一直到现在，我实在再没有吃到那夜似的好豆，——也不再看到那夜似的好戏了。

一九二二年十月。

祝　福

旧历的年底毕竟最像年底，村镇上不必说，就在天空中也显出将到新年的气象来。灰白色的沉重的晚云中间时时发出闪光，接着一声钝响，是送灶的爆竹；近处燃放的可就更强烈了，震耳的大音还没有息，空气里已经散满了幽微的火药香。我是正在这一夜回到我的故乡鲁镇的。虽说故乡，然而已没有家，所以只得暂寓在鲁四老爷的宅子里。他是我的本家，比我长一辈，应该称之曰“四叔”，是一个讲理学的老监生。他比先前并没有什么大改变，单是老了些，但也还未留胡子，一见面是寒暄，寒暄之后说我“胖了”，说我“胖了”之后即大骂其新党。但我知道，这并非借题在骂我：因为他所骂的还是康有为。但是，谈话是总不投机的了，于是不多久，我便一个人剩在书房里。

第二天我起得很迟，午饭之后，出去看了几个本家和朋友，第三天也照样。他们也都没有什么大改变，单是老了些；家中却一律忙，都在准备着“祝福”。这是鲁镇年终的大典，致敬尽礼，迎接福神，拜求来年一年中的好运气的。杀鸡，宰鹅，买猪肉，用心细细地洗，女人的臂膊都在水里浸得通红，有的还带着绞丝银镯子。煮熟之后，横七竖八地插些筷子在这类东西上，可就称为“福礼”了，五更天陈列起来，并且点上香烛，恭请福神们来享用；拜的却只限于男人，拜完自然仍然是放爆竹。年年如此，家家如此，——只要买得起福礼和爆竹之类的，——今年自然也如此。天色愈阴暗了，下午竟下起雪来，雪花大的有梅花那么大，满天飞舞，夹着烟霭和忙碌的气色，将鲁镇乱成一团糟。我回到四叔的书房里时，瓦楞上已经雪白，房里也映得较光明，极分明地显出壁上挂着的朱拓的大“寿”字，陈抟老祖写的；一边的对联已经脱落，松松地卷了放在长桌上，一边的还在，道是“事理通达心气和平”。我又无聊赖地到窗下的案头去一翻，只见一堆似乎未必完全的《康熙字典》，一部《近思录集注》和一部《四书衬》。无论如何，我明天决计要走了。

况且，一想到昨天遇见祥林嫂的事，也就使我不能安住。那是下午，我到镇的东头访过一个朋友，走出来，就在河边遇见她；而且见她瞪着的眼睛的视线，就知道明明是向我走来的。我这回在鲁镇所见的人们中，改变之大，可以说无过于她的了：五年前的花白的头发，即今已经全白，全不像四十上下的人；脸上瘦削不堪，黄中带黑，而且消尽了先前悲哀的神色，仿佛是木刻似的；只有那眼珠间或一轮，还可以表示她是一个活物。她一手提着竹篮，内中一个破碗，空的；一手拄着一支比她更长的竹竿，下端开了裂：她分明已经纯乎是一个乞丐了。

我就站住，预备她来讨钱。

"您回来了?"她先这样问。

"是的。"

"这正好。你是识字的，又是出门人，见识得多。我正要问你一件事——"她那没有精采的眼睛忽然发光了。

我万料不到她却说出这样的话来，诧异地站着。

"就是——"她走近两步，放低了声音，极秘密似的切切地说，"一个人死了之后，究竟有没有魂灵的?"

我很悚然，一见她的眼钉着我的，背上也就遭了芒刺一般，比在学校里遇到不及预防的临时考，教师又偏是站在身旁的时候，惶急得多了。对于魂灵的有无，我自己是向来毫不介意的；但在此刻，怎样回答她好呢？我在极短期地踌躇中，想，这里的人照例相信鬼，然而她，却疑惑了，——或者不如说希望：希望其有，又希望其无……人何必增添末路的人的苦恼，为她起见，不如说有罢。

"也许有罢，——我想。"我于是吞吞吐吐地说。

"那么，也就有地狱了?"

"阿！地狱?"我很吃惊，只得支吾着，"地狱？——论理，就该也有。——然而也未必，……谁来管这等事……"

"那么，死掉的一家的人，都能见面的?"

"唉唉，见面不见面呢？……"这时我已知道自己也还是完全一个愚人，什么踌躇，什么计划，都挡不住三句问。我即刻胆怯起来了，便想全翻过先前的话来，"那是，……实在，我说不清……其实，究竟有没有魂灵，我也说不清。"

我乘她不再紧接地问，迈开步便走，匆匆地逃回四叔的家中，心里很觉得不安逸。自己想，我这答话怕于她有些危险。她大约因为在别人的祝福时候，感到自身的寂寞了，然而会不会含有别的什么意思的呢？——或者是有了什么预感了？倘有别的意思，又因此发生别的事，则我的答话委实该负若干的责任……但随后也就自笑，觉得偶尔的事，本没有什么深意义，而我偏要细细推敲，正无怪教育家要说是生着神经病；而况明明说过"说不清"，已经推翻了答话的全局，即使发生什么事，于我也毫无关系了。

"说不清"是一句极有用的话。不更事的勇敢的少年，往往敢于给人解决疑问，选定医生，万一结果不佳，大抵反成了怨府，然而一用这说不清来作结束，便事事逍遥自在了。我在这时，更感到这一句话的必要，即使和讨饭的女人说话，也是万不可省的。

但是我总觉得不安，过了一夜，也仍然时时记忆起来，仿佛怀着什么不祥的预感；在阴沉的雪天里，在无聊的书房里，这不安愈加强烈了。不如走罢，明天进城去。福兴楼的清炖鱼翅，一元一大盘，价廉物美，现在不知增价了否，往日同游的朋友，虽然已经云散，然而鱼翅是不可不吃的，即使只有我一个……无论如何，我明天决计要走了。

我因为常见些但愿不如所料，以为未必竟如所料的事，却每每恰如所料的起来，所以很恐怕这事也一律。果然，特别的情形开始了。傍晚，我竟听到有些人聚在内室里谈话，仿佛议论什么事似的，但不一会，说话声也就止了，只有四叔且走而且高声地说：

“不早不迟，偏偏要在这时候，——这就可见是一个谬种！”

我先是诧异，接着是很不安，似乎这话于我有关系。试望门外，谁也没有。好容易待到晚饭前他们的短工来冲茶，我才得了打听消息的机会。

“刚才，四老爷和谁生气呢？”我问。

“还不是和祥林嫂？”那短工简捷地说。

“祥林嫂？怎么了？”我又赶紧地问。

“死了。”

“死了？”我的心突然紧缩；几乎跳起来，脸上大约也变了色。但他始终没有抬头，所以全不觉。我也就镇定了自己，接着问——

“什么时候死的？”

“什么时候？——昨天夜里，或者就是今天罢。——我说不清。”

“怎么死的？”

“怎么死的？——还不是穷死的，”他漠然地回答，仍然没有抬头向我看，出去了。

然而我的惊惶却不过暂时的事，随着就觉得要来的事，已经过去，并不必仰仗我自己的“说不清”和他之所谓“穷死的”的宽慰，心地已经渐渐轻松；不过偶然之间，还是似乎有些负疚。晚饭摆出来了，四叔俨然地陪着。我也还想打听些关于祥林嫂的消息，但知道他虽然读过“鬼神者二气之良能也”，而忌讳仍然极多，当临近祝福时候，是万不可提起死亡疾病之类的话的；倘不得已，就该用一种替代的隐语，可惜我又不知道，因此屡次想问，而终于中止了。我从他俨然的脸色上，又忽而疑他正以为我不早不迟，偏要在这时候打搅他，也是一个谬种，便立刻告诉他明天要离开鲁镇，进城去，趁早放宽了他的心。他也不很留。这样闷闷地吃完了一餐饭。

冬季日短，又是云天，夜色早已笼罩了全市镇。人们都在灯下匆忙，但窗外很寂静。雪花落在积得厚厚的雪褥上面，听去似乎瑟瑟有声，使人更加感得沉寂。我独坐在发出黄光的菜油灯下，想，这百无聊赖的祥林嫂，被人们弃在尘芥堆中的，看得厌倦了的陈旧的玩物，先前还将形骸露在尘芥里，从活得有趣的人们看来，恐怕要怪讶她何以还要存在，现在总算被无常打扫得干干净净了。魂灵的有无，我不知道。然而在现世，则无聊生者不生，即使厌见者不见，为人为己，也还都不错。我静听着窗外似乎瑟瑟作响的雪花声，一面想，反而渐渐地舒畅起来。

然而先前所见所闻的她的半生事迹的断片，至此也联成一片了。

她不是鲁镇人。有一年的冬初，四叔家里要换女工，做中人的卫老婆子带她进来了，头上扎着白头绳，乌裙，蓝夹袄，月白背心，年纪大约二十六七，脸色青黄，但两颊却还是红的。卫老婆子叫她祥林嫂，说是自己母家的邻舍，死了当家人，所以出来做工了。四叔皱了皱眉，四婶已经知道了他的意思，是在讨厌她是一个寡妇。但看她模样还周正，手脚都壮大，又只是顺着眼，不开一句口，很像一个安分耐劳的人，便不管四叔的皱眉，将她留下了。

试工期内，她整天地做，似乎闲着就无聊，又有力，简直抵得过一个男子，所以第三天就定局，每月工钱五百文。

大家都叫她祥林嫂；没问她姓什么，但中人是卫家山人，既说是邻居，那大概也就姓卫了。她不很爱说话，别人问了才回答，答的也不多。直到十几天之后，这才陆续地知道她家里还有严厉的婆婆，一个小叔子，十多岁，能打柴了；她是春天没了丈夫的；他本来也打柴为生，比她小十岁：大家所知道的就只是这一点。

日子很快地过去了，她的做工却毫没有懈，食物不论，力气是不惜的。人们都说鲁四老爷家里雇着了女工，实在比勤快的男人还勤快。到年底，扫尘、洗地、杀鸡、宰鹅，彻夜地煮福礼，全是一人担当，竟没有添短工。然而她反满足，口角边渐渐地有了笑影，脸上也白胖了。

新年才过，她从河边淘米回来时，忽而失了色，说刚才远远地看见一个男人在对岸徘徊，很像夫家的堂伯，恐怕是正为寻她而来的。四婶很惊疑，打听底细，她又不说。四叔一知道，就皱一皱眉，道：

“这不好。恐怕她是逃出来的。”

她诚然是逃出来的，不多久，这推想就证实了。

此后大约十几天，大家正已渐渐忘却了先前的事，卫老婆子忽而带了一个三十多岁的女人进来了，说那是祥林嫂的婆婆。那女人虽是山里人模样，然而应酬很从容，说话也能干，寒暄之后，就赔罪，说她特来叫她的儿媳回家去，因为开春事务忙，而家中只有老的和小的，人手不够了。

“既是她的婆婆要她回去，那有什么话可说呢。”四叔说。

于是算清了工钱，一共一千七百五十文，她全存在主人家，一文也还没有用，便都交给她的婆婆。那女人又取了衣服，道过谢，出去了。其时已经是正午。

“呵呀，米呢？祥林嫂不是去淘米的么？……”好一会，四婶这才惊叫起来。她大约有些饿，记得午饭了。

于是大家分头寻淘箩。她先到厨下，次到堂前，后到卧房，全不见淘箩的影子。四叔踱出门外，也不见，直到河边，才见平平正正地放在岸上，旁边还有一株菜。

看见的人报告说，河里面上午就泊了一只白篷船，篷是全盖起来的，不知道甚么人在里面，但事前也没有人去理会它。待到祥林嫂出来淘米，刚刚要跪下去，那船里便突然跳出两个男人来，像是山里人，一个抱住她，一个帮着，拖进船去了。祥林嫂还哭喊了几声，此后便再没有什么声息，大约给用什么堵住了罢。接着就走上两个女人来，一个不认识，一个就是卫婆子。窥探舱里，不很分明，她像是捆了躺在船板上。

“可恶！然而……”四叔说。

这一天是四婶自己煮午饭，他们的儿子阿牛烧火。

午饭之后，卫老婆子又来了。

“可恶！”四叔说。

“你是什么意思？亏你还会再来见我们。”四婶洗着碗，一见面就愤愤地说，“你自己荐她来，又合伙劫她去，闹得沸反盈天的，大家看了成个什么样子，你拿我们家里开玩笑么？”

“阿呀阿呀，我真上当。我这回，就是为此特地来说说清楚的。她来求我荐地方：我哪里料得到是瞒着她的婆婆的呢。对不起，四老爷，四太太。总是我老发昏不小心，对不起主顾，幸而府上是向来宽宏大量，不肯和小人计较的。这回我一定荐一个好的来折罪……”

“然而……”四叔说。

于是祥林嫂事件便告终结，不久也就忘却了。

只有四婶，因为后来雇用的女工，大抵非懒即馋，或者馋而且懒，左右不如意，所以也还提起祥林嫂。每当这些时候，她往往自言自语地说，“她现在不知道怎么样了?”意思是希望她再来。但到第二年的新正，她也就绝了望。

新正将尽，卫老婆子来拜年了，已经喝得醉醺醺的，自说因为回了一趟卫家山的娘家，住下几天，所以来得迟了。她们问答之间，自然就谈到祥林嫂。

“她么?”卫老婆子高兴地说，“现在是交了好运了？她婆婆来抓她回去的时候，是早已许给了贺家坳的贺老六的，所以回家之后不几天，也就装在花轿里抬去了。”

“阿呀，这样的婆婆！……”四婶惊奇地说。

“阿呀，我的太太！你真是大户人家的太太的话。我们山里人，小户人家，这算得什么？她有小叔子，也得娶老婆。不嫁了她，哪有这一注钱来做聘礼？她的婆婆倒是精明强干的女人呵，很有打算，所以就将她嫁到山里去。倘许给本村人，财礼就不多；唯独肯嫁进深山野坳里去的女人少，所以她就到手了八十千。现在第二个儿子的媳妇也娶进了，财礼只花了五十千，除去办喜事的费用，还剩十多千。吓！你看，这多么好打算？”

“祥林嫂竟肯依？……”

“这有什么依不依。——闹是谁也总要闹一闹的；只要用绳子一捆，塞在花轿里，抬到男家，捺上花冠，拜堂，关上房门，就完事了。可是祥林嫂真出格，听说那时实在闹得厉害，大家还都说大约因为在念书人家做过事，所以与众不同呢。太太，我们见得多了：回头人出嫁，哭喊的也有，说要寻死觅活的也有，抬到男家闹得拜不成天地的也有，连花烛都砸了的也有。祥林嫂可是异乎寻常，他们说她一路只是嚎、骂，抬到贺家坳，喉咙已经全哑了。拉出轿来，两个男人和她的小叔子使劲地擒住她，也还拜不成天地。他们一不小心，一松手，阿呀阿弥陀佛，她就一头撞在香案角上，头上碰了一个大窟窿，鲜血直流，用了两把香灰，包上两块红布还止不住血呢。直到七手八脚地将她和男人反关在新房里，还是骂，阿呀呀，这真是……”她摇一摇头，顺下眼睛，不说了。

“后来怎么样呢？”四婶还问。

“听说第二天也没有起来。”她抬起眼来说。

“后来呢？”

“后来？——起来了。她到年底就生了一个孩子，男的，新年就两岁了。我在娘家这几天，就有人到贺家坳去，回来说看见她们娘儿俩，母亲也胖，儿子也胖；上头又没有婆婆；男人所有的是力气，会做活；房子是自家的。——唉唉，她真是交了好运了。”

从此之后，四婶也就不再提起祥林嫂。

但有一年的秋季，大约是得到祥林嫂好运的消息之后的又过了两个新年，她竟又站在四叔家的堂前了。桌上放着一个荸荠式的圆篮；檐下一个小铺盖。她仍然头上扎着白头绳，乌裙，蓝夹袄，月白背心，脸色青黄，只是两颊上已经消失了血色，顺着眼，眼角上带些泪痕，眼光也没有先前那样精神了。而且仍然是卫老婆子领着，显出慈悲模样，絮絮地对四婶说：

“……这实在是叫作‘天有不测风云’，她的男人是坚实人，谁知道年纪轻轻，就会断送在伤寒上，本来已经好了的，吃了一碗冷饭，复发了。幸亏有儿子；她又能做，打柴摘茶养蚕都来得，本来还可以守着，谁知道那孩子又会给狼衔去的呢，春天快完了，村上倒反来了狼，谁料到？现在她只剩了一个光身了。大伯来收屋，又赶她。她真是走投无路了，只好来求老主人。好在她现在已经再没有什么牵挂，太太家里又凑巧要换人，所以我就领她来。——我想，热门熟路，比生手实在好得多……”

“我真傻，真的，”祥林嫂抬起她没有神采的眼睛来，接着说。“我单知道下雪的时候野兽在山坳里没有食吃，会到村里来；我不知道春天也会有。我一清早起来就开了门，拿小篮盛了一篮豆，叫我们的阿毛坐在门槛上剥豆去。他是很听话的，我的话句句听；他出去了。我就在屋后劈柴、淘米，米下了锅，要蒸豆。我叫阿毛，没有应，出去一看，只见豆撒得一地，没有我们的阿毛了。他是不到别家去玩的；各处去一问，果然没有。我急了，央人出去寻。直到下半天，寻来寻去寻到山坳里，看见刺柴上挂着一只他的小鞋。大家都说，糟了，怕是遭了狼了。再进去；他果然躺在草窠里，肚里的五脏已经都给吃空了，手上还紧紧地捏着那只小篮呢。……”她接着但是呜咽，说不出成句的话来。

四婶起初还踌躇，待到听完她自己的话，眼圈就有些红了。她想了一想，便教拿圆篮和铺盖到下房去。卫老婆子仿佛卸了一肩重担似的嘘一口气；祥林嫂比初来时候神气舒畅些，不待指引，自己驯熟的安放了铺盖。她从此又在鲁镇做女工了。

大家仍然叫她祥林嫂。

然而这一回，她的境遇却改变得非常大。上工之后的两三天，主人们就觉得她手脚已没有先前一样灵活，记性也坏得多，死尸似的脸上又整日没有笑影，四婶的口气上，已颇有些不满了。当她初到的时候，四叔虽然照例皱过眉，但鉴于向来雇用女工之难，也就并不大反对，只是暗暗地告诫四婶说，这种人虽然似乎很可怜，但是败坏风俗的，用她帮忙还可以，祭礼时候可用不着她沾手，一切饭菜，只好自己做，否则，不干不净，祖宗是不吃的。

四叔家里最重大的事件是祭祀，祥林嫂先前最忙的时候也就是祭祀，这回她却清闲了．桌子放在堂中央，系上桌帏，她还记得照旧地去分配酒杯和筷子。

“祥林嫂，你放着罢，我来摆。”四婶慌忙地说。

她讪讪地缩了手，又去取烛台。

“祥林嫂，你放着罢，我来拿。”四婶又慌忙地说。

她转了几个圆圈，终于没有事情做，只得疑惑地走开。她在这一天可做的事是不过坐在灶下烧火。

镇上的人们也仍然叫她祥林嫂，但音调和先前很不同，也还和她讲话，但笑容却冷冷的了。她全不理会那些事，只是直着眼睛，和大家讲她自己日夜不忘的故事——

“我真傻，真的，”她说。“我单知道雪天是野兽在深山里没有食吃，会到村里来；我不知道春天也会有。我一大早起来就开了门，拿小篮盛了一篮豆，叫我们的阿毛坐在门槛上剥豆去。他是很听话的孩子，我的话句句听；他就出去了。我就在屋后劈柴、淘米，米下了锅，打算蒸豆。我叫，‘阿毛！’没有应。出去一看，只见豆撒得满地，没有我们的阿毛了。各处去一问，都没有。我急了，央人去寻去。直到下半天，几个人寻到山坳里，看见刺柴上挂着一只他的小鞋。大家都说，完了，怕是遭了狼了。再进去；果然，他躺在草窠里，肚里的五脏已经都给吃空了，可怜他手里还紧紧地捏着那只小篮呢。……”她于是淌下眼泪来，声音也呜咽了。

这故事倒颇有效，男人听到这里，往往敛起笑容，没趣地走了开去；女人们却不独宽恕了她似的，脸上立刻改换了鄙薄的神气，还要陪出许多眼泪来。有些老女人没有在街头听到她的话，便特意寻来，要听她这一段悲惨的故事。直到说到呜咽，她们也就一齐流下那停在眼角上的眼泪，叹息一番，满足地去了，一面还纷纷地评论着。

她就只是反覆地向人说她悲惨的故事，常常引住了三五个人来听她。但不久，大家也都听得纯熟了，便是最慈悲的念佛的老太太们，眼里也再不见有一点泪的痕迹。后来全镇的人们几乎都能背诵她的话，一听到就烦厌得头痛。

“我真傻，真的，”她开首说。

“是的，你是单知道雪天野兽在深山里没有食吃，才会到村里来的。”他们立即打断她的话，走开去了。

她张着口怔怔地站着，直着眼睛看他们，接着也就走了，似乎自己也觉得没趣。但她还妄想，希图从别的事，如小篮，豆，别人的孩子上，引出她的阿毛的故事来。她一看见两三岁的小孩子，她就说：

“唉唉，我们的阿毛如果还在，他就有这么大了。……”

孩子看见她的眼光就吃惊，牵着母亲的衣襟催她走。于是又只剩下她一个，终于没趣地也走了。后来大家又都知道了她的脾气，只要有孩子在眼前，便似笑非笑地先问她，道：

“祥林嫂，你们的阿毛如果还在，不是也就有这么大了么？”

她未必知道她的悲哀经大家咀嚼赏鉴了许多天，早已成为渣滓，只值得烦厌和唾弃；但从人们的笑影上，也仿佛觉得这又冷又尖，自己再没有开口的必要了。她单是一瞥他们，并不回答一句话。

鲁镇永远是过新年，腊月二十以后就忙起来了。四叔家里这回须雇男短工，还是忙不过来，另叫柳妈做帮手。杀鸡、宰鹅；然而柳妈是善女人，吃素，不杀生的，只肯洗器皿。祥林嫂除烧火之外，没有别的事，却闲着了，坐着只看柳妈洗器皿。微雪点点地下来了。

“唉唉，我真傻，”祥林嫂看了天空，叹息着，独语似的说。

“祥林嫂，你又来了。”柳妈不耐烦地看着她的脸，说。“我问你：你额角上的伤疤，不就是那时撞坏的么？”

“唔唔。”她含胡地回答。

“我问你：你那时怎么后来竟依了呢？”

“我么？……”

“你呀。我想：这总是你自己愿意了，不然。……”

“阿阿，你不知道他力气多么大呀。”

“我不信。我不信你这么大的力气，真会拗他不过。你后来一定是自己肯了，倒推说他力气大。”

“阿阿，你……你倒自己试试看。”她笑了。

柳妈的打皱的脸也笑起来，使她蹙缩得像一个核桃；干枯的小眼睛一看祥林嫂的额角，又钉住她的眼。祥林嫂似乎很局促了，立刻敛了笑容，旋转眼光，再去看雪花。

“祥林嫂，你实在不合算。”柳妈诡秘地说。“再一强，或者索性撞一个死，就好了。现在呢，你和你的第二个男人过活不到两年，倒落了一件大罪名。你想，你将来到阴司去，那两个死鬼的男人还要争，你给了谁好呢，阎罗大王只好把你锯开来，分给他们。我想，这真是……”

她脸上就显出恐怖的神色来，这是在山村里所未曾知道的。

“我想，你不如及早抵当。你到土地庙里去捐一条门槛，当作你的替身，给千人踏，万人跨，赎了这一世的罪名，免得死了去受苦。”

她当时并不回答什么话，但大约非常苦闷了，第二天早上起来的时候，两眼上便都围着大黑圈。早饭之后，她便到镇的西头的土地庙里去求捐门槛。庙祝起初执意不允许，直到她急得流泪，才勉强答应了。价目是大钱十二千。

她久已不和人们交口，因为阿毛的故事是早被大家厌弃了的；但自从和柳妈谈了天，似乎又即传扬开去，许多人都发生了新趣味，又来逗她说话了。至于题目，那自然是换了一个新样，专在她额上的伤疤。

“祥林嫂。我问你：你那时怎么竟肯了？”一个说。

“唉，可惜，白撞了这一下。”一个看着她的疤，应和道。

她大约从他们的笑容和声调上，也知道是在嘲笑她，所以总是瞪着眼睛，不说一句话，后来连头也不回了。她整日紧闭了嘴唇，头上带着大家以为耻辱的记号的那伤痕，默默地跑街、扫地、洗菜、淘米。快够一年，她才从四婶手里支取了历来积存的工钱，换算了十二元鹰洋，请假到镇的西头去。但不到一顿饭时候，她便回来，神气很舒畅，眼光也分外有神，高兴似的对四婶说，自己已经在土地庙捐了门槛了。

冬至的祭祖时节，她做得更出力，看四婶装好祭品，和阿牛将桌子抬到堂屋中央，她便坦然地去拿酒杯和筷子。

“你放着罢，祥林嫂！”四婶慌忙大声说。

她像是受了炮烙似的缩手，脸色同时变作灰黑。也不再去取烛台，只是失神地站着。

直到四叔上香的时候，教她走开，她才走开。这一回她的变化非常大，第二天，不但眼睛窈陷下去，连精神也更不济了。而且很胆怯，不独怕暗夜，怕黑影，即使看见人，虽是自己的主人，也总惴惴的，有如在白天出穴游行的小鼠；否则呆坐着，直是一个木偶人。不半年，头发也花白起来了，记性尤其坏，甚而至于常常忘却了去淘米。

“祥林嫂怎么这样了？倒不如那时不留她。”四婶有时当面就这样说，似乎是警告她。

然而她总如此，全不见有伶俐起来的希望。他们于是想打发她走了，教她回到卫老婆子那里去。但当我还在鲁镇的时候，不过单是这样；看现在的情状，可见后来终于实行了。然而她是从四叔家出去就成了乞丐的呢，还是先到卫老婆子家然后再变乞丐的呢？那我可不知道。

我给那些因为在近旁而极响的爆竹声惊醒，看见豆一般大的黄色的灯火光，接着又听得毕毕剥剥的鞭爆，是四叔家正在“祝福”了：知道已是五更将近时候。我在朦胧中，又隐约听到远处的爆竹声联绵不断，似乎合成一天音响的浓云，夹着团团飞舞的雪花，拥抱了全市镇。我在这繁响的拥抱中，也懒散而且舒适，从白天以至初夜的疑虑，全给祝福的空气一扫而空了，只觉得天地圣众歆享了牲醴和香烟，都醉醺醺地在空中蹒跚，预备给鲁镇的人们以无限的幸福。

一九二四年二月七日。

后　记

关于鲁迅先生遗著的选本，编委会最初曾建议：在《鲁迅自选集》及秋白选辑的《鲁迅杂文选》而外，再加选鲁迅先生的后期杂文，并请许广平先生担任。编委会这个建议得到了许广平先生的同意。后来，在又一次编委会上，大家又觉得《狂人日记》等四篇小说，有口皆碑，《鲁迅自选集》中虽未收入，而此次编选，似不应割爱。此议又征得许广平先生同意。现在就把这四篇排在自选集的最后，特此申明。

新文学选集编辑委员会志。

新文学选集

鲁迅选集

中　册

开明出版社

第二部

《鲁迅杂感选集》序言

何　凝

“自己背着因袭的重檐，肩住了黑暗的闸门，放他们到宽阔光明的地方去……”

——鲁迅：《坟》

象牙塔里的绅士总会假清高地笑骂：“政治家，政治家，你算得什么艺术家呢！你的艺术是有倾向的！”对于这种嘲笑，革命文学家只有一个回答：

你想用什么来骂倒我呢？难道因为我要改造世界的这种热诚的巨大火焰，它在我的艺术里也在燃烧着么？（卢纳察尔斯基：《高尔基作品选集》序）

革命的作家总是公开地表示他们和社会斗争的联系；他们不但在自己的作品里表现一定的思想，而且时常用一个公民的资格出来对社会说话，为着自己的理想而战斗，暴露那些假清高的绅士艺术家的虚伪。高尔基在小说戏剧之外，写了很多的公开书信和“社会论文”（publicist articles），尤其在最近几年——社会的政治的斗争十分紧张的时期。也有人笑他做不成艺术家了，因为“他只会写些社会论文”。但是，谁都知道这些讥笑高尔基的，是些什么样的蚊子和苍蝇！

鲁迅在最近十五年来，断断续续地写过许多论文和杂感，尤其是杂感来得多。于是有人给他起了一个绰号，叫做“杂感专家”。“专”在“杂”里者，显然含有鄙视的意思。可是，正因为一些蚊子苍蝇讨厌他的杂感，这种文体就证明了自己的战斗的意义。鲁迅的杂感其实是一种“社会论文”——战斗的“阜利通”（feuilleton）。谁要是想一想这将近二十年的情形，他就可以懂得这种文体发生的原因。急剧的剧烈的社会斗争，使作家不能够从容地把他的思想和情感镕铸到创作里去，表现在具体的形象和典型里；同时，残酷的强暴的压力，又不容许作家的言论采取通常的形式。作家的幽默才能，就帮助他用艺术的形式来表现他的政治立场，他的深刻的对于社会的观察，他的热烈的对于民众斗争的同情。不但这样，这里反映着五四以来中国的思想斗争的历史。杂感这种文体，将要因为鲁迅而变成文艺性的论文（阜利通——feuilleton）的代名词。自然，这不能够代替创作，然而他的特点是更直接地更迅速地反应社会上的日常事变。

现在选集鲁迅的杂感，不但因为这里有中国思想斗争史上的宝贵的成绩，而且也为着现时的战斗：要知道形势虽然会大不相同，而那种吸血的苍蝇蚊子，却总是那么多！

鲁迅是谁？我们先来说一通神话罢。

神话里有这么一段故事：亚尔霸·龙迦的公主莱亚·西尔维亚被战神马尔斯强奸了，生下一胎双生儿子：一个是罗谟鲁斯，一个是莱谟斯；他们俩兄弟一出娘胎就丢在荒山里，如果不是一只母狼喂他们奶吃，也许早就饿死了；后来罗谟鲁斯居然创造了罗马城，并且乘着大雷雨飞上了天，做了军神；而莱谟斯却被他的兄弟杀了，因为他敢于蔑视那庄严的罗马城，他只一脚就跨过那可笑的城墙。莱谟斯的命运比鲁迅悲惨多了。这也许因为那时代还是虚伪统治的时代。而现在，吃过狼奶的罗谟鲁斯未必再去建筑那种可笑的像煞有介事的罗马城，更不愿意飞上天去高高的供在天神的宝座上，而完全忘记了自己的乳母是野兽。虽然现代的罗谟鲁斯也曾经做过一些这类的傻事情，可是，他终于屈服在“时代精神”的面前，而同着莱谟斯双双地回到狼的怀抱里来。莱谟斯是永久没有忘记自己的乳母的，虽然他也很久的在“孤独的战斗”之中找寻着那回到“故乡”的道路。他憎恶着天神和公主的黑暗世界，他也不能够不轻蔑那虚伪的自欺的纸糊罗马城，这样一直到他回到“故乡”的荒野，在这里找着了群众的野兽性，找着了扫除奴才式的家畜性的铁扫帚，找着了真实的光明的建筑，——这不是什么可笑的猥琐的城墙，而是伟大的簇新的星球。

是的，鲁迅是莱谟斯，是野兽的奶汁所喂养大的，是封建宗法社会的逆子，是绅士阶级的贰臣，而同时也是一些浪漫谛克的革命家的诤友！他从他自己的道路回到了狼的怀抱。

俄国的贵族地主之间，“也发展了十二月十四的人物，这是英雄的队伍，他们像罗谟鲁斯和莱谟斯似的，是野兽的奶汁所喂养大的。这是些勇将，从头到脚都是纯钢打成的，他们是活泼的战士，自觉地走上明显的灭亡的道路，为的要惊醒下一辈的青年去取得新的生活，为的要洗清那些生长在刽子手主义和奴才主义环境里的孩子们。”（赫尔岑）

辛亥革命前的这些勇将们，现在还剩得几个？说近一些，五四时期的思想革命的战士，现在又剩得几个呢？“有的高升，有的退隐，有的前进，我又经历了一回同一战阵中的伙伴不久还是会这么变化。”（鲁迅：《自选集序言》）

鲁迅说“又经历了一回”！他对于辛亥革命的那一回，现在已经不敢说，也真的不忍说了。那时候的“纯钢打成的”人物，现在不但变成了烂铁，而且……真金不怕火烧，到现在，才知道真正的纯钢是谁呵！辛亥革命前的士大夫的子弟，也有一些维新主义的老新党，革命主义的英雄，富国强兵的幻想家。他们之中，客观上领导了民权主义的群众革命运动的人，也并不是没有，而且，似乎也做了一番轰轰烈烈的事业。鲁迅也是士大夫阶级的子弟，也是早期的民权主义的革命党人。不过别人都有点儿惭愧自己是失节的公主的亲属。本来帝国主义的战神强奸了东方文明的公主，这是世界史上的大事变，谁还能够否认？这种强奸的结果，中国的旧社会急速地崩溃解体，这样，出现了华侨式的商业资本，候补的国货实业家，出现了市侩化的绅董，也产生了现代式的小资产阶级的知识阶层。从维新改良的保皇主义到革命光复的排满主义，虽然有改良和革命的不同，而士大夫的气质总是很浓厚的。文明商人和维新绅董之间的区别，只在于绅董希望满清的第二次中兴，用康梁去继承曾左李的事业，而商人的意识代表（也是士大夫），却想到了另外一条出路：自己来做专权的诸葛亮，而叫四万万阿斗做名义上的主人。在这种根本倾向之下，当时的思想界，多多少少都早已埋伏着复古和反动的种子，要想恢复什么“固有文化”。独有现代式的小资产阶级知识阶层的萌芽，能够用对于科学文明的坚决信仰，来反对这种复古和反动的预兆。鲁迅和当时的早期革命家，同样背着士大夫阶级和宗法社会的过去。但是，他不但很早就研究过自然科学和当时科学上的最高发展阶段。而且他和农民群众有比较巩固的联系。他的士大夫家庭的败落，使他在儿童时代就混进了野孩子的群里，呼吸着小百姓的空气。这使得他真像吃了狼的奶汁似的，得到了那种“野兽性”。他能够真正斩断“过去”的葛藤深刻地憎恶天神和贵族的宫殿，他从来没有摆过诸葛亮的臭架子，他从绅士阶级出来，他深刻地感觉到种种士大夫的卑劣，丑恶和虚伪。他不惭愧自己是私生子，他诅咒自己的过去，他竭力地要肃清这个肮脏的旧茅厕。

现代最伟大的革命政治家说过：“吃人经济的存在，剥削的存在，永永要产生反对这种制度的理想，在被剥削的群众自己之中是如此，在所谓知识阶层的个别代表之中也是如此。这些理想对于马克思主义者都是很宝贵的。”辛亥革命之前，譬如一九〇七年的时候，除出富国强兵和立宪民治之外，还有什么理想呢？不是伟大的天才，有敏锐的感觉和真正的世界的眼光，就不能够跳过“时代的限制”；就算只是容纳和接受外国的学说，也要有些容纳和接受的能力。而鲁迅在一九〇七年说：

> 轻才小慧之徒，于是竞言武事。……谓钩爪锯牙，为国家首事，又引文明之话，用以自文。……虽兜牟深隐其面，威武若不可陵，而干禄之色，固灼然现于外矣！计其次者，乃复有制造商估立宪国会之说。前二者素见重于中国青年间，纵不主张，治之者亦将不可缕数。盖国若一日存，固足以假力图富强之名，博志士之誉；即有不幸，宗社为墟，而广有金资，大能温饱……若夫后二，可无论已……将事权言议，悉归奔走干进之徒，或至愚屯之富人，否亦善垄断之市侩……呜呼，古之临民者，一独夫也；由今之道，且慎变而为千万无赖之尤，民不堪命矣，于兴国究何与焉。（《坟》：《文化偏至论》）

这在现在看来，几乎全是预言！中国的资产阶级，经过了短期间的革命，而现在，那些一九〇七年时候的青年，热心于提倡而实行“制造商估”的青年，正在一面做“志士”，一面预备亡国，而且更进一步，积极地巧妙地卖国了。至于千万无赖之尤的假民权，也正在粉刷着新的立宪招牌。自然，鲁迅当时的思想基础是尼采的“重个人非物质”的学说。这种学说在欧洲已经是资产阶级反动的反映，他们要用超人的名义，最“先进”的英雄和贤哲的名义，去抵制新兴阶级的群众的集体的进取和改革，说一切群众其实都是守旧的，阻碍进步的“庸众”。可是，鲁迅在当时的倾向尼采主义，却反映着别一种社会关系。固然，这种个性主义，是一般的知识分子的资产阶级性的幻想。然而在当时的中国，城市的工人阶级还没有成为巨大的自觉的政治力量，而农村的农民群聚只有自发的不自觉的反抗斗争。大部分的市侩和守旧的庸众，替统治阶级保守着奴才主义，的确是改革进取的阻碍。为着要光明，为着要征服自然界和旧社会的盲目力量，这种发展个性，思想自由，打破传统的呼声，客观上在当时还有相当的革命意义。只要看鲁迅当时的《摩罗诗力说》，他是要"举一切诗人中，凡立意在反抗，指归在动作，而为世所不甚愉悦者悉入之"。摩罗是梵文，欧洲人说"撒但"，意思是天魔。鲁迅的叙说这些天魔诗人（裴伦等等），目的正在于号召反抗，推翻一切传统的重压的"东方文化"的国故僵尸。他是真正介绍欧洲文艺思想的第一个人。

在那时候——一九〇七年——他的这些呼声差不多完全沉没在浮光掠影的粗浅的排满论调之中，没有得到任何的回响。如果不是《坟》里保存了这几篇历史文献，也许同中国的许多"革命档案"一样，就这么失散了。这些文献的意义，在于回答当时思想界的一个严重问题：群众这样落后怎么办？对于这个问题，当时革命思想界里有一个现成的答覆，就是说，群众落后是天生的，因此，不要他们起来革命，等编练了革命军队来替他们革命，而革命成功之后也还不能够给民众自由，而要好好地教训他们几年。而鲁迅所给的答案却有些不同，他是说，因为民众落后，所以更要解放个性，更要思想的自由，要有"自觉的声音"，使它"每响必中于人心，清晰昭明，不同凡响"。这虽然也不是正确的立场，然而比革命的愚民政策，总有点儿不同罢。问题是在于当时中国“亦颇思历举前有之耿光，特未能言，则姑曰左邻已奴，右邻且死，择亡国而较量之，冀自显其佳胜”，有了这种阿Q式的自譬自解，大家正在飘飘然地得意得很，所以始终是诸葛亮式的革命理论“胜利”，而对于科学艺术的努力进取的呼声反而沉没了。

鲁迅在当时不能够不感觉到非常之孤独和寂寞，他问：“今索诸中国，为精神界之战士者安在?”他说俄国文学家科罗连珂的《末光》里，叙述一个老人在西伯利亚教书，书上有黄莺，而那地方却冷得什么也没有，他的学生听说这黄莺会在樱花里唱出美妙的歌声，就只能够侧着头想象那黄莺叫的声音。这种想望多么使人感动呵。“吾人其亦沉思而已夫，其亦沉思而已夫!”(《坟》:《摩罗诗力说》)

然而鲁迅其实并不孤独的。辛亥革命的怒潮，不在于一些革命新贵的风起云涌，而在于“农人野老的不明大义”，他们以为“革命之后从此自由”(《总理全集》:《民元杭州欢迎会上演说辞》)。不明大义的贫民群众的骚动，固然是给革命新贵白白当了一番苦力，固然有时候只表现了一些阿Q的“白铠白甲”的梦想，然而他们是真的光明斗争的基础。精神界的战士只有同他们一路，才有真正的前途。

辛亥革命之后，中国的思想界就不可避免地完成了第一次的“伟大的分裂”；反映着群众的革命情绪和阶级关系的转变，中国的士大夫式的知识阶层就显然地划分了两个阵营：国故派和欧化派。这是在“五四”的前夜，《新青年》早期的新文化运动的开始时期。当时德谟克拉西先生和赛因思先生的联盟，继续开展了革命的斗争；这是资产阶级民权革命的深入，也就是现代式的知识阶层生长发展的结果。鲁迅的参加“思想革命”是在这时候就开始的。我们说他的“参加”开始，是因为在这之前，还没有什么可以参加的，他还只能够孤独的“沉思”。而在《新青年》发动了“新文化斗争”之后，反国故派方才成为整个的队伍。

辛亥之后，大家都可以懂得革命是失败了。但是，并不是个个人都觉得到继续统治的是谁。鲁迅说，这是些“现在的屠杀者”；“杀了‘现在’，也便杀了‘将来’——将来是子孙的时代”。而杀“现在”的自然是一些僵尸。那时候，还是完全的僵尸统治呵。

这些僵尸，封建性的军阀，官僚式的买办，自然要竭力维持一切种种的国故：宗法社会的旧道德，忠孝节义和腐烂发臭的古文化。他们——好比“妻女极多的阔人，婢妾成行的富翁，乱离时候，照顾不到，一遇‘逆兵’（或是‘天兵’），就无法可想。只得救了自己，请别人都做烈女，‘逆兵’便不要了。他便待事定以后，慢慢回来，称赞几句。”（《坟》：《我之节烈观》）这些将到“被征服的地位”的人，一定要提倡守节，一定要称赞烈女。而且为着保持自己的统治，自然更要提倡忠孝，因为活人总要想前进，青年总要想活动，只有死人可以拖住活的，老人可以管住小孩子，这样就天下太平了。

> 我想：暴君的专制使人们变成冷嘲，愚民（应当说是僵尸）的专制使人们变成死相。大家渐渐地死下去，而自己反以为卫道有效……世上如果还有真要活

下去的人们，就先该敢说、敢笑、敢哭、敢怒、敢骂、敢打，在这可诅咒的地方击退了可诅咒的时代！（《华盖集》：《忽然想到》之五）

这固然是黎明期的新文化运动的一般精神，然而鲁迅在这时代已经表现了他的特点。新文化运动的领袖，大家都不免要想做青年的新的导师；而诚实的愿意做一个“革命军马前卒”的，却是鲁迅。他自己“背着因袭的重担，肩住了黑暗的闸门，放他们到宽阔光明的地方去”……他没有自己造一座宝塔，把自己高高供在里面，他却砌了一座“坟”，埋葬他的过去，热烈地希望着这可诅咒的时代——这过渡的时代也快些过去。他这种为着将来和大众而牺牲的精神贯穿着他的各个时期，一直到现在，在一切问题上都是如此。举一个例说罢。白话运动初起的时候，钱玄同之流不久就开倒车，说《三国演义》那样的文言白话夹杂的“言语”就是“合于实际的”模范，理想不可以过高。而另一方面，也有人着重地说明文章的好坏不在于文言白话的分别，而都靠天才，或者要白话好还应该懂古文。这样，每一个新文学家，都在运用“天才”创造新白话文的模范。鲁迅说：“这实在使我打了一个寒噤……自己却正苦于背了这些古老的鬼魂，摆脱不开”，而“许多青年作者，又在古文诗词中摘些好看而难懂的字面，作为变戏法的手巾，来装潢自己的作品”（《坟》：《写在“坟”后面》）。“新文学兴起以来，未忘积习而常用成语如我的和故意作怪而乱用谁也不懂的生语如创造社一流的文字，都使文艺和大众隔离”（《三闲集》：《小小十年小引》）。他自己以为只不过是“桥梁中的一木一石，并非什么前途的目标，范本”，“应该和光阴偕逝，逐渐销亡”（《写在“坟”后面》）。然而正因为如此，他这“桥梁”才是真正通达到彼岸的桥梁，他的作品才成了中国新文学的第一座纪念碑；也正因为如此，他的确成了“青年叛徒的领袖”。

“五四”前后，《新青年》的领导作用是谁也不能否认的。当时反对宗法礼教，反对国故，主张妇女和青年的解放，主张白话文学，——“理想”的浪潮又激动起来，革命的知识青年开始寻找新的出路，新的前途。然而大家都应该记得，这时期之前不久，正是辛亥革命直后的反动，……横梗在思想界前面的重要问题，是理想没有用处，革命的乱闹就是由于一味理想。当时的反动派，的确“提高了他的喉咙，含含糊糊说，‘狗有狗道理，鬼有鬼道理，中国与众不同，也自有中国的道理。道理各各不同，而一味理想，殊堪痛恨。’”（《热风》：《随感录》三九）对于这个问题的答覆，却是新文化运动内部分化的开始。不用说，那些治国平天下的老革命党其实是被反动派难倒了，他们赶紧悔过，说以前我们只会破坏，现在要考究建设了；至于理想过高，民众理会不到，那末革命党本来就不要民众理会，民众总是不知不觉的，让他们“一味去行”，让我们替他们建设的理想好了！这是老革命党的投降。而新革命党呢，“五四”之后不久，《新青年》之中的胡适之派，也就投降了：反动派说一味理想不行，胡适之也赶着大叫“少研究主义，多研究问题”。这种美国市侩式的实际主义，是要预防新兴阶级的伟大理想取得思想界的威权，而鲁迅对于这个问题——革命主义和改良主义的分水岭的问题，——是站在革命主义方面的。他揭穿那些反理想重经验的人的假面具，指出他们的所谓“经验”正是皇帝和奴才的经验！

鲁迅在“五四”前的思想，进化论和个性主义还是他的基本。他热烈地希望着青年，他勇猛地袭击着宗法社会的僵尸统治，要求个性的解放。可是，不久他就渐渐地了解到封建的等级制度和中国社会里的层层压榨。一九二四——二五年，他的《春末闲谈》《灯下漫笔》《杂忆》（《坟》），以及整部的《华盖集》，尤其是一九二六的《华盖集续编》，都包含着猛烈的攻击阶级统治的火焰。自然，这不是社会科学的论文，这只是直感的生活经验。但是他的神圣的憎恶和讽刺的锋芒都集中在军阀官僚和他们的叭儿狗。“五四”到“五卅”前后，中国思想界里逐步地准备着第二次的“伟大的分裂”，这一次已经不是国故和新文化的分别，而是新文化内部的分裂；一方面是工农民众的阵营，别方面是依附封建残馀的资产阶级。这新的反动思想，成了已经披了欧化，或所谓五四化的新衣服。这个分裂直到一九二七年下半年方才完成，而在一九二五——二六年的时候，却已经准备着，只要看当时段祺瑞章士钊的走狗《现代评论》派，在一九二七年之后是怎样地得其所哉，就可以知道这中间的奥妙。而鲁迅当时的《语丝》，革命的小资产阶级的文艺思想和批评，正是针对着这些未来的“官场学者”的。现在的读者往往以为《华盖集正续编》里的杂感，不过是攻击个人的文章，或者有些青年已经不大知道“陈西滢”等类人物的履历，所以不觉得很大的兴趣。其实，不但“陈西滢”，就是

“章士钊（孤桐）”等类的姓名，在鲁迅的杂感里，简直可以当作普通名词读，就是认作社会上的某种典型。他们个人的履历倒可以不必多加考究，重要的是他们这种“媚态的猫”，“比它主人更严厉的狗”，“吸人的血还要预先哼哼地发一通议论的蚊子”，“嗡嗡地闹了半天，停下来舐一点油汗，还要拉上一点蝇矢的苍蝇”……到现在还活着，活着！揭穿这些卑劣、懦怯、无耻、虚伪而又残酷的刽子手和奴才的假面具，是战斗之中不可少的阵线。

的确，旧的卫道先生们渐渐地没落了，于是需要在他们这些僵尸的血管里，注射一些“欧化”的西洋国故和牛津剑桥哥伦比亚的学究主义，再加上一些洋场流氓的把戏，然后僵尸可以暂时“复活”，或者多留恋几年“死尸的生命”。这些欧化绅士和洋场市侩，后来就和“革命军人”结合了新的帮口，于是僵尸统治变成了戏子统治。僵尸还要做戏，自然是再可怕也没有了。

“中国的原始积累式的商业资本，在乡村之中和封建统治的地主有一种特别形式的结合。中国的军阀和一切残酷无情抢劫民众的文武官僚，都是中国这种特别形式的结合的上层建筑。帝国主义和他们所有的一切财政上军事上的力量，就在中国维持并且推动这些封建残馀以及它们的全部军阀官僚的上层建筑，使它们欧化，又使它们守旧。”（约瑟夫）这就是中国僵尸欧化的原因。袁世凯以来的北洋军阀要想稳定这种新的统治，但是，他们只会运用一些“六君子”之类“开国元勋”，“后来的武人可更蠢了，……除了残虐百姓之外，还加上轻视学问荒废教育的恶名。”（《华盖集续编》:《一点比喻》）问题是在于要统治奴隶就要有一定的奴隶规则（《坟》:《灯下漫笔》）。而新的奴隶规则，要新的“山羊”来帮忙才定得出来。这样的山羊，“脖子上还挂着一个小铃铛，作为知识阶级的徽章……能够领了群众稳妥平静地走去，直到它们应该走到的所在……这是说：虽死也应该如羊，使天下太平，彼此省力。”（《华盖集续编》:《一点比喻》）段祺瑞章士钊时代——五卅时代的陈西滢们，就企图做成这样的“山羊”。虽然这企图延长了若干年，而他们现在是做“成功”了！新的朝代，有了新的“帮忙文人”，而且已经像生殖力最强的猪猡和臭虫似的，生出了许许多多各种各式的徒子徒孙。当时——一九二五，二六年——他们的努力，例如剿杀“学匪”，或者请出西哲勖本霍尔来痛打女师大的“毛丫头”之类，总算不是枉费的。

鲁迅当时反对这些欧化绅士们的战斗，虽然隐蔽在个别的甚至私人的问题之下，然而这种战斗的原则上的意义，越到后来就越发明显了。统治者不能够完全只靠大炮机关枪，一定需要某种“意识代表”。这些代表们的虚伪和戏法是无穷的。暴露这些“做戏的虚无主义者”（《华盖集续编》:《马上支日记》），也就必须有持久的韧性的斗争。

他们在“五卅”的时候，论打倒帝国主义的口号是“分裂与猜忌的现象”（徐志摩），说中国人的“打，打，宣战，宣战”是“这样的中国人，呸！”——这意思是中国人该被打而不做声（陈西滢）。他们在“三一八”之后，立刻就说“执政府前原是‘死地’，……群众领袖应负道义上的责任”。这些

"墨写的谎说"难道掩得住"血写的事实吗"!?然而鲁迅在这一次做了一个"错误":"我向来是不惮以最坏的恶意来猜测中国人的,然而我还不料,也不信竟会下劣凶残到这地步!"(《华盖集续编》:《记念刘和珍君》)他在当时已经说是"民国以来最黑暗的一天",然而他更不料一四年后的黑暗会超越三一八屠杀的几百千倍。鲁迅如果有"错误",那末,我们不能够不同意他自己的批评:"我还欠刻毒!"地主官僚和资产阶级社会的丑恶,实在远超出于文学家最深刻的"构陷别人的罪状"!而文饰这种丑恶的,正是那些山羊式的文人。

所以当五卅时期,一般人,甚至革命者的思想,都在"一致对外"的口号之下,多多少少忽略了国内的阶级战争的同时开展;这又是新的阶段的更加严重的问题。而鲁迅就提出这样的质问:"然而中国有枪阶级的焚掠平民,屠杀平民,却向来不很有人抗议。"(《华盖集》:《忽然想到》之十一)回答这个问题的,是"五卅"之后的巨大的群众革命浪潮,革命是在进到新的阶段,"死者遗给后来的功德,是撕去了许多东西的人相,露出那出于意料之外的阴毒的心,教给继续战斗者以别种方法的战斗。"(《华盖集续编》:《空谈》)这就是要打倒帝国主义和军阀,就必须打倒这些阴毒"东西"——动物!就不再是请愿,不只是"和平宣传",不是合法主义,而是……

> 血债必须用同物偿还。拖欠得愈久,就要付更大的利息!(《华盖集续编》:《无花的蔷薇》之二)

此后的"血债"是越拖越多了。

> 泪揩了,血消了;

屠伯们逍遥复逍遥，
用钢刀的，用软刀的。
然而我只有“杂感”而已。（《而已集题辞》）

僵尸的统治转变成戏子的统治，这个转变完成之后不善于做戏的僵尸虽然退了位，而会变戏法的僵尸就更加猖獗起来。活人和死人的斗争，灭亡路上的阶级的挣扎和新兴阶级领导的群众的反抗，经过一番暴风雨的剧变而进到了新的阶段。鲁迅说，“我是在二七年被血吓得目瞪口呆，离开广东的，那些吞吞吐吐没有胆子直说的话，都载在《而已集》里。”就是以后的《三闲集》（一九二八～二九），《二心集》（一九三〇～三一），又何尝不是哭笑不得的“而已”！可是，正是这期间鲁迅的思想反映着一般被蹂躏被侮辱被欺骗的人们的彷徨和愤激，他才从进化论最终地走到了阶级论，从进取的争求解放的个性主义进到了战斗的改造世界的集体主义。如果在以前，鲁迅早就感觉到中国社会里的科举式的贵族阶级和租佃官僚制度之下的农奴阶级之间的对抗，那么，现在他就更清楚地见到那种封建式的阶级对抗之外，正在发展着资本和劳动的对抗。他“一向是相信进化论的，总以为将来必胜于过去，青年必胜于老人”，然而他“目睹了同是青年，而分成两大阵营，或则投书告密，或则助官捕人的事实”！他的“思路因此轰毁”（《三闲集》序言）。是的，以前“父与子”的辈分斗争只是前一阶段的阶级斗争的外套；现在——封建宗法残馀的统治搀杂了一些流氓资本的魔术，——不但更明显地露出劳动和资本的阶级战斗，而且反封建残馀的斗争也不再是纯粹的“父与子”斗争的形式。同时，新兴阶级的领导展开了真正推翻帝国主义和僵尸，推翻流氓资本和地主官僚的新结合的远景。贫民小资产阶级和革命的知识阶层，终于发见了他们反对剥削制度的朦胧的理想，只有同着新兴的社会主义的先进阶级前进，才能够实现，才能够在伟大的斗争的集体之中达到真正的"个性解放"。

这样，当时革命"过程"在思想界的反映，就是五四式的知识阶层的最终的分化，一些所谓欧化青年完全暴露了自己是"丧家的"或者"不丧家的""资本家的乏走狗"，替新的反动去装点一下摩登化的东洋国故和西洋国故。而另外一些革命的知识青年却更确定更明显地走到劳动民众方面来，围绕着革命的营垒。最优秀的最真诚的不肯自己背叛自己的光明理想的分子，始终是要坚决地走上真正革命的道路的。

最早期的真正革命文学运动——五四式的新文学分化之后的革命文学运动，——不能够不首先反对摩登化的遗老遗少，反对重新摆上的"吃人的筵宴"，以及这种筵宴旁边的鼓乐队。蹂躏革命"战士的精神和血肉……赏玩，攀折这花，摘食这果实的人们"，这些流氓式的戏子，扶着几乎断送"死尸的生命"的僵尸，"稳定了"他们的新的统治。于是乎他们的鼓乐队里，就搀和了些"意大利的唐南遮，德国的霍普德曼，(冤枉!)西班牙的伊本纳兹，中国的吴××"等等，而偏偏还要说这是革命文学！这其实是"在指挥刀的掩护之下斥骂他的敌手的"低能儿(《而已集》:《革命文学》)，这其实是段政府之下的陈西滢们的徒子徒孙。据说是段祺瑞张学良等投降了"革命"，陈西滢们"转变了"方向；然而就社会的意义上来说，究竟是谁投降了谁，谁转变了方向，是大有问题的。这时候的新鲜戏法，只在于："命自然还是要革的，然而又不宜太革……剩了一条'革命文学'的独木小桥，所以外来的许多刊物，便通不过，扑通，扑通，都掉下去了。"（《而已集》：《扣丝杂感》）

"独木小桥"始终只是独木小桥。那些"扑通，扑通"掉下去的却学会了游水。真正的革命文艺思想正在这一时期开始深入的发展。在这新阶段上，革命文艺思想经过内部的斗争而逐渐地形成新的阵营。这种不可避免的斗争提出了新的问题，这已经不是父与子的问题，也不仅是暴露指挥刀后的屠伯们的问题。这是关于革命队伍的战略的争论。

新兴阶级的文艺思想，往往经过革命的小资产阶级作家的转变，而开始形成起来，然后逐渐地动员劳动民众和工人之中的新的力量。集中新的队伍，克服过去的"因袭的重担"，同时，扩大同路人的阵线。这不但在日本、美国、德国，甚至于在苏联，也经过波格唐诺夫式的幼稚病。关于这种幼稚病，德国的昆哈曾经说过：一些小集团居然自以为独得了"工人阶级的文化代表的委任状"——包办代表事务。这大概是"历史的误会"。创造社的转变，太阳社的出现，只在这方面讲来，是有客观上的革命意义的。

然而革命军进行的时候，"时时有人退伍，有人落荒，有人颓唐，有人叛变，然而只要无碍于进行，则愈到后来，这队伍也就愈成为纯粹，精锐的队伍了。"（《二心集》：《非革命的急进革命论者》）无产阶级和周围的各种小资产阶级之间本来就没有一座万里长城隔开着。何况小资产阶级又有各种各样不同的阶层和集团呢。

小资产阶级的知织阶层之中，有些是和中国的农村，中国的受尽了欺骗压榨束缚愚弄的农民群众联系着。这些农民从几千百年的痛苦经验之中学会了痛恨老爷和田主，但是没有学会，也不能够学会怎样去回答这些问题，怎样去解除这种痛苦。“旧社会将近崩坏之际，是常常会有近似带革命性的文学作品出现的。然而其实并非真的革命文学。例如：或者憎恶旧社会，而只是憎恶，更没有对于将来的理想，或者也大呼改造社会，而问他要怎样的社会，却是不能实现的乌托邦。”（《三闲集》：《现今的新文学的概观》）然而，宽泛些说，这种文艺当然也是革命的文学，因为它至少还能够反映社会真相的一方面，暗示改革所应当注意的方向。而同时，这些早期的革命作家，反映着封建宗法社会崩溃的过程，时常不是立刻就能够脱离个性主义——怀疑群众的倾向的；他们看得见群众——农民小私有者的群众的自私、盲目、迷信、自欺，甚至于驯服的奴隶性，可是，往往看不见这种群众的“革命可能性”，看不见他们的笨拙的守旧的口号背后隐藏着革命的价值。鲁迅的一些杂感里面，往往有这一类的缺点，引起他对于革命失败的一时的失望和悲观。

另一方面，“五四”到“五卅”之间中国城市里迅速地积聚着各种“薄海民”（bohemian）——小资产阶级的流浪人的知识青年。这种知识阶层和早期的士大夫阶级的“逆子贰臣”，同样是中国封建宗法社会崩溃的结果，同样是帝国主义以及军阀官僚的牺牲品，同样是被中国畸形的资本主义关系的发展过程所“挤出轨道”的孤儿。但是，他们的都市化和摩登化更深刻了，他们和农村的联系更稀薄了，他们没有前一辈的黎明期的清醒的现实主义——也可以说是老实的农民的实事求是的精神——反而传染了欧洲的世纪末的气质。这种新起的知识分子，因为他们的“热度”关系，往往首先卷进革命的怒潮，但是，也会首先“落荒”或者“颓废”，甚至“叛变”——如果不坚决的克服自己的浪漫谛克主义。“这种典型最会轻蔑地肿着鼻子说：‘我不是那种唱些有机的工作，实际主义和渐进主义的赞美歌的人。’这种典型的社会根源是小资产者，他受着战争的恐怖，突然的破产，空前的饥荒和破坏的打击而发疯了，他歇斯替利地乱撞，寻找着出路和挽救，一方面信仰无产阶级而赞助它，别方面又绝望地狂跳，在这两方面之间动摇着。”（乌梁诺夫）这种人在文艺上自然是“才子”，自然不肯做“培养天才的泥土”，而很早就“恨恨地磨墨，立刻写出很高明的结论道，‘唉，幼稚得很。中国要天才！’”（《坟》：《未有天才之前》）革命的怒潮到了，他们一定是革命的；革命的暂时失败了，他们之中也一定有些消极，有些叛变，有些狂跳，而表示一些“令人‘知道点革命的厉害’，只图自己说得畅快的态度，也还是中了才子加流氓的毒。”（《二心集》：《上海文艺一瞥》）于是要“包办”工人阶级文艺代表的“事务”。

《三闲集》以及其他杂感集之中所保留着的鲁迅批评创造社的文章，反映着二七年以后中国文艺界之中这两种态度，两种倾向的争论。自然，鲁迅杂感的特点，在那时特别显露那种经过私人问题去照耀社会思想和社会现象的笔调。然而创造社等类的文学家，单说具有革命志愿的（像叶灵凤之流的投机分子，我们不屑去说到了），也大半扭缠着私人的态度、年纪、气量以至酒量的问题。至少，这里都表现着文人的小集团主义。

这时期的争论和纠葛转变到原则和理论的研究，真正革命文艺学说的介绍，那正是革命普洛文学的新的生命的产生。而还有人说：那是鲁迅“投降”了。现在看来，这种小市民的虚荣心，这种“剥削别人的自尊心”的态度，实在天真得可笑。

这是已经过去的问题了，也应当是过去的了。

鲁迅现在说：“我有一件事要感谢创造社的，是他们“挤”我看了几种科学的文艺论，明白了先前的文学史家们说了一大堆还是纠缠不清的问题……以救正我，——还因我而及于别人——的只信进化论的偏颇。”（《三闲集》序言）“我时时说些自己的事情，怎样地在‘碰壁’，怎样在做蜗牛，好像全世界的苦恼，萃于一身，在替大众受罪似的：也正是中产的知识阶级分子的坏脾气。”（《二心集》序言）

鲁迅从进化论进到阶级论，从绅士阶级的游子贰臣进到无产阶级和劳动群众的真正的友人，以至于战士，他是经历了辛亥革命以前直到现存的四分之一世纪的战斗，从痛苦的经验和深刻的观察之中，带着宝贵的革命传统到新的阵营里来的。他终于宣言：“原先是憎恶这熟识的本阶级，毫不可惜它的溃灭，后来又由于事实的教训，以为惟新兴的无产者才有将来。”（《二心集》序言）关于最近期间，“九一八”以后的杂感，我们不用多说，他是站在战斗的前线，站在自己的哨位上。他在以前，就痛切地指出来："大小无数的人肉的筵宴，即从有文明以来一直排到现在，人们就在这会场中吃人，被吃，以凶人的愚妄的欢呼，将悲惨的弱者的呼号遮掩，更不消说女人和小儿。这人肉的筵宴现在还排着，有许多人还想一直排下去。扫荡这些食人者，掀掉这筵席，毁坏这厨房，这是现在的青年的使命！"（《坟》：《灯下漫笔》）而现在，这句话里的"青年"两个字上面已经加上了新的形容词，甚至于完全换了几个字，——他在日本帝国主义动手瓜分，英美国联进行着共管，而中国的绅商统治阶级要着各种各样的戏法零趸发卖中国的时候，——忍不住要指着那些"民族主义文学者"说："他们（老年的和青年的——凝注）将只尽些送丧的任务，永含着恋主的哀愁，须到……阶级革命的风涛怒吼起来，刷洗山河的时候，这才能脱出这沉滞猥劣和腐烂的运命。"（《二心集》：《民族主义文学的任务和运命》）

然而鲁迅杂感的价值决不止此。他自己说："因为从旧垒中来，情形看得较为分明，反戈一击，易制强敌的死命。"（《坟》：《写在"坟"后面》）从满清末期的士大夫、老新党、陈西滢们……一直到最近期的洋场无赖式的文学青年，都是他所亲身领教过的。刽子手主义和僵尸主义的黑暗，小私有者的庸俗、自欺、自私、愚笨、流浪、赖皮的冒充虚无主义，无耻、卑劣、虚伪的戏子们的把戏，不能够逃过他的锐利的眼光。历年的战斗和剧烈的转变给他许多经验和感觉，经过精练和融化之后，流露在他的笔端。这些革命传统（revolutionary traditions）对于我们是非常之宝贵的，尤其是在集体主义的照耀之下：

第一，是最清醒的现实主义。“中国人向来因为不敢正视人生，只好瞒和骗，由此也生出瞒和骗的文艺来，由这文艺，更令中国人更深地陷入瞒和骗的大泽中，甚而至于已经不自觉得。”（《坟》:《论睁了眼看》）这种思想其实反映着中国的最黑暗的压迫和剥削制度，反映着当时的经济政治关系。科举式的封建等级制度，给每一个“田舍郎”以“暮登天子堂”的幻想；租佃式的农奴制度给每一个农民以“独立经济”的幻影和“爬上社会的上层”的迷梦。这都是几百年来的“空前伟大的”烟幕弹。而另一方面，在极端重压的没有出路的情形之下，散漫的剥夺了取得知识文化的可能的小百姓，只有一厢情愿的找些“巧妙”的方法去骗骗皇帝官僚甚至于鬼神。大家在欺人和自欺之中讨生活。统治阶级的这种“文化遗产”，甚至于像沉重的死尸一样，压在革命队伍的头上，使他们不能够迅速地摆脱。即使，到处听不见歌吟花月的声音了，代之而起的是铁和血的赞颂。然而倘以欺瞒的心，用欺瞒的嘴，则无论说 A 和 O，或 Y 和 Z，一样是虚假的。”（同上）鲁迅是竭力暴露黑暗的，他的讽刺和幽默，是最热烈最严正的对于人生的态度。那些笑他“三个冷静”的人，固然只是些嗡嗡嗡的苍蝇，就是嫌他冷嘲热讽的“不庄严”的，也还是不了解他，同时，也不了解自己的“空城计”式的夸张并不是真正的战斗。可是，鲁迅的现实主义决不是第三种人的超然的旁观的所谓“科学”态度。善于读他的杂感的人，都可感觉到他的燃烧着的猛烈的火焰在扫射着猥劣腐烂的黑暗世界。“世界日日改变，我们的作家取下假面，真诚地，深入地，大胆地看取人生并且写出他的血和肉来的时候早到了；早就应该有一片崭新的文场，早就应该有几个凶猛的闯将！”（同上）

第二，是“韧”的战斗。“对于旧社会和旧势力的斗争，必须坚决，持久不断，而且注重实力。……我们急于造出大群的新的战士，但同时，在文学战线上的还要韧。”（《二心集》五六页）“野牛成为家牛，野猪成为猪，狼成为狗，野性是消失了，但只是使牧人喜欢，于本身并无好处。我以为还不如带些兽性，如果合于下列的算式倒是不很有趣的：人＋家畜性＝某一种人。”（《而已集》：《略论中国人的脸》）而兽性就在于有“咬筋”，一口咬住就不放，拼命地刻苦地干去，这才是韧的战斗。牧人们看见小猪忽然发一阵野性，等忽儿可驯服了，他们是不忧愁的。所以这种兽性和韧的战斗决不是歇死替利地可以干得来的。一忽儿“绝望的狂跳”，一忽儿又“萎靡而颓伤”，一忽儿是嚣张的狂热，一忽儿又搥着胸膊忏悔，那有什么用处。打仗就要像个打仗。这不是小孩子赌气，要结实地立定自己的脚跟。躲在壕沟里，沉着地作战，一步步地前进，——这是鲁迅所谓“壕堑战”的战术。这是非合法主义的战术。如果敌人用“激将”的办法说：“你敢走出来”，而你居然走了出去，那末，这就像许褚的赤膊上前阵，中了箭是活该。而笨到会中敌人的这一类的奸计的人，总是不肯，也不会韧战的。

第三，是反自由主义。鲁迅的著名的“打落水狗”（《坟》：《论费厄泼赖应该缓行》），真正是反自由主义，反妥协主义的宣言。旧势力的虚伪的中庸，说些鬼话来羼杂在科学里，调和一下，鬼混一下，这正是它的诡计。其实这斗争的世界，有些原则上的对抗事实上是决不会有调和的。所谓调和只是敌人的缓兵之计。狗可怜到落水，可是它爬出来仍旧是狗，仍旧要咬你一口，只要有可能的话。所以“要打就得打到底”——对于一切种种黑暗的旧势力都应当这样。但是死气沉沉的市侩——其实他们对于在自己手下讨生活的人一点儿也不死气沉沉，——表面上往往会对所谓弱者“表同情”，事实上他们有意的无意的总在维持着剥削制度。市侩，这是一种狭隘的浅薄的东西，它们的头脑（如果可以说这是头脑的话），被千百年来的现成习惯和思想圈住了，而在这个圈子里自动机似的“思想”着。家庭、私塾、学校、中西“人道主义”的文学的影响，一切所谓“法律精神”和“中庸之道”的影响，把市侩的脑筋造成了一种简单机器，碰见什么“新奇”的、“过激”的事情，立刻就会像留声机似的“啊呀呀”的叫起来。这种“叭儿狗”“虽然是狗，又很像猫，折中、公允、调和、平正之状可掬，悠悠然摆出别个无不偏激，唯独自己得了‘中庸之道’似的脸来”。鲁迅这种暴露市侩的锐利的笔锋，充分地表现着他的反中庸的，反自由主义的精神。

第四，是反虚伪的精神。这是鲁迅——文学家的鲁迅，思想家的鲁迅的最主要的精神。他的现实主义，他的打硬仗，他的反中庸的主张，都是用这种真实，这种反虚伪做基础。他的神圣的憎恶就是针对着这个地主资产阶级的虚伪社会，这个帝国主义的虚伪世界的。他的杂感简直可以说全是反虚伪的战书，譬如别人不大注意的《华盖集续编》就有许多猛烈而锐利的攻击虚伪的文字，久不再版的《坟》里的好些长篇也是这样。而中国的统治阶级特别善于虚伪，他们有意的无意的要把虚伪笼罩群众的意识；他们的虚伪是超越了全世界的纪录了。“中国的一些人，至少是上等人，他们的对于神、宗教、传统的权威，是‘信’和‘从’呢，还是‘怕’和‘利用’？只要看他们的善于变化，毫无特操，是什么也不信从的，但总要摆出和内心两样的架子来。要寻虚无党，在中国实在很不少；”……他们什么都不信，但是他们“虽然这样想，却是那么说，在后台这么做，到前台可那么做”……，这叫做“做戏的虚无党”（《华盖集续编》：《马上支日记》）。虚伪到这地步，其实是顶老实了。西洋资产阶级的民族主义者或者民权主义者，或改良妥协的所谓社会主义者，至少在最初黎明的时候，自己也还蒙在鼓里，一本正经地信仰着什么，或者理论、或者宗教，或者道德——这种客观上的欺骗作用比较的强些。——而中国的是明明知道什么都是假的，不过偏要这么说说，做做，骗骗人，或者简直武断地乱吹一通，拿来做杀人的理论。自然，自从西洋发明了法西斯主义，他们那里也开始中国化了。呜呼，“先进的”中国呵。

自然，鲁迅的杂感的意义，不是这些简单的叙述所能够完全包括得了的。我们不过为着文艺战线的新的任务，特别指出杂感的价值和鲁迅在思想斗争史上的重要地位。我们应当向他学习，我们应当同着他前进。

一九三三，四，八，北平。

随感录

二十五

我一直从前曾见严又陵在一本什么书上发过议论，书名和原文都忘记了。大意是："在北京道上，看见许多孩子，辗转于车轮马足之间，很怕把他们碰死了，又想起他们将来怎样得了，很是害怕。"其实别的地方也都如此，不过车马多少不同罢了。现在到了北京，这情形还未改变，我也时时发起这样的忧虑；一面又佩服严又陵究竟是"做"过赫胥黎《天演论》的，的确与众不同：是一个十九世纪末年中国感觉锐敏的人。

穷人的孩子蓬头垢面的在街上转，阔人的孩子妖形妖势娇声娇气的在家里转。转得大了，都昏天黑地的在社会上转，同他们的父亲一样，或者还不如。

所以看十来岁的孩子，便可以逆料二十年后中国的情形；看二十多岁的青年，——他们大抵有了孩子，尊为爹爹了，——便可以推测他儿子孙子，晓得五十年后七十年后中国的情形。

中国的孩子，只要生，不管他好不好，只要多，不管他才不才。生他的人，不负教他的责任。虽然“人口众多”这一句话，很可以闭了眼睛自负，然而这许多人口，便只在尘土中辗转，小的时候，不把他当人，大了以后，也做不了人。

中国娶妻早是福气，儿子多也是福气。所有小孩，只是他父母福气的材料，并非将来的人的萌芽，所以随便辗转，没人管他，因为无论如何，数目和材料的资格，总还存在。即使偶尔送进学堂，然而社会和家庭的习惯，尊长和伴侣的脾气，却多与教育反背，仍然使他与新时代不合。大了以后，幸而生存，也不过“仍旧贯如之何”，照例是制造孩子的家伙，不是“人”的父亲，他生了孩子，便仍然不是“人”的萌芽。

最看不起女人的奥国人华宁该尔（Otto Weininger）曾把女人分成两大类：一是“母妇”，一是“娼妇”。照这分法，男人便也可以分作“父男”和“嫖男”两类了。但这父男一类，却又可以分成两种：其一是孩子之父，其一是“人”之父。第一种只会生，不会教，还带点嫖男的气息。第二种是生了孩子，还要想怎样教育，才能使这生下来的孩子，将来成一个完全的人。

前清末年，某省初开师范学堂的时候，有一位老先生听了，很为诧异，便发愤说：“师何以还须受教，如此看来，还该有父范学堂了！”这位老先生，便以为父的资格，只要能生。能生这件事，自然便会，何须受教呢。却不知中国现在，正须父范学堂；这位先生便须编入初等第一年级。

因为我们中国所多的是孩子之父；所以以后是只要“人”

之父！

三十八

中国人向来有点自大。——只可惜没有“个人的自大”，都是“合群的爱国的自大”。这便是文化竞争失败之后，不能再见振拔改进的原因。

“个人的自大”，就是独异，是对庸众宣战。除精神病学上的夸大狂外，这种自大的人，大抵有几分天才，——照 Nordau 等说，也可说就是几分狂气。他们必定自己觉得思想见识高出庸众之上，又为庸众所不懂，所以愤世疾俗，渐渐变成厌世家，或“国民之敌”。但一切新思想，多从他们出来，政治上宗教上道德上的改革，也从他们发端。所以多有这“个人的自大”的国民，真是多福气！多幸运！

“合群的自大”，“爱国的自大”，是党同伐异，是对少数的天才宣战；——至于对别国文明宣战，却尚在其次。他们自己毫无特别才能，可以夸示于人，所以把这国拿来做个影子；他们把国里的习惯制度抬得很高，赞美得了不得；他们的国粹，既然这样有荣光，他们自然也有荣光了！倘若遇见攻击，他们也不必自去应战，因为这种蹲在影子里张目摇舌的人，数目极多，只须用 mob 的长技，一阵乱谋，便可制胜，胜了，我是一群中的人，自然也胜了；若败了时，一群中有许多人，未必是我受亏：大凡聚众滋事时，多具这种心理，也就是他们的心理。他们举动，看似猛烈，其实却很卑怯。至于所生结果，则复古、尊王、扶清洋灭等等，已领教得多了。所以多有这“合群的爱国的自大”的国民，真是可哀，真是不幸！

不幸中国偏只多这一种自大：古人所作所说的事，没一件不好，遵行还怕不及，怎敢说到改革？这种爱国的自大家的意见，虽各派略有不同，根底总是一致，计算起来，可分作下列五种——

甲云：“中国地大物博，开化最早；道德天下第一。”这是完全自负。

乙云：“外国物质文明虽高，中国精神文明更好。”

丙云：“外国的东西，中国都已有过；某种科学，即某子所说的云云。”这两种都是“古今中外”派的支流；依据张之洞的格言，“以中学为体西学为用”的人物。

丁云：“外国也有叫化子，——（或云）也有草舍，——娼妓——臭虫。”这是消极的反抗。

戊云：“中国便是野蛮的好，”又云，“你说中国思想昏乱，那正是我民族所造成的事业的结晶。从祖先昏乱起，直要昏乱到子孙；从过去昏乱起，直要昏乱到未来。……（我们是四万万人，）你能把我们灭绝么？”这比“丁”更进一层，不去拖人下水，反以自己的丑恶骄人；至于口气的强硬，却很有《水浒传》中牛二的态度。

五种之中，甲乙丙丁的话，虽然已很荒谬，但同戊比较，尚觉情有可原，因为他们还有一点好胜心存在。譬如衰败人家的子弟，看见别家兴旺，多说大话，摆出大家架子；或寻求人家一点破绽，聊给自己解嘲。这虽然极是可笑，但比那一种掉了鼻子，还说是祖传老病，夸示于众的人，总要算略高一步了。

戊派的爱国论最晚出，我听了也最寒心；这不但因其居心可怕，实因他所说的更为实在的缘故。昏乱的祖先，养出昏乱的子孙，正是遗传的定理。民族根性造成之后，无论好坏，改变都不容易的，法国 G. le Bon 著《民族进化的心理》中，说及此事道，（原文已忘，今但举其大意）——“我们一举一动，虽似自主，其实多受死鬼的牵制，将我们一代的人，和先前几百代的鬼比较起来，数目上就万不能敌了。”我们几百代的祖先里面，昏乱的人，定然不少：有讲道学的儒生，也有讲阴阳五行的道士，有静坐炼丹的仙人，也有打脸打把子的戏子。所以我们现在虽想好好做“人”，难保血管里的昏乱分子不来作怪，我们也不由自主，一变而为研究丹田脸谱的人物：这真是大可寒心的事。但我总希望这昏乱思想遗传的祸害，不至于有梅毒那样猛烈，竟至百无一免。即使同梅毒一样，现在发明了六百零六，肉体上的病，既可医治；我希望也有一种七百零七的药，可以医治思想上的病。这药原来也已发明，就是“科学”一味。只希望那班精神上掉了鼻子的朋友，不要又打着“祖传老病”的旗号来反对吃药，中国的昏乱病，便也总有全愈的一天。祖先的势力虽大，但如从现代起，立意改变：扫除了昏乱的心思，和助成昏乱的物事（儒道两派的文书）。再用了对症的药，即使不能立刻奏效也可把那病毒略略羼淡。如此几代之后，待我们成了祖先的时候，就可以分得昏乱祖先的若干势力，那时便有转机，G. le Bon 所说的事，也不足怕了。

以上是我对于“不长进的民族”的疗救方法；至于“灭绝”一条，那是全不成话，可不必说。“灭绝”这两个可怕的字，岂是我们人类应说的？只有张献忠这等人曾有如此主张，至今为人类唾骂，而且于实际上发生出什么效验呢？但我有一句话，要劝戊派诸公。“灭绝”这句话，只能吓人，却不能吓倒自然。他是毫无情面：他看见有向灭绝这条路走的民族，便请他们灭绝，毫不客气。我们自己想活，也希望别人都活，不忍说他人的灭绝，又怕他们自己走到灭绝的路上，把我们带累了也灭绝，所以在此着急。倘使不改现状，反能兴旺，能得真实自由的幸福生活，那就是做野蛮也很好。——但可有人敢答应说“是”么？

三十九

《新青年》的五卷四号，隐然是一本戏剧改良号，我是门外汉，开口不得；但见《再论戏剧改良》这一篇中，有“中国人说到理想，便含着轻薄的意味，觉得理想即是妄想，理想家即是妄人”一段话，却令我发生了追忆，不免又要说几句空谈。

据我的经验，这理想价值的跌落，只是近五年以来的事。民国以前，还未如此，许多国民，也肯认理想家是引路的人。到了民国元年前后，理论上的事情，著著实现，于是理想派——深浅真伪现在姑且弗论——也格外举起头来。一方面却有旧官僚的攘夺政权，以及遗老受冷不过，预备下山，都痛恨这一类理想派，说什么闻所未闻的学理法理，横亘在前，不能大踏步摇摆，于是沉思三日三夜，竟想出了一种兵器，有了这利器，才将“理”字排行的元恶大憝，一律肃清。这利器的大名，便叫“经验”。现在又添上一个雅号便是高雅之至的“事实”。

经验从哪里得来，便是从清朝得来的。经验提高了他的喉咙含含糊糊说，“狗有狗道理，鬼有鬼道理，中国与众不同，也自有中国道理。道理各各不同，一味理想，殊堪痛恨”。这时候，正是上下一心理财强种的时候，而且带着理字的，又大半是洋货。爱国之士，义当排斥，所以一转眼便跌了价值；一转眼便遭了嘲骂；又一转眼，便连他的影子，也同拳民时代的教民一般，竟犯了与众共弃的大罪了。

但我们应该明白，人格的平等，也是一种外来的旧理想；现在“经验”既已登坛，自然株连着化为妄想，合不分首从，尽踏在朝靴底下，以符列祖宗的成规。这一踏不觉过了四五年，经验家虽然也增加了四五岁，与素未经验的生物学学理——死——渐渐接近，但这与众不同的中国，却依然不是理想的住家。一大批踏在朝靴底下的学习诸公，早经竭力大叫，说他也得了经验了。

但我们应该明白，从前的经验，是从皇帝脚底下学得；现在与将来的经验，是从皇帝的奴才的脚底下学得。奴才的数目多，心传的经验家也愈多，待到经验家二世的全盛时代，那便是理想单被轻薄，理想家单当妄人，还要算是幸福侥幸了。

现在的社会，分不清理想与妄想的区别。再过几时，还要分不清“做不到”与“不肯做到”的区别，要将扫除庭院与劈开地球混作一谈。理想家说，这花园有秽气，须得扫除，——到那时候，说这宗话的人，也要算在理想党里，——他却说道，他们从来在此小便，如何扫除；万万不能，也断乎不可！

那时候，只要从来如此，便是宝贝。即使无名肿毒，倘若生在中国人身上，也便“红肿之处，艳若桃花；溃烂之时，美如乳酪”。国粹所在，妙不可言。那些理想学理法理，既是洋货，自然完全不在话下了。

但最奇怪的，是七年十月下半，忽有许多经验家，理想经验双全家，经验理想未定家，都说公理战胜了强权；还向公理颂扬了一番，客气了一顿。这事不但溢出了经验的范围，而且又添上一个理字排行的厌物。将来如何收场，我是毫无经验；不敢妄谈。经验诸公，想也未曾经验，开口不得。

没有法，只好在此提出，请教受人轻薄的理想家了。

五十六、“来了”

近来时常听得人说，“过激主义来了”；报纸上也时常写着，“过激主义来了”。

于是有几文钱的人，很不高兴。官员也着忙，要防华工，要留心俄国人；连警察厅也向所属发出了严查“有无过激党设立机关”的公事。

着忙是无怪的，严查也无怪的；但先要明，什么是过激主义呢？

这是他们没有说明，我也无从知道，我虽然不知道，却敢说一句话："过激主义"不会来，不必怕他；只有"来了"是要来的，应该怕的。

我们中国人，决不能被洋货的什么主义引动，有抹杀他扑灭他的力量。军国民主义么，我们何尝会同别人打仗；无抵抗主义么，我们却是主张参战的；自由主义么，我们连发表思想都要犯罪。讲几句话也为难；人道主义么，我们人身还可以买卖呢。

所以无论什么主义，全扰乱不了中国；从古到今的扰乱，也不听说因为什么主义。试举目前的例，便如陕西学界的布告，湖南灾民的布告，何等可怕，与比利时公布的德兵苛酷情形，俄国别党宣布的烈宁政府残暴情形，比较起来，他们简直是太平天下了。德国还说是军国主义，列宁不消说还是过激主义哩！

这便是"来了"来了。来的如果是主义，主义达了还会罢；倘若单是"来了"，他便来不完，来不尽，来的怎样也不可知。

民国成立的时候，我住在一个小县城里，早已挂过白旗。有一日，忽然见许多男女，纷纷乱逃：城里的逃到乡下，乡下的逃进城里。问他们甚么事，他们答道，"他们说要来了。"

可见大家都单怕"来了"，同我一样。那时还只有"多数主义"，没有"过激主义"哩。

五十七、现在的屠杀者

高雅的人说，“白话鄙俚浅陋，不值识者一哂之者也。”

中国不识字的人，单会讲话，“鄙俚浅陋”，不必说了。“因为自己不通，所以提倡白话，以自文其陋”如我辈的人，正是“鄙俚浅陋”，也不在话下了。最可叹的是几位雅人，也还不能如《镜花缘》里说的君子国的酒保一般，满口“酒要一壶乎，两壶乎，菜要一碟乎，两碟乎”的终日高雅，却只能在呻吟古文时，显出高古品格；一到讲话，便依然是“鄙俚浅陋”的白话了。四万万中国人嘴里发出来的声音，竟至总共“不值一哂”，真是可怜煞人。

做了人类想成仙；生在地上要上天；明明是现代人，吸着现在的空气，却偏要勒派朽腐的名教，僵尸的语言，侮蔑尽现在，这都是“现在的屠杀者”。杀了“现在”，也便杀了“将来”。——将来是子孙的时代。

六十四、有无相通

南北的官僚虽然打仗，南北的人民却很要好，一心一意地在那里“有无相通”。

北方人可怜南方人太文弱，便教给他们许多拳脚：什么“八卦拳”，“太极拳”，什么“洪家”“侠家”，什么“阴截腿”“抱桩腿”“谭腿”“戳脚”，什么“新武术”“旧武术”，什么

“实为尽美尽善之体育”，“强国保种尽在于斯”。

南方人也可怜北方人太简单了，便送上许多文章：什么“……梦”“……魂”“……痕”“……影”“……泪”，什么“外史”“趣史”“秽史”“秘史”，什么“黑幕”“现形”，什么“淌牌”“吊膀”“拆白”，什么“噫嘻卿卿我我”，“呜呼燕燕莺莺”，“吁嗟风风雨雨”，“耐阿是勒浪勿要面孔哉！”

直隶山东的侠客们，勇士们呵！诸公有这许多筋力，大可以做一点神圣的劳作；江苏浙江湖南的才子们，名士们呵！诸公有许多文才，大可以读几叶有用的新书。我们改良点自己，保全些别人：想些互助的方法，收了互害的局面罢！

（一九一八年）

知识即罪恶

我本来是一个四平八稳，给小酒馆打杂。混一口安稳饭吃的人，不幸认得几个字，受了新文化运动的影响，想求起知识来了。

那时我在乡下，很为猪羊不平；心里想，虽然苦，倘也如牛马一样，可以有一件别的用，那就免得专以卖肉见长了。然而猪羊满脸呆气，终生糊涂，实在除了保持现状之外，没有别的法，所以，诚然，知识是要紧的！

于是我跑到北京，拜老师，求知识。地球是圆的。原质有七十多种。$x+y=z$. 闻所未闻，虽然难，却也以为是人所应该知道的事。

有一天，看见一种日报，却又将我的确信打破了。报上有一位虚无哲学家说：知识是罪恶、赃物……虚无哲学，多大的权威呵，而说道知识是罪恶。我的知识虽然少，而确实是知识，这倒反而坑了我了。我于是请教老师去。

老师道："呸，你懒得用功，便胡说，走！"

我想："老师贪图束脩罢。知识倒也还不如没有的稳当，可惜黏在我脑里，立刻抛不去，我赶快忘了他罢。"

然而迟了。因为这一夜里，我已经死了。

半夜，我躺在公寓的床上，忽而走进两个东西来，一个活无常，一个死有分。但我却并不诧异，因为他们正如城隍庙里塑着的一般。然而跟在后面的两个怪物，却使我吓得失声，因为并非牛头马面，而却是羊面猪头！我便悟到，牛马还太聪明，犯了罪，换上这诸公了，这可见知识是罪恶……我没有想完，猪头便用嘴将我一拱，我于是立刻跌入阴府里，用不着久等烧车马。

到过阴间的前辈先生多说，阴府的大门是有扁额和对联的，我留心看时，却没有，只见大堂上坐着一位阎罗王。稀奇，他便是我的隔壁的大富豪朱朗翁。大约钱是身外之物，带不到阴间的，所以一死便成为清白鬼了，只是不知道怎么又做了大官。他只穿一件极俭朴的爱国布的龙袍，但那龙颜却比活的时候胖得多了。

“你有知识么？”朗翁脸上毫无表情地问。

“没……”我是记得虚无哲学家的话的，所以这样答。

“说没有便是有——带去！”

我刚想：阴府里的道理真奇怪……却又被羊角一叉，跌出阎罗殿去了。

其时跌在一座城池里，其中都是青砖绿门的房屋。门顶上大抵是洋灰做的两个所谓狮子，门外面都挂一块招牌。倘在阳间，每一所机关外总挂五六块牌，这里却只一块，足见地皮的宽裕了。这瞬息间，我又被一位手执钢叉的猪头夜叉用鼻子拱进一间屋子里去，外面的牌额是：

“油豆滑跌小地狱。”

进得里面，却是一望无边的平地，满铺了白豆拌着桐油。只见无数的人在这上面跌倒又起来，起来又跌倒。我也接连地摔了十二跤，头上长出许多疙瘩来。但也有竟在门口坐着躺着，不想爬起，虽然浸得油汪汪的，却毫无一个疙瘩的人，可惜我去问他，他们都瞠着眼不说话。我不知道他们是不听见呢还是不懂，不愿意说呢还是无话可谈。

我于是跌上前去，去问那些正在乱跌的人们。其中的一个道：

“这就是罚知识的，因为知识是罪恶，赃物……我们还算是轻的呢。你在阳间的时候，怎么不昏一点？……”他气喘吁吁地断续地说。

“现在昏起来罢。”

“迟了。”

“我听得人说，西医有使人昏睡的药，去请他注射去，好么?”

“不成，我正为知道医药，所以在这里跌，连针也没有了。”

“那么……有专给人打吗啡针的，听说多是没知识的人……我寻他们去。”

在这谈话时，我们本已滑跌了几百跤了。我一失望，便更不留神，忽然将头撞在白豆稀薄的地面上。地面很硬，跌势又重，我于是糊里糊涂的发了昏……

阿！自由！我忽而在平野上了，后面是那城，前面望得见公寓。我仍然糊里糊涂地走，一面想：我的妻和儿子，一定已经上京了，他们正围着我的死尸哭呢。我于是扑向我的躯壳去，便直坐起来，他们吓跑了，后来竭力说明，他们才了然，都高兴得大叫道：你还阳了，阿呀，我的老天爷哪……

我这样糊里糊涂地想时，忽然活过来了……

没有我的妻和儿子在身边，只有一个灯在桌上，我觉得自己睡在公寓里。间壁的一位学生已经从戏园回来，正哼着“先帝爷唉唉唉”哩，可见时候是不早了。

这还阳还得太冷静，简直不像还阳，我想，莫非先前也并没有死么？

倘若并没死，那么，朱朗翁也就并没有做阎罗王。

解决这问题，用知识究竟还怕是罪恶，我们还是用感情来决一决罢。

（一九二一年）十月二十三日。

事实胜于雄辩

西哲说：事实胜于雄辩。我当初很以为然，现在才知道在我们中国，是不适用的。

去年，我在青云阁的一个铺子里买过一双鞋，今年破了，又到原铺子去照样的买一双。

一个胖伙计，拿出一双鞋来，那鞋头又尖又浅了。

我将一只旧式的和一只新式的都排在柜上，说道：

“这不一样……”

“一样，没有错。”

“这……”

“一样，你瞧！”

我于是买了尖头鞋走了。

我顺便有一句话奉告我们中国的某爱国大家，您说，攻击本国的缺点，是拾某国人的唾馀的，试在中国上，加上我们二字，看看通不通。

现在我敬谨加上了。看过了，然而通的。

你瞧！

（一九二一年）十一月四日。

所谓“国学”

现在暴发的“国学家”之所谓“国学”是甚么？

一是商人遗老们翻印了几十部旧书赚钱，二是洋场上的文豪又做了几篇鸳鸯蝴蝶体小说出版。

商人遗老们的印书是书籍的古董化，其置重不在书籍而在古董。遗老有钱，或者也不过聊以自娱罢了，而商人便大吹大擂地借此获利。还有茶商盐贩，本来是不齿于“士类”的，现在也趁着新旧纷扰的时候，借刻书为名，想挨进遗老遗少的“士林”里去。他们所刻的书都无民国年月，辨不出是元版是清版，都是古董性质，至少每本两三元，绵连、锦帙、古色古香，学生们是买不起的。这就是他们之所谓“国学”。

然而巧妙的商人可也决不肯放过学生们的钱的，便用坏纸恶墨别印什么“菁华”什么“大全”之类来搜括。定价并不大，但和纸墨一比较却是大价了。至于这些“国学”书的校勘，新学家不行，当然是出于上海的所谓“国学家”的了，然而错字叠出，破句连篇（用的并不是新式圈点），简直是拿少年来开玩笑。这是他们之所谓“国学”。

洋场上的往古所谓文豪，“卿卿我我”，“蝴蝶鸳鸯”诚然做过一小堆，可是自有洋场以来，从没有人称这些文章（?）为国学，他们自己也并不以“国学家”自命的。现在不知何以，忽而奇想天开，也学了盐贩茶商，要凭空挨进“国学家”队里去了。然而事实很可惨，他们之所谓国学，是“拆白之事各处皆有而以上海一隅为最甚（中略）余于课馀之暇不惜浪费笔墨编纂事实作一篇小说以饷阅者想亦□者所乐闻也”（原本每句都密圈，今从略，以省排工，阅者谅之）。

“国学”乃如此而已乎?

试去翻一翻历史里的《儒林》和《文苑传》罢，可有一个将旧书当古董的鸿儒，可有一个以拆白饷阅者的文士?

倘说，从今年起，这些就是“国学”，那又是“新”例了。你们不是讲“国学”的么?

（一九二二年）

论雷峰塔的倒掉

听说，杭州西湖上的雷峰塔倒掉了，听说而已，我没有亲见。但我却见过未倒的雷峰塔，破破烂烂的掩映于湖光山色之间，落山的太阳照着这些四近的地方，就是“雷峰夕照”，西湖十景之一。“雷峰夕照”的真景我也见过，并不见佳，我以为。

然而一切西湖胜游的名目之中，我知道得最早的却是这雷峰塔。我的祖母曾经常常对我说，白蛇娘娘就被压在这塔底下。有个叫作许仙的人救了两条蛇，一青一白，后来白蛇便化作女人来报恩，嫁给许仙了；青蛇化作丫鬟，也跟着。一个和尚，法海禅师，得道的禅师，看见许仙脸上有妖气，——凡讨妖怪做老婆的人，脸上就有妖气的，但只有非凡的人才看得出，——便将他藏在金山寺的法座后，白蛇娘娘来寻夫，于是就“水满金山”。我的祖母讲起来还要有趣得多，大约是出于一部弹词叫作《义妖传》里的，但我没有看过这部书，所以也不知道“许仙”“法海”究竟是否这样写。总而言之，白蛇娘娘终于中了法海的计策，被装在一个小小的钵盂里了。钵盂埋在地里，上面还造起一座镇压的塔来，这就是雷峰塔。此后似乎事情还很多，如“白状元祭塔”之类，但我现在都忘记了。

那时我唯一的希望，就在这雷峰塔的倒掉。后来我长大了，到杭州，看见这破破烂烂的塔，心里就不舒服。后来我看看书，说杭州人又叫这塔作保叔塔，其实应该写作“保俶塔”，是钱王的儿子造的。那么，里面当然没有白蛇娘娘了，然而我心里仍然不舒服，仍然希望他倒掉。

现在，他居然倒掉了，则普天之下的人民，其欣喜为何如？

这是有事实可证的。试到吴越的山间海滨，探听民意去。凡有田夫野老，蚕妇村氓，除了几个脑髓里有点贵恙的之外，可有谁不为白娘娘抱不平，不怪法海太多事的？

和尚本应该只管自己念经。白蛇自迷许仙，许仙自娶妖怪，和别人有什么相干呢？他偏要放下经卷，横来招是搬非，大约是怀着嫉妒罢，——那简直是一定的。

听说，后来玉皇大帝也就怪法海多事，以至荼毒生灵，想要拿办他了。他逃来逃去，终于逃在蟹壳里避祸，不敢再出来，到现在还如此。我对于玉皇大帝所做的事，腹诽的非常多，独于这一件却很满意，因为“水满金山”一案，的确应该由法海负责；他实在办得很不错的。只可惜我那时没有打听这话的出处，或者不在《义妖传》中，却是民间的传说罢。

秋高稻熟时节，吴越间所多的是螃蟹，煮到通红之后，无论取哪一只，揭开背壳来，里面就有黄，有膏；倘是雌的，就有石榴子一般鲜红的子。先将这些吃完，即一定露出一个圆锥形的薄膜，再用小刀小心地沿着锥底切下，取出，翻转，使里面向外，只要不破，便变成一个罗汉模样的东西，有头脸、身子，是坐着的，我们那里的小孩子都称他“蟹和尚”，就是躲在里面避难的法海。

当初，白蛇娘娘压在塔底下，法海禅师躲在蟹壳里。现在却只有这位老禅师独自静坐了，非到螃蟹断种的那一天为止出不来。莫非他造塔的时候，竟没有想到塔是终究要倒的么？

活该。

一九二四年十月二十八日。

论照相之类

一、材料之类

我幼小时候，在S城，——所谓幼小时候者，是三十年前，但从进步神速的英才看来，就是一世纪；所谓S城者，我不说他的真名字，何以不说之故，也不说。总之，是在S城，常常旁听大大小小男男女女谈论洋鬼子挖眼睛。曾有一个女人，原在洋鬼子家里佣工，后来出来了，据说她所以出来的原因，就因为亲见一坛盐渍的眼睛，小鲫鱼似的一层一层积累着，快要和坛沿齐平了。她为远避危险起见，所以赶紧走。

S城有一种习惯，就是凡是小康之家，到冬天一定用盐来腌一缸白菜，以供一年之需，其用意是否和四川的榨菜相同，我不知道。但洋鬼子之腌眼睛，则用意当然别有所在，惟独方法却大受了S城腌白菜法的影响，相传中国对外富于同化力，这也就是一个证据罢。然而状如小鲫鱼者何？答曰：此确为S城人之眼睛也。S城庙宇中常有一种菩萨，号曰眼光娘娘。有眼病的，可以去求祷；愈，则用布或绸做眼睛一对，挂神龛上或左右，以答神庥。所以只要看所挂眼睛的多少，就知道这菩萨的灵不灵。而所挂的眼睛，则正是两头尖尖，如小鲫鱼，要寻一对和洋鬼子生理图上所绘似的圆球形者，决不可得。黄帝岐伯尚矣；王莽诛翟义党，分解肢体，令医生们察看，曾否绘图不可知，纵使绘过，现在已佚，徒令“古已有之”而已。宋的《析骨分经》，相传也据目验，《说郛》中有之，我曾看过它，多是胡说，大约是假的。否则，目验尚且如此糊涂，则S城人之将眼睛理想化为小鲫鱼，实也无足深怪了。

然而洋鬼子是吃腌眼睛来代腌菜的么？是不然，据说是应用的。一，用于电线，这是根据别一个乡下人的话，如何用法，他没有谈，但云用于电线罢了；至于电线的用意，他却说道，就是每年加添铁丝，将来鬼兵到时，使中国人无处逃走。二，用于照相，则道理分明，不必多赘，因为我们只要和别人对立，他的眸子里一定有我的一个小照相的。

而且洋鬼子又挖心肝，那用意，也是应用。我曾旁听过一位念佛的老太太说明理由：他们挖了去，熬成油，点了灯，向地下各处去照去。人心总是贪财的，所以照到埋着宝贝的地方，火头便弯下去了。他们当即掘开来，取了宝贝去，所以洋鬼子都这样的有钱。

道学先生之所谓“万物皆备于我”的事，其实是全国，至少是S城的“目不识丁”的人们都知道，所以人为“万物之灵”。所以月经精液可以延年，毛发爪甲可以补血，大小便可以医许多病，臂膊上的肉可以养亲。然而这并非本论的范围，现在姑且不说。况且S城人极重体面，有许多事不许说；否则，就要用阴谋来惩治的。

二、形式之类

要之，照相似乎是妖术。咸丰年间，或一省里，还有因为能照相而家产被乡下人捣毁的事情。但当我幼小的时候，——即三十年前，S城却已有照相馆了，大家也不甚疑惧。虽然当闹“义和拳民”时——即二十五年前，或一省里，还以罐头牛肉当作洋鬼子所杀的中国孩子的肉看。然而这是例外，万事万物，总不免有例外的。

要之，S城早有照相馆了，这是我每一经过，总须流连赏玩的地方，但一年中也不过经过四五回，大小长短不同颜色不同的玻璃瓶，又光滑又有刺的仙人掌，在我都是珍奇的物事；还有挂在壁上的框子里的照片：曾大人、李大人、左中堂、鲍军门。二个族中的好心的长辈，曾经借此来教育我，说这许多都是当今的大官，平“长毛”的功臣，你应该学学他们。我那时也很愿意学，然而想，也须赶快仍复有“长毛”。

但是，S城人却似乎不甚爱照相，因为精神要被照去的，所以运气正好的时候，尤不宜照，而精神则一名“威光”：我当时所知道的只有这一点。直到近年来，才又听到世上有因为怕失了元气而永不洗澡的名士，元气大约就是威光罢，那么，我所知道的就更多了：中国人的精神一名威光即元气，是照得去，洗得下的。

然而虽然不多，那时却又确有光顾照相的人们，我也不明白是什么人物，或者运气不好之徒，或者是新党罢。只是半身像是大抵避忌的，因为像腰斩。自然，清朝是已经废去腰斩的了，但我们还能在戏文上看见包爷爷的铡包勉，一刀两段，何等可怕，则即使是国粹乎，而亦不欲人之加诸我也，诚然也以不照为宜。所以他们所照的多是全身，旁边一张大茶几，上有帽架，茶碗，水烟袋，花盆，几下一个痰盂，以表明这人的气管枝中有许多痰，总须陆续吐出。人呢，或立或坐，或者手执书卷，或者大襟上挂一个很大的时表，我们倘用放大镜一照，至今还可以知道他当时拍照的时辰，而且那时还不会用镁光，所以不必疑心是夜里。

然而名士风流，又何代蔑有呢？雅人早不满于这样千篇一律的呆鸟了，于是也有赤身露体装作晋人的，也有斜领丝绦装作X人的，但不多。较为通行的是先将自己照下两张，服饰态度各不同，然后合照为一张，两个自己即或如宾主，或如主仆，名曰“二我图”。但设若一个自己傲然地坐着，一个自己卑劣可怜地，向了坐着的那一个自己跪着的时候，名色便又两样了：“求己图”。这类“图”晒出之后，总须题些诗，或者词如“调寄《满庭芳》”“《摸鱼儿》”之类，然后在书房里挂起。至于贵人富户，则因为属于呆鸟一类，所以决计想不出如此雅致的花样来，即有特别举动，至多也不过自己坐在中间，膝下排列着他的一百个儿子，一千个孙子和一万个曾孙（下略）照一张“全家福”。

Th. Lipps在他那《伦理学的根本问题》中，说过这样意思的话。就是凡是人主，也容易变成奴隶，因为他一面即承认可做主人，一面就当然承认可做奴隶，所以威力一坠，就死心塌地，俯首帖耳于新主人之前了。那书可惜我不在手头，只记得一个大意，好在中国已经有了译本，虽然是节译，这些话应该存在的罢。用事实来证明这理论的最显著的例是孙皓，治吴时候，如此骄纵酷虐的暴主，一降晋，却是如此卑劣无耻的奴才。中国常语说，临下骄者事上必谄，也就是看穿了这把戏的话。但表现得最透澈的却莫如“求己图”，将来中国如要印《绘图伦理学的根本问题》，这实在是一张极好的插画，就是世界上最伟大的讽刺画家也万万想不到，画不出的。

但现在我们所看见的，已没有卑劣可怜地跪着的照相了，不是什么会纪念的一群，即是什么人放大的半个，都很凛凛地。我愿意我之常常将这些当作半张“求己图”看，乃是我的杞忧。

三、无题之类

照相馆选定一个或数个阔人的照相，放大了挂在门口，似乎是北京特有，或近来流行的。我在S城所见的曾大人之流，都不过六寸或八寸，而且挂着的永远是曾大人之流，也不像北京的时时掉换，年年不同。但革命以后，也许撤去了罢，我知道得不真确。

至于近十年北京的事，可是略有所知了。无非其人阔，则其像放大，其人“下野”，则其像不见，比电光自然永久得多。倘若白昼明烛，要在北京城内寻求一张不像那些阔人似的缩小放大挂起挂倒的照相，则据鄙陋所知，实在只有一位梅兰芳君。而该君的麻姑一般的“天女散花”“黛玉葬花”像，也确乎比那些缩小放大挂起挂倒的东西标致，即此就足以证明中国人实有审美的眼睛，其一面又放大挺胸凸肚的照相者，盖出于不得已。

我在先只读过《红楼梦》，没有看见“黛玉葬花”的照片的时候，是万料不到黛玉的眼睛如此之凸，嘴唇如此之厚的。我以为她该是一副瘦削的痨病脸，现在才知道她有些福相，也像一个麻姑。然而只要一看那些继起的模仿者们的拟天女照相，都像小孩子穿了新衣服，拘束得怪可怜的苦相，也就会立刻悟出梅兰芳君之所以永久之故了，其眼睛和嘴唇，盖出于不得已，即此也就足以证明中国人实有审美的眼睛。

印度的诗圣泰戈尔先生光临中国之际，像一大瓶好香水似地很薰上了几位先生们以文气和玄气，然而够到陪坐祝寿的程度的却只有一位梅兰芳君：两国的艺术家的握手。待到这位老诗人改姓换名，化为“竺震旦”，离开了近于他的理想境的这震旦之后，震旦诗贤头上的印度帽也不大看见了，报章上也很少记他的消息，而装饰这近于理想境的震旦者，也仍旧只有那巍然地挂在照相馆玻璃窗里的一张“天女散花图”或“黛玉葬花图”。

惟有这一位“艺术家”的艺术，在中国是永久的。

我所见的外国名伶美人的照相并不多，男扮女的照相没有见过，别的名人的照相见过几十张。托尔斯泰、伊孛生、罗丹都老了，尼采一脸凶相，勖本华尔一脸苦相，淮尔特穿上他那审美的衣装的时候，已经有点呆相了，而罗曼·罗兰似乎带点怪气，戈尔基又简直像一个流氓。虽说都可以看出悲哀和苦斗的痕迹来罢，但总不如天女的“好”得明明白白。假使吴昌硕翁的刻印章也算雕刻家，加以作画的润格如是之贵，则在中国确是一位艺术家了，但他的照相我们看不见。林琴南翁负了那么大的文名，而天下也似乎不甚有热心于“识荆”的人，我虽然曾在一个药房的仿单上见过他的玉照，但那是代表了他的“如夫人”函谢丸药的功效，所以印上的，并不因为他的文章。更就用了“引车买浆者流”的文字来做文章的诸君而言，南亭亭长我佛山人往矣，且从略；近来则虽是奋战忿斗，做了这许多作品的如创造社诸君子，也不过印过很小的一张三人的合照，而且是铜版而已。

我们中国的最伟大最永久的艺术是男人扮女人。

异性大抵相爱，太监只能使别人放心，决没有人爱他，因为他是无性了，——假使我用了这“无”字还不算什么语病。然而也就可见虽然最难放心，但是最可贵的是男人扮女人了。因为从两性看来，都近于异性，男人看见“扮女人”，女人看见“男人扮”，所以这就永远挂在照相馆的玻璃窗里，挂在国民的心中。外国没有这样的完全的艺术家，所以只好任凭那些捏锤凿，调采色，弄墨水的人们跋扈。

我们中国的最伟大最永久，而且最普遍的艺术也就是男人扮女人。

一九二四年十一月十日。

再论雷峰塔的倒掉

从崇轩先生的通信（二月份《京报副刊》）里，知道他在轮船上听到两个旅客谈话，说是杭州雷峰塔之所以倒掉，是因为乡下人迷信那塔砖放在自己的家中，凡事都必平安，如意，逢凶化吉，于是这个也挖，那个也挖，挖之久久，便倒了。一个旅客并且再三叹息道：西湖十景这可缺了呵！

这消息，可又使我有点畅快了，虽然明知道幸灾乐祸，不像一个绅士，但本来不是绅士的，也没有法子来装潢。

我们中国的许多人，——我在此特别郑重声明：并不包括四万万同胞全部！——大抵患有一种“十景病”，至少是“八景病”，沉重起来的时候大概在清朝。凡看一部县志，这一县往往有十景或八景，如“远村明月”，“萧寺清钟”，“古池好水”之类。而且，“十”字形的病菌，似乎已经侵入血管，流布全身，其势力早不在“!”形惊叹亡国病菌之下了。点心有十样锦，菜有十碗，音乐有十番，阎罗有十殿，药有十全大补，猜拳有全福手，福手全，连人的劣迹或罪状，宣布起来也大抵是十条，仿佛犯了九条的时候总不肯歇手。现在西湖十景可缺了呵！“凡为天下国家有九经”，九经固古已有之，而九景却颇不习见，所以正是对于十景病的一个针砭，至少也可以使患者感到一种不平常，知道自己的可爱的老病，忽而跑掉了十分之一了。

但仍有悲哀在里面。

其实，这一种势所必至的破坏，也还是徒然的。畅快不过是无聊的自欺。雅人和信士和传统大家，定要苦心孤诣巧语花言地再来补足了十景而后已。

无破坏即无新建设，大致是的；但有破坏却未必即有新建设。卢梭，斯谛纳尔，尼采，托尔斯泰，伊孛生等辈，若用勃兰兑斯的话来说，乃是“轨道破坏者”。其实他们不单是破坏，而且是扫除，是大呼猛进，将碍脚的旧轨道不论整条或碎片，一扫而空，并非想挖一块废铁古砖挟回家去，预备卖给旧货店。中国很少这一类人，即使有之，也会被大众的唾沫淹死。孔丘先生确是伟大，生在巫鬼势力如此旺盛的时代，偏不肯随俗谈鬼神；但可惜太聪明了，“祭如在，祭神如神在”，只用他修《春秋》的照例手段以两个“如”字略寓“俏皮刻薄”之意，使人一时莫名其妙，看不出他肚皮里的反对来。他肯对子路赌咒，却不肯对鬼神宣战，因为一宣战就不和平，易犯骂人——虽然不过骂鬼——之罪，即不免有《衡论》（见一月份《晨报副镌》）作家T. Y.先生似的好人，会替鬼神来奚落他道：为名乎？骂人不能得名。为利乎？骂人不能得利。想引诱女人乎？又不能将蚩尤的脸子印在文章上。何乐而为之也欤？

孔丘先生是深通世故的老先生，大约除脸子付印问题以外，还有深心，犯不上来做明目张胆的破坏者，所以只是不谈，而决不骂，于是乎俨然成为中国的圣人，道大，无所不包故也。否则，现在供在圣庙里的，也许不姓孔。

不过在戏台上罢了，悲剧将人生的有价值的东西毁灭给人看，喜剧将那无价值的撕破给人看。讥讽又不过是喜剧的变简的一支流。但悲壮滑稽，却都是十景病的仇敌，因为都有破坏性，虽然所破坏的方面各不同。中国如十景病尚存，则不但卢梭他们似的疯子决不产生，并且也决不产生一个悲剧作家或喜剧作家或讽刺诗人。所有的，只是喜剧底人物或非喜剧非悲剧底人物，在互相模造的十景中生存，一面各各带了十景病。

然而十全停滞的生活，世界上是很不多见的事，于是破坏者到了，但并非自己的先觉的破坏者，却是狂暴的强盗，或外来的蛮夷。俨狁早到过中原，五胡来过了，蒙古也来过了；同胞张献忠杀人如草，而满洲兵的一箭，就钻进树丛中死掉了。有人论中国说，倘使没有带着新鲜的血液的野蛮的侵入，真不知自身会腐败到如何！这当然是极刻毒的怨谑，但我们一翻历史，怕不免要有汗流浃背的时候罢。外寇来了，暂一震动，终于请他做主子，在他的刀斧下修补老例；内寇来了，也暂一震动，终于请他做主子，或者别拜一个主子，在自己的瓦砾中修补老例。再来翻县志，就看见每一次兵灾之后，所添上的是许多贞妇烈女的氏名。看近来的兵祸，怕又要大举表扬节烈了罢。许多男人们都那里去了？

凡这一种寇盗式的破坏，结果只能留下一片瓦砾，与建设无关。

但当太平时候，就是正在修补老例，并无寇盗时候，即国中暂时没有破坏么？也不然的，其时有奴才式的破坏作用常川活动着。

雷峰塔砖的挖去，不过是极近的一条小小的例。龙门的石佛，大半肢体不全，图书馆中的书籍，插图须谨防撕去，凡公物或无主的东西，倘难于移动，能够完全的即很不多。但其毁坏的原因，则非如革除者的志在扫除，也非如寇盗的志在掠夺或单是破坏，仅因目前极小的自利，也肯对于完整的大物暗暗的加一个创伤。人数既多，创伤自然极大，而倒败之后，却难子知道加害的究竟是谁。正如雷峰塔倒掉以后，我们单知道出于乡下人的迷信。共有的塔失去了，乡下人的所得，却不过一块砖，这砖，将来又将为别一自利者所藏，终究至于灭尽。尚在民康物阜时候，因为十景病的发作，新的雷峰塔也会再造的罢。但将来的运命，不也就可以推想而知么？如果乡下人还是这样的乡下人，老例还是这样的老例。

这一种奴才式的破坏，结果也只能留下一片瓦砾，与建设无关。

岂但乡下人之于雷峰塔，日日偷挖中华民国的柱石的奴才们，现在正不知有多少！

瓦砾场上还不足悲，在瓦砾场上修补老例是可悲的。我们要革新的破坏者，因为他内心有理想的光。我们应该知道他和寇盗奴才的分别；应该留心自己堕入后两种。这区别并不烦难，只要观人，省己，凡言动中，思想中，含有借此据为己有的症兆者是寇盗，含有借此占些目前的小便宜的症兆者是奴才，无论在前面打着的是怎样鲜明好看的旗子。

一九二五年二月六日。

春末闲谈

北京正是春末，也许我过于性急之故罢，觉着夏意了，于是突然记起故乡的细腰蜂。那时候大约是盛夏，青蝇密集在凉棚索子上，铁黑色的细腰蜂就在桑树间或墙角的蛛网左近往来飞行，有时衔一只小青虫去了，有时拉一个蜘蛛。青虫或蜘蛛先是抵抗着不肯去，但终于乏力，被衔着腾空而去了，坐了飞机似的。

老前辈们开导我，那细腰蜂就是书上所说的果蠃，纯雌无雄，必须捉螟蛉去做继子的。她将小青虫封在窠里，自己在外面日日夜夜敲打着，祝道"像我像我"，经过若干日，——我记不清了，大约七七四十九日罢，——那青虫也就成了细腰蜂了，所以《诗经》里说："螟蛉有子，果蠃负之。"螟蛉就是桑上小青虫。蜘蛛呢？他们没有提。我记得有几个考据家曾经立过异说，以为她其实自能生卵；其捉青虫，乃是填在窠里，给孵化出来的幼蜂做食料的。但我所遇见的前辈们都不采用此说，还道是拉去做女儿。我们为存留天地间的美谈起见，倒不如这样好。当长夏无事，遣暑林阴，瞥见二虫一拉一拒的时候，便如亲慈母教女，满怀好意，而青虫的宛转抗拒，则活像一个不识好歹的毛鸦头。

但究竟是夷人可恶，偏要讲什么科学。科学虽然给我们许多惊奇，但也搅坏了我们许多好梦。自从法国的昆虫学大家发勒耳（Fabre）仔细观察之后，给幼蜂做食料的事可就证实了。而且，这细腰蜂不但是普通的凶手，还是一种很残忍的凶手，又是一个学问技术都极高明的解剖学家。她知道青虫的神经构造和作用，用了神奇的毒针，向那运动神经球上只一螫，它便麻痹为不死不活状态，这才在它身上生下蜂卵，封入窠中。青虫因为不死不活，所以不动，但也因为不活不死，所以不烂，直到她的子女孵化出来的时候，这食料还和被捕当日一样的新鲜。

三年前，我遇见神经过敏的俄国的E君，有一天他忽然发愁道，不知道将来的科学家，是否不至于发明一种奇妙的药品，将这注射在谁的身上，则这人即甘心永远去做服役和战争的机器了。那时我也就皱眉叹息，装作一齐发愁的模样，以示“所见略同”之至意，殊不知我国的圣君、贤臣、圣贤之徒，却早已有过这一种黄金世界的理想了。不是“唯辟作福，唯辟作威，唯辟玉食”么？不是“君子劳心，小人劳力”么？不是“治于人者食（去声）人，治人者食于人”么？可惜理论虽已卓然，而终于没有发明十全的好方法。要服从作威就须不活，要贡献玉食就须不死；要被治就须不活，要供养治人者又须不死。人类升为万物之灵，自然是可贺的，但没有了细腰蜂的毒针，却很使圣君、贤臣、圣贤、圣贤之徒，以至现在的阔人、学者、教育家觉得棘手。将来未可知，若已往，则治人者虽然尽力施行过各种麻痹术，也还不能十分奏效，与果蠃并驱争先。即以皇帝一伦而言，便难免时常改姓易代，终没有“万年有道之长”;《二十四史》而多至二十四，就是可悲的铁证。现在又似乎有些别开生面了，世上挺生了一种所谓“特殊知识阶级”的留学生，在研究室中研究之结果，说医学不发达是有益于人种改良的，中国妇女的境遇是极其平等的，一切道理都已不错，一切状态都已够好。E君的发愁，或者也不为无因罢，然而俄国是不要紧的，因为他们不像我们中国，有所谓“特别国情”，还有所谓“特殊知识阶级”。

但这种工作，也怕终于像古人那样，不能十分奏效的罢，因为这实在比细腰蜂所做的要难得多。她于青虫，只须不动，所以仅在运动神经球上一螫，即告成功。而我们的工作，却求其能运动，无知觉，该在知觉神经中枢，加以完全的麻醉的。但知觉一失，运动也就随之失却主宰，不能贡献玉食，恭请上自“极峰”下至“特殊知识阶级”的赏收享用了。就现在而言，窃以为除了遗老的圣经贤传法，学者的进研究室主义，文学家和茶摊老板的莫谈国事律，教育家的勿视勿听勿言勿动论之外，委实还没有更好、更完全、更无流弊的方法。这是留学生的特别发见，其实也并未轶出了前贤的范围。

那么，又要“礼失而求诸野”了。夷人，现在因为想去取法，姑且称之为外国，他那里，可有较好的法子么？可惜，也没有。所有者，仍不外乎不准集会，不许开口之类，和我们中华并没有什么很不同。然亦可见至道嘉猷，人同此心，心同此理，固无华夷之限也。猛兽是单独的，牛羊则结队；野牛的大队，就会排角成城以御强敌了，但拉开一匹，却只能牟牟地叫。人民与牛马同流，——此就中国而言，夷人则有分类法云，——治之之道，自然应该禁止集合：这方法是对的。其次要防说话。人能说话，已经是祸胎了，而况有时还要做文章。所以苍颉造字，夜有鬼哭。鬼且反对，而况乎官？猴子不会说话，猴界即向无风潮，——可是猴界中也没有官，但这又作别论，——确应该虚心取法，反朴归真，则口且不开，文章自灭：这方法也是对的。然而上文也不过就理论而言，至于实效，却依然是难说。最显著的例，是连那么专制的俄国，而尼古拉二世“龙御上宾”之后，罗马诺夫氏竟已“覆宗绝祀”了。要而言之，那大缺点就在虽有二大良法、而还缺其一，便是：无法禁止人们的思想。

于是我们的造物主——假如天空真有这样的一位“主子”——就可恨了：一恨其没有永远分清“治者”与“被治者”；二恨其不给治者生一枝细腰蜂那样的毒针；三恨其不将被治者造得即使砍去了藏着那思想中枢的脑袋而还能动作——服役。三者得一，阔人的地位即永久稳固，统御也永久省了气力，而天下于是乎太平。今也不然，所以即使单想高高在上，暂时维持阔气，也还得日施手段，夜费心机，实在不胜其委屈劳神之至……

假使没有了头颅，却还能做服役和战争的机械，世上的情形就何等地醒目呵，这时再不必用什么制帽勋章来表明阔人和窄人了，只要一看头之有无，便知道主奴、官民、上下、贵贱的区别。并且也不至于再闹什么革命、共和、会议等等的乱子了，单是电报，就要省下许多许多来。古人毕竟聪明，仿佛早想到过这样的东西，《山海经》上就记载着一种名叫“刑天”的怪物。他没有了能想的头，却还活着，“以乳为目，以脐为口”，——这一点想得很周到，否则他怎么看，怎么吃呢——实在是很值得奉为师法的。假使我们的国民都能这样，阔人又何等安全快乐。但他又“执干戚而舞”，则似乎还是死也不肯安分，和我那专为阔人图便利而设的理想底好国民又不同。陶潜先生又有诗道：“刑天舞干戚，猛志固常在。”连这位貌似旷达的老隐士也这么说，可见无头也会仍有猛志，阔人的天下一时总怕难得太平的了。但有了太多的“特殊知识阶级”的国民，也许有特在例外的希望；况且精神文明太高了之后，精神的头就会提前飞去，区区物质的头的有无也算不得什么难问题。

一九二五年四月二十二日。

灯下漫笔

一

有一时，就是民国二三年时候，北京的几个国家银行的钞票，信用日见其好了，真所谓蒸蒸日上。听说连一向执迷于现银的乡下人，也知道这既便当，又可靠，很乐意收受，行使了。至于稍明事理的人，则不必是“特殊知识阶级”，也早不将沉重累坠的银元装在怀中，来自讨无谓的苦吃。想来，除了多少对于银子有特别嗜好和爱情的人物之外，所有的怕大都是钞票了罢，而且多是本国的。但可惜后来忽然受了一个不小的打击。

就是袁世凯想做皇帝的那一年，蔡松坡先生溜出北京，到云南去起义。这边所受的影响之一，是中国和交通银行的停止兑现。虽然停止兑现，政府勒令商民照旧行用的威力却还有的；商民也自有商民的老本领，不说不要，却道找不出零钱。假如拿几十几百的钞票去买东西，我不知道怎样，但倘使只要买一枝笔，一盒烟卷呢，难道就付给一元钞票么？不但不甘心，也没有这许多票。那么，换铜元，少换几个罢，又都说没有银元。那么，到亲戚朋友那里借现钱去罢，怎么会有；于是降格以求，不讲爱国了，要外国银行的钞票。但外国银行的钞票这时就等于现银，他如果借给你这钞票，也就借给你真的银元了。

我还记得那时我怀中还有三四十元的中交票，可是忽而变了一个穷人，几乎要绝食，很有些恐慌。俄国革命以后的藏着纸卢布的富翁的心情，恐怕也就这样的罢；至多，不过更深更大罢了。我只得探听，钞票可能折价换到现银呢？说是没有行市。幸而终于，暗暗地有了行市了：六折几。我非常高兴，赶紧去卖了一半。后来又涨到七折了，我更非常高兴，全去换了现银，沉垫垫地坠在怀中，似乎这就是我的性命的斤两。倘在平时，钱铺子如果少给我一个银元，我是决不答应的。

但我当一包现银塞在怀中，沉垫垫地觉得安心、喜欢的时候，却突然起了另一思想，就是：我们极容易变成奴隶，而且变了之后，还万分喜欢。

假如有一种暴力，“将人不当人”，不但不当人，还不及牛马，不算什么东西；待到人们羡慕牛马，发生“乱离人，不及太平犬”的叹息的时候，然后给与他略等于牛马的价格，有如元朝定律，打死别人的奴隶，赔一头牛，则人们便要心悦诚服，恭颂太平的盛世。为什么呢？因为他虽不算人，究竟已等于牛马了。

我们不必恭读《钦定二十四史》，或者入研究室，审察精神文明的高超。只要一翻孩子所读的《鉴略》，——还嫌烦重，则看《历代纪元编》，就知道“三千馀年古国史”的中华，历来所闹的就不过是这一个小玩艺。但在新近编纂的所谓“历史教科书”一流东西里，却不大看得明白了，只仿佛说：咱们向来就很好的。

但实际上，中国人向来就没有争到过“人”的价格，至多不过是奴隶，到现在还如此，然而下于奴隶的时候，却是数见不鲜的。中国的百姓是中立的，战时连自己也不知道属于哪一面，但又属于无论哪一面。强盗来了，就属于官，当然该被杀掠；官兵既到，该是自家人了罢，但仍然要被杀掠，仿佛又属于强盗似的。这时候，百姓就希望有一个一定的主子，拿他们去做百姓，——不敢，是拿他们去做牛马，情愿自己寻草吃，只求他决定他们怎样跑。

假使真有谁能够替他们决定，定下什么奴隶规则来，自然就“皇恩浩荡”了。可惜的是往往暂时没有谁能定。举其大者，则如五胡十六国的时候，黄巢的时候，五代时候，宋末元末时候，除了老例的服役纳粮以外，都还要受意外的灾殃。张献忠的脾气更古怪了，不服役纳粮的要杀，服役纳粮的也要杀，敌他的要杀，降他的也要杀：将奴隶规则毁得粉碎。这时候，百姓就希望来一个另外的主子，较为顾及他们的奴隶规则的，无论仍旧，或者新颁，总之是有一种规则，使他们可上奴隶的轨道。

“时日曷丧，余及汝偕亡!”愤言而已，决心实行的不多见。实际上大概是群盗如麻，纷乱至极之后，就有一个较强，或较聪明，或较狡猾，或是外族的人物出来，较有秩序地收拾了天下。厘定规则：怎样服役，怎样纳粮，怎样磕头，怎样颂圣。而且这规则是不像现在那样朝三暮四的。于是便“万姓胪欢”了：用成语来说，就叫作“天下太平”。

任凭你爱排场的学者们怎样铺张，修定时候设些什么“汉族发祥时代”，“汉族发达时代”，“汉族中兴时代”的好题目，好意诚然是可感的，但措辞太绕弯子了。有更其直捷了当的说法在这里——

一、想做奴隶而不得的时代；

二、暂时做稳了奴隶的时代。

这一种循环，也就是“先儒”之所谓“一治一乱”；那些作乱人物，从后日的“臣民”看来，是给“主子”清道开路的，所以说：“为圣天子驱除云雨。”

现在入了那一种时代，我也不了然。但看国学家的崇奉国粹，文学家的赞叹固有文明，道学家的热心复古，可见于现状都已不满了。然而我们究竟正向着哪一条路走呢！百姓是一遇到莫名其妙的战争，稍富的迁进租界，妇孺则避入教堂里去了，因为那些地方都比较的“稳”，暂不至于想做奴隶而不得。总而言之，复古的、避难的、无智愚贤不肖，似乎都已神往于三百年前的太平盛世，就是“暂时做稳了奴隶的时代”了。

但我们也就都像古人一样，永久满足于“古已有之”的时代么，都像复古家一样，不满于现在，就神往于三百年前的太平盛世么？

自然，也不满于现在的，但是，无须反顾，因为前面还有道路在。而创造这中国历史上未曾有过的第三样时代，则是现在的青年的使命！

二

但是，赞颂中国固有文明的人们多起来了，加之以外国人。我常常想，凡有来到中国的，倘能疾首蹙额而憎恶中国，我敢诚意地捧献我的感谢，因为他一定是不愿意吃中国人的肉的！

鹤见祐辅氏在《北京的魅力》中，记一个白人将到中国，预定的暂住时候是一年，但五年之后，还在北京，而且不想回去了。有一天，他们两人一同吃晚饭——

> 在圆的桃花心木的食桌前坐定，川流不息地献着山海的珍味，谈话就从古董，画，政治这些开头。电灯上罩着支那式的灯罩，淡淡的光洋溢于古物罗列的屋子中。什么无产阶级呀，Proletariat 呀那些事，就像不过在什么地方刮风。
>
> 我一面陶醉在支那生活的空气中，一面深思着对于外人有着“魅力”的这东西。元人也曾征服支那，而被征服于汉人种的生活美了；满人也征服支那，而被征服于汉人种的生活美了。现在西洋人也一样，嘴里虽然说着 democracy 呀，什么什么呀，而却被魅于支那人费六千年而建筑起来的生活的美。一经住过北京，就忘不掉那生活的味道。大风时候的万丈的沙尘，每三月一回的督军们的开战游戏，都不能抹去这

支那生活的魅力。

这些话我现在还无力否认他，我们的古圣先贤既给与我们保古守旧的格言，但同时也排好了用子女玉帛所作的奉献于征服者的大宴。中国人的耐劳，中国人的多子，都就是办酒的材料，到现在还为我们的忧国者所自诩的。西洋人初入中国时，被称为蛮夷，自不免个个蹙额，但是，现在则时机已至，到了我们将曾经献于北魏，献于金，献于元，献于清的盛宴，来献给他们的时候了。出则汽车，行则保护；虽遇清道，然而通行自由的；虽或被劫，然而必得赔偿的；孙美瑶掳去他们站在军前，还使官兵不敢开火。何况在华屋中享用盛宴呢？待到享受盛宴的时候，自然也就是赞颂中国固有文明的时候。但是我们的有些乐观的爱国者，也许反而欣然色喜，以为他们将要开始被中国同化了罢。古人会以女人作苟安的城堡，美其名以自欺曰“和亲”，今人还用子女玉帛为作奴的贽敬，又美其名曰“同化”。所以倘有外国的谁，到了已有赴宴的资格的现在，而还替我们诅咒中国的现状者，这才是真有良心的真可佩服的人！

但我们自己是早已布置妥帖了，有贵贱，有大小，有上下。自己被人凌虐，但也可以凌虐别人；自己被人吃，但也可以吃别人。一级一级的制驭着，不能动弹，也不想动弹了。因为倘一动弹，虽或有利，然而也有弊。我们且看古人的良法美意罢——

> 天有十日，人有十等。下所以事上，上所以共神也。故王臣公，公臣大夫，大夫臣士，士臣皂，皂臣

舆，舆臣隶，隶臣僚，僚臣仆，仆臣台。（《左传·昭公七年》）

但是“台”没有臣，不是太苦了么，无须担心的，有比他更卑的妻，更弱的子在。而且其子也很有希望，他日长大，升而为“台”，便又有更卑更弱的妻子，供他驱使了。如此连环，各得其所，有敢非议者，其罪名曰不安分！

虽然那是古事，昭公七年离现在也太辽远了。但“复古家”尽可不必悲观的。太平的景象还在：常有兵燹，常有水旱，可有谁听到大叫唤么？打的打，革的革，可有处士来横议么？对国民如何专横，向外人如何柔媚，不犹是差等的遗风么？中国固有的精神文明，其实并未为共和二字所埋没，只有满人已经退席，和先前稍不同。

因此我们在目前，还可以亲见各式各样的筵宴，有烧烤，有翅席，有便饭，有西餐。但茅檐下也有淡饭，路旁也有残羹，野上也有饿莩；有吃烧烤的身价不资的阔人，也有饿得垂死的每斤八文的孩子（见《现代评论》二十一期）。所谓中国的文明者，其实不过是安排给阔人享用的人肉的筵宴。所谓中国者，其实不过是安排这人肉的筵宴的厨房。不知道而赞颂者是可恕的，否则，此辈当得永远的诅咒！

外国人中，不知道而赞颂者，是可恕的；占了高位，养尊处优，因此受了蛊惑，昧却灵性而赞叹者，也还可恕的。可是还有两种，其一是以中国人为劣种，只配悉照原来模样，因而故意称赞中国的旧物。其一是愿世间人各不相同以增自己旅行的兴趣，到中国看辫子，到日本看木屐，到高丽看笠子，倘若服饰一样，便索然无味了，因而来反对亚洲的欧化。这些都可憎恶。至于罗素在西湖见轿夫含笑，便赞美中国人，则也许别有意思罢。但是，轿夫如果能对坐轿的人不含笑，中国也早不是现在似的中国了。

这文明，不但使外国人陶醉，也早使中国一切人们无不陶醉而且至于含笑。因为古代传来而至今还在的许多差别，使人们各各分离，遂不能再感到别人的痛苦；并且因为自己各有奴使别人，吃掉别人的希望，便也就忘却自己同有被奴使被吃掉的将来。于是大小无数的人肉的筵宴，即从有文明以来一直排到现在，人们就在这会场中吃人，被吃，以凶人的愚妄的欢呼，将悲惨的弱者的呼号遮掩，更不消说女人和小儿。

这人肉的筵宴现在还排着，有许多人还想一直排下去。扫荡这些食人者，掀掉这筵席，毁坏这厨房，则是现在的青年的使命！

一九二五年四月二十九日。

杂　忆

一

有人说 G. Byron 的诗多为青年所爱读，我觉得这话很有几分真。就自己而论，也还记得怎样读了他的诗而心神俱旺；尤其是看见他那花布裹头，去助希腊独立时候的肖像。这像，去年才从《小说月报》传入中国了。可惜我不懂英文，所看的都是译本。听近今的议论，译诗是已经不值一文钱，即使译得并不错。但那时大家的眼界还没有这样高，所以我看了译本，倒也觉得好，或者就因为不懂原文之故，于是便将臭草当作芳兰。《新罗马传奇》中的译文也曾传诵一时，虽然用的是词调，又译 Sappho 为“萨芷波”，证明着是根据日文译本的重译。

苏曼殊先生也译过几首，那时他还没有做诗“寄弹筝人”，因此与 Byron 也还有缘。但译文古奥得很，也许曾经章太炎先生的润色的罢，所以真像古诗，可是流传倒并不广。后来收入他自印的绿面金签的《文学因缘》中，现在连这《文学因缘》也少见了。

其实，那时 Byron 之所以比较地为中国人所知，还有别一原因，就是他的助希腊独立。时当清的末年，在一部分中国青年的心中，革命思潮正盛，凡有叫喊复仇和反抗的，便容易惹起感应。那时我所记得的人，还有波兰的复仇诗人 Adam Mickiewicz；匈牙利的爱国诗人 Petöfi Sandor；飞猎滨的文人而为西班牙政府所杀的厘沙路，——他的祖父还是中国人，中国也曾译过他的绝命诗。Hauptmann，Sudermann，Ibsen 这些人虽然正负盛名，我们却不大注意。别有一部分人，则专意搜集明末遗民的著作，满人残暴的记录，钻在东京或其他的图书馆里，抄写出来，印了，输入中国，希望使忘却的旧恨复活，助革命成功。于是《扬州十日记》《嘉定屠城记略》《朱舜水集》《张苍水集》都翻印了，还有《黄萧养回头》及其他单篇的汇集，我现在已经举不出那些名目来。别有一部分人，则改名“扑满”“打清”之类，算是英雄。这些大号，自然和实际的革命不甚相关，但也可见那时对于光复的渴望之心，是怎样的旺盛。

不独英雄式的名号而已，便是悲壮淋漓的诗文，也不过是纸片上的东西，于后来的武昌起义怕没有甚什么大关系。倘说影响，则别的千言万语，大概都抵不过浅近直截的“革命军马前卒邹容”所作的《革命军》。

二

待到革命起来，就大体而言，复仇思想可是减退了。我想，这大半是因为大家已经抱着成功的希望，又服了“文明”的药，想给汉人挣一点面子，所以不再有残酷的报复。但那时的所谓文明，却确是洋文明，并不是国粹；所谓共和，也是美国法国式的共和，不是周召的共和。革命党人也大概竭力想给本族增光，所以兵队倒不大抢掠。南京的土匪兵小有劫掠，黄兴先生便勃然大怒，枪毙了许多，后来因为知道土匪是不怕枪毙而怕枭首的，就从死尸上割下头来，草绳络住了挂在树上。从此也不再有什么变故了，虽然我所住的一个机关的卫兵，当我外出时举枪立正之后，就从窗门洞爬进去取了我的衣服，但究竟手段已经平和得多，也客气得多了。

南京是革命政府所在地，当然格外文明。但我去一看先前的满人的驻在处，却是一片瓦砾；只有方孝孺血迹石的亭子总算还在。这里本是明的故宫，我做学生时骑马经过，曾很被顽童骂詈和投石，——犹言你们不配这样，听说向来是如此的。现在却面目全非了，居民寥寥；即使偶有几间破屋，也无门窗；若有门，则是烂洋铁做的。总之，是毫无一点木料。

那么，城破之时，汉人大大地发挥了复仇手段了么？并不然。知道情形的人告诉我：战争时候自然有些损坏，革命军一进城，旗人中间便有些人定要按古法殉难，在明的冷宫的遗址的屋子里使火药炸裂，以炸杀自己，恰巧一同炸死了几个适从近旁经过的骑兵。革命军以为埋藏地雷反抗了，便烧了一回，可是燹馀的房子还不少。此后是他们自己动手，拆屋材出卖，先拆自己的，次拆较多的别人的，待到屋无尺材寸椽，这才大家流散，还给我们一片瓦砾场。——但这是我耳闻的，保不定可是真话。

看到这样的情形，即使你将《扬州十日记》挂在眼前，也不至于怎样愤怒了罢。据我感得民国成立以后，汉满的恶感仿佛很是消除了，各省的界限也比先前更其轻淡了。然而“罪孽深重不自殒灭”的中国人，不到一年，情形便又逆转：有宗社党的活动和遗老的谬举而两族的旧史又令人忆起，有袁世凯的手段而南北的交恶加甚，有阴谋家的狡计而省界又被利用，并且此后还要增长起来！

三

不知道我的性质特别坏，还是脱不出往昔的环境的影响之故，我总觉得复仇是不足为奇的，虽然也并不想诬无抵抗主义者为无人格。但有时也想：报复，谁来裁判，怎能公平呢？便又立刻自答：自己裁判，自己执行；既没有上帝来主持，人便不妨以目偿头，也不妨以头偿目。有时也觉得宽恕是美德，但立刻也疑心这话是怯汉所发明，因为他没有报复的勇气；或者倒是卑怯的坏人所创造，因为他贻害于人而怕人来报复，便骗以宽恕的美名。

因此我常常欣慕现在的青年虽然生于清末，而大抵长于民国，吐纳共和的空气该不至于再有什么异族轭下的不平之气，和被压迫民族的合辙之悲罢。果然，连大学教授，也已经不解何以小说要描写下等社会的缘故了，我和现代人要相距一世纪的话，似乎有些确凿但我也不想湔洗，——虽然很觉得惭惶。

当爱罗先珂君在日本未被驱逐之前，我并不知道他的姓名。直到已被放逐，这才看起他的作品来：所以知道那迫辱放逐的情形的，是由于登在《读卖新闻》上的一篇江口涣氏的文字。于是将这译出，还译他的童话，还译他的剧本《桃色的云》。其实，我当时的意思，不过要传播被虐待者的苦痛的呼声和激发国人对于强权者的憎感和愤怒而已，并不是从什么“艺术之宫”里伸出手来，拔了海外的奇花瑶草，来移植在华国的艺苑。

日文的《桃色的云》出版时，江口氏的文章也在，可是已被检查机关（警察厅?）删节得很多。我的译文是完全的，但当这剧本印成本子时，却没有印上去。因为其时我又见了别一种情形，起了别一种意见，不想在中国人的愤火上，再添薪炭了。

四

孔老先生说过：“毋友不如己者。”其实这样的势利眼睛，现在的世界上还多得很。我们自己看看本国的模样，就可知道不会有什么友人的了，岂但没有友人，简直大半都曾经做过仇敌。不过仇甲的时候，向乙等候公论，后来仇乙的时候，又向甲期待同情，所以片段地看起来，倒也似乎并不是全世界都是怨敌。但怨敌总常有一个，因此每一两年，爱国者总要鼓舞一番对于敌人的怨恨与愤怒。

这也是现在极普通的事情，此国将与彼国为敌的时候，总得先用了手段，煽起国民的敌忾心来，使他们一同去扞御或攻击。但有一个必要的条件，就是：国民是勇敢的。因为勇敢，这才能勇往直前，肉搏强敌，以报仇雪恨。假使是怯弱的人民，则即使如何鼓舞，也不会有面临强敌的决心；然而引起的愤火却在，仍不能不寻一个发泄的地方？这地方，就是眼见得比他们更弱的人民，无论是同胞或是异族。

我觉得中国人所蕴蓄的怨愤已经够多了，自然是受强者的蹂躏所致的。但他们却不很向强者反抗，而反在弱者身上发泄，兵和匪不相争，无枪的百姓却并受兵匪之苦，就是最近便的证据。再露骨地说，怕还可以证明这些人的卑怯。卑怯的人，即使有万丈的愤火，除弱草以外，又能烧掉什么呢？

或者要说，我们现在所要使人愤恨的是外敌，和国人不相干，无从受害。可是这转移是极容易的，虽曰国人，要借以泄愤的时候，只要给与一种特异的名称，即可放心剚刃。先前则有异端、妖人、奸党、逆徒等类名目，现在就可用国贼、汉奸、二毛子、洋狗或洋奴。庚子年的义和团捉住路人，可以任意指为教徒，据云那铁证是他们的神通眼已在那人的额上看出一个“十”字了。

然而我们在“毋友不如己者”的世上，除了激发自己的国民，使他们发些火花，聊以应景之外，又有什么良法呢。可是我根据上述的理由，更进一步而希望于点火的青年的，是对于群众，在引起他们的公愤之馀，还须设法注入深沉的勇气，当鼓舞他们的感情的时候，还须竭力启发明白的理性；而且还得偏重于勇气和理性，从此继续地训练许多年。这声音，自然断乎不及大叫宣战杀贼的大而宏，但我以为却是更紧要而更艰难伟大的工作。

否则，历史指示过我们，遭殃的不是什么敌手而是自己的同胞和子孙。那结果，是反为敌人先驱，而敌人就做了这一国的所谓强者的胜利者，同时也就做了弱者的恩人。因为自己先已互相残杀过了，所蕴蓄的怨愤都已消除，天下也就成为太平的盛世。

总之，我以为国民倘没有智，没有勇，而单靠一种所谓“气”，实在是非常危险的。现在，应该更进而着手于较为坚实的工作了。

一九二五年六月十六日。

论“他妈的！”

无论是谁，只要在中国过活，便总得常听到“他妈的”或其相类的口头禅。我想：这话的分布，大概就跟着中国人足迹之所至罢；使用的遍数，怕也未必比客气的“您好呀”会更少。假使依或人所说，牡丹是中国的“国花”，那么，这就可以算是中国的“国骂”了。

我生长于浙江之东，就是西滢先生之所谓“某籍”。那地方通行的“国骂”却颇简单：专一以“妈”为限，决不牵涉馀人。后来稍游各地，才始惊异于国骂之博大而精微：上溯祖宗，旁连姊妹，下递子孙，普及同性，真是“犹河汉而无极也”。而且，不特用于人，也以施之兽。前年，曾见一辆煤车的双轮陷入很深的辙迹里，车夫便愤然跳下，出死力打那拉车的骡子道：“你姊姊的！你姊姊的！”

别的国度里怎样，我不知道。单知道诺威人 Hamsun 有一本小说叫《饥饿》，粗野的口吻是很多的，但我并不见这一类话。Gorky 所写的小说中多无赖汉，就我所看过的而言，也没有这骂法。惟独 Artzybashev 在《工人绥惠略夫》里，却使无抵抗主义者亚拉藉夫骂了一句“你妈的”。但其时他已经决计为爱而牺牲了，使我仍也失却笑他自相矛盾的勇气。这骂的翻译，在中国原极容易的，别国却似乎为难，德文译本作“我使用过你的妈”，日文译本作“你的妈是我的母狗”。这实在太费解，——由我的眼光看起来。

那么，俄国也有这类骂法的了，但因为究竟没有中国似的精博，所以光荣还得归到这边来。好在这究竟又并非什么大光荣，所以他们大约未必抗议；也不如“赤化”之可怕，中国的阔人、名人、高人，也不至于骇死的。但是，虽在中国，说的也独有所谓“下等人”，例如“车夫”之类，至于有身份的上等人，例如“士大夫”之类，则决不出之于口，更何况笔之于书。“予生也晚”，赶不上周朝，未为大夫，也没有做士，本可以放笔直干的，然而终于改头换面，从“国骂”上削去一个动词和一个名词，又改对称为第三人称者，恐怕还因为到底未曾拉车，因而也就不免“有点贵族气味”之故。那用途，既然只限于一部分，似乎又有些不能算作“国骂”了；但也不然，阔人所赏识的牡丹，下等人又何尝以为“花之富贵者也”？

这“他妈的”的由来以及始于何代，我也不明白。经史上所见骂人的话，无非是“役夫”，“奴”，“死公”；较厉害的，有“老狗”，“貉子”；更厉害，涉及先代的，也不外乎“而母婢也”，“赘阉遗丑”罢了；还没见过什么“妈的”怎样。虽然也许是士大夫讳而不录。但《广弘明集》（七）记北魏邢子才“以为妇人不可保。谓元景曰，‘卿何必姓王？’元景变色。子才曰，‘我亦何必姓邢；能保五世耶！’”则颇有可以推见消息的地方。

晋朝已经是大重门第，重到过度了；华胄世业，子弟便易于得官；即使是一个酒囊饭袋，也还是不失为清品。北方疆土虽失于拓跋氏，士人却更其发狂似的讲究阀阅，区别门第，守护极严。庶民中纵有俊才，也不能和大姓比并。至于大姓，实不过承祖宗馀荫，以旧业骄人，空腹高心，当然使人不耐。但士流既然用祖宗做护符，被压迫的庶民自然也就将他们的祖宗当作仇敌。邢子才的话虽然说不定是否出于愤激，但对于躲在门第下的男女，却确是一个致命的重伤。势位声气，本来仅靠了“祖宗”这唯一的护符而存，“祖宗”倘一被毁，便什么都倒败了。这是倚赖“馀荫”的必得的果报。

同一的意思，但没有邢子才的文才，而道出于“下等人”之口的，就是：“他妈的!”

要攻击高门大族的坚固的旧堡垒，却去瞄准他的血统，在战略上，真可谓奇谲的了。最先发明这一句“他妈的”的人物，确要算一个天才，——然而是一个卑劣的天才。

唐以后，自夸族望的风气渐渐消除。到了金元，已奉夷狄为帝王，自不妨拜屠沽作卿士，“等”的上下本该从此有些难定了，但偏还有人想辛辛苦苦地爬进“上等”去。刘时中的曲子里说：“堪笑这没见识街市匹夫，好打那好顽劣。江湖伴侣，旋将表德官名相体呼，声音多厮称，字样不寻俗。听我一个个细数：粜米的唤子良；卖肉的呼仲甫……开张卖饭的呼君宝；磨面登罗底叫德夫：何足云乎?!”（《乐府新编阳春白雪》三）这就是那时的暴发户的丑态。

“下等人”还未暴发之先，自然大抵有许多“他妈的”在嘴上，但一遇机会，偶窃一位，略识几字，便即文雅起来：雅号也有了；身份也高了；家谱也修了，还要寻一个始祖，不是名儒便是名臣。从此化为"上等人"，也如上等前辈一样，言行都很温文尔雅。然而愚民究竟也有聪明的，早已看穿了这鬼把戏，所以又有俗谚，说："口上仁义礼智，心里男盗女娼！"他们是很明白的。

于是他们反抗了，曰："他妈的！"

但人们不能蔑弃扫荡人我的馀泽和旧荫，而硬要去做别人的祖宗，无论如何，总是卑劣的事。有时，也或加暴力于所谓"他妈的"的生命上，但大概是乘机，而不是造运会，所以无论如何，也还是卑劣的事。

中国人至今还有无数"等"，还是依赖门第，还是倚仗祖宗。倘不改造，即永远有无声的或有声的"国骂"。就是"他妈的"围绕在上下和四旁，而且这还须在太平的时候。

但偶尔也有例外的用法：或表惊异，或表威服。我曾在家乡看见乡农父子一同午饭，儿子指一碗菜向他父亲说："这不坏，妈的你尝尝看！"那父亲回答道："我不要吃。妈的你吃去罢！"则简直已经醇化为现在时行的"我的亲爱的"的意思了。

一九二五年七月十九日。

论睁了眼看

虚生先生所做的时事短评中，曾有一个这样的题目："我们应该有正眼看各方面的勇气"（《猛进》十九期）。诚然，必须敢于正视，这才可望敢想、敢说、敢作、敢当。倘使并正视而不敢，此外还能成什么气候。然而，不幸这一种勇气，是我们中国人最所缺乏的。

但现在我所想到的是别一方面——

中国的文人，对于人生，——至少是对于社会现象，向来就多没有正视的勇气。我们的圣贤，本来早已教人"非礼勿视"的了：而这"礼"又非常之严，不但"正视"，连"严视""斜视"也不许。现在青年的精神未可知，在体质，却大半还是弯腰曲背，低眉腰眼，表示着老牌的老成的子弟，驯良的百姓，——至于说对外却有大力量，乃是近一月来的新说，还不知道究竟是如何。

再回到"正视"问题去：先既不敢，后便不能，再后，就自然不视，不见了。一辆汽车坏了，停在马路上，一群人围着呆看，所得的结果是一团乌油油的东西。然而由本身的矛盾或社会的缺陷所生的苦痛，虽不正视，却要身受的。文人究竟是敏感人物，从他们的作品上看来，有些人确也早已感到不满。可是一到快要显露缺陷的危机一发之际，他们总即刻连说“并无其事”，同时便闭上了眼睛。这闭着的眼睛便看见一切圆满，当前的苦痛不过是“天之将降大任于是人也，必先苦其心志，劳其筋骨，饿其体肤，空乏其身，行拂乱其所为”。于是无问题，无缺陷，无不平，也就无解决，无改革，无反抗。因为凡事总要“团圆”，正无须我们焦躁；放心喝茶，睡觉大吉。再说费话，就有“不合时宜”之咎，免不了要受大学教授的纠正了。呸！

我并未实验过，但有时候想：倘将一位久蛰洞房的老太爷抛在夏天正午的烈日底下，或将不出闺门的千金小姐拖到旷野的黑夜里，大概只好闭了眼睛，暂续他们残存的旧梦，总算并没有遇到暗或光，虽然已经是绝不相同的现实。中国的文人也一样，万事闭眼睛，聊以自欺，而且欺人，那方法是：瞒和骗。

中国婚姻方法的缺陷，才子佳人小说作家早就感到了，他于是使一个才子在壁上题诗，一个佳人便来和，由倾慕——现在就得称恋爱——而至于有“终身之约”。但约定之后，也就有了难关。我们都知道，“私订终身”在诗和戏曲或小说上尚不失为美谈（自然只以与终于中状元的男人私订为限），实际却不容于天下的，仍然免不了要离异。明末的作家便闭上眼睛，并这一层也加以补救了，说是，才子及第，奉旨成婚。“父母之命媒妁之言”经这大帽子一压，便成了半个铅钱也不值，问题也一点没有了。假使有之，也只在才子的能否中状元，而决不在婚姻制度的良否。

（近来有人以为新诗人的做诗发表，是在出风头，引异性；且迁怒于报章杂志之滥登。殊不知即使无报，墙壁实“古已有之”，早做过发表机关了；据《封神演义》，纣王已曾在女娲庙壁上题诗，那起源实在非常之早。报章可以不取白话，或排斥小诗，墙壁却拆不完，管不及的；倘一律刷成黑色，也还有破磁可划，粉笔可书，真是穷于应付。做诗不刻木板，去藏之名山，却要随时发表，虽然很有流弊，但大概是难以杜绝的罢。）

《红楼梦》中的小悲剧，是社会上常有的事，作者又是比较的敢于实写的，而那结果也并不坏。无论贾氏家业再振，兰桂齐芳，即宝玉自己，也成了个披大红猩猩毡斗篷的和尚。和尚多矣，但披这样阔斗篷的能有几个，已经是“入圣超凡”无疑了。至于别的人们，则早在册子里一一注定，末路不过是一个归结：是问题的结束，不是问题的开头。读者即小有不安，也终于奈何不得。然而后来或续或改，非借尸还魂，即冥中另配，必令“生旦当场团圆”，才肯放手者，乃是自欺欺人的瘾太大，所以看了小小骗局，还不甘心，定须闭眼胡说一通而后快。赫克尔（E. Haeckel）说过：人和人之差，有时比类人猿和原人之差还远。我们将《红楼梦》的续作者和原作者一比较，就会承认这话大概是确实的。

“作善降祥”的古训，六朝人本已有些怀疑了，他们作墓志，竟会说“积善不报，终自欺人”的话。但后来的昏人，却又瞒起来。元刘信将三岁痴儿抛入醮纸火盆，妄希福祐，是见于《元典章》的；剧本《小张屠焚儿救母》却道是为母延命，命得延，儿亦不死了。一女愿侍疯疾之夫，《醒世恒言》中还说终于一同自杀的；后来改作的却道是有蛇坠入药罐里，丈夫服后便全愈了。凡有缺陷，一经作者粉饰，后半便大抵改观，使读者落诬妄中，以为世间委实尽够光明，谁有不幸，便是自作，自受。

有时遇到彰明的史实，瞒不下，如关羽岳飞的被杀，便只好别设骗局了。一是前世已造夙因，如岳飞；一是死后使他成神，如关羽。定命不可逃，成神的善报更满人意，所以杀人者不足责，被杀者也不足悲，冥冥中自有安排，使他们各得其所，正不必别人来费力了。

中国人的不敢正视各方面，用瞒和骗，造出奇妙的逃路来，而自以为正路。在这路上，就证明着国民性的怯弱，懒惰，而又巧滑。一天一天的满足着，即一天一天的坠落着，但却又觉得日见其光荣。在事实上，亡国一次，即添加几个殉难的忠臣，后来每不想光复旧物，而只去赞美那几个忠臣；遭劫一次，即造成一群不辱的烈女，事过之后，也每每不思惩凶自卫，却只顾歌咏那一群烈女。仿佛亡国遭劫的事，反而给中国人发挥“两间正气”的机会，增高价值，即在此一举，应该一任其至，不足忧悲似的。自然，此上也无可为，因为我们已经借死人获得最上的光荣了。沪汉烈士的追悼会中，活的人们在一块很可景仰的高大的木主下互相打骂，也就是和我们的先辈走着同一的路。

文艺是国民精神所发的火花，同时也是引导国民精神的前途的灯火。这是互为因果的，正如麻油从芝麻榨出，但以浸芝麻，就使它更油，倘以油为上，就不必说；否则，当掺入别的东西，或水或碱去。中国人向来因为不敢正视人生，只好瞒和骗，由此也生出瞒和骗的文艺来，由这文艺，更令中国人更深地陷入瞒和骗的大泽中，甚而至于已经自己不觉得？世界日日改变，我们的作家取下假面，真诚地，深入地，大胆地看取人生并且写出他的血和肉来的时候早到了；早就应该有一片崭新的文场，早就应该有几个凶猛的闯将！

现在，气象似乎一变，到处听不见歌吟花月的声音了，代之而起的是铁和血的赞颂。然而倘以欺瞒的心，用欺瞒的嘴，则无论说A和O，或Y和Z，一样是虚假的，只可以吓哑了先前鄙薄花月的所谓批评家的嘴，满足地以为中国就要中兴。可怜他在“爱国”的大帽子底下又闭上了眼睛了，——或者本来就闭着。

没有冲破一切传统思想和手法的闯将，中国是不会有真的新文艺的。

一九二五年七月二十二日。

论“费厄泼赖”应该缓行

一、解题

《语丝》五七期上语堂先生曾经讲起“费厄泼赖”（Fair play），以为此种精神在中国最不易得，我们只好努力鼓励；又谓不“打落水狗”，即足以补充“费厄泼赖”的意义。我不懂英文，因此也不明这字的函义究竟怎样，如果不“打落水狗”也即这种精神之一体，则我却很想有所议论。但题目上不直书“打落水狗”者，乃为回避触目起见，即并不一定要在头上强装“义角”之意。总而言之，不过说是“落水狗”未始不可打，或者简直应该打而已。

二、论“落水狗”有三种，大都在可打之列

今之论者，常将“打死老虎”与“打落水狗”相提并论，以为都近于卑怯。我以为“打死老虎”者，装怯作勇，颇含滑稽，虽然不免有卑怯之嫌，却怯得令人可爱。至于“打落水

狗”，则并不如此简单，当看狗之怎样，以及如何落水而定。考落水原因，大概可有三种：(1) 狗自己失足落水者，(2) 别人打落者，(3) 亲自打落者。倘遇前二种，便即附和去打，自然过于无聊，或者竟近于卑怯；但若与狗奋战，亲手打其落水，则虽用竹竿又在水中从而痛打之，似乎也非已甚，不得与前二者同论。

听说刚勇的拳师，决不再打那已经倒地的敌手，这实足使我们奉为楷模。但我以为尚须附加一事，即敌手也须是刚勇的斗士，一败之后，或自愧自悔而不再来，或尚须堂皇地来相报复，那当然都无不可。而于狗，却不能引此为例，与对等的敌手齐观，因为无论它怎样狂嗥，其实并不解什么“道义”；况且狗是能浮水的，一定仍要爬到岸上，倘不注意，它先就耸身一摇，将水点洒得人们一身一脸，于是夹着尾巴逃走了。但后来性情还是如此。老实人将它的落水认作受洗，以为必已忏悔，不再出而咬人，实在是大错而特错的事。

总之，倘是咬人之狗，我觉得都在可打之列，无论船在岸上或在水中。

三、论叭儿狗尤非打落水里，又从而打之不可

叭儿狗一名哈吧狗，南方却称为西洋狗了，但是，听说倒是中国的特产，在万国赛狗会里常常得到金奖牌，《大不列颠百科全书》的狗照相上，就很有几匹是咱们中国的叭儿狗。这也是一种国光。但是，狗和猫不是仇敌么？它却虽然是狗，又

很像猫，折中、公允、调和、平正之状可掬，悠悠然摆出别个无不偏激，惟独自己得了“中庸之道”似的脸来。因此也就为阔人、太监、太太、小姐们所钟爱，种子绵绵不绝。它的事业，只是以伶俐的皮毛获得贵人豢养，或者中外的娘儿们上街的时候，脖子上拴了细链子跟在脚后跟。

这些就应该先行打它落水，又从而打之；如果它自坠入水，其实也不妨又从而打之，但若是自己过于要好，自然不打亦可，然而也不必为之叹息。叭儿狗如可宽容，别的狗也大可不必打了，因为它们虽然非常势利，但究竟还有些像狼，带着野性，不至于如此骑墙。

以上是顺便说及的话，似乎和本题没有大关系。

四、论不“打落水狗”是误人子弟的

总之，落水狗的是否该打，第一是在看它爬上岸了之后的态度。

狗性总不大会改变的，假使一万年之后，或者也许要和现在不同，但我现在要说的是现在。如果以为落水之后，十分可怜，则害人的动物，可怜者正多，便是霍乱病菌，虽然生殖得快，那性格却何等地老实，然而医生是决不肯放过它的。

现在的官僚和土绅士或洋绅士，只要不合自意的，便说是赤化，是共产；民国元年以前稍不同，先是说康党，后是说革党，甚至于到官里去告密，一面固然在保全自己的尊荣，但也未始没有那时所谓“以人血染红顶子”之意。可是革命终于起来了，一群臭架子的绅士们，便立刻皇皇然若丧家之狗，将小辫子盘在头顶上。革命党也一派新气，——绅士们先前所深恶痛疾的新气，“文明”得可以；说是“咸与维新”了，我们是不打落水狗的，听凭它们爬上来罢。于是它们爬上来了，伏到民国二年下半年，二次革命的时候，就突出来帮着袁世凯咬死了许多革命人，中国又一天一天沉入黑暗里，一直到现在，遗老不必说，连遗少也还是那么多。这就因为先烈的好心，对于鬼蜮的慈悲，使它们繁殖起来，而此后的明白青年，为反抗黑暗计，也就要花费更多的气力和生命。

秋瑾女士，就是死于告密的，革命后暂时称为“女侠”，现在是不大听见有人提起了。革命一起，她的故乡就到了一个都督，——等于现在之所谓督军——也是她的同志：王金发。他捉住了杀害她的谋主，调集了告密的案卷，要为她报仇。然而终于将那谋主释放了，据说是因为已经成了民国，大家不应该再修旧怨罢。但等到二次革命失败后，王金发却被袁世凯的走狗枪决了，与有力的是他所释放的杀过秋谨的谋主。

这人现在也已“寿终正寝”了，但在那里继续跋扈出没着的也还是这一流人，所以秋谨的故乡也还是那样的故乡，年复一年，丝毫没有长进。从这一点看起来，生长在可为中国模范的名城里的杨荫榆女士和陈西滢先生，真是洪福齐天。

五、论塌台人物不当与“落水狗”相提并论

“犯而不校”是恕道，“以眼还眼，以牙还牙”是直道。中

国最多的却是枉道：不打落水狗，反被狗咬了。但是，这其实是老实人自己讨苦吃。

俗语说："忠厚是无用的别名"，也许太刻薄一点罢，但仔细想来，却也觉得并非唆人作恶之谈，乃是归纳了许多苦楚的经历之后的警句。譬如不打落水狗说，其原因大概有二：一是无力打；二是比例错。前者且勿论；后者的大错就又有二：一是误将塌台人物和落水狗齐观，二是不辨塌台人物又有好有坏，于是视同一律，结果反成为纵恶。即以现在而论，因为政局的不安定，真是此起彼伏如转轮，坏人靠着冰山，恣行无忌，一旦失足，忽而乞怜，而曾经亲见，或亲受其噬啮的老实人，乃忽以"落水狗"视之，不但不打，甚至于还有哀矜之意，自以为公理已伸，侠义这时正在我这里。殊不知它何尝真是落水，巢窟是早已造好的了，食料是早经储足的了，并且都在租界里。虽然有时似乎受伤，其实并不，至多不过是假装跛脚，聊以引起人们的恻隐之心，可以从容避匿罢了。他日复来，仍旧先咬老实人开手，"投石下井"，无所不为，寻起原因来，一部分就正因为老实人不"打落水狗"之故。所以，要是说得苛刻一点，也就是自家掘坑自家埋，怨天尤人，全是错误的。

六、论现在还不能一味"费厄"

仁人们或者要问：那么，我们竟不要"费厄泼赖"么？我可以立刻回答：当然是要的，然而尚早。这就是"请君入瓮"

法。虽然仁人们未必肯用，但我还可以言之成理。土绅士或洋绅士们不是常常说，中国自有特别国情，外国的平等自由等等，不能适用么？我以为这“费厄泼赖”也是其一。否则，他对你不“费厄”，你却对他去“费厄”，结果总是自己吃亏，不但要“费厄”而不可得，并且连要不“费厄”而亦不可得。所以要“费厄”，最好是首先看清对手，倘是些不配承受“费厄”的，大可以老实不客气；待到它也“费厄”了，然后再与它说“费厄”不迟。

这似乎很有主张二重道德之嫌，但是也出于不得已，因为倘不如此，中国将不能有较好的路。中国现在有许多二重道德，主与奴，男与女，都有不同的道德，还没有划一。要是对“落水狗”和“落水人”独独一视同仁，实在未免太偏，太早，正如绅士们之所谓自由平等并非不好，在中国却微嫌太早一样。所以倘有人要普遍施行“费厄泼赖”精神，我以为至少须俟所谓“落水狗”者带有人气之后。但现在自然也非绝不可行，就是，有如上文所说：要看清对手。而且还要有等差，即“费厄”必视对手之如何而施，无论其怎样落水，为人也则帮之，为狗也则不管之，为坏狗也则打之。一言以蔽之：“党同伐异”而已矣。

满心“婆理”而满口“公理”的绅士们的名言暂且置之不论不议之列，即使真心人所大叫的公理，在现今的中国，也还不能救助好人，甚至于反而保护坏人。因为当坏人得志，虐待好人的时候，即使有人大叫公理，他决不听从，叫喊仅止于叫喊，好人仍然受苦。然而偶有一时，好人或稍稍蹶起，则坏人本该落水了，可是，真心的公理论者又“勿报复”呀，“仁恕”呀，“勿以恶抗恶”呀……的大嚷起来。这一次却发生实效，并非叫嚷了：好人正以为然，而坏人于是得救。但他得救之后，无非以为占了便宜，何尝改悔；并且因为是早已营就三窟，又善于钻谋的，所以不多时，也就依然声势赫奕，作恶又如先前一样。这时候，公理论者自然又要大叫，但这回他却不听你了。

但是，“疾恶太严”，“操之过急”，汉的清流和明的东林，却正以这一点倾败，论者也常常这样责备他们。殊不知那一面，何尝不“疾善如仇”呢？人们却不说一句话。假使此后光明和黑暗还不能作彻底的战斗，老实人误将纵恶当作宽容，一味姑息下去，则现在似的混沌状态，是可以无穷无尽的。

七、论“即以其人之道还治其人之身”

中国人或信中医或信西医，现在较大的城市中往往并有两种医，使他们各得其所。我以为这确是极好的事。倘能推而广之，怨声一定还要少得多，或者天下竟可以臻于郅治。例如民国的通礼是鞠躬，但若有人以为不对的，就独使他磕头。民国的法律是没有笞刑的，倘有人以为肉刑好，则这人犯罪时就特别打屁股。碗筷饭菜，是为今人而设的，有愿为燧人氏以前之民者，就请他吃生肉；再造几千间茅屋，将在大宅子里仰慕尧舜的高士都拉出来，给住在那里面；反对物质文明的，自然更应该不使他衔冤坐汽车。这样一办，真所谓“求仁得仁又何怨”，我们的耳根也就可以清净许多罢。

但可惜大家总不肯这样办，偏要以己律人，所以天下就多事。“费厄泼赖”尤其有流弊，甚至于可以变成弱点，反给恶势力占便宜，例如刘百昭殴曳女师大学生，《现代评论》上连屁也不放，一到女师大恢复，陈西滢鼓动女大学生占据校舍时，却道“要是她们不肯走便怎样呢？你们总不好意思用强力把她们的东西搬走了吧？”殴而且拉，而且搬，是有刘百昭的先例的，何以这一回独独“不好意思”？这就因为给他嗅到了女师大这一面有些“费厄”气味之故。但这“费厄”却又变成弱点，反而给人利用了来替章士钊的“遗泽”保镖。

八、结末

或者要疑我上文所言，会激起新旧，或什么两派之争，使恶感更深，或相持更烈罢。但我敢断言，反改革者对于改革者的毒害，向来就并未放松过，手段的厉害也已经无以复加了。只有改革者却还在睡梦里，总是吃亏，因而中国也总是没有改革，自此以后，是应该改换些态度和方法的。

一九二五年十二月二十九日。

写在“坟”后面

在听到我的杂文已经印成一半的消息的时候，我曾经写了几行题记，寄往北京去。当时想到便写，写完便寄，到现在还不满二十天，早已记不清说了些甚么了。今夜周围是这么寂静，屋后面的山脚下腾起野烧的微光；南普陀寺还在做牵丝傀儡戏，时时传来锣鼓声，每一间隔中，就更加显得寂静。电灯自然是辉煌着，但不知怎地忽有淡淡的哀愁来袭击我的心，我似乎有些后悔印行我的杂文了。我很奇怪我的后悔，这在我是不大遇到的，到如今，我还没有深知道所谓悔者究竟是怎么一回事。但这心情也随即逝去，杂文当然仍在印行，只为想驱逐自己目下的哀愁，我还要说几句话。

记得先已说过：这不过是我的生活中的一点陈述。如果我的过往，也可以算作生活，那么，也就可以说，我也曾工作过了。但我并无喷泉一般的思想，伟大华美的文章，既没有主义要宣传，也不想发起一种什么运动。不过我曾经尝得，失望无论大小，是一种苦味，所以几年以来，有人希望我动动笔的，只要意见不很相反，我的力量能够支撑，就总要勉力写几句东西，给来者一些极微末的欢喜。人生多苦辛，而人们有时却极容易得到安慰，又何必惜一点笔墨，给多尝些孤独的悲哀呢？于是除小说杂感之外，逐渐又有了长长短短的杂文十多篇。其间自然也有为卖钱而作的，这回就都混在一处。我的生命的一部分，就这样地用去了，也就是做了这样的工作。然而我至今终于不明白我一向是在做什么。比方做土工的罢，做着做着，而不明白是在筑台呢还在掘坑。所知道的是即使是筑台，也无非要将自己从那上面跌下来或者显示老死；倘是掘坑，那就当然不过是埋掉自己。总之：逝去，逝去，一切一切，和光阴一同早逝去，在逝去，要逝去了。——不过如此，但也为我所十分甘愿的。

然而这大约也不过是一句话。当呼吸还在时，只要是自己的，我有时却也喜欢将陈述收存起来，明知不值一文，总不能绝无眷恋，集杂文而名之曰“坟”，究竟还是一种取巧的掩饰。刘伶喝得酒气薰天，使人荷锸跟在后面，道：死便埋我。虽然自以为放达，其实是只能骗骗极端老实人的。

所以这书的印行，在自己就是这么一回事。至于对别人，记得在先也已说过，还有愿使偏爱我的文字的主顾得到一点喜欢；憎恶我的文字的东西得到一点呕吐，——我自己知道，我并不大度，那些东西因我的文字而呕吐，我也很高兴的。别的就什么意思也没有了。倘若硬要说出好处来，那么，其中所介绍的几个诗人的事，或者还不妨一看；最末的论“费厄泼赖”这一篇，也许可供参考罢，因为这虽然不是我的血所写，却是见了我的同辈和比我年幼的青年们的血而写的。

偏爱我的作品的读者，有时批评说，我的文字是说真话的。这其实是过誉，那原因就因为他偏爱。我自然不想太欺骗人，但也未尝将心里的话照样说尽，大约只要看得可以交卷就算完。我的确时时解剖别人，然而更多的是更无情面地解剖我自己，发表一点，酷爱温暖的人物已经觉得冷酷了，如果全露出我的血肉来，末路正不知要到怎样。我有时也想就此驱除旁人，到那时还不唾弃我的，即使是枭蛇鬼怪，也是我的朋友，这才真是我的朋友。倘使并这个也没有，则就是我一个人也行。但现在我并不。因为，我还没有这样勇敢，那原因就是我还想生活，在这社会里。还有一种小缘故，先前也曾屡次声明，就是偏要使所谓正人君子也者之流多不舒服几天，所以自己便特地留几片铁甲在身上，站着，给他们的世界上多有一点缺陷，到我自己厌倦了，要脱掉了的时候为止。

倘说为别人引路，那就更不容易了，因为连我自己还不明白应当怎么走。中国大概很有些青年的“前辈”和“导师”罢，但那不是我，我也不相信他们。我只很确切地知道一个终点，就是：“坟”。然而这是大家都知道的，无须谁指引。问题是在从此到那时的道路。那当然不只一条，我可正不知那一条好，虽然至今有时也还在寻求。在寻求中，我就怕我未熟的果实偏偏毒死了偏爱我的果实的人，而憎恨我的东西如所谓正人君子也者偏偏都矍铄，所以我说话常不免含糊，中止，心里想：对于偏爱我的读者的赠献，或者最好倒不如是一个“无所有”。我的译著的印本，最初，印一次是一千，后来加五百，近时是二千至四千，每一增加，我自然是愿意的，因为能赚钱，但也伴着哀愁，怕于读者有害，因此作文就时常更谨慎，更踌躕。有人以为我信笔写来，直抒胸臆，其实是不尽然的，我的顾忌并不少。我自己早知道毕竟不是什么战士了，而且也不能算前驱，就有这么的顾忌和回忆。还记得三四年前，有一个学生来买我的书，从衣袋里掏出钱来放在我手里，那钱上还带着体温。这体温便烙印了我的心，至今要写文字时，还常使我怕毒害了这类的青年，迟疑不敢下笔。我毫无顾忌地说话的日子，恐怕要未必有了罢。但也偶尔想，其实倒还是毫无顾忌地说话，对得起这样的青年。但至今也还没有决心这样做。

今天所要说的话也不过是这些，然而比较的却可以算得真实。此外，还有一点馀文。

记得初提倡白话的时候，是得到各方面剧烈的攻击的。后来白话渐渐通行了，势不可遏，有些人便一转而引为自己之功，美其名曰“新文化运动”。又有些人便主张白话不妨作通俗之用；又有些人却道白话要做得好，仍须看古书。前一类早已二次转舵，又反过来嘲骂“新文化”了；后二类是不得已的调和派，只希图多留几天僵尸，到现在还不少。我曾在杂感上掊击过的。

新近看见一种上海出版的期刊，也说起要做好白话须读好古文，而举例为证的人名中，其一却是我。这实在使我打了一个寒噤。别人我不论，若是自己，则曾经看过许多旧书，是的确的，为了教书，至今也还在看。因此耳濡目染，影响到所做的白话上，常不免流露出它的字句、体格来。但自己却正苦于背了这些古老的鬼魂，摆脱不开，时常感到一种使人气闷的沉重。就是思想上，也何尝不中些庄周韩非的毒，时而很随便，时而很峻急。孔孟的书我读得最早，最熟，然而倒似乎和我不相干。大半也因为懒惰罢，往往自己宽解，以为一切事物，在转变中，是总有多少中间物的。动植之间，无脊椎和脊椎动物之间，都有中间物；或者简直可以说，在进化的链子上，一切都是中间物。当开首改革文章的时候，有几个不三不四的作者，是当然的，只能这样，也需要这样。他的任务，是在有些警觉之后，喊出一种新声；又因为从旧垒中来，情形看得较为分明，反戈一击，易制强敌的死命。但仍应该和光阴偕逝，逐渐消亡，至多不过是桥梁中的一木一石，并非什么前途的目标，范本。跟着起来便该不同了，倘非天纵之圣，积习当然也不能顿然荡除，但总得更有新气象。以文字论，就不必更在旧书里讨生活，却将活人的唇舌作为源泉，使文章更加接近语言，更加有生气。至于对于现在人民的语言的穷乏欠缺，如何救济，使他丰富起来，那也是一个很大的问题，或者也须在旧文中取得若干资料，以供使役，但这并不在我现在所要说的范围以内，姑且不论。

我以为我倘十分努力，大概也还能够博采口语，来改革我的文章。但因为懒而且忙至今没有做。我常疑心这和读了古书很有些关系，因为我觉得古人写在书上的可恶思想，我的心里也常有，能否忽而奋勉，是毫无把握的。我常常诅咒我的这思想，也希望不再见于后来的青年。去年我主张青年少读，或者简直不读中国书，乃是用许多苦痛换来的真话，决不是聊且快意，或什么玩笑、愤激之辞。古人说，不读书便成愚人，那自然也不错的。然而世界却正由愚人造成，聪明人决不能支持世界，尤其是中国的聪明人。现在呢，思想上且不说，便是文辞，许多青年作者又在古文。诗词中摘些好看而难懂的字面，作为变戏法的手巾，来装潢自己的作品了。我不知这和劝读古文说可有相关，但正在复古，也就是新文艺的试行自杀，是显而易见的。

不幸我的古文和白话合成的杂集，又恰在此时出版了，也许又要给读者若干毒害。只是在自己，却还不能毅然决然将他毁灭，还想借此暂时看看逝去的生活的馀痕。惟愿偏爱我的作品的读者也不过将这当作一种纪念，知道这小小的丘陇中，无非埋着曾经活过的躯壳。待再经若干岁月，又当化为烟埃，并纪念也从人间消去，而我的事也就完毕了。上午也正在看古文，记起了几句陆士衡的吊曹孟德文，便拉来给我的这一篇作结——

既睎古以遗累，信简礼而薄葬。
彼裘绂于何有，贻尘谤于后王。
嗟大恋之所存，故虽哲而不忘。
览遗籍以慷慨，献兹文而凄伤！

一九二六，一一，一一，夜。

青年必读书

——应京报副刊的征求

青年必读书	从来没有留心过，所以现在说不出。
附注	但我要趁这机会，略说自己的经验，以供若干读者的参考—— 我看中国书时，总觉得就沉静下去，与实人生离开；读外国书（但除了印度）时，往往就与人生接触，想做点事。 中国书难有劝人入世的话，也多是僵尸的乐观；外国书即便是颓唐和厌世的，但却是活人的颓唐和厌世。 我以为要少（或者竟不）看中国书，多看外国书。 少看中国书，其结果不过不能作文而已。但现在的青年最要紧的是“行”，不是“言”。只要是活人，不能作文算什么大不了的事。 （一九二五年）二月十日。

忽然想到

三

我想，我的神经也许有些瞀乱了。否则，那就可怕。

我觉得仿佛久没有所谓中华民国。

我觉得革命以前我是做奴隶；革命以后不多久，就受了奴隶的骗，变成他们的奴隶了。

我觉得有许多民国国民而是民国的敌人。

我觉得有许多民国国民很像住在德法等国里的犹太人，他们的意中别有一个国度。

我觉得许多烈士的血都被人们踏灭了，然而又不是故意的。

我觉得什么都要从新做过。

退一万步说罢，我希望有人好好地做一部民国的建国史给少年看，因为我觉得民国的来源，实在已经失传了，虽然还只有十四年！

二月十二日。

四

先前，听到二十四史不过是“相斫书”，是“独夫的家谱”一类的话，便以为诚然。后来自己看起来，明白了：何尝如此。

历史上都写着中国的灵魂，指示着将来的命运，只因为涂饰太厚，废话太多，所以很不容易察出底细来。正如通过密叶投射在莓苔上面的月光，只看见点点的碎影。但如看野史和杂记，可更容易了然了，因为他们究竟不必太摆史官的架子。

秦汉远了，和现在的情形相差已多，且不道。元人著作寥寥。至于唐宋明的杂史之类，则现在多有。试将记五代、南宋、明末的事情的，和现今的状况一比较，就当惊心动魄于何其相似之甚，仿佛时间的流驶，独与我们中国无关。现在的中华民国也还是五代，是宋末，是明季。

以明末例现在，则中国的情形还可以更腐败，更破烂，更凶酷，更残虐，现在还不算达到极点。但明末的腐败破烂也还未达到极点，因为李自成张献忠闹起来了。而张李的凶酷残虐也还未达到极点，因为满洲兵进来了。

难道所谓国民性者，真是这样地难于改变的么，倘如此，将来的命运便大略可想了；也还是一句烂熟的话：古已有之。

伶俐人实在伶俐，所以决不攻难古人，摇动古例的。古人做过的事，无论什么，今人也都会做出来。而辩护古人，也就是辩护自己，况且我们是神州华胄，敢不“绳其祖武”么？

幸而谁也不敢十分决定说：国民性是决会不改变的。在这“不可知”中，虽可有破例——即其情形为从来所未有——的灭亡的恐怖，也可以有破例的复生的希望，这或者可作改革者的一点慰藉罢。

但这一点慰藉，也会勾消在许多自诩古文明者流的笔上，淹死在许多诬告新文明者流的嘴上，扑灭在许多假冒新文明者流的言动上，因为相似的老例，也是“古已有之”的。

其实这些人是一类，都是伶俐人，也都明白，中国虽完，自己的精神是不会苦的，——因为都能变出合式的态度来。倘有不信，请看清朝的汉人所做的颂扬武功的文章去，开口“大兵”，闭口“我军”，你能料得到被这“大兵”“我军”所败的就是汉人的么？你将以为汉人带了兵将别的一种什么野蛮腐败民族歼灭了。

然而这一流人是永远胜利的，大约也将永久存在。在中国，惟他们最适于生存，而他们生存着的时候，中国便永远免不掉反覆着先前的运命。

“地大物博，人口众多”，用了这许多好材料，难道竟不过老是演一出轮回把戏而已么？

（一九二五年）二月十六日。

论辩的魂灵

二十年前到黑市，买得一张符，名叫“鬼画符”。虽然不过一团糟，但贴在壁上看起来，却随时显出各样的文字，是处世的宝训，立身的金箴。今年又到黑市去，又买得一张符，也是“鬼画符”。但贴了起来看；也还是那一张，并不见什么增补和修改。今夜看出来的大题目是“论辩的魂灵”；细注道：“祖传老年中年青年‘逻辑’扶乩灭洋必胜妙法太上老君急急如律令敕。”今谨摘录数条，以公同好——

“洋奴会说洋话。你主张读洋书，就是洋奴，人格破产了！受人格破产的洋奴崇拜的洋书，其价值从可知矣！但我读洋文是学校的课程，是政府的功令，反对者，即反对政府也。无父无君之无政储党，人人得而诛之。”

“你说中国不好。你是外国人么，为什么不到外国去？可惜外国人看你不起……”

“你说甲生疮。甲是中国人，你就是说中国人生疮了。既然中国人生疮，你是中国人，就是你也生疮了。你既然也生疮，你就和甲一样。而你只说甲生疮，则竟无自知之明，你的话还有什么价值？倘你没有生疮，是说诳也。卖国贼是说诳的，所以你是卖国贼。我骂卖国贼，所以我是爱国者。爱国者的话是最有价值的，所以我的话是不错的，我的话既然不错，你就是卖国贼无疑了！”

“自由结婚未免太过激了。其实，我也并非老顽固，中国提创女学的还是我第一个。但他们却太趋极端了，太趋极端，即有亡国之祸，所以气得我偏要说‘男女授受不亲’。况且，凡事不可过激；过激派都主张共妻主义的。乙赞成自由结婚，不就是主张共妻主义么？他即然主张共妻主义，就应该先将他的妻拿出来给我们‘共’。”

“丙讲革命是为的要图利；不为图利，为什么要讲革命？我亲眼看见他三千七百九十一箱半的现金抬进门。你说不然，反对我么？那么，你就是他的同党。呜呼，党同伐异之风，于今为烈，提倡欧化者不得辞其咎矣！”

“丁牺牲了性命，乃是闹得一塌糊涂，活不下去了的缘故。现在妄称志士，诸君切勿为其所愚。况且，中国不是更坏了么？”

“戊能算什么英雄呢？听说，一声爆竹，他也会吃惊。还怕爆竹，能听枪炮声么，怕听枪炮声，打起仗来不要逃跑么？打起仗来就逃跑的反称英雄，所以中国糟透了。”

“你自以为是‘人’，我却以为非也。我是畜类，现在我就叫你爹爹。你既然是畜类的爹爹，当然也就是畜类了。”

“勿用惊叹符号，这是足以亡国的。但我所用的几个在例外。”

“中庸太太提起笔来，取精神文明精髓，作明哲保身大吉大利格言二句云：

“中学为体西学用，
不薄今人爱古人。”

（一九二五年）

夏三虫

夏天近了，将有三虫：蚤，蚊，蝇。

假如有谁提出一个问题，问我三者之中最爱什么，而且非爱一个不可，又不准像“青年必读书”那样的缴白卷的。我便只得回答道：跳蚤。

跳蚤的来吮血，虽然可恶，而一声不响地就是一口，何等直截爽快。蚊子便不然了，一针叮进皮肤，自然还可以算得有点彻底的，但当未叮之前，要哼哼地发一篇大议论，却使人觉得讨厌。如果所哼的是在说明人血应该给它充饥的理由，那可更其讨厌了，幸而我不懂。

野雀野鹿，一落在人手中，总时时刻刻想要逃走。其实，在山林间，上有鹰鹯，下有虎狼，何尝比在人手里安全。为什么当初不逃到人类中来，现在却要逃到鹰鹯虎狼间去？或者，鹰鹯虎狼之于它们，正如跳蚤之于我们罢。肚子饿了，抓着就是一口，决不谈道理，弄玄虚。被吃者也无须在被吃之前，先承认自己之理应被吃，心悦诚服，誓死不二。人类，可是也颇擅长于哼哼的了，害中取小，它们的避之惟恐不远，正是绝顶聪明。

苍蝇嗡嗡地闹了大半天，停下来也不过舔一点油汗，倘有伤痕或疮疖，自然更占一些便宜；无论怎么好的、美的、干净的东西，又总喜欢一律拉上一点蝇矢。但因为只舔一点油汗，只添一点腌臜，在麻木的人们还没有切肤之痛，所以也就将它放过了。中国人还不很知道它能够传播病菌，捕蝇运动大概不见得兴盛。它们的运命是长久的；还要更繁殖。

但它在好的、美的、干净的东西上拉了蝇矢之后，似乎还不至于欣欣然反过来嘲笑这东西的不洁：总要算还有一点道德的。

古今君子，每以禽兽斥人，殊不知便是昆虫，值得师法的地方也多着哪。

（一九二五年）四月四日。

忽然想到

五

我生得太早一点，连康有为们“公车上书”的时候，已经颇有些年纪了。政变之后，有族中的所谓长辈也者教诲我，说：康有为是想篡位，所以他的名字叫有为；有者，“富有天下”，为者，“贵为天子”也，非图谋不轨而何？我想：诚然。可恶得很！

长辈的训诲于我是这样的有力，所以我也很遵从读书人家的家教。屏息低头，毫不敢轻举妄动．两眼下视黄泉，看天就是傲慢，满脸装出死相，说笑就是放肆。我自然以为极应该的，但有时心里也发生一点反抗。心的反抗，那时还不算什么犯罪，似乎诛心之律，倒不及现在之严。

但这心的反抗，也还是大人们引坏的，因为他们自己就常常随便大说大笑，而单是禁止孩子。黔首们看见秦始皇那么阔气，捣乱的项羽道：“彼可取而代也！”没出息的刘邦却说：“大丈夫不当如是耶？”我是没出息的一流，因为羡慕他们的随意说笑，就很希望赶忙变成大人，——虽然此外也还有别种的原因。

“大丈夫不当如是耶”，在我，无非只想不再装死而已，欲望也并不甚奢。

现在，可喜我已经大了，这大概是谁也不能否认的罢，无论用了怎样古怪的“逻辑”。

我于是就抛了死相，放心说笑起来，而不意立刻又碰了正经人的钉子：说是使他们“失望”了。我自然是知道的，先前是老人们的世界，现在是少年们的世界了；但竟不料治世的人们虽异，而其禁止说笑也则同。那么，我的死相也还得装下去，装下去，“死而后已”，岂不痛哉！

我于是又恨我生得太迟一点。何不早二十年，赶上那大人还准说笑的时候？真是“我生不辰”，正当可诅咒的时候，活在可诅咒的地方了。

约翰弥耳说：“专制使人们变成冷嘲。”我们却天下太平，连冷嘲也没有。我想：暴君的专制使人们变成冷嘲，愚民的专制使人们变成死相。大家渐渐死下去，而自己反以为卫道有效，这才渐近于正经的活人。

世上如果还有真要活下去的人们，就先该敢说，敢笑，敢哭，敢怒，敢骂，敢打，在这可诅咒的地方击退了可诅咒的时代！

（一九二五年）四月十四日。

北京通信

蕴儒，培良两兄：

昨天收到两份《豫报》，使我非常快活，尤其是见了那《副刊》。因为它那蓬勃的朝气，实在是在我先前的预想以上。你想：从有着很古的历史的中州，传来了青年的声音，仿佛在预告这古国将要复活，这是一件如何可喜的事呢？

倘使我有这力量，我自然极愿意有所贡献于河南的青年。但不幸我竟力不从心，因为我自己也正站在歧路上，——或者，说得较有希望些：站在十字路口。站在歧路上是几乎难于举足，站在十字路口，是可走的道路很多。我自己，是什么也不怕的，生命是我自己的东西，所以我不妨大步走去，向着我自以为可以走去的路；即使前面是深渊、荆棘、狭谷、火坑、都由我自己负责。然而向青年说话可就难了，如果盲人瞎马，引入危途，我就该得谋杀许多人命的罪孽。

所以，我终于还不想劝青年一同走我所走的路；我们的年龄，境遇，都不相同，思想的归宿大概总不能一致的罢。但倘若一定要问我青年应当向怎样的目标，那么，我只可以说出我为别人设计的话，就是：一要生存，二要温饱，三要发展。有敢来阻碍这三事者，无论是谁。我们都反抗他，扑灭他！

可是还得附加几句话以免误解，就是：我之所谓生存，并不是苟活；所谓温饱，并不是奢侈；所谓发展，也不是放纵。

中国古来，一向是最注重于生存的，什么“知命者不立于危墙之下”咧，什么“千金之子坐不垂堂”咧，什么“身体发肤受之父母不敢毁伤”咧，竟有父母愿意儿子吸鸦片的，一吸，他就不至于到外面去，有倾家荡产之虞了。可是这一流人家，家业也决不能长保，因为这是苟活。苟活就是活不下去的初步，所以到后来，他就活不下去了。意图生存，而太卑怯，结果就得死亡。以中国古训中教人苟活的格言如此之多，而中国人偏多死亡，外族偏多侵入，结果适得其反，可见我们蔑弃古训，是刻不容缓的了。这实在是无可奈何，因为我们要生活，而且不是苟活的缘故。

中国人虽然想了各种苟活的理想乡，可惜终于没有实现。但我却替他们发见了，你们大概知道的罢，就是北京的第一监狱。这监狱在宣武门外的空地里，不怕邻家的火灾；每日两餐，不虑冻馁；起居有定，不会伤生；构造坚固，不会倒塌；禁卒管着，不会再犯罪；强盗是决不会来抢的。住在里面，何等安全，真真是“千金之子坐不垂堂”了。但缺少的就有一件事：自由。

古训所教的就是这样的生活法，教人不要动。不动，失错当然就较少了，但不活的岩石泥沙，失错不是更少么。我以为人类为了向上，即发展起见，应该活动，活动而有若干失错，也不要紧。惟独半死半生的苟活，是全盘失错的。因为他挂了生活的招牌，其实倒是引人到死路上去！

我想，我们总得将青年从牢狱里引出来，路上的危险，当然是有的，但这是求生的偶然的危险，无从逃避。想逃避，就须度那古人所希求的第一监狱式生活了，可是真在第一监狱里的犯人，都想早些释放，虽然外面并不此狱里安全。

北京暖和起来了；我的院子里种了几株丁香，活了；还有两株榆叶梅，至今还未发芽，不知道它是否活着。

昨天闹了一个小乱子，许多学生被打伤了；听说还有死的，我不知道确否。其实，只要听他们开会，结果不过是开会而已，因为加了强力的迫压，遂闹出开会以上的事来。俄国的革命，不就是从这样的路径出发的么？

夜深了，就此搁笔，后来再谈罢。

鲁迅。五月八日。

（一九二五年）

忽然想到

十一

（一）急不择言

“急不择言”的病源，并不在没有想的工夫，而在有工夫的时候没有想。

上海的英国捕头残杀市民之后，我们就大惊愤，大嚷道：伪文明人的真面目显露了！那么，足见以前还以为他们有些真文明。然而中国有枪阶级的焚掠平民，屠杀平民，却向来不很有人抗议。莫非因为动手的是“国货”，所以连残杀也得欢迎；还是我们原是真野蛮，所以自己杀几个自家人就不足为奇呢？

自家相杀和为异族所杀当然有些不同。譬如一个人，自己打自己的嘴巴，心平气和，被别人打了，就非常气忿。但一个人而至于乏到自己打嘴巴，也就很难免为别人所打，如果世界上“打”的事实还没有消除。

我们确有点慌乱了，反基督教的叫喊的尾声还在，而许多人已颇佩服那教士的对于上海事件的公证；并且还有去向罗马教皇诉苦的。一流血，风气就会这样的转变。

（二）一致对外

甲："喂，乙先生！你怎么趁我忙乱的时候，又将我的东西拿走了？现在拿出来，还我罢！"

乙："我们要一致对外！这样危急时候，你还只记得自己的东西么，亡国奴！"

（三）"同胞同胞"

我愿意自首我的罪名：这回除硬派的不算外，我也另捐了极少的几个钱，可是本意并不在以此救国，倒是为了看见那些老实的学生们热心奔走得可感，不好意思给他们碰钉子。

学生们在演讲的时候常常说，"同胞，同胞！……"但你们可知道你们所有的是怎样的"同胞"，这些"同胞"是怎样的心么？

不知道的。即如我的心，在自己说出之前，募捐的人们大概就不知道。

我的近邻有几个小学生，常常用几张小纸片，写些幼稚的宣传文，用他们弱小的腕，来贴在电杆或墙壁上。待到第二天，我每见多被撕掉了。虽然不知道撕的是谁，但未必是英国人或日本人罢。

"同胞，同胞！……"学生们说。

我敢于说，中国人中，仇视那真诚的青年的眼光，有的比英国或日本人还凶险。为"排货"复仇的，倒不一定是外国人！

要中国好起来，还得做别样的工作。

这回在北京的演讲和募捐之后，学生们和社会上各色人物接触的机会已经很不少了，我希望有若干留心各方面的人，将所见，所受，所感的都写出来，无论是好的、坏的、像样的、丢脸的、可耻的、可悲的，全给它发表，给大家看看我们究竟有着怎样的“同胞”。

明白以后，这才可以计画别样的工作。

而且也无须掩饰。即使所发见的并无所谓同胞，也可以从头创造的；即使所发见的不过完全黑暗，也可以和黑暗战斗的。

而且也无须掩饰了，外国人的知道我们，常比我们自己知道得更清楚。试举一个极近便的例，则中国人自编的《北京指南》，还是日本人做的《北京》精确！

（四）断指和晕倒

又是砍下指头，又是当场晕倒。

断指是极小部分的自杀，晕倒是极暂时中的死亡。我希望这样的教育不普及；从此以后，不再有这样的现象。

（五）文学家有什么用？

因为沪案发生以后，没有一个文学家出来“狂喊”，就有人发了疑问了，曰：“文学家究竟有什么用处？”

今敢敬谨答曰：“文学家除了诌几句所谓诗文之外，实在毫无用处。”

中国现下的所谓文学家又作别论；即使是真的文学大家，然而却不是“诗文大全”，每一个题目一定有一篇文章，每一回案件一定有一通狂喊。他会在万籁无声时大呼，也会在金鼓喧阗中沉默。Leonardo da Vinci 非常敏感，但为要研究人的临死时的恐怖苦闷的表情，却去看杀头。中国的文学家固然并未狂喊，却还不至于如此冷静。况且有一首《血花缤纷》，不是早经发表了么，虽然还没有得到是否“狂喊”的定评。

文学家也许应该狂喊了。查老例，做事的总不如做文的有名。所以，即使上海和汉口的牺牲者的姓名早已被人忘得干干净净，诗文却往往更久地存在，或者还要感动别人，启发后人。

这倒是文学家的用处。血的牺牲者倘要讲用处，或者还不如做文学家。

(六)“到民间去”

但是，好许多青年要回去了。

从近时的言论上看来，旧家庭仿佛是一个可怕的吞噬青年的新生命的妖怪，不过在事实上，却似乎还不失为到底可爱的东西，比无论什么都富于摄引力。儿时的钓游之地，当然很使人怀念的，何况在和大都会隔绝的城乡中，更可以暂息大半年来努力向上的疲劳呢。

更何况这也可以算是“到民间去”。

但从此也可以知道：我们的“民间”怎样；青年单独到民

间时，自己的力量和心情，较之在北京一同大叫这一个标语时又怎样？

将这经历牢牢记住，倘将来从民间来，在北京再遇到一同大叫这一个标语的时候，回忆起来，就知道自己是在说真话还是撒谎。

那么，就许有若干人要沉默，沉默而苦痛，然而新的生命就会在这苦痛的沉默里萌芽。

（七）魂灵的断头台

近年以来，每个夏季，大抵是有枪阶级的打架季节，也是青年们的魂灵的断头台。

到暑假，毕业的都走散了，升学的还未进来，其馀的也大半回到家乡去。各样同盟于是暂别，喊声于是低微，运动于是销沉，刊物于是中辍。好像炎热的巨刃从天而降，将神经中枢突然斩断，使这首都忽而成为尸骸。但独有狐鬼却仍在死尸上往来，从从容容地竖起它占领一切的大纛。

待到秋高气爽时节，青年们又聚集了，但不少是已经新陈代谢。他们在未曾领略过的首善之区的使人健忘的空气中，又开始了新的生活，正如毕业的人们在去年秋天曾经开始过的新的生活一般。

于是一切古董和废物，就都使人觉得永远新鲜；自然也就觉不出周围是进步还是退步，自然也就分不出遇见的是鬼还是人。不幸而又有事变起来，也只得还在这样的世上，这样的人间，仍旧“同胞同胞”的叫喊。

（八）还是一无所有

中国的精神文明，早被枪炮打败了，经过了许多经验，已经要证明所有的还是一无所有。讳言这“一无所有”，自然可以聊以自慰；倘更铺排得好听一点，还可以寒天烘火炉一样，使人舒服得要打盹儿。但那报应是永远无药可医，一切牺牲全都白费，因为在大家打着盹儿的时候，狐鬼反将牺牲吃尽，更加肥胖了。

大概，人必须从此有记性，观四向而听八方，将先前一切自欺欺人的希望之谈全都扫除，将无论是谁的自欺欺人的假面全都撕掉，将无论是谁的自欺欺人的手段全都排斥，总而言之，就是将华夏传统的所有小巧的玩艺儿全都放掉，倒去屈尊学学枪击我们的洋鬼子，这才可望有新的希望的萌芽。

（一九二五年）六月十八日。

并非闲话（二）

向来听说中国人具有大国民的大度，现在看看，也未必然。但是我们要说得好，那么，就说好清净，有志气罢。所以总愿意自己是第一，是唯一，不爱见别的东西共存。行了几年白话，弄古文的人们讨厌了；做了一点新诗，吟古诗的人们憎恶了；做了几首小诗，做长诗的人们生气了；出了几种定期刊物，连别的出定期刊物的人们也来诅咒了：太多，太坏，只好做将来被淘汰的资料。

中国有些地方还在"溺女"，就因为预料她们将来总是没有出息的。可惜下手的人们总没有好眼力，否则并以施之男孩，可以减少许多单会消耗食粮的废料。

但是，歌颂"淘汰"别人的人也应该先行自省，看可有怎样不灭的东西在里面，否则，即使不肯自杀，似乎至少也得自己打几个嘴巴。然而人是总是自以为是的，这也许正是逃避被淘汰的一条路。相传曾经有一个人，一向就以"万物不得其所"为宗旨的，平生只有一个大愿，就是愿中国人都死完，但要留下他自己，还有一个女人和一个卖食物的。现在不知道他怎样，久没有听到消息了，那默默无闻的原因，或者就因为中国人还没有死完的缘故罢。

据说，张歆海先生看见两个美国兵打了中国的车夫和巡警，于是三四十个人，后来就有百馀人，都跟在他们后面喊“打！打！”美国兵却终于安然地走到东交民巷口了，还回头“笑着嚷道：‘来呀！来呀！’说也奇怪，这喊打的百馀人不到两分钟便居然没有影踪了！”

西滢先生于是在《闲话》中斥之曰：“打，打！宣战！宣战！这样的中国人，呸！”

这样的中国人真应该受“呸！”他们为什么不打的呢，虽然打了也许又有人来说是“拳匪”。但人们那里顾忌得许多，终于不打，“怯”是无疑的。他们所有的不是拳头么？

但不知道他们可会等候美国兵走进了东交民巷之后，远远地吐了唾沫？《现代评论》上没有记载，或者虽然“怯”，还不至于“卑劣”到那样罢。

然而美国兵终于走进东交民巷口了，毫无损伤，还笑嚷着“来呀来呀”哩！你们还不怕么，你们还敢说“打！打！宣战！宣战！”么？这百馀人，就证明着中国人该被打而不作声！

“这样的中国人，呸！呸！！！”

更可悲观的是现在“造谣者的卑鄙龌龊更远过于章炳麟”，真如《闲话》所说，而且只能“匿名的在报上放一两枝冷箭”。而且如果“你代被群众专制所压迫者说了几句公平话，那么你不是与那人有‘密切的关系’，便是吃了他或她的酒饭。在这样的社会里，一个报不顾利害的专论是非，自然免不了诽谤业生，谣诼蜂起。”这确是近来的实情。即如女师大风潮，西滢先生就听到关于我们的“流言”，而我竟不知道是怎样的“流言”，是那几个“卑鄙龌龊更远过于章炳麟”者所造。还有女生的罪状，已见于章士钊的呈文，而那些作为根据的“流言”，也不知道是那几个“卑鄙龌龊”且至于远不如畜类者所造。但是学生却都被打出了，其时还有人在酒席上得意。——但这自然也是“谣诼”。

可是我倒也并不很以“流言”为奇，如果要造，就听凭他们去造去。好在中国现在还不到“群众专制”的时候，即使有几十个人，只要“无权势”者叫一大群警察，雇些女流氓，一打，就打散了，正无须乎我来为“被压迫者”说什么“公平话”。即使说，人们也未必尽相信，因为“在这样的社会里”，有些“公平话”总还不免是“他或她的酒饭”填出来的。不过事过境迁，“酒饭”已经消化，吸收，只剩下似乎毫无缘故的“公平话”罢了。倘使连酒饭也失了效力，我想，中国也还要光明些。

但是，这也不足为奇的。不是上帝，那里能够超然世外，真下公平的批评。人自以为“公平”的时候，就已经有些醉意了。世间都以“党同伐异”为非，可是谁也不做“党异伐同”的事。现在，除了疯子，倘使有谁要来接吻，人大约总不至于倒给她一个嘴巴的罢。

（一九二五年）九月十九日。

十四年的“读经”

自从章士钊主张读经以来，论坛上又很出现了一些论议，如谓经不必尊，读经乃是开倒车之类。我以为这都是多事的，因为民国十四年的“读经”，也如民国前四年，四年，或将来的二十四年一样，主张者的意思，大抵并不如反对者所想象的那么一回事。

尊孔，崇儒，专经，复古，由来已经很久了。皇帝和大臣们，向来总要取其一端，或者“以孝治天下”，或者“以忠诏天下”，而且又“以贞节励天下”。但是，二十四史不现在么？其中有多少孝子、忠臣、节妇和烈女？自然，或者是多到历史上装不下去了；那么，去翻专夸本地人物的府县志书去。我可以说，可惜男的孝子和忠臣也不多的，只有节烈的妇女的名册却大抵有一大卷以至几卷。孔子之徒的经，真不知读到哪里去了；倒是不识字的妇女们能实践。还有，欧战时候的参战，我们不是常常自负的么？但可曾用《论语》感化过德国兵，用《易经》咒翻了潜水艇呢，儒者们引为劳绩的，倒是那大抵目不识丁的华工！

所以要中国好，或者倒不如不识字罢，一识字，就有近乎读经的病根了。“瞰亡往拜”“出疆载质”的最巧玩艺儿，经上都有，我读熟过的。只有几个胡涂透顶的笨牛，真会诚心诚意地来主张读经。而且这样的脚色，也不消和他们讨论。他们虽说什么经，什么古，实在不过是空嚷嚷。问他们经可是要读到像颜回、子思、孟轲、朱熹、秦桧（他是状元）、王守仁，徐世昌、曹锟；古可是要复到像清（即所谓“本朝”）、元、金、唐、汉、禹、汤、文、武、周公、无怀氏、葛天氏？他们其实都没有定见。他们也知不清颜回以至曹锟为人怎样，“本朝”以至葛天氏情形如何；不过像苍蝇们失掉了垃圾堆，自不免嗡嗡地叫。况且既然是诚心诚意主张读经的笨牛，则决无钻营、取巧、献媚的手段可知，一定不会阔气；他的主张，自然也决不会发生什么效力的。

至于现在的能以他的主张，引起若干议论的，则大概是阔人。阔人决不是笨牛，否则，他早已伏处牖下，老死田间了。现在岂不是正值“人心不古”的时候么，则其所以得阔之道居然可知。他们的主张，其实并非那些笨牛一般的真主张，是所谓别有用意；反对者们以为他真相信读经可以救国，真是“谬以千里”了！

我总相信现在的阔人都是聪明人；反过来说，就是倘使老实，必不能阔是也。至于所挂的招牌是佛学，是孔道，那倒没有什么关系。总而言之，是读经已经读过了，很悟到一点玩意儿，这种玩意儿，是孔二先生的先生老聃的大著作里就有的，此后的书本子里还随时可得。所以他们都比不识字的节妇、烈女、华工聪明；甚而至于比真要读经的笨牛还聪明。何也？

曰：“学而优则仕”故也。倘若“学”而不“优”，则以笨牛没世，其读经的主张、也不为世间所知。

孔子岂不是“圣之时者也”么，而况“之徒”呢？现在是主张“读经”的时候了。武则天做皇帝，谁敢说“男尊女卑”？多数主义虽然现称过激派，如果在列宁治下，则共产之合于葛天氏，一定可以考据出来的。但幸而现在英国和日本的力量还不弱，所以，主张亲俄者，是被卢布换去了良心。

我看不见读经之徒的良心怎样，但我觉得他们大抵是聪明人，而这聪明，就是从读经和古文得来的。我们这曾经文明过而后来奉迎过蒙古人、满洲人大驾了的国度里，古书实在太多，倘不是笨牛，读一点就可以知道，怎样敷衍、偷生、献媚、弄权、自私，然而能够假借大义，窃取美名。再进一步，并可以悟出中国人是健忘的，无论怎样言行不符，名实不副，前后矛盾，撒诳造谣，蝇营狗苟，都不要紧，经过若干时候，自然被忘得干干净净；只要留下一点卫道模样的文字，将来仍不失为“正人君子”，况且即使将来没有“正人君子”之称，于目下的实利又何损哉？

这一类的主张读经者，是明知道读经不足以救国的，也不希望人们都读成他自己那样的；但是，要些把戏，将人们作笨牛看则有之，“读经”不过是这一回要把戏偶尔用到的工具。抗议的诸公倘若不明乎此，还要正经老实地来评道理，谈利害，那我可不再客气，也要将你们归入诚心诚意主张读经的笨牛类里去了。

以这样文不对题的话来解释“俨乎其然”的主张，我自己也知道有不恭之嫌，然而我又自信我的话，因为我也是从“读经”得来的。我几乎读过十三经。

衰老的国度大概就免不了这类现象。这正如人体一样，年事老了，废料愈积愈多，组织间又沉积下矿质，使组织变硬，易就于灭亡。一面，则原是养卫人体的游走细胞（wanderzelle）渐次变性，只顾自己，只要组织间有小洞，它便钻，蚕食各组织，使组织耗损，易就于灭亡。俄国有名的医学者梅契尼珂夫（Elias Metschnikov）特地给他别立了一个名目：大嚼细胞（fresserzelle）。据说，必须扑灭了这些，人体才免于老衰；要扑灭这些，则须每日服用一种酸性剂，他自己就实行着。

古国的灭亡，就因为大部分的组织被太多的古习惯教养得硬化了，不再能够转移，来适应新环境，若干分子又被太多的坏经验教养得聪明了，于是变性，知道在硬化的社会里，不妨妄行。单是妄行的是可与论议的，故意妄行的却无须再与谈理。唯一的疗救，是在另开药方：酸性剂，或者简直是强酸剂。

不提防临末又提到了一个俄国人，怕又有人要疑心我收到卢布了罢。我现在郑重声明；我没有收过一张纸卢布：因为俄国还未赤化之前，他已经死掉了，是生了别的急病，和他那正在实验的药的有效与否这问题无干。

（一九二五年）十一月十八日。

这个与那个

一、读经与读史

一个阔人说要读经，嗡的一阵一群狭人也说要读经。岂但“读”而已矣哉，据说还可以“救国”哩。“学而时习之，不亦说乎？”那也许是确凿的罢，然而甲午战败了，——为什么独独要说“甲午”呢，是因为其时还在开学校，废读经以前。

我以为伏案还未功深的朋友，现在正不必埋头来哼线装书。倘其咿唔日久，对于旧书有些上瘾了，那么，倒不如去读史，尤其是宋朝，明朝史，而且尤须是野史；或者看杂说。

现在中西的学者们，几乎一听到“钦定四库全书”这名目就魂不附体，膝弯总要软下来似的。其实呢，书的原式是改变了，错字是加添了，甚至于连文章都删改了，最便当的是《琳瑯秘室丛书》中的两种《茅亭客话》，一是宋本，一是四库本，一比较就知道。“官修”而加以“钦定”的正史也一样，不但本纪咧，列传咧，要摆“史架子”；里面也不敢说什么。据说，字里行间是也含着什么褒贬的，但谁有这么多的心眼儿来猜闷壶卢。至今还道“将平生事迹宣付国史馆立传”，还是算了罢。

野史和杂说自然也免不了有讹传，挟恩怨，但看往事却可以较分明，因为它究竟不像正史那样地装腔作势。看宋事，《三朝北盟汇编》已经变成古董，太贵了，新排印的《宋人说部丛书》却还便宜。明事呢，《野获编》原也好，但也化为古董了，每部数十元；易于入手的是《明季南北略》《明季稗史汇编》，以及新近集印的《痛史》。

史书本来是过去的陈账簿，和急进的猛士不相干。但先前说过，倘若还不能忘情于咿唔，倒也可以翻翻，知道我们现在的情形和那时的何其神似，而现在的昏妄举动，胡涂思想，那时也早已有过，并且都闹糟了。

试到中央公园去，大概总可以遇见祖母带着她孙女儿在玩的。这位祖母的模样，就预示着那娃儿的将来。所以倘有谁要预知令夫人后日的丰姿，也只要看丈母。不同是当然要有些不同的，但总归相去不远。我们查账的用处就在此。

但我并不说古来如此，现在遂无可为，劝人们对于“过去”生敬畏心，以为它已经铸定了我们的运命。Le Bon 先生说，死人之力比生人大，诚然也有一理的，然而人类究竟进化着。又据章士钊总长说，则美国的什么地方已在禁讲进化论了，这实在是吓死我也，然而禁只管禁，进却总要进的。

总之：读史，就愈可以觉悟中国改革之不可缓了。虽是国民性，要改革也得改革，否则，杂史杂说上所写的就是前车。一改革，就无须怕孙女儿总要像点祖母那些事，譬如祖母的脚是三角形，步履维艰的，小姑娘的却是天足，能飞跑；丈母老太太出过天花，脸上有些缺点的，令夫人却种的是牛痘，所以细皮白肉：这也就大差其远了。

（一九二五年）十二月八日。

二、捧与挖

中国的人们，遇见带有会使自己不安的症兆的人物，向来就用两样法：将他压下去，或者将他捧起来。

压下去就用旧习惯和旧道德，或者凭官力，所以孤独的精神的战士，虽然为民众战斗，却往往反为这“所为”而灭亡。到这样，他们这才安心了。压不下时，则于是乎捧，以为抬之使高，餍之使足，便可以于己稍稍无害，得以安心。

伶俐的人们，自然也有谋利而捧的，如捧阔老，捧戏子，捧总长之类；但在一般粗人，——就是未尝“读经”的，则凡有捧的行为的“动机”，大概是不过想免害。即以所奉祀的神道而论，也大抵是凶恶的，火神瘟神不待言，连财神也是蛇呀刺猬呀似的骇人的畜类；观音菩萨倒还可爱，然而那是从印度输入的，并非我们的“国粹”。要而言之：凡有被捧者，十之九不是好东西。

既然十之九不是好东西，则被捧而后，那结果便自然和捧者的希望适得其反了。不但能使不安，还能使他们很不安，因为人心本来不易餍足。然而人们终于至今没有悟，还以捧为苟安之一道。

记得有一部讲笑话的书，名目忘记了，也许是《笑林广记》罢，说，当一个知县的寿辰，因为他是子年生，属鼠的，属员们便集资铸了一个金老鼠去作贺礼。知县收受之后，另寻了机会对大众说道：明年又恰巧是贱内的整寿；她比我小一岁，是属牛的。其实，如果大家先不送金老鼠，他决不敢想金牛。一送开手，可就难于收拾了，无论金牛无力致送，即使送了，怕他的姨太太也会属象。象不在十二生肖之内，似乎不近情理罢，但这是我替他设想的法子罢了，知县当然别有我们所莫测高深的妙法在。

民元革命时候，我在S城，来了一个都督。他虽然也出身绿林大学，未尝“读经”（?），但倒是还算顾大局，听与论的，可是自绅士以至于庶民，又用了祖传的捧法群起而捧之了。这个拜会，那个恭维，今天送衣料，明天送翅席，捧得他连自己也忘其所以，结果是渐渐变成老官僚一样，动手刮地皮。

最奇怪的是北几省的河道，竟捧得河身比屋顶高得多了。当初自然是防其溃决，所以壅上一点土；殊不料愈壅愈高，一旦溃决，那祸害就更大。于是就“抢堤”咧，“护堤”咧，“严防决堤”咧，花色繁多，大家吃苦。如果当初见河水泛滥，不去增堤，却去挖底，我以为决不至于这样。

有贪图金牛者，不但金老鼠，便是死老鼠也不给。那么，此辈也就连生日都未必做了。单是省却拜寿，已经是一件大快事。

中国人的自讨苦吃的根苗在于捧，“自求多福”之道却在于挖。其实，劳力之量是差不多的，但从惰性太多的人们看来，却以为还是捧省力。

十二月十日。

三、最先与最后

韩非子说赛马的妙法，在于“不为最先，不耻最后”。这虽是从我们这样外行的人看起来，也觉得很有理。因为假若一开首便拼命奔驰，则马力易竭。但那第一句是只适用于赛马的，不幸中国人却奉为人的处世金箴了。

中国人不但“不为戎首”，“不为祸始”，甚至于“不为福先”。所以凡事都不容易有改革；前驱和闯将，大抵是谁也怕得做。然而人性岂其能如道家所说的那样恬淡；欲得的却多。既然不敢径取，就只好用阴谋和手段。以此，人们也就日见其卑怯了，既是“不为最先”，自然也不敢“不耻最后”，所以虽是一大堆群众，略见危机，便“纷纷作鸟兽散”了。如果偶有几个不肯退转，因而受害的，公论家便异口同声，称之曰傻子。对于“锲而不舍”的人仍也一样。

我有时也偶尔去看看学校的运动会。这种竞争，本来不像两敌国的开战，挟有仇隙的，然而也会因了竞争而骂，或者竟打起来。但这些事又作别论。竞走的时候，大抵是最快的三四个人一到决胜点，其馀的便松懈了，有几个还至于失了跑完预定的圈数的勇气，中途挤入看客的群众中；或者佯为跌倒，使红十字队用担架将他抬走。假若偶有虽然落后，却尽跑，尽跑的人，大家就嗤笑他。大概是因为他太不聪明，“不耻最后”的缘故罢。

所以中国一向就少有失败的英雄，少有韧性的反抗，少有敢单身鏖战的武人，少有敢抚哭叛徒的吊客；见胜兆则纷纷聚集，见败兆则纷纷逃亡。战具比我们精利的欧美人，战具未必比我们精利的匈奴、蒙古、满洲人，都如入无人之境。“土崩瓦解”这四个字，真是形容得有自知之明。

多有“不耻最后”的人的民族，无论什么事，怕总不会一下子就“土崩瓦解”的，我每看运动会时，常常这样想：优胜者固然可敬，但那虽然落后而仍非跑至终点不止的竞技者，和见了这样竞技者而肃然不笑的看客，乃正是中国将来的脊梁。

四、流产与断种

近来对于青年的创作，忽然降下一个“流产”的恶谥，哄然应和的就有一大群。我现在相信，发明这话的是没有什么恶意的，不过偶尔说一说；应和的也是情有可原的，因为世事本来大概就这样。

我独不解中国人何以于旧状况那么心平气和，于较新的机运就这么疾首蹙额；于已成之局那么委曲求全，于初兴之事就这么求全责备？

知识高超而眼光远大的先生们开导我们：生下来的倘不是圣贤、豪杰、天才，就不要生；写出来的倘不是不朽之作，就不要写；改革的事倘不是一下子就变成极乐世界，或者，至少能给我（!）有更多的好处，就万万不要动！……

那么，他是保守派么？据说并不然的，他正是革命家。唯独他有公平、正常、稳健、圆满、平和，毫无流弊的改革法；

现下正在研究室里研究着哩，——只是还没有研究好。

什么时候研究好呢？答曰：没有准儿。

孩子初学步的第一步，在成人看来，的确是幼稚，危险，不成样子，或者简直是可笑的。但无论怎样的愚妇人，却总以恳切的希望的心，看他跨出这第一步去，决不会因为他的走法幼稚，怕要阻碍阔人的路线而“逼死”他；也决不至于将他禁在床上，使他躺着研究到能够飞跑时再下地，因为她知道：假如这么办，即使长到一百岁也还是不会走路的。

古来就这样：所谓读书人，对于后起者却反而专用彰明较著的或改头换面的禁锢。近来自然客气些，有谁出来，大抵会遇见学士文人们挡驾：且住，请坐。接着是谈道理了：调查，研究，推敲，修养……结果是老死在原地方。否则，便得到“捣乱”的称号。我也曾有如现在的青年一样，向已死和未死的导师们问过应走的路。他们都说：不可向东，或西，或南，或北。但不说应该向东，或西，或南，或北。我终于发见他们心底里的蕴蓄了：不过是一个“不走”而已。

坐着而等待平安，等待前进，倘能，那自然是很好的，但可虑的是老死而所等待的却终于不至；不生育，不流产而等待一个英伟的宁馨儿，那自然也很可喜的，但可虑的是终于什么也没有。

倘以为与其所得的不是出类拔萃的婴儿，不如断种，那就无话可说。但如果我们永远要听见人类的足音，则我以为流产究竟比不生产还有望，因为这已经明明白白地证明着能够生产的了。

十二月二十日。

碎　话

如果只有自己，那是都可以的：今日之我与昨日之我战也好，今日这么说明日那么说也好。但最好是在自己的脑里想，在自己的宅子里说；或者和情人谈谈也不妨，横竖她总能以“阿呀”表示其佩服，而没有第三者与闻其事。只是，假使不自珍惜，陆续发表出来，以“领袖”“正人君子”自居，而称这些为“思想”或“公论”之类，却难免有多少老实人遭殃。自然，凡有神妙的变迁，原是反足以见学者文人们进步之神速的；况且文坛上本来就“只许州官放火，不准百姓点灯”，既不幸而为庸人，则给天才做一点牺牲，也正是应尽的义务。谁叫你不能研究或创作的呢？亦惟有活该吃苦而已矣！

然而，这是天才，或者是天才的奴才的崇论宏议。从庸人一方面看起来，却不免觉得此说虽合乎理而反乎情；因为“蝼蚁尚且贪生”，也还是古之明训。所以虽然是庸人，总还想活几天，乐一点。无奈爱管闲事是他们吃苦的根苗，坐在家里好好的，却偏要出来寻导师，听公论了。学者文人们正在一日千变地进步，大家跟在他后面；他走的是小弯，你走的是大弯，他在圆心里转，你却必得在圆周上转，汗流浃背而终于不知所以，那自然是不待数计龟卜而后知的。

什么事情都要干，干，干！那当然是名言，但是倘有傻子真去买了手枪，就必要深悔前非，更进而悟到救国必先求学。这当然也是名言，何用多说呢，就遵谕钻进研究室去，待到有一天，你发见了一颗新彗星，或者知道了刘歆并非刘向的儿子之后，跳出来救国时，先觉者可是“杳如黄鹤”了，寻来寻去，也许会在戏板子里发见。你不要再菲薄那“小东人嗯嗯！哪，唉唉唉！”罢：这是艺术。听说“人类不仅是理智的动物”，必须“种种方面有充分发达的人，才可以算完人”呀，学者之在戏园，乃是“在感情方面求种种的美”。“束发小生”变成先生，从研究室里钻出，救国的资格也许有一点了，却不料还是一个精神上种种方面没有充分发达的畸形物，真是可怜可怜。

那么，立刻看夜戏，去求种种的美去，怎么样？谁知道呢。也许学者已经出戏园，学说也跟着长进（俗称改变，非也）了。

叔本华先生以厌世名一时，近来中国的绅士们却独独赏识了他的《妇人论》。的确，他的骂女人虽然还合绅士们的脾胃，但别的话却实在很有些和我们不相宜的。即如《读书和书籍》那一篇里，就说，“我们读着的时候，别人却替我们想。我们不过反覆了这人的心的过程。……然而本来地说起来，则读书时，我们的脑已非自己的活动地。这是别人的思想的战场了。”但是我们的学者文人们却正需要这样的战场——未经老练的青年的脑髓。但也并非在这上面和别的强敌战斗，乃是今日之我打昨日之我，“道义”之手批“公理”之颊——说得俗一点：自己打嘴巴。作了这样的战场者，怎么还能明白是怎么一回事。

这一月来，不知怎的又有几个学者文人或批评家亡魂失魄了，仿佛他们在上月底才从娘胎钻出，毫不知道民国十四年十二月以前的事似的。女师大学生一归她们被占的本校，就有人引以为例，说张胡子或李胡子可以“派兵送一二百学生占据了二三千学生的北大”。如果这样，北大学生确应该群起而将女师大扑灭，以免张胡或李胡援例，确保母校的安全。但我记得北大刚举行过二十七周年纪念，那建立的历史，是并非由章士钊将张胡或李胡将要率领的二百学生掩出，然后改立北大，招生三千，以掩人耳目的。这样的比附，简直是在青年的脑上打滚。夏间，则也可以称为“挑剔风潮”。但也许批评界有时也是“只许州官放火，不准百姓点灯”，正如天才之在文坛一样的。

学者文人们最好是有这样的一个特权，月月，时时，自己和自己战，——即自己打嘴巴。免得庸人不知，以常人为例，误以为连一点“闲话”也讲不清楚。

（一九二五年）十二月二十二日。

学界的三魂

从《京报副刊》上知道有一种叫《国魂》的期刊，曾有一篇文章说章士钊固然不好，然而反对章士钊的“学匪”们也应该打倒。我不知道大意是否真如我所记得？但这也没有什么关系，因为不过引起我想到一个题目，和那原文是不相干的。意思是，中国旧说，本以为人有三魂六魄，或云七魄：国魂也该这样。而这三魂之中，似乎一是“官魂”，一是“匪魂”，还有一个是什么呢？也许是“民魂”罢，我不很能够决定。又因为我的见闻很偏隘，所以未敢悉指中国全社会，只好缩而小之曰“学界”。

中国人的官瘾实在深，汉重孝廉而有埋儿刻木，宋重理学而有高帽破靴，清重帖括而有“且夫”“然则”。总而言之：那魂灵就在做官，——行官势，摆官腔，打官话。顶着一个皇帝做傀儡，得罪了官就是得罪了皇帝，于是那些人就得了雅号曰“匪徒”。学界的打官话是始于去年，凡反对章士钊的都得了“土匪”，“学匪”，“学棍”的称号，但仍然不知道从谁的口中说出，所以还不外乎一种“流言”。

但这也足见去年学界之糟了，竟破天荒的有了学匪。以大点的国事来比罢，太平盛世，是没有匪的；待到群盗如毛时，看旧史，一定是外戚、宦官、奸臣、小人当国，即使大打一通官话，那结果也还是“呜呼哀哉”。当这“呜呼哀哉”之前，小民便大抵相率而为盗，所以我相信源增先生的话：“表面上看只是些土匪与强盗，其实是农民革命军。”（《国民新报副刊》四三）那么，社会不是改进了么？并不，我虽然也是被谥为“土匪”之一，却并不想为老前辈们饰非掩过。农民是不来夺取政权的，源增先生又道：“任三五热心家将皇帝推倒，自己过皇帝瘾去。”但这时候，匪便被称为帝，除遗老外，文人学者却都来恭维，又称反对他的为匪了。

所以中国的国魂里大概总有这两种魂：官魂和匪魂。这也并非硬要将我辈的魂挤进国魂里去，贪图与教授名流的魂为伍，只因为事实仿佛是这样。社会诸色人等，爱看《双官诰》，也爱看《四杰村》，望偏安巴蜀的刘玄德成功，也愿意打家劫舍的宋公明得法；至少，是受了官的恩惠时候则艳羡官僚；受了官的剥削时候便同情匪类。但这也是人情之常；倘使连这一点反抗心都没有，岂不就成为万劫不复的奴才了？

然而国情不同，国魂也就两样。记得在日本留学时候，有些同学问我在中国最有大利的买卖是什么，我答道：“造反。”他们便大骇怪。在万世一系的国度里，那时听到皇帝可以一脚踢落，就如我们听说父母可以一棒打杀一般。为一部分士女所心悦诚服的李景林先生，可就深知此意了，要是报纸上所传非虚。今天的《京报》即载着他对某外交官的谈话道：“予预计于旧历正月间，当能与君在天津晤谈；若天津攻击竟至失败，则拟俟三四月间卷土重来，若再失败，再暂投土匪，徐养兵力，以待时机”云。但他所希望的不是做皇帝，那大概是因为中华民国了之故罢。

所谓学界，是一种发生较新的阶级，本该可以有将旧魂灵略加湔洗之望了，但听到“学官”的官话，和“学匪”的新名，则似乎还走着旧道路。那么，当然也得打倒的。这来打倒他的是“民魂”，是国魂的第三种。先前不很发扬，所以一闹之后，终不自取政权，而只“任三五热心家将皇帝推倒，自己过皇帝瘾去”了。

惟有民魂是值得宝贵的，惟有他发扬起来，中国才有真进步。但是，当此连学界也倒走旧路的时候，怎能轻易地发挥得出来呢？在乌烟瘴气之中，有官之所谓“匪”和民之所谓“匪”；有官之所谓“民”和民之所谓“民”；有官以为“匪”而其实是真的国民，有官以为“民”而其实是衙役和马弁。所以貌似“民魂”的，有时仍不免为“官魂”，这是鉴别魂灵者所应该十分注意的。

话又论远了，回到本题去。去年，自从章士钊提了“整顿学风”的招牌，上了教育总长的大任之后，学界里就官气弥漫，顺我者“通”，逆我者“匪”，官腔官话的馀气，至今还没有完。但学界却也幸而因此分清了颜色。只是代表官魂的还不是章士钊，因为上头还有“减膳”执政在，他至多不过做了一个官魄；现在是在天津“徐养兵力，以待时机”了，我不看《甲寅》，不知道说些什么话：官话呢，匪话呢，民话呢，衙役马弁话呢？……

（一九二六年）一月二十四日。

古书与白话

记得提倡白话那时，受了许多谣诼诬谤，而白话终于没有跌倒的时候，就有些改口说：然而不读古书，白话是做不好的。我们自然应该曲谅这些保古家的苦心，但也不能不悯笑他们这祖传的成法。凡有读过一点古书的人都有这一种老手段：新起的思想，就是“异端”，必须歼灭的，待到它奋斗之后，自己站住了，这才寻出它原来与“圣教同源”，外来的事物，都要“用夷变夏”，必须排除的，但待到这“夷”入主中夏，却考订出来了，原来连这“夷”也还是黄帝的子孙。这岂非出人意料之外的事呢？无论什么，在我们的“古”里竟无不包函了！

用老手段的自然不会长进，到现在仍是说非“读破几百卷书者”即做不出好白话文，于是硬拉吴稚晖先生为例。可是竟又会有“肉麻当有趣”，述说得津津有味的，天下事真是千奇百怪。其实吴先生的“用讲话体为文”，即“其貌”也何尝与“黄口小儿所作若同”。不是“纵笔所之，辄数万言”么？其中自然有古典，为“黄口小儿”所不知，尤有新典，为“束发小生”所不晓。清光绪末，我初到日本东京时，这位吴稚晖先生已在和公使蔡钧大战了，其战史就有这么长，则见闻之多，自然非现在的“黄口小儿”所能企及。所以他的遣辞用典，有许多地方是惟独熟于大小故事的人物才能够了然，从青年看来，第一是惊异于那文辞的滂沛。这或者就是名流学者们所认为长处的罢，但是，那生命却不在于此。甚至于竟和名流学者们所拉拢恭维的相反，而在自己并不故意显出长处，也无法灭去名流学者们的所谓长处；只将所说所写，作为改革道中的桥梁，或者竟并不想到作为改革道中的桥梁。

愈是无聊赖，没出息的脚色，愈想长寿，想不朽，愈喜欢多照自己的照相，愈要占据别人的心，愈善于摆臭架子。但是，似乎“下意识”里，究竟也觉得自己之无聊的罢，便只好将还未朽尽的“古”一口咬住，希图做着肠子里的寄生虫，一同传世；或者在白话文之类里找出一点古气，反过来替古董增加宠荣。如果“不朽之大业”不过这样，那未免太可怜了罢。而且，到了一九二五年，“黄口小儿”们还要看什么甲寅之流，也未免过于可惨罢，即使它“自从孤桐先生下台之后，……也渐渐的有了生气了”。

菲薄古书者，惟读过古书者最有力，这是的确的。因为他洞知弊病，能“以子之矛攻子之盾”，正如要说明吸雅片的弊害，大概惟吸过雅片者最为深知，最为痛切一般。但即使“束发小生”，也何至于说，要做戒绝雅片的文章，也得先吸尽几百两雅片才好呢。

古文已经死掉了；白话文还是改革道上的桥梁，因为人类还在进化。便是文章，也未必独有万古不磨的典则。虽然据说美国的某处已经禁讲进化论了，但在实际上，恐怕也终于没有效的。

（一九二六年）一月二十五日。

一点比喻

在我的故乡不大通行吃羊肉，阖城里，每天大约不过杀几匹山羊。北京真是人海，情形可大不相同了，单是羊肉铺就触目皆是。雪白的群羊也常常满街走，但都是胡羊，在我们那里称绵羊的。山羊很少见；听说这在北京却颇名贵了，因为比胡羊聪明，能够率领羊群，悉依它的进止，所以畜牧家虽然偶而养几匹，却只用作胡羊们的领导，并不杀掉它。

这样的山羊我只见过一回，确是走在一群胡羊的前面，脖子上还挂着一个小铃铎，作为智识阶级的徽章。通常，领的赶的却多是牧人，胡羊们便成了一长串，挨挨挤挤，浩浩荡荡，凝着柔顺有馀的眼色，跟定他忽忽地竞奔它们的前程。我看见这种认真的忙迫的情形时，心里总想开口向它们发一句愚不可及的疑问——

“往哪里去?!”

人群中也很有这样的山羊，能领了群众稳妥平静地走去，直到他们应该走到的所在。袁世凯明白一点这种事，可惜用得不大巧，大概因为他是不很读书的，所以也就难于熟悉运用那些的奥妙。后来的武人可更蠢了，只会自己乱打乱割，乱得哀号之声洋洋盈耳，结果是除了残虐百姓之外，还加上轻视学问荒废教育的恶名。然而“经一事，长一智”，二十世纪已过了四分之一，脖子上挂着小铃铎的聪明人是总要交到红运的，虽然现在表面上还不免有些小挫折。

那时候，人们，尤其是青年，就都循规蹈矩，既不嚣张，也不浮动，一心向着“正路”前进了，只要没有人问——

“往哪里去?!”

君子若曰：“羊总是羊，不成了一长串顺从地走，还有什么别的法子呢？君不见夫猪乎？拖延着，逃着，喊着，奔突着，终于也还是被捉到非去不可的地方，那些暴动，不过是空费力气而已矣。”

这是说：虽死也应该如羊，使天下太平，彼此省力。

这计划当然是很妥帖，大可佩服的。然而，君不见夫野猪乎？它以两个牙，使老猎人也不免于退避。这牙，只要猪脱出了牧豕奴所造的猪圈，走入山野，不久就会长出来。

Schopenhauer先生曾将绅士们比作豪猪，我想，这实在有些失体统。但在他，自然是并没有什么别的恶意的，不过拉扯来作一个比喻。《Parerga und Paralipomena》里有着这样意思的话：有一群豪猪，在冬天想用了大家的体温来御寒冷，紧靠起来了，但它们彼此即刻又觉得刺的疼痛，于是乎又离开。然而温暖的必要，再使它们靠近时，却又吃了照样的苦。但它们在这两种困难中，终于发见了彼此之间的适宜的间隔，以这距离，它们能够过得最平安。人们因为社交的要求，聚在一处，又因为各有可厌的许多性质和难堪的缺陷，再使他们分离。他们最后所发见的距离，——使他们得以聚在一处的中庸的距离就是“礼让”和“上流的风习”。有不守这距离的，在英国就这样叫，“Keep your distance!”

但即使这样叫，恐怕也只能在豪猪和豪猪之间才有效力罢，因为它们彼此的守着距离，原因是在于痛而不在于叫的。假使豪猪们中夹着一个别的，并没有刺，则无论怎么叫，他们总越是挤过来。孔子说：“礼不下庶人。”照现在的情形看，该是并非庶人不得接近豪猪，却是豪猪可以任意刺着庶人而取得温暖。受伤是当然要受伤的，但这也只能怪你自己独独没有刺，不足以让他守定适当的距离。孔子又说：“刑不上大夫。”这就又难怪人们的要做绅士。

这些豪猪们，自然也可以用牙角或棍棒来抵御的，但至少必须拼出背一条豪猪社会所制定的罪名：“下流”或“无礼”。

（一九三年）一月二十五日。

送灶日漫笔

坐听着远远近近的爆竹声，知道灶君先生们都在陆续上天，向玉皇大帝讲他的东家的坏话去了，但是他大概终于没有讲，否则，中国人一定比现在要更倒楣。

灶君升天的那日，街上还卖着一种糖，有柑子那么大小，在我们那里也有这东西，然而扁的，像一个厚厚的小烙饼。那就是所谓“胶牙饧”了。本意是在请灶君吃了，黏住他的牙，使他不能调嘴学舌，对玉帝说坏话。我们中国人意中的神鬼，似乎比活人要老实些，所以对鬼神要用这样的强硬手段，而于活人却只好请吃饭。

今之君子，往往讳言吃饭，尤其是请吃饭。那自然是无足怪的，的确不大好听。只是北京的饭店那么多，饭局那么多，莫非都在食蛤蜊，谈风月，“酒酣耳热而歌呜呜”么？不尽然的，的确也有许多“公论”从这些地方播种，只因为公论和请帖之间看不出蛛丝马迹，所以议论便堂哉皇哉了。但我的意见，却以为还是酒后的公论有情。人非木石，岂能一味谈理，碍于情面而偏过去了，在这里正有着人气息。况且中国是一向重情面的。何谓情面？明朝就有人解释过，曰：“情面者，面情之谓也。”自然不知道他说什么，但也就可以懂得他说什么。在现今的世上，要有不偏不倚的公论，本来是一种梦想；即使是饭后的公评，酒后的宏议，也何尝不可姑妄听之呢。然而，倘以为那是真正老牌的公论，却一定上当，——但这也不能独归罪于公论家，社会上风行请吃饭而讳言请吃饭，使人们不得不虚假，那自然也应该分任其咎的。

记得好几年前，是“兵谏”之后，有枪阶级专喜欢在天津会议的时候，有一个青年愤愤地告诉我道：他们哪里是会议呢，在酒席上，在赌桌上，带着说几句就决定了。他就是受了“公论不发源于酒饭说”之骗的一个，所以永远是愤然。殊不知他那理想中的情形，怕要到二九二五年才会出现呢，或者竟许到三九二五年。

然而不以酒饭为重的老实人，却是的确也有的，要不然，中国自然还要坏。有些会议，从午后二时起，讨论问题，研究章程，此问彼难，风起云涌，一直到七八点，大家就无端觉得有些焦躁不安，脾气愈大了，议论愈纠纷了，章程愈渺茫了，虽说我们到讨论完毕后才散罢，但终于一哄而散，无结果。这就是轻视了吃饭的报应。六七点钟时分的焦躁不安，就是肚子对于本身和别人的警告，而大家误信了吃饭与讲公理无关的妖言，毫不瞅睬，所以肚子就使你演说也没精采，宣言也——连草稿都没有。

但我并不说凡有一点事情，总得到什么太平湖饭店，撷英番菜馆之类里去开大宴；我于那些店里都没有股本，犯不上替他们来拉主顾，人们也不见得都有这么多的钱。我不过说，发议论和请吃饭，现在还是有关系的；请吃饭之于议论，现在也还是有益处的；虽然，这也是人情之常，无足深怪的。

顺便还要给热心而老实的青年们一个忠告，就是没酒没饭的开会，时候不要开得太长，倘若时候已晚了，那么，买几个烧饼来吃了再说。这么一办，总可以比空着肚子的讨论容易有结果，容易得收场。

胶牙饧的强硬办法，用在灶君身上我不管它怎样，用之于活人是不大好的。倘是活人，莫妙于给他醉饱一次，使他自己不开口，却不是胶住他。中国人对人的手段颇高明，对鬼神却总有些特别，二十三夜的捉弄灶君即其一例，但说起来也奇怪，灶君竟至于到了现在，还仿佛没有省悟似的。

道士们的对付“三尸神”，可是更厉害了。我也没有做过道士，详细是不知道的，但据“耳食之书”，则道士们以为人身中有三尸神，到有一日，便乘人熟睡时，偷偷地上天去奏本身的过恶。这实在是人体本身中的奸细，《封神传演义》常说的“三尸神暴躁，七窍生烟”的三尸神，也就是这东西。但据说要抵制他却不难，因为他上天的日子是有一定的，只要这一日不睡觉，他便无隙可乘，只好将过恶都放在肚子里，再看明年的机会了。连胶牙饧都没得吃，他实在比灶君还不幸，值得同情。

三尸神不上天，罪状都放在肚子里；灶君虽上天，满嘴是糖，在玉皇大帝面前含含胡胡地说了一通，又下来了。对于下界的情形，玉皇大帝一点也听不懂，一点也不知道，于是我们今年当然还是一切照旧，天下太平。

我们中国人对于鬼神也有这样的手段。

我们中国人虽然敬信鬼神，却以为鬼神总比人们傻，所以就用了特别的方法来处治他。至于对人，那自然是不同的，但还是用了特别的方法来处治，只是不肯说；你一说，据说你就是卑视了他了。诚然，自以为看穿了的话，有时也的确反不免于浅薄。

（一九二六年）二月五日。

谈皇帝

中国人的对付鬼神，凶恶的是奉承，如瘟神和火神之类，老实一点的就要欺侮，例如对于土地或灶君。待遇皇帝也有类似的意思。君民本是同一民族，乱世时“成则为王，败则为贼”，平常是一个照例做皇帝，许多个照例做平民；两者之间，思想本没有什么大差别。所以皇帝和大臣有“愚民政策”，百姓们也自有其“愚君政策”。

往昔的我家，曾有一个老仆妇，告诉过我她所知道，而且相信的对付皇帝的方法。她说——

“皇帝是很可怕的。他坐在龙位上，一不高兴，就要杀人；不容易对付的。所以吃的东西也不能随便给他吃，倘是不容易办到的，他吃了又要，一时办不到；——譬如他冬天想到瓜，秋天要吃桃子，办不到，他就生气，杀人了。现在是一年到头给他吃菠菜，一要就有，毫不为难。但是倘说是菠菜，他又要生气的，因为这是便宜货。所以大家对他就不称为菠菜，另外起一个名字，叫作‘红嘴绿鹦哥’。”

在我的故乡，是通年有菠菜的，根很红，正如鹦哥的嘴一样。

这样的连愚妇人看来，也是呆不可言的皇帝，似乎大可以不要了。然而并不，她以为要有的，而且应该听凭他作威作福。至于用处，仿佛在靠他来镇压比自己更强梁的别人，所以随便杀人，正是非备不可的要件。然而倘使自己遇到，且须侍奉呢？可又觉得有些危险了，因此只好又将他练成傻子，终年耐心地专吃着“红嘴绿鹦哥”。

其实利用了他的名位，“挟天子以令诸侯”的，和我那老仆妇的意思和方法都相同，不过一则又要他弱，一则又要他愚。儒家的靠了“圣君”来行道也就是这玩意，因为要“靠”，所以要他威重，位高；因为要便于操纵，所以又要他颇老实，听话。

皇帝一自觉自己的无上威权，这就难办了。既然“普天之下，莫非皇土”，他就胡闹起来，还说是“自我得之，自我失之，我又何恨”哩！于是圣人之徒也只好请他吃“红嘴绿鹦哥”了，这就是所谓“天”。据说天子的行事，是都应该体帖天意，不能胡闹的；而这“天意”也者，又偏只有儒者们知道着。

这样，就决定了：要做皇帝就非请教他们不可。

然而不安分的皇帝又胡闹起来了。你对他说“天”么，他却道，“我生不有命在天?!”岂但不仰体上天之意而已，还逆天，背天，“射天”，简直将国家闹完，使靠天吃饭的圣贤君子们，哭不得，也笑不得。

于是乎他们只好去著书立说，将他骂一通，预计百年之后，即身殁之后，大行于时，自以为这就了不得。

但那些书上，至多就止记着“愚民政策”和“愚君政策”全都不成功。

（一九二六年）二月十七日。

无花的蔷薇

一

又是 Schopenhauer 先生的话——

“无刺的蔷薇是没有的。——然而没有蔷薇的刺却很多。”

题目改变了一点，较为好看了。

“无花的蔷薇”也还是爱好看。

二

去年，不知怎的这位勖本华尔先生忽然合于我们国度里的绅士们的脾胃了，便拉扯了他的一点“女人论”；我也就夹七夹八地来称引了好几回，可惜都是刺，失了蔷薇，实在大煞风景，对不起绅士们。

记得幼小时候看过一出戏，名目忘却了，一家正在结婚，而勾魂的无常鬼已到，夹在婚仪中间，一同拜堂，一同进房，一同坐床……实在大煞风景，我希望我还不至于这样。

三

有人说我是“放冷箭者”。

我对于“放冷箭”的解释，颇有些和他们一流不同，是说有人受伤，而不知这箭从什么地方射出。所谓“流言”者，庶几近之。但是我，却明明站在这里。

但是我，有时虽射而不说明靶子是谁，这是因为初无“与众共弃”之心，只要该靶子独自知道，知道有了洞，再不要面皮鼓得急绷绷，我的事就完了。

四

蔡孑民先生一到上海，《晨报》就据国闻社电报郑重地发表他的谈话，而且加以按语，以为“当为历年潜心研究与冷眼观察之结果，大足诏示国人，且为知识阶级所注意也”。

我很疑心那是胡适之先生的谈话，国闻社的电码有些错误了。

五

预言者，即先觉，每为故国所不容，也每受同时人的迫害，大人物也时常这样。他要得人们的恭维赞叹时，必须死掉，或者沉默，或者不在面前。

总而言之，第一要难于质证。

如果孔丘，释迦，耶稣基督还活着，那些教徒难免要恐慌。对于他们的行为，真不知道教主先生要怎样慨叹。

所以，如果活着，只得迫害他。

待到伟大的人物成为化石，人们都称他伟人时，他已经变了傀儡了。

有一流人之所谓伟大与渺小，是据他可给自己利用的效果的大小而言。

六

法国罗曼罗兰先生今年满六十岁了。晨报社为此征文，徐志摩先生于介绍之馀，发感慨道："……但如其有人拿一些时行的口号，什么打倒帝国主义等等，或是分裂与猜忌的现象，去报告罗兰先生说这是新中国，我再也不能预料他的感想了。"（《晨副》一二九九）

他住得远，我们一时无从质证，莫非从"诗哲"的眼光看来，罗兰先生的意思，是以为新中国应该欢迎帝国主义的么？

"诗哲"又到西湖看梅花去了，一时也无从质证。不知孤山的古梅，著花也未，可也在那里反对中国人"打倒帝国主义"？

七

志摩先生曰："我很少夸奖人的。但西滢就他学法郎士的文章说，我敢说，已经当得起一句天津话：'有根'了。"而且"像西滢这样，在我看来，才当得起'学者'的名词"。（《晨副》一四二三）

西滢教授曰："中国的新文学运动，方在萌芽，可是稍有贡献的人，如胡适之、徐志摩、郭沫若、郁达夫、丁西林、周氏兄弟等等都是曾经研究过他国文学的人。尤其是志摩，他非但在思想方面，就是在体制方面，他的诗及散文，都已经有一种中国文学里从来不曾有过的风格。"（《现代》六三）

虽然抄得麻烦，但中国现今"有根"的"学者"和"尤其"的思想家及文人，总算已经互相选出了。

八

志摩先生曰："鲁迅先生的作品，说来大不敬得很，我拜读过很少，就只《呐喊》集里两三篇小说，以及新近因为有人尊他是中国的尼采，他的《热风》集里的几页。他平常零星的东西，我即使看也等于白看．没有看进去或是没有看懂。"（《晨副》一四三三）

西滢教授曰："鲁迅先生一下笔就构陷人家的罪状。……可是他的文章，我看过了就放进了应该去的地方——说句体己

话，我觉得它们就不应该从那里出来——手边却没有。”（同上）

虽然抄得麻烦，但我总算已经被中国现在“有根”的“学者”和“尤其”的思想家及文人协力踏倒了。

九

但我愿奉还“曾经研究过他国文学”的荣名。“周氏兄弟”之一，一定又是我了。我何尝研究过什么呢，做学生时候看几本外国小说和文人传记，就能算“研究过他国文学”么？

该教授——恕我打一句“官话”——说过，我笑别人称他们为“文士”，而不笑“某报天天鼓吹”我是“思想界的权威者”。现在不了，不但笑，简直唾弃它。

十

其实呢，被毁则报，被誉则默，正是人情之常。谁能说人的左颊既受爱人接吻而不作一声，就得援此为例，必须默默地将右颊给仇人咬一口呢？

我这回的竟不要那些西滢教授所颁赏陪衬的荣名，“说句体己话”罢，实在是不得已。我的同乡不是有“刑名师爷”的么？他们都知道，有些东西，为要显示他伤害你的时候的公正，在不相干的地方就称赞你几句，似乎有赏有罚，使别人看去，很像无私。……

“带住!”又要“构陷人家的罪状”了。只是这一点，就已经够使人“即使看也等于白看”，或者“看过了就放进了应该去的地方”了。

（一九二六年）二月二十七日。

无花的蔷薇之二

一

英国勃尔根贵族曰："中国学生只知阅英文报纸，而忘却孔子之教。英国之大敌，即此种极力诅咒帝国而幸灾乐祸之学生。……中国为过激党之最好活动场。……"（一九二五年六月三十日伦敦《路透电》）

南京通信云："基督教城中会堂聘金大教授某种学博士讲演，中有谓孔子乃耶稣之信徒，因孔子吃睡时皆祷告上帝。当有听众……质问何所据而云然；博士语塞。时乃有教徒数人，突紧闭大门，声言'发问者，乃苏俄卢布买收来者'。当呼警捕之。……"（三月十一日《国民公报》）

苏俄的神通真是广大，才能买收叔梁纥，使生孔子于耶稣之前，则"忘却孔子之教"和"质问何所据而云然"者，当然都受着卢布的驱使无疑了。

二

西滢教授曰：“听说在‘联合战线’中，关于我的流言特别多，并且据说我一个人每月可以领到三千元。‘流言’是在口上流的，在纸上到也不大见。”（《现代》六十五）

该教授去年是只听到关于别人的流言的，却由他在纸上发表；据说今年却听到关于自己的流言了，也由他在纸上发表。“一个人每月可以领到三千元”，实在特别荒唐，可见关于自己的“流言”都不可信。但我以为关于别人的似乎倒是近理者居多。

三

据说“孤桐先生”下台之后，他的什么《甲寅》居然渐渐的有了活气了。可见官是做不得的。

然而他又做了临时执政府秘书长了，不知《甲寅》可仍然还有活气？如果还有，官也还是做得的……

四

已不是写什么“无花的蔷薇”的时候了。

虽然写的多是刺，也还要些和平的心。

现在，听说北京城中，已经施行了大杀戮了。当我写出上面这些无聊的文字的时候，正是许多青年受弹饮刃的时候。呜呼，人和人的魂灵，是不相通的。

五

中华民国十五年三月十八日，段祺瑞政府使卫兵用步枪大刀，在国务院门前包围虐杀徒手请愿意在援助外交之青年男女，至数百人之多。还要下令，诬之曰“暴徒”!

如此残虐险狠的行为，不但在禽兽中所未曾见，便是在人类中也极少有的，除却俄皇尼古拉二世使可萨克兵击杀民众的事，仅有一点相像。

六

中国只任虎狼侵食，谁也不管，管的只有几个年青的学生，他们本应该安心读书的，而时局漂摇得他们安心不下。假如当局者稍有良心，应如何反躬自责，激发一点天良?

然而竟将他们虐杀了!

七

假如这样的青年一杀就完，要知道屠杀者也决不是胜利者。

中国要和爱国者的灭亡一同灭亡。屠杀者虽然因为积有金资，可以比较长久地养育子孙，然而必至的结果是一定要到的。“子孙绳绳”又何足喜呢？灭亡自然较迟，但他们要住最不适于居住的不毛之地，要做最深的矿洞的矿工，要操最下贱的生业……

八

如果中国还不至于灭亡，则已往的史实示教过我们，将来的事便要大出于屠杀者的意料之外——

这不是一件事的结束，是一件事的开头。

墨写的谎说，决掩不住血写的事实。

血债必须用同物偿还。拖欠得愈久，就要付更大的利息！

九

以上都是空话。笔写的，有什么相干？

实弹打出来的却是青年的血。血不但不掩于墨写的谎语，不醉于墨写的挽歌；威力也压它不住，因为它已经骗不过，打不死了。

（一九二六年）三月十八日，民国以来最黑暗的一天，写

记念刘和珍君

一

中华民国十五年三月二十五日，就是国立北京女子师范大学为十八日在段祺瑞执政府前遇害的刘和珍杨德群两君开追悼会的那一天，我独在礼堂外徘徊，遇见程君，前来问我道，“先生可曾为刘和珍写了一点什么没有？”我说，“没有。”她就正告我，“先生还是写一点罢；刘和珍生前就很爱看先生的文章。”

这是我知道的，凡我所编辑的期刊，大概是因为往往有始无终之故罢，销行一向就甚为寥落，然而在这样的生活艰难中，毅然预定了《莽原》全年的就有她。我也早觉得有写一点东西的必要了。这虽然于死者毫不相干，但在生者，却大抵只能如此而已。倘使我能够相信真有所谓“在天之灵”，那自然可以得到更大的安慰，——但是，现在，却只能如此而已。

可是我实在无话可说。我只觉得所在的并非人间。四十多个青年的血，洋溢在我的周围，使我艰于呼吸视听，那里还能有什么言语，长歌当哭，是必须在痛定之后的。而此后几个所谓学者文人的阴险的论调，尤使我觉得悲哀。我已经出离愤怒了。我将深味这非人间的浓黑的悲凉；以我的最大哀痛显示于非人间，使它们快意于我的苦痛，就将这作为后死者的菲薄的祭品，奉献于逝者的灵前。

二

真的猛士，敢于直面惨淡的人生，敢于正视淋漓的鲜血。这是怎样的哀痛者和幸福者？然而造化又常常为庸人设计，以时间的流驶，来洗涤旧迹，反使留下淡红的血色和微漠的悲哀。在这淡红的血色和微漠的悲哀中，又给人暂得偷生，维持着这似人非人的世界。我不知道这样的世界何时是一个尽头！

我们还在这样的世上活着；我也早觉得有写一点东西的必要了。离三月十八日也已有两星期，忘却的救主快要降临了罢，我正有写一点东西的必要了。

三

在四十馀被害的青年之中，刘和珍君是我的学生。学生云者，我向来这样想，这样说，现在却觉得有些踌躇了，我应该对她奉献我的悲哀与尊敬。她不是“苟活到现在的我”的学生，是为了中国而死的中国的青年。

她的姓名第一次为我所见，是在去年夏初杨荫榆女士做女子师范大学校长，开除校中六个学生自治会职员的时候，其中的一个就是她；但是我不认识。直到后来，也许已经是刘百昭率领男女武将，强拖出校之后了，才有人指着一个学生告诉我，说：这就是刘和珍。其时我才能将姓名和实体联合起来，心中却暗自诧异。我平素想，能够不为势利所屈，反抗一广有羽翼的校长的学生，无论如何，总该是有些桀傲锋利的，但她却常常微笑着，态度很温和。待到偏安于宗帽胡同，赁屋授课之后，她才始来听我的讲义，于是见面的回数就较多了，也还是始终微笑着，态度很温和。待到学校恢复旧观，往日的教职员以为责任已尽，准备陆续引退的时候，我才见她虑及母校前途，黯然至于泣下。此后似乎就不相见。总之，在我的记忆上，那一次就是永别了。

四

我在十八日早晨，才知道上午有群众向执政府请愿的事；下午便得到噩耗，说卫队居然开枪，死伤至数百人，而刘和珍君即在遇害者之列。但我对于这些传说，竟至于颇为怀疑。我向来是不惮以最坏的恶意，来推测中国人的，然而我还不料，也不信竟会下劣凶残到这地步。况且始终微笑着的和蔼的刘和珍君，更何至于无端在府门前喋血呢？

然而即日证明是事实了，作证的便是她自己的尸骸。还有一具，是杨德群君的。而且又证明着这不但是杀害，简直是虐杀，因为身体上还有棍棒的伤痕。

但段政府就有令，说她们是“暴徒”！

但接着就有流言，说她们是受人利用的。

惨象，已使我目不忍视了；流言，尤使我耳不忍闻。我还有什么话可说呢？我懂得衰亡民族之所以默无声息的缘由了。沉默呵，沉默呵！不在沉默中爆发，就在沉默中灭亡！

五

但是，我还有要说的话。

我没有亲见；听说，她，刘和珍君，那时是欣然前往的。自然，请愿而已，稍有人心者，谁也不会料到有这样的罗网。但竟在执政府前中弹了，从背部入，斜穿心肺，已是致命的创伤，只是没有便死。同去的张静淑君想扶起她，中了四弹，其一是手枪，立仆；同去的杨德群君又想去扶起她，也被击，弹从左肩入，穿胸偏右出，也立仆。但她还能坐起来，一个兵在她头部及胸部猛击两棍，于是死掉了。

始终微笑的和蔼的刘和珍君确是死掉了，这是真的，有她自己的尸骸为证；沉勇而友爱的杨德群君也死掉了，有她自己的尸骸为证；只有一样沉勇而友爱的张静淑君还在医院里呻吟。当三个女子从容地辗转于文明人所发明的枪弹的攒射中的时候，这是怎样的一个惊心动魄的伟大呵！中国军人的屠戮妇婴的伟绩，八国联军的惩创学生的武功，不幸全被这几缕血痕抹杀了。

但是中外的杀人者却居然昂起头来，不知道个个脸上有着血污……

六

时间永是流驶，街市依旧太平，有限的几个生命，在中国是不算什么的，至多，不过供无恶意的闲人以饭后的谈资，或者给有恶意的闲人作“流言”的种子。至于此外的深的意义，我总觉得很寥寥，因为这实在不过是徒手的请愿。人类的血战前行的历史，正如煤的形成，当时用大量的木材，结果却只是一小块，但请愿是不在其中的，更何况是徒手。

然而既然有了血痕了，当然不免要扩大。至少，也当浸渍了亲族、师友、爱人的心，纵使时光流驶，洗成绯红，也会在微漠的悲哀中永存微笑的和蔼的旧影。陶潜说过，“亲戚或馀悲，他人亦已歌，死去何所道，托体同山阿。”倘能如此，这也就够了。

七

我已经说过：我向来是不惮以最坏的恶意来推测中国人的。但这回却很有几点出于我的意外。一是当局者竟会这样地凶残，一是流言家竟至如此之下劣，一是中国的女性临难竟能如是之从容。

我目观中国女子的办事，是始于去年的，虽然是少数，但看那干练坚决，百折不回的气概，曾经屡次为之感叹。至于这一回在弹雨中互相救助，虽殒身不恤的事实，则更足为中国女子的勇毅，虽遭阴谋秘计，压抑至数千年，而终于没有消亡的明证了。倘要寻求这一次死伤者对于将来的意义，意义就在此罢。

苟活者在淡红的血色中，会依稀看见微茫的希望；真的猛士，将更奋然而前行。

呜呼，我说不出话，但以此记念刘和珍君！

（一九二六年）四月一日。

空　谈

一

请愿的事，我一向就不以为然的，但并非因为怕有三月十八日那样的惨杀。那样的惨杀，我实在没有梦想到，虽然我向来常以“刀笔吏”的意思来窥测我们中国人。我只知道他们麻木，没有良心，不足与言，而况是请愿，而况又是徒手，却没有料到有这么阴毒与凶残。能逆料的，大概只有段祺瑞、贾德耀、章士钊和他们的同类罢。四十七个男女青年的生命，完全是被骗去的，简直是诱杀。

有些东西——我称之为什么呢，我想不出——说：群众领袖应负道义上的责任。这些东西仿佛就承认了对徒手群众应该开枪，执政府前原是“死地”，死者就如自投罗网一般。群众领袖本没有和段祺瑞等辈心心相印，也未曾互相沟通，怎么能够料到这阴险的辣手。这样的辣手，只要略有人气者，是万万预想不到的。

我以为倘要锻炼群众领袖的错处，只有两点：一是还以请愿为有用；二是将对手看得太好了。

二

但以上也仍然是事后的话。我想，当这事实没有发生以前，恐怕谁也不会料到要演这般的惨剧，至多，也不过获得照例的徒劳罢了。只有有学问的聪明人能够先料到，承认凡请愿就是送死。

陈源教授的《闲话》说："我们要是劝告女志士们，以后少加入群众运动，她们一定要说我们轻视她们，所以我们也不敢来多嘴。可是对于未成年的男女孩童，我们不能不希望他们以后不再参加任何运动，是甚至于像这次一样，要冒枪林弹雨的险，受践踏死伤之苦"的。

这次用了四十七条生命，只购得一种见识：本国的执政府前是"枪林弹雨"的地方，要去送死，应该待到成年，出乎自愿的才是。

我以为"女志士"和"未成年的男女孩童"，参加学校运动会，大概倒还不至于有很大的危险的。至于"枪林弹雨"中的请愿，则虽是成年的男志士们，也应该切切记住，从此罢休！

看现在竟如何。不过多了几篇诗文，多了若干谈助。几个名人和什么当局者在接洽葬地，由大请愿改为小请愿了。埋葬自然是最妥当的收场。然而很奇怪，仿佛这四十七个死者，是因为怕老来死后无处埋葬，特来挣一点官地似的。万生园多么近，而四烈士坟前还有三块墓碑不镌一字，更何况僻远如圆明园。

死者倘不埋在活人的心中，那就真真死掉了。

三

改革自然常不免于流血，但流血非即等于改革。血的应用，正如金钱一般，吝啬固然是不行的，浪费也大大的失算.我对于这回的牺牲者，非常觉得哀伤。

但愿这样的请愿，从此停止就好.

请愿虽然是无论那一国度里常有的事，不至于死的事，但我们已经知道中国是例外，除非你能将“枪林弹雨”消除。正规的战法，也必须对手是英雄才适用。汉末总算还是人心很古的时候罢，恕我引一个小说上的典故：许褚赤膊上阵，也就很中了好几箭。而金圣叹还笑他说：“谁叫你赤膊?”

至于现在似的发明了许多火器的时代，交兵就都用壕堑战。这并非吝惜生命，乃是不肯虚掷生命，因为战士的生命是宝贵的。在战士不多的地方，这生命就愈宝贵。所谓宝贵者，并非“珍藏于家”，乃是要以小本钱换得极大的利息，至少，也必须卖买相当。以血的洪流淹死一个敌人，以同胞的尸体填满一个缺陷，已经是陈腐的话了。从最新的战术的眼光看起来，这是多么大的损失。

这回死者的遗给后来的功德，是在撕去了许多东西的人相，露出那出于意料之外的阴毒的心，教给继续战斗者以别种方法的战斗。

（一九二六年）四月二日。

马上支日记

前几天会见小峰，谈到自己要在半农所编的副刊上投点稿，那名目是《马上日记》。小峰怃然曰，回忆归在《旧事重提》中，目下的杂感就写进这日记里面去。……意思之间，似乎是说：你在《语丝》上做什么呢？——但这也许是我自己的疑心病。我那时可暗暗地想：生长在敢于吃河豚的地方的人，怎么也会这样拘泥？政党会设支部，银行会开支店，我就不会写支日记的么？因为《语丝》上须投稿，而这暗想马上就实行了，于是乎作支日记。

六月二十九日

晴。

早晨被一个小蝇子在脸上爬来爬去爬醒，赶开，又来；赶开，又来；而且一定要在脸上的一定的地方爬。打了一回，打它不死，只得改变方针：自己起来。

记得前年夏天路过S州，那客店里的蝇群却着实使人惊心动魄。饭菜搬来时，它们先追逐着赏鉴；夜间就停得满屋，我们就枕，必须慢慢地，小心地放下头去，倘若猛然一躺，惊动了它们，便轰的一声，飞得你头晕眼花，一败涂地。到黎明，青年们所希望的黎明，那自然就照例地到你脸上来爬的了。但我经过街上，看见一个孩子睡着，五六个蝇子在他脸上爬，他却睡得甜甜的，连皮肤也不牵动一下。在中国过活，这样的训练和涵养工夫是万不可少的，与其鼓吹什么“捕蝇”，倒不如练习这一种本领来得切实。

什么事都不想做。不知道是胃病没有全好呢，还是缺少了睡眠时间。仍旧懒懒地翻翻废纸，又看见了几条《茶香室丛钞》式的东西。已经团入字纸篓里的了，又觉得“弃之不甘”，挑一点关于《水浒传》的，移录在这里罢——

宋洪迈《夷坚甲志》十四云：“绍兴二十五年，吴传朋说除守安丰军，自番阳遣一卒往呼吏士，行至舒州境，见村民穰穰，十百相聚，因弛担观之。其人曰，吾村有妇人为虎衔去，其夫不胜愤，独携刀往探虎穴，移时不反，今谋往救也。久之，民负死妻归，云，初寻迹至穴，虎牝牡皆不在，有二子戏岩窦下，即杀之，而隐其中以俟。少顷，望牝者衔一人至，倒身入穴，不知人藏其中也。吾急持尾，断其一足。虎弃所衔人，踉跄而窜；徐出视之，果吾妻也，死矣。虎曳足行数十步，堕涧中。吾复入窦伺，牡者俄咆跃而至，亦以尾先入，又如前法杀之。妻冤已报，无憾矣。乃邀邻里往视，与四虎以归，分烹之。”案《水浒传》叙李逵沂岭杀四虎事，情状极相类，疑即本此等传说作之。《夷坚甲志》成于乾道初（1165），此条题云《舒民杀四虎》。

宋庄季裕《鸡肋编》中云，“浙人以鸭儿为大讳。北人但知鸭羹虽甚热，亦无气。后至南方，乃始知鸭若只一雄，则虽合而无卵，须二三始有子。其以为讳者，盖为是耳，不在于无气也。”案《水浒传》叙郓哥向武大索麦稃，“武大道：‘我屋里又不养鹅鸭，那里有这麦稃。’郓哥道：‘你说没麦稃，怎地栈得肥㬵㬵地，便颠倒提起你来也不妨，煮你在锅里也没气？’武大道：‘含鸟猢狲！倒骂得我好。我的老婆又不偷汉子，我如何是鸭？’……”鸭必多雄始孕。盖宋时浙中俗说，今已不知。然由此可知《水浒传》确为旧本，其著者则浙人；虽庄季裕，亦仅知鸭羹无气而已。《鸡肋编》有绍兴三年（1133）序，去今已将八百年。

元陈泰《所安遗集》《江南曲序》云：“余童丱时，闻长老言宋江事，未究其详。至治癸亥秋九月十六日，过梁山泊，舟遥见一峰，嵥嵲雄跨，问之篙师，曰，此安山也，昔宋江事处，绝湖为池，阔九十里，皆蕖荷菱芡，相传以为宋妻所植。宋之为人，勇悍狂侠，其党如宋者三十六人。至今山下有分赃台，置石座三十六所，俗所谓‘去时三十六，归时十八双’意者其自誓之辞也。始予过此，荷花弥望，今无复存者，惟残香相送耳。因记王荆公诗云：‘三十六陂春水，白头想见江南。’味其词，作《江南曲》以叙游历，且以慰宋妻种荷之意云。（原注：曲因蠹损无存。）”案宋江有妻在梁山泺中，且植菱荷，仅见于此；而谓江勇悍狂侠，亦与今所传性格绝殊，知《水浒》故事，宋元来异说多矣。泰字志同，号所安，茶陵人，延祐甲寅（1314），以《天马赋》中省试第十二名，会试赐乙卯科张起严榜进士第，由翰林庶吉士改授龙南令，卒官。至曾孙朴，始集其遗文为一卷。成化丁未，来孙铨等又并补遗重刊之。《江南曲》即在补遗中，而失其诗。近《涵芬楼秘笈》第十集收金侃手写本，则并序失之矣。“舟遥见一峰”及“昔宋江事处”二句，当有脱误，未见别本，无以正之。

七月一日

晴

上午，空六来谈；全谈些报纸上所载的事，真伪莫辨。许多工夫之后，他走了，他所谈的我几乎都忘记了，等于不谈。只记得一件：据说吴佩孚大帅在一处宴会的席上发表，查得赤化的始祖乃是蚩尤，因为“蚩”“赤”同音，所以蚩尤即“赤尤”，“赤尤”者，就是“赤化之尤”的意思；说毕，合座为之“欢然”云。

太阳很烈，几盆小草花的叶子有些垂下来了，浇了一点水。田妈忠告我：浇花的时候是每天必须一定的，不能乱；一乱，就有害。我觉得有理，便踌躕起来；但又想，没有人在一定的时候来浇花，我又没有一定的浇花的时候，如果遵照她的学说，那些小花可只好晒死罢了。即使乱浇，总胜于不浇；即使有害，总胜于晒死罢。便继续浇下去，但心里自然也不大踊跃。下午，叶子都直起来了，似乎不甚有害，这才放了心。

灯下太热，夜间便在暗中呆坐着，凉风微动，不觉也有些“欢然”。人倘能够“超然象外”，看看报章，倒也是一种清福。我对于报章，向来就不是博览家，然而这半年来，已经很遇见了些铭心绝品。远之，则如段祺瑞执政的《二感篇》，张之江督办的《整顿学风电》，陈源教授的《闲话》；近之，则如丁文江督办（?）的自称“书呆子”演说，胡适之博士的英国庚款答问，牛荣声先生的“开倒车”论（见《现代评论》七十八期），孙传芳督军的与刘海粟先生论美术书。但这些比起赤化源流考来，却又相去不可以道里计。今年春天，张之江督办明明有电报来赞成枪毙赤化嫌疑的学生，而弄到底自己还是逃不出赤化。这很使我莫名其妙；现在既知道蚩尤是赤化的祖师，那疑团可就冰释了。蚩尤曾打炎帝，炎帝也是“赤魁”。炎者，火德也，火色赤；帝不就是首领么？所以三一八惨案，即等于以赤讨赤，无论那一面，都还是逃不脱赤化的名称。

这样巧妙的考证天地间委实不很多，只记得先前在日本东京时，看见《读卖新闻》上逐日登载着一种大著作，其中有黄帝即亚伯拉罕的考据。大意是日本称油为“阿蒲拉”（abura），油的颜色大概是黄的，所以“亚伯拉”就是“黄”。至于

“帝”，是与“罕”形近，还是与“可汗”音近呢，我现在可记不真确了，总之：阿伯托罕即油帝，油帝就是黄帝而已。篇名和作者，现在也都忘却，只记得后来还印成一本书，而且还只是上卷。但这考据究竟还过于弯曲，不深究也好。

七月二日

晴。

午后，在前门外买药后，绕到东单牌楼的东亚公司闲看。这虽然不过是带便贩卖一点日本书，可是关于研究中国的就已经很不少。因为或种限制，只买了一本安冈秀夫所作的《从小说看来的支那民族性》就走了，是薄薄的一本书，用大红深黄做装饰的，价一元二角。

傍晚坐在灯下，就看看那本书，他所引用的小说有三十四种，但其中也有其实并非小说，和分一部为几种的。蚊子来叮了好几口，虽然似乎不过一两个，但是坐不住了，点起蚊烟香来，这才总算渐渐太平下去。

安冈氏虽然很客气，在绪言上说，“这样的也不仅只支那人，便是在日本，怕也有难于漏网的。”但是，“一测那程度的高下和范围的广狭，则即使夸称为支那的民族性，也毫无应该顾忌的处所，”所以从支那人的我看来，的确不免汗流浃背。只要看目录就明白了：一，总说；二，过度置重于体面和仪容；三，安运命而肯罢休；四，能耐能忍；五，乏同情心，多残忍性；六，个人主义和事大主义；七，过度的俭省和不正的贪财；八，泥虚礼而尚虚文；九，迷信深；十，耽享乐而淫风炽盛。

他似乎很相信 Smith 的 Chinese Characteristics，常常引为典据。这书在他们，二十年前就有译本，叫作《支那人气质》；但是支那人的我们却不大有人留心它。第一章就是 Smith 说，以为支那人是颇有点做戏气味的民族，精神略有亢奋，就成了戏子样，一字一句，一举手一投足，都装模装样，出于本心的分量，倒还是撑场面的分量多。这就是因为太重体面了，才想将自己的体面弄得十足，所以敢于做出这样的言语动作来。总而言之，支那人的，重要的国民性所成的复合关键，便是这“体面”。

我们试来博观和内省，便可以知道这话并不过于刻毒。相传为戏台上的好对联，是“戏场小天地，天地大戏场”。大家本来看得一切事不过是一出戏，有谁认真的，就是蠢物。但这也并非专由积极的体面，心有不平而怯于报复，也便以万事是戏的思想了之。万事既然是戏，则不平也非真，而不报也非怯了。所以即使路见不平，不能拔刀相助，也还不失其为一个老牌的正人君子。

我所遇见的外国人，不知道可是受了 Smith 的影响，还是自己实验出来的，就很有几个留心研究着中国人之所谓“体面”或“面子”。但我觉得，他们实在是已经早有心得，而且应用了，倘若更加精深圆熟起来，则不但外交上一定胜利，还要取得上等“支那人”的好感情。这时须连“支那人”三个字也不说，代以“华人”，因为这也是关于“华人”的体面的。

我还记得民国初年到北京时，邮局门口的扁额是写着“邮政局”的，后来外人不干涉中国内政的叫声高起来，不知道是偶然还是什么，不几天，都一律改了“邮务局”了。外国人管理一点邮“务”，实在和内“政”不相干，这一出戏就一直唱到现在。

向来，我总不相信国粹家道德家之类的痛哭流涕是真心，即使眼角上确有珠泪横流，也须检查他手巾上可浸着辣椒水或生姜汁。什么保存国故，什么振兴道德，什么维持公理，什么整顿学风……心里可真是这样想？一做戏，则前台的架子，总与在后台的面目不相同。但看客虽然明知是戏，只要做得像，也仍然能够为它悲喜，于是这出戏就做下去了；有谁来揭穿的，他们反以为扫兴。

中国人先前听到俄国的“虚无党”三个字，便吓得屁滚尿流，不下于现在之所谓“赤化”。其实是何党有这么一个“党”，只是“虚无主义者”或“虚无思想者”却是有的，是都介涅夫（I. Turgeniev）给创立出来的名目，指不信神，不信宗教，否定一切传统和权威，要复归那出于自由意志的生活的人物而言。但是这样的人物，从中国人看来也就已经可恶了。然而看看中国的一些人，至少是上等人，他们的对于神，宗教，传统的权威，是“信”和“从”呢，还是“怕”和“利用”？只要看他们的善于变化，毫无特操，是什么也不信从的，但总要摆出和内心两样的架子来。要寻虚无党在中国实在很不少；和俄国的不同的处所，只在他们这么想，便这么说，这么做，我们的却虽然这么想，却是那么说，在后台这么做，到前台又那么做。……将这种特别人物，另称为“做戏的虚无党”或“体面的虚无党”以示区别罢，虽然这个形容词和下面的名词万万联不起来。

夜，寄品青信，托他向孔德学校去代借《闾邱辨囿》。

夜半，在决计睡觉之前，从日历上将今天的一张撕去，下面这一张是红印的。我想，明天还是星期六，怎么便用红字了呢？仔细看时，有两行小字道：“马厂誓师再造共和纪念。”我又想，明天可挂国旗呢？……于是，不想什么，睡下了。

七月三日

晴。

热极，上半天玩，下半天睡觉。

晚饭后在院子里乘凉，忽而记起万生园，因此说：那地方在夏天倒也很可看，可惜现在进不去了。田妈就谈到那管门的两个长人，说最长的一个是她的邻居，现在已经被美国人雇去，往美国了，薪水每月有一千元。

这话给了我一个很大的启示。我先前看见《现代评论》上保举十一种好著作，杨振声先生的小说《玉君》即是其中的一种，理由之一是因为做得“长”。我于这理由一向总有些隔膜，到七月三日即“马厂誓师再造共和纪念”的晚上这才明白了：“长”，是确有价值的。《现代评论》的以“学理和事实”并重自许，确也说得出，做得到。

今天到我的睡觉时为止，似乎并没有挂国旗，后半夜补挂与否，我不知道。

七月四日

晴。

早晨，仍然被一个蝇子在脸上爬来爬去爬醒，仍然赶不走，仍然只得自己起来。品青的回信来了，说孔德学院没有《闾邱辨囿》。

也还是因为那本《从小说看来的支那民族性》。因为那里面讲到中国的肴馔，所以也就想查一查中国的肴馔。我于此道向来不留心，所见过的旧记，只有《礼记》里的所谓“八珍”，《酉阳杂俎》里的一张御赐菜帐和袁枚名士的《随园食单》。元朝有和斯辉的《食馔正要》，只站在旧书店头翻了一翻，大概是元版的，所以买不起。唐朝的呢，有杨煜的《膳夫经手录》，就收在《闾邱辨囿》中。现在这书既然借不到，只好拉倒了。

近年常听到本国人和外国人颂扬中国菜，说是怎样可口，怎样降生，世界上第一，宇宙间第 n。但我实在不知道怎样的是中国菜。我们有几处是嚼葱蒜和杂合面饼，有几处是用醋、辣椒、腌菜下饭；还有许多人是只能舔黑盐，还有许多人是连黑盐也没得舔。中外人士以为可口、卫生、第一而第 n 的，当然不是这些；应该是阔人、上等人所吃的肴馔。但我总觉得不能因为他们这么吃，便将中国菜考列一等，正如去年虽然出了两三位“高等华人”，而别的人们也还是“下等”的一般。

安冈氏的论中国菜，所引据的是威廉士的《中国》（Middle ingdom by Williams)，在最末《耽享乐而淫风炽盛》这一篇中。其中有这么一段——

这好色的国民，便在寻求食物的原料时，也大概以所想象的性欲底效能为目的。从国外输入的特殊产物的最多数，就是认为含有这种效能的东西。……在大宴会中，许多菜单的最大部分，即是想象为含有或种特殊的强壮剂底性质的奇妙的原料所做。……

我自已想，我对于外国人的指摘本国的缺失，是不很发生反感的，但看到这里却不能不失笑，筵席上的中国菜诚然大抵浓厚，然而并非国民的常食；中国的阔人诚然很多淫昏，但还不至于将肴馔和壮阳药并合。“纣虽不善，不如是之甚也。”研究中国的外国人，想得太深，感得太敏，便常常得到这样——比“支那人”更有性底敏感——的结果。

安冈氏又自己说——

笋和支那人的关系，也与虾正相同。彼国人的嗜笋，可谓在日本人以上。虽然是可笑的话，也许是因为那挺然翘然的姿势，引起想象来的罢。

会稽至今多竹。竹，古人是很宝贵的，所以曾有“会稽竹箭”的话。然而宝贵它的原因是在可以做箭，用于战斗；并非因为它“挺然翘然”像男根。多竹，即多笋；因为多，那价钱就和北京的白菜差不多。我在故乡，就吃了十多年笋，现在回想，自省，无论如何，总是丝毫也寻不出吃笋时，爱它“挺然翘然”的思想的影子来。因为姿势而想象它的效能的东西是有一种的，就是肉苁蓉，然而那是药，不是菜。总之，笋虽然常见于南边的竹林中和食桌上，正如街头的电杆和屋里的柱子一般，虽“挺然翘然”，但和色欲的大小大概是没有什么关系的。

然而洗刷了这一点，并不足证明中国人是正经的国民。要得结论，还很费周折罢。可是中国人偏不肯研究自己。安冈氏又说，“去今十馀年前，有……称为《留东外史》这一种不知作者的小说，似乎是记事实，大概是以恶意地描写日本的性底不道德为目的的。然而通读全篇，较之攻击日本人，倒是不识不知地将支那留学生的不品行，特地费了力招供出来的地方更其多，是滑稽的事。”这是真的，要证明中国人的不正经，倒在自以为正经地禁止男女同学，禁止模特儿这些事件上。

我没有恭逢过奉陪“大宴会”的光荣，只是经历了几回中宴会，吃些燕窝鱼翅。现在回想，宴中宴后，倒也并不特别发生好色之心。但至今觉得奇怪的，是在炖、蒸、煨的烂熟的肴馔中间，夹着一盘活活的醉虾。据安冈氏说，虾也是与性欲有关系的；不但从他，我在中国也听到过这类话。然而我所以为奇怪的，是在这两极端的错杂，宛如文明烂熟的社会里，忽然分明现出茹毛饮血的蛮风来。而这蛮风，又并非将由蛮野进向文明，乃是已由文明落向蛮野，假如此前者为白纸，将由此开始写字，则后者便是涂满了字的黑纸罢。一面制礼作乐，尊孔读经，“四千年声明文物之邦”，真是火候恰到好处了，而一面又坦然地放火杀人，奸淫掳掠，做着虽蛮人对于同族也还不肯做的事……全个中国，就是这样的一席大宴会！

我以为中国人的食物，应该去掉煮得烂熟，萎靡不振的；也去掉全生，或全活的。应该吃些虽然熟，然而还有些生的带着鲜血的肉类……。

正午，照例要吃午饭了，讨论中止。菜是：干菜，已不“挺然翘然”的笋干，粉丝，腌菜。对于绍兴，陈源教授所惟恐的是“师爷”和“刀笔吏的笔尖”，我所憎恶的是饭菜。《嘉泰会稽志》已在石印了，但还未出版，我将来很想查一查，究竟绍兴遇着过多少回大饥馑，竟这样地吓怕了居民，仿佛明天便要到世界末日似的，专喜欢储藏干物品。有菜，就晒干；有鱼，也晒干；有豆，又晒干；有笋，又晒得它不像样；菱角是以富于水分、肉嫩而脆为特色的，也还要将它风干。……听说探险北极的人，因为只吃罐头食物，得不到新东西，常常要生坏血病；倘若绍兴人肯带了干菜之类去探险，恐怕可以走得更远一点罢。

晚，得乔峰信并丛芜所译的布宁的短篇《轻微的欷歔》稿，在上海的一个书店里默默地躺了半年，这回总算设法讨回来了。

中国人总不肯研究自己。从小说来看民族性，也就是一个好题目。此外，则道士思想（不是道教，是方士）与历史上大事件的关系，在现今社会上的势力；孔教徒怎样使“圣道”变得和自己的无所不为相宜；战国游士说动人主的所谓“利”“害”是怎样的，和现今的政客有无不同；中国从古到今有多少文字狱；历来“流言”的制造散布法和效验等等……可以研究的新方面实在多。

七月五日

晴。

晨，景宋将《小说旧闻钞》的一部分理清送来。自己再看了一遍，到下午才毕，寄给小峰付印。天气实在热得可以。

觉得疲劳。晚上，眼睛怕见灯光，熄了灯躺着，仿佛在享福。听得有人打门，连忙出去开，却是谁也没有，跨出门去根究，一个小孩子已在暗中逃远了。

关了门，回来，又躺下，又仿佛在享福。一个行人唱着戏文走过去，馀音袅袅，道，“咿，咿，咿!”不知怎地忽然想起今天校过的《小说旧闻钞》里的强汝询老先生的议论来。这位先生的书斋就叫作求有益斋，则在那斋中写出来的文章的内容，也就可想而知。他自己说，诚不解一个人何以无聊到要做小说，看小说。但于古小说的判决却从宽，因为他古，而且昔人已经著录了。

憎恶小说的也不只是这位强先生，诸如此类的高论，随在可以闻见。但我们国民的学问，大多数却实在靠着小说，甚至于还靠着从小说编出来的戏文。虽是崇奉关岳的大人先生们，倘问他心目中的这两位“武圣”的仪表，怕总不免是细着眼睛的红脸大汉和五络长须的白面书生，或者还穿着绣金的缎甲，脊梁上还插着四张尖角旗。

近来确是上下同心，提倡着忠孝节义了，新年到庙市上去看年画，便可以看见许多新制的关于这类美德的图。然而所画的古人，却没有一个不是老生、小生、老旦、小旦、末、外、花旦……

七月六日

晴。

午后，到前门外去买药。配好之后，付过钱，就站在柜台前喝了一回分。其理由有三。一，已经停了一天了，应该早喝；二，尝尝味道，是否不错的；三，天气太热，实在有点口渴了。

不料有一个买客却看得奇怪起来。我不解这有什么可以奇怪的；然而他竟奇怪起来了，悄悄地向店伙道：

“那是戒烟药水罢？”

“不是的！”店伙替我维持名誉。

“这是戒大烟的罢？”他于是直接地问我了。

我觉得倘不将这药认作“戒烟药水”，他大概是死不瞑目的。人生几何，何必固执，我便似点非点地将头一动，同时请出我那“介乎两可之间”的好回答来：

“唔唔……”

这既不伤店伙的好意，又可以聊慰他热烈的期望，该是一帖妙药。果然，从此万籁无声，天下太平，我在安静中塞好瓶塞，走到街上了。

到中央公园，径向约定的一个僻静处所，寿山已先到，略一休息，便开手对译《小约翰》。这是一本好书，然而得来却是偶然的事。大约二十年前，我在日本东京的旧书店头买到几十本旧的德文文学杂志，内中有着这书的绍介和作者的评传，因为那时刚译成德文。觉得有趣，便托丸善书店去买来了；想译，没有这力。后来也常常想到，但总为别的事情岔开；直到去年，才决计在暑假中将它译好，并且登出广告去，而不料那一暑假过得比别的时候还艰难。今年又记得起来，翻检一过，疑难之处很不少，还是没有这力。问寿山可肯同译，他答应了，于是开手。并且约定，必须在这暑假期中译完。

晚上回家，吃了一点饭，就坐在院子里乘凉。田妈告诉我，今天下午，斜对门的谁家的婆婆和儿媳大吵了一道嘴。据她看来，婆婆自然有些错，但究竟是儿媳妇太不合道理了。问我的意思，以为何如。我先就没有听清吵嘴的是谁家，也不知道是怎样地两个婆媳，更没有听到她们的来言去语，明白她们的旧恨新仇。现在要我加以裁判，委实有点不敢自信，况且我又向来并不是批评家。我于是只得说：这事我无从断定。

但是这句话的结果很坏。在昏暗中，虽然看不见脸色，耳朵中却听到：一切声音都寂然了。静，沉闷的静；后来还有人站起，走开。

我也无聊地慢慢地站起，走进自己的屋子里，点了灯，躺在床上看晚报；看了几行，又无聊起来了，便碰到东壁下去写日记，就是这马上支日记。

院子里又渐渐地有了谈笑声，说论声。

今天的运气似乎很不佳：路人冤我喝“戒烟药水”，田妈说我……她怎么说，我不知道。但愿从明天起，不再这样。

（一九二六年）

记谈话

鲁迅先生快到厦门去了，虽然他自己说或者因天气之故而不能在那里久住，但至少总有半年或一年不在北京，这实在是我们认为很使人留恋的一件事。八月二十二日，女子师范大学学生会举行毁校周年纪念，鲁迅先生到会，曾有一番演说，我恐怕这是他此次在京最后的一回公开讲演，因此把它记下来，表示我一点微弱的纪念的意思。人们一提到鲁迅先生，或者不免觉得他稍微有一点过于冷静，过于默视的样子，而其实他是无时不充满着热烈的希望，发挥着丰富的感情的。在这一次谈话里，尤其可以显明地看出他的主张；那么，我把他这一次的谈话记下，作为他出京的纪念，也许不是完全没有重大的意义罢。我自己，为免得老实人费心起见，应该声明一下：那天的会，我是以一个小小的办事员的资格参加的。

培良

我昨晚上在校《工人绥惠略夫》，想要另印一回，睡得太迟了，到现在还没有很醒；正在校的时候，忽然想到一些事情，弄得脑子里很混乱，一直到现在还是很混乱，所以今天恐怕不能有什么多的话可说。

提到我翻译《工人绥惠略夫》的历史，倒有点有趣。十二年前，欧洲大混战开始了，后来我们中国也参加战事，就是所谓“对德宣战”；派了许多工人到欧洲去帮忙；以后就打胜了，就是所谓“公理战胜”。中国自然也要分得战利品，——有一种是在上海的德国商人的俱乐部里的德文书，总数很不少，文学居多，都搬来放在午门的门楼上。教育部得到这些书，便要整理一下，分类一下，——其实是他们本来分类好了的，然而有些人以为分得不好，所以要重新分一下。——当时派了许多人，我也是其中的一个。后来，总长要看看那些书是什么书了。怎样看法呢？叫我们用中文将书名译出来，有义译义，无义译音，该撒呀，克来阿派忒拉呀，大马色呀……每人每月有十块钱的车费，我也拿了百来块钱，因为那时还有一点所谓行政费。这样的儿里古鲁了一年多，花了几千块钱，对德和约成立了，后来德国来取还，便仍由点收的我们全盘交付，——也许少了几本罢。至于“克来阿派忒拉”之类，总长看了没有，我可不得而知了。

据我所知道的说，“对德宣战”的结果，在中国有一座中央公园里的“公理战胜”的牌坊，在我就只有一篇这《工人绥惠略夫》的译本，因为那底本，就是从那时整理着的德文书里挑出来的。

那一堆书里文学书多得很，为什么那时偏要挑中这一篇呢？那意思，我现在有点记不真切了。大概，觉得民国以前，以后，我们也有许多改革者，境遇和绥惠略夫很相像，所以借借他人的酒杯罢。然而昨晚上一看，岂但那时，譬如其中的改革者的被迫，代表者的吃苦，便是现在，——便是将来，便是几十年以后，我想，还要有许多改革者的境遇和他相像的。所以我打算将它重印一下……

《工人绥惠略夫》的作者阿尔志跋绥夫是俄国人。现在一提到俄国，似乎就使人心惊胆战。但是，这是大可以不必的，阿尔志跋绥夫并非共产党，他的作品现在在苏俄也并不受人欢迎。听说他已经瞎了眼睛，很在吃苦，那当然更不会送我一个卢布……总而言之：和苏俄是毫不相干。但奇怪的是有许多事情竟和中国很相像，譬如，改革者，代表者的受苦，不消说了；便是教人要安本分的老婆子，也正如我们的文人学士一般。有一个教员因为不受上司的辱骂而被革职了，她背地里责备他，说他"高傲"得可恶，"你看，我以前被我的主人打过两个嘴巴，可是我一句话都不说，忍耐着。究竟后来他们知道我冤枉了，就亲手赏了我一百卢布。"自然，我们的文人学士措辞决不至于如此拙直，文字也还要华赡得多。

然而绥惠略夫临末的思想却太可怕。他先是为社会做事，社会倒迫害他，甚至于要杀害他，他于是一变而为向社会复仇了，一切是仇仇，一切都破坏。中国这样破坏一切的人还不至有，大约也不会有的，我也并不希望其有。但中国向来有别一种破坏的人，所以我们不去破坏的，便常常受破坏。我们一面被破坏，一面修缮着，辛辛苦苦地再过下去。所以我们的生活，便成了一面受破坏，一面修补，一面受破坏，一面修补的生活了。这个学校，也就是受了杨荫榆章士钊们的破坏之后，修补修补，整理整理，再过下去的。

俄国老婆子式的文人学士也许说，这是“高傲”得可恶了，该得惩罚。这话自然很像不错的，但也不尽然。我的家里还住着一个乡下人，因为战事，她的家没有了，只好逃进城里来。她实并不“高傲”，也没有反对过杨荫榆，然而她的家没有了，受了破坏。战事一完，她一定要回去的，即使屋子破了，器具抛了，田地荒了，她也还要活下去。她大概只好搜集一点剩下的东西，修补修补，整理整理，再来活下去。

中国的文明，就是这样破坏了又修补，破坏了又修补的疲乏伤残可怜的东西。但是很有人夸耀它，甚至于连破坏者也夸耀它。便是破坏本校的人，假如你派他到万国妇女的什么会里去，请他叙述中国女学的情形，他一定说，我们中国有一个国立北京女子师范大学在。

这真是万分可惜的事，我们中国人对于不是自己的东西，或者将不为自己所有的东西，总要破坏了才快活的。杨荫榆知道要做不成这校长，便文事用文士的“流言”，武功用三河的老妈，总非将一班“毛鸦头”赶尽杀绝不可。先前我看见记载上说的张献忠屠戮川民的事。我总想不通他是什么意思；后来看到别一本书，这才明白了：他原是想做皇帝的，但是李自成先进北京，做了皇帝了，他便要破坏李自成的帝位。怎样破坏法呢？做皇帝必须有百姓，他杀尽了百姓，皇帝也就谁都做不成了。既无百姓，便无所谓皇帝，于是只剩了一个李自成，在白地上出丑，宛如学校解散后的校长一般。这虽然是一个可笑的极端的例，但有这一类的思想的，实在并不止张献忠一个人。

我们总是中国人，我们总要遇见中国事，但我们不是中国式的破坏者，所以我们是过着受破坏了又修补，受破坏了又修补的生活。我们的许多寿命白费了。我们所可以自慰的，想来想去，也还是所谓对于将来的希望。希望是附丽于存在的，有存在，便有希望，有希望，便是光明。如果历史家的话不是诳话，则世界上的事物可还没有因为黑暗而长存的先例。黑暗只能附丽于渐就灭亡的事物，一灭亡，黑暗也就一同灭亡了，它不永久。然而将来是永远要有的，并且总要光明起来；只要不做黑暗的附着物，为光明而灭亡，则我们一定有悠久的将来，而且一定是光明的将来。

我赴这会的后四日，就出北京了。在上海看见日报，知道女师大已改为女子学院的师范部，教育总长任可澄自做院长，师范部的学长是林素园。后来看见北京九月五日的晚报，有一条道："今日下午一时半，任可澄特同林氏，并率有警察厅保安队及军警督察处兵士共四十左右，驰赴女师大，武装接收。……"原来刚一周年，又看见用兵了。不知明年这日，还是带兵的开得校纪念呢，还是被兵的开毁校纪念？现在姑且将培良君的这一篇转录在这里，先作一个本年的纪念罢。

一九二六年十月十四日，鲁迅附记。

略论中国人的脸

大约人们一遇到不大看惯的东西，总不免以为他古怪。我还记得初看见西洋人的时候，就觉得他脸太白，头发太黄，眼球太淡，鼻梁太高。虽然不能明明白白地说出理由来，但总而言之：相貌不应该如此。至于对于中国人的脸，是毫无异议；即使有好丑之别，然而都不错的。

我们的古人，倒似乎并不放松自己中国人的相貌。周的孟轲就用眸子来判胸中的正不正，汉朝还有《相人》二十四卷。后来闹这玩艺儿的尤其多；分起来，可以说有两派罢：一是从脸上看出他的智愚贤不肖；一是从脸上看出他过去，现在和将来的荣枯。于是天下纷纷，从此多事，许多人就都战战兢兢地研究自己的脸。我想，镜子的发明，恐怕这些人和小姐们是大有功劳的。不过近来前一派已经不大有人讲究，在北京上海这些地方捣鬼的都只是后一派了。

我一向只留心西洋人。留心的结果，又觉得他们的皮肤未免太粗；毫毛有白色的，也不好。皮上常有红点，即因为颜色太白之故，倒不如我们之黄。尤其不好的是红鼻子，有时简直像是将要熔化的蜡烛油，仿佛就要滴下来，使人看得栗栗危惧，也不及黄色人种的较为隐晦，也见得较为安全。总而言之：相貌还是不应该如此的。

后来，我看见西洋人所画的中国人，才知道他们对于我们的相貌也很不敬。那似乎是《天方夜谈》或者《安徒生童话》中的插画，现在不很记得清楚了。头上戴着拖花翎的红缨帽，一条辫子在空中飞扬，朝靴的粉底非常之厚。但这些都是满洲人连累我们的。独有两眼歪斜，张嘴露齿，却是我们自己本来的相貌。不过我那时想，其实并不尽然，外国人特地要奚落我们，所以格外形容得过度了。

但此后对于中国一部分人们的相貌，我也逐渐感到一种不满，就是他们每看见不常见的事件或华丽的女人，听到有些醉心的说话的时候，下巴总要慢慢挂下，将嘴张了开来。这实在不大雅观，仿佛精神上缺少着一样什么机件。据研究人体的学者们说，一头附着在上颚骨上，那一头附着在下颚骨上的“咬筋”，力量是非常之大的。我们幼小时候想吃核桃，必须放在门缝里将它的壳夹碎。但在成人，只要牙齿好，那咬筋一收缩，便能咬碎一个核桃。有着这么大的力量的筋，有时竟不能收住一个并不沉重的自己的下巴，虽然正在看得出神的时候，倒也情有可原，但我总以为究竟不是十分体面的事。

日本的长谷川如是闲是善于做讽刺文字的。去年我见过他的一本随笔集，叫作《猫，狗，人》；其中有一篇就说到中国人的脸。大意是初见中国人，即令人感到较之日本人或西洋人，脸上总欠缺着一点什么。久而久之，看惯了，便觉得这样已经尽够，并不缺少东西；倒是看得西洋人之流的脸上，多馀着一点什么。这多馀着的东西，他就给它一个不大高妙的名目：兽性。中国人的脸上没有这个，是人，则加上多馀的东西，即成了下列的算式：

人＋兽性＝西洋人

他借了称赞中国人，贬斥西洋人，来讥刺日本人的目的，这样就达到了，自然不必再说这兽性的不见于中国人的脸上，是本来没有的呢，还是现在已经消除。如果是后来消除的，那么，是渐渐净尽而只剩了人性的呢，还是不过渐渐成了驯顺。野牛成为家牛，野猪成为猪，狼成为狗，野性是消失了，但只足使牧人喜欢，于本身并无好处。人不过是人，不再夹杂着别的东西，当然再好没有了。倘不得已，我以为还不如带些兽性，如果合于下列的算式倒是不很有趣的：

人＋家畜性＝某一种人

中国人的脸上真可有兽性的记号的疑案，暂且中止讨论罢。我只要说近来却在中国人所理想的古今人的脸上，看见了两种多馀。一到广州，我觉得比我所从来的厦门丰富得多的，是电影，而且大半是"国片"，有古装的，有时装的。因为电影是"艺术"，所以电影艺术家便将这两种多馀加上去了。

古装的电影也可以说是好看，那好看不下于看戏，至少，决不至于有大锣大鼓将人的耳朵震聋，在"银幕"上，则有身穿不知何时何代的衣服的人物，缓慢地动作；脸正如古人一般死，因为要显得活，便只好加上些旧式戏子的昏庸。

时装人物的脸，只要见过清朝光绪年间上海的吴友如的《画报》的，便会觉得神态非常相像。《画报》所画的大抵不是流氓拆梢，便是妓女吃醋，所以脸相都狡猾。这精神似乎至今不变，国产影片中的人物，虽是作者以为善人杰士者，眉宇间也总格些上海洋场式的狡猾，可见不如此，是连善人杰士也做不成的。

听说，国产影片之所以多，是因为华侨欢迎，能够获利。每一新片到，老的便带了孩子去指点给他们看道："看哪，我们的祖国的人们是这样的。"在广州似乎也受欢迎，日夜四场，我常见看客坐得满满。

广州现在也如上海一样，正在这样地修养他们的趣味。可惜电影一开演，电灯一定熄灭，我不能看见人们的下巴。

（一九二七年）四月六日。

革命时代的文学

——四月八日在黄埔军官学校讲

今天要讲几句的话是就将这“革命时代的文学”算作题目。这学校是邀过我好几次了，我总是推宕着没有来。为什么呢？因为我想，诸君的所以来邀我，大约是因为我曾经做过几篇小说，是文学家，要从我这里听文学。其实我并不是的，并不懂什么。我首先正经学习的是开矿，叫我讲掘煤，也许比讲文学要好一些。自然，因为自己的嗜好，文学书是也时常看看的，不过并无心得，能说出于诸君有用的东西来。加以这几年，自己在北京所得的经验，对于一向所知道的前人所讲的文学的议论，都渐渐的怀疑起来。那是开枪打杀学生的时候罢，文禁也严厉了，我想：文学文学，是最不中用的，没有力量的人讲的；有实力的人并不开口，就杀人，被压迫的人讲几句话，写几个字，就要被杀；即使幸而不被杀，但天天呐喊，叫苦，鸣不平，而有实力的人仍然压迫、虐待、杀戮，没有方法对付他们，这文学于人们又有什么益处呢？

在自然界里也这样，鹰的捕雀，不声不响的是鹰，吱吱叫喊的是雀；猫的捕鼠，不声不响的是猫，吱吱叫喊的是老鼠；结果，还是只会开口的被不开口的吃掉。文学家弄得好，做几篇文章，也许能够称誉于当时，或者得到多少年的虚名罢，——譬如一个烈士的追悼会开过之后，烈士的事情早已不提了，大家倒传诵着谁的挽联做得好：这实在是一件很稳当的买卖。

但在这革命地方的文学家，恐怕总喜欢说文学和革命是大有关系的，例如可以用这来宣传，鼓吹，煽动，促进革命和完成革命。不过我想：这样的文章是无力的，因为好的文艺作品，向来多是不受别人命令，不顾利害，自然而然地从心中流露的东西；如果先挂起一个题目，做起文章来，那又何异于八股，在文学中并无价值，更说不到能否感动人了。为革命起见，要有"革命人"，"革命文学"倒无须急急，革命人做出东西来，才是革命文学。所以，我想：革命，倒是与文章有关系的。革命时代的文学和平时的文学不同，革命来了，文学就变换色彩。但大革命可以变换文学的色彩，小革命却不，因为不算什么革命，所以不能变换文学的色彩。在此地是听惯了"革命"了，江苏浙江谈到革命二字，听的人都很害怕，讲的人也很危险。其实"革命"是并不稀奇的，惟其有了它，社会才会改革，人类才会进步，能从原虫到人类，从野蛮到文明，就因为没有一刻不在革命。生物学家告诉我们："人类和猴子是没有大两样的，人类和猴子是表兄弟。"但为什么人类成了人，猴子终于是猴子呢？这就因为猴子不肯变化——它爱用四只脚走路。也许曾有一个猴子站起来，试用两脚走路的罢，但许多猴子就说："我们底祖先一向是爬的，不许你站！"咬死了。它们不但不肯站起来，并且不肯讲话，因为它守旧。人类就不然，他终于站起，讲话，结果是他胜利了。现在也还没有完。所以革命是并不稀奇的，凡是至今还未灭亡的民族，还都天天在努力革命，虽然往往不过是小革命。

大革命与文学有什么影响呢？大约可以分开三个时候来说：

（一）大革命之前，所有的文学，大抵是对于种种社会状态，觉得不平，觉得痛苦，就叫苦，鸣不平，在世界文学中关于这类的文学颇不少。但这些叫苦鸣不平的文学对于革命没有什么影响，因为叫苦鸣不平，并无力量，压迫你们的人仍然不理，老鼠虽然吱吱地叫，尽管叫出很好的文学，而猫儿吃起它来，还是不客气。所以仅仅有叫苦鸣不平的文学时，这个民族还没有希望，因为止于叫苦和鸣不平。例如人们打官司，失败的方面到了分发冤单的时候，对手就知道他没有力量再打官司，事情已经了结了；所以叫苦鸣不平的文学等于喊冤，压迫者对此倒觉得放心。有些民族因为叫苦无用，连苦也不叫了，他们便成为沉默的民族，渐渐更加衰颓下去，埃及、阿拉伯、波斯、印度，就都没有什么声音了！至于富有反抗性，蕴有力量的民族，因为叫苦没用，他便觉悟起来，由哀音而变为怒吼。怒吼的文学一出现，反抗就快到了；他们已经很愤怒，所以与革命爆发时代接近的文学每每带有愤怒之音；他要反抗，他要复仇。苏俄革命将起时，即有些这类的文学。但也有例外，如波兰，虽然早有复仇的文学，然而他的恢复，是靠着欧洲大战的。

（二）到了大革命的时代，文学没有了，没有声音了，因为大家受革命潮流的鼓荡，大家由呼喊而转入行动，大家忙着革命，没有闲空谈文学了。还有一层，是那时民生凋敝，一心寻面包吃尚且来不及，那里有心思谈文学呢？守旧的人因为受革命潮流的打击，气得发昏，也不能再唱所谓他们底文学了。有人说："文学是穷苦的时候做的，"其实未必，穷苦的时候必定没有文学作品的；我在北京时，一穷，就到处借钱，不写一个字，到薪俸发放时，才坐下来做文章。忙的时候也必定没有文学作品，挑担的人必要把担子放下，才能做文章；拉车的人也必要把车子放下，才能做文章。大革命时代忙得很，同时又穷得很，这一部分人和那一部分人斗争，非先行变换现代社会底状态不可，没有时间也没有心思做文章；所以大革命时代的文学便只好暂归沉寂了。

（三）等到大革命成功后，社会底状态缓和了，大家底生活有馀裕了，这时候就又产生文学。这时候底文学有二：一种文学是赞扬革命，称颂革命，——讴歌革命，因为进步的文学家想到社会改变，社会向前走，对于旧社会的破坏和新社会的建设，都觉得有意义，一方面对于旧制度的崩坏很高兴，一方面对于新的建设来讴歌。另有一种文学是吊旧社会的灭亡——挽歌——也是革命之后会有的文学。有些人以为这是"反革命的文学"，我想，倒也无须加以这么大的罪名。革命虽然进行，但社会上旧人物还很多，决不能一时变成新人物，他们的脑中满藏着旧思想旧东西；环境渐变，影响到他们自身的一切，于是回想旧时的舒服，便对于旧社会眷念不已，恋恋不舍，因而讲出很古的话，陈旧的话，形成这样的文学。这种文学都是悲哀的调子，表示他心里不舒服，一方面看见新的建设胜利了，一方面看见旧的制度灭亡了，所以唱起挽歌来。但是怀旧，唱挽歌，就表示已经革命了，如果没有革命，旧人物正得势，是不会唱挽歌的。

不过中国没有这两种文学——对旧制度挽歌，对新制度讴歌；因为中国革命还没有成功，正是青黄不接，忙于革命的时候。不过旧文学仍然很多，报纸上的文章，几乎全是旧式。我想，这足见中国革命对于社会没有多大的改变，对于守旧的人没有多大的影响，所以旧人仍能超然物外。广东报纸所讲的文学，都是旧的，新的很少，也可以证明广东社会没有受革命影响；没有对新的讴歌，也没有对旧的挽歌，广东仍然是十年前底广东。不但如此，并且也没有叫苦，没有鸣不平；止看见工会参加游行，但这是政府允许的，不是因压迫而反抗的，也不过是奉旨革命。中国社会没有改变，所以没有怀旧的哀词，也没有崭新的进行曲，只在苏俄却已产生了这两种文学。他们的旧文学家逃亡外国，所作的文章，多是吊亡挽旧的哀词，新文学则正在努力向前走，伟大的作品虽然还没有，但是新作品已不少，他们已经离开怒吼时期而过渡到讴歌的时期了。赞美建设是革命进行以后的影响，再往后去的情形怎样，现在不得而知，但推想起来，大约是平民文学罢，因为平民的世界，是革命的结果。

现在中国自然没有平民文学，世界上也还没有平民文学，所有的文学，歌呀，诗呀，大抵是给上等人看的；他们吃饱了，睡在躺椅上，捧着看。一个才子出门遇见一个佳人，两个人很要好，有一个不才子从中捣乱，生出差迟来，但终于团圆了。这样地看看，多么舒服。或者讲上等人怎样有趣和快乐，下等人怎样可笑。前几年《新青年》载过几篇小说，描写罪人在寒地里的生活，大学教授看了就不高兴，因为他们不喜欢看这样的下流人。如果诗歌描写车夫，就是下流诗歌。一出戏里，有犯罪的事情，就是下流戏。他们的戏里的脚色，止有才子佳人，才子中状元，佳人封一品夫人，在才子佳人本身很欢喜，他们看了也很欢喜。下等人没奈何，也只好替他们一同欢喜欢喜。在现在，有人以平民——工人农民——为材料，做小说做诗，我们也称之为平民文学，其实这不是平民文学，因为平民还没有开口。这是另外的人从旁看见平民的生活，假托平民底口吻而说的。眼前的文人有些虽然穷，但总比工人农民富足些，这才能有钱去读书，才能有文章，一看好像是平民所说的，其实不是；这不是真的平民小说。平民所唱的山歌野曲，现在也有人写下来，以为是平民之音了，因为是老百姓所唱。但他们间接受古书的影响很大，他们对于乡下的绅士有田三千亩，佩服得不了，每每拿绅士的思想做自己的思想，绅士们惯吟五言诗，七言诗，因此他们所唱的山歌野曲，大半也是五言或七言。这是就格律而言，还有构思取意，也是很陈腐的，不能称是真正的平民文学。现在中国底小说和诗实在比不上别国，无可奈何，只好称之曰文学；谈不到革命时代的文学，更谈不到平民文学。现在的文学家都是读书人，如果工人农民不解放，工人农民的思想，仍然是读书人的思想，必待工人农民得到真正的解放，然后才有真正的平民文学。有些人说："中国已有平民文学，"其实这是不对的。

诸君是实际的战争者，是革命的战士，我以为现在还是不要佩服文学的好。学文学对于战争，没有益处，最好不过作一篇战歌，或者写得美的，便可于战馀休憩时看看，倒也有趣。要讲得堂皇点，则譬如种柳树，待到柳树长大，浓阴蔽日，农夫耕作到正午，或者可以坐在柳树底下吃饭，休息休息。中国现在的社会情状，止有实地的革命战争，一首诗吓不走孙传芳，一炮就把孙传芳轰走了。自然也有人以为文学于革命是有伟力的，但我个人总觉得怀疑，文学总是一种馀裕的产物，可以表示一民族的文化，倒是真的。

人大概是不满于自己目前所做的事的，我一向只会做几篇文章，自己也做得厌了，而捏枪的诸君，却又要听讲文学。我呢，自然倒愿意听听大炮的声音，仿佛觉得大炮的声音或者比文学的声音要好听得多似的。我的演说只有这样多，感谢诸君听完的厚意！

（一九二七年）

答有恒先生

有恒先生：

你的许多话，今天在《北新》上看见了。我感谢你对于我的希望和好意，这是我看得出来的。现在我想简略地奉答几句，并以寄和你意见相仿的诸位。

我很闲，决不至于连写字工夫都没有。但我的不发议论，是很久了，还是去年夏天决定的，我预定的沉默期间是两年。我看得时光不大重要，有时往往将它当作儿戏。

但现在沉默的原因，却不是先前决定的原因，因为我离开厦门的时候，思想已经有些改变。这种变迁的径路，说起来太烦，姑且略掉罢，我希望自己将来或者会发表。单就近时而言，则大原因之一，是：我恐怖了。而且这种恐怖，我觉得从来没有经验过。

我至今还没有将这“恐怖”仔细分析，姑且说一两种我自己已经诊察明白的，则：——

一，我的一种妄想破灭了。我至今为止，时时有一种乐观，以为压迫，杀戮青年的，大概是老人。这种老人渐渐死去，中国总可比较地有生气。现在我知道不然了，杀戮青年的，似乎倒大概是青年，而且对于别个的不能，再造的生命和青春，更无顾惜。如果对于动物，也要算“暴殄天物”的。我尤其怕看的是胜利者的得意之笔：“用斧劈死”呀，……“乱枪刺死”呀……我其实并不是急进的改革论者，我没有反对过死刑。但对于凌迟和灭族，我曾表示过十分的憎恶和悲痛，我以为二十世纪的人群中是不愿该有的。斧劈枪刺，自然不能说是凌迟，但我们不能用一粒子弹打在他后脑上么，结果是一样的，对方的死亡。但事实是事实，血的游戏已经开头，而角色又是青年，并且有得意之色。我现在已经看不见这出戏的收场。

二，我发见了我自已是一个……是什么呢？我一时定不出名目来。我曾经说过：中国历来是排着吃人的筵宴，有吃的，有被吃的。被吃的也曾吃人，正吃的也会被吃。但我现在发见了，我自己也帮助着排筵宴。先生，你是看我的作品的，我现在发一个问题：看了之后，使你麻木，还是使你清楚；使你昏沉，还是使你活泼？倘所觉的是后者，那我的自己裁判，便证实大半了。中国的筵席上有一种“醉虾”，虾越鲜活、吃的人便越高兴，越畅快。我就是做这醉虾的帮手，弄清了老实而不幸的青年的脑子和弄敏了他的感觉，使他万一遭灾时来尝加倍的苦痛，同时给憎恶他的人们赏玩这较灵的苦痛，得到格外的享乐。我有一种设想，以为无论讨赤军，讨革军，倘捕到敌党的有知识的如学生之类，一定特别加刑，甚于对工人或其他无知识者。为什么呢，因为他可以看见更锐敏微细的痛苦的表情，得到特别的愉快，倘我的假设是不错的，那么，我的自己裁判，便完全证实了。

所以，我终于觉得无话可说。

倘若再和陈源教授之流开玩笑罢，那是容易的，我昨天就写了一点。然而无聊，我觉得他们不成什么问题。他们其实至多也不过吃半只虾或呷几口醉虾的醋。况且听说他们已经别离了最佩服的“孤桐先生”而到青天白日旗下来革命了。我想，只要青天白日旗插远去，恐怕“孤桐先生”也会来革命的。不成问题了，都革命了，浩浩荡荡。

问题倒在我自己的落伍。还有一点小事情，就是，我先前的弄“刀笔”的罚，现在似乎降下来了。种牡丹者得花，种蒺藜者得刺，这是应该的，我毫无怨恨。但不平的是这罚仿佛太重一点，还有悲哀的是带累了几个同事和学生。

他们什么罪孽呢，就因为常常和我往来，并不说我坏。凡如此的，现在就要被称为“鲁迅党”或“《语丝》派”，这是“研究系”和“现代派”宣传的一个大成功。所以近一年来，鲁迅已以被“投诸四裔”为原则了。不说不知道，我在厦门的时候，后来是被搬在一所四无邻居的大洋楼上了，陪我的都是书，深夜还听到楼下野兽“唔唔”地叫。但我是不怕冷静的，况且还有学生来谈谈。然而来了第二下的打击：三个椅子要搬去两个，说是什么先生的少爷已到，要去用了。这时我实在很气愤，便问他：倘若他的孙少爷也到，我就得坐在楼板上么？不行！没有搬去。然而来了第三下的打击，一个教授微笑道：又发名士脾气了。厦门的天条，似乎是名士才能有多于一个的椅子的。“又”者，所以形容我常发名士脾气也，《春秋》笔法，先生，你大概明白的罢。还有第四下的打击，那是我临走的时候了，有人说我之所以走，一因为没有酒喝，二因为看见别人的家眷来了，心里不舒服。这还是根据那一次的“名士脾气”的。

这不过随便想到一件小事，但，即此一端，你也就可以原谅我吓得不敢开口之情有可原了罢。我知道你是不希望我做醉虾的。我再斗下去，也许会“身心交病”。然而“身心交病”，反会被人嘲笑的。自然这些都不要紧。但我何苦呢，做醉虾？

不过我这回最侥幸的是终于没有被做成为共产党，曾经有一位青年，想以独秀办《新青年》，而我在那里做过文章这一件事，来证明我是共产党。但即被别一位青年推翻了，他知道那时连独秀也还未讲共产。退一步，“亲共派”罢，终于也没有弄成功。尚我一出中山大学即离广州，我想，是要被排进去的；但我不走，所以报上“逃走了”“到汉口去了”的闹了一通之后，倒也没有事了。天下究竟还有光明，没有人说我有“分身法”。现在是，似乎没有什么头衔了，但据“现代派”说，我是“《语丝》派的首领”。这和生命大约并无什么直接关系，或者倒不大要紧的，只要他们没有第二下。倘如“主角”唐有壬似的又说什么“墨斯科的命令”，那可就又有些不妙了。

笔一滑，话说远了，赶紧回到“落伍”问题去。我想，先生，你大约看见的，我曾经叹息中国没有敢“抚哭叛徒的吊客”。而今何如？你也看见，在这半年中，我何尝说过一句话？虽然我曾在讲堂上公表过我的意思，虽然我的文章那时也无处发表，虽然我是早已不说话，但这都不足以作我的辩解。总而言之，现在倘再发那些四平八稳的“救救孩子”似的议论，连我自己听去，也觉得空空洞洞了。

还有，我先前的攻击社会，其实也是无聊的。社会没有知道我在攻击，倘一知道，我早已死无葬身之所了。试一攻击社会的一分子的陈源之类，看如何？而况四万万也哉？我之得以偷生者，因为他们大多数不识字，不知道，并且我的话也无效力，如一箭之入大海。否则，几条杂感，就可以送命的。民众的罚恶之心，并不下于学者和军阀。近来我悟到凡带一点改革性的主张，倘于社会无涉，才可以作为“废话”而存留，万一见效，提倡者即大概不免吃苦或杀身之祸。古今中外，其揆一也。即如目前的事，吴稚晖先生不也有一种主义的么？而他不但不被普天同愤，且可以大呼“打倒……严办”者，即因为赤党要实行共产主义于二十年之后，而他的主义却须数百年之后或者才行，由此观之，近于废话故也。人那有遥管十馀代以后的灰孙子时代的世界的闲情别致也哉？

话已经说得不少，我想收梢了。我感于先生的毫无冷笑和恶意的态度，所以也诚实的奉答，自然，一半也借此发些牢骚。但我要声明，上面的说话中，我并不含有谦虚，我知道我自己，我解剖自己并不比解剖别人留情面。好几个满肚子恶意的所谓批评家，竭力搜索，都寻不出我的真症候。所以我这回自己说一点，当然不过一部分，有许多还是隐藏着的。

我觉得我也许从此不再有什么话要说，恐怖一去，来的是什么呢，我还不得而知，恐怕不见得是好东西罢。但我也在救助我自己，还是老法子：一是麻痹，二是忘却。一面挣扎着，还想从以后淡下去的“淡淡的血痕中”看见一点东西，誊在纸片上。

鲁迅。九，四。

（一九二七年）

谈“激烈”

带了书籍杂志过“香江”，有被视为“危险文字”而尝“铁窗斧钺风味”之险，我在《略谈香港》里已经说过了。但因为不知道怎样的是“危险文字”，所以时常耿耿于心。为什么呢？倒也并非如上海保安会所言，怕“中国元气太损”，乃是自私自利，怕自己也许要经过香港，须得留神些。

今年似乎是青年特别容易死掉的年头。“千里不同风，百里不同俗。”这里以为平常的，那边就算过激，滚油煎指头。今天正是正常的，明天就变犯罪，籐条打屁股。倘是年青人，初从乡间来，一定要被煎得莫名其妙，以为现在是时行这样的制度了罢，至于我呢，前年已经四十五岁了，而且早已“身心交病”，似乎无须这样宝贵生命，思患预防。但这是别人的意见，若夫我自己，还是不愿意吃苦的。敢乞“新时代的青年”们鉴原为幸。

所以，留神而又留神，果然，“天助自助者”，今天竟在《循环日报》上遇到一点参考资料了。事情是一个广州执信学校的学生，路过（！）香港，“在尖沙咀码头，被一五七号华差截搜行李，在其木槓（谨案：箱也）之内，搜获激烈文字书籍七本。计开：执信学校印行之《宣传大纲》六本，又《侵夺中国史》一本。此种激烈文字，业经华民署翻译员择译完竣，昨日午乃解由连司提讯，控以怀有激烈文字书籍之罪。……”抄报太麻烦，说个大略罢，是：“择译”时期，押银五百元出外；后来因为被告供称书系朋友托带，所以“姑判从轻罚银二十五元，书籍没收焚毁”云。

执信学校是广州的平正的学校，既是“清党”之后，则“宣传大纲”不外三民主义可知，但一到尖沙咀，可就“激烈”了；可怕。惟独对于友邦，竟敢用“侵夺”字样，则确也未免“激烈”一点，因为忘了他们正在替我们“保存国粹”之恩故也。但“侵夺”上也许还有字，记者不敢写出来。

我曾经提起过几回元朝，今夜思之，还不很确。元朝之于中文书籍，未尝如此留心。这一著倒要推清朝做模范。他不但兴过几回“文字狱”，大杀叛徒，且于宋朝人所做的“激烈文字”，也会细心加以删改。同胞之热心“复古”及友邦之赞助“复古”者，似当奉为师法者也。

清朝人改宋人书，我曾经举出过《茅亭客话》。但这书在《琳琅秘室丛书》里，现在时价每部要四十元，倘非小阔人，那能得之哉？近来却另有一部了，是商务印书馆印的《鸡肋编》，宋庄季裕著，每本只要五角，我们可以看见清朝的文澜阁本和元钞本有如何的不同。今摘数条如下：

> 燕地……女子……冬月以栝蒌涂面，……至春暖方涤去，久不为风日所侵，故洁白如玉也。今使中国妇女，尽污于殊俗，汉唐和亲之计，盖未为屈也。

(清人将“今使中国”以下二十二字，改作“其异于南方如此”七字。)

自古兵乱，郡邑被焚毁者有之，虽盗贼残暴，必赖室庐以处，故须有存者。靖康之后，金虏侵凌中国，露居异俗，凡所经过，尽当焚爇。如曲阜先圣旧宅，自鲁共王之后，但有增葺。莽卓巢温之徒，犹假崇儒，未尝敢犯。至金寇，遂为烟尘。指其像而诟曰，“尔是言夷狄之有君者!”中原之祸，自书契以来，未之有也。”(清朝的改本，可大不同了，是“孔子宅在今倦源故鲁城中归德门内阙里之中。……遭汉中微，盗贼奔突，自西京未央建章之殿，皆见隳坏，而灵光归然独存。今其遗址，不复可见。而先圣旧宅，近日亦遭兵燹之厄，可叹也夫”。)

抄书也太麻烦，还是不抄下去了。但我们看第二条，就很可以悟出上海保安会所切望的“循规蹈矩”之道。即：原文带些愤激，是“激烈”，改本不过“可叹也夫”，是“循规蹈矩”的。何以故呢？愤激便有揭竿而起的可能，而“可叹也夫”则瘟头瘟脑，即使全国一同叹气，其结果也不过是叹气，于“治安”毫无妨碍的。

但我还要给青年们一个警告：勿以为我们以后只做“可叹也夫”的文章，便可以安全了。新例我还未研究好，单看清朝的老例，则准其叹气，乃是对于古人的优待，不适用于今人的。因为奴才都叹气，虽无大害，主人看了究竟不舒服。必须要如罗素所称赞的杭州的轿夫一样，常是笑嘻嘻。

但我还要给自己解释几句：我虽然对于“笑嘻嘻”仿佛有点微词，但我并非意在鼓吹“阶级斗争”，因为我知道我的这一篇，杭州轿夫是不会看见的。况且“讨赤”诸君子，都不肯笑嘻嘻地去抬轿，足见以握轿为苦境，也不独“乱党”为然。而况我的议论，其实也不过“可叹也夫”乎哉！

现在的书籍往往“激烈”，古人的书籍也不免有违碍之处。那么，为中国“保存国粹”者，怎么办呢？我还不大明白。仅知道澳门是正在“征诗”，共收卷七千八百五十六本，经“江霞公太史（孔殷）评阅”，取录二百名。第一名的诗是：——

南中多乐日高会。。。 良时厚意愿得常。。。
陵松万章发文彩。。。 百年贵寿齐辉光。。。

这是从香港报上照抄下来的，一连三圈，也原本如此，我想大概是密圈之意。这诗大约还有一种“格”，如“嵌字格”之类，但我是外行，只好不谈。所给我益处的，是我居然从此悟出了将来的“国粹”，当以诗词骈文为正宗。史学等等，恐怕未必发达。即要研究，也必先由老师宿儒，先加一番改定工夫。唯独诗词骈文，可以少有流弊。故骈文入神的饶汉祥一死，日本人也不禁为之慨叹，而“狂徒”又须挨骂了。

日本人拜服骈文于东京，“金制军”“整理国故”于香港，其爱护中国，恐其沦亡，可谓至矣。然而裁厘加税，大家都不赞成者何哉？盖厘金乃国粹，而关税非国粹也。“可叹也夫”！

今是中秋，璧月澄澈，叹气既完，还不想睡。重吟“征诗”，莫名其妙，稿有馀纸，因录“江霞公太史”评语，俾读者咸知好处，但圈点是我僭加的——

“以谢启为趣，寥寥二十八字。既用古诗十九首中字，复嵌全限内字。首二句是赋，三句是兴，末句是兴而比。步骤井然，举重若轻，绝不吃力。虚室生白，吉祥止止。洵属巧中生巧，难上加难。至其胎息之高古，意义之纯粹，格调之老苍，非寝馈汉魏古诗有年，未易臻斯境界。”

（一九二七年）九月十一日，广州。

扣丝杂感

以下这些话，是因为见了《语丝》（一四七期）的《随感录》（二八）而写的。

这半年来，凡我所看的期刊，除《北新》外，没有一种完全的：《莽原》《新生》《沉钟》。甚至于日本文的《斯文》，里面所讲的都是汉学，末尾附有《西游记传奇》，我想和演义来比较一下，所以很切用，但第二本即缺少，第四本起便杳然了。至于《语丝》，我所没有收到的统共有六期，后来多从市上的书铺里补得，惟有一二六和一四三终于买不到，至今还不知道内容究竟是怎样。

这些收不到的期刊，是遗失，还是没收的呢？我以为两者都有。没收的地方，是北京、天津，还是上海、广州呢？我以为大约也各处都有。至于没收的缘故，那可是不得而知了。

我所确切知道的，有这样几件事。是《莽原》也被扣留过一期，不过这还可以说，因为里面有俄国作品的翻译。那时只要一个“俄”字，已够惊心动魄，自然无暇顾及时代和内容。但韦丛芜的《君山》，也被扣留。这一本诗，不但说不到“赤”，并且也说不到“白”，正和作者的年纪一样，是“青”

的，而竟被禁锢在邮局里。黎锦明先生早有来信，说送我《烈火集》，一本是托书局寄的，怕他们忘记，自己又寄了一本。但至今已将半年，一本也没有到。我想，十之九都被没收了，因为火色既“赤”，而况又“烈”乎，当然通不过的。

《语丝》一三二期寄到我这里的时候是出版后约六星期，封皮上写着两个绿色大字道：“扣留”，另外还有检查机关的印记和封条。打开看时，里面是《猓猓人的创世记》《无题》《寂寞札记》《撒园荽》《苏曼殊及其友人》，都不像会犯禁。我便看“来函照登”，是讲“情死”“情杀”的，不要紧，目下还不管这些事。只有《闲话拾遗》了。这一期特别少，共只两条。一是讲日本的，大约也还不至于犯禁。一是说来信告诉“清党”的残暴手段的，《语丝》此刻不想登。莫非因为这一条么？但不登何以又不行呢？莫名其妙。然而何以“扣留”而又放行了呢？也莫名其妙。

这莫名其妙的根源，我以为在于检查的人员。

中国近来一有事，首先就检查邮电。这检查的人员，有的是团长或区长，关于论文诗歌之类，我觉得我们不必和他多谈，但即使是读书人，其实还是一样的说不明白，尤其是在所谓革命的地方。直截痛快的革命训练弄惯了，将所有革命精神提起，如油的浮在水面一般，然而顾不及增加营养。所以，先前是刊物的封面上画一个工人，手捏铁铲或鹤嘴锹，文中有“革命！革命！”“打倒！打倒！”者，一帆风顺，算是好的。现在是要画一个少年军人拿旗骑在马上，里面“严办！严办！”这才庶几免于罪戾。至于什么“讽刺”，“幽默”，“反语”，“闲谈”等类，实在还是格不相入。从格不相入，而成为视之懵然，结果即不免有些弄得乱七八糟，谁也莫名其妙。

还有一层，是终日检查刊物，不久就会头昏眼花，于是讨厌，于是生气，于是觉得刊物大抵可恶——尤其是不容易了然的——而非严办不可。我记得书籍不切边，我也是作俑者之一，当时实在是没有什么恶意的。后来看见方传宗先生的通信(见《语丝》一二九)，竟说得要毛边装订的人有如此可恶，不觉满肚子冤屈。但仔细一想，方先生似乎是图书馆员，那么，要他老是裁那并不感到兴趣的毛边书，终于不免生气而大骂毛边党，正是毫不足怪的事。检查员也同此例，久而久之，就要发火，开初或者看得详细点，但后来总不免《烈火集》也可怕，《君山》也可疑，——只剩了一条最稳当的路：扣留。

两个月前罢，看见报上记着某邮局因为扣下的刊物太多，无处存放了，一律焚毁。我那时实在感到心痛，仿佛内中很有几本是我的东西似的。呜呼哀哉！我的《烈火集》呵，我的《西游记传奇》呵，我的……。

附带还要说几句关于毛边的牢骚。我先前在北京参与印书的时候，自己暗暗地定下了三样无关紧要的小改革，来试一试。一，是首页的书名和著者的题字打破对称式；二，是每篇的第一行之前，留下几行空白；三，就是毛边。现在的结果，第一件已经有恢复香炉烛台式的了；第二件有时无论怎样叮嘱，而临印的时候，工人终于将第一行的字移到纸边，用“迅雷不及掩耳的手段”，使你无可挽救；第三件被攻击最早，不久我便有条件的降伏了。与李老板约：别的不管，只是我的译著，必须坚持毛边到底！但是，今竟如何？老板送给我的五部或十部，至今还确是毛边。不过在书铺里，我却发见了毫无“毛”气，四面光滑的《彷徨》之类。归根结蒂，他们都将彻底的胜利。所以说我想改革社会，或者和改革社会有关，那是完全冤枉的，我早已瘟头瘟脑，躺在板床上吸烟卷——彩凤牌——了。

言归正传。刊物的暂时要碰钉子，也不但遇到检查员，我恐怕便是读书的青年，也还是一样。先已说过，革命地方的文字，是要直截痛快，“革命！革命！”的，这才是“革命文学”。我曾经看见一种期刊上登载一篇文章，后有作者的附白，说这一篇没有谈及革命，对不起读者，对不起对不起。但自从“清党”以后，这“直截痛快”以外，却又增添了一种神经过敏。“命”自然还是要革的，然而又不宜太革，太革便近于过激，过激便近于共产党，变了“反革命”了。所以现在的“革命文学”是在顽固这一种反革命和共产党这一种反革命之间。

于是又发生了问题，便是“革命文学”站在这两种危险物之间，如何保持她的纯正——正宗。这势必至于必须防止近于赤化的思想和文字，以及将来有趋于赤化之虑的思想和文字。例如，攻击礼教和白话，即有趋于赤化之忧。因为共产派无视一切旧物，而白话则始于《新青年》，而《新青年》乃独秀所办。今天看见北京教育部禁止白话的消息，我逆料《语丝》必将有几句感慨，但我实在是无动于中。我觉得连思想文字，也到处都将窒息，几句白话黑话，已经没有什么大关系了。

那么，谈谈风月，讲讲女人，怎样呢？也不行。这是“不革命”。“不革命”虽然无罪，然而是不对的！

现在在南边，只剩了一条“革命文学”的独木小桥，所以外来的许多刊物，便通不过，扑通！扑通！都掉下去了。

但这直捷痛快和神经过敏的状态，其实大半也还是视指挥刀的指挥而转移的。而此时刀尖的挥动，还是横七竖八，方向有个一定之后，或者可以好些罢。然而也不过是“好些”，内中的骨子，恐怕还不外乎窒息，因为这是先天性的遗传。

先前偶然看见一种报上骂郁达夫先生，说他《洪水》上的一篇文章，是不怀好意，恭维汉口。我就去买《洪水》来看，则无非说旧式的崇拜一个英雄，已和现代潮流不合，倒也看不出什么恶意来。这就证明着眼光的钝锐，我和现在的青年文学家已很不同了。所以《语丝》的莫名其妙的失踪，大约也许只是我们自己莫名其妙，而上面的检查员云云，倒是假设的恕词。

至于一四五期以后，这里是全都收到的，大约惟在上海者被押。假如真的被押，我却以为大约也与吴老先生无关。“打倒……打倒……严办……严办……”，固然是他老先生亲笔的话，未免有些责任，但有许多动作却并非他的手脚了。在中国，凡是猛人（这是广州常用的话，其中可以包括名人、能人，阔人三种），都有这种的运命。

无论是何等样人，一成为猛人，则不问其“猛”之大小，我觉得他的身边便总有几个包围的人们，围得水泄不透。那结果，在内，是使该猛人逐渐变成昏庸，有近乎傀儡的趋势。在外，是使别人所看见的并非该猛人的本相，而是经过了包围者的曲折而显现的幻形。至于幻得怎样，则当视包围者是三棱镜呢，还是凸面或凹面而异。假如我们能有一种机会，偶然走到一个猛人的近旁，便可以看见这时包围者的面脸和言动，和对付别的人们的时候有怎样地不同。我们在外面看见一个猛人的亲信，谬妄骄恣，很容易以为该猛人所爱的是这样的人物。殊不知其实是大谬不然的。猛人所看见的他是娇嫩老实，非常可爱，简直说话会口吃，谈天要脸红。老实说一句罢，虽是“世故的老人”如不佞者，有时从旁看来也觉得倒也并不坏。

但同时也就发生了胡乱的矫诏和过度的巴结，而晦气的人物呀、刊物呀、植物呀、矿物呀，则于是乎遭灾。但猛人大抵是不知道的。凡知道一点北京掌故的，该还记得袁世凯做皇帝时候的事罢。要看日报，包围者连报纸都会特印了给他看，民意全部拥戴，舆论一致赞成。直要待到蔡松坡云南起义，这才阿呀一声，连一连吃了二十多个馒头都自己不知道。但这一出戏也就闭幕，袁公的龙驭上宾于天了。

包围者便离开了这一株已倒的大树，去寻求别一个新猛人。

我曾经想做过一篇《包围新论》，先述包围之方法，次论中国之所以永是走老路，原因即在包围，因为猛人虽有起仆兴亡，但包围者永是这一伙。次更论猛人倘能脱离包围，中国就有五成得救。结束是包围脱离法。——然而终于想不出好的方法来，所以这新论也还没有敢动笔。

爱国志士和革命青年幸勿以我为懒于筹画。只开目录而没有文章。我思索是也在思索的，曾经想到了两样法子，但反覆一想，都无用。一，是猛人自己出去看看外面的情形，不要先“清道”。然而虽不“清道”，大家一遇猛人，大抵也会先就改变了本然的情形，再也看不出真模样。二，是广接各样的人物，不为一定的若干人所包围。然而久而久之，也终于有一群制胜，而这最后胜利者的包围力则最强大，归根结蒂，也还是古已有之的运命：龙驭上宾于天。

世事也还是像螺旋。但《语丝》今年特别碰钉子于南方，仿佛得了新境遇，这又是什么缘故呢？这一点，我自以为是容易解答的。

“革命尚未成功”，是这里常见的标语。但由我看来，这仿佛已经成了一句谦虚话，在后方的一大部分的人们的心里，是“革命已经成功”或“将近成功”了。既然已经成功或将近成功，自己又是革命家，也就是中国的主人翁，则对于一切，当然有管理的权利和义务。刊物虽小事，自然也在看管之列。有近于赤化之虑者无论矣，而要说不吉利语，即可以说是颇有近于“反革命”的气息了，至少，也很令人不欢。而《语丝》，是每有不肯凑趣的坏脾气的，则其不免于有时失踪也，盖犹其小焉者耳。

（一九二七年）九月十五日。

“公理之所在”

在广州的一个“学者”说，“鲁迅的话已经说完，《语丝》不必看了。”这是真的，我的话已经说完，去年说的，今年还适用，恐怕明年也还适用。但我诚恳地希望他不至于适用到十年二十年之后。倘这样，中国可就要完了，虽然我倒可以自傲。

公理和正义都被“正人君子”拿去了，所以我已经一无所有。这是我去年说过的话，而今年确也还是如此。然而我虽然一无所有，寻求是还在寻求的，正如每个穷光棍，大抵不会忘记银钱一样。

话也还没有说完。今年，我竟发见了公理之所在了。或者不能说发见，只可以说证实。北京中央公园里不是有一座白石牌坊，上面刻着四个大字道。“公理战胜”么？——yes，就是这个。

这四个字的意思是“有公理者战胜”，也就是“战胜者有公理”。

段执政有卫兵，“孤桐先生”秉政，开枪打败了请愿的学生，胜矣。于是东吉祥胡同的“正人君子”们的“公理”也蓬蓬勃勃。慨自执政退隐，“孤桐先生”“下野”之后，——呜呼，公理亦从而零落矣。哪里去了呢？枪炮战胜了投壶，阿！有了，在南边了。于是乎南下，南下，南下……

于是乎“正人君子”们又和久违的“公理”相见了。

《现代评论》的一千元津贴事件，我一向没有插过嘴，而“主将”也将我拉在里面，乱骂一通，——大约以为我是“首领”之故罢。横竖说也被骂，不说也被骂，我就回敬一杯，问问你们所自称为“现代派”者，今年可曾幡然变计，另外运动，收受了新的战胜者的津贴没有？

还有一问，是：“公理”几块钱一斤？

（一九二七年）

新时代的放债法

还有一种新的“世故”。

先前，我总以为做债主的人是一定要有钱的，近来才知道无须。在“新时代”里，有一种精神的资本家。

你倘说中国像沙漠罢，这资本家便乘机而至了，自称是喷泉。你说社会冷酷罢，他便自说是热；你说周围黑暗罢，他便自说是太阳。

阿！世界上冠冕堂皇的招牌，都被拿去了。岂但拿去而已哉。他还润泽，温暖，照临了你。因为他是喷泉、热、太阳呵！

这是一宗恩典。

不但此也哩。你如有一点产业，那是他赏赐你的。为什么呢？因为倘若他一提倡共产，你的产业便要充公了。但他没有提倡，所以你能有现在的产业。那自然是他赏赐你的。

你如有一个爱人，也是他赏赐你的。为什么呢？因为他是天才而且革命家，许多女性都渴仰到五体投地。他只要说一声“来”！便都飞奔过去了，你的当然也在内。但他不说“来”！所以你得有现在的爱人。那自然也是他赏赐你的。

这又是一宗恩典。

还不但此也哩！他到你那里来的时候，还每回带来一担同情！一百回就是一百担——你如果不知道，那就因为你没有精神的眼睛——经过一年，利上加利，就是二三百担……

阿阿！这又是一宗大恩典。

于是乎是算账了。不得了，这么雄厚的资本，还不够买一个灵魂么？但革命家是客气的，无非要你报答一点，供其使用——其实也不算使用，不过是“帮忙”而已。

倘不如命地“帮忙”，当然，罪大恶极了。先将忘恩负义之罪，布告于天下。而且不但此也，还有许多罪恶，写在账簿上哩，一旦发布，你便要“身败名裂”了。想不“身败名裂”么，只有一条路，就是赶快来“帮忙”以赎罪。

然而我不幸竟看见了“新时代的新青年”的身边藏着这许多账簿，而他们自己对于“身败名裂”又怀着这样天大的恐慌。

于是乎又得新“世故”：关上门，塞好酒瓶，捏紧皮夹。这倒于我很保存了一些润泽、光和热——我是只看见物质的。

（一九二七年）九，十四。

小杂感

蜜蜂的刺，一用即丧失了它自己的生命；犬儒的刺，一用则苟延了他自己的生命。

他们就是如此不同。

约翰穆勒说：专制使人们变成冷嘲。

而他竟不知道共和使人们变成沉默。

要上战场，莫如做军医；要革命，莫如走后方；要杀人，莫如做刽子手。既英雄，又稳当。

与名流学者谈，对于他之所讲，当装作偶有不懂之处。太不懂被看轻，太懂了被厌恶。偶有不懂之处，彼此最为合宜。

世间大抵只知道指挥刀所以指挥武士，而不想到也可以指挥文人。

又是演讲录，又是演讲录。

但可惜都没有讲明他何以和先前大两样了；也没有讲明他演讲时，自己是否真相信自己的话。

阔的聪明人种种譬如昨日死。

不阔的傻子种种实在昨日死。

曾经阔气的要复古，正在阔气的要保持现状，未曾阔气的要革新。

大抵如是。大抵！

他们之所谓复古，是回到他们所记得的若干年前，并非虞夏商周。

女人的天性中有母性，有女儿性；无妻性。

妻性是逼成的；只是母性和女儿性的混合。

防被欺。

自称盗贼的无须防，得其反倒是好人；自称正人君子的必须防，得其反则是盗贼。

楼下一个男人病得要死，那间壁的一家唱着留声机；对面是弄孩子。楼上有两人狂笑；还有打牌声。河中的船上有女人哭着她死去的母亲。

人类的悲欢并不相通，我只觉得他们吵闹。

每一个破衣服人走过，叭儿狗就叫起来，其实并非都是狗主人的意旨或使嗾。

叭儿狗往往比它的主人更严厉。

恐怕有一天总要不准穿破布衫，否则便是共产党。

革命，反革命，不革命。

革命的被杀于反革命的。反革命的被杀于革命的。不革命的或当作革命的而被杀于反革命的，或当作反革命的而被杀于革命的，或并不当作什么而被杀于革命的或反革命的。

革命，革革命，革革革命，革革……

人感到寂寞时，会创作；一感到干净时，即无创作，他已经一无所爱。

创作总根于爱。

杨朱无书。

创作虽说抒写自己的心，但总愿意有人看。

创作是有社会性的。

但有时只要有一个人看便满足：好友，爱人。

人往往憎和尚，憎尼姑，憎回教徒，憎耶教徒，而不憎道士。

懂得此理者，懂得中国大半。

要自杀的人，也会怕大海的汪洋，怕夏天死尸的易烂。

但遇到澄静的清池，凉爽的秋夜，他往往也自杀了。

凡为当局所“诛”者皆有“罪”。

刘邦除秦苛暴，“与父老约，法三章耳”。

而后来仍有族诛，仍禁挟书，还是秦法。

法三章者，话一句耳。

一见短袖子，立刻想到白臂膊，立刻想到全裸体，立刻想到生殖器，立刻想到性交，立刻想到杂交，立刻想到私生子。

中国人的想像惟在这一层能够如此跃进。

（一九二七年）九月二十四日。

革命文学

今年在南方，听得大家叫“革命”，正如去年在北方，听得大家叫“讨赤”的一样盛大。

而这“革命”还侵入文艺界里了。

最近，广州的日报上还有一篇文章指示我们，叫我们应该以四位革命文学家为师法：意大利的唐南遮，德国的霍普德曼，西班牙的伊本纳兹，中国的吴稚晖。

两位帝国主义者，一位本国政府的叛徒，一位国民党救护的发起者，都应该作为革命文学的师法，于是革命文学便莫名其妙了，因为这实在是至难之业。

于是不得已，世间往往误以两种文学为革命文学：一是在一方的指挥刀的掩护之下，斥骂他的敌手的；一是纸面上写着许多“打，打”，“杀，杀”，或“血，血”的。

如果这是“革命文学”，则做“革命文学家”，实在是最痛快而安全的事。

从指挥刀下骂出去，从裁判席上骂下去，从官营的报上骂开去，真是伟哉一世之雄，妙在被骂者不敢开口。而又有人说，这不敢开口，又何其怯也？对手无“杀身成仁”之勇，是

第二条罪状，斯愈足以显革命文学家之英雄。所可惜者只在这文学并非对于强暴者的革命，而是对于失败者的革命。

唐朝人早就知道，穷措大想做富贵诗，多用些“金”“玉”“锦”“绮”字面，自以为豪华，而不知适见其寒蠢。真会写富贵景象的，有道：“笙歌归院落，灯火下楼台，”全不用那些字。“打，打”，“杀，杀”，听去诚然是英勇的，但不过是一面鼓。即使是鼙鼓，倘若前面无敌军，后面无我军，终于不过是一面鼓而已。

我以为根本问题是在作者可是一个“革命人”，倘是的，则无论写的是什么事件，用的是什么材料，即都是“革命文学”。从喷泉里出来的都是水，从血管里出来的都是血。“赋得革命，五言八韵”，是只能骗骗盲试官的。

但“革命人”就稀有。俄国十月革命时，确曾有许多文人愿为革命尽力。但事实的狂风，终于转得他们手足无措。显明的例是诗人叶遂宁的自杀，还有小说家梭波里，他最后的话是：“活不下去了！”

在革命时代有大叫“活不下去了”的勇气，才可以做革命文学。

叶遂宁和梭波里终于不是革命文学家。为什么呢，因为俄国是实在在革命。革命文学家风起云涌的所在，其实是并没有革命的。

（一九二七年）

卢梭和胃口

做过《民约论》的卢梭，自从他还未死掉的时候起，便受人们的责备和迫害，直到现在，责备终于没有完。连在和“民约”没有什么关系的中华民国，也难免这一幕了。

例如商务印书馆出版的《爱弥尔》中文译本的序文上，就说——

……本书的第五编即女子教育，他的主张非但不澈底，而且不承认女子的人格，与前四编的尊重人类相矛盾。……所以在今日看来，他对于人类正当的主张，可说只树得一半。……

然而复旦大学出版的复旦旬刊创刊号上梁实秋教授的意思，却“稍微有点不同”了？其实岂但“稍微”而已耶，乃是“卢梭论教育，无一是处，唯其论女子教育，的确精当”。因为那是“根据于男女的性质与体格的差别而来”的。而近代生物学和心理学研究的结果，又证明着天下没有两个人是无差别。怎样的人就该施以怎样的教育。所以，梁先生说——

我觉得“人”字根本的该从字典里永远注销，或由政府下令永禁行使。因为“人”字的意义太糊涂了。聪明绝顶的人，我们叫他做人，蠢笨如牛的人，也一样的叫做人，弱不禁风的女子，叫做人，粗横强大的男人，也叫做人，人里面的三流九等，无一非人。近代的德谟克拉西的思想，平等的观念，其起源即由于不承认人类的差别。近代所谓的男女平等运动，其起源即由于不承认男女的差别。人格是一个抽象名词，是一个人的身心各方面的特点的总和。人的身心各方面的特点既有差别，实即人格上亦有差别。所谓侮辱人格的，既是不承认一个人特有的人格，卢梭承认女子有女子的人格，所以卢梭正是尊重女子的人格。抹杀女子所特有之特性者，才是侮辱女子人格。

于是势必至于得到这样的结论——

……正当的女子教育应该是使女子成为完全的女子。

那么，所谓正当的教育者，也应该是使"弱不禁风"者，成为完全的"弱不禁风"，"蠢笨如牛"者，成为完全的"蠢笨如牛"，这才免于侮辱各人——此字在未经从字典里永远注销，政府下令永禁行使之前，暂且使用——的人格了。卢梭《爱弥尔》前四编的主张不这样，其"无一是处"，于是可以算无疑。

但这所谓"无一是处"者，也只是对于"聪明绝顶的人"而言，在"蠢笨如牛的人"，却是"正当"的教育。因为看了这样的议论，可以使他更渐近于完全"蠢笨如牛"。这也就是尊重他的人格。

然而这种议论还是不会完结的。为什么呢？一者，因为即使知道说“自然的不平等”，而不容易明白真“自然”和“因积渐的人为而似自然”之分。二者，因为凡有学说，往往“合吾人之胃口者则容纳之，且从而宣扬之”也。

上海一隅，前二年大谈亚诺德，今年大谈白璧德，恐怕也就是胃口之故罢。

许多问题大抵发生于“胃口”，胃口的差别，也正如“人”字一样的——其实这两字也应该呈请政府“下令永禁行使”。我且抄一段同是美国的 Upton Sinclair 的，以尊重另一种人格罢——

> 无论在那一个卢梭的批评家，都有首先应该解决的唯一的问题。为什么你和他吵闹的？要为他的到达点的那自由，平等，调协开路么？还是因为畏惧卢梭所发向世界上的新思想和新感情的激流呢？使对于他取了为父之劳的个人主义运动的全体怀疑，将我们带到女子服从父母，奴隶服从主人，妻子服从丈夫，臣民服从教皇和皇帝，大学生毫不发生疑问，而佩服教授的讲义的善良的古代去，乃是你的目的么？
>
> 阿嶷夫人曰：“最后的一句，好像是对于白璧德教授的一箭似的。”
>
> “奇怪呀，”她的丈夫说。“斯人也而有斯姓也……那一定是上帝的审判了。”

不知道和原意可有错误，因为我是从日本文重译的。书的原名是“Mammonart”，在 California 的 Pasadena 作者自己出版，胃口相近的人们自己弄来看去罢。Mammon 是希腊神话里的财神，art 谁都知道是艺术，可以译作“财神艺术”罢。日本的译名是“拜金艺术”，也行。因为这一个字是作者生造的，政府既没有下令颁行，字典里也大概未曾注入，所以姑且在这里加一点解释。

（一九二七年）十二，二一。

文学和出汗

上海的教授对人讲文学，以为文学当描写永远不变的人性，否则便不久长。例如英国，莎士比亚和别的一两个人所写的是永久不变的人性，所以至今流传，其馀的不这样，就都消灭了云。

这真是所谓“你不说我倒还明白，你越说我越胡涂”了。英国有许多先前的文章不流传，我想，这是总会有的，但竟没有想到它们的消灭，乃因为不写永久不变的人性。现在既然知道了这一层，却更不解它们既已消灭，现在的教授何从看见，却居然断定它们所写的都不是永久不变的人性了。

只要流传的便是好文学，只要消灭的便是坏文学；抢得天下的便是王，抢不到天下的便是贼。莫非中国式的历史论，也将沟通了中国人的文学论欤？

而且，人性是永久不变的么？

类人猿，类猿人，原人，古人，今人，未来的人，……如果生物真会进化，人性就不能永久不变。不说类猿人，就是原人的脾气，我们大约就很难猜得着的，则我们的脾气，恐怕未来的人也未必会明白。要写永久不变的人性，实在难哪。

譬如出汗罢，我想，似乎于古有之，于今也有，将来一定暂时也还有，该可以算得较为“永久不变的人性”了。然而“弱不禁风”的小姐出的是香汗，“蠢笨如牛”的工人出的是臭汗。不知道倘要做长留世上的文字，要充长留世上的文学家，是描写香汗好呢，还是描写臭汗好？这问题倘不先行解决，则在将来文学史上的位置，委实是“岌岌乎殆哉”的。

听说，例如英国，那小说，先前是大抵写给太太小姐们看的，其中自然是香汗多；到十九世纪后半，受了俄国文学的影响，就很有些臭汗气了。哪一种的命长，现在似乎还在不可知之数。

在中国，从道士听论道，从批评家听谈文，都令人毛孔痉挛，汗不敢出。然而这也许倒是中国的永久不变的人性罢。

二七，一二，二三。

文艺和革命

欢喜维特文艺的人们，每在革命地方，便爱说“文艺是革命的先驱”。

我觉得这很可疑。或者外国是如此的罢；中国自有其特别国情，应该在例外。现在妄加编排，以质同志——

1. 革命军。先要有军，才能革命，凡已经革命的地方，都是军队先到的：这是先驱。大军官们也许到得迟一点，但自然也是先驱，无须多说。

(这之前，有时恐怕也有青年潜入宣传，工人起来暗助，但这些人们大抵已经死掉，或则无从查考了，置之不论。)

2. 人民代表。军官们一到，便有人民代表群集车站欢迎，手执国旗，嘴喊口号“革命空气，非常浓厚”：这是第二先驱。

3. 文学家。于是什么革命文学、民众文学、同情文学、飞腾文学都出来了，伟大光明的名称的期刊也出来了，来指导青年的：这是——可惜得很，但也不要紧——第三先驱。

外国是革命军兴以前，就有被迫出国的卢梭，流放极边的珂罗连珂，……

好了，倘若硬要乐观，也可以了。因为我们常听到所谓文学家将要出国的消息，看见新闻上的记载，广告；看见诗；看见文。虽然尚未动身，却也给我们一种“将来学成归国，了不得呀!”的预感，——希望是谁都愿意有的。

（一九二七年）十二月二十四夜零点一分五秒。

拟预言

——一九二九年出现的琐事

有公民某甲上书，请每县各设大学一所，添设监狱两所。被斥。

有公民某乙上书，请将共产主义者之产业作为公产，女眷作为公妻，以惩一儆百。半年不批。某乙忿而反革命，被好友告发，逃入租界。

有大批名人学者及文艺家，从外洋回国，于外洋一切政俗学术文艺，皆已比本国者更为深通，受有学位。但其尤为高超者未入学校。

科学，文艺，军事，经济的连合战线告成。

正月初一，上海有许多新的期刊出版，本子最长大者，为——

文艺又复兴。文艺真正老复兴。宇宙。其大无外。至高无上。太太阳。光明之极。白热以上。新新生命。新新新生命。同情。正义。义旗。刹那。飞狮。地震。阿呀。真真美善。……等等。

同日，美国富豪们联名电贺北京捡煤渣老婆子等，称为“同志”。无从投递，次日退回。

正月初三，哲学与小说同时灭亡。

有提倡“一我主义”者，几被查禁。后来查得议论并不新异，着无庸议，听其自然。

有公民某丙著论，谓当“以党治国”，即被批评家们痛驳，谓“久已如此，而还要多说，实属不明大势，昏愦胡涂”。

谣传有男女青年四万一千九百二十六人失踪。

蒙古亲近赤俄，公决革出五族，以侨华白俄补缺，仍为“五族共和”，各界提灯庆祝。

《小说月报》出“列入世界文学两周年纪念”号，定购全年者，各送优待券一张，购书照定价八五折。

“古今史疑大全”出版，有名人学者往来信札函件批语颂辞共二千五百馀封，编者自传二百五十馀叶，广告登在《艺术界》，谓所费邮票，即已不赀，其价值可想。

美国开演“玉堂春”影片，白璧德教授评为决非卢梭所及。

在中国的法斯德挑同情一担，访郭沫若，见郭穷极，失望而去。

有在朝者数人下野；有在野者多人下坑。

绑票公司股票涨至三倍半。

女界恐乳大或有被割之险，仍旧束胸，家长多被罚洋五十元，国帑更裕。

有博士讲“经济学精义”，只用两句，云：“铜板换角子，角子换大洋。”全世界敬服。

有革命文学家将马克思学说推翻，这只用一句，云：“什么马克思牛克思。”全世界敬服，犹太人大惭。

新诗“雇人哭丧假哼哼体”流行。

茶店、浴堂、麻花摊，皆寄售《现代评论》。

赤贼完全消灭，安那其主义将于四百九十八年后实行。

（一九二七年）

怎么写

——夜记之一

写什么是一个问题，怎么写又是一个问题。

今年不大写东西，而写给《莽原》的尤其少。我自己明白这原因。说起来是极可笑的，就因为它纸张好。有时有一点杂感，仔细一看，觉得没有什么大意思，不要去填黑了那么洁白的纸张，便废然而止了。好的又没有。我的头里是如此地荒芜、浅陋、空虚。

可谈的问题自然多得很，自宇宙以至社会国家，高超的还有文明，文艺。古来许多人谈过了，将来要谈的人也将无穷无尽。但我都不会谈。记得还是去年躲在厦门岛上的时候，因为太讨人厌了，终于得到"敬鬼神而远之"式的待遇，被供在图书馆楼上的一间屋子里。白天还有馆员，钉书匠，阅书的学生，夜九时后，一切星散，一所很大的洋楼里，除我以外，没有别人。我沉静下去了。寂静浓到如酒，令人微醺。望后街外骨立的乱山中许多白点，是丛冢；一粒深黄色火，是南普陀寺的琉璃灯。前面则海天微茫，黑絮一般的夜色简直似乎要扑到心坎里。我靠了石栏远眺，听得自己的心音，四远还仿佛有无量悲哀、苦恼、零落、死灭，都杂入这寂静中，使它变成药酒，加色，加味，加香。这时，我曾经想要写，但是不能写，无从写。这也就是我所谓“当我沉默着的时候，我觉得充实，我将开口，同时感到空虚”。

莫非这就是一点“世界苦恼”么？我有时想。然而大约又不是的，这不过是淡淡的哀愁，中间还带些愉快。我想接近它，但我愈想，它却愈渺茫了，几乎就要发见仅只我独自倚着石栏，此外一无所有。必须待到我忘了努力，才又感到淡淡的哀愁。

那结果却大抵不很高明。腿上钢针似的一刺，我便不假思索地用手掌向痛处直拍下去，同时只知道蚊子在咬我，什么哀愁，什么夜色，都飞到九霄云外去了，连靠过的石栏也不再放在心里。而且这还是现在的话，那时呢，回想起来，是连不将石栏放在心里的事也没有想到的。仍是不假思索地走进房里去，坐在一把唯一的半躺椅——躺不直的籐椅子——上，抚摩着蚊喙的伤，直到它由痛转痒，渐渐肿成一个小疙瘩。我也就从抚摩转成搔，掐，直到它由痒转痛，比较地能够打熬。

此后的结果就更不高明了，往往是坐在电灯下吃柚子。

虽然不过是蚊子的一叮，总是本身上的事来得切实。能不写自然更快活，倘非写不可，我想，也只能写一些这类小事情，而还万不能写得正如那一天所身受的显明深切。而况千叮万叮，而况一刀一枪，那是写不出来的。

尼采爱看血写的书。但我想，血写的文章，怕未必有罢。

文章总是墨写的，血写的倒不过是血迹。它比文章自然更惊心动魄，更直截分明，然而容易变色，容易消磨。这一点，就要任凭文学逞能，恰如冢中的白骨，往古来今，总要以它的永久来傲视少女颊上的轻红似的。

能不写自然更快活，倘非写不可，我想，就是随便写写罢，横竖也只能如此。这些都应该和时光一同消逝，假使会比血迹永远鲜活，也只足证明文人是侥幸者，是乖角儿。但真的血写的书，当然不在此例。

当我这样想的时候，便觉得“写什么”倒也不成什么问题了。

“怎样写”的问题，我是一向未曾想到的。初知道世界上有着这么一个问题，还不过两星期之前。那时偶然上街，偶然走进丁卜书店去，偶然看见一叠《这样做》，便买取了一本。这是一种期刊，封面上画着一个骑马的少年兵士。我一向有一种偏见，凡书面上画着这样的兵士和手捏铁锄的农工的刊物，是不大去涉略的，因为我总疑心它是宣传品。发抒自己的意见，结果弄成带些宣传气味了的伊孛生等辈的作品，我看了倒并不发烦。但对于先有了“宣传”两个大字的题目，然后发出议论来的文艺作品，却总有些格格不入，那不能直吞下去的模样，就和雒诵教训文学的时候相同。但这这样做却又有些特别，因为我还记得日报上曾经说过，是和我有关系的。也是凡事切己，则格外关心的一例罢，我便再不怕书面上的骑马的英雄，将它买来了。回来后一检查剪存的旧报，还在的，日子是三月七日，可惜没有注明报纸的名目，但不是《民国日报》，便是《国民新闻》，因为我那时所看的只有这两种。下面抄一点报上的话：——

> 自鲁迅先生南来后，一扫广州文学之寂寞，先后创办者有《做什么》《这样做》两刊物。闻《这样做》为革命文学社定期出版物之一，内容注重革命文艺及本党主义之宣传。……

开首的两句话有些含混，说我都与闻其事的也可以，说因我“南来”了而别人创办的也通。但我是全不知情。当初将日报剪存，大概是想调查一下的，后来却又忘却，搁下了。现在还记得《做什么》出版后，曾经送给我五本。我觉得这团体是共产青年主持的，因为其中有“坚如”三石”等署名，该是毕磊，通信处也是他。他还曾将十来本《少年先锋》送给我，而这刊物里面则分明是共产青年所作的东西。果然，毕磊君大约确是共产党，于四月十八日从中山大学被捕。据我的推测，他一定早已不在这世上了，这看去很是瘦小精干的湖南的青年。

《这样做》却在两星期以前才见面，已经出到七八期合册了。第六期没有，或者说被禁止，或者说未刊，莫衷一是，我便买了一本七八合册和第五期。看日报的记事便知道，这该是和《做什么》反对，或对立的。我拿回来，倒看上去，通讯栏里就这样说：“在一般 CP 气焰盛张之时，……而你们一觉悟起来，马上退出 CP，不只是光退出便了事，尤其值得 CP 气死的，就是破天荒的接二连三的退出共产党登报声明。……”那么，确是如此了。

这里又即刻出了一个问题。为什么这么大相反对的两种刊物，都因我“南来”而“先后创办”呢？这在我自己，是容易解答的：因为我新来而且灰色。但要讲起来，怕又有些话长，现在姑且保留，待有相当的机会时再说罢。

这回且说我看《这样做》。看过通讯，懒得倒翻上去了，于是看目录。忽而看见一个题目道：《郁达夫先生休矣》，便又起了好奇心，立刻看文章。这还是切己的琐事总比世界的哀愁关心的老例，达夫先生是我所认识的，怎么要他“休矣”了呢？急于要知道。假使说的是张龙赵虎，或是我素昧平生的伟人，老实说罢，我决不会如此留心。

原来是达夫先生在《洪水》上有一篇《在方向转换的途中》，说这一二次的革命是阶级斗争的理论的实现，而记者则以为是民族革命的理论的实现。大约还有英雄主义不适宜于今日等类的话罢，所以便被认为“中伤”和“挑拨离间”，非“休矣”不可了。

我在电灯下回想，达夫先生我见过好几面，谈过好几回，只觉他稳健和平，不至于得罪于人，更何况得罪于国。怎么一下子就这么流于“偏激”了？我倒要看看《洪水》。

这期刊，听说在广西是被禁止的了，广东倒还有。我得到的是第三卷第二十九至三十二期。照例的坏脾气，从三十二期倒看上去，不久便翻到第一篇《日记文学》，也是达夫先生做的，于是便不再去寻《在方向转换的途中》，变成看谈文学了。我这种模模胡胡的看法，自己也明知道是不对的，但《怎么写》的问题，却就出在那里面。

作者的意思，大略是说凡文学家的作品，多少总带点自叙传的色彩的，若以第三人称来写出，则时常有误成第一人称的地方。而且叙述这第三人称的主人公的心理状态过于详细时，读者会疑心这别人的心思，作者何以会晓得得这样精细？于是那一种幻灭之感，就使文学的真实性消失了。所以散文作品中最便当的体裁，是日记体，其次是书简体。

这诚然也值得讨论的。但我想，体裁似乎不关重要。上文的第一缺点，是读者的粗心。但只要知道作品大抵是作者借别人以叙自己，或以自己推测别人的东西，便不至于感到幻灭，即使有时不合事实，然而还是真实。其真实，正与用第三人称时或误用第一人称时毫无不同。倘有读者只执滞于体裁，只求没有破绽，那就以看新闻记事为宜，对于文艺，活该幻灭。而其幻灭也不足惜，因为这不是真的幻灭，正如查不出大观园的遗迹，而不满于《红楼梦》者相同。倘作者如此牺牲了抒写的自由，即使极小部分，也无异于削足适履的。

第二种缺陷，在中国也已经是颇古的问题。纪晓岚攻击蒲留仙的《聊斋志异》，就在这一点。两人密语，决不肯泄，又不为第三人所闻，作者何从知之，所以他的《阅微草堂笔记》，竭力只写事状，而避去心思和密语。但有时又落了自设的陷阱，于是只得以《春秋左氏传》的“浑良夫梦中之噪”来解嘲。他的支绌的原因，是在要使读者信一切所写为事实，靠事实来取得真实性，所以一与事实相左，那真实性也随即灭亡。如果他先意识到这一切是创作，即是他个人的造作，便自然没有一切挂碍了。

一般的幻灭的悲哀，我以为不在假，而在以假为真。记得年幼时，很喜欢看变戏法，猢狲骑羊，石子变白鸽，最末是将一个孩子刺死，盖上被单，一个江北口音的人向观众装出撒钱模样道：Huazaa！Huazaa！大概是谁都知道，孩子并没有死，喷出来的是装在刀柄里的苏木汁，Huazaa一够，他便会跳起来的。但还是出神地看着，明明意识着这是戏法，而全心沉浸在这戏法中。万一变戏法的定要做得真实，买了小棺材，装进孩子去，哭着抬走，倒反索然无味了。这时候，连戏法的真实也消失了。

我宁看《红楼梦》，却不愿看新出的《林黛玉日记》，它一页能够使我不舒服小半天。《板桥家书》我也不喜欢看，不如读他的《道情》。我所不喜欢的是他题了家书两个字。那么，为什么刻了出来给许多人看的呢？不免有些装腔。幻灭之来，多不在假中见真，而在真中见假。日记体，书简体，写起来也许便当得多罢？但也极容易起幻灭之感；而一起则大抵很厉害，因为它起先模样装得真。

《越缦堂日记》近来已极风行了，我看了却总觉得他每次要留给我一点很不舒服的东西。为什么呢？一是钞上谕。大概是受了何焯的故事的影响的，他提防有一天要蒙“御览”。二是许多墨涂。写了尚且涂去，该有许多不写的罢？三是早给人家看，钞，自以为一部著作了。我觉得从中看不见李慈铭的心，却时时看到一些做作，仿佛受了欺骗；翻翻一部小说，虽是很荒唐，浅陋，不合理，倒从来不起这样的感觉的。

听说后来胡适之先生也在做日记，并且给人传观了。照文学进化的理论讲起来，一定该好得多。我希望他提前陆续的印出。

但我想，散文的体裁，其实是大可以随便的．有破绽也不妨。做作的写信和日记，恐怕也还不免有破绽，而一有破绽，便破灭到不可收拾了。与其防破绽，不如忘破绽。

（一九二七年）

在钟楼上

——夜记之二

也还是我在厦门的时候，柏生从广州来，告诉我说，爱而君也在那里了。大概是来寻求新的生命的罢，曾经写了一封长信给K委员，说明自己的过去和将来的志望。

“你知道有一个叫爱而的么，他写了一封长信给我，我没有看完。其实，这种文学家的样子，写长信，就是反革命的！”有一天，K委员对柏生说。

又有一天，柏生又告诉了爱而，爱而跳起来道：

“怎么？……怎么说我是反革命的呢?!”

厦门还正是和暖的深秋，野石榴开在山中，黄的花——不知道叫什么名字——开在楼下。我在用花岗石墙包围着的楼屋里听到这小小的故事，K委员的眉头打结的正经的脸，爱而的活泼中带着沉闷的年青的脸，便一齐在眼前出现，又仿佛如见当K委员的眉头打结的面前，爱而跳了起来，——我不禁从窗隙间望着远天失笑了。

但同时也记起了苏俄曾经有名的诗人，《十二个》的作者勃洛克的话来：——

> 共产党不妨碍做诗，但于觉得自己是大作家的事却有妨碍。大作家者，是感觉自己一切创作的核心，在自己里面保持着规律的。

共产党和诗，革命和长信，真有这样地不相容么，我想。

以上是那时的我想。这时我又想，在这里有插入几句声明的必要：——

我不过说是变革和文艺之不相容，并非在暗示那时的广州政府是共产政府或委员是共产党。这些事我一点不知道。只有若干已经“正法”的人们，至今不听见有人鸣冤或冤鬼诉苦，想来一定是真的共产党罢。至于有一些，则一时虽然从一方面得了这样的谥号，但后来两方相见，杯酒言欢，就明白先前都是误解，其实是本来可以合作的。

必要已毕，于是放心回到本题。却说爱而君不久也给了我一封信，通知我已经有了工作了。信不甚长，大约还有被冤为“反革命”的馀痛罢。但又发出牢骚来：一，给他坐在饭锅旁边，无聊得很；二，有一回正在按风琴，一个漠不相识的女郎来送给他一包点心，就弄得他神经过敏，以为北方女子太死板而南方女子太活泼，不禁“感慨系之矣”了。

关于第一点，我在秋蚊围攻中所写的回信中置之不答。夫面前无饭锅而觉得无聊，觉得苦痛，人之常情也，现在已见饭锅，还要无聊，则明明是发了革命热。老实说，远地方在革命，不相识的人们在革命，我是的确有点高兴听的，然而——没有法子，索性老实说罢，——如果我的身边革起命来，或者我所熟识的人去革命，我就没有这么高兴听。有人说我应该拼命去革命，我自然不敢不以为然，但如叫我静静地坐下，调给我一杯罐头牛奶喝，我往往更感激。但是，倘说，你就死心塌地地从饭锅里装饭吃罢，那是不像样的；然而叫他离开饭锅去拼命，却又说不出口，因为爱而是我的极熟的熟人。于是只好袭用仙传的古法，装聋作哑，置之不问不闻之列。只对于第二点加以猛烈的教诫，大致是说他“死板”和“活泼”既然都不赞成，即等于主张女性应该不死不活，那是万分不对的。

约略一个多月之后，我抱着和爱而一类的梦，到了广州，在饭锅旁边坐下时，他早已不在那里了，也许竟并没有接到我的信。

我住的是中山大学中最中央而最高的处所，通称“大钟楼”。一月之后，听得一个戴瓜皮小帽的秘书说，才知道这是最优待的住所，非“主任”之流是不准住的。但后来我一搬出，又听说就给一位办事员住进去了，莫名其妙。不过当我住在那里的时候，总还是非主任之流即不准住的地方，所以直到知道办事员搬进去了的那一天为止，我总是常常又感激，又惭愧。

然而这优待室却并非容易居住的所在，至少的缺点，是不很能够睡觉的。一到夜间，便有十多匹——也许二十来匹罢，我不能知道确数——老鼠出现，驰骋文坛，什么都不管。只要可吃的，它就吃，并且能开盒子盖，广州中山大学里非主任之流即不准住的楼上的老鼠，仿佛也特别聪明似的，我在别地方未曾遇到过。到清晨呢，就有“工友”们大声唱歌，——我所不懂的歌。

白天，来访的本省的青年，却大抵怀着非常的好意的。有几个热心于改革的，还希望我对于广州的缺点加以激烈的攻击。这热诚很使我感动，但我终于说是还未熟悉本地的情形，而且已经革命，觉得无甚可以攻击之处，轻轻地推却了。那当然要使他们很失望的，过了几天，尸一君就在《新时代》上说：——

……我们中几个很不以他这句话为然，我们以为我们还有许多可骂的地方，我们正想骂骂自己，难道鲁迅先生竟看不出我们的缺点么？……

其实呢，我的话一半是真的。我何尝不想了解广州，批评广州呢，无奈慨自被供在大钟楼上以来，工友以我为教授，学生以我为先生，广州人以我为“外江佬”，孤孑特立，无从考查。而最大的阻碍则是言语。直到我离开广州的时候止，我所知道的言语，除一二三四……等数目外，只有一句凡有外江佬几乎无不因为特别而记住的 hanbaran（统统）和一句凡有学习异地言语者几乎无不最容易学得而记住的骂人话 tiu-na-ma 而已。

这两句有时也有用。那是我已经搬在白云路寓屋里的时候了，有一天，巡警捉住了一个窃取电灯的偷儿，那管屋的陈公便跟着一面骂，一面打，骂了一大套，而我从中只听懂了这两句。然而似乎已经全懂得，心里想：“他所说的，大约是因为屋外的电灯几乎 hanbaran 被他偷去，所以要 tiu-na-ma 了。”于是就仿佛解决了一件大问题似的，即刻安心归坐，自去再编我的《唐宋传奇集》。

但究竟不知道是否真如此。私自推测是无妨的，倘若据以论广州，却未免太卤莽罢。

但虽只这两句，我却发见了吾师太炎先生的错处了。记得先生在日本给我们讲文字学时，曾说山海经上“其州在尾上”的“州”是女性生殖器。这古语至今还留存在广东，读若 tiu。故 tiuhei 二字，当写作“州戏”，名词在前，动词在后的。我不记得他后来可曾将此说记在《新方言》里，但由今观之，则“州”乃动词，非名词也。

至于我说无甚可以攻击之处的话，那可的确是虚言。其实是，那时我于广州无爱憎，因而也就无欣戚，无褒贬。我抱着梦幻而来，一遇实际，便被从梦境放逐了，不过剩下些索漠。我觉得广州究竟是中国的一部分，虽然奇异的花果，特别的语言，可以淆乱游子的耳目，但实际是和我所走过的别处都差不多的。倘说中国是一幅画出的不类人间的图，则各省的图样实无不同，差异的只在所用的颜色。黄河以北的几省，是黄色和灰色画的，江浙是淡黑和淡绿，厦门是淡红和灰色，广州是深绿和深红。我那时觉得似乎其实未曾游行，所以也没有特别的骂詈之辞，要专一倾注在素馨和香蕉上。——但这也许是后来的回忆的感觉，那时其实是还没有如此分明的。

到后来，却有些改变了，往往斗胆说几句坏话。然而有什么用呢？在一处演讲时，我说广州的人民并无力量，所以这里可以做“革命的策源地”，也可以做反革命的策源地……当译成广东话时，我觉得这几句话似乎被删掉了。给一处做文章时，我说青天白日旗插远去，信徒一定加多。但有如大乘佛教一般，待到居士也算佛子的时候，往往戒律荡然，不知道是佛教的弘通，还是佛教的败坏？……然而终于没有印出，不知所往了……

广东的花果，在“外江佬”的眼里，自然依然是奇特的。我所最爱吃的是“杨桃”，滑而脆、酸而甜，做成罐头的，完全失却了本味。汕头的一种较大，却是“三廉”，不中吃了。我常常宣传杨桃的功德，吃的人大抵赞同，这是我这一年中最卓著的成绩。

在钟楼上的第二月，即戴了“教务主任”的纸冠的时候，是忙碌的时期。学校大事，盖无过于补考与开课，也与别的一切学校同。于是点头开会，排时间表，发通知书，秘藏题目，分配卷子，……于是又开会，讨论，计分，发榜。工友规矩，下午五点以后是不做工的，于是一个事务员请门房帮忙，连夜贴一丈多长的榜。但到第二天的早晨，就被撕掉了，于是又写榜。于是辩论：分数多寡的辩论；及格与否的辩论；教员有无私心的辩论；优待革命青年，优待的程度，我说已优，他说未优的辩论；补救落第，我说权不在我，他说在我，我说无法，他说有法的辩论；试题的难易，我说不难，他说太难的辩论；还有因为有族人在台湾，自己也可以算作台湾人，取得优待“被压迫民族”的特权与否的辩论；还有人本无名，所以无所谓冒名顶替的玄学底辩论……这样地一天一天的过去，而每夜是十多匹——或二十匹——老鼠的驰骋，早上是三位工友的响亮的歌声。

现在想起那时的辩论来，人是多么和有限的生命开着玩笑呵。然而那时却并无怨尤，只有一事觉得颇为变得特别：对于收到的长信渐渐有些仇视了。

这种长信，本是常常收到的，一向并不为奇。但这时竟渐嫌其长，如果看完一张，还未说出本意，便觉得烦厌。有时见熟人在旁，就托付他，请他看后告诉我信中的主旨。

“不错。‘写长信，就是反革命的！’”我一面想。

我当时是否也如K委员似的眉头打结呢，未曾照镜，不得而知。仅记得即刻也自觉到我的开会和辩论的生涯，似乎难以称为“在革命”，为自便计，将前判加以修正了：——

“不。‘反革命’太重，应该说是“不革命”的。然而还太重。其实是——写长信，不过是吃得太闲空罢了。”

有人说，文化之兴，须有馀裕，据我在钟楼上的经验，大致是真的罢。闲人所造的文化，自然只适宜于闲人，近来有些人磨拳擦掌，大鸣不平，正是毫不足怪，——其实，便是这钟楼，也何尝不造得蹊跷。但是，四万万男女同胞，侨胞，异胞之中，有的是“饱食终日，无所用心”，有的是“群居终日，言不及义”。怎不造出相当的文艺来呢？只说文艺，范围小，容易些。那结论只好是这样；有馀裕，未必能创作；而要创作，是必须有馀裕的。故“花呀月呀”，不出于啼饥号寒者之口，而“一手奠定中国的文坛”，亦为苦工猪仔所不敢望也。

我以为这一说于我倒是很好的，我已经自觉到自己久已不动笔，但这事却应该归罪于匆忙。

大约就在这时候，《新时代》上又发表了一篇《鲁迅先生往那里躲》，宋云彬先生做的。文中有这样的对于我的警告：——

他到了中大，不但不曾恢复他“呐喊”的勇气，并且似乎在说“在北方时受着种种压迫，种种刺激，到这里来没有压迫和刺激，也就无话可说了”。噫嘻！异哉！鲁迅先生竟跑出了现社会，躲向牛角尖里去了。旧社会死去的苦痛，新社会生出的苦痛，多多少放在他眼前，他竟熟视无睹！他把人生的镜子藏起来了，他把自己回复到过去时代去了。噫嘻！异哉！鲁迅先生躲避了。

而编辑者还很客气，用案语声明着这是对于我的好意的希望和怂恿，并非恶意的笑骂的文章。这是我很明白的，记得看见时颇为感动。因此也曾想如上文所说的那样，写一点东西，声明我虽不呐喊，却正在辩论和开会，有时一天只吃一顿饭，有时只吃一条鱼，也还未失掉了勇气。“在钟楼上”就是预定的题目。然而一则还是因为辩论和开会，二则因为篇首引有拉狄克的两句话，另外又引起了我许多杂乱的感想，很想说出，终于反而搁下了。那两句话是；——

在一个最大的社会改变的时代，文学家不能做旁观者！

但拉狄克的话，是为了叶遂宁和梭波里的自杀而发的。他那一篇《无家可归的艺术家》译载在一种期刊上时，曾经使我发生过暂时的思索，我因此知道凡有革命以前的幻想或理想的革命诗人，很可有碰死在自己所讴歌希望的现实上的运命；而现实的革命倘不粉碎了这类诗人的幻想或理想，则这革命也还是布告上的空谈。但叶遂宁和梭波里是未可厚非的，他们先后给自己唱了挽歌，他们有真实。他们以自己的沉没，证明着革命的前行。他们到底并不是旁观者。

但我初到广州的时候，有时确也感到一点小康。前几年在北方，常常看见压迫党人，看见捕杀青年，到那里可都看不见了。后来才悟到这不过是“奉旨革命”的现象，然而在梦中时是委实有些舒服的。假使我早做了“在钟楼上”，文字也许不如此。无奈已经到了现在，又经过目睹“打倒反革命”的事实，纯然的那时的心情，实在无从追蹑了。现在就只好是这样罢。

（一九二七年）

文艺与革命

冬芬先生：

我不是批评家，因此也不是艺术家，因为现在要做一个什么家，总非自己或熟人兼做批评不可，没有一伙，是不行的，至少，在现在的上海滩上。因为并非艺术家，所以并不以为艺术特别崇高，正如自己不卖膏药，便不来打拳赞药一样。我以为这不过是一种社会现象，是时代的人生记录，人类如果进步，则无论他所写的是外表，是内心，总要陈旧，以至灭亡的。不过近来的批评家，似乎很怕这两个字，只想在文学上成仙。

各种主义的名称的勃兴，也是必然的现象。世界上时时有革命，自然会有革命文学。世界上的民众很有些觉醒了，虽然有许多在受难，但也有多少占权，那自然也会有民众文学——说得澈底一点，则第四阶级文学。

中国的批评界怎样的趋势，我却不大了然，也不很注意。就耳目所及，只觉得各专家所用的尺度非常多，有英国美国尺，有德国尺，有俄国尺，有日本尺，自然又有中国尺，或者兼用各种尺。有的说要真正，有的说要斗争，有的说要超时代，有的躲在人背后说几句短短的冷话。还有，是自己摆着文艺批评家的架子，而憎恶别人的鼓吹了创作。倘无创作，将批评什么呢，这是我最所不能懂得他的心肠的。

别的此刻不谈。现在所号称革命文学家者，是斗争和所谓超时代。超时代其实就是逃避，倘自己没有正视现实的勇气，又要挂革命的招牌，便自觉地或不自觉地必然地要走入那一条路的。身在现世，怎么离去？这是和说自己用手提着耳朵，就可以离开地球者一样地欺人。社会停滞着，文艺决不能独自飞跃，若在这停滞的社会里居然滋长了，那倒是为这社会所容，已经离开革命，其结果，不过多卖几本刊物，或在大商店的刊物上挣得揭载稿子的机会罢了。

斗争呢，我倒以为是对的。人被压迫了，为什么不斗争？正人君子者流深怕这一着，于是大骂"偏激"之可恶，以为人人应该相爱，现在被一班坏东西教坏了。他们饱人大约是爱饿人的，但饿人却不爱饱人，黄巢时候，人相食，饿人尚且不爱饿人，这实在无须斗争文学作怪。我是不相信文艺的旋乾转坤的力量的，但倘有人要在别方面应用他，我以为也可以。譬如"宣传"就是。

美国的辛克来儿说：一切文艺是宣传。我们的革命的文学者曾经当作宝贝，用大字印出过；而严肃的批评家又说他是"浅薄的社会主义者"。但我——也浅薄——相信辛克来儿的话。一切文艺，是宣传，只要你一给人看。即使个人主义的作品，一写出，就有宣传的可能，除非你不作文，不开口。那么，用于革命，作为工具的一种，自然也可以的。

但我以为当先求内容的充实和技巧的上达，不必忙于挂招牌。“稻香村”，“陆稿荐”，已经不能打动人心了，“皇太后鞋店”的顾客，我看见也并不比“皇后鞋店”里的多。一说“技巧”，革命文学家是又要讨厌的。但我以为一切文艺固是宣传，而一切宣传却并非全是文艺，这正如一切花皆有色（我将白也算作色），而凡颜色未必都是花一样。革命之所以于口号、标语、布告、电报、教科书……之外，要用文艺者，就因为它是文艺。

但中国之所谓革命文学，似乎又作别论。招牌是挂了，却只在吹嘘同伙的文章，而对于目前的暴力和黑暗不敢正视。作品虽然也有些发表了，但往往是拙劣到连报章记事都不如；或则将剧本的动作辞句都推到演员的“昨日的文学家”身上去。那么，剩下来的思想的内容一定是很革命底了罢，我给你看两句冯乃超的剧本的结末的的警句：——

野雉：我再不怕黑暗了。

偷儿：我们反抗去！

鲁迅。四月四日。

（一九二八年）

扁

中国文艺界上可怕的现象，是在仅先输入名词，而并不绍介这名词的函义。

于是各各以意为之。看见作品上多讲自己，便称之为表现主义；多讲别人，是写实主义；见女郎小腿肚作诗，是浪漫主义；见女郎小腿肚不准作诗，是古典主义；天上掉下一颗头，头上站着一头牛，爱呀，海中央的青霹雳呀……是未来主义……等等。

还要由此生出议论来。这个主义好，那个主义坏……等等。

乡间一向有一个笑谈：两位近视眼要比眼力，无可质证，便约定到关帝庙去看这一天新挂的扁额。他们都从漆匠探得字句。但因为探来的详略不同，只知道大字的那一个便不服，争执起来了，说看见小字的人是说谎的。又无可质证，只好一同探问一个过路的人。那人望了一望，回答道："什么也没有。扁还没有挂哩。"

我想，在文艺批评上要比眼力，也总得先有那块扁额挂起来才行。空空洞洞的争，实在只有两面自己心里明白。

（一九二八年）四月十日。

路

又记起了 Gogol 做的《巡按使》的故事：——

中国也译出过的。一个乡间忽然纷传皇帝使者要来私访了，官员们都很恐怖，在客栈里寻到一个疑似的人，便硬拉来奉承了一通。等到奉承十足之后，那人跑了，而听说使者真到了，全台演了一个哑口无言剧收场。

上海的文界今年是恭迎无产阶级文学使者，沸沸扬扬，说是要来了。问问黄包车夫，车夫说并未派遣。这车夫的本阶级意识形态不行，早被别阶级弄歪曲了罢。另外有人把握着，但不一定是工人。于是只好在大屋子里寻，在客店里寻，在洋人家里寻，在书铺子里寻，在咖啡馆里寻……

文艺家的眼光要超时代，所以到否虽不可知，也须先行拥彗清道，或者伛偻奉迎。于是做人便难起来，口头不说“无产”便是“非革命”，还好；“非革命”即是“反革命”，可就险了。这真要没有出路。

现在的人间也还是“大王好见，小鬼难当”的处所，出路是有的。何以无呢？只因多鬼祟，他们将一切路都要糟蹋了。这些都不要，才是出路。自己坦坦白白，声明了因为没法子，只好暂在炮屁股上挂一挂招牌，倒也是出路的萌芽。

“地火在地下运行，奔突；熔岩一旦喷出，将烧尽一切野草，以及乔木，于是并且无可朽腐。

“但我坦然，欣然。我将大笑，我将歌唱。”（《野草》序）

还只说说，而革命文学家似乎不敢看见了，如果因此觉得没有了出路，那可实在是很可怜，令我也有些不忍再动笔了。

（一九二八年）四月十日。

太平诀歌

四月六日的《申报》上有这样的一段记事：——

> 南京市近日忽发现一种无稽谣传，谓总理墓行将工竣，石匠有摄收幼童灵魂，以合龙口之举。市民以讹传讹，自相惊扰，因而家家幼童，左肩各悬红布一方，上书歌诀四句，借避危险。其歌诀约有三种：（一）人来叫我魂，自叫自当承。叫人叫不着，自己顶石坟。（二）石叫石和尚，自叫自承当。急早回家转，免去顶坟坛。（三）你造中山墓，与我何相干？一叫魂不去，再叫自承当。（后略）

这三首中的无论哪一首，虽只寥寥二十字，但将市民的见解：对于革命政府的关系，对于革命者的感情，都已经写得淋漓尽致。虽有善于暴露社会黑暗面的文学家，恐怕也难有做到这么简明深切的了。“叫人叫不着，自己顶石坟”则竟包括了许多革命者的传记和一部中国革命的历史。

看看有些人们的文字，似乎硬要说现在是“黎明之前”。然而市民是这样的市民，黎明也好，黄昏也好，革命者们总不能不背着这一伙市民进行。鸡肋，弃之不甘，食之无味，就要这样地牵缠下去。五十一年后能否就有出路，是毫无把握的。

近来的革命文学家往往特别畏惧黑暗，掩藏黑暗，但市民却毫不客气，自己表现了。那小巧的机灵和这厚重的麻木相撞，便使革命文学家不敢正视社会现象，变成婆婆妈妈，欢迎喜鹊，憎厌枭鸣，只检一点吉祥之兆来陶醉自己，于是就算超出了时代。

恭喜的英雄，你前去罢，被遗弃了的现实的现代，在后面恭送你的行旌。

但其实还是同在。你不过闭了眼睛。不过眼睛一闭，“顶石坟”却可以不至于了，这就是你的“最后的胜利”。

（一九三八年）四月十日。

铲共大观

仍是四月六日的《申报》上，又有一段《长沙通信》，叙湘省破获共产党省委会，“处死刑者三十馀人，黄花节斩决八名”。其中有几处文笔做得极好，抄一点在下面：——

> ……是日执行之后，因马（淑纯，十六岁；志纯，十四岁）傅（凤君，二十四岁）三犯，系属女性，全城男女往观者，终日人山人海，拥挤不通。加以共魁郭亮之首级，又悬之司门口示众，往观者更众。司门口八角亭一带，交通为之断绝。计南门一带民众，则看郭亮首级后，又赴教育会看女尸。北门一带民众，则在教育会看女尸后，又往司门口看郭首级。全城扰攘，铲共空气，为之骤张；直至晚间，观者始不似日间之拥挤。

抄完之后，觉得颇不妥。因为我就想发一点议论，然而立刻又想到恐怕一面有人疑心我在冷嘲（有人说，我是只喜欢冷嘲的），一面又有人责罚我传播黑暗，因此咒我灭亡，自己带着一切黑暗到地底里去。但我熬不住，——别的议论就少发一点罢，单从“为艺术的艺术”说起来，你看这不过一百五六十字的文章，就多么有力。我一读，便仿佛看见司门口挂着一颗头，教育会前列着三具不连头的女尸。而且至少是赤膊的，——但这也许我猜得不对，是我自己太黑暗之故。而许多“民众”，一批是由北往南，一批是由南往北，挤着，嚷着……再添一点蛇足，是脸上都表现着或者正在神往，或者已经满足的神情。在我所见的“革命文学”或“写实文学”中，还没有遇到过这么强有力的文学。批评家罗喀绥夫斯奇说的罢：“安特列夫竭力要我们恐怖，我们却并不怕；契诃夫不这样，我们倒恐怖了。”这百馀字实在抵得上小说一大堆，何况又是事实。

且住。再说下去，恐怕有些英雄们又要责我散布黑暗，阻碍革命了。一理是也有一理的，现在易犯嫌疑，忠实同志被误解为共党，或关或释的，报上向来常见。万一不幸，沉冤莫白，那真是……倘使常常提起这些来，也许未免会短壮士之气。但是，革命被头挂退的事是很少有的，革命的完结，大概只由于投机者的潜入：也就是内里蛀空。这并非指赤化，任何主义的革命都如此。但不是正因为黑暗，正因为没有出路，所以要革命的么？倘必须前面贴着“光明”和“出路”的包票，这才雄赳赳地去革命，那就不但不是革命者，简直连投机家都不如了。虽是投机，成败之数也不能预卜的。

我临末还要揭出一点黑暗，是我们中国现在(现在！不是超时代的)的民众，其实还不很管什么党，只要看“头”和“女尸”。只要有，无论谁的都有人看，拳匪之乱，清末党狱，民二，去年和今年，在这短短的二十年中，我已经目睹或耳闻了好几次了。

（一九二八年）四月十日。

现今的新文学的概观

——五月二十二日在燕京大学国文学会讲

这一年多，我不很向青年诸君说什么话了，因为革命以来，言论的路很窄小，不是过激，便是反动，于大家都无益处。这一次回到北平，几位旧识的人要我到这里来讲几句，情不可却，只好来讲几句。但因为种种琐事，终于没有想定究竟来讲什么——连题目都没有。

那题目，原是想在车上拟定的，但因为道路坏，汽车颠起来有尺多高，无从想起。我于是偶然感到，外来的东西，单取一件，是不行的，有汽车也须有好道路，一切事总免不掉环境的影响。文学——在中国的所谓新文学，所谓革命文学，也是如此。

中国的文化，便是怎样的爱国者，恐怕也大概不能不承认是有些落后。新的事物，都是从外面侵入的。新的势力来到了，大多数的人们还是莫名其妙。北平还不到这样，譬如上海租界，那情形，外国人是处在中央，那外面，围着一群翻译、包探、巡捕、西崽……之类，是懂得外国话，熟悉租界章程的。这一圈之外，才是许多老百姓。

老百姓一到洋场，永远不会明白真实情形，外国人说“Yes”，翻译道，“他在说打一个耳光”，外国人说，“No”，翻出来却是他说“去枪毙”。倘想要免去这一类无谓的冤苦，首先是在知道得多一点，冲破了这一个圈子。

在文学界也一样，我们知道得太不多，而帮助我们知识的材料也太少。梁实秋有一个白璧德，徐志摩有一个泰戈尔，胡适之有一个杜威，——是的，徐志摩还有一个曼殊斐儿，他到她坟上去哭过，——创造社有革命文学，时行的文学。不过附和的，创作的很有，研究的却不多，直到现在，还是给几个出题目的人们圈了起来。

各种文学，都是应环境而产生的，推崇文艺的人，虽喜欢说文艺足以煽起风波来，但在事实上，却是政治先行，文艺后变。倘以为文艺可以改变环境，那是“唯心”之谈，事实的出现，并不如文学家所预想。所以巨大的革命，以前的所谓革命文学者还须灭亡，待到革命略有结果，略有喘息的馀裕，这才产生新的革命文学者。为什么呢，因为旧社会将近崩坏之际，是常常会有近似带革命性的文学作品出现的，然而其实并非真的革命文学。例如：或者憎恶旧社会，而只是憎恶，更没有对于将来的理想；或者也大呼改造社会，而问他要怎样的社会，却是不能实现的乌托邦；或者自己活得无聊了，便空泛地希望一大转变，来作刺激，正如饱于饮食的人，想吃些辣椒爽口；更下的是原是旧式人物，但在社会里失败了，却想另挂新招牌，靠新兴势力获得更好的地位。

希望革命的文人，革命一到，反而沉默下去的例子，在中国便曾有过的。即如清末的南社，便是鼓吹革命的文学团体，他们叹汉族的被压制，愤满人的凶横，渴望着“光复旧物”。但民国成立以后，倒寂然无声了。我想，这是因为他们的理想，是在革命以后，“重见汉官威仪”，峨冠博带。而事实并不这样，所以反而索然无味，不想执笔了。俄国的例子尤为明显，十月革命开初，也曾有许多革命文学家非常惊喜，欢迎这暴风雨的袭来，愿受风雷的试炼。但后来，诗人叶遂宁，小说家索波里自杀了，近来还听说有名的小说家爱伦堡有些反动。这是什么缘故呢？就因为四面袭来的并不是暴风雨，来试炼的也并非风雷，却是老老实实的“革命”。空想被击碎了，人也就活不下去，这倒不如古时候相信死后灵魂上天，坐在上帝旁边吃点心的诗人们福气。因为他们在达到目的之前，已经死掉了。

中国，据说，自然是已经革了命，——政治上也许如此能，但在文艺上，却并没有改变。有人说，“小资产阶级文学抬头”了，其实是，小资产阶级文学在哪里呢，连“头”也没有，哪里说得到“抬”。这照我上面所讲的推论起来，就是文学并不变化和兴旺，所反映的便是并无革命和进步，——虽然革命家听了也许不大喜欢。

至于创造社所提倡的，更彻底的革命文学——无产阶级文学，自然更不过是一个题目。这边也禁，那边也禁的王独清的从上海租界里遥望广州暴动的诗，“Pong Pong Pong”，铅字逐渐大了起来，只在说明他曾为电影的字幕和上海的酱园招牌所感动，有模仿勃洛克的《十二个》之志而无其力和才。郭沫若的《一只手》是很有人推为佳作的，但内容说一个革命者革命之后失了一只手，所馀的一只还能和爱人握手的事，却未免“失”得太巧。五体，四肢之中，倘要失去其一，实在还不如一只手；一条腿就不便，头自然更不行了。只准备失去一只手，是能减少战斗的勇往之气的；我想，革命者所不惜牺牲的，一定不只这一点。《一只手》也还是穷秀才落难，后来终于中状元，谐花烛的老调。

但这些却也正是中国现状的一种反映。新近上海出版的革命文学的一本书的封面上，画着一把钢叉，这是从《苦闷的象征》的书面上取来的，叉的中间的一条尖刺上，又安一个铁锤，这是从苏联的旗子上取来的。然而这样地合了起来，却弄得既不能刺，又不能敲，只能在表明这位作者的庸陋，——也正可以做那些文艺家的徽章。

从这一阶级走到那一阶级去，自然是能有的事，但最好是意识如何，便一一直说，使大众看去，为仇为友，了了分明。不要脑子里存着许多旧的残滓，却故意瞒了起来，演戏似的指着自己的鼻子道，“惟我是无产阶级！”现在的人们既然神经过敏，听到“俄”字便要气绝，连嘴唇也快要不准红了，对于出版物，这也怕，那也怕；而革命文学家又不肯多绍介别国的理论和作品，单是这样的指着自己的鼻子，临了便会像前清的“奉旨审斥”一样，令人莫名其妙的。

对于诸君，“奉旨申斥”大概还须解释几句才会明白罢。这是帝制时代的事。一个官员犯了过失了，便叫他跪在一个什么门外面，皇帝差一个太监来斥骂。这时须得用一点化费，那么，骂几句就完；倘若不用，他便从祖宗一直骂到子孙。这算是皇帝在骂，然而谁能去问皇帝，问他究竟可是要这样地骂呢？去年，据日本的杂志上说，成仿吾是由中国的农工大众选他往德国研究戏曲去了，我们也无从打听，究竟真是这样地选了没有。

所以我想，倘要比较地明白，还只好用我的老话，“多看外国书”，来打破这包围的圈子。这事，于诸君是不甚费力的。关于新兴文学的英文书或英译书，即使不多，然而所有的几本，一定较为切实可靠。多看些别国的理论和作品之后，再来估量中国的新文艺，便可以清楚得多了。更好是绍介到中国来；翻译并不比随便的创作容易，然而于新文学的发展却更有功，于大家更有益。

（一九二九年）

叶永蓁作“小小十年”小引

这是一个青年的作者，以一个现代的活的青年为主角，描写他十年中的行动和思想的书。

旧的传统和新的思潮，纷纭于他的一身，爱和憎的纠缠，感情和理智的冲突，缠绵和决撒的迭代，欢欣和绝望的起伏，都逐着这小小十年而开展，以形成一部感伤的书，个人的书。但时代是现代，所以从旧家庭所希望的“上进”而渡到革命，从交通不大方便的小县而渡到“革命策源地”的广州，从本身的婚姻不自由而渡到伟大的社会改革——但我没有发见其间的桥梁。

一个革命者，将——而且实在也已经（!）——为大众的幸福斗争，然而独独宽恕首先压迫自己的亲人，将枪口移向四面是敌，但又四不见敌的旧社会；一个革命者，将为人我争解放，然而当失去爱人的时候，却希望她自己负责，并且为了革命之故，不愿自己有一个情敌，——志愿愈大，希望愈高，可以致力之处就愈少，可以自解之处也愈多。——终于，则甚至闪出了惟本身目前的刹那间为惟一的现实一流的阴影。在这里，是屹然站着一个个人主义者，遥望着集团主义的大纛，但在“重上征途”之前，我没有发见其间的桥梁。

释迦牟尼出世以后，割肉喂鹰，投身饲虎的是小乘，渺渺茫茫地说教的倒算是大乘，总是发达起来，我想，那机微就在此。

然而这书的生命，却正在这里。他描出了背着传统，又为世界思潮所激荡的一部分的青年的心，逐渐写来，并无遮瞒，也不装点，虽然间或有若干辩解，而这些辩解，却又正是脱去了自己的衣裳。至少，将为现在作一面明镜，为将来留一种记录是无疑的罢。多少伟大的招牌，去年以来，在文摊上都挂过了，但不到一年，便以变相和无物，自己告发了全盘的欺骗，中国如果还会有文艺，当然先要以这样直说自己所本有的内容的著作，来打退骗局以后的空虚。因为文艺家至少是须有直抒己见的诚心和勇气的，倘不肯吐露本心，就更谈不到什么意识。

我觉得最有意义的是渐向战场的一段，无论意识如何，总之，许多青年，从东江起，而上海，而武汉，而江西，为革命战斗了，其中的一部分，是抱着种种的希望，死在战场上，再看不见上面摆起来的是金交椅呢还是虎皮交椅。种种革命，便都是这样地进行，所以掉弄笔墨的，从实行者看来，究竟还是闲人之业。

这部书的成就，是由于曾经革命而没有死的青年。我想，活着，而又在看小说的人们，当有许多人发生同感。

技术，是未曾矫揉造作的。因为事情是按年叙述的，所以文章也倾泻而下，致使作者在《后记》里，不愿称之为小说，但也自然是小说。我所感到累赘的只是说理之处过于多，校读时删节了一点，倘使反而损伤原作了，那便成了校者的责任。还有好像缺点而其实是优长之处，是语汇的不丰，新文学兴起以来，未忘积习而常用成语如我的和故意作怪而乱用谁也不懂的生语如创造社一流的文字，都使文艺和大众隔离，这部书却加以扫荡了，使读者可以更易于了解，然而从中作梗的还有许多新名词。

通读了这部书，已经在一月之前了，因为不得不写几句，便凭着现在所记得的写了这些字。我不是什么社的内定的“斗争”的“批评家”之一员，只能直说自己所愿意说的话，我极欣幸能绍介这真实的作品于中国，还渴望看见“重上征途”以后之作的新吐的光芒。

一九二九年七月二十八日，于上海，鲁迅记。

流氓的变迁

孔墨都不满于现状，要加以改革，但那第一步，是在说动人主，而那用以压服人主的家伙，则都是“天”。

孔子之徒为儒，墨子之徒为侠。“儒者，柔也”，当然不会危险的。惟侠老实，所以墨者的末流，至于以“死”为终极的目的。到后来，真老实的逐渐死完，止留下取巧的侠，汉的大侠，就已和公侯权贵相馈赠，以备危急时来作护符之用了。

司马迁说：“儒以文乱法，而侠以武犯禁”，“乱”之和“犯”，决不是“叛”，不过闹点小乱子而已，而况有权贵如“五侯”者在。

“侠”字渐消，强盗起了，但也是侠之流，他们的旗帜是“替天行道”。他们所反对的是奸臣，不是天子，他们所打劫的是平民，不是将相。李逵劫法场时，抡起板斧来排头砍去，而所砍的是看客。一部《水浒》，说得很分明：因为不反对天子，所以大军一到，便受招安，替国家打别的强盗——不“替天行道”的强盗去了。终于是奴才。

满洲入关，中国渐被压服了，连有“侠气”的人，也不敢再起盗心，不敢指斥奸臣，不敢直接为天子效力，于是跟一个好官员或钦差大臣，给他保镖，替他捕盗，一部《施公案》，也说得很分明，还有《彭公案》《七侠五义》之流，至今没有穷尽。他们出身清白，连先前也并无坏处，虽在钦差之下，究居平民之上，对一方面固然必须听命，对别方面还是大可逞雄，安全之度增多了，奴性也跟着加足。

然而为盗要被官兵所打，捕盗也要被强盗所打，要十分安全的侠客，是觉得都不妥当的，于是有流氓。和尚喝酒他来打，男女通奸他来捉，私娼私贩他来凌辱，为的是维持风化；乡下人不懂租界章程他来欺侮，为的是看不起无知；剪发女人他来嘲骂，社会改革者他来憎恶，为的是宝爱秩序。但后面是传统的靠山，对手又都非浩荡的强敌，他就在其间横行过去。现在的小说，还没有写出这一种典型的害，惟《九尾龟》中的章秋谷，以为他给妓女吃苦，是因为她要敲人们竹杠，所以给以惩罚之类的叙述，约略近之。

由现状再降下去，大概这一流人将成为文艺书中的主角了，我在等候“革命文学家”张资平“氏”的近作。

（一九二九年）

新月社批评家的任务

新月社中的批评家，是很憎恶嘲骂的，但只嘲骂一种人，是做嘲骂文章者。新月社中的批评家，是很不以不满于现状的人为然的，但只不满于一种现状，是现在竟有不满于现状者。

这大约就是“即以其人之道，还治其人之身”，挥泪以维持治安的意思。

譬如，杀人，是不行的。但杀掉“杀人犯”的人，虽然同是杀人，又谁能说他错。打人，也不行的。但大老爷要打斗殴犯人的屁股时，皂隶来一五一十的打，难道也算犯罪么？新月社批评家虽然也有嘲骂，也有不满，而独能超然于嘲骂和不满的罪恶之外者，我以为就是这一个道理。

但老例，刽子手和皂隶既然做了这样维持治安的任务，在社会上自然要得到几分的敬畏，甚至于还不妨随意说几句话，在小百姓面前显显威风，只要不大妨害治安，长官向来也就装作不知道了。

现在新月社的批评家这样尽力地维持了治安，所要的却不过是“思想自由”，想想而已，决不实现的思想．而不料遇到了别一种维持治安法，竟连想也不准想了。从此以后，恐怕要不满于两种现状了罢。

（一九二九年）

非革命的急进革命论者

倘说，凡大队的革命军，必须一切战士的意识，都十分正确、分明，这才是真的革命军，否则不值一哂。这言论，初看固然是很正当，彻底似的，然而这是不可能的难题，是空洞的高谈，是毒害革命的甜药。

譬如在帝国主义的主宰之下，必不容训练大众个个有了“人类之爱”，然后笑嘻嘻地拱手变为“大同世界”一样，在革命者们所反抗的势力之下，也决不容用言论或行动，使大多数人统得到正确的意识。所以每一革命部队的突起，战士大抵不过是反抗现状这一种意思，大略相同，终极目的是极为歧异的。或者为社会，或者为小集团，或者为一个爱人，或者为自己，或者简直为了自杀。然而革命军仍然能够前行。因为在进军的途中，对于敌人，个人主义者所发的子弹，和集团主义者所发的子弹是一样地能够制其死命；任何战士死伤之际，便要减少些军中的战斗力，也两者相等的。但自然，因为终极目的的不同，在行进时，也时时有人退伍，有人落荒，有人颓唐，有人叛变，然而只要无碍于进行，则愈到后来，这队伍也就愈成为纯粹，精锐的队伍了。

我先前为叶永蓁君的《小小十年》作序，以为已经为社会尽了些力量，便是这意思。书中的主角，究竟上过前线，当过哨兵（虽然连放枪的方法也未曾被教），比起单是抱膝哀歌，握笔愤叹的文豪们来，实在也切实得远了。倘若要现存的战士都是意识正确，而且坚于钢铁之战士，不但是乌托邦的空想，也是出于情理之外的苛求。

但后来在《申报》上，却看见了更严厉，更彻底的批评，因为书中的主角的从军，动机是为了自己，所以深加不满。《申报》是最求和平，最不鼓动革命的报纸，初看仿佛是很不相称似的．我在这里要指出貌似彻底的革命者，而其实是极不革命或有害革命的个人主义的论客来，使那批评的灵魂和报纸的躯壳正相适合。

其一是颓废者，因为自己没有一定的理想和无力，便流落而求刹那的享乐；一定的享乐，又使他发生厌倦，则时时寻求新刺戟，而这刺戟又须厉害，这才感到畅快。革命便也是那颓废者的新刺戟之一，正如饕餮者餍足了肥甘，味厌了，胃弱了，便要吃胡椒和辣椒之类，使额上出一点小汗，才能送下半碗饭去一般。他于革命文艺，就要彻底的，完全的革命文艺，一有时代的缺陷的反映，就使他皱眉，以为不值一哂。和事实离开是不妨的，只要一个爽快。法国的波特莱尔，谁都知道是颓废的诗人，然而他欢迎革命，待到革命要妨害他的颓废生活的时候，他才憎恶革命了。所以革命前夜的纸张上的革命家，而且是极彻底，极激烈的革命家，临革命时，便能够撕掉他先前的假面，——不自觉的假面。这种史例，是也应该献给一碰小钉子，一有小地位（或小款子），便东窜东京，西走巴黎的成仿吾那样“革命文学家”的。

其一，我还定不出他的名目。要之，是毫无定见，因而觉得世上没有一件对，自己没有一件不对，归根结蒂，还是现状最好的人们。他现为批评家而说话的时候，就随便捞到一种东西以驳诘相反的东西。要驳互助说时用争存说，驳争存说时用互助说；反对和平论时用阶级斗争说，反对斗争时就主张人类之爱。论敌是唯心论者呢，他的立场是唯物论，待到和唯物论者相辩难，他却又化为唯心论者了。要之，是用英尺来量俄里，又用法尺来量密达，而发见无一相合的人。因为别的一切，无一相合，于是永远觉得自己是“允执厥中”，永远得到自己满足。从这些人们的批评的指示，则只要不完全，有缺陷，就不行。但现在的人，的事，哪里会有十分完全，毫无缺陷的呢，为万全计，就只好毫不动弹。然而这毫不动弹，却也就是一个大错。总之，做人之道，是非常之烦难了，至于做革命家，那当然更不必说。

《申报》的批评家对于《小小十年》虽然要求彻底的革命的主角，但于社会科学的翻译，是加以刻毒的冷嘲的，所以那灵魂是后一流，而略带一些颓废者的对于人生的无聊，想吃些辣椒来开开胃的气味。

（一九三〇年）

对于左翼作家联盟的意见

——三月二日在左翼作家联盟成立大会讲

有许多事情，有人在先已经讲得很详细了，我不必再说。我以为在现在，“左翼”作家是很容易成为“右翼”作家的。为什么呢？第一，倘若不和实际的社会斗争接触，单关在玻璃窗内做文章，研究问题，那是无论怎样的激烈，“左”，都是容易办到的；然而一碰到实际，便即刻要撞碎了。关在房子里，最容易高谈彻底的主义，然而也最容易“右倾”。西洋的叫做“salon 的社会主义者”，便是指这而言。“salon”是客厅的意思，坐在客厅里谈谈社会主义，高雅得很，漂亮得很，然而并不想到实行的。这种社会主义者，毫不足靠。并且在现在，不带点广义的社会主义的思想的作家或艺术家，就是说工农大众应该做奴隶，应该被虐杀，被剥削的这样的作家或艺术家，是差不多没有了，除非墨索里尼，但墨索里尼并没有写过文艺作品（当然，这样的作家，也还不能说完全没有，例如中国的新月派诸文学家，以及所说的墨索里尼所宠爱的邓南遮便是）。

第二，倘不明白革命的实际情形，也容易变成“右翼”。

革命是痛苦，其中也必然混有污秽和血，决不是如诗人所想象的那般有趣，那般完美；革命尤其是现实的事，需要各种卑贱的、麻烦的工作，决不如诗人所想象的那般浪漫；革命当然有破坏，然而更需要建设，破坏是痛快的，但建设却是麻烦的事。所以对于革命抱着浪漫谛克的幻想的人，一和革命接近，一到革命进行，便容易失望。听说俄国的诗人叶遂宁，当初也非常欢迎十月革命，当时他叫道，“万岁，天上和地上的革命!”又说，“我是一个布尔塞维克了!”然而一到革命后，实际上的情形，完全不是他所想象的那么一回事，终于失望，颓废。叶遂宁后来是自杀了的，听说这失望是他的自杀的原因之一。……在我们辛亥革命时也有同样的例，那时有许多文人，例如属于“南社”的人们，开初大抵是很革命的，但他们抱着一种幻想，以为只要将满洲人赶出去，便一切都恢复了“汉官威仪”，人们都穿大袖的衣服，峨冠博带，大步地在街上走。谁知赶走满清皇帝以后，民国成立，情形却全不同，所以他们便失望，以后有些人甚至成为新的运动的反动者。但是，我们如果不明白革命的实际情形，也容易和他们一样的。

还有，以为诗人或文学家高于一切人，他底工作比一切工作都高贵，也是不正确的观念。举例说，从前海涅以为诗人最高贵，而上帝最公平，诗人在死后，便到上帝那里去，围着上帝坐着，上帝请他吃糖果。在现在，上帝请吃糖果的事，是当然无人相信的了、但以为诗人或文学家，现在为劳动大众革命，将来革命成功，劳动阶级一定从丰报酬，特别优待，请他坐特等车，吃特等饭，或者劳动者捧着牛油面包来献他，说：

“我们的诗人，请用吧!”这也是不正确的；因为实际上决不会有这种事，恐怕那时比现在还要苦，不但没有牛油面包，连黑面包都没有也说不定，俄国革命后一二年的情形便是例子。如果不明白这情形，也容易变成“右翼”。事实上，劳动者大众，只要不是梁实秋所说“有出息”者，也决不会特别看重知识阶级者的，如我所译的《溃灭》中的美谛克（知识阶级出身），反而常被矿工等所嘲笑。不待说，知识阶级有知识阶级的事要做，不愿特别看轻，然而劳动阶级决无特别例外地优待诗人或文学家的义务。

现在，我说一说我们今后应该注意的几点。

第一，对于旧社会和旧势力的斗争，必须坚决，持久不断，而且注重实力。旧社会的根柢原是非常坚固的，新运动非有更大的力不能动摇它什么。并且旧社会还有它使新势力妥协的好办法，但它自己是决不妥协的。在中国也有过许多新的运动了，却每次都是新的敌不过旧的，那原因大抵是在新的一面没有坚决的广大的目的，要求很小，容易满足。譬如白话文运动，当初旧社会是死力抵抗的，但不久便容许白话文的存在，给它一点可怜地位，在报纸的角落等地方可以看见用白话写的文章了，这是因为在旧社会看来，新的东西并没有什么，并不可怕，所以就让它存在，而新的一面也就满足，以为白话文已得到存在权了。又如一二年来的无产文学运动，也差不多一样，旧社会也容许无产文学，因为无产文学并不厉害，反而他们也来弄无产文学，拿去做装饰，仿佛在客厅里放着许多古董磁器以外，放一个工人用的粗碗，也很别致；而无产文学者呢，他已经在文坛上有个小地位，稿子已经卖得出去了，不必再斗争，批评家也唱着凯旋歌："无产文学胜利!"但除了个人的胜利，即以无产文学而论，究竟胜利了多少？况且无产文学，是无产阶级解放斗争底一翼，它跟着无产阶级的社会的势力的成长而成长，在无产阶级的社会地位很低的时候，无产文学的文坛地位反而很高，这只是证明无产文学者离开了无产阶级，回到旧社会去罢了。

第二，我以为战线应该扩大。在前年和去年，文学上的战争是有的，但那范围实在太小，一切旧文学旧思想都不为新派的人所注意，反而弄成了在一角里新文学者和新文学者的斗争，旧派的人倒能够闲舒地在旁边观战。

第三，我们应当造出大群的新的战士，因为现在人手实在太少了，譬如我们有好几种杂志，单行本的书也出版得不少，但做文章的总同是这几个人，所以内容就不能不单薄。一个人做事不专，这样弄一点，那样弄一点，既要翻译，又要做小说，还要做批评，并且也要做诗，这怎么弄得好呢？这都因为人太少的缘故，如果人多了，则翻译的可以专翻译，创作的可以专创作，批评的专批评；对敌人应战，也军势雄厚，容易克服。关于这点，我可带便地说一件事。前年创造社和太阳社向我进攻的时候，那力量实在单薄，到后来连我都觉得有点无聊，没有意思反攻了，因为我后来看出了敌军在演"空城计"。那时候我的敌军是专事于吹擂，不务于招兵练将的；攻击我的文章当然很多，然而一看就知道都是化名，骂来骂去都是同样的几句话。我那时就等待有一个能操马克思主义批评的枪法的人来狙击我的，然而他终于没有出现。在我倒是一向就注意新的青年战士底养成的，曾经弄过好几个文学团体、不过效果也很小。但我们今后却必须注意这一点。

我们急于要造出大群的新的战士，但同时，在文学战线上的人还要“韧”。所谓韧，就是不要像前清做八股文的“敲门砖”似的办法。前清的八股文，原是“进学”做官的工具，只要能做“起承转合”，借以进了“秀才举人”，便可丢掉八股文，一生中再也用不到它了，所以叫做“敲门砖”，犹之用一块砖敲门，门一敲进，砖就可抛弃了，不必再将它带在身边。这种办法，直到现在，也还有许多人在使用。我们常常看见有些人出了一二本诗集或小说集以后，他们便永远不见了，到哪里去了呢？是因为出了一本或二本书，有了一点小名或大名，得到了教授或别的什么位置，功成名遂，不必再写诗写小说了，所以永远不见了。这样，所以在中国无论文学或科学都没有东西，然而在我们是要有东西的，因为这于我们有用。（卢那卡尔斯基是甚至主张保存俄国的农民美术，因为可以造出来卖给外国人，在经济上有帮助。我以为如果我们文学或科学上有东西拿得出去给别人，则甚至于脱离帝国主义的厌迫的政治运动上也有帮助。）但要在文化上有成绩，则非韧不可。

最后，我以为联合战线是以有共同目的为必要条件的。我记得好像曾听到过这样一句话：“反动派且已经有联合战线了，而我们还没有团结起来！”其实他们也并未有有意的联合战线，只因为他们的目的相同，所以行动就一致，在我们看来就好像联合战线。而我们战线不能统一，就证明我们的目的不能一致，或者只为了小团体，或者还其实只为了个人，如果目的都在工农大众，那当然战线也就统一了。

（一九三〇年）

“丧家的”“资本家的乏走狗”

梁实秋先生为了《拓荒者》上称他为“资本家的走狗”，就做了一篇自云《我不生气》的文章。先据《拓荒者》第二期第六七二页上的定义，“觉得我自己便有点像是无产阶级里的一个”之后，再下“走狗”的定义，为“大凡做走狗的都是想讨主子的欢心因而得到一点恩惠”，于是又因而发生疑问道——

> 《拓荒者》说我是资本家的走狗，是哪一个资本家，还是所有的资本家？我还不知道我的主子是谁，我若知道，我一定要带着几份杂志去到主子面前表功，或者还许得到几个金镑或卢布的赏赉呢。……我只知道不断的劳动下去，便可以赚到钱来维持生计，至于如何可以到资本家的账房去领金镑，如何可以到××党去领卢布，这一套本领，我可怎么能知道呢？……

这正是“资本家的走狗”的活写真。凡走狗，虽或为一个资本家所豢养，其实是属于所有的资本家的，所以它遇见所有的阔人都驯良，遇见所有的穷人都狂吠。不知道谁是它的主子，正是它遇见所有阔人都驯良的原因，也就是属于所有的资本家的证据。即使无人豢养，饿的精瘦，变成野狗了，但还是遇见所有的阔人都驯良，遇见所有的穷人都狂吠的，不过这时它就愈不明白谁是主子了。

梁先生既然自叙他怎样辛苦，好像“无产阶级”（即梁先生先前之所谓“劣败者”），又不知道“主子是谁”，那是属于后一类的了，为确当计，还得添几个字，称为“丧家的”“资本家的走狗”。

然而这名目还有些缺点。梁先生究竟是有知识的教授，所以和平常的不同。他终于不讲“文学是有阶级性的吗?”了，在《答鲁迅先生》那一篇里，很巧妙地插进电杆上写“武装保护苏联”，敲碎报馆玻璃那些句子去，在上文所引的一段里又写出“到××党去领卢布”字样来，那故意隐藏的两个×，是令人立刻可以悟出的“共产”这两字，指示着凡主张“文学有阶级性”，得罪了梁先生的人，都是在做“拥护苏联”，或“去领卢布”的勾当，和段祺瑞的卫兵枪杀学生，《晨报》却道学生为了几个卢布丧命，自由大同盟上有我的名字，《革命日报》的通信上便说为“金光灿烂的卢布所买收”，都是同一手段。在梁先生，也许以为给主子嗅出匪类（“学匪”），也就是一种“批评”，然而这职业，比起“刽子手”来，也就更加下贱了。

我还记得，“国共合作”时代，通信和演说，称赞苏联，是极时髦的。现在可不同了，报章所载的电杆上写字和“××党”，捕房正在捉得非常起劲。那么，为将自己的论敌指为“拥护苏联”或“××党”，自然也就时髦得合时，或者还许会得到主子的“一点恩惠”了，但倘说梁先生意在得“恩惠”或“金镑”，是冤枉的，决没有这回事，不过想借此助一臂之力，以济其“文艺批评”之穷罢了。所以从“文艺批评”方面看来，就还得在“走狗”之上，加上一个形容字：“乏”。

（一九三〇年）四月十九日。

中国无产阶级革命文学和前驱的血

中国的无产阶级革命文学在今天和明天之交发生，在诬蔑和压迫之中滋长，终于在最黑暗里，用我们的同志的鲜血写了第一篇文章。

我们的劳苦大众历来只被最剧烈的压迫和榨取，连识字教育的布施也得不到，惟有默默地身受着宰割和灭亡。繁难的象形字，又使他们不能有自修的机会。知识的青年们意识到自己的前驱的使命，便首先发出战叫。这战叫和劳苦大众自己的反叛的叫声一样地使统治者恐怖，走狗的文人即群起进攻，或者制造谣言，或者亲作侦探，然而都是暗做，都是匿名，不过证明了他们自己是黑暗的动物。

统治者也知道走狗的文人不能抵挡无产阶级革命文学，于是一面禁止书报，封闭书店，颁布恶出版法，通缉著作家，一面用最末的手段，将左翼作家逮捕，拘禁，秘密处以死刑，至今并未宣布。这一面固然在证明他们是在灭亡中的黑暗的动物，一面也在证实中国无产阶级革命文学阵营的力量，因为如传略所罗列，我们的几个遇害的同志的年龄，勇气，尤其是平日的作品的成绩，已足使全队走狗不敢狂吠。

然而我们的这几个同志已被暗杀了，这自然是无产阶级革命文学的若干的损失，我们的很大的悲痛。但无产阶级革命文学却仍然滋长，因为这是属于革命的广大劳苦群众的，大众存在一日，壮大一日，无产阶级革命文学也就滋长一日。我们的同志的血，已经证明了无产阶级革命文学和革命的劳苦大众是在受一样的压迫，一样的残杀，作一样的战斗，有一样的运命，是革命的劳苦大众的文学。

现在，军阀的报告，已说虽是六十岁老妇，也为“邪说”所中，租界的巡捕，虽对于小学儿童，也时时加以检查；他们除从帝国主义得来的枪炮和几条走狗之外，已将一无所有了，所有的只是老老小小——青年不必说——的敌人。而他们的这些敌人，便都在我们的这一面。

我们现在以十分的哀悼和铭记，纪念我们的战死者，也就是要牢记中国无产阶级革命文学的历史的第一页，是同志的鲜血所记录，永远在显示敌人的卑劣的凶暴和启示我们的不断的斗争。

（一九三一年）

黑暗中国的文艺界的现状

——为美国“新群众”作

现在，在中国，无产阶级的革命的文艺运动，其实就是唯一的文艺运动。因为这乃是荒野中的萌芽，除此以外，中国已经毫无其他文艺。属于统治阶级的所谓“文艺家”，早已腐烂到连所谓“为艺术的艺术”以至“颓废”的作品也不能生产，现在来抵制左翼文艺的，只有诬蔑，压迫，囚禁和杀戮；来和左翼作家对立的，也只有流氓，侦探，走狗，刽子手了。

这一点，已经由两年以来的事实，证明得十分明白。

前年，最初绍介蒲力汗诺夫（Plekhanov）和卢那卡尔斯基（Lunacharsky）的文艺理论进到中国的时候，先使一位白璧德先生（Mr. Prof. Irving Babbit）的门徒，感觉锐敏的“学者”愤慨，他以为文艺原不是无产阶级的东西，无产者倘要创作或鉴赏文艺，先应该辛苦地积钱，爬上资产阶级去，而不应该大家浑身褴褛，到这花园中来吵嚷。并且造出谣言，说在中国主张无产阶级文学的人，是得了苏俄的卢布。这方法也并非毫无效力，许多上海的新闻记者就时时捏造新闻，有时还登出卢布的数目。但明白的读者们并不相信它，因为比起这种纸上的新闻来，他们却更切实地在事实上看见，只有从帝国主义国家运到杀戮无产者的枪炮。

统治阶级的官僚，感觉比学者慢一点，但去年也就日加迫压了。禁期刊，禁书籍，不但内容略有革命性的，而且连书面用红字的，作者是俄国的，绥拉菲摩维支（A. Serafimovitch），伊凡诺夫（V. Ivanov）和奥格捏夫（H. Ognev）不必说了，连契诃夫（A. Chekhov）和安特来夫（L. Andreev）的有些小说，也都在禁止之列。于是使书店只好出算学教科书和童话，如 Mr. Cat 和 Miss Rose 谈天，称赞春天如何可爱之类——因为至尔妙伦（H. Zur Mühlen）所作的童话的译本也已被禁止，所以只好竭力称赞春天。但现在又有一位将军发怒，说动物居然也能说话而且称为 Mr.，有失人类的尊严了。

单是禁止，还不是根本的办法，于是今年有五个左翼作家失了踪，经家族去探听，知道是在警备司令部，然而不能相见，半月以后，再去问时，却道已经“解放”——这是“死刑”的嘲弄的名称——了，而上海的一切中文和西文的报章上，绝无记载。接着是封闭曾出新书或代售新书的书店，多的时候，一天五家，——但现在又陆续开张了，我们不知这是怎么一回事，惟看书店的广告，知道是在竭力印些英汉对照，如斯蒂文生（Robert Stevenson），槐尔特（Oscar Wilde）等人的文章。

然而统治阶级对于文艺，也并非没有积极的建设。一方面，他们将几个书店的原先的老板和店员赶开，暗暗换上肯听嗾使的自己的一伙。但这立刻失败了。因为里面满是走狗，这书店便像一座威严的衙门，而中国的衙门，是人民所最害怕最讨厌的东西，自然就没有人去。喜欢去跑跑的还是几只闲逛的走狗。这样子，又怎能使门市热闹呢？但是，还有一方面，是做些文章，印行杂志，以代被禁止的左翼的刊物，至今为止，已将十种。然而这也失败了。最有妨碍的是这些“文艺”的主持者，乃是一位上海市的政府委员和一位警备司令部的侦缉队长，他们的善于“解放”的名誉，都比“创作”要大得多。他们倘做一部“杀戮法”或“侦探术”，大约倒还有人要看的，但不幸竟在想画画，吟诗。这实在譬如美国的亨利·福特（Henry Ford）先生不谈汽车，却来对大家唱歌一样，只令人觉得非常诧异。

官僚的书店没有人来，刊物没有人看，救济的方法，是去强迫早经有名，而并不分明左倾的作者来做文章，帮助他们的刊物的流布。那结果，是只有一两个胡涂的中计。多数却至今未曾动笔，有一个竟吓得躲到不知道什么地方去了。

现在他们里面的最宝贵的文艺家，是当左翼文艺运动开始，未受迫害，为革命的青年所拥护的时候，自称左翼，而现在爬到他们的刀下，转头来害左翼作家的几个人。为什么被他们所宝贵的呢？因为他曾经是左翼，所以他们的有几种刊物，那面子还有一部分是通红的，但将其中的农工的图，换上了毕亚兹莱（Aubrey Beardsley）的个个好像病人的图画了。

在这样的情形之下，那些读者们，凡是一向爱读旧式的强盗小说的和新式的肉欲小说的，倒并不觉得不便。然而较进步的青年，就觉得无书可读，他们不得已，只得看看空话很多，内容极少——这样的绝不至于被禁止——的书，姑且安慰饥渴，因为他们知道，与其去买官办的催吐的毒剂，还不如喝喝空杯，至少，也不至于受害。但一大部分革命的青年，却无论如何，仍在非常热烈地要求，拥护，发展左翼文艺。

所以，除官办及其走狗办的刊物之外，别的书店的期刊，还是不能不设种种方法，加入几篇比较的急进的作品去，他们也知道专卖空杯，这生意决难久长。左翼文艺有革命的读者大众支持，“将来”正属于这一面。

这样子，左翼文艺仍在滋长。但自然是好像压于大石之下的萌芽一样，在曲折地滋长。

所可惜的是左翼作家之中，还没有农工出身的作家。一者，因为农工历来只被压迫，榨取，没有略受教育的机会；二者，因为中国的象形——现在是早已变得连形也不象了——的方块字，使农工虽是读书十年，也还不能任意写出自己的意见。这事情很使拿刀的“文艺家”喜欢。他们以为受教育能到会写文章，至少一定是小资产阶级，小资产者应该抱住自己的小资产，现在却反而倾向无产者，那一定是“虚伪”。惟有反对无产阶级文艺的小资产阶级的作家倒是出于“真”心的。“真”比“伪”好，所以他们的对于左翼作家的诬蔑，压迫，囚禁和杀戮，便是更好的文艺。

但是，这用刀的“更好的文艺”，却在事实上，证明了左翼作家们正和一样在被压迫被杀戮的无产者负着同一的运命，惟有左翼文艺现在在和无产者一同受难（passion），将来当然也将和无产者一同起来。单单的杀人究竟不是文艺，他们也因此自己宣告了一无所有了。

（一九三一年）

上海文艺之一瞥

——八月十二日在社会科学研究会讲

上海过去的文艺，开始的是《申报》。要讲《申报》，是必须追溯到六十年以前的，但这些事我不知道。我所能记得的，是五十年以前，那时的《申报》还是用中国竹纸的，单面印，而在那里做文章的，则多是从别处跑来的“才子”。

那时的读书人，大概可以分他为两种，就是君子和才子。君子是只读四书五经，做八股，非常规矩的。而才子却此外还要看小说，例如《红楼梦》，还要做考试上用不着的古今体诗之类。这是说，才子是公开的看《红楼梦》的，但君子是否在背地里也看《红楼梦》，则我无从知道。有了上海的租界，——那时叫作“洋场”，也叫“夷场”，后来有怕犯讳的，便往往写作“彝场”——有些才子们便跑到上海来，因为才子是旷达的，哪里都去；君子则对于外国人的东西总有点厌恶，而且正在想求正路的功名，所以决不轻易的乱跑。孔子曰，“道不行，乘桴浮于海，”从才子们看来，就是有点才子气的，所以君子们的行径，在才子就谓之“迂”。

才子原是多愁多病，要闻鸡生气，见月伤心的。一到上海，又遇见了婊子。去嫖的时候，可以叫十个二十个的年青姑娘聚集在一处，样子很有些像《红楼梦》，于是他就觉得自己好像贾宝玉；自己是才子，那么婊子当然是佳人，于是才子佳人的书就产生了。内容多半是，惟才子能怜这些风尘沦落的佳人，惟佳人能识坎坷不遇的才子，受尽千辛万苦之后，终于成了佳偶，或者是都成了神仙。

他们又帮《申报》馆印行些明清的小品书出售，自己也立文社，出灯谜，有入选的，就用这些书做赠品，所以那流通很广远。也有大部书，如《儒林外史》《三宝太监西洋记》《快心编》等。现在我们在旧书摊上，有时还看见第一页印有“上海申报馆仿聚珍板印”字样的小本子，那就都是的。

佳人才子的书盛行了好几年，后一辈的才子的心思就渐渐改变了。他们发见了佳人并非因为“爱才若渴”而做婊子的，佳人只为的是钱。然而佳人要才子的钱，是不应该的，才子于是想了种种制伏婊子的妙法，不但不上当，还占了她们的便宜。叙述这各种手段的小说就出现了，社会上也很风行，因为可以做嫖学教科书去读。这些书里面的主人公，不再是才子＋（加）呆子，而是在婊子那里得了胜利的英雄豪杰，是才子＋流氓。

在这之前，早已出现了一种书报，名目就叫《点石斋画报》，是吴友如主笔的，神仙人物，内外新闻，无所不画，但对于外国事情，他很不明白。例如画战舰罢，是一只商船，而舱面上摆着野战炮；画决斗则两个穿礼服的军人在客厅里拔长刀相击，至于将花瓶也打落跌碎。然而他画“老鸨虐妓”，“流氓拆梢”之类，却实在画得很好的，我想，这是因为他看得太多了的缘故；就是在现在，我们在上海也常常看到和他所画一般的脸孔。这画报的势力，当时是很大的，流行各省，算是要知道“时务”——这名称在那时就如现在之所谓“新学”——的人们的耳目。前几年又翻印了，叫作《吴友如墨宝》，而影响到后来也实在厉害，小说上的绣像不必说了，就是在教科书的插画上，也常常看见所画的孩子大抵是歪戴帽，斜视眼满脸横肉，一副流氓气。在现在，新的流氓画家又出了叶灵凤先生，叶先生的画是从英国的毕亚兹莱（Aubrey Beardsley）剥来的，毕亚兹莱是“为艺术的艺术”派，他的画极受日本的“浮世绘”（Ukiyoe）的影响。浮世绘虽是民间艺术，但所画的多是妓女和戏子，胖胖的身体，斜视的眼睛——erotic（色情的）眼睛。不过毕亚兹莱画的人物却瘦瘦的。那是因为他是颓废派（Decadence）的缘故。颓废派的人们多是瘦削的，颓丧的，对于壮健的女人他有点惭愧，所以不喜欢。我们的叶先生的新斜眼画，正和吴友如的老斜眼画合流，那自然应该流行好几年。但他也并不只画流氓的，有一个时期也画过普罗列塔利亚，不过所画的工人也还是斜视眼，伸着特别大的拳头。但我以为画普罗列塔利亚应该是写实的，照工人原来的面貌，并不须画那拳头比脑袋还要大。

现在的中国电影，还在很受着这“才子＋流氓”式的影响，里面的英雄，作为“好人”的英雄，也都是油头滑脑的，和一些住惯了上海，晓得怎样“拆梢”，“揩油”，“吊膀子”的滑头少年一样。看了之后，令人觉得现在倘要做英雄，做好人，也必须是流氓。

才子＋流氓的小说，但也渐渐地衰退了。那原因，我想，一则因为总是这一套老调子——妓女要钱，嫖客用手段，原不会写不完的；二则因为所用的是苏白，如什么倪＝我，耐＝你，阿是＝是否之类，除了老上海和江浙的人们之外，谁也看不懂。

然而才子＋佳人的书，却又出了一本常时震动一时的小说，那就是从英文翻译过来的《迦茵小传》（H. R. Haggard：Joan Haste）。但只有上半本，据译者说，原本从旧书摊上得来，非常之好，可惜觅不到下册，无可奈何了。果然，这很打动了才子佳人们的芳心，流行得很广很广。后来还至于打动了林琴南先生，将全部译出，仍旧名为《迦茵小传》。而同时受了先译者的大骂，说他不该全译，使迦茵的价值降低，给读者以不快的。于是才知道先前之所以只有半部，并非原本残缺，乃是因为记着迦茵生了一个私生子，译者故意不译的。其实这样的一部并不很长的书，外国也不至于分印成两本。但是，即此一端，也很可以看出当时中国对于婚姻的见解了。

这时新的才子＋佳人小说便又流行起来，但佳人已是良家女子了，和才子相悦相恋，分拆不开，柳荫花下，像一对蝴蝶，一双鸳鸯一样，但有时因为严亲，或者因为薄命，也竟至于偶见悲剧的结局，不再都成神仙了，——这实在不能不说是一个大进步。到了近来是在制造兼可擦脸的牙粉了的天虚我生先生所编的月刊杂志《眉语》出现的时候，是这鸳鸯蝴蝶式文学的极盛时期。后来《眉语》虽遭禁止，势力却并不消退，直待《新青年》盛行起来，适才受了打击。这时有伊孛生的剧本的绍介和胡适之先生的《终身大事》的别一形式的出现，虽然并不是故意的，然而鸳鸯蝴蝶派作为命根的那婚姻问题，却也因此而诺拉（Nora）似的跑掉了。

这后来，就有新才子派的创造社的出现。创造社是尊贵天才的，为艺术而艺术的，专重自我的，崇创作，恶翻译，尤其憎恶重译的，与同时上海的文学研究会相对立。那出马的第一个广告上，说有人“垄断”着文坛，就是指着文学研究会。文学研究会却也正相反，是主张为人生的艺术的，是一面创作，一面也看重翻译的，是注意于绍介被压追民族文学的，这些都是小国度，没有人懂得他们的文字，因此也几乎全都是重译的。并且因为曾经声援过《新青年》，新仇夹旧根，所以文学研究会这时就受了三方面的攻击。一方面就是创造社，既然是天才的艺术，那么看那为人生的艺术的文学研究会自然就是多管闲事，不免有些“俗”气，而且还以为无能，所以倘被发见一处误译，有时竟至于特做一篇长长的专论。一方面是留学过美国的绅士派，他们以为文艺是专给老爷太太们看的，所以主角除老爷太太之外，只配有文人、学士、艺术家、教授、小姐等等，要会说 yes，no，这才是绅士的庄严，那时吴宓先生就曾经发表过文章，说是真不懂为什么有些人竟喜欢描写下流社会。第三方面，则就是以前说过的鸳鸯蝴蝶派，我不知道他们用的是什么方法，到底使书店老板将编辑《小说月报》的一个文学研究会会员撤换，还出了《小说世界》，去流布他们的文章。这一种刊物，是到了去年才停刊的。

创造社的这一战，从表面看来，是胜利的。许多作品，既和当时的自命才子们的心情相合，加以出版者的帮助，势力雄厚起来了。势力一雄厚，就看见大商店如商务印书馆，也有创造社员的译著的出版，——这是说，郭沫若和张资平两位先生的稿件。这以来，据我所记得，是创造社也不再审查商务印书馆出版物的误译之处，来作专论了。这些地方，我想，是也有些才子+流氓式的。然而，“新上海”是究竟敌不过“老上海”的，创造社员在凯歌声中，终于觉到了自己就在做自己们的出版者的商品，种种努力，在老板看来，就等于眼镜铺大玻璃窗里纸人的睐眼，不过是“以广招徕”。得到希图独立出版的时候，老板就给吃了一场官司，虽然也终于独立，说是一切书籍，大加改订，另行印刷，从新开张了，然而旧老板却还是永远用了旧版子，只是印，卖，而且年年是什么纪念的大廉价。

商品固然是做不下去的，独立也活不下去。创造社的人们的去路，自然是在较有希望的“革命策源地”的广东。在广东，于是也有“革命文学”这名词的出现，然而并无什么作品，在上海，则并且还没有这名词。

到了前年，“革命文学”这名目这才旺盛起来了，主张的是从“革命策源地”回来的几个创造社元老和若干新分子。革命文学之所以旺盛起来，自然是因为由于社会的背景，一般群众，青年有了这样的要求。当从广东开始北伐的时候，一般积极的青年都跑到实际工作去了，那时还没有什么显著的革命文学运动，到了政治环境突然改变，革命遇了挫折，阶级的分化非常显明，国民党以“清党”之名，大戮共产党及革命群众，而死剩的青年们再入于被压迫的境遇，于是革命文学在上海这才有了强烈的活动。所以这革命文学的旺盛起来，在表面上和别国不同，并非由于革命的高扬，而是因为革命的挫折；虽然其中也有些是旧文人解下指挥刀来重理笔墨的旧业，有些是几个青年被从实际工作排出，只好借此谋生，但因为实在具有社会的基础，所以在新分子里，是很有极坚实正确的人存在的。但那时的革命文学运动，据我的意见，是未经好好的计划，很有些错误之处的。例如，第一，他们对于中国社会，未曾加以细密的分析，便将在苏维埃政权之下才能运用的方法，来机械地运用了。再则他们，尤其是成仿吾先生，将革命使一般人理解为非常可怕的事，摆着一种极左倾的凶恶的面貌，好似革命一到，一切非革命者就都得死，令人对革命只抱着恐怖。其实革命是并非教人死而是教人活的。这种令人“知道点革命的厉害”，只图自己说得畅快的态度，也还是中了才子＋流氓的毒。

激烈得快的，也平和得快，甚至于也颓废得快。倘在文人，他总有一番辩护自己的变化的理由，引经据典。譬如说，要人帮忙时候用克鲁巴金的互助论，要和人争斗的时候就用达尔文的生存竞争说。无论古今，凡是没有一定的理论，或主张的变化并无线索可寻，而随时拿了各种各派的理论来作武器的人，都可以称之为流氓。例如上海的流氓，看见一男一女的乡下人在走路，他就说，“喂，你们这样子，有伤风化，你们犯了法了!”他用的是中国法。倘看见一个乡下人在路旁小便呢，他就说，“喂，这是不准的，你犯了法，该捉到捕房去!”这时所用的又是外国法。但结果是无所谓法不法，只要被他敲去了几个钱就都完事。

在中国，去年的革命文学者和前年很有点不同了。这固然由于境遇的改变，但有些“革命文学者”的本身里，还藏着容易犯到的病根。“革命”和“文学”，若断若续，好像两只靠近的船，一只是“革命”，一只是“文学”，而作者的每一只脚就站在每一只船上面。当环境较好的时候，作者就在革命这一只船上踏得重一点，分明是革命者，待到革命一被压迫，则在文学的船上踏得重一点，他变了不过是文学家了。所以前年的主张十分激烈，以为凡非革命文学，统得扫荡的人，去年却记得了列宁爱看冈却罗夫（J. A. Gontcharov）的作品的故事，觉得非革命文学，意义倒也十分深长；还有最彻底的革命文学家叶灵凤先生，他描写革命家，彻底到每次上茅厕时候都用我的《呐喊》去揩屁股，现在却竟会莫名其妙地跟在所谓民族主义文学家屁股后面了。

类似的例，还可以举出向培良先生来。在革命渐渐高扬的时候，他是很革命的；他在先前，还曾经说，青年人不但嗥叫，还要露出狼牙来。这自然也不坏，但也应该小心，因为狼是狗的祖宗，一到被人驯服的时候，是就要变而为狗的。向培良先生现在在提倡人类的艺术了，他反对有阶级的艺术的存在，而在人类中分出好人和坏人来，这艺术是“好坏斗争”的武器。狗也是将人分为两种的，圈养它的主人之类是好人，别的穷人和乞丐在它的眼里就是坏人，不是叫，便是咬。然而这也还不算坏，因为究竟还有一点野性，如果再一变而为吧儿狗，好像不管闲事，而其实在给主子尽职，那就正如现在的自称不问俗事的为艺术而艺术的名人们一样，只好去点缀大学教室了。

这样的翻着筋斗的小资产阶级，即使是在做革命文学家，写着革命文学的时候，也最容易将革命写歪；写歪了，反于革命有害，所以他们的转变，是毫不足惜的。当革命文学的运动勃兴时，许多小资产阶级的文学家忽然变过来了，那时用来解释这现象的，是突变之说。但我们知道，所谓突变者，是说 A 要变 B，几个条件已经完备，而独缺其一的时候，这一个条件一出现，于是就变成了 B。譬如水的结冰，温度须到零点，同时又须有空气的振动，倘没有这，则即使到了零点，也还是不结冰，这时空气一振动，这才突变而为冰了。所以外面虽然好像突变，其实是并非突然的事。倘没有应具的条件的，那就是即使自说已变，实际上却并没有变，所以有些忽然一天晚上自称突变过来的小资产阶级革命文学家，不久就又突变回去了。

去年左翼作家联盟在上海的成立，是一件重要的事实。因为这时已经输入了蒲力汗诺夫，卢那卡尔斯基等的理论，给大家能够互相切磋，更加坚实而有力，但也正因为更加坚实而有力了，就受到世界上古今所少有的压迫和摧残，因为有了这样的压迫和摧残，就使那时以为左翼文学将大出风头，作家就要吃劳动者供献上来的黄油面包了的所谓革命文学家立刻现出原形，有的写悔过书，有的是反转来攻击左联，以显出他今年的见识又进了一步。这虽然并非左联直接的自动，然而也是一种扫荡，这些作者，是无论变与不变，总写不出好的作品来的。

但现存的左翼作家，能写出好的无产阶级文学来么？我想，也很难。这是因为现在的左翼作家还都是读书人——知识阶级，他们要写出革命的实际来，是很不容易的缘故。日本的厨川白村（H. Kuriyakawa）曾经提出过一个问题，说：作家之所描写，必得是自己经历过的么？他自答道，不必，因为他能够体察。所以要写偷，他不必亲自去做贼，要写通奸，他不必亲自去私通。但我以为这是因为作家生长在旧社会里，熟悉了旧社会的情形，看惯了旧社会的人物的缘故，所以他能够体察；对于和他向来没有关系的无产阶级的情形和人物，他就会无能，或者弄成错误的描写了。所以革命文学家，至少是必须和革命共同着生命，或深切地感受着革命的脉搏的。（最近左联的提出了“作家的无产阶级化”的口号，就是对于这一点的很正确的理解。）

在现在中国这样的社会中，最容易希望出现的，是反叛的小资产阶级的反抗的，或暴露的作品。因为他生长在这正在灭亡着的阶级中，所以他有较深的了解，甚大的憎恶，而向这刺下去的刀也最为致命与有力。固然，有些貌似革命的作品，也并非要将本阶级或资产阶级推翻，倒在憎恨或失望于他们的不能改良，不能较长久的保持地位，所以从无产阶级的见地看来，不过是“兄弟阋于墙”，两方一样是敌对。但是，那结果，倒也能在革命的潮流中，成为一粒泡沫的。对于这些的作品，我以为实在无须称之为无产阶级文学，作者也无须为了将来的名誉起见，自称为无产阶级作家的。

但是，虽是仅仅攻击旧社会的作品，倘若知不清缺点，看不透病根，也就于革命有害，但可惜的是现在的作家，连革命的作家和批评家，也往往不能，或不敢正视现社会，知道它的底细，尤其是认为敌人的底细。随手举一个例罢，先前的《列宁青年》上，有一篇评论中国文学界的文章，将这分为三派，首先是创造社，作为无产阶级文学派，讲得很长，其次是语丝社，作为小资产阶级文学派，可就说得短了，第三是新月社，作为资产阶级文学派，却说得更短，到不了一页。这就在表明：这位青年批评家对于愈认为敌人的，就愈是无话可说，也就是愈没有细看。自然，我们看书，倘看反对的东西，总不如看同派的东西的舒服，爽快，有益，但倘是一个战斗者，我以为，在了解革命和敌人上，倒是必须更多地去解剖当面的敌人的。要写文学作品也一样，不但应该知道革命的实际，也必须深知敌人的情形，现在的各方面的状况再去断定革命的前途。惟有明白旧的，看到新的，了解过去，推断将来，我们的文学的发展才有希望。我想，这是在现在环境下的作家，只要努力，还可以做得到的。

在现在，如先前所说，文艺是在受着少有的压迫与摧残，广泛地现出饥馑状态。文艺不但是革命的，连那略带些不平色彩的，不但是指摘现状的，连那些攻击旧来积弊的，也往往就受迫害。这情形，即在说明至今为止的统治阶级的革命，不过是争夺一把旧椅子。去推的时候，好像这椅子很可恨，一夺到手，就又觉得是宝贝了，而同时也自觉得自己正和这“旧的”一气。二十多年前，都说朱元璋（明太祖）是民族的革命者，其实是并不然的，他做了皇帝以后，称蒙古朝为“大元”，杀汉人比蒙古人还厉害。奴才做了主人，是决不肯废去“老爷”

的称呼的，他的摆架子，恐怕比他的主人还十足，还可笑。这正如上海的工人赚了几文钱，开起小小的工厂来，对付工人反而凶到绝顶一样。

在一部旧的笔记小说——我忘了它的书名了——上，曾经载有一个故事，说明朝有一个武官叫说书人讲故事，他便对他讲檀道济——晋朝的一个将军，讲完之后，那武官就吩咐打说书人一顿，人问他什么缘故，他说道："他既然对我讲檀道济，那么，对檀道济是一定去讲我的了。"现在的统治者也神经衰弱到像这武官一样，什么他都怕，因而在出版界上也布置了比先前更进步的流氓，令人看不出流氓的形式而却用着更厉害的流氓手段：用广告，用诬陷，用恐吓；甚至于有几个文学者还拜了流氓做老子，以图得到安稳和利益。因此革命的文学者，就不但应该留心迎面的敌人，还必须防备自己一面的三翻四覆的暗探了，较之简单地用着文艺的斗争，就非常费力，而因此也就影响到文艺上面来。

现在上海虽然还出版着一大堆的所谓文艺杂志，其实却等于空虚。以营业为目的的书店所出的东西，因为怕遭殃，就竭力选些不关痛痒的文章，如说"命固不可以不革，而亦不可以太革"之类，那特色是在令人从头看到末尾，终于等于不看。至于官办的，或对官场去凑趣的杂志呢，作者又都是乌合之众，共同的目的只在捞几文稿费，什么"英国维多利亚朝的文学"呀，"论刘易士得到诺贝尔奖金"呀，连自己也并不相信所发的议论，连自己也并不看重所做的文章。所以，我说，现在上海所谓的文艺杂志都等于空虚，革命者的文艺固然被压迫了，而压迫者所办的文艺杂志上也没有什么文艺可见。然而，压迫者当真没有文艺么？有是有的，不过并非这些：而是通电、告示、新闻、民族主义的“文学”，法官的判词等。例如前几天，《申报》上就记着一个女人控诉她的丈夫强迫鸡奸并殴打得皮肤上成了青伤的事，而法官的判词却道，法律上并无禁止丈夫鸡奸妻子的明文，而皮肤打得发青，也并不算毁损了生理的机能，所以那控诉就不能成立。现在是那男人反在控诉他的女人的“诬告”了。法律我不知道，至于生理学，却学过一点，皮肤被打得发青，肺，肝，或肠胃的生理的机能固然不至于毁损，然而发青之处的皮肤的生理的机能却是毁损了的。这在中国的现在，虽然常常遇见，不算什么稀奇事，但我以为这就已经能够很明白的知道社会上的一部分现象，胜于一篇平凡的小说或长诗了。

除以上所说之外，那所谓民族主义文学，和闹得已经很久了的武侠小说之类，是也还应该详细解剖的，但现在时间已经不够，只得待将来有机会再讲了。今天就这样为止罢。

（一九三一年）

“民族主义文学”的任务和运命

一

殖民政策是一定保护，养育流氓的。从帝国主义的眼睛看来，惟有他们是最要紧的奴才，有用的鹰犬，能尽殖民地人民非尽不可的任务：一面靠着帝国主义的暴力，一面利用本国的传统之力，以除去“害群之马”，不安本分的“莠民”。所以，这流氓，是殖民地上的洋大人的宠儿，——不，宠犬，其地位虽在主人之下，但总在别的被统治者之上的。

上海当然也不会不在这例子里。巡警不进帮，小贩虽自有小资本，但倘不另寻一个流氓来做债主，付以重利，就很难立足。到去年，在文艺界上，竟也出现了“拜老头”的“文学家”。

但这不过是一个最露骨的事实。其实是，即使并非帮友，他们所谓“文艺家”的许多人，是一向在尽“宠犬”的职分的，虽然所标的口号，种种不同，艺术至上主义呀，国粹主义呀，民族主义呀，为人类的艺术呀，但这仅如巡警手里拿着前膛枪或后膛枪，来福枪，毛瑟枪的不同，那终极的目的却只一个，就是：打死反帝国主义即反政府，亦即“反革命”，或仅有些不平的人民。

那些宠犬派文学之中，锣鼓敲得最起劲的，是所谓“民族主义文学”。但比起侦探，巡捕，刽子手们的显著的勤劳来，却还有很多的逊色。这缘故，就因为他们还只在叫，未行直接地咬，而且大抵没有流氓的剽悍，不过是飘飘荡荡的流尸。然而这又正是“民族主义文学”的特色，所以保持其“宠”的。

翻一本他们的刊物来看罢，先前标榜过各种主义的各种人，居然凑合在一起了。这是“民族主义”的巨人的手，将他们抓过来的么？并不，这些原是上海滩上久已沉沉浮浮的流尸，本来散见于各处的，但经风浪一吹，就漂集一处，形成一个堆积，又因为各个本身的腐烂，就发出较浓厚的恶臭来了。

这“叫”和“恶臭”有能够较为远闻的特色，于帝国主义是有益的，这叫做“为王前驱”，所以流氓文学仍将与流氓政治同在。

二

但上文所说的风浪是什么呢？这是因无产阶级的勃兴而卷起的小风浪。先前的有些所谓文艺家，本未尝没有半意识地或无意识地觉得自身的溃败，于是就自欺欺人地用种种美名来掩饰，曰高逸，曰放达（用新式话来说就是“颓废”），画的是裸女、静物、死，写的是花月、圣地、失眠、酒、女人。一到旧社会的崩溃愈加分明，阶级的斗争愈加锋利的时候，他们也就看见了自己的死敌，将创造新的文化，一扫旧来的污秽的无产阶级，并且觉到了自己就是这污秽，将与在上的统治者同其运命，于是就必然漂集于为帝国主义所宰制的民族中的顺民所竖起的“民族主义文学”的旗帜之下，来和主人一同做一回最后的挣扎了。

所以，虽然是杂碎的流尸，那目标却是同一的：和主人一样，用一切手段，来压迫无产阶级，以苟延残喘。不过究竟是杂碎，而且多带着先前剩下的皮毛，所以自从发表宣言以来，看不见一点鲜明的作品，宣言是一小群杂碎胡乱凑成的杂碎，不足为据的。

但在《前锋月刊》第五号上，却给了我们一篇明白的作品，据编辑者说，这是“参加讨伐阎冯军事的实际描写”，描写军事的小说并不足奇，奇特的是这位“青年军人”的作者所自述的在战场上的心绪，这是“民族主义文学家”的自画像，极有郑重引用的价值的——

> 每天晚上站在那闪烁的群星之下，手里执着马枪，耳中听着虫鸣，四周飞动着无数的蚊子，那样都使人想到法国“客军”在菲洲沙漠里与阿剌伯人争斗流血的生活。（黄震遐《陇海线上》）

原来中国军阀的混战，从“青年军人”，从“民族主义文学者”看来，是并非驱同国人民互相残杀，却是外国人在打别一外国人，两个国度，两个民族，在战地上一到夜里，自己就飘飘然觉得皮色变白，鼻梁加高，成为腊丁民族的战士，站在野蛮的菲洲了。那就无怪乎看得周围的老百姓都是敌人，要一个一个地打死。法国人对于菲洲的阿剌伯人，就民族主义而论，原是不必爱惜的。仅仅这一节，大一点，则说明了中国军阀为什么做了帝国主义的爪牙，来毒害屠杀中国的人民，那是因为他们自己以为是法国的“客军”的缘故；小一点，就说明中国的“民族主义文学家”根本上只同外国主子休戚相关，为什么倒称“民族主义”，来蒙混读者，那是因为他们自己觉得有时好像腊丁民族，条顿民族了的缘故。

三

黄震遐先生写得如此坦白，所说的心境当然是真实的，不过据他小说中所显示的知识推测起来，却还有并非不知而故意不说的一点讳饰。这，是他将“法国的安南兵”含糊地改作“法国的客军”了，因此就较远于“实际描写”，而且也招来了上节所说的是非。

但作者是聪明的。他听过“友人傅彦长君平时许多议论……许多地方不可讳地是受了他的薰陶”，并且考据中外史传之后，接着又写了一篇较切“民族主义”这个题目的剧诗，这回不用法兰西人了，是《黄人之血》（《前锋月刊》七号）。

这剧诗的事迹，是黄色人种的西征，主将是成吉思汗的孙子拔都元帅，真正的黄色种。所征的是欧洲，其实专在斡罗斯

(俄罗斯)——这是作者的目标。联军的构成是汉、鞑靼、女真、契丹人——这是作者的计划;一路胜下去,可惜后来四种人不知“友谊”的要紧和“团结的力量”,自相残杀,竟为白种武士所乘了——这是作者的讽喻,也是作者的悲哀。

但我们且看这黄色军的威猛和恶辣罢——

…………

恐怖呀,煎着尸体的沸油;
可怕呀,遍地的腐骸如何凶丑;
死神捉着白姑娘拼命地搂;
美人螓首变成狞猛的骷髅;
野兽般的生番在故宫里蛮争恶斗;
千年的棺材泄出它凶秽的恶臭;
十字军战士的脸上充满了哀愁;
铁蹄践着断骨,骆驼的鸣声变成怪吼;
上帝已逃,魔鬼扬起了火鞭复仇,
黄祸来了!黄祸来了!
亚细亚勇士们张大吃人的血口。

这德皇威廉因为要鼓吹“德国德国,高于一切”而大叫的“黄祸”,这一张“亚细亚勇士们张大”的“吃人的血口”,我们的诗人却是对着“斡罗斯”,就是现在无产者专政的第一个国度,以消灭无产阶级的模范——这是“民族主义文学”的目标;但究竟因为是殖民地顺民的“民族主义文学”,所以我们的诗人所奉为首领的,是蒙古人拔都,不是中华人赵构,张开“吃人的血口”的是“亚细亚勇士们”,不是中国勇士们,所希望的是拔都的统驭之下的“友谊”，不是各民族间的平等的友爱——这就是露骨的所谓“民族主义文学”的特色，但也是青年军人的作者的悲哀。

四

拔都死了；在亚细亚的黄人中，现在可以拟为那时的蒙古的只有一个日本。日本的勇士们虽然也痛恨苏俄，但也不爱抚中华的勇士，大唱“日支亲善”虽然也和主张“友谊”一致，但事实又和口头不符，从中国“民族主义文学者”的立场上，在已觉得悲哀，对他加以讽喻，原是势所必至，不足诧异的。

果然，诗人的悲哀的预感好像证实了，而且还坏得远。当“扬起火鞭”焚烧“斡罗斯”将要开头的时候，就像拔都那时的结局一样，朝鲜人乱杀中国人，日本人“张大吃人的血口”吞了东三省了。莫非他们因为未受傅彦长先生的薰陶，不知“团结的力量之重要”，竟将中国的“勇士们”也看成菲洲的阿剌伯人了吗?!

五

这实在是一个大打击。军人的作者还未喊出他勇壮的声音，我们现在所看见的是“民族主义”旗下的报章上所载的小勇士们的愤激和绝望。这也是势所必至无足诧异的。理想和现实本来易于冲突，理想时已经含了悲哀，现实起来当然就会绝望。于是小勇士们要打仗了——

战啊，下个最后的决心，
杀尽我们的敌人，
你看敌人的枪炮都响了，
快上前，把我们的肉体筑一座长城。
雷电在头上咆哮，
浪涛在脚下吼叫，
热血在心头燃烧，
我们向前线奔跑。

（苏凤：《战歌》。《民国日报》载。）

去，战场上去，
我们的热血在沸腾，
我们的肉身好像疯人，
我们去把热血锈住贼子的枪头，
我们去把肉身塞住仇人的炮口。
去，战场上去，
凭着我们一股勇气，
凭着我们一点纯爱的精灵，
去把仇人驱逐，
不，去把仇人杀尽。

（甘豫庆：《去上战场去》。《申报》载。）

同胞，醒起来罢，
踢开了弱者的心，
踢开了弱者的脑，

看，看，看，
看同胞们的血喷出来了，
看同胞们的肉割开来了，
看同胞们的尸体挂起来了。

（邵冠华：《醒起来罢同胞》。同上。）

这些诗里很明显的是作者都知道没有武器，所以只好用“肉体”，用“纯爱的精灵”，用“尸体”。这正是《黄人之血》的作者的先前的悲哀，而所以要追随拔都元帅之后，主张“友谊”的缘故。武器是主子那里买来的，无产者已都是自己的敌人，倘主子又不谅其衷要加以“惩膺”，那么，唯一的路也实在只有一个死了——

我们是初训练的一队，
有坚卓的志愿，
有沸腾的热血，
来扫除强暴的歹类。
同胞们，亲爱的同胞们，
快起来准备去战，
快起来奋斗，
战死是我们的生路。

（沙珊：《学生军》。同上。）

天在啸，
地在震，
人在冲，兽在吼，
宇宙间的一切在咆哮，

朋友哟，

准备着我们的头颅去给敌人砍掉。

（赵之津：《伟大的死》。同上。）

一群是发扬踔厉，一群是慷慨悲歌，写写固然无妨，但倘若真要这样，却未免太不懂得“民族主义文学”的精义了，然而，却也尽了“民族主义文学”的任务。

六

《前锋月刊》上用大号字题目的《黄人之血》的作者黄震遐诗人，不是早已告诉我们过理想的元帅拔都了吗？这诗人受过傅彦长先生的薰陶，查过中外的史传，还知道“中世纪的东欧是三种思想的冲突点”，岂就会偏不知道赵家末叶的中国，是蒙古人的淫掠场？拔都元帅的祖父成吉思皇帝侵入中国时，所至淫掠妇女，焚烧庐舍，到山东曲阜看见孔老二先生像，元兵也要指着骂道：“说‘夷狄之有君，不如华夏之无也’的，不就是你吗？”夹脸就给他一箭。这是宋人的笔记里垂涕而道的，正如现在常见于报章上的流泪文章一样。黄诗人所描写的“斡罗斯”那“死神捉着白姑娘拼命地搂…”那些妙文，其实就是那时出现于中国的情形。但一到他的孙子，他们不就携手“西征”了吗？现在日本兵“东征”了东三省，正是“民族主义文学家”理想中的“西征”的第一步，“亚细亚勇士们张大吃人的血口”的开场。不过先得在中国咬一口。因为那时成吉思皇帝也像对于“斡罗斯”一样，先使中国人变成奴才，然后赶他打仗，并非用了"友谊"，送柬帖来敦请的。所以，这沈阳事件，不但和"民族主义文学"毫无冲突，而且还实现了他们的理想境，倘若不明这精义，要去硬送头颅，使"亚细亚勇士"减少，那实在是很可惜的。

那么，"民族主义文学"无须有那些呜呼阿呀死死活活的调子吗？谨对曰：要有的，他们也一定有的。否则不抵抗主义、城下之盟、断送土地这些勾当，在沉静中就显得更加露骨。必须痛哭怒号，摩拳擦掌，令人被这扰攘嘈杂所惑乱，闻悲歌而泪垂，听壮歌而愤泄，于是那"东征"即"西征"的第一步，也就悄悄地隐隐地跨过去了。落葬的行列里有悲哀的哭声，有壮大的军乐那任务是在送死人入埋土中，用热闹来掩过了这"死"，给大家接着就得到"忘却"。现在"民族主义文学"的发扬踔厉或慷慨悲歌的文章，便是正在尽着同一的任务的。

但这之后，"民族主义文学者"也就更加接近了他的哀愁。因为有一个问题，更加临近。就是将来主子是否不至于再蹈拔都元帅的覆辙，肯信用而且优待忠勇的奴才，不，勇士们呢？这实在是一个很要紧，很可怕的问题，是主子和奴才能否"同存共荣"的大关键。

历史告诉我们：不能的。这，正如连"民族主义文学者"也已经知道一样，不会有这一回事。他们将只尽些送丧的任务，永含着恋主的哀愁，须到无产阶级革命的风涛怒吼起来，刷洗山河的时候，这才能脱出这沉滞猥劣和腐烂的运命。

（一九三一年）

中华民国的新“堂·吉诃德”们

十六世纪末尾的时候，西班牙的文人西万提斯做了一大部小说叫作《堂·吉诃德》，说这位吉先生，看武侠小说看呆了，硬要去学古代的游侠，穿一身破甲，骑一匹瘦马，带一个跟丁，游来游去，想斩妖服怪，除暴安良。谁知当时已不是那么古气盎然的时候了，因此只落得闹了许多笑话，吃了许多苦头，终于上个大当，受了重伤，狼狈回来，死在家里，临死才知道自己不过一个平常人，并不是什么大侠客。

这一个古典，去年在中国曾经很被引用了一回，受到这个谥法的名人，似乎还有点很不高兴的样子。其实是，这种书呆子，乃是西班牙书呆子，向来爱讲“中庸”的中国，是不会有的。西班牙人讲恋爱，就天天到女人窗下去唱歌，信旧教，就烧杀异端，一革命，就捣烂教堂，踢出皇帝。然而我们中国的文人学子，不是总说女人先来引诱他，诸教同源，保存庙产，宣统在革命之后，还许他许多年在宫里做皇帝吗？

记得先前的报章上，发表过几个店家的小伙计，看剑侠小说入了迷，忽然要到武当山去学道的事，这倒很和“堂·吉诃德”相像的。但此后便看不见一点后文，不知道是也做出了许多奇迹，还是不久就又回到家里去了，以“中庸”的老例推测起来，大约以回了家为合式。

这以后的中国式的“堂·吉诃德”的出现，是“青年援马团”。不是兵，他们偏要上战场；政府要诉诸国联，他们偏要自己动手；政府不准去，他们偏要去；中国现在总算有一点铁路了，他们偏要一步一步地走过去；北方是冷的，他们偏只穿夹袄；打仗的时候，兵器是顶要紧的，他们偏只着重精神，这一切等等，确是十分“堂·吉诃德”的了。然而究竟是中国的“堂·吉诃德”，所以他只一个，他们是一团；送他的是嘲笑，送他们的是欢呼；迎他的是诧异，而迎他们的也是欢呼；他驻扎在深山中，他们驻扎在真茹镇；他在磨坊里打风磨，他们在常州玩梳篦，又见美女，何幸如之（见十二月《申报·自由谈》）。其苦乐之不同，有如此者，呜呼！

不错，中外古今的小说太多了，里面有“舆榇”，有“截指”，有“哭秦庭”，有“对天立誓”。耳濡目染，诚然也不免来抬棺材，砍指头，哭孙陵，宣誓出发的。然而五四运动时胡适之博士讲文学革命的时候，就已经要“不用古典”，现在在行为上，似乎更可以不用了。

讲二十世纪战事的小说，旧一点的有雷马克的《西线无战事》，棱的《战争》，新一点的有绥拉菲摩维支的《铁流》，法捷耶夫的《毁灭》，里面都没有这样的“青年团”，所以他们都实在打了仗。

（一九三一年）

“友邦惊诧”论

只要略有知觉的人就都知道：这回学生的请愿，是因为日本占据了辽吉，南京政府束手无策，单会去哀求国联，而国联却正和日本是一伙。读书呀，读书呀，不错，学生是应该读书的，但一面也要大人老爷们不至于葬送土地，这才能够安心读书。报上不是说过，东北大学逃散，冯庸大学逃散，日本兵看见学生模样的就枪毙吗？放下书包来请愿，真是已经可怜之至。不道国民党政府却在十二月十八日通电各地军政当局文里，又加上他们“捣毁机关，阻断交通，殴伤中委，拦劫汽车，攒击路人及公务人员，私逮刑讯，社会秩序，悉被破坏”的罪名，而且指出结果，说是“友邦人士，莫名惊诧，长此以往，国将不国”了！

好个“友邦人士”！日本帝国主义的兵队强占了辽吉，炮轰机关，他们不惊诧；阻断铁路，追炸客车，捕禁官吏，枪毙人民，他们不惊诧。中国国民党治下的连年内战，空前水灾，卖儿救穷，砍头示众，秘密杀戮，电刑逼供，他们也不惊诧。在学生的请愿中有一点纷扰，他们就惊诧了！

好个国民党政府的“友邦人士”！是些什么东西！

即使所举的罪状是真的罢，但这些事情，是无论哪一个“友邦”也都有的，他们的维持他们的“秩序”的监狱，就撕掉了他们的“文明”的面具。摆什么“惊诧”的臭脸孔呢？

可是“友邦人士”一惊诧，我们的国府就怕了，“长此以往，国将不国”了，好像失了东三省，党国倒愈像一个国；失了东三省谁也不响，党国倒愈像一个国；失了东三省只有几个学生上几篇“呈文”，党国倒愈像一个国，可以博得“友邦人士”的夸奖，永远“国”下去一样。

几句电文，说得明白极了：怎样的党国，怎样的“友邦”。“友邦”要我们人民身受宰割，寂然无声，略有“越轨”，便加屠戮；党国是要我们遵从这“友邦人士”的希望，否则，他就要“通电各地军政当局”，“即予紧急处置，不得于事后借口无法劝阻，敷衍塞责”了！

因为“友邦人士”是知道的：日兵“无法劝阻”，学生们怎会“无法劝阻”？每月一千八百万的军费，四百万的政费，作什么用的呀，“军政当局”呀？

写此文后刚一天，就见二十一日《申报》登载南京专电云：

> 考试院部员张以宽，盛传前日为学生架去重伤。兹据张自述，当时因车夫误会，为群众引至中大，旋出校回寓，并无受伤之事。至行政院某秘书被拉到中大，亦当时出来，更无失踪之事。

而“教育消息”栏内，又记本埠一小部分学校赴南京请愿学生死伤的确数，则云：

> 中公死二人，伤三十八，复旦伤二人，复旦附中伤十八，东亚失踪一人（系女性），上中失踪一人，伤三八，文生氏死一人，伤五人……

可见学生并未如国府通电所说，将“社会秩序，破坏无馀”，而国府则不但依然能够镇压，而且依然能够诬陷，杀戮。“友邦人士”从此可以不必“惊诧莫名”，只请放心来瓜分就是了。

（一九三一年）

“二心集”序言

这里是一九三〇年与三一年两年间的杂文的结集。

当三〇年的时候，期刊已渐渐的少见，有些是不能按期出版了，大约是受了逐日加紧的压迫。《语丝》和《奔流》，则常遭邮局的扣留，地方的禁止，到底也还是敷延不下去。那时我能投稿的，就只剩了一个《萌芽》，而出到五期，也被禁止了，接着是出了一本《新地》。所以在这一年内，我只做了收在集内的不到十篇的短评。

此外还曾经在学校里演讲过两三回，那时无人记录，讲了些什么，此刻连自己也记不清楚了。只记得在有一个大学里演讲的题目，是《象牙塔和蜗牛庐》。大意是说，象牙塔里的文艺，将来决不会出现于中国，因为环境并不相同，这里是连摆这“象牙之塔”的处所也已经没有了；不久可以出现的，恐怕至多只有几个“蜗牛庐”。蜗牛庐者，是三国时所谓“隐逸”的焦先曾经居住的那样的草窠，大约和现在江北穷人所搭的草棚相仿，不过还要小，光光地伏在那里面，少出，少动，无衣，无食，无言。因为那时是军阀混战，任意杀掠的时候，心里不以为然的人，只有这样才可以苟延他的残喘。但蜗牛界里哪里会有文艺呢，所以这样下去，中国的没有文艺，是一定的。这样的话，真可谓已经大有蜗牛气味的了。不料不久就有一位勇敢的青年在政府机关的上海《民国日报》上给我批评，说我的那些话使他非常看不起，因为我没有敢讲共产党的话的勇气。谨案在“清党”以后的党国里，讲共产主义是算犯大罪的，捕杀的网罗，张遍了全中国，而不讲，却又为党国的忠勇青年所鄙视。这实在只好变了真的蜗牛，才有“庶几得免于罪戾”的幸福了。

而这时左翼作家拿着苏联的卢布之说，在所谓“大报”和小报上，一面又纷纷地宣传起来，新月社的批评家也从旁很卖了些力气。有些报纸，还拾了先前的创造社派的几个人的投稿于小报上的话，讥笑我为“投降”，有一种报则载起《文坛贰臣传》来，第一个就是我，——但后来好像并不再做下去了。

卢布之谣，我是听惯了的。大约六七年前，《语丝》在北京说了几句涉及陈源教授和别的“正人君子”们的话的时候，上海的《晶报》上就发表过“现代评论社主角”唐有壬先生的信札，说是我们的言动，都由于墨斯科的命令。这又正是祖传的老谱，宋末有所谓“通虏”，清初又有所谓“通海”，向来就用了这类的口实，害过许多人们的。所以含血喷人，已成了中国士君子的常经，实在不单是他们的识见，只能够见到世上一切都靠金钱的势力。至于“贰臣”之说，却是很有些意思的，我试一反省，觉得对于时事，即使未曾动笔，有时也不免于腹诽，“臣罪当诛兮天皇圣明”，腹诽就决不是忠臣的行径。但御用文学家的给了我这个徽号，也可见他们的“文坛”上是有皇帝的了。

去年偶然看见了几篇梅林格（Franz Mehring）的论文，大意说，在坏了下去的旧社会里，倘有人怀一点不同的意见，有一点携贰的心思，是一定要大吃其苦的。而攻击陷害得最凶的，则是这人的同阶级的人物。他们以为这是最可恶的叛逆，比异阶级的奴隶造反还可恶，所以一定要除掉他。我才知道中外古今，无不如此，真是读书可以养气，竟没有先前那样“不满于现状”了，并且仿“三闲集”之例而变其意，拾来做了这一本书的名目。然而这并非在证明我是无产者。一阶级里，临末也常常会自己互相闹起来的，就是《诗经》里说过的那“兄弟阋于墙”，——但后来却未必“外御其侮”。例如同是军阀，就总在整年的大家相打，难道有一面是无产阶级么？而且我时时说些自己的事情，怎样地在“碰壁”，怎样地在做蜗牛，好像全世界的苦恼，萃于一身，在替大众受罪似的：也正是中产的知识阶级分子的坏脾气。只是原先是憎恶这熟识的本阶级，毫不可惜它的溃灭，后来又由于事实的教训，以为唯新兴的无产者才有将来，却是的确的。

自从一九三一年二月起，我写了较上年更多的文章，但因为揭载的刊物有些不同，文字必得和它们相称，就很少做《热风》那样简短的东西了；而且看看对于我的批评文字，得了一种经验，好像评论做得太简括，是极容易招得无意的误解，或有意的曲解似的。又，此后也不想再编《坟》那样的论文集，和《壁下译丛》那样的译文集，这回就连较长的东西也收在这里面，译文则选了一篇“现代电影和有产阶级”附在末尾，因为电影之在中国，虽然早已风行，但这样扼要的论文却还少见，留心世事的人们，实在很有一读的必要的。还有通信，如果只有一面，读者也往往很不容易了然，所以将紧要一点的几封来信，也擅自一并编进去了。

一九三二年四月三十日之夜编讫并记。

新文学选集

鲁迅选集

下　册

开明出版社

图书在版编目(CIP)数据

鲁迅选集：全 3 册/鲁迅著. —北京：开明出版社，2016.2
（2023.2 重印）
（新文学选集. 第 1 辑）
ISBN 978-7-5131-1858-3

Ⅰ.①鲁… Ⅱ.①鲁… Ⅲ.①鲁迅著作—选集 Ⅳ.①I210.2

中国版本图书馆 CIP 数据核字(2016)第 036339 号

责任编辑：卓玥　王月梅

书　名：鲁迅选集（全 3 册）
出版人：陈滨滨
著　者：鲁　迅
编辑者：新文学选集编辑委员会
主　编：茅　盾
出　版：开明出版社(北京市海淀区西三环北路 25 号青政大厦 6 层)
印　刷：山东华立印务有限公司
开　本：148＊210　1/32
印　张：27.625
字　数：570 千字
版　次：2016 年 2 月第一版
印　次：2023 年 2 月第三次印刷
定　价：84.00

印刷、装订质量问题，出版社负责调换。联系电话：(010)88817647

第三部

俄文译本阿 Q 正传序及著者自叙传略

阿 Q 正传序

这在我是很应该感谢，也是很觉得欣幸的事，就是：我的一篇短小的作品，仗着深通中国文学的王希礼（B. A. Vassiliev）先生的翻译，竟得展开在俄国读者的面前了。

我虽然已经试做，但终于自己还不能很有把握，我是否真能够写出一个现代的我们国人的魂灵来。别人我不得而知，在我自己，总仿佛觉得我们人人之间各有一道高墙，将各个分离，使大家的心无从相印。这就是我们古代的聪明人，即所谓圣贤，将人们分为十等，说是高下各不相同。其名目现在虽然不用了，但那鬼魂却依然存在，并且，变本加厉，连一个人的身体也有了等差，使手对于足也不免视为下等的异类。造化生人，已经非常巧妙，使一个人不会感到别人的肉体上的痛苦了，我们的圣人和圣人之徒却又补了造化之缺，并且使人们不再会感到别人的精神上的痛苦。

我们的古人又造出了一种难到可怕的一块一块的文字；但我还并不十分怨恨，因为我觉得他们倒并不是故意的。然而，许多人却不能借此说话了，加以古训所筑成的高墙，更使他们连想也不敢想。现在我们所能听到的不过是几个圣人之徒的意见和道理，为了他们自己；至于百姓，却就默默地生长，萎黄，枯死了，像压在大石底下的草一样，已经有四千年！

要画出这样沉默的国民的魂灵来，在中国实在算一件难事，因为，已经说过，我们究竟还是未经革新的古国的人民，所以也还是各不相通，并且连自己的手也几乎不懂自己的足。我虽然竭力想摸索人们的魂灵，但时时总自憾有些隔膜。在将来，围在高墙里面的一切人众，该会自己觉醒，走出，都来开口的罢，而现在远少见，所以我也只得依了自己的觉察，孤寂地姑且将这些写出，作为在我的眼里所经过的中国的人生。

我的小说出版之后，首先收到的是一个青年批评家的谴责；后来，也有以为是病的，也有以为滑稽的，也有以为讽刺的；或者还以为冷嘲，至于使我自己也要疑心自己的心里真藏着可怕的冰块。然而我又想，看人生是因作者而不同，看作品又因读者而不同，那么，这一篇在毫无“我们的传统思想”的俄国读者的眼中，也许又会照见别样的情景的罢，这实在是使我觉得很有意味的。

一九二五年五月二十六日，于北京。

著者自叙传略

我于一八八一年生在浙江省绍兴府城里的一家姓周的家里。父亲是读书的；母亲姓鲁，乡下人，她以自修得到能够看书的学力。听人说，在我幼小时候，家里还有四五十亩水田，并不很愁生计。但到我十三岁时，我家忽而遭了一场很大的变故，几乎什么也没有了；我寄住在一个亲戚家，有时还被称为乞食者。我于是决心回家，而我的父亲又生了重病，约有三年多，死去了。我渐至于连极少的学费也无法可想；我的母亲便给我筹办了一点旅费；教我去寻无需学费的学校去，因为我总不肯学做幕友或商人，——这是我乡衰落了的读书人家子弟所常走的两条路。

其时我是十八岁，便旅行到南京，考入水师学堂了，分在机关科。大约过了半年我又走出，改进矿路学堂去学开矿，毕业之后，即被派往日本去留学。但待到在东京的预备学校毕业，我已经决意要学医了，原因之一是因为我确知道了新的医学对于日本的维新有很大的助力。我于是进了仙台（Sendai）医学专门学校，学了两年。这时正值俄日战争，我偶然在电影上看见一个中国人因做侦探而将被斩，因此又觉得在中国还应该先提倡新文坛。我便弃了学籍，再到东京，和几个朋友立了些小计划，但都陆续失败了。我又想往德国去，也失败了。终于，因为我的母亲和几个别的人很希望我有经济上的帮助，我便回到中国来；适时我是二十九岁。

我一回国，就在浙江杭州的两级师范学堂做化学和生理学教员，第二年就走出，到绍兴中学堂去做教务长，第三年又走出，没有地方可去，想在一个书店去做编译员，到底被拒绝了。但革命也就发生，绍兴光复后，我做了师范学校的校长。革命政府在南京成立，教育部长招我去做部员，移入北京，一直到现在。近几年，我还兼做北京大学、师范大学、女子师范大学的国文系讲师。

我在留学时候，只在杂志上登过几篇不好的文章。初做小说是一九一八年，因了我的朋友钱玄同的劝告，做来登在《新青年》上的。这时才用“鲁迅”的笔名（Pen-name）；也常用别的名字做一点短论。现在汇印成书的只有一本短篇小说集《呐喊》，其馀还散在几种杂志上。别的，除翻译不计外，印的又有一本《中国小说史略》。

《语丝》第三十一期

（一九二五年）

老调子已经唱完

——一九二七年二月十九日在香港青年会讲演

今天我所讲的题目是“老调子已经唱完”：初看似乎有些离奇，其实是并不奇怪的。

凡老的，旧的，都已经完了！这也应该如此。虽然这一句话实在对不起一般老前辈，可是我也没有别的法子。

中国人有一种矛盾思想，即是：要子孙生存，而自己想活得很长久，永远不死；及至知道没法可想，非死不可了，却希望自己的尸身永远不腐烂。但是，想一想罢，如果从有人类以来的人们都不死，地面上早已挤得密密的，现在的我们早已无地可容了；如果从有人类以来的人们的尸身都不烂，岂不是地面上的死尸早已堆得比鱼店里的鱼还要多，连掘井、造房子的空地都没有了么？所以，我想，凡是老的旧的，实在倒不如高高兴兴地死去的好。

在文学上，也一样，凡是老的和旧的，都已经唱完，或将要唱完。举一个最近的例来说，就是俄国。他们当俄皇专制的时代，有许多作家很同情于民众，叫出许多惨痛的声音，后来他们又看见民众有缺点，便失望起来，不很能怎样歌唱，待到革命以后，文学上便没有什么大作品了，只有几个旧文学家跑到外国去，作了几篇作品，但也不见得出色，因为他们已经失掉了先前的环境了，不再能照先前似的开口。

在这时候，他们的本国是应该有新的声音出现的，但是我们还没有听到。我想，他们将来是一定要有声音的。因为俄国是活的，虽然暂时没有声音，但他究竟有改造环境的能力，所以将来一定也会有新的声音出现。

再说欧美的几个国度罢。他们的文艺是早有些老旧了，待到世界大战时候，才发生了一种战争文学。战争一完结，环境也改变了，老调子无从再唱，所以现在文学上也有些寂寞。将来的情形如何，我们实在不能预测。但我相信，他们是定也会有新的声音的。

现在来想一想我们中国是怎样。中国的文章是最没有变化的，调子是最老的，里面的思想是最旧的。但是，很奇怪，却和别国不一样。那些老调子，还没有唱完。

这是什么缘故呢？有人说，我们中国是有一种“特别国情”。——中国人是否真是这样“特别”，我是不知道，不过我听得有人说，中国人是这样。倘使这话是真的，那么，我看来，这所以特别的原因，大概有两样。

第一，是因为中国人没记性，因为没记性，所以昨天听过的话，今天忘记了，明天再听到，还是觉得很新鲜。做事也是如此，昨天做坏了的事，今天忘记了，明天做起来，也还是“仍旧贯”的老调子。

第二，是个人的老调子还未唱完，国家却已经灭亡了好几次了。何以呢？我想，凡有老旧的调子，一到有一个时候，是都应该唱完的，凡是有良心，有觉悟的人，到一个时候，自然知道老调子不敢再唱，将它抛弃。但是，一般以自己为中心的人们，却决不肯以民众为主体，而专图自己的便利，总是三翻四覆地唱不完。于是，自己的老调子固然唱不完，而国家却已被唱完了。

宋朝的读书人讲道学，讲理学，尊孔子，千篇一律。虽然有几个革新的人们，如王安石等等，行过新法，但不得大家赞同，失败了。从此大家又唱老调子，和社会没有关系的老调子，一直到宋朝的灭亡。

宋朝唱完了，进来做皇帝的是蒙古人——元朝。那么，宋朝的老调子也该随着宋朝完结了罢，不，元朝人起初虽然看不起中国人，后来却觉得我们的老调子，倒也新奇，渐渐生了羡慕，因此元人也跟着唱起我们的调子来了，一直到灭亡。

这个时候，起来的是明太祖，元朝的老调子，到此应该唱完了罢，可是也还没有唱完，明太祖又觉得还有些意趣，就又教大家接着唱下去。什么八股咧，道学咧，和社会、百姓都不相干，就只向着那条过去的旧路走，一直到明亡。

清朝又是外国人，中国的老调子，在新来的外国主人的眼里又见得新鲜了，于是又唱下去，还是八股，考试，做古文，看古书。但是清朝的完结，已经有十六年了，这是大家都知道的。他们到后来，倒也略略有些觉悟，曾经想从外国学一点新法来补救，然而已经太迟，来不及了。

老调子将中国唱完，完了好几次，而它却仍然可以唱下去。因此就发生一点小议论。有人说："可见中国的老调子实在好，正不妨唱下去。试看元朝的蒙古人，清朝的满洲人，不是都被他们同化了么？照此看来，则将来无论何国，中国都会这样地将他们同化的。"原来我们中国就和生着传染病的病人一般，自己生了病，还会将病传到别人身上去，这倒是一种特别的本领。

殊不知这种意见，在现在是非常错误的。我们为甚么能够同化蒙古人和满洲人呢？是因为他们的文化比我们的低得多。倘使别人的文化和我们的相敌或更进步，那结果便要大不相同了。他们倘比我们更聪明，这时候，我们不但不能同化他们，反要被他们利用了我们的腐败文化，来治理我们这腐败民族。他们对于中国人，是毫不爱的，当然任凭你腐败下去。现在听说又很有别国人在尊重中国的旧文化了，哪里是真在尊重呢，不过是利用！

从前西洋有一个国度，国名忘记了，要在非洲造一条铁路。顽固的非洲土民很反对，他们便利用了他们的神话来哄骗他们道："你们古代有一个神仙，曾从地面造一条桥到天上。现在我们所造的铁路，简直就和你们的古圣人的用意一样。"非洲人不胜佩服，高兴，铁路就造起来。——中国人是向来排斥外人的，然而现在却渐渐有人跑到他那里去唱老调子了，还说道："孔夫子也说道，'道不行，乘桴浮于海。'所以外人倒是好的。"外国人也说道："你们圣人的话实在不错。"

倘照这样下去，中国的前途怎样呢？别的地方我不知道，只好用上海来类推，上海是：最有权势的是一群外国人，接近他们的是一圈中国的商人和所谓读书人，圈子外面是许多中国的苦人，就是下等奴才。将来呢，倘使还是唱着老调子，那么，上海的情状会扩大到全国，苦力会多起来。因为现在是不像元朝清朝的时候，我们可以靠着老调子将他们唱完，只好反而唱完自己了。这就因为，现在的外国人，不比蒙古人和满洲人一样，他们的文化并不在我们之下。

那么，怎么好呢？我想，唯一的方法，首先是抛弃了老调子。旧文章、旧思想，都已经和现社会毫无关系了，从前孔子周游列国的时代，所坐的是牛车。现在我们还坐牛车么？从前尧舜的时候，吃东西用泥碗。现在我们所用的是甚么？所以，生在现今的时代，捧着古书是完全没有用处的了。

但是，有些读书人说，我们看这些古东西，倒并不觉得于中国怎样有害，又何必这样决绝地抛弃呢？是的。然而古老东西的可怕就正在这里。倘使我们觉得有害，我们便能警戒了，正因为并不觉得怎样有害，我们这才总是觉不出这致死的毛病来。因为这是“软刀子”。这“软刀子”的名目，也不是我发明的，明朝有一个读书人，叫做贾凫西的，鼓词里曾经说起纣王，道：“几年家软刀子割头不觉死，只等得太白旗悬才知道命有差。”我们的老调子，也就是一把软刀子。

中国人倘被别人用钢刀来割，是觉得痛的，还有法子想；倘是软刀子，那可真是“割头不觉死”，一定要完。

我们中国被别人用兵器来打，早有过好多次了。例如，蒙古人满洲人用弓箭，还有别国人用枪炮。用枪炮来打的后几次，我已经出了世了，但是年纪青。我仿佛记得那时大家，倒还觉得一点苦痛的，也曾经想有些抵抗，有些改革。用枪炮来打我们的时候，听说是因为我们野蛮；现在，倒不大遇见有枪炮来打我们了，大约是因为我们文明了罢。现在也的确常常有人说，中国的文化好得很，应该保存。那证据，是外国人也常在赞美。这就是软刀子。用钢刀，我们也许还会觉得的，于是就改用软刀子。我想：叫我们用自己的老调子唱完我们自己的时候，是已经要到了。

中国的文化，我可是实在不知道在哪里。所谓文化之类，和现在的民众有甚么关系，甚么益处呢？近来外国人也时常说，中国人礼仪好，中国人肴馔好。中国人也附和着。但这些事和民众有甚么关系？车夫先就没有钱来做礼服，南北的大多数的农民最好卖的是杂粮，有甚么关系？

中国的文化，都是侍奉主子的文化，是用很多的人的痛苦换来的。无论中国人、外国人，凡是称赞中国文化的，都只是以主子自居的一部分。

以前，外国人所作的书籍，多是嘲骂中国的腐败；到了现在，不大嘲骂了，或者反而称赞中国的文化了。常听到他们说："我在中国住得很舒服呵！"这就是中国已经渐渐把自己的幸福送给外国人享受的证据，所以他们愈赞美，我们中国将来的苦痛要愈深的！

这就是说：保存旧文化，是要中国人永远做侍奉主子的材料，苦下去，苦下去。虽然现在的阔人富翁，他们子孙也不能逃。我曾经做过一杂感，大意是说："凡称赞中国旧文化的，多是住在租界或安稳地方的富人，因为他们有钱，没有受到国内战争的痛苦，所以发出这样的赞赏来。殊不知将来他们的子孙，营业要比现在的苦人更其贱，去开的矿洞，也要比现在的苦人更其深。”这就是说，将来还是要穷的，不过迟一点。但是先穷的苦人，开了较浅的矿，他们的后人，却须开更深的矿了。我的话并没有人注意。他们还是唱着老调子，唱到租界去，唱到外国去。从此以后，不能像元朝清朝一样，唱完别人了，他们是要唱完了自己。

这怎么办呢？我想，第一，是先请他们从洋楼、卧室、书房里踱出来，看一看身边怎么样，再看一看社会怎么样，世界怎么样。然后自己想一想，想得了方法，就做一点。“跨出房门，是危险的。”自然，唱老调子的先生们又要说。然而，做人是总有些危险的，如果躲在房里，就一定长寿，白须子的老先生应该非常多；但是我们所见的有多少呢？他们也还是常常早死，虽然不危险，他们也糊涂死了。

要不危险，我倒曾经发见了一个很合适的地方。这地方，就是：牢狱。人坐在监牢里，便不至于再捣乱犯罪了；救火机关也完全，不怕失火，也不怕盗劫，到牢狱里去抢东西的强盗是从来没有的。坐监是实在最安稳。

但是，坐监却独独缺少一件事，这就是：自由。所以，贪安稳就没有自由，要自由就总要历些危险。只有这两条路。哪一条好，是明明白白的，不必待我来说了。

现在我还要谢诸位今天到来的盛意。

文艺的大众化

文艺本应该并非只有少数的优秀者才能够鉴赏，而是只有少数的先天的低能者所不能鉴赏的东西。

倘若说，作品愈高，知音愈少。那么，推论起来，谁也不懂的东西，就是世界上的绝作了。

但读者也应该有相当的程度。首先是识字，其次是有普通的大体的知识，而思想和情感，也须大抵达到相当的水平线。否则，和文艺即不能发生关系。若文艺设法俯就，就很容易流为迎合大众，媚悦大众。迎合和媚悦，是不会于大众有益的。——什么谓之“有益”非在本问题范围之内，这里且不论。

所以在现下的教育不平等的社会里，仍当有种种难易不同的文艺，以应各种程度的读者之需。不过应该多有为大众设想的作家，竭力来作浅显易解的作品，使大家能懂，爱看，以挤掉一些陈腐的劳什子。但那文字的程度，恐怕也只能到唱本那样。

因为现在是使大众能鉴赏文艺的时代的准备，所以我想，只能如此。

倘若此刻就要全部大众化，只是空谈。大多数人不识字；日下通行的白话文，也非大家能懂的文章；言语又不统一，若用方言，许多字是写不出的，即使用别字代出，也只为一处地方人所懂，阅读的范围反而收小了。

总之，多作或一程度的大众化的文艺，也固然是现今的急务。若是大规模的设施，就必须政治之力的帮助，一条腿是走不成路的，许多动听的话，不过文人的聊以自慰罢了。

一九三〇年三月一日《大众文艺》第二卷第三期所载

帮忙文学与帮闲文学

——在北大讲演纪录

我四五年来未到这边，对于这边情形，不甚熟悉；我在上海的情形，也非诸君所知。所以今天还是讲帮闲文学与帮忙文学。

这当怎么讲？从五四运动后，新文学家很提倡小说；其故由当时提倡新文学的人看见西洋文学中小说地位甚高，和诗歌相仿佛；所以弄得像不看小说就不是人似的。但依我们中国的老眼睛看起来，小说是给人消闲的，是为酒馀茶后之用。因为饭吃得饱饱的，茶喝得饱饱的，闲起来也实在是苦极的事。那时候又没有跳舞场：明末清初的时候，一分人家必有帮闲的东西存在的。那些会念书会下棋会画画的人，陪主人念念书，下下棋，画几笔画，这叫做帮闲，也就是篾片！所以帮闲文学又名篾片文学。小说就做着篾片的职务。汉武帝时候，只有司马相如不高兴这样，常常装病不出去。至于究竟为什么装病，我可不知道。倘说他反对皇帝是为了卢布，我想大概是不会的，因为那个时候还没有卢布。大凡要亡国的时候，皇帝无事，臣子谈谈女人，谈谈酒，像六朝的南朝，开国的时候，这些人便做诏令，做勅，做宣言，做电报，——做所谓皇皇大文。主人一到第二代就不忙了，于是臣子就帮闲。所以帮闲文学实在就是帮忙文学。

中国文学从我看起来，可以分为两大类：（一）廊庙文学，这就是已经走进主人家中，非帮主人的忙，就得帮主人的闲；与这相对的是（二）山林文学。唐诗即有此二种。如果用现代话讲起来，是“在朝”和“下野”。后面这一种虽然暂时无忙可帮，无闲可帮，但身在山林，而“心存魏阙”。如果既不能帮忙，又不能帮闲，那么，心里就甚是悲哀了。

中国是隐士和官僚最接近的。那时很有被聘的希望，一被聘，即谓之征君；开当铺，卖糖葫芦是不会被征的。我曾经听说有人做世界文学史，称中国文学为官僚文学。看起来实在也不错。一方面固然由于文字难，一般人受教育少，不能做文章，但在另一方面看起来，中国文学和官僚也实在接近。

现在大概也如此。惟方法巧妙得多了，竟至于看不出来。今日文学最巧妙的有所谓为艺术而艺术派。这一派在五四运动时代，确是革命的，因为当时是向“文以载道”说进攻的，但是现在却连反抗性都没有了。不但没有反抗性，而且压制新文学的发生。对社会不敢批评，也不能反抗，若反抗，便说对不起艺术。故也变成帮忙柏勒思（plus）帮闲。为艺术而艺术派对俗事是不问的，但对于俗事如主张为人生而艺术的人是反对的，则如《现代评论》派，他们反对骂人，但有人骂他们，他们也是要骂的。他们骂骂人的人，正如杀杀人的人一样——他们是刽子手。

这种帮忙和帮闲的情形是长久的。我并不劝人立刻把中国的文物都抛弃了，因为不看这些，就没有东西看；不帮忙也不帮闲的文学真也太不多。现在做文章的人们几乎都是帮闲帮忙的人物。有人说文学家是很高尚的，我却不相信与吃饭问题无关，不过我又以为文学与吃饭问题有关也不打紧，只要能比较的不帮忙不帮闲就好。

（一九三〇年）

今春的两种感想

——在北平辅仁大学演讲

我是上星期到北平的，论理应当带点礼物送给青年诸位，不过因为奔忙匆匆未顾得及，同时也没有什么可带的。

我近来是在上海，上海与北平不同，在上海所感到的，在北平未必感到。今天又没预备什么，就随便谈谈吧。

昨年东北事变详情我一点不知道，想来上海事变诸位一定也不甚了然。就是同在上海也是彼此不知，这里死命地逃死，那里则打牌的仍旧打牌，跳舞的仍旧跳舞。

打起来的时候，我是正在所谓火线里面，亲遇见捉去许多中国青年。捉去了就不见回来，是生是死也没人知道，也没人打听，这种情形是由来已久了，在中国被捉去的青年素来是不知下落的。东北事起，上海有许多抗日团体，有一种团体就有一种徽章。这种徽章，如被日军发现死是很难免的。然而中国青年的记性确是不好，如抗日十人团，一团十人，每人有一个徽章，可是并不一定抗日，不过把它放在袋里。但被捉去后这就是死的证据。还有学生军们，以前是天天练操，不久就无形中不练了，只有军装的照片存在，并且把操衣放在家中，自己也忘却了。然而一被日军查出时是又必定要送命的。像这一般青年被杀，大家大为不平，以为日人太残酷。其实这完全是因为脾气不同的缘故，日人太认真，而中国人却太不认真。中国的事情往往是招牌一挂就算成功了。日本则不然。他们不像中国这样只是作戏似的。日本人一看见有徽章，有操衣的，便以为他们一定是真在抗日的人，当然要认为是劲敌。这样不认真的同认真的碰在一起，倒霉是必然的。

中国实在是太不认真，什么全是一样。文学上所见的常有新主义，以前有所谓民族主义的文学也者，闹得很热闹，可是自从日本兵一来，马上就不见了。我想大概是变成为艺术而艺术了吧。中国的政客，也是今天谈财政，明日谈照像，后天又谈交通，最后又忽然念起佛来了。外国不然。以前欧洲有所谓未来派艺术。未来派的艺术是看不懂的东西。但看不懂也并非一定是看者知识太浅，实在是他根本上就看不懂。文章本来有两种：一种是看得懂的，一种是看不懂的。假若你看不懂就自恨浅薄，那就是上当了。不过人家是不管看懂与不懂的——看不懂如未来派的文学，虽然看不懂，作者却是拼命的，很认真地在那里讲。但是中国就找不出这样例子。

还有感到的一点是我们的眼光不可不放大，但不可放得太大。

我那时看见日本兵不打了，就搬了回去，但忽然又紧张起来了。后来打听才知道是因为中国放鞭炮引起的。那天因为是月蚀，故大家放鞭炮来救她。在日本人意中以为在这样的时光，中国人一定全忙于救中国抑救上海，万想不到中国人却救得那样远，去救月亮去了。

我们常将眼光收得极近，只在自身，或者放得极远，到北极，或到天外，而这两者之间的一圈可是绝不注意的，譬如食物吧，近来馆子里是比较干净了，这是受了外国影响之故，以前不是这样。例如某家烧卖好，包子好，好的确是好，非常好吃，但盘子是极污秽的，去吃的人看不得盘子，只要专注在吃的包子烧卖就是，倘使你要注意到食物之外的一圈，那就非常为难了。

在中国做人，真非这样不成，不然就活不下去。例如倘使你讲个人主义，或者远而至于宇宙哲学，灵魂灭否，那是不要紧的。但一讲社会问题，可就要出毛病了。北平或者还好，如在上海则一讲社会问题，那就非出毛病不可，这是有验的灵药，常常有无数青年被捉去而无下落了。

在文学上也是如此。倘写所谓身边小说，说苦痛呵，穷呵，我爱女人而女人不爱我呵，那是很妥当的，不会出什么乱子。如要一谈及中国社会，谈及压迫与被压迫，那就不成。不过你如果再远一点，说什么巴黎伦敦，再远些，月界，天边，可又没有危险了。但有一层要注意，俄国谈不得。

上海的事又要一年了，大家好似早已忘掉了，打牌的仍旧打牌，跳舞的仍旧跳舞，不过忘只好忘，全记起来恐怕脑中也放不下。倘使只记着这些，其他事也没工夫记起了。不过也可以记一个总纲。如“认真点”，“眼光不可不放大，但不可放得太大”，就是。这本是两句平常话，但我的确知道了这两句话，是在死了许多性命之后。许多历史的教训，都是用极大的牺牲换来的。譬如吃东西罢，某种是毒物不能吃，我们好像惯了，很平常了。不过，这一定是以前有多少人吃死了，才知道的。所以我想，第一次吃螃蟹的人是很可佩服的，不是勇士谁敢去吃它呢？螃蟹有人吃，蜘蛛一定也有人吃过，不过不好吃，所以后人不吃了。像这种人我们当极端感谢的。

我希望一般人不要只注意在近身的问题，或地球以外的问题，社会上实际问题是也要注意些才好。

（一九三二年）

吴昌曾、邢新镛记录。民国廿一年十一月二十四日讲，登在同月卅日的《世界日报》的教育栏上。并且据说是由台静农先生转请鲁迅先生改正过。——编者。

选　本

今年秋天，在上海的日报上有一点可以算是关于文学的小小的辩论，就是为了一般的青年，应否去看《庄子》与《文选》以作文学上的修养之助。不过这类的辩论，照例是不会有结果的，往复几回之后，有一面一定拉出“动机论”来，不是说反对者“别有用心”，便是“哗众取宠”；客气一点，也就“彼亦一是非，此亦一是非”，而问题于是呜呼哀哉了。

但我因此又想到“选本”的势力，孔子究竟删过《诗》没有，我不能确说，但看他先“风”后“雅”而末“颂”，排得这么整齐，恐怕至少总也费过乐师的手脚，是中国现存的最古的诗选。由周至汉，社会情形大不同了，中间又受了《楚辞》的打击，晋宋文人如二陆、束皙、陶潜之流，虽然也做四言诗以支持场面，其实都不过是每句省去一字的五言诗，“王者之迹熄而《诗》亡”了。不过选者总是层出不穷的，至今尚存，影响也最广大者，我以为一部是《世说新语》，一部就是《文选》。

《世说新语》并没有说明是选者，好像刘义庆或他的门客搜集；但检唐宋类书中所存裴启《语林》的遗文，往往和《世说新语》相同，可见它也是一部钞撮故书之作，正和《幽明录》一样。它的被清代学者所宝重，自然因为注中多有现今的逸书，但在一般读者，却还是为了本文，自唐迄今，拟作者不绝，甚至于自己兼加注解。袁宏道在野时要做官，做了官大叫苦，便是中了这书的毒，误明为晋的缘故。有些清朝人却较为聪明，虽然辫发胡服，厚禄高官，他也一声不响，只在倩人写照的时候，在纸上改作斜领方巾，或芒鞋竹笠，聊过“世说”式瘾罢了。

《文选》的影响，却更大。从曹宪至李善加五臣，音训书类之多，远非拟《世说新语》可比。那些烦难字面，如草头诸字，水旁山旁诸字，不断地被摘进历代的文章里面去，五四运动时虽受奚落，得“妖孽”之称，现在却又很有复辟的趋势了。而《古文观止》也一同渐渐地露了脸。

以《古文观止》和《文选》并称，初看好像是可笑的，但是，在文学上的影响，两者却一样的不可轻视。凡选本，往往能比所选各家的全集更流行，更有作用。册数不多，而包罗诸作，固然也是一种原因，但还在近则由选者的名位，远则凭古人之威灵，读者想从一个有名的选家，窥见许多有名作家的作品。所以《昭明太子集》只剩一点轶本了，《文选》却在的；读《古文辞类撰》者多，读《惜抱轩全集》的却少。凡是对于文术，自有主张的作家，他所赖以发表和流布自己的主张的手段，倒并不在作文心、文则、诗品、诗话，而在出选本。

选本可以借古人的文章，寓自己的意见。博览群籍，采其合于自己意见的为一集，一法也，如《文选》是。择取一书，删其不合于自己意见的为一新书，又一法也，如《唐人万首绝句选》是。如此，则读者虽读古人书，却得了选者之意，意见也就逐渐和选者接近，终于“就范”了。

读者的读选本，自以为是由此得了古人文笔的精华的，殊不知却被选者缩小了眼界。即以《文选》为例罢，没有嵇康《家诫》，使读者只觉得他是一个愤世嫉俗，好像无端活得不快活的怪人；不收陶潜《闲情赋》，掩去了他也是一个既取民间《子夜歌》意，而又拒以圣道的迂士。选本既经选者所滤过，就总只能吃他所给与的糟或醨。况且有时还加以批评，提醒了他之以为然，而默杀了他之以为不然处。纵使选者非常糊涂，如《儒林外史》所写的马二先生，游西湖漫无准备，须问路人，吃点心不知选择，要每样都买一点，由此可见其衡文之毫无把握罢，然而他是处州人，一定要“处片”，又此见虽是马二先生，也自有其“处片”式的标准了。

评选的本子，影响于后来的文章的力量是不小的，恐怕还远在名家的专集之上，我想，这许是研究中国文学史的人们也该留意的罢。

（一九三三年）十一月二十四日记。

从讽刺到幽默

讽刺家，是危险的。

假使他所讽刺的是不识字者，被杀戮者，被囚禁者，被压迫者罢，那很好，正可给读他文章的所谓有教育的知识者嘻嘻一笑，更觉得自己的勇敢和高明。然而现今的讽刺家之所以为讽刺家，却正在讽刺这一流所谓有教育的知识者社会。

因为所讽刺的是这一流社会，其中的各分子便各各觉得好像刺着了自己，就一个个的暗暗地迎出来，又用了他们的讽刺，想来刺死这讽刺者。

最先是说他冷嘲，渐渐地又七嘴八舌地说他谩骂、俏皮话、刻毒、可恶、学匪、绍兴师爷，等等，等等。然而讽刺社会的讽刺，却往往仍然会“悠久得惊人”的，即使捧出了做过和尚的洋人或专办了小报来打击，也还是没有效，这怎不气死人也么哥呢！

枢纽是在这里：他所讽刺的是社会，社会不变，这讽刺就跟着存在，而你所刺的是他个人，他的讽刺倘存在，你的讽刺就落空了。

所以，要打倒这样的可恶的讽刺家，只好来改变社会。

然而社会讽刺家究竟是危险的，尤其是在有些“文学家”明明暗暗地成了“王之爪牙”的时代。人们谁高兴做“文字狱”中的主角呢，但倘不死绝，肚子里总还有半口闷气，要借着笑的幌子，哈哈地吐他出来。笑笑既不至于得罪别人，现在的法律上也尚无国民必须哭丧着脸的规定，并非“非法”盖可断言的。

我想：这便是去年以来，文字上流行了“幽默”的原因，但其中单是“为笑笑而笑笑”的自然也不少。

然而这情形恐怕是过不长久的，“幽默”既非国产，中国人也不是长于“幽默”的人民，而现在又实在是难以幽默的时候。于是虽幽默也就免不了改变样子了，非倾于对社会的讽刺，即堕入传统的“说笑话”和“讨便宜”。

（一九三一年）三月二日。

从幽默到正经

“幽默”一倾于讽刺，失了它的本领且不说，最可怕的是有些人又要来“讽刺”，来陷害了，倘若堕于“说笑话”则寿命是可以较为长远，流年也大致顺利的，但愈堕愈近于国货，终将成为洋式徐文长。当提倡国货声中，广告上已有中国的“自造舶来品”，便是一个证据。

而况我实在恐怕法律上不久也就要有规定国民必须哭丧着脸的明文了。笑笑，原也不能算“非法”的。但不幸东省沦陷，举国骚然，爱国之士竭力搜索失地的原因，结果发见了其一是在青年的爱玩乐，学跳舞。当北海上正在嘻嘻哈哈地溜冰的时候，一个大炸弹抛下来，虽然没有伤人，冰却已经炸了一个大窟窿，不能溜之大吉了。

又不幸而榆关失守，热河吃紧了，有名的文人学士，也就更加吃紧起来，做挽歌的也有，做战歌的也有，讲文德的也有，骂人固然可恶，俏皮也不文明，要大家做正经文章，装正经脸孔，以补“不抵抗主义”之不足。

但人类竟不能这么沉静，当大敌压境之际，手无寸铁，杀不得敌人，而心里却总是愤怒的，于是他就不免寻求敌人的替代。这时候，笑嘻嘻的可就遭殃了，因为他这时便被叫作："陈叔宝全无心肝"。所以知机的人，必须也和大家一样哭丧着脸，以免于难。"聪明人不吃眼前亏"，亦古贤之遗教也，然而这时也就"幽默"归天，"正经"统一了剩下的全中国。

明白这一节，我们就知道先前为什么无论贞女与淫女，见人时都得不笑不言，现在为什么送葬的女人，无论悲哀与否，在路上定要放声大叫。

这就是"正经"。说出来么，那就是"刻毒"。

（一九三一年）三月二日。

我们不再受骗了

帝国主义是一定要进攻苏联的。苏联愈弄得好，它们愈急于要进攻，因为它们愈要趋于灭亡。

我们被帝国主义及其侍从们真是骗得长久了。十月革命之后，它们总是说苏联怎么穷下去，怎么凶恶，怎么破坏文化。但现在的事实怎样？小麦和煤油的输出，不是使世界吃惊了么？正面之敌的实业党的首领，不是也只判了十年的监禁么？列宁格勒，莫斯科的图书馆和博物馆，不是都没有被炸掉么？文学家如绥拉菲摩维支、法捷耶夫、革拉特珂夫、绥甫林娜、唆罗诃夫等，不是西欧、东亚，无不赞美他们的作品么？关于艺术的事我不大知道，但据乌曼斯基（K. Umansky）说，一九一九年中，在莫斯科的展览会就有二十次，列宁格勒两次（“Neue Kunst in Russland”），则现在的旺盛，更是可想而知了。

然而谣言家是极无耻而且巧妙的，一到事实证明了他的话是撒谎时，他就躲下，另外又来一批。

新近我看见一本小册子，是说美国的财政有复兴的希望的，序上说，苏联的购领物品，必须排成长串，现在也无异于从前，仿佛他很为排成长串的人们抱不平，发慈悲一样。

这一事，我是相信的，因为苏联内是正在建设的途中，外是受着帝国主义的压迫，许多物品，当然不能充足。但我们也听到别国的失业者，排着长串向饥寒进行；中国的人民，在内战，在外侮，在水灾，在榨取的大罗网之下，排着长串而进向死亡去。

然而帝国主义及其奴才们，还来对我们说苏联怎么不好，好像他倒愿意苏联一下子就变成天堂，人们个个享福。现在竟这样子，他失望了，不舒服了。——这真是恶鬼的眼泪。

一睁开眼，就露出恶鬼的本相来的，——它要去惩办了。

它一面去惩办，一面来诓骗。正义、人道、公理之类的话，又要满天飞舞了。但我们记得，欧洲大战时候，飞舞过一回的，骗得我们的许多苦工，到前线去替他们死，接着是在北京的中央公园里竖了一块无耻的，愚不可及的“公理战胜”的牌坊（但后来又改掉了）。现在怎样？“公理”在哪里？这事还不过十六年，我们记得的。

帝国主义和我们，除了它的奴才之外，哪一样利害不和我们正相反？我们的痈疽，是它们的宝贝，那么，它们的敌人，当然是我们的朋友了。它们自身正在崩溃下去，无法支持，为挽救自己的末运，便憎恶苏联的向上。谣诼、诅咒、怨恨，无所不至，没有效，终于只得准备动手去打了，一定要灭掉它才睡得着。但我们干什么呢？我们还会再被骗么？

“苏联是无产阶级专政的，知识阶级就要饿死。”——一位有名的读者曾经这样警告我。是的，这倒恐怕要使我也有些睡不着了。但无产阶级专政，不是为了将来的无阶级社会么？只要你不去谋害它，自然成功就早，阶级的消灭也就早，那时就谁也不会“饿死”了。不消说，排长串是一时难免的，但到底会快起来。

帝国主义的奴才们要去打，自己（!）跟着它的主人去打去就是。我们人民和他们是利害完全相反的。我们反对进攻苏联。我们倒要打倒进攻苏联的恶鬼，无论它说着怎样甜腻的话头，装着怎样公正的面孔。

这才也是我们自己的生路！

（一九三二年）五月六日。

论“第三种人”

这三年来，关于文艺上的论争是沉寂的，除了在指挥刀的保护之下，挂着“左翼”的招牌，在马克斯主义里发见了文艺自由论，列宁主义里找到了杀尽共匪说的论客的“理论”之外，几乎没有人能够开口。然而，倘是“为文艺而文艺”的文艺，却还是“自由”的，因为他决没有收了卢布的嫌疑，但在“第三种人”，就是“死抱住文学不放的人”，又不免有一种苦痛的预感：左翼文坛要说他是“资产阶级的走狗”。

代表了这一种“第三种人”来鸣不平的，是《现代》杂志第三和第六期上的苏汶先生的文章。（我在这里先应该声明：我为便利起见，暂且用了“代表”、“第三种人”这些字眼，虽然明知道苏先生的“作家之群”，是也如拒绝“或者”、“多少”、“影响”这一类不十分决定的字眼一样，不要固定的名称的，因为名称一固定，也就不自由了。）他以为左翼的批评家，动不动就说作家是“资产阶叔的走狗”。甚至于将中立者认为非中立，而一非中立，便有认为“资产阶级的走狗”的可能，号称“左翼作家”者既然“左而不作”，“第三种人”又要作而不敢，于是文坛上便没有东西了。然而文艺据说至少有一部分是超出于阶级斗争之外的，为将来的，就是“第三种人”所抱住的真的，永久的文艺。——但可惜，被左翼理论家弄得不敢作了，因为作家在未作之前，就有了被骂的预感。

我相信这种预感是会有的，而以“第三种人”自命的作家，也愈加容易有。我也相信作者所说，现在很有懂得理论，而感情难变的作家。然而感情不变，则懂得理论的度数，就不免和感情已变或略变者有些不同，而看法也就因此两样。苏汶先生的看法，由我看来，是并不正确的。

自然，自从有了左翼文坛以来，理论家曾经犯过错误，作家之中，也不但如苏汶先生所说，有“左而不作”的，并且还有由左而右，甚至于化为民族主义文学的小卒、书坊的老板、敌党的探子的，然而这些讨厌左翼文坛了的文学家所遗下的左翼文坛，却依然存在，不但存在，还在发展，克服自己的坏处，向文艺这种圣之地进军。苏汶先生问过：克服了三年，还没有克服好么？回答是：是的，还要克服下去，三十年也说不定。然而一面克服着，一面进军着，不会做待到克服完成，然后行进那样的傻事的。但是，苏汶先生说过“笑话”：左翼作家在从资本家取得稿费；现在我来说一句真话，是左翼作家还在受封建的资本主义的社会的法律的压迫、禁锢、杀戮。所以左翼刊物，全被摧残，现在非常寥寥，即偶有发表，批评作品的也绝少，而偶有批评作品的，也并未动不动便指作家为一“资产阶级的走狗”，而且不要“同路人”。左翼作家并不是从天上掉下来的神兵，或国外杀进来的仇敌，他不但要那同走几步的“同路人”，还要招致那站在路旁看看的看客也一同前进。

但现在要问：左翼文坛现在因为受着压迫，不能发表很多的批评，倘一旦有了发表的可能，不至于动不动就指“第三种人”为“资产阶级的走狗”么？我想，倘若左翼批评家没有宣誓不说，又只从坏处着想，那是有这可能的，也可以想得比这还要坏。不过我以为这种预测，实在和想到地球也许有破裂之一日，而先行自杀一样，大可以不必的。

然而苏汶先生的“第三种人”，却据说是为了这未来的恐怖而“搁笔”了。未曾身历，仅仅因为心造的幻影而搁笔，“死抱住文学不放”的作者的拥抱力，又何其弱呢？两个爱人，有因为预防将来的社会上的斥责而不敢拥抱的么？

其实，这“第三种人”的“搁笔”，原因并不在左翼批评的严酷。真实原因的所在，是在做不成这样的“第三种人”，做不成这样的人，也就没有了第三种笔，搁与不搁，还谈不到。

生在有阶级的社会里而要做超阶级的作家，生在战斗的时代而要离开战斗而独立，生在现在而要做给与将来的作品，这样的人，实在也是一个心造的幻影，在现实世界上是没有的。要做这样的人，恰如用自己的手拔着头发，要离开地球一样，他离不开，焦躁着，然而并非因为有人摇了摇头，使他不敢拔了的缘故。

所以虽是“第三种人”，却还是一定超不出阶级的，苏汶先生就先在预料阶级的批评了，作品里又岂能摆脱阶级的利害；也一定离不开战斗的，苏汶先生就先以“第三种人”之名提出抗争了，虽然“抗争”之名又为作者所不愿受；而且也跳不过现在的，他在创作超阶级的，为将来的作品之前，先就留心于左翼的批判了。

这确是一种苦境。但这苦境，是因为幻影不能成为实有而来的。即使没有左翼文坛作梗，也不会有这“第三种人”，何况作品。但苏汶先生却又心造了一个横暴的左翼文坛的幻影，将“第三种人”的幻影不能出现，以至将来的文艺不能发生的罪孽，都推给它了。

左翼作家诚然是不高超的，连环图画、唱本，然而也不到苏汶先生所断定那样的没出息。左翼也要托尔斯泰、弗罗培尔。但不要“努力去创造一些属于将来（因为他们现在是不要的）的东西”的托尔斯泰和弗罗培尔。他们两个，都是为现在而写的，将来是现在的将来，于现在有意义，才于将来会有意义。尤其是托尔斯泰，他写些小故事给农民看，也不自命为“第三种人”，当时资产阶级的多少攻击，终于不能使他“搁笔”。左翼虽然诚如苏汶先生所说，不至于蠢到不知道“连环图画是产生不出托尔斯泰，产生不出弗罗培尔来”，但却以为可以产出密开朗该罗、达文希那样伟大的画手。而且我相信，从唱本说书里是可以产生托尔斯泰、弗罗培尔的。现在提起密开朗该罗们的图来，谁也没有非议了，但实际上，那不是宗教的宣传画、《旧约》的连环图画么？而且是为了那时的“现在”的。

总括起来说，苏汶先生是主张“第三种人”与其欺骗，与其做冒牌货，倒还不如努力去创作，这是极不错的。

“定要有自信的勇气，才会有工作的勇气！”这尤其是对的。

然而苏汶先生又说，许多大大小小的“第三种人”们，却又因为预感了不祥之兆——左翼理论家的批评而“搁笔”了。

“怎么办呢?”

（一九三二年）十月十日。

“连环图画”辩护

我自己曾经有过这样一个小小的经验。有一天，在一处筵席上，我随便地说：用活动电影来教学生，一定比教员的讲义好，将来恐怕要变成这样的。话还没有说完，就埋葬在一阵哄笑里了。

自然，这话里，是埋伏着许多问题的。例如，首先第一，是用的是怎样的电影，倘用美国式的发财结婚故事的影片，那当然不行。但在我自己，却的确另外听过采用影片的细菌学讲义，见过全部照相，只有几句说明的植物学书。所以我深信不但生物学，就是历史地理，也可以这样办。

然而许多人的随便的哄笑，是一枝白粉笔，他能够将粉涂在对手的鼻子上，使他的话好像小丑的打诨。

前几天，我在《现代》上看见苏汶先生的文章，他以中立的文艺论者的立场，将“连环图画”一笔抹杀了。自然，那不过是随便提起的，并非讨论绘画的专门文字，然而在青年艺术学徒的心中，也许是一个重要的问题，所以我再来说几句。

我们看惯了绘画史的插图上，没有“连环图画”，名人的作品的展览会上，不是“罗马夕照”就是“西湖晚凉”，便以为那是一种下等物事，不足以登“大雅之堂”的。但若走进意大利的教皇宫——我没有游历意大利的幸福，所走进的自然只是纸上的教皇宫——去，就能看见凡有伟大的壁画，几乎都是《旧约》《耶稣傅》《圣者传》的连环图画，艺术史家截取其中的一段，印在书上，题之曰“亚当的创造”、“最后之晚餐”，读者就不觉得这是下等，这在宣传了，然而那原图，却明明是宣传的连环图画。

在东方也一样。印度的阿强陀石窟，经英国人摹印了壁画以后，在艺术也上发光了；中国的“孔子圣迹图”，只要是明版的，也早为收藏家所宝重。这两样，一是佛陀的本生，一是孔子的事迹，明明是连环图画，而且是宣传。

书籍的插画，原意是在装饰书籍，增加读者的兴趣的，但那力量，能补助文字之所不及，所以也是一种宣传画。这种画的幅数极多的时候，即能只靠图像，悟到文字的内容，和文字一分开，也就成了独立的连环图画。最显著的例子是法国的陀莱（Gustave Dorè），他是插图版画的名家，最有名的是《神曲》《失乐园》《吉诃德先生》，还有《十字军记》的插画，德国都有单印本（前二种在日本也有印本），只靠略解，即可以知道本书的梗概。然而有谁说陀莱不是艺术家呢？

宋人的“唐风图”和“耕织图”，现在还可找到印本和石刻；至于仇英的“《飞燕外传》图”和“《会真记》图”，则翻印本就在文明书局发卖的。凡这些，也都是当时和现在的艺术品。

自十九世纪后半以来，版画复兴了，许多作家，往往喜欢刻印一些以几幅画汇成一帖的“连作”（blattfolge）。这些连作，也有并非一个事件的。现在为青年的艺术学徒计，我想写出几个版画史上已经有了地位的作家和有连续事实的作品在下面：

首先应该举出来的是德国的珂勒惠支（Käthe Kollwitz）夫人。她除了为霍普德曼的《织匠》（Die Weber）而刻的六幅版画外，还有三种，有题目，无说明——

一，“农民斗争”（Bauernkrieg），金属版七幅；

二，“战争”（Der Krieg），木刻七幅；

三，“无产者”（Proletariat），木刻三幅。

以《士敏土》的版画，为中国所知道的梅斐尔德（Carl Moffert），是一个新进的青年作家，他曾为德译本斐格纳尔的《猎俄皇记》（Die Jagd nach Zaren von Wera Figner）刻过五幅木版画，又有两种连作——

一，“你的姊妹”（Deine Schwester），木刻七幅，题诗一幅；

二，“养护的门徒”（原名未详），木刻十三幅。

比国有一个麦绥莱勒（Frans Masereel），是欧洲大战时候，像罗曼罗兰一样，因为非战而逃出过外国的。他的作品最多，都是一本书，只有书名，连小题目也没有。现在德国印出了普及版（Bei Kurt Wolff，München），每本三马克半，容易到手了。我所见过的是这几种——

一，“理想”（Die Idee），木刻八十三幅；

二，“我的祷告”（Mein Stundenbuch），木刻一百六十五幅；

三，“没字的故事”（Geschichte one Worte），木刻六十幅；

四，“太阳”（Die Sonne），木刻六十三幅；

五，“工作”（Das Werk），木刻，幅数失记；

六，“一个人的受难”（Die Passion eines Menschen），木刻二十五幅。

美国作家的作品，我曾见过希该尔木刻的“巴黎公社”（The Paris Commune，A Story in Pictues by William Siegel），是纽约的约翰李特社（John Reed Club）出版的。还有一本石版的格罗沛尔（W. Groppor）所画的书，据赵景深教授说，是“马戏的故事”，另议起来，恐怕要“信而不顺”，只好将原名照抄在下面——

“Alay—Oop”（Life and Love among the Acrobats.）

英国的作家我不大知道，因为那作品定价贵。但曾经有一本小书，只有十五幅木刻和不到二百字的说明，作者是有名的吉宾斯（Robert Gibbings），限印五百部，英绅士是死也不肯重印的，现在恐怕已将绝版，每本要数十元了罢。那书是——

“第七人”（The 7th Man）。

以上，我的意思是总算举出事实，证明了连环图画不但可以成为艺术，并且已经坐在“艺术之宫”的里面了？至于这也和其他的文艺一样，要有好的内容和技术，那是不消说得的。

我并不劝青年的艺术学徒蔑弃大幅的油画或水彩画，但是希望一样看重并且努力于连环图画和书报的插图；自然应该研究欧洲名家的作品，但也更注意于中国旧书上的绣像和画本，以及新的单张的花纸。这些研究和由此而来的创作，自然没有现在的所谓大作家的受着有些人们的照例的叹赏，然而我敢相信：对于这，大众是要看的，大众是感激的！

（一九三二年）十月二十五日。

听说梦

做梦，是自由的，说梦，就不自由。做梦，是做真梦的，说梦，就难免说谎。

大年初一，就得到一本《东方杂志》新年特大号，临末有《新年的梦想》，问的是“梦想中的未来中国”和“个人生活”，答的有一百四十多人。记者的苦心，我是明白的，想必以为言论不自由，不如来说梦，而且与其说所谓真话之假，不如来谈谈梦话之真，我高兴地翻了一下，知道记者先生却大大的失败了。

当我还未得到这本特大号之前，就遇到过一位投稿者，他比我先看见印本，自说他的答案已被资本家删改了，他所说的梦其实并不如此。这可见资本家虽然还没法禁止人们做梦，而说了出来，倘为权力所及，却要干涉的，决不给你自由。这一点，已是记者的大失败。

但我们且不去管这改梦案子，只来看写着的梦境罢，诚如记者所说，来答覆的几乎全部是知识分子。首先，是谁也觉得生活不安定；其次，是许多人梦想着将来的好社会，“各尽所能”呀，“大同世界”呀，很有些“越轨”气息了（末三句是我添的，记者并没有说)。

但他后来就有点“痴”起来，他不知从哪里拾来了一种学说，将一百多个梦分为两大类，说那些梦想好社会的都是“载道”之梦，是“异端”，正宗的梦应该是“言志”的，硬把“志”弄成一个空洞无物的东西。然而，孔子曰，“盍各言尔志”，而终于赞成曾点者，就因为其“志”合于孔子之“道”的缘故也。

其实是记者的所以为“载道”的梦，那里面少得很。文章是醒着的时候写的，问题又近于“心理测验”，遂致对答者不能不做出各各适宜于目下自己的职业、地位、身份的梦来（已被删改者自然不在此例)，即使看去好像怎样“载道”，但为将来的好社会“宣传”的意思，是没有的。所以，虽然梦“大家有饭吃”者有人，梦“无阶级社会”者有人，梦“大同世界”者有人，而很少有人梦见建设这样社会以前的阶级斗争、白色恐怖、轰炸、虐杀、鼻子里灌辣椒水、电刑……倘不梦见这些，好社会是不会来的，无论怎么写得光明，终究是一个梦，空头的梦，说了出来，也无非教人都进这空头的梦境里面去。

然而要实现这“梦”境的人们是有的，他们不是说，而是做，梦着将来，而致力于达到这一种将来的现在。因为有这事实，这才使许多知识分子不能不说好像“载道”的梦，但其实并非“载道”，乃是给“道”载了一下，倘要简洁，应该说是“道载”的。

为什么会给“道载”呢？曰：为目前和将来的吃饭问题而已。

我们还受着旧思想的束缚，一说到吃，就觉得近乎鄙俗。但我是毫没有轻视对答者诸公的意思的。《东方杂志》记者在“读后感”里，也曾引佛洛伊特的意见，以为“正宗”的梦，是“表现各人的心底的秘密而不带着社会作用的”。但佛洛伊特以被压抑为梦的根柢——人为什么被压抑的呢？这就和社会制度、习惯之类连结了起来，单是做梦不打紧，一说，一问，一分析，可就不妥当了。记者没有想到这一层，于是就一头撞在资本家的朱笔上。但引“压抑说”来释梦，我想，大家必已经不以为忤了罢。

不过，佛洛伊特恐怕是有几文钱，吃得饱饱的罢，所以没有感到吃饭之难，只注意于性欲。有许多人正和他在同一境遇上，就也轰然地拍起手来。诚然，他也告诉过我们，女儿多爱父亲，儿子多爱母亲，即因为异性的缘故。然而婴孩出生不多久，无论男女，就尖起嘴唇，将头转来转去。莫非它想和异性接吻么？不，谁都知道：是要吃东西！

食欲的根柢，实在比性欲还要深，在目下开口爱人，开口情书，并不以为肉麻的时候，我们也大可以不必讳言要吃饭。因为是醒着做的梦，所以不免有些不真，因为题目究意是“梦想”，而且如记者先生所说，我们是“物质的需要远过于精神的追求”了。所以乘着 Consors（也引用佛洛伊特语）的监护好像解除了之际，便公开了一部分。其实也是在“梦中贴标语，喊口号”，不过不是积极的罢了，而且有些也许倒和表面的“标语”正相反。

时代是这么变化，饭碗是这样艰难，想想现在和将来，有些人也只能如此说梦，同是小资产阶级（虽然也有人定我为“封建馀孽”或“土著资产阶级”，但我自己姑且定为属于这阶叔），很能够彼此心照，然而也无须秘而不宣的。

至于另有些梦为隐士，梦为渔樵，和本相全不相同的名人，其实也只是预感饭碗之意，而却想将吃饭范围扩大起来，从朝廷而至园林，由洋场及于山泽，比上面说过的那些志向要大得远，不过这里不来多说了。

（一九三三年）一月一日。

为了忘却的记念

一

我早已想写一点文字，来记念几个青年的作家。这并非为了别的，只因为两年以来，悲愤总时时来袭击我的心，至今没有停止，我很想藉此算是竦身一摇，将悲哀摆脱，给自己轻松一下，照直说，就是我倒要将他们忘却了。

两年前的此时，即一九三一年的二月七日夜或八日晨，是我们的五个青年作家同时遇害的时候。当时上海的报章都不敢载这件事，或者也许是不愿，或不屑载这件事，只在《文艺新闻》上有一点隐约其辞的文章。那第十一期（五月二十五日）里，有一篇林莽先生作的《白莽印象记》，中间说：

> 他做了好些诗，又译过匈牙利诗人彼得斐的几首诗，当时的《奔流》的编辑者鲁迅接到了他的投稿，便来信要和他会面，但他即是不愿见名人的人，结果是鲁迅自己跑来找他，竭力鼓励他作文学的工作，但他终于不能坐在亭子间里写，又去跑他的路了。不

久，他又一次地被了捕。……

这里所说的我们的事情其实是不确的。白莽并没有这么高慢，他曾经到过我的寓所来，但也不是因为我要求和他会面；我也没有这么高慢，对于一位素不相识的投稿者，会轻率地写信去叫他。我们相见的原因很平常，那时他所投的是从德文译出的《彼得斐传》，我就发信去讨原文，原文是载在诗集前面的，邮寄不便，他就亲自送来了。看去是一个二十多岁的青年，面貌很端正，肤色是黑黑的，当时的谈话我已经忘却，只记得他自说姓徐，象山人；我问他为什么代你收信的女士是这么一个怪名字（怎么怪法，现在也忘却了），他说她就喜欢起得这么怪，罗曼谛克，自己也有些和她不大对劲了。就只剩了这一点。

夜里，我将译文和原文粗粗地对了一遍，知道除几处误译之外，还有一个故意的曲译。他像是不喜欢“国民诗人”这个字的，都改成“民众诗人”了。第二天又接到他一封来信，说很悔和我相见，他的话多，我的话少，又冷，好像受了一种威压似的。我便写一封回信去解释，说初次相会，说话不多，也是人之常情，并且告诉他不应该由自己的爱憎，将原文改变。因为他的原书留在我这里了，就将我所藏的两本集子送给他，问他可能再译几首诗，以供读者的参看。他果然译了几首，自己拿来了，我们就谈得比第一回多一些。这传和诗，后来就都登在《奔流》第二卷第五本，即最末的一本里。

我们第三次相见，我记得是在一个热天。有人打门了，我去开门时，来的就是白莽，却穿着一件厚棉袍，汗流满面，彼此都不禁失笑。这时他才告诉我他是一个革命者，刚由被捕而释出，衣服和书籍全被没收了，连我送他的那两本；身上的袍子是从朋友那里借来的，没有夹衫，而必须穿长衣，所以只好这么出汗。我想，这大约就是林莽先生说的“又一次的被了捕”的那一次了。

我很欣幸他的得释，就赶紧付给稿费，使他可以买一件夹衫，但一面又很为我的那两本书痛惜：落在捕房的手里，真是明珠投暗了。那两本书，原是极平常的，一本散文，一本诗集，据德文译者说，这是他搜集起来的，虽在匈牙利本国，也还没有这么完全的本子，然而印在《莱克朗氏万有文库》（Reclam's Universal-Bibliothek）中，倘在德国，就随处可得，也值不到一元钱。不过在我是一种宝贝，因为这是三十年前，正当我热爱彼得斐的时候，特地托丸善书店从德国去买来的，那时还恐怕因为书极便宜，店员不肯经手，开口时非常惴惴。后来大抵带在身边，只是情随事迁，已没有翻译的意思了，这回便决计送给这也如我的那时一样，热爱彼得斐的诗的青年，算是给它寻得了一个好着落。所以还郑重其事，托柔石亲自送去的。谁料竟会落在“三道头”之类的手里的呢，这岂不冤枉！

二

我的决不邀投稿者相见，其实也并不完全因为谦虚，其中含着省事的分子也不少。由于历来的经验，我知道青年们，尤其是文学青年们，十之九是感觉很敏，自尊心也很旺盛的，一不小心，极容易得到误解，所以倒是故意回避的时候多。见面尚且怕，更不必说敢有托付了。但那时我在上海，也有一个惟一的不但敢于随便谈笑，而且还敢于托他办点私事的人，那就是送书去给白莽的柔石。

我和柔石最初的相见，不知道是何时，在哪里。他仿佛说过，曾在北京听过我的讲义，那么，当在八九年之前了。我也忘记了在上海怎么来往起来，总之，他那时住在景云里，离我的寓所不过四五家门面，不知怎么一来，就来往起来了。大约最初的一回他就告诉我是姓赵，名平复。但他又曾谈起他家乡的豪绅的气焰之盛，说是有一个绅士，以为他的名字好，要给儿子用，叫他不要用这名字了。所以我疑心他的原名是“平福”，平稳而有福，才正中乡绅的意，对于“复”字却未必有这么热心。他的家乡，是台州的宁海，这只要一看他那台州式的硬气就知道，而且颇有点迂，有时会令我忽而想到方孝孺，觉得好像也有些这模样的。

他躲在寓里弄文学，也创作，也翻译，我们往来了许多日，说得投合起来了，于是另外约定了几个同意的青年，设立朝华社。目的是在绍介东欧和北欧的文学，输入外国的版画，因为我们都以为应该来扶植一点刚健质朴的文艺。接着就印《朝华旬刊》，印《近代世界短篇小说集》，印《艺苑朝华》，算都在循着这条线，只有其中的一本《蕗谷虹儿画选》，是为了扫荡上海滩上的“艺术家”，即戳穿叶灵凤这纸老虎而印的。

然而柔石自己没有钱，他借了二百多块钱来做印本。除买纸之外，大部分的稿子和杂务都是归他做，如跑印刷局、制图、校字之类。可是往往不如意，说起来皱着眉头。看他写作品，都很有悲观的气息，但实际上并不然，他相信人们是好的。我有时谈到人会怎样地骗人，怎样地卖友，怎样地吮血，他就前额亮晶晶的，惊疑地圆睁了近视的眼睛，抗议道，“会这样的么？——不至于此罢？……”

不过朝华社不久就倒闭了，我也不想说清其中的原因，总之是柔石的理想的头，先碰了一个大钉子，力气固然白化，此外还得去借一百块钱来付纸账。后来他对于我那“人心惟危”说的怀疑减少了，有时也叹息道，“真会这样的么？……”但是，他仍然相信人们是好的。

他于是一面将自己所应得的朝华社的残书送到明日书店和光华书局去，希望还能够收回几文钱，一面就拼命地译书，准备还借款，这就是卖给商务印书馆的《丹麦短篇小说集》和戈理基作的长篇小说《阿尔泰莫诺夫之事业》。但我想，这些译稿，也许去年已被兵火烧掉了。

他的迂渐渐地改变起来，终于也敢和女性的同乡或朋友一同去走路了，但那距离，却至少总有三四尺的。这方法很不好，有时我在路上遇见他，只要在相距三四尺前后或左右有一个年青漂亮的女人，我便会疑心就是他的朋友。但他和我一同走路的时候，可就走得近了，简直是扶住我，因为怕我被汽车或电车撞死；我这面也为他近视而又要照顾别人担心，大家都仓皇失措地愁一路，所以倘不是万不得已，我是不大和他一同出去的，我实在看得他吃力，因而自己也吃力。

无论从旧道德，从新道德，只要是损己利人的，他就挑选上，自己背起来。

他终于决定地改变了，有一回，曾经明白地告诉我，此后应该转换作品的内容和形式。我说：这怕难罢，譬如使惯了刀的，这回要他要棍，怎么能行呢？他简洁地答道：只要学起来！

他说的并不是空话，真也在从新学起来了，其时他曾经带了一个朋友来访我，那就是冯铿女士。谈了一些天，我对于她终于很隔膜，我疑心她有点罗曼谛克，急于事功；我又疑心柔石的近来要做大部的小说，是发源于她的主张的。但我又疑心我自已，也许是柔石的先前的斩钉截铁的回答，正中了我那其实是偷懒的主张的伤疤，所以不自觉地迁怒到她身上去了。——我其实也并不比我所怕见的神经过敏而自尊的文学青年高明。

她的体质是弱的，也并不美丽。

三

直到左翼作家联盟成立之后，我才知道我所认识的白莽，就是在《拓荒者》上做诗的殷夫。有一次大会时，我便带了一本德译的、一个美国的新闻记者所做的中国游记去送他，这不过以为他可以由此练习德文，另外并无深意。然而他没有来。我只得又托了柔石。

但不久，他们竟一同被捕，我的那一本书，又被没收，落在“三道头”之类的手里了。

四

明日书店要出一种期刊，请柔石去做编辑，他答应了；书店还想印我的译著，托他来问版税的办法，我便将我和北新书局所订的合同，抄了一份交给他，他向衣袋里一塞，匆匆地的走了。其时是一九三一年一月十六日的夜间，而不料这一去，竟就是我和他相见的末一回，竟就是我们的永诀。

第二天，他就在一个会场上被捕了，衣袋里还藏着我那印书的合同，听说官厅因此正在找寻我。印书的合同，是明明白白的，但我不愿意到那些不明不白的地方去辩解。记得《说岳全传》里讲过一个高僧，当追捕的差役刚到寺门之前，他就“坐化”了，还留下什么“何立从东来，我向西方走”的偈子。这是奴隶所幻想的脱离苦海的惟一的好方法，“剑侠”盼不到，最自在的惟此而已。我不是高僧，没有涅槃的自由，却还有生之留恋，我于是就逃走。

这一夜，我烧掉了朋友们的旧信札，就和女人抱着孩子走在一个客栈里。不几天，即听得外面纷纷传我被捕，或是被杀了，柔石的消息却很少。有的说，他曾经被巡捕带往明日书店里，问是否是编辑；有的说，他曾经被巡捕带往北新书局去，问是否是柔石，手上上了铐，可见案情是重的。但怎样的案情，却谁也不明白。

他在囚系中，我见过两次他写给同乡的信，第一回是这样的——

我与三十五位同犯（七个女的）于昨日到龙华。并于昨夜上了镣，开政治犯从未上镣之纪录。

此案累及太大，我一时恐难出狱，书店事望兄为我代办之。现亦好，且跟殷夫兄学德文，此事可告周先生；望周先生勿念，我等未受刑。捕房和公安局，几次问周先生地址，但我哪里知道。诸望忽念。祝好！

赵少雄　一月二十四日。

以上正面。

洋铁饭碗要二三只。如不能见面，可将东西望转交赵少雄

以上背面。

他的心情并未改变，想学德文，更加努力；也仍在记念我，像在马路上行走时候一般。但他信里有些话是错误的，政治犯而上镣，并非从他们开始，但他向来看得官场还太高，以为文明至今，到他们才开始了严酷。其实是不然的。果然，第二封信就很不同，措词非常惨苦，且说冯女士的面目都浮肿了，可惜我没有抄下这封信。其时传说也更加纷繁，说他可以赎出的也有，说他已经解往南京的也有，毫无确信；而用函电来探问我的消息的也多起来，连母亲在北京也急得生病了，我只得一一发信去更正，这样的大约有二十天。

天气愈冷了，我不知道柔石在那里有被褥不？我们是有的。洋铁碗可曾收到了没有？……但忽然得到一个可靠的消

息，说柔石和其他二十三人，已于二月七日夜或八日晨，在龙华警备司令部被枪毙了，他的身上中了十弹。

原来如此！……

在一个深夜里，我站在客栈的院子中，周围是堆着的破烂的什物；人们都睡觉了，连我的女人和孩子。我沉重地感到我失掉了很好的朋友，中国失掉了很好的青年，我在悲愤中沉静下去了，然而积习却从沉静中抬起头来，凑成了这样的几句：

惯于长夜过春时，挈妇将雏鬓有丝。

梦里依稀慈母泪，城头变幻大王旗。

忍看朋辈成新鬼，怒向刀丛觅小诗。

吟罢低眉无写处，月光如水照缁衣。

但末二句，后来不确了，我终于将这写给了一个日本的歌人。

可是在中国，那时是确无写处的，禁锢得比罐头还严密。我记得柔石在年底曾回故乡，住了好些时，到上海后很受朋友的责备。他悲愤地对我说，他的母亲双眼已经失明了，要他多住几天，他怎么能够就走呢？我知道这失明的母亲的眷眷的心，柔石的拳拳的心。当《北斗》创刊时，我就想写一点关于柔石的文章，然而不能够，只得选了一幅珂勒惠支（Käthe Kollwitz）夫人的木刻，名曰“牺牲”，是一个母亲悲哀地献出她的儿子去的，算是只有我一个人心里知道的柔石的记念。

同时被难的四个青年文学家之中，李伟森我没有会见过，胡也频在上海也只见过一次面，谈了几句天。较熟的要算白莽，即殷夫了，他曾经和我通过信，投过稿，但现在寻起来，一无所得，想必是十七那夜统统烧掉了，那时我还没有知道被捕的也有白莽。然而那本《彼得斐诗集》却在的，翻了一遍，也没有什么，只在一首“Wahlapruch”（格言）的旁边，有钢笔写的四行译文道：

生命诚可贵，
爱情价更高；
若为自由故。
二者皆可抛！

又在第二页上，写着“徐培根”三个字。我疑心这是他的真姓名。

五

前年的今日，我避在客栈里，他们却是走向刑场了；去年的今日，我在炮声中逃在英租界，他们则早已埋在不知哪里的地下了；今年的今日，我才坐在旧寓里，人们都睡觉了，连我的女人和孩子。我又沉重的感到我失掉了很好的朋友，中国失掉了很好的青年，我在悲愤中沉静下去了，不料积习又从沉静中抬起头来，写下了以上那些字。

要写下去，在中国的现在，还是没有写处的。年青时读向子期《思旧赋》，很怪他为什么只有寥寥的几行，刚开头却又煞了尾。然而，现在我懂得了。

不是年青的为年老的写记念，而在这三十年中，却使我目视许多青年的血，层层淤积起来，将我埋得不能呼吸，我只能用这样的笔墨，写几句文章，算是从泥土中挖一个小孔，自己延口残喘，这是怎样的世界呢。夜正长，路也正长，我不如忘却，不说的好罢，但我知道，即使不是我，将来总会有记起他们，再说他们的时候的。……

（一九三三年）二月七——八日。

由中国女人的脚，推定中国人之非中庸，又由此推定孔夫子有胃病

——“学匪”派考古学之一

古之儒者不作兴谈女人，但有时总喜欢谈到女人。例如“缠足”罢，从明朝到清朝的带些考据气息的著作中，往往有一篇关于这事起源的迟早的文章。为什么要考究这样下等事呢，现在不说他也罢，总而言之，是可以分为两大派的，一派说起源早，一派说起源迟。说早的一派，看他的语气，是赞成缠足的，事情愈古愈好，所以他一定要考出连孟子的母亲，也是小脚妇人的证据来。说迟的一派却相反，他不大恭维缠足，据说，至早，亦不过起于宋朝的末年。

其实，宋末，也可以算得古的了。不过不缠之足，样子却还要古，学者应该“贵古而贱今”，斥缠足者，爱古也。但也有先怀了反对缠足的成见，假造证据的，例如前明才子杨升庵

先生，他甚至于替汉朝人做《杂事秘辛》，来证明那时的脚是“底平趾敛”。

于是又有人将这用作缠足起源之古的材料，说既然“趾敛”，可见是缠的了。但这是自甘于低能之谈，这里不加评论。

照我的意见来说，则以上两大派的话，是都错，也都对的。现在是古董出现得多了，我们不但能看见汉、唐的图画，也可以看到晋、唐古坟里发掘出来的泥人儿。那些东西上所表现的女人的脚上，有回头履，有方头履，可见是不缠足的。古人比今人聪明，她决不至于缠小脚而穿大鞋子，里面塞些棉花，使自己走得一步一拐。

但是，汉朝就确已有一种“利屣”，头是尖尖的，平常大约未必穿罢，舞的时候，却非此不可。不但走着爽利，“潭腿”似的踢开去之际，也不至于为裙子所碍，甚至于踢下裙子来。那时太太们固然也未始不舞，但舞的究以倡女为多，所以倡伎就大抵穿着“利屣”，穿得久了，也免不了要“趾敛”的。然而伎女的装束，是闺秀们的大成至圣先师，这在现在还是如此，常穿利屣，即等于现在之穿高跟皮鞋，可以俨然居炎汉“摩登女郎”之列，于是乎虽是名门淑女，脚尖也就不免尖了起来。先是倡伎尖，后是摩登女郎尖，再后是大家闺秀尖，最后才是“小家碧玉”一齐尖。待到这些“碧玉”们成了祖母时，就入于利屣制度统一脚坛的时代了。

当民国初年，“不佞”观光北京的时候，听人说，北京女人看男人是否漂亮（自按：盖即今之所谓“摩登也”）的时候，是从脚起，上看到头的。所以男人的鞋袜，也得留心，脚样更不消说，当然要弄得齐齐整整，这就是天下之所以有“包脚布”的原因。仓颉造字，我们是知道的，谁造这布的呢，却还没有研究出。但至少是“古已有之”唐朝张鷟作的《朝野佥载》罢，他说武后朝有一位某男士，将脚裹得窄窄的，人们见了都发笑。可见盛唐之世，就已有了这一种玩意儿，不过还不是很极端，或者还没有很普及。然而好像终于普及了。由宋至清，绵绵不绝，民元革命以后，革了与否，我不知道，因为我是专攻考“古”学的。

然而奇怪得很，不知道怎的(自按：此处似略失学者态度)，女士们之对于脚，尖还不够，并且勒令她“小”起来了，最高模范，还竟至于以三寸为度。这么一来，可以不必兼买利屣和方头履两种，从经济的观点来看，是不算坏的，可是从卫生的观点来看，却未免有些“过火”，换一句话，就是“走了极端”了。

我中华民族虽然常常的自命为爱“中庸”，行“中庸”的人民，其实是颇不免于过激的。譬如对于敌人罢，有时是压服不够，还要“除恶务尽”，杀掉不够，还要“食肉寝皮”。但有时候，却又谦虚到“侵略者要进来，让他们进来。也许他们会杀了十万中国人。不要紧，中国人有的是，我们再有人上去”。这真教人会猜不出是假痴还是假呆。而女人的脚尤其是一个铁证，不小则已，小则必求其三寸，宁可走不成路，摆摆摇摇。慨自辫子肃清以后，缠足本已一同解放的了，老新党的母亲们，鉴于自己在皮鞋里塞棉花之麻烦，一时也确给她的女儿留了天足。然而我们中华民族是究竟有些“极端”的，不多久，老病复发，有些女士们已在别想花样，用一枝细黑柱子将脚跟支起，叫它离开地球。她到底非要她的脚变把戏不可。由过去以测将来，则四朝（假如仍旧有朝代的话）之后，全国女人的脚趾都和小腿成一直线，是可以有八九成把握的。

然则圣人为什么大呼“中庸”呢？曰：这正因为大家并不中庸的缘故。人必有所缺，这才想起他所需。穷教员养不活老婆了，于是觉到女子自食其力说之合理，并且附带地向男女平权论点头；富翁胖到要发哮喘病了，才去打高而富球，从此主张运动的紧要。我们平时，是决不记得自己有一个头，或一个肚子，应该加以优待的，然而一旦头痛肚泻，这才记起了他们，并且大有休息要紧，饮食小心的议论。倘有谁听了这些议论之后，便贸贸然决定这议论者为卫生家，可就失之十丈，差以亿里了。

倒相反，他是不卫生家，议论卫生，正是他向来的不卫生的结果的表现。孔子曰，“不得中行而与之，必也狂狷乎，狂者进取，狷者有所不为也！”以孔子交游之广，事实上没法子只好寻狂狷相与，这便是他在理想上之所以哼着“中庸，中庸”的原因。

以上的推定假使没有错，那么，我们就可以进而推定孔子晚年，是生了胃病的了。“割不正不食”，这是他老先生的古板规矩，但“食不厌精，脍不厌细”的条令却有些稀奇，他并非百万富翁或能收许多版税的文学家，想不至于这么奢侈的，除了只为卫生，意在容易消化之外，别无解法。况且“不彻姜食”又简直是省不掉暖胃药了。何必如此独厚于胃，念念不忘呢？曰，以其有胃病之故也。

倘说：坐在家里，不大走动的人们很容易生胃病，孔子周游历国，运动王公，该可以不生病证的了。那就是犯了知今而不知古的错误。盖当时花旗白面，尚未输入，土磨麦粉，多含灰沙，所以分量较今面为重；国道尚未修成，泥路甚多凹凸，孔子如果肯走，那是不大要紧的，而不幸他偏有一车两马。胃里袋着沉重的面食，坐在车子里走着七高八低的道路，一颠一顿，一掀一坠，胃就被坠得大起来，消化力随之减少，时时作痛；每餐非吃"生姜"不可了。所以那病的名目，该是"胃扩张"；那时候，则是"晚年"，约在周敬王十年以后。

以上的推定，虽然简略，却都是"读书得闻"的成功。但若急于近功，妄加猜测，即很容易陷于"多疑"的谬误。例如罢，二月十四日《申报》载南京专电云："中执委会令各级党部及人民团体制'忠孝仁爱信义和平'匾额，悬挂礼堂中央，以资启迪。"看了之后，切不可便推定为各要人讥大家为"忘八"；三月一日《大晚报》载新闻云："孙总理夫人宋庆龄女士自归国寓沪后，关于政治方面，不闻不问，惟对社会团体之组织非常热心。据本报记者所得报告，前日有人由邮政局致宋女士之索诈信□（自按：原缺）件，业经本市当局派驻邮局检查处检查员查获，当将索诈信截留，辗转呈报市府。"看了之后，也切不可便推定虽为总理夫人宋女士的信件，也常在邮局被当局派员所检查。

盖虽"学匪派考古学"亦当不离于"学"，而以"考古"为限的。

（一九三三年）三月四日夜。

我怎么做起小说来

我怎么做起小说来？——这来由，已经在《呐喊》的序文上，约略说过了。这里还应该补叙一点的，是当我留心文学的时候，情形和现在很不同：在中国，小说不算文学，做小说的也决不能称为文学家，所以并没有人想在这一条道路上出世。我也并没有要将小说抬进“文苑”里的意思，不过想利用它的力量，来改良社会。

但也不是自己想创作，注重的倒是在绍介，在翻译，而尤其注重于短篇，特别是被压迫的民族中的作者的作品。因为那时正盛行着排满论，有些青年，都引那叫喊和反抗的作者为同调的。所以“小说作法”之类，我一部都没有看过，看短篇小说却不少，小半是自己也爱看，大半则因了搜寻绍介的材料。也看文学史和批评，这是因为想知道作者的为人和思想，以便决定应否绍介给中国。和学问之类，是绝不相干的。

因为所求的作品是叫喊和反抗，势必至于倾向了东欧，因此所看的俄国、波兰以及巴尔干诸小国作家的东西就特别多。也会热心地搜求印度、埃及的作品，但是得不到。记得当时最爱看的作者，是俄国的果戈理（N. Gogol）和波兰的显克微支

(H. Sienckiewitz)。日本的，是夏目漱石和森鸥外。

回国以后，就办学校，再没有看小说的工夫了，这样的有五六年。为什么又开手了呢？——这也已经写在《呐喊》的序文里，不必说了。但我的来做小说，也并非自以为有做小说的才能，只因为那时是住在北京的会馆里的，要做论文罢，没有参考书，要翻译罢，没有底本，就只好做一点小说模样的东西塞责，这就是《狂人日记》。大约所仰仗的全在先前看过的百来篇外国作品和一点医学上的知识，此外的准备，一点也没有。

但是《新青年》的编辑者，却一回一回地来催，催几回，我就做一篇，这里我必得记念陈独秀先生，他是催促我做小说最着力的一个。

自然，做起小说来，总不免自己有些主见的。例如，说到"为什么"做小说罢，我仍抱着十多年前的"启蒙主义"，以为必须是"为人生"，而且要改良这人生。我深恶先前的称小说为"闲书"，而且将"为艺术的艺术"看作不过是"消闲"的新式的别号。所以我的取材，多采自病态社会的不幸的人们中，意思是在揭出病苦，引起疗救的注意。所以我力避行文的唠叨，只要觉得够将意思传给别人了，就宁可什么陪衬拖带也没有。中国旧戏上，没有背景，新年卖给孩子看的花纸上，只有主要的几个人（但现在的花纸却多有背景了），我深信对于我的目的，这方法是适宜的，所以我不去描写风月，对话也决不说到一大篇。

我做完之后，总要看两遍，自己觉得拗口的，就增删几个字，一定要它读得顺口，没有相宜的白话，宁可引古语，希望总有人会懂，只有自己懂得或连自己也不懂的生造出来的字句，是不大用的。这一节，许多批评家之中，只有一个人看出来了，但他称我为 Stylist。

所写的事迹，大抵有一点见过或听到过的缘由，但决不全用这事实，只是采取一端，加以改造，或生发开去，到足以几乎完全发表我的意思为止。人物的模特儿也一样，没有专用过一个人，往往嘴在浙江，脸在北京，衣服在山西，是一个拼凑起来的脚色。有人说，我的那一篇是骂谁，某一篇又是骂谁，那是完全胡说的。

不过这样的写法，有一种困难，就是令人难以放下笔。一气写下去，这人物就逐渐活动起来，尽了他的任务。但倘有什么分心的事情来一打岔，放下许久之后再来写，性格也许就变了样，情景也会和先前所预想的不同起来。例如我做的《不周山》，原意是在描写性的发动和创造，以至衰亡的，而中途去看报章，见了一位道学的批评家攻击情诗的文章，心里很不以为然，于是小说里就有一个小人物跑到女娲的两腿之间来，不但不必有，且将结构的宏大毁坏了。但这些处所，除了自己，大概没有人会觉到的，我们的批评大家成仿吾先生，还说这一篇做得最出色。

我想，如果专用一个人做骨干，就可以没有这弊病的，但自己没有试验过。

忘记是谁说的了，总之是，要极省俭的画出一个人的特点，最好是画他的眼睛。我以为这话是极对的，倘若画了全副的头发，即使细得逼真，也毫无意思。我常在学这一种方法，可惜学不好。

可省的处所，我决不硬添，做不出的时候，我也决不硬做，但这是因为我那时别有收入，不靠卖文为活的缘故，不能作为通例的。

还有一层，是我每当写作，一律抹杀各种的批评。因为那时中国的创作界固然幼稚，批评界更幼稚，不是举之上天，就是按之入地，倘将这些放在眼里，就要自命不凡，或觉得非自杀不足以谢天下的。批评必须坏处说坏，好处说好，才于作者有益。

但我常看外国的批评文章，因为他于我没有恩怨嫉恨，虽然所评的是别人的作品，却很有可以借镜之处。但自然，我也同时一定留心这批评家的派别。

以上，是十年前的事了，此后并无所作，也没有长进，编辑先生要我做一点这类的文章，怎么能呢。拉杂写来，不过如此而已。

（一九三三年）三月五日灯下。

关于女人

国难期间，似乎女人也特别受难些。一些正人君子责备女人爱奢侈，不肯光顾国货。就是跳舞，肉感等等，凡是和女性有关的，都成了罪状。仿佛男人都做了苦行和尚，女人都进了修道院，国难就会得救似的。

其实那不是女人的罪状，正是她的可怜。这社会制度把她挤成了各种各式的奴隶，还要把种种罪名加在她头上。西汉末年，女人的“堕马髻”“愁眉啼妆”，也说是亡国之兆。其实亡汉的何尝是女人！不过，只要看有人出来唉声叹气地不满意女人的妆束，我们就知道当时统治阶级的情形，大概有些不妙了。

奢侈和淫靡只是一种社会崩溃腐化的现象，决不是原因。私有制度的社会，本来把女人也当作私产，当作商品。一切国产，一切宗教都有许多稀奇古怪的规条，把女人看作一种不吉利的动物，威吓她，使她奴隶般的服从；同时又要她做高等阶级的玩具。正像现在的正人君子，他们骂女人奢侈，板起面孔维持风化，而同时正在偷偷地欣赏着肉感的大腿文化。

阿刺伯的一个古诗人说：“地上的天堂是在圣贤的经书上，

马背上，女人的胸脯上。”这句话倒是老实的供状。

自然，各种各式的卖淫总有女人的份。然而买卖是双方的。没有买淫的嫖男，那里会有卖淫的娼女。所以问题还在买淫的社会根源。这根源存在一天，也就是主动的买者存在一天，那所谓女人的淫靡和奢侈就一天不会消灭。男人是私有主的时候，女人自身也不过是男人的所有品。也许是因此罢，她的爱惜家财的心或者比较的差些，她往往成了“败家精”。何况现在买淫的机会那么多，家庭里的女人直觉地感觉到自己地位的危险。民国初年我就听说，上海的时髦是从长三么二传到姨太太之流，从姨太太之流再传到太太、奶奶、小姐。这些“人家人”，多数是不自觉地在和娼妓竞争，——自然，她们就要竭力修饰自己的身体，修饰到拉得住男子的心的一切。这修饰的代价是很贵的，而且一天一天地贵起来，不但是物质上的，而且还有精神上的。

美国一个百万富翁说：“我们不怕共匪（原文无匪字，谨遵功令改译），我们的妻女就要使我们破产，等不及工人来没收。”中国也许是惟恐工人“来得及”，所以高等华人的男女这样赶紧地浪费着，享用着，畅快着，哪里还管得到国货不国货，风化不风化。然而口头上是必须维持风化，提倡节俭的。

（一九三三年）四月十一。

真假堂吉诃德

西洋武士道的没落产生了堂·吉诃德那样的戆大。他其实是个十分老实的书呆子。看他在黑夜里仗着宝剑和风车开仗，的确傻相可掬，觉得可笑可怜。

然而这是真正的吉诃德。中国的江湖派和流氓种子，却会愚弄吉诃德式的老实人，而自己又假装着堂·吉诃德的姿态。《儒林外史》上的几位公子，慕游侠剑仙之为人，结果是被这种假吉诃德骗去了几百两银子，换来了一颗血淋淋的猪头，那猪算是侠客的“君父之仇”了。

真吉诃德的做傻相是由于自己愚蠢，而假吉诃德是故意做些傻相给别人看，想要剥削别人的愚蠢。

可是中国的老百姓未必都还这么蠢笨，连这点儿手法也看不出来。

中国现在的假吉诃德们，何尝不知道大刀不能救国，他们却偏要舞弄着，每天“杀敌几百几千”的乱嚷，还有人“特制钢刀九十九，去赠送前敌将士”。可是，为着要杀猪起见，又舍不得飞机捐，于是乎“武器不精良”的宣传，一面作为节节退却或者“诱敌深入”的解释，一面又借此搜括一些杀猪经费。可惜前有慈禧太后，后有袁世凯，——清末的兴复海军捐建设了颐和园。民四的“反日”爱国储金，增加了讨伐当时革命军的军需，——不然的话，还可以说现在发现了一个新发明。

他们何尝不知道“国货运动”振兴不了什么民族工业，国际的财神爷扼住了中国的喉咙，连气也透不出，甚么“国货”都跳不出这些财神的手掌心。然而“国货年”是宣布了，“国货商场”是成立了，像煞有介事的，仿佛抗日救国全靠一些戴着假面具的买办多赚几个钱。这钱还是从猪狗牛马身上剥削来的。不听见“增加生产力”，“劳资合作共赴国难”的呼声么？原本不把小百姓当人看待，然而小百姓做了猪狗牛马还是要负“救国责任”！结果，猪肉供给假吉诃德吃，而猪头还是要斫下来，挂出去，以为“捣乱后方”者戒。

他们何尝不知道什么“中国固有文化”咒不死帝国主义，无论念几千万遍“不仁不义”，或者金光明咒，也不会触发日本地震，使它陆沉大海。然而他们故意高喊恢复“民族精神”，仿佛得了什么祖传秘诀。意思其实很明白，是要小百姓埋头治心，多读修身教科书。这固有文化本来毫无疑义：是岳飞式的奉旨不抵抗的忠，是听命国联爷爷的孝，是斫猪头，吃猪肉，而又远庖厨的仁爱，是遵守卖身契约的信义，是“诱敌深入”的和平。而且，“固有文化”之外，又提倡什么“学术救国”，引证西哲菲希德之言等类的居心，又何尝不是如此。

假吉诃德的这些傻相，真教人哭笑不得；你要是把假痴假呆当做真痴真呆，当真认为可笑可怜，那就未免傻到不可救药了。

（一九三三年）四月十一日。

“守常全集”题记

我最初看见守常先生的时候，是在独秀先生邀去商量怎样进行《新青年》的集会上，这样就算认识了。不知道他其时是否已是共产主义者。总之，给我的印象是很好的：诚实，谦和，不多说话。《新青年》的同人中，虽然也很有喜欢明争暗斗，扶植自己势力的人，但他一直到后来，绝对的不是。

他的模样是颇难形容的，有些儒雅，有些朴质，也有些凡俗。所以既像文士，也像官吏，又有些像商人。这样的商人，我在南边没有看见过，北京却有的，是旧书店或笺纸店的掌柜。一九二六年三月十八日，段琪瑞们枪击徒手请愿的学生的那一次，他也在群众中，给一个兵抓住了，问他是何等样人。答说是“做卖买的”。兵道：“那么，到这里来干什么？滚你的罢！”一推，他总算逃得了性命。

倘说教员，那时是可以死掉的。

然而到第二年，他终于被张作霖们害死了。

段将军的屠戮，死了四十二人，其中有几个是我的学生，我实在很觉得一点痛楚；张将军的屠戮，死的好像是十多人，手头没有记录，说不清楚了，但我所认识的只有一个守常先生。在厦门知道了这消息之后，椭圆的脸，细细的眼睛和胡子，蓝布袍，黑马褂，就时时出现在我的眼前，其间还隐约看见绞首台。痛楚是也有些的，但比先前淡漠了。这是我历来的偏见：见同辈之死，总没有像见青年之死的悲伤。

这回听说在北平公然举行了葬式，计算起来，去被害的时候已经七年了。这是极应该的。我不知道他那时被将军们所编排的罪状，——大概总不外乎“危害民国”罢。然而在这短短的七年中，事实就铁铸一般地证明了断送民国的四省的并非李大钊，却是杀戮了他的将军！

那么，公然下葬的宽典，该是可以取得的了。然而我在报章上，又看见北平当局的禁止路祭和捕拿送葬者的新闻。我也不知道为什么，但这回恐怕是“妨害治安”了罢。倘其果然，则铁铸一般的反证，实在来得更加神速：看罢，妨害了北平的治安的是日军呢还是人民！

但革命的先驱者的血，现在已经并不稀奇了。单就我自己说罢，七年前为了几个人，就发过不少激昂的空论，后来听惯了电刑、枪毙、斩决、暗杀的故事，神经渐渐麻木，毫不吃惊，也无言说了。我想，就是报上所记的“人山人海”去看枭首示众的头颅的人们，恐怕也未必觉得更兴奋于看赛花灯的罢。血是流得太多了。

不过热血之外，守常先生还有遗文在。不幸对于遗文，我却很难讲什么话。因为所执的业，彼此不同，在“新青年”时代，我虽以他为站在同一战线上的伙伴，却并未留心他的文章，譬如骑马不必注意于造桥，炮兵无须分神于驭马，那时自以为尚非错误。所以现在所能说的，也不过：一，是他的理论，在现在看起来，当然未必精当的；二，是虽然如此，他的遗文却将永住，因为这是先驱者的遗产，革命史上的丰碑。一切死的和活的骗子的一叠叠的集子，不是已在倒塌下来，连商人也"不顾血本"的只收二三折了么？

以过去和现在的铁铸一般的事实来测将来，洞若观火！

一九三三年五月二十九夜，鲁迅谨记。

这一篇，是T先生要我做的，因为那集子要在和他有关系的G书局出版。我谊不容辞，只得写了这一点，不久，便在《涛声》上登出来。但后来，听说那遗集稿子的有权者由另托C书局去印了，至今没有出版，也许是暂时不会出版的罢，我虽然很后悔乱作题记的孟浪，但我仍然要在自己的集子里存留，记此一件公案。十二月三十一夜，附识。

经 验

古人所传授下来的经验，有些实在是极可宝贵的，因为它曾经费去许多牺牲，而留给后人很大的益处。

偶然翻翻《本草纲目》，不禁想起了这一点。这一部书，是很普通的书，但里面却含有丰富的宝藏。自然，捕风捉影的记载，也是在所不免的，然而大部分的药品的功用，却由历久的经验，遂才能够知道到这程度，而尤其惊人的是关于毒药的叙述。我们一向喜欢恭维古圣人，以为药物是由一个神农皇帝独自尝出来的，他曾经一天遇到过七十二毒，但都有解法，没有毒死。这种传说，现在不能主宰人心了。人们大抵已经知道一切文物，都是历来的无名氏所逐渐地造成。建筑、烹饪、渔猎、耕种，无不如此；医药也如此。这么一想，这事情可就大起来了：大约古人一有病，最初只好这样尝一点，那样尝一点，吃了毒的就死，吃了不相干的就无效，有的竟吃到了对症的就好起来，于是知道这是对于某一种病痛的药。这样地累积下去，乃有草创的纪录，后来渐成为庞大的书，如《本草纲目》就是。而且这书中的所记，又不独是中国的，还有阿剌伯人的经验，有印度人的经验，则先前所用的牺牲之大，更可想而知了。

然而也有经过许多人经验之后，倒给了后人坏影响的，如俗语说“各人自扫门前雪，莫管他家瓦上霜”的便是其一。救急扶伤，一不小心，向来就很容易被人所诬陷，而还有一种坏经验的结果的歌诀，是“衙门八字开，有理无钱莫进来”，于是人们就只要事不干己，还是远远地站开干净。我想，人们在社会里，当初是并不这样彼此漠不相关的，但因豺狼当道，事实上因此出过许多牺牲，后来就自然地都走到这条道路上去了。所以，在中国，尤其是在都市里，倘使路上有暴病倒地，或翻车摔伤的人，路人围观或甚至于高兴的人尽有，肯伸手来扶助一下的人却是极少的。这便是牺牲所换来的坏处。

总之，经验的所得的结果无论好坏，都要很大的牺牲，虽是小事情，也免不掉要付法人的代价。例如近来有些看报的人，对于什么宣言、通电、讲演、谈话之类，无论它怎样骈四俪六，崇论宏议，也不去注意了，甚而还至于不但不注意，看了倒不过做做嘻笑的资料。这哪里有“始制文字，乃服衣裳”一样重要呢，然而这一点点结果，却是牺牲了一大片地面，和许多人的生命财产换来的。生命，那当然是别人的生命，倘是自己，就得不着这经验了。所以一切经验，是只有活人才能有的，我的决不上别人讥刺我怕此，就去自杀或拼命的当，而必须写出这一点来，就为此。而且这也是小小的经验的结果。

（一九三三年）六月十二日。

谚　语

粗略的一想，谚语固然好像一时代一国民的意思的结晶，但其实，却不过是一部分的人们的意思。现在就以“各人自扫门前雪，莫管他家瓦上霜”来做例子罢，这乃是被压迫者们的格言，教人要奉公，纳税，输捐，安分，不可怠慢，不可不平，尤其是不要管闲事；而压迫者是不算在内的。

专制者的反面就是奴才，有权时无所不为，失势时即奴性十足。孙皓是特等的暴君，但降晋之后，简直像一个帮闲；宋徽宗在位时，不可一世，而被掳后偏会含垢忍辱。做主子时以一切别人为奴才，则有了主子，一定以奴才自命：这是天经地义，无可动摇的。

所以被压制时，信奉着“各人自扫门前雪，莫管他家瓦上霜”的格言的人物，一旦得势，足以凌人的时候，他的行为就截然不同，变为“各人不扫门前雪，却管他家瓦上霜”了。

二十年来，我们常常看见：武将原是练兵打仗的，且不问他这兵是用以安内或攘外，总之他的“门前雪”是治军，然而他偏来干涉教育，主持道德；教育家原是办学的，无论他成绩如何，总之他的“门前雪”是学务，然而他偏去膜拜“活佛”

绍介国医。小百姓随军充伕，童子军沿门募款。头儿胡行于上，蚁民乱碰于下，结果是各人的门前都不成样，各家的瓦上也一团糟。

女人露出了臂膊和小腿，好像竟打动了贤人们的心，我记得曾有许多人絮絮叨叨，主张禁止过，后来也确有明文禁止了。不料到得今年，却又“衣服蔽体已足，何必前拖后曳，消耗布匹，……顾念时艰，后患何堪设想”起来，四川的象山县长于是就命公安局派队一一剪掉行人的长衣的下截。长衣原是累赘的东西，但以为不穿长衣，或剪去下截，即于“时艰”有补，却是一种特别的经济学。《汉书》上有一句云，“口含天宪”，此之谓也。

某一种人，一定只有这某一种人的思想和眼光，不能越出他本阶级之外，说起来，好像又在提倡什么犯讳的阶级了，然而事实是如此的。谣谚并非全国民的意思，就为了这缘故。古之秀才，自以为无不晓，于是有“秀才不出门，而知天下事”这自负的漫天大谎，小百姓信以为真，也就渐渐地成了谚语，流行开来。其实是“秀才虽出门，不知天下事”的，秀才只有秀才头脑和秀才眼睛，对于天下事，哪里看得分明，想得清楚。清末，因为想“维新”，常派些“人才”出洋去考察，我们现在看看他们的笔记罢，他们最以为奇的是什么馆里的蜡人能够和活人对面下棋。南海圣人康有为，佼佼者也，他周游十一国，一直到得巴尔干，这才悟出外国之所以常有“弑君”之故来了，曰：因为宫墙太矮的缘故。

（一九三三年）六月十三日。

大家降一级试试看

《文学》第一期的《“图书评论”所评文学书部分的清算》，是很有趣味、很有意义的一篇账。这《图书评论》不但是“我们唯一的批评杂志”，也是我们的教授和学者们所组成的唯一的联军。然而文学部分中，关于译注本的批评却占了大半，这除掉那“清算”里所指出的各种之外，实在也还有一个切要的原因，就是在我们学术界、文艺界作工的人员，大抵都比他的实力凭空跳高一级。

校对员一面要通晓排版的格式，一面要多认识字，然而看现在的出版物，“己”与“已”，“戮”与“戳”，“剌”与“刺”，在很多的眼睛里是没有区别的。版式原是排字工人的事情，因为他不管，就压在校对员的肩膀上，如果他再不管，那就成为和大家不相干。作文的人首先也要认识字，但在文章上，往往以“战慓”为“战慄”，以“已竟”为“已经”；“非常顽艳”是因妒杀人的情形；“年已鼎盛”的意思，是说这人已有六十多岁了。至于译注的书，那自然，不是“硬译”，就是误译，为了训斥与指正，竟占去了九本《图书评论》中文学部分的书数的一半，就是一个不可动摇的证明。

这些错误的书的出现，当然大抵是因为看准了社会上的需要，匆匆地来投机，但一面也实在为了胜任的人，不肯自贬声价，来做这用力多而获利少的工作的缘故。否则，这些译注者是只配埋首大学，去谨听教授们的指示的。只因为能够不至于误译的人们洁身远去，出版界上空荡荡了，遂使小兵也来挂着帅印，辱没了翻译的天下。

但是，胜任的译注家哪里去了呢？那不消说，他也跳了一级，做了教授，成为学者了。“世无英雄，遂使竖子成名”，于是只配做学生的胚子，却乘着空虚，托庇变了译注者。而事同一律，只配做个译注者的胚子，却踞着高座，昂然说法了。杜威教授有他的实验主义，白璧德教授有他的人文主义，从他们那里零零碎碎贩运一点回来的就变了中国的呵斥八极的学者，不也是一个不可动摇的证明么？

要澄清中国的翻译界，最好是大家都降下一极去，虽然那时候是否真是都能胜任愉快，也还是一个没有把握的问题。

（一九三三年）七月七日。

上海的少女

在上海生活，穿时髦衣服的比土气的便宜。如果一身旧衣服，公共电车的车掌会不照你的话停车，公园看守会格外认真的检查入门券，大宅子或大客寓的门丁会不许你走正门。所以，有些人宁可居斗室，喂臭虫，一条洋服裤子却每晚必须压在枕头下，使两面裤腿上的折痕天天有棱角。

然而更便宜的是时髦的女人。这在商店里最看得出：挑选不完，决断不下，店员也还是很能忍耐的。不过时间太长，就须有一种必要的条件，是带着一点风骚，能受几句调笑。否则，也会终于引出普通的白眼来。

惯在上海生活了的女性，早已分明地自觉着这种自己所具的光荣，同时也明白着这种光荣中所含的危险。所以凡有时髦女子所表现的神气，是在招摇，也在固守，在罗致，也在抵御，像一切异性的亲人，也像一切异性的敌人，她在喜欢，也正在恼怒。这神气也传染了未成年的少女，我们有时会看见她们在店铺里买东西，侧着头，佯嗔薄怒，如临大敌。自然，店员们是能像对于成年的女性一样，加以调笑的，而她也早明白着这调笑的意义。总之：她们大抵早熟了。

然而我们在日报上，确也常常看见诱拐女孩，甚而至于凌辱少女的新闻。

不但是《西游记》里的魔王，吃人的时候必须童男和童女而已，在人类中的富户豪家，也一向以童女为侍奉、纵欲、鸣高、寻仙、采补的材料，恰如食品的餍足了普通的肥甘，就想乳猪芽茶一样。现在这现象并且已经见于商人和工人里面了，但这乃是人们的生活不能顺遂的结果，应该以饥民的掘食草根树皮为比例，和富户豪家的纵恣的变态是不可同日而语的。

但是，要而言之，中国是连少女也进了险境了。

这险境，更使她们早熟起来，精神已是成人，肢体却还是孩子。俄国的作家梭罗古勃曾经写过这一种类型的少女，说是还是小孩子，而眼睛却已经长大了。然而我们中国的作家是另有一种称赞的写法的：所谓“娇小玲珑”者就是。

（一九三三年）八月十二日。

上海的儿童

上海越界筑路的北四川路一带，因为打仗，去年冷落了大半年，今年依然热闹了，店铺从法租界搬回，电影院早经开始，公园左近也常见携手同行的爱侣，这是去年夏天所没有的。

倘若走进住家的弄堂里去，就看见便溺器，吃食担，苍蝇成群地在飞，孩子成队地在闹，有剧烈的捣乱，有发达的骂詈，真是一个乱烘烘的小世界。但一到大路上，映进眼帘来的却只是轩昂活泼地玩着走着的外国孩子，中国的儿童几乎看不见了。但也并非没有，只因为衣裤郎当，精神萎靡，被别人压得像影子一样，不能醒目了。

中国中流的家庭，教孩子大抵只有两种法。其一，是任其跋扈，一点也不管，骂人固可，打人亦无不可，在门内或门前是暴主，是霸王，但到外面，便如失了网的蜘蛛一般，立刻毫无能力。其二，是终日给以冷遇或呵斥，甚而至于打扑，使他畏葸退缩，仿佛一个奴才，一个傀儡，然而父母却美其名曰“听话”，自以为是教育的成功，待到放他到外面来，则如暂出樊笼的小禽，他决不会飞鸣，也不会跳跃。

现在总算中国也有印给儿童看的画本了，其中的主角自然是儿童，然而书中人物，大抵倘不是带着横暴冥顽的气味，甚而至于流氓模样的，过度的恶作剧的顽童，就是钩头耸背，低眉顺眼，一副死板板的脸相的所谓“好孩子”。这虽然由于画家本领的欠缺，但也是取儿童为范本的，而从此又以作供给儿童仿效的范本。我们试一看别国的儿童书罢，英国沉着，德国粗豪，俄国雄厚，法国漂亮，日本聪明，都没有一点中国似的衰惫的气象。观民风是不但可以由诗文，也可以由图画，而且可以由不为人们所重的儿童画的。

顽劣，钝滞，都足以使人没落，灭亡。童年的情形，便是将来的命运。我们的新人物，讲恋爱，讲小家庭，讲自立，讲享乐了，但很少有人为儿女提出家庭教育的问题，学校教育的问题，社会改革的问题。先前的人，只知道“为儿孙作马牛”，固然是错误的，但只顾现在，不想将来，“任儿孙作马牛”，却不能不说是一个更大的错误。

（一九三三年）八月十二日。

小品文的危机

仿佛记得一两月之前，曾在一种日报上见到记载着一个人的死去的文章，说他是收集“小摆设”的名人，临末还有依稀的感喟，以为此人一死，“小摆设”的收集者在中国怕要绝迹了。

但可惜我那时不很留心，竟忘记了那日报和那收集家的名字。

现在的新的青年恐怕也大抵不知道什么是“小摆设”了。但如果他出身旧家，先前曾有玩弄翰墨的人，则只要不很破落，未将觉得没用的东西卖给旧货担，就也许还能在尘封的废物之中，寻出一个小小的镜屏，玲珑剔透的石块，竹根刻成的人像，古玉雕出的动物，锈得发绿的铜铸的三脚癞虾蟆：这就是所谓“小摆设”。先前，他们陈列在书房里的时候，是各有其雅号的，譬如那三脚癞虾蟆，应该称为“蟾蜍砚滴”之类，最末的收集家一定都知道，现在呢，可要和他的光荣一同消失了。

那些物品，自然决不是穷人的东西，但也不是达官富翁家的陈设，他们所要的，是珠玉扎成的盆景，五彩绘画的磁瓶。

那只是所谓士大夫的“清玩”。在外，至少必须有几十亩膏腴的田地，在家，必须有几间幽雅的书斋；就是流寓上海，也一定得生活较为安闲，在客栈里有一间长包的房子，书桌一顶，烟榻一张，瘾足心闲，摩挲赏鉴。然而这境地，现在却已经被世界的险恶的潮流冲得七颠八倒，像狂涛中的小船似的了。

然而就是在所谓“太平盛世”罢，这“小摆设”原也不是什么重要的物品。在方寸的象牙版上刻一篇《兰亭序》，至今还有“艺术品”之称，但倘将这挂在万里长城的墙头，或供在云冈的丈八佛像的足下，它就渺小得看不见了，即使热心者竭力指点，也不过令观者生一种滑稽之感。何况在风沙扑面，狼虎成群的时候，谁还有这许多闲工夫，来赏玩琥珀扇坠、翡翠戒指呢。它们即使要悦目，所要的也是耸立于风沙中的大建筑，要坚固而伟大，不必怎样精，即使要满意，所要的也是匕首和投枪，要锋利而切实，用不着什么雅。

美术上的“小摆设”的要求，这幻梦是已经破掉了，那日报上的文章的作者，就直觉地知道。然而对于文学上的“小摆设”——“小品文”的要求，却正在越加旺盛起来，要求者以为可以靠着低诉或微吟，将粗犷的人心，磨得渐渐的平滑。这就是想别人一心看着《六朝文絜》，而忘记了自己是抱住黄河决口之后，淹得仅仅露出水面的树梢头。

但这时却只用得着挣扎和战斗。

而小品文的生存，也只仗着挣扎和战斗的。晋朝的清言，早和它的朝代一同消歇了。唐末诗风衰落，而小品放了光辉。但罗隐的《谗书》，几乎全部是抗争和愤激之谈；皮日休和陆龟蒙自以为隐士，别人也称之为隐士，而看他们在《皮子文薮》和《笠泽丛书》中的小品文，并没有忘记天下，正是一塌胡涂的泥塘里的光彩和锋芒。明末的小品虽然比较的颓放，却并非全是吟风弄月，其中有不平、有讽刺、有攻击、有破坏。这种作风，也触着了满洲君臣的心痛，费去许多助虐的武将的刀锋，帮闲的文臣的笔锋，直到乾隆年间，这才压制下去了。以后呢，就来了"小摆设"。

"小摆设"当然不会有大发展。到五四运动的时候，才又来了一个展开，散文小品的成功，几乎在小说戏曲和诗歌之上。这之中，自然含着挣扎和战斗，但因为常常取法于英国的随笔（essay），所以也带一点幽默和雍容；写法也有漂亮和缜密的，这是为了对于旧文学的示威，在表示旧文学之自以为特长者，白话文学也并非做不到。以后的路，本来明明是更分明的挣扎和战斗，因为这原是萌芽于"文学革命"以至"思想革命"的。但现在的趋势，却在特别提倡那和旧文章相合之点，雍容、漂亮、缜密，就是要它成为"小摆设"，供雅人的摩挲，并且想青年摩挲了这"小摆设"，由粗暴而变为风雅了。

然而现在已经更没有书桌；鸦片虽然已经公卖，烟具是禁止的，吸起来远是十分不容易。想在战地或灾区里的人们来鉴赏罢——谁都知道是更奇怪的幻梦。这种小品，上海虽正在盛行，茶话酒谈，遍满小报的摊子上，但其实是正如烟花女子，已经不能在弄堂里拉扯她的生意，只好涂脂抹粉，在夜里躄到马路上来了。

小品文就这样地走到了危机。但我所谓危机，也如医学上的所谓“极期”（crisis）一般，是生死的分歧，能一直得到死亡，也能由此至于恢复。麻醉性的作品，是将与麻醉者和被麻醉者同归于尽的。生存的小品文，必须是匕首，是投枪，能和读者一同杀出一条生存的血路的东西；但自然，它也能给人愉快和休息，然而这并不是“小摆设”，更不是抚慰和麻痹，它给人的愉快和休息是休养，是劳作和战斗之前的准备。

（一九三三年）八月二十七日。

关于妇女解放

孔子曰："唯女子与小人为难养也，近之则不逊，远之则怨。"女子与小人归在一类里，但不知道是否也包括了他的母亲。后来的道学先生们，对于母亲，表面上总算是敬重的了，然而虽然如此，中国的为母的女性，还受着自己儿子以外的一切男性的轻蔑。

辛亥革命后，为了参政权，有名的沈佩贞女士曾经一脚踢倒过议院门口的守卫。不过我很疑心那是他自己跌倒的，假使我们男人去踢罢，他一定会还踢你几脚。这是做女子便宜的地方。还有，现在有些太太们，可以和阔男人并肩而立，在码头或会场上照一个照相；或者当汽船飞机开始行动之前，到前面去敲碎一个酒瓶（这或者非小姐不可也说不定，我不知道那详细）了，也还是做女子的便宜的地方。此外，又新有了各样的职业，除女工，为的是她们工钱低，又听话，因此为厂主所乐用的不算外，别的就大抵只因为是女子，所以一面虽然被称为"花瓶"，一面也常有"一切招待，全用女子"的光荣的广告。男子倘要这么突然地飞黄腾达，单靠原来的男性是不行的，他至少非变狗不可。

这是五四运动后，提倡了妇女解放以来的成绩。不过我们还常常听到职业妇女的痛苦的呻吟，评论家的对于新式女子的讥笑。她们从闺阁走出，到了社会上，其实是又成为给大家开玩笑，发议论的新资料了。

这是因为她们虽然到了社会上，还是靠着别人的“养”；要别人“养”，就得听人的唠叨，甚而至于侮辱。我们看看孔夫子的唠叨，就知道他是为了要“养”而“难”，“近之”“远之”都不十分妥帖的缘故。这也是现在的男子汉大丈夫的一般的叹息。也是女子的一般的苦痛。在没有消灭“养”和“被养”的界限以前，这叹息和苦痛是永远不会消灭的。

这并未改革的社会里，一切单独的新花样，都不过一块招牌，实际上和先前并无两样。拿一匹小鸟关在笼中，或给站在竿子上，地位好像改变了，其实还只是一样地在给别人做玩意，一饮一啄，都听命于别人。俗语说：“受人一饭，听人使唤，”就是这。所以一切女子，倘不得到和男子同等的经济权，我以为所有好名目，就都是空话。自然，在生理和心理上，男女是有差别的；即在同性中，彼此也都不免有些差别，然而地位却应当同等。必须地位同等之后，才会有真的女人和男人，才会消失了叹息和苦痛。

在真的解放之前，是战斗。但我并非说，女人应该和男人一样地拿枪，或者只给自己的孩子吸一只奶，而使男子去负担那一半。我只以为应该不自苟安于目前暂时的位置，而不断地为解放思想、经济等等而战斗。解放了社会，也就解放了自己。但自然，单为了现存的惟妇女所独有的桎梏而斗争，也还是必要的。

我没有研究过妇女问题，倘使必须我说几句，就只有这一点空话。

（一九三三年）十月二十一日

二丑艺术

丰之馀

浙东的有一处的戏班中，有一种脚色叫作“二花脸”，译得雅一点，那么，“二丑”就是。他和小丑的不同，是不扮横行无忌的花花公子，也不扮一味仗势的宰相家丁，他所扮演的是保护公子的拳师，或者趋奉公子的清客。总之，身份比小丑高，而性格却比小丑坏。

义仆是老生扮的，先以谏诤，终以殉主；恶仆是小丑扮的，只会作恶，到底灭亡。而二丑的本领却不同，他有点上等人模样，也懂些琴棋书画，也来得行令猜谜，但倚靠的是权门，凌蔑的是百姓，有谁被压迫了，他就来冷笑几声，畅快一下，有谁被陷害了，他又去吓唬一下，吆喝几声。不过他的态度并不常常如此的，大抵一面又回过脸来，向台下的看客指出他公子的缺点，摇着头装起鬼脸道：你看这家伙，这回可要倒楣哩！

这最末的一手，是二丑的特色。因为他没有义仆的愚笨，也没有恶仆的简单，他是知识阶级，他明知道自己所靠的是冰山，一定不能长久，他将来还要到别家帮闲，所以当受着豢养，分着馀炎的时候，也得装着和这贵公子并非一伙。

二丑们编出来的戏本上，当然没有这一种脚色的，他哪里肯；小丑，即花花公子们编出来的戏本，也不会有，因为他们只看见一面，想不到的。这二花脸，乃是小百姓看透了这一种人，提出精华来，制定了的脚色。

世间只要有权门，一定有恶势力，有恶势力，就一定有二花脸，而且有二花脸艺术。我们只要取一种刊物，看他一个星期，就会发见他忽而怨恨春天，忽而颂扬战争，忽而译萧伯纳演说，忽而讲婚姻问题；但其间一定有时要慷慨激昂地表示对于国事的不满：这就是用出末一手来了。

这最末的一手，一面也在遮掩他并不是帮闲，然而小百姓是明白的，早已使他的类型在戏台上出现了。

（一九三三年）六月十五日。

爬和撞

荀　继

从前梁实秋教授曾经说过：穷人总是要爬，往上爬，爬到富翁的地位。不但穷人，奴隶也是要爬的，有了爬得上的机会，连奴隶也会觉得自己是神仙，天下自然太平了。

虽然爬得上的很少，然而个个以为这正是他自己。这样自然都安分地去耕田、种地、拣大粪或是坐冷板凳，克勤克俭，背着苦恼的命运，和自然奋斗着，拼命地爬、爬、爬。可是爬的人那么多，而路只有一条，十分拥挤。老实地照着章程规规矩矩地爬，大都是爬不上去的。聪明人就会推，把别人推开，推倒，踏在脚底下，踹着他们的肩膀和头顶，爬上去了。大多数人却还只是爬，认定自己的冤家并不在上面，而只在旁边，是那些一同在爬的人。他们大都忍耐着一切，两脚两手都着地，一步步地挨上去又挤下来，挤下来又挨上去，没有休止的。

然而爬的人太多，爬得上的太少，失望也会渐渐地侵蚀善良的人心，至少，也会发生跪着的革命。于是爬之外，又发明了撞。

这是明知道你太辛苦了，想从地上站起来，所以在你的背后猛然地叫一声：撞罢。一个个发麻的腿还在抖着，就撞过去。这比爬要轻松得多，手也不必用力，膝盖也不必移动，只要，横着身子，晃一晃，就撞过去。撞得好就是五十万元大洋，妻，财，子，禄都有了。撞不好，至多不过跌一跤，倒在地下。那又算得什么呢，——他原本是伏在地上的，他仍旧可以爬。何况有些不过撞着玩罢了，根本就不怕跌跤的。

爬是自古有之。例如从童生到状元，从小瘪三到康白度。撞却似乎是近代的发明。考起来，恐怕只有古时候“小姐抛彩球”有点像给人撞的办法。小姐的彩球将要抛下来的时候，——一个个想吃天鹅肉的男子汉仰着头，张着嘴，馋涎拖得几尺长……可惜，古人究竟呆笨，没有要这些男子汉拿出几个本钱来，否则，也一定可以收着几万万的。

爬得上的机会越少，愿意撞的人就越多，那些早已爬在上面的人们，就天天替你们制造撞的机会，叫你们化些小本钱，而预约着你们名利双收的神仙生活。所以撞得好的机会，虽然比爬得上的还要少得多，而大家都愿意来试试的。这样，爬了来撞，撞不着再爬……鞠躬尽瘁，死而后已。

（一九三三年）八月十六日。

四库全书珍本

丰之馀

现在除兵争，政争等类之外，还有一种倘非闲人，就不大注意的影印《四库全书》中的“珍本”之争。官商要照原式，及早印成，学界却以为库本有删改，有错误，如果有别本可得，就应该用别的“善本”来替代。

但是，学界的主张，是不会通过的，结果总非依照《钦定四库全书》不可。这理由很分明，就因为要赶快。四省不见，九岛出脱，不说也罢，单是黄河的出轨举动，也就令人觉得岌岌乎不可终日，要做生意就得赶快。况且“钦定”二字，至今也还有一点威光，“御医”“贡缎”，就是与众不同的意思。便是早已共和了的法国，拿破仑的藏书在拍卖场上还是比平民的藏书值钱；欧洲的有些著名的“支那学者”，讲中国就会引用《钦定图书集成》，这是中国的考据家所不肯玩的玩艺。但是，也可见印了“钦定”过的“珍本”，在外国，生意总可以比“善本”好一些。

即使在中国，恐怕生意也还是“珍本”好。因为这可以做摆饰，而“善本”却不过能合于实用。能买这样的书的，决非穷措大也可想，则买去之后，必将供在客厅上也亦可知。这类的买主，会买一个商周的古鼎，摆起来；不得已时，也许买一个假古鼎，摆起来；但他决不肯买一个沙锅或铁钟，摆在紫檀桌子上。因为他的目的是在“珍”而并不在“善”，更不在是否能合于实用的。

明末人好名，刻古书也是一种风气，然而往往自己看不懂，以为错字，随手乱改。不改尚可，一改，可就反而改错了，所以使后来的考据家为之摇头叹气，说是“明人好刻古书而古书亡”。这回的《四库全书》中的“珍本”是影印的，决无改错的弊病，然而那原本就有无意的错字，有故意地删改，并且因为新本的流布，更能使善本湮没下去，将来的认真的读者如果偶尔得到这样的本子，恐怕总免不了要有摇头叹气第二回。

然而结果总非依照《钦定四库全书》不可。因为“将来”的事，和现在的官商是不相干了。

（一九三三年）八月二十四日。

帮闲法发隐

桃　椎

吉开迦尔是丹麦的忧郁的人，他的作品，总是带着悲愤。不过其中也有很有趣味的，我看见了这样的几句——

> 戏场里失了火。丑角站在戏台前，来通知了看客。大彩以为这是丑角的笑话，喝彩了。丑角又通知说是火灾。但大家越加哄笑，喝彩了。我想，人世是要完结在当作笑话的开心的人们的大家欢迎之中的罢。

不过我的所以觉得有趣的，并不专在本文，是在由此想到了帮闲们的伎俩。帮闲，在忙的时候就是帮忙，倘若主子忙于行凶作恶，那自然也就是帮凶。但他的帮法，是在血案中而没有血迹，也没有血腥气的。

譬如罢，有一件事，是要紧的，大家原也觉得要紧，他就以丑角身份出现了，将这件事变为滑稽，或者特别张扬了不关紧要之点，将人们的注意拉开去，这就是所谓“打诨”。如果是杀人，他就来讲当场的情形，侦探的努力；死的是女人呢，那就更好了，名之曰“艳尸”，或介绍她的日记。如果是暗杀，他就来讲死者的生前的故事，恋爱呀，遗闻呀……人们的热情原不是永不弛缓的，但加上些冷水，或者美其名曰清茶，自然就冷得更加迅速了，而这位打诨的脚色，却变成了文学者。

假如有一个人，认真地在告警，于凶手当然是有害的，只要大家还没有僵死，但这时他就又以丑角身份而出现了，仍用打诨，从旁装着鬼脸，使告警者在大家的眼里也化为丑角，使他的警告在大家的耳边都化为笑话。耸肩装穷，以表现对方之阔，卑躬叹气，以暗示对方之傲；使大家心里想：这告警者原来都是虚伪的。幸而帮闲们还多是男人，否则它简直会说告警者曾经怎样调戏它，当众罗列淫辞，然后作自杀以明耻之状也说不定。周围捣着鬼，无论如何严肃的说法也要减少力量的，而不利于凶手的事情却就在这疑心和笑声中完结了。它呢？这回它倒是道德家。

当没有这样的事件时，那就七日一报，十日一谈，收罗废料，装进读者的脑子里过一年半载，就满脑都是某阔人如何摸牌，某明星如何打嚏的典故。开心是自然也开的。但是，人世却也要完结在这些欢迎开心的开心的人们之中的罢？

（一九三三年）八月二十八日。

重三感旧

——一九三三年忆光绪朝末

丰之馀

我想赞美几句一些过去的人，这恐怕并不是“骸骨的迷恋”。

所谓过去的人，是指光绪末年的所谓“新党”，民国初年，就叫他们“老新党”。甲午战败，他们自以为觉悟了，于是要“维新”，便是三四十岁的中年人，也看《学算笔谈》，看《化学鉴原》；还要学英文，学日文，硬着舌头，怪声怪气地朗诵着，对人毫无愧色。那目的是要看“洋书”，看洋书的缘故是要给中国图“富强”，现在的旧书摊上，还偶有“富强丛书”出现，就如目下的“描写字典”“基本英语”一样，正是那时应运而生的东西。连八股出身的张之洞，他托缪荃荪代做的《书目答问》也竭力添进各种译本去，可见这“维新”风潮之烈了。

然而现在是别一种现象了。有些新青年，境遇正和“老新党”相反，八股毒是丝毫没有染过的，出身又是学校，也并非国学的专家，但是，学起篆字来了，填起词来了，劝人看《庄子》《文选》了，信封也有自刻的印板了，新诗也写成方块了，除掉做新诗的嗜好之外，简直就如光绪初年的雅人一样，所不同者，缺少辫子和有时穿穿洋服而已。

近来有一句常谈，是“旧瓶不能装新酒”。这其实是不确的。旧瓶可以装新酒，新瓶也可以装旧酒，倘若不信“将一瓶五加皮和一瓶白兰地互换起来试试看，五加皮装在白兰地瓶子里，也还是五加皮。这一种简单的试验，不但明示着“五更调”“攒十字”的格调，也可以放进新的内容去，且又证实了新式青年的躯壳里，大可以埋伏下“桐城谬种”或“选学妖孽”的喽啰。

“老新党”们的见识虽然浅陋，但是有一个目的：图富强。所以他们坚决，切实；学洋话虽然怪声怪气，但是有一个目的：求富强之术。所以他们认真，热心。待到排满学说播布开来，许多人就成为革命党了，还是因为要给中国图富强，而以为此事必自排满始。

排满久已成功，五四早经过去，于是篆字，词，《庄子》，《文选》，古式信封，方块新诗，现在是我们又有了新的企图，要以“古雅”立足于一天地之间了。假使真能立足，那倒是给“生存竞争”添一条新例的。

十月一日。

论重译

史　贲

穆木天先生在二十一日的《火炬》上，反对作家的写无聊的游记之类，以为不如给中国介绍一点上起希腊、罗马，下至现代的文学名作。我以为这是很切实的忠告。但他在十九日的《自由谈》上，却又反对间接翻译，说“是一种滑头办法”，虽然还附有一些可恕的条件。这是和他后来的所说冲突的，也容易启人误会，所以我想说几句。

重译确是比直接译容易。首先，是原文的能令译者自惭不及，怕敢动笔的好处，先由原译者消去若干部分了。译文是大抵比不上原文的，就是将中国的粤语译为京语，或京语译成沪语，也很难恰如其分。在重译，便减少了对于原文的好处的踌躇。其次，是难解之处，忠实的译者往往会有注解，可以一目了然，原书上倒未必有。但因此，也常有直接译错误，而间接译却不然的时候。

懂某一国文，最好是译某一国文学，这主张是断无错误的，但是，假使如此，中国也就难有上起希，罗，下至现代的文学名作的译本了。中国人所懂的外国文，恐怕是英文最多，日文次之，倘不重译，我们将只能看见许多英、美和日本的文学作品，不但没有伊卜生，没有伊本涅支，连极通行的安徒生的童话，西万提司的《吉诃德先生》，也无从看见了。这是何等可怜的眼界。自然，中国未必没有精通丹麦、诺威、西班牙文字的人们，然而他们至今没有译，我们现在的所有，都是从英文重译的。连苏联的作品，也大抵是从英、法文重译的。

所以我想，对于翻译，现在似乎暂不必有严峻的堡垒。最要紧的是要看译文的佳良与否，直接译或间接译，是不必置重的；是否投机，也不必推问的。深通原译文的趋时者的重译本，有时会比不甚懂原文的忠实者的直接译本好，日本改造社译的《高尔基全集》，曾被有一些革命者斥责为投机，但革命者的译本出，却反而显出前一本的优良了。不过也还要附一个条件，并不很懂原译文的趋时者的速成译本，可实在是不可恕的。

待到将来各种名作有了直接译本，则重译本便是应该淘汰的时候，然而必须那译本比旧译本好，不能但以“直接翻译”当作护身的挡牌。

（一九三三年）六月二十四日。

再论重译

史　贲

看到穆木天先生的《论重译及其他》下篇的末尾，才知道是在释我的误会，我却觉得并无什么误会，不同之点，只在倒过了一个轻重，我主张首先要看成绩的好坏，而不管译文是直接或间接，以及译者是怎样的动机。

木天先生要译者“自知”，用自己的长处，译成“一劳永逸”的书。要不然，还是不动手的好。这就是说，与其来种荆棘，不如留下一片白地，让别的好园丁来种可以永久观赏的佳花。但是，“一劳永逸”的话，有是有的，而“一劳永逸”的事却极少，就文字而论，中国的这方块字便决非“一劳永逸”的符号。况且白地也决不能永久的保留，即有空地，便会生长荆棘或雀麦。最要紧的是有人来处理，或者培植，或者删除，使翻译界略免于芜杂。这就是批评。

然而我们向来看轻着翻译，尤其是重译。对于创作，批评家是总算时时开口的，一到翻译，则前几年还偶有专指误译的文章，近来就极其少见；对于重译的更其少。但在工作上，批评翻译却比批评创作难，不但看原文须有译者以上的工力，对作品也须译者以上的理解。如木天先生所说，重译有数种译本作参考，这在译者是极为便利的，因为甲译本可疑时，能够参看乙译本。直接译就不然了，一有不懂的地方，便无法可想，因为世界上是没有用了不同的文章，来写两部意义句句相同的作品的作者的。重译的书之多，这也许是一种原因，说偷懒也行，但大约也还是语学的力量不足的缘故。遇到这种参酌各本而成的译本，批评就更为难了，至少也得能看各种原译本。如陈源译的《父与子》，鲁迅译的《毁灭》，就都属于这一类的。

我以为翻译的路要放宽，批评的工作要着重。倘只是立论极严，想使译者自己慎重，倒会得到相反的结果，要好的慎重了，乱译者却还是乱译，这时恶译本就会比稍好的译本多。

临末还有几句不大紧要的话。木天先生因为怀疑重译，见了德译本之后，连他自己所译的《塔什干》，也定为法文原译是删节本了。其实是不然的。德译本虽然厚，但那是两部小说合订在一起的，后面的大半，就是绥拉菲摩维支的《铁流》。所以我们所有的汉译《塔什干》，也并不是节本。

（一九三三年）七月三日。

看书琐记（一）

焉　于

高尔基很惊服巴尔札克小说里写对话的巧妙，以为并不描写人物的模样，却能使读者看了对话，便好像目睹了说话的那些人。（八月份《文学》内《我的文学修养》）

中国还没有那样好手段的小说家，但《水浒》和《红楼梦》的有些地方，是能使读者由说话看出人来的。其实，这也并非什么奇特的事情，在上海的弄堂里，租一间小房子住着的人，就时时可以体验到。他和周围的住户，是不一定见过面的，但只隔一层薄板壁，所以有些人家的眷属和客人的谈话，尤其是高声的谈话，都大略可以听到。久而久之，就知道那里有哪些人，而且仿佛觉得那些人是怎样的人了。

如果删除了不必要之点，只摘出各人的有特色的谈话来，我想，就可以使别人从谈话里推见每个说话的人物。但我并不是说：这就成了中国的巴尔札克。

作者用对话表现人物的时候，恐怕在他自己的心目中，是存在着这人物的模样的，于是传给读者，使读者的心目中也形成了这人物的模样。但读者所推见的人物，却并不一定和作者所设想的相同，巴尔札克的小胡须的清瘦老人，到了高尔基的头里，也许变了粗蛮壮大的络腮胡子。不过那性格，言动，一定有些类似，大致不差，恰如将法文翻成了俄文一样。要不然，文学这东西便没有普遍性了。

文学虽然有普遍性，但因读者的体验的不同而有变化，读者倘没有类似的体验，它也就失去了效力。譬如我们看《红楼梦》，从文字上推见了林黛玉这一个人，但须排除了梅博士的"黛玉葬花"照相的先入之见，另外想一个，那么，恐怕会想到剪头发，穿印度绸衫，清瘦，寂寞的摩登女郎；或者别的什么模样，我不能断定。但试去和三四十年前出版的《红楼梦图咏》之类里面的画像比一比罢，一定是截然两样的，那上面所画的，是那时的读者的心目中的林黛玉。

文学有普通性，但有界限，也有较为永久的，但因读者的社会体验而生变化。北极的遏斯吉摩人和菲洲腹地的黑人，我以为是不会懂得"林黛玉型"的；健全而合理的好社会中人，也将不能懂得，他们大约要比我们的听讲始皇焚书，黄巢杀人更其隔膜。一有变化，即非永久，说文学独有仙骨，是做梦的人们的梦话。

（一九三三年）八月六日。

论“旧形式的采用”

“旧形式的采用”的问题，如果平心静气的讨论起来，在现在，我想是很有意义的，但开首便遭到了耳耶先生的笔伐。“类乎投降”，“机会主义”，这是近十年来“新形式的探求”的结果，是克敌的咒文，至少先使你惹一身不干不净。但耳耶先生是正直的，因为他同时也在译《艺术底内容和形式》，一经登完，便会洗净他激烈的责罚：而且有几句话也正确的，是他说新形式的探求不能和旧形式的采用机械地分开。

不过这几句话已经可以说是常识；就是说内容和形式不能机械地分开，也已经是常识；还有，知道作品和大众不能机械地分开，也当然是常识。旧形式为什么只是“采用”——但耳耶先生却指为“为整个（!）旧艺术捧场”——就是为了新形式的探求。采取若干，和“整个”捧来是不同的，前进的艺术家不能有这思想（内容）。然而他会想到采取旧艺术，因为他明白了作品和大众不能机械地分开。以为艺术是艺术家的“灵感”的爆发，像鼻子发痒的人，只要打出喷嚏来就浑身舒服，一了百了的时候已经过去了，现在想到，而且关心了大众。这是一个新思想（内容），由此而在探求新形式。首先提出的是旧形式的采取，这采取的主张，正是新形式的发端，也就是旧形式的蜕变。在我看来，是既没有将内容和形式机械地分开，更没有看得“姊妹花”叫座，于是也来学一套的投机主义的罪案的。

自然，旧形式的采取，或者必须说新形式的探求，都必须艺术学徒的努力的实践，但理论家或批评家是同有指导，评论，商量的责任的，不能只斥他交代未清之后，便可逍遥事外。我们有艺术史，而且生在中国，即必须翻开中国的艺术史来。采取什么呢？我想，唐以前的真迹，我们无从目睹了，但还能知道大抵以故事为题材，这是可以取法的；在唐，可取佛画的灿烂，线画的空实和明快；宋的院画，萎靡柔媚之处当舍，周密不苟之处是可取的。米点山水，则毫无用处。后来的写意画（文人画）有无用处，我此刻不敢确说，恐怕也许还有可用之点的罢。这些采取，并非断片的古董的杂陈，必须溶化于新作品中，那是不必赘说的事，恰如吃用牛羊，弃去蹄毛，留其精粹，以滋养及发达新的生体，决不因此就会“类乎”牛羊的。

只是上文所举的，亦即我们现在所能看见的，都是消费的艺术。它一向独得有力者的宠爱，所以还有许多存留。但既有消费者，必有生产者，所以一面有消费者的艺术，一面也有生产者的艺术。古代的东西，因为无人保护，除小说的插画以外，我们几乎什么也看不见了。至于现在，却还有市上新年的花纸，和猛克先生所指出的连环图画。这些虽未必是真正的生产者的艺术，但和高等有闲者的艺术对立，是无疑的。但虽然如此，它还是大受着消费者艺术的影响，例如在文学上，则民歌大抵脱不开七言的范围，在图画上，则题材多是士大夫的故事，然而已经加以提炼，成为明快、简捷的东西了。这也就是蜕变，一向则谓之“俗”。注意于大众的艺术家，来注意于这些东西，大约也未必错，至于仍要加以提炼，那也是无须赘说的。

但中国的两者的艺术，也有形似而实不同的地方，例如佛画的满幅云烟，是豪华的装潢，花纸也有一种硬填到几乎不见白纸的，却是惜纸的节俭；唐伯虎画的细腰织手的美人，是他一类人们的欲得之物，花纸上也有这一种，在赏玩者却只以为世间有这一类人物，聊资博识，或满足好奇心而已。为大众的画家，都无须避忌。

至于谓连环图画不过图画的种类之一，与文学中之有诗歌、戏曲、小说相同，那自然是不错的。但这种类之别，也仍然与社会条件相关联，则我们只要看有时盛行诗歌，有时大出小说，有时独多短篇的史实便可以知道。因此，也可以知道即与内容相关联。现在社会上的流行连环图画，即因为它有流行的可能，且有流行的必要，着眼于此，因而加以导引，正是前进的艺术家的正确的任务；为了大众，力求易懂，也正是前进的艺术家正确的努力。旧形式的采取，必有所删除，既有删除，必有所增益，这结果是新形式的出现，也就是变革。而且，这工作是决不如旁观者所想的容易的。

但就是立刻有了新形式罢，当然不会就是很高的艺术。艺术的前进，还要别的文化工作的协助，某一文化部门，要某一专家唱独脚戏来提得特别高，是不妨空谈，却难做到的事，所以专责个人，那立论的偏颇和偏重环境的是一样的。

（一九三四年）五月二日。

连环图画琐谈

“连环图画”的拥护者，看现在的议论，是“启蒙”之意居多的。

古人“左图右史”，现在只剩下一句话，看不见真相了，宋元小说，有的是每页上图下说，却至今还有存留，就是所谓“出相”；明清以来，有卷头只画书中人物的，称为“绣像”。有画每回故事的，称为“全图”。那目的，大概是在诱引未读者的购读，增加阅读者的兴趣和理解。

但民间另有一种《智灯难字》或《日用杂字》，是一字一像，两相对照，虽可看图，主意却在帮助识字的东西，略加变通，便是现在的《看图识字》。文字较多的是《圣谕像解》，《二十四孝图》等，都是藉图书以启蒙，又因中国文字太难，只得用图画来济文字之穷的产物。

“连环图画”便是取“出相”的格式，收《智灯难字》的功效的，倘要启蒙，实在也是一种利器。

但要启蒙，即必须能懂。懂的标准，当然不能俯就低能儿或白痴，但应该着眼于一般的大众，譬如罢，中国画是一向没有阴影的，我所遇见的农民，十之九不赞成西洋画及照相，他们说：人脸哪有两边颜色不同的呢？西洋人的看画，是观者作为站在一定之处的，但中国的观者，却向不站在定点上，所以他说的话也真实。那么，作“连环图画”而没有阴影，我以为是可以的；人物旁边写上名字，也可以的，甚至于表示做梦从人头上放出一道毫光来，也无所不可。观者懂得了内容之后，他就会自己删去帮助理解的记号。这也不能谓之失真，因为观者即经会得了内容，便是有了艺术上的真，倘必如实物之真，则人物只有二三寸，就不真了，而没有和地球一样大小的纸张，地球便无法绘画。

艾思奇先生说：“若能够触到大众真正的切身问题，那恐怕愈是新的，才愈能流行。”这话也并不错。不过要商量的是怎样才能够触到，触到之法，“懂”是最要紧的，而且能懂的图书，也可以仍然是艺术。

（一九三四年）五月九日。

门外文谈

一、开 头

听说今年上海的热，是六十年来所未有的。白天出去混饭，晚上低头回家，屋子里还是热，并且加上蚊子，这时候，只有门外是天堂。因为海边的缘故罢，总有些风，用不着挥扇。虽然彼此有些认识，却不常见面的寓在四近的亭子间或搁楼的邻人也都坐出来了，他们有的是店员，有的是书局里的校对员，有的是制图工人的好手。大家都已经做得筋疲力尽，叹着苦，但这时总还算有闲的，所以也谈闲天。

闲天的范围也并不小：谈旱灾，谈求雨，谈吊膀子，谈三寸怪人干，谈洋米，谈裸腿，也谈古文，谈白话，谈大众语。因为我写过几篇白话文，所以关于古文之类他们特别要听我的话，我也只好特别说得多。这样的过了两三夜，才给别的话岔开，也总算谈完了。不料过了几天之后，有几个还要我写出来。

他们里面，有的是因为我看过几本古书，所以相信我的，有的是因为我看过一点洋书，有的又因为我看古书也看洋书；但有几位却因此反不相信我，说我是蝙蝠。我说到古文，他就笑道，你不是唐、宋八大家，能信么？我谈到大众语，他又笑道：你又不是劳苦大众，讲什么海话呢？

这也是真的。我们讲旱灾的时候，就讲到一位老爷下乡查灾，说有些地方是可以不成灾的，现在成灾，是因为农民懒，不戽水。但一种报上，却记着一个六十老翁，因儿子戽水乏力而死，灾象如故，无路可走，自杀了。老爷和乡下人，意见是真有这么的不同的。那么，我的夜谈，恐怕也终不过是一个门外闲人的空话罢了。

飓风过后，天气也凉爽了一些，但我终于照着希望我写的几个人的希望，写出来了，比口语简单得多，大致却无异，算是抄给我们一流人看的。当时只凭记忆，乱引古书，说话是耳边风，错点不打紧，写在纸上，却使我很踌躇，但自己又苦于没有原书可对，这只好请读者随时指正了。

一九三四年，八月十六夜，写完并记。

二、字是什么人造的？

字是什么人造的？

我们听惯了一件东西，总是古时候一位圣贤所造的故事，对于文字，也当然要有这质问。但立刻就有忘记了来源的答话：字是仓颉造的。

这是一般的学者的主张，他自然有他的出典。我还见过一幅这位仓颉的画像。是生着四只眼睛的老头陀。可见要造文字，相貌先得出奇，我们这种只有两只眼睛的人，是不但本领不够，连相貌也不配的。

然而做《易经》的人（我不知道是谁），却比较的聪明，他说："上古结绳而治，后世圣人易之以书契。"他不说仓颉，只说"后世圣人"，不说创造，只说掉换，真是谨慎得很；也许他无意中就不相信古代会有一个独自造出许多文字来的人的了，所以就只是这么含含胡胡的来一句。

但是，用书契来代结绳的人，又是什么脚色呢？文学家，不错，从现在的所谓文学家的最要卖弄文字，夺掉笔杆便一无所能的事实看起来，的确首先就要想到他；他也的确应该给自己的吃饭家伙出点力。然而并不是的。有史以前的人们，虽然劳动也唱歌，求爱也唱歌，他却并不起草，或者留稿子，因为他做梦也想不到卖诗稿，编全集，而且那时的社会里，也没有报馆和书铺子，文字毫无用处。据有些学者告诉我们的话来看，这在文字上用了一番工夫的，想来该是史官了。

原始社会里，大约先前只有巫，待到渐次进化，事情繁复了，有些事情，如祭祀、狩猎、战争……之类，渐有记住的必要，巫就只好在他那本职的"降神"之外，一面也想法子来记事，这就是"史"的开头。况且"升中于天"，他在本职上，也得将记载酋长和他的治下的大事的册子，烧给上帝看，因此一样的要做文章——虽然这大约是后起的事。再后来，职掌分得更清楚了，于是就有专门记事的史官。文字就是史官必要的工具，古人说："仓颉，黄帝史。"第一句未可信，但指出了史和文字的关系，却是很有意思的。至于后来的“文学家”用它来写“阿呀呀，我的爱哟，我要死了!”那些佳句，那不过是享享现成的罢了，“何足道哉!”

三、字是怎么来的?

照《易经》说，书契之前明明是结绳，我们那里的乡下人，碰到明天要做一件紧要事，怕得忘记时，也常常说：“裤带上打一个结!”那么，我们的古圣人，是否也用一条长绳，有一件事就有一个结呢?恐怕是不行的。只有几个结还记得，一多可就糟了。或者那正是伏羲皇上的“八卦”之流，三条绳一组，都不打结是“乾”，中间各打一结是“坤”罢?恐怕也不对。八组尚可，六十四组就难记，何况还会有五百十二组呢。只有在秘鲁还有存留的“打结字”(quippus)，用一条横绳，挂上许多直绳，拉来拉去的结起来，网不像网，倒似乎还可以表现较多的意思。我们上古的结绳，恐怕也是如此的罢。但它既然被书契掉换，又不是书契的祖宗，我们也不妨暂且不去管它了。

夏禹的“岣嵝碑”是道士们假造的；现在我们能在实物上看见的最古的文字，只有商朝的甲骨和钟鼎文。但这些，都已经很进步了，几乎找不出一个原始形态。只在铜器上，有时还可以看见一点写实的图形，如鹿，如象，而从这图形上，又能发见和文字相关的线索：中国文字的基础是“象形”。

画在西班牙的亚勒泰米拉(Altamira)洞里的野牛，是有名的原始人的遗迹，许多艺术史家说，这正是“为艺术的艺术”，原始人画着玩玩的。但这解释未免过于“摩登”，因为原始人没有十九世纪的文艺家那么有闲，他的画一只牛，是有缘故的，为的是关于野牛，或者是猎取野牛，禁咒野牛的事。现在上海墙壁上的香烟和电影的广告画，尚且常有人张着嘴巴看，在少见多怪的原始社会里，有了这么一个奇迹，那轰动一时，就可想而知了。他们一面看，知道了野牛这东西，原来可以用线条移在别的平面上，同时仿佛也认识了一个“牛”字，一面也佩服这作者的才能，但没有人请他作自传赚钱，所以姓氏也就湮没了。但在社会里，仓颉也不止一个，有的在刀柄上刻一点图，有的在门户上画一些画，心心相印，口口相传，文字就多起来，史官一采集，便可以敷衍记事了。中国文字的由来，恐怕也逃不出这例子的。

自然，后来还该有不断地增补，这是史官自己可以办到的，新字夹在熟字中，又是象形，别人也容易推测到那字的意义。直到现在，中国还在生出新字来。但是，硬做新仓颉，却要失败的，吴的朱育，唐的武则天，都曾经造过古怪字，也都白费力。现在最会造字的是中国化学家，许多原质和化合物的名目，很不容易认得，连音也难以读出来了。老实说，我是一看见就头痛的，觉得还不如就用万国通用的拉丁名来得爽快，如果二十来个字母都认不得，请恕我直说：那么，化学也大抵学不好的。

四、写字就是画画

《周礼》和《说文解字》上都说文字的构成法有六种，这里且不谈罢，只说些和“象形”有关的东西。

象形，“近取诸身，远取诸物”，就是画一只眼睛是“目”，画一个圆圈，放几条毫光是“日”，那自然很明白，便当的。但有时要碰壁，譬如要画刀口，怎么办呢？不画刀背，也显不出刀口来，这时就只好别出心裁，在刀口上加一条短棍，算是指明“这个地方”的意思，造了“刃”。这已经颇有些办事棘手的模样了，何况还有无形可象的事件，于是只得来“象事”，也叫作“会意”，一只手放在树上是“采”，一颗心放在屋子和饭碗之间是“盗”，有吃有住，安盗了。但要写“盗可”的寧，却又得在碗下面放一条线，表明这不过是用了“盗”的声音的意思。“会意”比“象形”更麻烦，它至少要画两样。如“寶”字，则要寓一个屋顶，一串玉，一个缶，一个贝，计四样；我看“缶”字还是杵臼两形合成的，那么一共有五样。单单为了这一个字，就很要破费些工夫。

不过还是走不通，因为有些事物是画不出，有些事物是画不来，譬如松柏，叶样不同，原是可以分出来的，但写字究竟是写字，不能像绘画那样精工，到底还是硬挺不下去。来打开这僵局的是“谐声”，意义和形象离开了关系。这已经是“记音”了，所以有人说，这是中国文字的进步。不错，也可以说是进步，然而那基础也还是画画儿。例如“菜，从草，采声”，画一棵草，一个爪，一株树：三样；“海，从水，每声”，画一条河，一位戴帽（?）的太太，也三样。总之，如果要写字，就非永远画画不成。

但古人是并不愚蠢的，他们早就将形象改得简单，远离了写实。篆字圆折，还有图画的馀痕，从隶书到现在的楷书，和形象就天差地远。不过那基础并未改变，天差地远之后，就成为不象形的象形字，写起来虽然比较的简单，认起来却非常困难了，要凭空一个一个的记住。而且有些字，也至今并不简单，例如“鸾”或“凿”，去叫孩子写，非练习半年六月，是很难写在半寸见方的格子里面的。

还有一层，是“谐声”字也因为古今字音的变迁，很有些和“声”不大“谐”的了。现在还有谁读“滑”为“骨”，读“海”为“每”呢！

古人传文字给我们，原是一份重大的遗产，应该感谢的。但在成了不象形的象形字，不十分谐声的谐声字的现在，这感谢却只好踌躇一下了。

五、古时候言文一致么？

到这里，我想来猜一下古时候言文是否一致的问题。

对于这问题，现在的学者们虽然并没有分明的结论，但听他口气，好像大概是以为一致的；越古，就越一致。不过我却很有些怀疑，因为文字愈容易写，就愈容易写得和口语一致，但中国却是那么难画的象形字，也许我们的古人，向来就将不关重要的词摘去了的。

《书经》有那么难读，似乎正可作照写口语的证据，但商、周人的的确的口语，现在还没有研究出，还要繁也说不定的。至于周、秦古书，虽然作者也用一点他本地的方言，而文字大致相类，即使和口语还相近罢，用的也是周、秦白话，并非周、秦大众语。汉朝更不必说了，虽是肯将《书经》里难懂的字眼，翻成今字的司马迁，也不过在特别情况之下，采用一点俗语，例如陈涉的老朋友看见他为王，惊异道："夥颐，涉之为王沉沉者"，而其中的"涉之为王"四个字，我还疑心太史公加过修剪的。

那么，古书里采录的童谣，谚语，民歌，该是那时的老牌俗语罢。我看也很难说。中国的文学家，是颇有爱改别人文章的脾气的。最明显的例子是汉民间的《淮南王歌》，同一地方的同一首歌，《汉书》和《前汉纪》记的就两样。一面是——

一尺布，尚可缝；

一斗粟，尚可舂。

兄弟二人，不能相容。

一面却是——

一尺布，暖童童；

一斗粟，饱蓬蓬。

兄弟二人不相容。

比较起来，好像后者是本来面目，但已经删掉了一些也说不定的：只是一个提要。后来宋人的语录、话本，元人的杂剧和传奇里的科白，也都是提要，只是它用字较为平常，删去的文字较少，就令人觉得“明白如话”了。

我的臆测，是以为中国的言文，一向就并不一致的，大原因便是字难写，只好节省些。当时的口语的摘要，是古人的文；古代的口语的摘要，是后人的古文。所以我们的做古文，是在用了已经并不象形的象形字，未必一定谐声的谐声字，在纸上描出今人谁也不说，懂的也不多的，古人的口语的摘要来。你想，这难不难呢？

六、于是文章成为奇货了

文字在人民间萌芽，后来却一定为特权者所收揽。据《易经》的作者所推测，“上古结绳而治”，则连结绳就已是治人者的东西。待到落在巫史的手里的时候，更不必说了，他们都是酋长之下，万民之上的人。社会改变下去，学习文字的人们的范围也扩大起来，但大抵限于特权者。至于平民，那是不识字的，并非缺少学费，只因为限于资格，他不配。而且连书籍也看不见。中国在刻版还未发达的时候，有一部好书，往往是“藏之秘阁，副在三馆”，连做了士子，也还是不知道写着什么的。

因为文字是特权者的东西，所以它就有了尊严性，并且有了神秘性。中国的字，到现在还很尊严，我们在墙壁上，就常常看见挂着写上“敬惜字纸”的篓子；至于符的驱邪治病，那就靠了它的神秘性的。文字既然含着尊严性，那么，知道文字，这人也就连带的尊严起来了。新的尊严者日出不穷，对于旧的尊严者就不利，而且知道文字的人们一多，也会损伤神秘性的。符的威力，就因为这好像是字的东西，除道士以外，谁也不认识的缘故。所以，对于文字，他们一定要把持。

欧洲中世，文章学问，都在道院里；克罗蒂亚（Kroatia），是到了十九世纪，识字的还只有教士的，人民的口语，退步到对于旧生活刚够用。他们革新的时候，就只好从外国借进许多新语来。

我们中国的文字，对于大众，除了身份、经济这些限制之外，却还要加上一条高门槛：难。单是这条门槛，倘不费他十来年工夫，就不容易跨过。跨过了的，就是士大夫，而这些士大夫，又竭力地要使文字更加难起来，因为这可以使他特别的尊严，超出别的一切平常的士大夫之上。汉朝的扬雄的喜欢奇字，就有这毛病的，刘歆想借他的《方言》稿子，他几乎要跳黄浦。唐朝呢，樊宗师的文章做到别人点不断，李贺的诗做到别人看不懂，也都为了这缘故。还有一种方法是将字写得别人不认识，下焉者，是从《康熙字典》上查出几个古字来，夹进文章里面去；上焉者，是钱坫的用篆字来写刘熙的《释名》，最近还有钱玄同先生的照《说文》字样给太炎先生抄《小学答问》。

文字难，文章难，这还都是原来的；这些上面又加以士大夫故意特制的难，却还想他和大众有缘，怎么办得到。但士大夫们也正愿其如此，如果文字易识，大家都会，文字就不尊严，他也跟着不尊严了。说白话不如文言的人，就从这里出发的；现在论大众语，说大众只要教给“千字课”就够的人，那意思的根柢也还是在这里。

七、不识字的作家

用那么艰难的文字写出来的古语摘要，我们先前也叫“文”，现在新派一点的叫“文学”，这不是从“文学子游子夏”上割下来的，是从日本输入，他们的对于英文 librature 的译名。会写写这样的“文”的，现在是写白话也可以了，就叫作“文学家”，或者叫“作家”。

文学的存在条件首先要会写字，那么，不识字的文盲群里，当然不会有文学家的了。然而作家却有的。你们不要太早的笑我，我还有话说。我想，人类是在未有文字之前，就有了创作的，可惜没有人记下，也没有法子记下。我们的祖先的原始人，原是连话也不会说的，为了共同劳作，必须发表意见，才渐渐的练出复杂的声音来。假如那时大家抬木头，都觉得吃力了，却想不到发表，其中有一个叫道“杭育杭育”，那么，这就是创作；大家也要佩服，应用的，这就等于出版；倘若用什么记号留存了下来，这就是文学；他当然就是作家，也是文学家，是“杭育杭育派”。不要笑，这作品确也幼稚得很，但古人不及今人的地方是很多的，这正是其一。就是周朝的什么“关关雎鸠，在河之洲，窈窕淑女，君子好逑”罢，它是《诗经》里的头一篇，所以吓得我们只好磕头佩服，假如先前未曾有过这样的一篇诗，现在的新诗人用这意思做一首白话诗，到无论什么副刊上去投稿试试罢，我看十分之九是要被编辑者塞进字纸篓去的。“漂亮的好小姐呀，是少爷的好一对儿！”什么话呢？

就是《诗经》的《国风》里的东西，好许多也是不识字的无名氏作品，因为比较的优秀，大家口口相传的。王官们检出它可作行政上参考的记录了下来，此外消灭的正不知有多少。希腊人荷马——我们姑且当作有这样一个人——的两大史诗，也原是口吟，现存的是别人的记录。东晋到齐，陈的《子夜歌》和《读曲歌》之类，唐朝的《竹枝词》和《柳枝词之类》，原都是无名氏的创作，经文人的采录和润色之后，留传下来的。这一润色，留传固然留传了，但可惜的是一定失去了许多本来面目。到现在，到处还有民谣、山歌、渔歌等，这就是不识字的诗人的作品；也传述着童话和故事，这就是不识字的小说家的作品；他们，就都是不识字的作家。

但是，因为没有记录作品的东西，又很容易消灭，流布的范围也不能很广大，知道的人们也就很少了。偶有一点为文人所见，往往倒吃惊，吸入自己的作品中，作为新的养料。旧文学衰颓时，因为摄取民间文学或外国文学而起一个新的转变、这例子是常见于文学史上的。不识字的作家虽然不及文人的细腻，但他却刚健，清新。

要这样的作品为大家所共有，首先也就是要这作家能写字，同时也还要读者们能识字以至能写字，一句话：将文字交给一切人。

八、怎么交代

将文字交给大众的事实，从清朝末年就已经有了的。

“莫打鼓，莫打锣，听我唱个太平歌……”是钦颁的教育大众的俗歌；此外，士大夫也办过一些白话报，但那主意，是只要大家听得懂，不必一定写得出。《平民千字课》就带了一点写得出的可能，但也只够记账，写信。倘要写出心里所想的东西，它那限定的字数是不够的。譬如牢监，的确是给了人一块地，不过它有限制，只能在这圈子里行立坐卧，断不能跑出设定了的铁栅外面去。

劳乃宣和王照他两位都有简字，进步得很，可以照音写字了。民国初年，教育都要制字母，他们俩都是会员，劳先生派了一位代表，王先生是亲到的，为了入声存废问题，曾和吴稚晖先生大战，战得吴先生肚子一凹，棉裤也落了下来。但结果总算几经斟酌，制成了一种东西，叫作“注音字母”。那时很有些人，以为可以代替汉字了。但实际上还是不行，因为他究竟不过简单的方块字，恰如日本的“假名”一样，夹上几个，或者注在汉字的旁边还可以，要它拜帅，能力就不够了。写起来会混杂，看起来要眼花。那时的会员们称它为“注音字母”，是深知道它的能力范围的。再看日本，他们有主张减少汉字的，有主张拉丁拼音的，但主张只用“假名”的却没有。

再好一点的是用罗马字拼法，研究得最精的是赵元任先生罢，我不大明白。用世界通用的罗马字拼起来——现在是连土耳其也采用了——一词一串，非常清晰，是好的。但教我似的门外汉来说，好像那拼法还太繁。要精密，当然不得不繁，但繁得很，就又变了“难”，有些妨碍普及了。最好是另有一种简而不陋的东西。

这里我们可以研究一下新的“拉丁化”法，每日《国际文选》里有一小本《中国语书法之拉丁化》，《世界》第二年第六七号合刊附录的一分《言语科学》，就都是绍介这东西的。价钱便宜，有心的人可以买来看。它只有二十八个字母，拼法也容易学。“人”就是——rhen，“房子”就是 fangz，“我吃果子”是 Wu ch goz，“他是工人”是 Tash gungrhen。现在在华侨里实验，见了成绩的，还只是北方话。但我想，中国究竟还是讲北方话——不是北京话——的人们多，将来如果真有一种到处通行的大众语，那主力也恐怕还是北方话罢。为今之计，只要酌量增减一点，使它合于各该地方所特有的音，也就可以用到无论什么穷乡僻壤去了。

那么，只要认识二十八个字母，学一点拼法和写法，除懒虫和低能外，就谁都能够写得出，看得懂了。况且他还有一个好处，是写得快。美国人说，时间就是金钱；但我想：时间就是性命，无端地空耗别人的时间，其实是无异于谋财害命的。不过像我们这样坐着乘风凉，谈闲天的人们，可又是例外。

九、专化呢？普通化呢？

到了这里，就又碰着了一个大问题：中国的言语，各处很不同，单给一个粗枝大叶的区别，就有北方话、江浙话、两湖川贵话、福建话、广东话这五种，而这五种中，还有小区别。现在用拉丁字来写，写普通话，还是写土话呢？要写普通话，人们不会；倘写土话，别处的人们就看不懂，反而隔阂起来，不及全国通行的汉字了。这是一个大弊病。

我的意思是：在开首的启蒙时期，各地方各写它的土话，用不着顾到和别地方意思不相通。当未用拉丁写法之前，我们的不识字的人们，原没有用汉字互通着声气，所以新添的坏处是一点也没有的。倒有新的益处，至少是在同一语言的区域里，可以彼此交换意见，吸收知识了——那当然，一面也得有人写些有益的书。问题倒在这各处的大众语文，将来究竟要它专化呢，还是普通化？

方言土语里，很有些意味深长的话，我们那里叫“炼话”，用起来是很有意思的，恰如文言的用古典，听者也觉得趣味津津。各就各处的方言，将语法和词汇更加提炼，使它们发达上去的，就是专化。这于文学，是很有益处的，它可以做得比仅用泛泛的话头的文章更加有意思。但专化又有专化的危险。言语学我不知道，看生物，是一到专化，往往要灭亡的。未有人类以前的许多动植物，就因为太专化了，失其可爱性，环境一改，无法应付，只好灭亡。——而我们人类还不算专化的动物，请你们不要愁。大众，是有文学，要文学的，但决不该为文学做牺牲，要不然，它的荒谬和为了保存汉字，要十分之八的中国人做文盲来殉难的活圣贤就并不两样。所以，我想，启蒙时候用方言，但一面又要渐渐地加入普通的语法和词汇去。

先用固有的，是一地方的语文的大众化，加入新的去，是全国的语文的大众化。

几个读书人在书房里商量出来的方案，固然大抵行不通，但一切都听其自然，却也不是好办法。现在在码头上，公共机关中，大学校里，确已有着一种好像普通话模样的东西，大家说话，既非“国语”，又不是京话，各各带着乡音、乡调，却又不是方言，既使说的吃力，听的也吃力，然而总归说得出，听得懂。如果加以整理，帮它发达，也是大众语中的一支，说不定将来还简直是主力。我说要在方言里“加入新的去”，那“新的”的水源就在这地方。待到这一种出于自然，又加人工的话一普遍，我们的大众语文就算大致统一了。

此后当然还要做。年深月久之后，语文更加一致，和“炼话”一样好，比“古典”还要活的东西，也渐渐地形成，文学就更加精彩了。马上是办不到的。你们想，国粹家常作宝贝的汉字，不是化了三四千年工夫，这才有这么一堆古怪成绩么？

至于开手要谁来做的问题，那不消说：是觉悟的读书人。有人说：“大众的事情，要大众自己来做！”那当然不错的，不过得看看说的是什么脚色。如果说的是大众，那有一点是对的，对的是要自己来，错的是推开了帮手。倘使说的是读书人呢，那可全不同了：他在用漂亮话把持文字，保护自己的尊荣。

十、不必恐慌

但是，这还不必实做，只要一说，就又使另一些人发生恐慌了。

首先是说提倡大众语文的，乃是“文艺的政治宣传员如宋杨之流”，本意在于造反。给带上一顶有色帽，是极简单的反对法。不过一面也就是说，为了自己的太平，宁可中国有百分之八十的文盲。那么，倘使口头宣传呢，就应该使中国有百分之八十的聋子了。但这不属于“谈文”的范围，这里也无须多说。

专为着文学发愁的，我现在看见有两种。一种是怕大众如果都会读、写，就大家都变成文学家了。这真是怕天掉下来的好人。上次说过，在不识字的大众里，是一向就有作家的。我久不到乡下去了，先前是，农民们还有一点馀闲，譬如乘凉，就有人讲故事。不过这讲手，大抵是特定的人，他比较的见识多，说话巧，能够使人听下去，懂明白，并且觉得有趣，这就是作家。抄出他的话来，也就是作品。倘有语言无味，偏爱多嘴的人，大家是不要听的，还要送给他许多冷话——讥刺。我们弄了几千年文言，十来年白话，凡是能写的人，何尝个个是文学家呢？即使都变成文学家，又不是军阀或土匪，于大众也并无害处的，不过彼此互看作品而已。

还有一种是怕文学的低落。大众并无旧文学的修养，比起士大夫文学的细致来，或者会显得所谓“低落”的，但也未染旧文学的痼疾，所以它又刚健，清新。无名氏文学如《子夜歌》之流，会给旧文学一种新力量，我先前已经说过了；现在也有人绍介了许多民歌和故事。还有戏剧，例如《朝华夕拾》所引“目连救母”里的无常鬼的自传，说是因为同情一个鬼魂，暂放还阳半日，不料被阎罗责罚，从此不再宽纵了——

哪怕你铜墙铁壁！

哪怕你皇亲国戚！……

何等有人情，又何等知过，何等守法，又何等果决，我们的文学家做得出来么？

这是真的农民和手工业工人的作品，由他们闲中扮演。借目连的巡行来贯串许多故事，除“小尼姑下山”外，和刻本的《目连救母记》是完全不同的。其中有一段“武松打虎”，是甲乙两人，一强一弱，扮着戏玩。先是甲扮武松，乙扮老虎；被甲打得要命，乙埋怨他了，甲道：“你是老虎，不打，不是给你咬死了？”乙只得要求互换，却又被甲咬得要命，一说怨话，甲便道：“你是武松，不咬，不是给你打死了？”我想：比起希腊的伊索，俄国的梭罗古勃的寓言来，这是毫无逊色的。

如果到全国的各处去收集，这一类的作品恐怕还很多。但自然，缺点是有的。是一向受着难文字、难文章的封锁，和现代思潮隔绝。所以，倘要中国的文化一同向上，就必须提倡大众语，大众文、而且书法更必须拉丁化。

十一、大众并不如读书人所想象的愚蠢

但是，这一回，大众语文刚一提出，就有些猛将趁势出现了，来路是并不一样的，可是都向白话、翻译、欧化语法、新字眼进攻。他们都打着“大众”的旗，说这些东西，都为大众所不懂，所以要不得。其中有的是原是文言馀孽，借此先来打击当面的白话和翻译的，就是祖传的“远交近攻”的老法术；有的是本是懒惰分子，未尝用功，要大众语未成，白话先倒，让他在这空场上夸海口的，其实也还是文言文的好朋友，我都不想在这里多谈。现在要说的只是那些好意的，然而错误的人，因为他们不是看轻了大众，就是看轻了自己，仍旧犯着古之读书人的老毛病。

读书人常常看轻别人，以为较难、较新的字句，自己能懂，大众却不能懂，所以为大众计，是必须彻底扫荡的；说话作文，越俗，就越好。这意见发展开来，他就要不自觉地成为新国粹派。或则希图大众语文在大众中推行得快，主张什么都要配大众的胃口，甚至于说要“迎合大众”，故意多骂几句，以博大众的欢心。这当然自有他的苦心孤诣，但这样下去，可要成为大众的新帮闲的。

说起大众来，界限宽泛得很，其中包括着各式各样的人，但即使“目不识丁”的文盲，由我看来，其实也并不如读书人所推想的那么愚蠢。他们是要知识，要新的知识，要学习，能摄取的。当然，如果满口新语法、新名词，他们是什么也不懂；但逐渐地检必要的灌输进去，他们却会接受；那消化的力量，也许还赛过成见更多的读书人。初生的孩子，都是文盲，但到两岁，就懂许多话，能说许多话了，这在他，全部是新名词，新语法。他哪里是从《马氏文通》或《辞源》里查来的呢，也没有教师给他解释，他是听过几回之后，从比较而明白了意义的。大众的会摄取新词汇和语法，也就是这样子，他们会这样的前进。所以，新国粹派的主张，虽然好像为大众设想，实际上倒尽了拖住的任务。不过也不能听大众的自然，因为有些见识，他们究竟还在觉悟的读书人之下，如果不给他们随时拣选，也许会误拿了无益的，甚而至于有害的东西。所以，“迎合大众”的新帮闲，是绝对的要不得的。

由历史所指示，凡有改革，最初，总是觉悟的知识者的任务。但这些知识者，却必须有研究，能思索，有决断，而且有毅力。他也用权，却不是骗人，他利导，却并非迎合。他不看轻自己，以为是大家的戏子，也不看轻别人，当作自己的喽啰。他只是大众中的一个人，我想，这总可以做大众的事业。

十二、煞　尾

话已经说得不少了。总之，单是说不行，要紧的是做。要许多人做：大众和先驱；要各式的人做：教育家，文学家，语言学家……这已经迫于必要了，即使目下还有点逆水行舟，也只好拉纤；顺水固然好得很，然而还是少不得把舵的。

这拉纤或把舵的好方法，虽然也可以口谈，但大抵得益于实验，无论怎么看风看水，目的只是一个：向前。

各人大概都有些自己的意见，现在还是给我听听你们诸位的高论罢。

（一九三四年）

说“面子”

“面子”是我们在谈话里常常听到的，因为好像一听就懂，所以细想的人大约不很多。

但近来从外国人的嘴里，有时也听到这两个音，他们似乎在研究。他们以为这一件事情，很不容易懂，然而是中国精神的纲领，只要抓住这个，就像二十四年前的抓住辫子一样，全身都跟着走动了。相传前清时候，洋人到总理衙门去要求利益，一通威吓，吓得大官们满口答应，但临走时，却被从边门送出去。不给他走正门，就是他没有面子；他既然没有面子，自然就是中国有了面子，也就是占了上风了。这是不是事实，我断不定，但这故事，“中外人士”中是颇有些人知道的。

因此，我颇疑心他们想专将“面子”给我们。

但“面子”究竟是怎么一回事呢？不想还好，一想可就觉得糊涂。它像是很有好几种的，每一种身份，就有一种“面子”，也就是所谓“脸”。这“脸”有一条界线，如果落到这线的下面去了，即失了面子，也叫作“丢脸”。不怕“丢脸”，便是“不要脸”。但倘使做了超出这线以上的事，就“有面子”，或曰“露脸”。而“丢脸”之道，则因人而不同，例如车夫坐在路边赤膊捉虱子，并不算什么，富家姑爷坐在路边赤膊捉虱子，才成为“丢脸”。但车夫也并非没有“脸”，不过这时不算“丢”，要给老婆踢了一脚，就躺倒哭起来，这才成为他的“丢脸”。这一条“丢脸”律，是也适用于上等人的。这样看来，“丢脸”的机会，似乎上等人比较得多，但也不一定，例如车夫偷一个钱袋，被人发见，是失了面子的，而上等人大捞一批金珠珍玩，却仿佛也不见得怎样“丢脸”，况且还有“出洋考察”，是改头换面的良方。

谁都要“面子”，当然也可以说是好事情。但“面子”这东西却实在有些怪。九月三十日的《申报》就告诉我们一条新闻：沪西有业木匠大包作头之罗立鸿为其母出殡，邀开“贳器店之王树宝夫妇帮忙，因来宾众多，所备白衣，不敷分配，其时适有名王道才，绰号三喜子，亦到来送殡，争穿白衣不遂，以为有失体面，心中怀恨，……邀集徒党数十人，各执铁棍，据说尚有持手枪者多人，将王树宝家人乱打，一时双方有剧烈之战争，头破血流，多人受有重伤。……”白衣是亲族有服者所穿的，现在必须“争穿”而又“不遂”，足见并非亲族，但竟以为“有失体面”，演成这样的大战了。这时候，好像要和普通有些不同便是“有面子”。而自己成了什么，却可以完全不管。这类脾气，是“绅商”也不免发露的：袁世凯将要称帝的时候，有人以列名于劝进表中为“有面子”；有一国从青岛撤兵的时候，有人以列名于万民伞上为“有面子”。

所以，要“面子”也可以说并不一定是好事情——但我并非说，人应该“不要脸”。现在说话难，如果主张“非孝”，就有人会说你在煽动打父母，主张男女平等，就有人会说你在提倡乱交——这声明是万不可少的。

况且，“要面子”和“不要脸”实在也可以有很难分辨的时候。不是有一个笑话么。一个绅士有钱有势，我假定他叫四大人罢，人们都以能够和他扳谈为荣，有一个专爱夸耀的小瘪三，一天高兴地告诉别人道：“四大人和我讲过话了！”人问他“说什么呢？”答道：“我站在他门口，四大人出来了，对我说：滚开去！”当然，这是笑话，是形容这人的“不要脸”，但在他本人，是以为“有面子”的，如此的人一多，也就真成为“有面子”了。别的许多人，不是四大人连“滚开去”也不对他说么？

在上海，“吃外国火腿”虽然还不是“有面子”，却也不算怎么“丢脸”了，然而比起被一个本国的下等人所踢来，又仿佛近于“有面子”。

中国人要“面子”，是好的，可惜的是这“面子”是“圆机活法”，善于变化，于是就和“不要脸”混起来了。长谷川如是闲说“盗泉”云：“古之君子，恶其名而不饮。今之君子，改其名而饮之。”也说穿了“今之君子”的“面子”的秘密。

（一九三四年）十月四日。

中国文坛上的鬼魅

一

当国民党对于共产党从合作改为剿灭之后，有人说，国民党先前原不过利用他们的，北伐将成的时候，要施行剿灭是预定的计划。但我以为这说的并不是真实。国民党中很有些有权力者，是愿意共产的，他们那时争先恐后的将自己的子女送到苏联去学习，便是一个证据，因为中国的父母，孩子是他们第一等宝贵的人，他们决不至于使他们去练习做剿灭的材料。不过权力者们好像有一种错误的思想，他们以为中国只管共产，但他们自己的权力却可以更大，财产和姨太太也更多；至少，也总不会比不共产还要坏。

我们有一个传说。大约二千年之前，有一个刘先生，积了许多苦功，修成神仙，可以和他的夫人一同飞上天去了，然而他的太太不愿意。为什么呢？她舍不得住着的老房子，养着的鸡和狗。刘先生只好去恳求上帝，设法连老房子，鸡，狗和他们俩全都弄到天上去，这才做成了神仙。也就是大大的变化了，其实却等于并没有变化。假使共产主义国里可以毫不改动那些权力者的老样，或者还要阔，他们是一定赞成的。然而后来的情形证明了共产主义没有上帝那样的可以通融办理，于是才下了剿灭的决心。孩子自然是第一等宝贵的人，但自己究竟更宝贵。

于是许多青年们，共产主义者及其嫌疑者，左倾者及其嫌疑者，以及这些嫌疑者的朋友们，就到处用自己的血来洗自己的错误，以及那些权力者们的错误。权力者们先前的错误，是受了他们的欺骗的，所以必得用他们的血来洗干净。然而另有许多青年们，却还不知底细，在苏联学毕，骑着骆驼高高兴兴地由蒙古回来了。我记得有一个外国旅行者还曾经看得酸心，她说，他们竟不知道现在在祖国等候他们的，却已经是绞架。

不错，是绞架。但绞架还不算坏，简简单单地只用绞索套住了颈子，这是属于优待的。而且也并非个个走上了绞架，他们之中的一些人，还有一条路，是使劲地拉住了那颈套上了绞索的朋友的脚。这就是用事实来证明他内心的忏悔，能忏悔的人，精神是极其崇高的。

二

从此而不知忏悔的共产主义者，在中国就成了该杀的罪人。而且这罪人，却又给了别人无穷的便利；他们成为商品，可以卖钱，给人添出职业来了。而且学校的风潮，恋爱的纠纷，也总有一面被指为共产党，就是罪人，因此极容易地得到解决。如果有谁和有钱的诗人辩论，那诗人的最后结论是：共产党反对资产阶级，我有钱，他反对我，所以他是共产党。于是诗神就坐了金的坦克车，凯旋了。

但是，革命青年的血，却浇灌了革命文学的萌芽，在文学方面，倒比先前更其增加了革命性。政府里很有些从外国学来，或在本国学得的富于知识的青年，他们自然是觉得的，最先用的是极普遍的手段：禁止书报，压迫作者，终于是杀戮作者，五个左翼青年作家就做了这示威的牺牲。然而这事件又并没有公表，他们很知道，这事是可以做，却不可以说的。古人也早经说过，“以马上得天下，不能以马上治之。”所以要剿灭革命文学，还得用文学的武器。

作为这武器而出现的，是所谓“民族文学”。他们研究了世界上各人种的脸色，决定了脸色一致的人种，就得取同一的行为，所以黄色的无产阶级，不该和黄色的有产阶级斗争，却该和白色的无产阶级斗争，他们还想到了成吉思汗，作为理想的标本，描写他的孙子拔都汗，怎样率领了许多黄色的民族，侵入斡罗斯，将他们的文化摧残，贵族和平民都做了奴隶。

中国人跟了蒙古的可汗去打仗，其实是不能算中国民族的光荣的，但为了扑灭斡罗斯，他们不能不这样做，因为我们的权力者，现在已经明白了古之斡罗斯，即今之苏联，他们的主义，是决不能增加自己的权力、财富和姨太太的了。然而，现在的拔都汗是谁呢？

一九三一年九月，日本占据了东三省，这确是中国人将要跟着别人去毁坏苏联的序曲，民族主义文学家们可以满足的了。但一般的民众却以为目前的失去东三省，比将来的毁坏苏联还紧要，他们激昂了起来。于是民族主义文学家也只好顺风转舵，改为对于这件事的啼哭、叫喊了。许多热心的青年们往南京去请愿，要求出兵；然而这须经过极辛苦的试验，火车不准坐，露宿了几日，才给他们坐到南京，有许多是只好用自己的脚走。到得南京，却不料就遇到一大队曾经训练过的“民众”，手里是棍子、皮鞭、手枪，迎头一顿打，使他们只好脸上或身上肿起几块，当作结果，垂头丧气地回家，有些人还从此找不到，有的是在水里淹死了，据报上说，那是他们自己掉下去的。

民族主义文学家们的啼哭也从此收了场，他们的影子也看不见了，他们已经完成了送丧的任务。这正和上海的葬式行列是一样的，出去的时候，有杂乱的乐队，有唱歌似的哭声，但那目的是在将悲哀埋掉，不再记忆起来；目的一达，大家走散，再也不会成什么行列的了。

三

但是，革命文学是没有动摇的，还发达起来，读者们也更加相信了。

于是别一方面，就出现了所谓“第三种人”，是当然决非左翼，但又不是右翼，超然于左右之外的人物。他们以为文学是永久的，政治的现象是暂时的，所以文学不能和政治相关，一相关，就失去它的永久性，中国将从此没有伟大的作品。不过他们，忠实于文学的“第三种人”，也写不出伟大的作品。为什么呢？是因为左翼批评家不懂得文学，为邪说所迷，对于他们的好作品，都加以严酷而不正确的批评，打击得他们写不出来了。所以左翼批评家，是中国文学的刽子手。

至于对于政府的禁止刊物，杀戮作家呢，他们不谈，因为这是属于政治的，一谈，就失去他们的作品的永久性了；况且禁压，或杀戮“中国文学的刽子手”之流，倒正是“第三种人”的永久的文学，伟大的作品的保护者。

这一种微弱的假惺惺的哭诉，虽然也是一种武器，但那力量自然是很小的，革命文学并不为它所击退。“民族主义文学”已经自灭，“第三种文学”又站不起来，这时候，只好又来一次真的武器了。

一九三三年十一月，上海的艺华影片公司突然被一群人们所袭击，捣毁得一塌糊涂了。他们是极有组织的，吹一声哨，动手，又一声哨，停止，又一声哨，散开。临时遗留下了传单，说他们的所以征伐，是为了这公司为共产党所利用。而且所征伐的还不止影片公司，又蔓延到书店方面去，大则一群人闯进去捣毁一切，小则不知从哪里飞来一块石子，敲碎了值洋二百的窗玻璃。那理由，自然也是因为这书店为共产党所利用。高价的窗玻璃的不安全，是使书店主人非常心痛的。几天以后，就有“文学家”将自己的“好作品”来卖给他了，他知道印出来是没有人看的，但得买下，因为价钱不过和一块窗玻璃相当，而可以免去第二块石子，省了修理窗门的工作。

四

压迫书店，真成为最好的战略了。

但是，几块石子是还嫌不够的。中央宣传委员会也查禁了一大批书，计一百四十九种，凡是销行较多的，几乎都包括在里面。中国左翼作家的作品，自然大抵是被禁止的，而且又禁到译本。要举出几个作者来，那就是高尔基（Gorky），卢那卡尔斯基（Lunacharsky），斐定（Fadin），法捷耶夫（Fadeev），绥拉斐摩维支（Serafimovich），辛克莱（Upton Sinclair），甚而至于梅迪林克（Meaterlink），梭罗古勃（Sologub），斯忒林培克（Strindberg）。

这真使出版家很为难，他们有的是立刻将书缴出，烧毁了，有的却还想补救，和官厅去商量，结果是免除了一部分。为减少将来的出版的困难起见，官员和出版家还开了一个会议。在这会议上，有几个“第三种人”因为要保护好的文学和出版家的资本，便以杂志编辑者的资格提议，请采用日本的办法，在付印之前，先将原稿审查，加以删改，以免别人也被左翼作家的作品所连累而禁止，或印出后始行禁止而使出版家受亏。这提议很为各方面所满足，当即被采用了，虽然并不是光荣的拔都汗的老方法。

而且也即开始了实行，今年七月，在上海就设立了书籍杂志检查处，许多“文学家”的失业问题消失了，还有些改悔的革命作家们，反对文学和政治相关的“第三种人”们，也都坐上了检查官的椅子。他们是很熟悉文坛情形的；头脑没有纯粹官僚的糊涂，一点讽刺，一句反语，他们都比较的懂得所含的意义，而且用文学的笔来涂抹，无论如何总没有创作的烦难，于是那成绩，听说是非常之好了。

但是，他们的引日本为榜样，是错误的。日本固然不准谈阶级斗争，却并不说世界上并无阶级斗争，而中国则说世界上其实无所谓阶级斗争，都是马克斯捏造出来的，所以这不准谈，为的是守护真理。日本固然也禁止，删削书籍杂志，但在被删削之处，是可以留下空白的，使读者一看就明白这地方是受了删削，而中国却不准留空白，必须连起来，在读者眼前好像还是一篇完整的文章，只是作者在说着意思不明的昏话。这种在现在的中国读者面前说昏话，是弗理契（Friche），卢那卡尔斯基他们也在所不免的。

于是出版家的资本安全了，“第三种人”的旗子不见了，他们也在暗地里使劲地拉那上了绞架的同业的脚，而没有一种刊物可以描出他们的原形，因为他们正握着涂抹的笔尖，生杀的权力。在读者，只看见刊物消沉，作品的衰落，和外国一向有名的前进的作家，今年也大抵忽然变了低能者而已。

然而在实际上，文学界的阵线却更加分明了。蒙蔽是不能长久的，接着起来的又将是一场血腥的战斗。

（一九三四年）十一月二十一日。

论俗人应避雅人

这是看了些杂志，偶然想到的——

浊世少见“雅人”，少有“韵事”。但是，没有浊到彻底的时候，雅人却也并非全没有，不过因为“伤雅”的人们多，也累得他们“雅”不彻底了。

道学先生是躬行“仁恕”的，但遇见不仁不恕的人们，他就也不能仁恕。所以朱子是大贤，而做官的时候，不能不给无告的官妓吃板子。新月社的作家们是最憎恶骂人的，但遇见惊人的人，就害得他们不能不惊。林语堂先生是佩服“费厄泼赖”的，但在杭州赏菊，遇见“口里含一枝苏俄香烟，手里夹一本什么斯基的译本”的青年，他就不能不“假作无精打采，愁眉不展，忧国忧民”（详见《论语》五十五期）的样子，面目全非了。

优良的人物，有时候是要靠别种人来比较、衬托的，例如上等与下等，好与坏，雅与俗，小器与大度之类，没有别人，即无以显出这一面之优，所谓“相反而实相成”者，就是这。但又须别人凑趣，至少是知趣，即使不能帮闲，也至少不可说破，逼得好人们再也好不下去。例如曹孟德是“尚通说”的，但祢正平天天上门来骂他，他也只好生起气来，送给黄祖去“借刀杀人”了。祢正平真是“咎由自取”。

所谓“雅人”，原不是一天雅到晚的，即使睡的是珠罗帐，吃的是香稻米，但那根本的睡觉和吃饭，和俗人究竟也没有什么大不同；就是肚子里盘算些挣钱固位之法，自然也不能绝无其事。但他的出众之处，是在有时又忽然能够“雅”。倘使揭穿了这谜底，便是所谓“杀风景”，也就是俗人，而且带累了雅人，使他雅不下去，“未能免俗”了。若无此辈，何至于此呢？所以错处总归在俗人这方面。

譬如罢，有两位知县在这里，他们自然都是整天的办公事，审案子的，但如果其中之一，能够偶然地去看梅花，那就要算是一位雅官，应该加以恭维，天地之间这才会有雅人，会有职事。如果你不恭维，还可以；一皱眉，就俗；敢开玩笑，那就把好事情都搅坏了。然而世间也偏有狂夫俗子：记得在一部中国的什么古“幽默”书里，有一首“轻薄子”咏知县老爷公馀探梅的七绝——

红帽哼兮黑帽呵，风流太守看梅花。

梅花低首开言道：小底梅花接老爷。

这真是恶作剧，将职事闹得一塌糊涂。而且他替梅花所说的话，也不合式，它这时应该一声不响的，一说，就“伤雅”，会累得“老爷”不便再雅，只好立刻还俗，赏吃板子，至少是给一种什么罪案的。为什么呢？就因为你俗，再不能以雅道相处了。

小心谨慎的人，偶然遇见仁人君子或雅人学者时倘不会帮闲凑趣，就须远避开，愈远愈妙。假如不然，即不免要碰着和他们口头大不相同的脸孔和手段。晦气的时候，还会弄到卢布学说的老套，大吃其亏。只给你“口里含一枝苏俄香烟，手里夹一本什么斯基的译本”，倒还不打紧，——然而险矣。

大家都知道“贤者避世”，我以为现在的俗人却要避雅，这也是一种“明哲保身”。

（一九三四年）十二月二十六日。

论讽刺

我们常不免有一种先入之见，看见讽刺作品，就觉得这不是文学上的正路，因为我们先就以为讽刺并不是美德。但我们走到交际场中去，就往往可以看见这样的事实，是两位胖胖的先生，彼此弯腰拱手，满面油晃晃地正在开始他们的扳谈——

"贵姓？……"

"敝姓钱。"

"哦，久仰久仰，还没有请教台甫……"

"草字阔亭。"

"高雅高雅。贵处是……？"

"就是上海……"

"哦哦，那好极了，这真是……"

谁觉得奇怪呢？但若写在小说里，人们可就会另眼相看了，恐怕大概要被算作讽刺。有好些直写事实的作者，就这样地被蒙上了"讽刺家"——很难说是好是坏——的头衔。例如在中国，则《金瓶梅》写蔡御史的自谦和恭维西门庆道："恐我不如安石之才，而君有王右军之高致矣！"还有《儒林外史》写范举人因为守孝，连象牙筷也不肯用，但吃饭时，他却"在燕窝碗里拣了一个大虾圆子送在嘴里”，和这相似的情形是现在还可以遇见的；在外国，例如近来已被中国读者所注意了的果戈理的作品，他那《外套》（韦素园译，在《未名丛刊》中）里的大小官吏，《鼻子》（许遐译，在《译文》中）里的绅士、医士、闲人们之类的典型，是虽在中国的现在，也还可以遇见的。这分明是事实，而且是很广泛的事实，但我们皆谓之讽刺。

人大抵愿意有名，活的时候做自传，死了想有人分讣文，做行实，甚而至于还“宣付国史馆立传”。人也并不全不自知其丑，然而他不愿意改正，只希望随时消掉，不留痕迹，剩下的单是美点，如曾经施粥赈饥之类，却不是全般。“高雅高雅”，他其实何尝不知道有些肉麻，不过他又知道说过就完，“本传”里决不会有，于是也就放心的“高雅”下去。如果有人记了下来，不给他消灭，他可要不高兴了。于是乎挖空心思地来一个反攻，说这些乃是“讽刺”，向作者抹一脸泥，来掩藏自己的真相。但我们也每不免来不及思索，跟着说，“这些乃是讽刺呀！”上当真可是不浅得很。

同一例子的还有所谓“骂人”。假如你到四马路去，看见雉妓在拖住人，倘大声说：“野鸡在拉客。”那就会被她骂你是“骂人”。骂人是恶德。于是你先就被判定在坏的一方面了，你坏，对方可就好。但事实呢，却的确是“野鸡在拉客”，不过只可心里知道，说不得，在万不得已时，也只能说“姑娘勒浪做生意”，恰如对于那些弯腰拱手之辈，做起文章来，是要改作“谦以待人，虚以接物”的。——这才不是骂人，这才不是讽刺。

其实，现在的所谓讽刺作品，大抵倒是写实。非写实决不能成为所谓“讽刺”；非写实的讽刺，即使能有这样的东西，也不过是造谣和诬蔑而已。

（一九三五年）三月十六日。

人生识字糊涂始

中国的成语只有“人生识字忧患始”，这一句是我翻造的。

孩子们常常给我好教训，其一是学话。他们学话的时候，没有教师，没有语法教科书，没有字典，只是不断地听取，记住，分析，比较，终于懂得每个词的意义，到得两三岁，普通的简单的话就大概能够懂，而且能够说了，也不大有错误。小孩子往往喜欢听人谈天，更喜欢陪客，那大目的，固然在于一同吃点心，但也为了爱热闹，尤其是在研究别人的言语，看有什么对于自己有关系——能懂，该问，或可取的。

我们先前的学古文也用同样的方法，教师并不讲解，只要你死读，自己去记住，分析，比较去。弄得好，是终于能够有些懂，并且竟也可以写出几句来的，然而到底弄不通的也多得很。自以为通，别人也以为通了，但一看底细，还是并不怎么通，连明人小品都点不断的，又何尝少有？人们学话，从高等华人以至下等华人，只要不是聋子或哑子，学不会的是几乎没有的，一到学文，就不同了，学会的恐怕不过极少数，就是所谓学会了的人们之中，请恕我坦白地再来重复地说一句罢，大约仍然糊涂的还是很不少。这自然是古文作怪。因为我们虽然拼命地读古文，但时间究竟是有限的，不像说话，整天的可以听见；而且所读的书，也许是《庄子》和《文选》呀，《东莱博议》呀，《古文观止》呀；从周朝人的文章，一直读到明朝人的文章，非常驳杂，脑子给古今各种马队残踏了一通之后，弄得乱七八糟，但蹄迹当然是有些存留的，这就是所谓“有所得”。这一种“有所得”当然不会清清楚楚，大概是似懂非懂的居多，所以自以为通文了，其实却没有通，自以为识字了，其实也没有识。自己本是糊涂的，写起文章来自然也糊涂，读者看起文章来，自然也不会倒明白。然而无论怎样的糊涂文作者，听他讲话，却大抵清楚，不至于令人听不懂的——除了故意大显本领的讲演之外。因此我想，这“糊涂”的来源，是在识字和读书。

例如我自己，是常常会用些书本子上的词汇的。虽然并非什么冷僻字，或者连读者也并不觉得是冷僻字。然而假如有一位精细的读者，请了我去，交给我一枝铅笔和一张纸，说道，“您老的文章里，说过这山是‘崚嶒’的，那山是‘巉岩’的，那究竟是怎么一副样子呀？您不会画画儿也不要紧，就钩出一点轮廓来给我看看罢。请，请，请……”适时我就会腋下出汗，恨无地洞可钻。因为我实在连自己也不知道“崚嶒”和“巉岩”究竟是什么样子。这形容词，是从旧书上钞来的，向来就并没有弄明白，一经切实的考查，就糟了。此外如“幽婉”，“玲珑”，“蹒跚”，“嗫嚅”……之类，还多得很。

说是白话文应该“明白如话”，已经要算唱厌了的老词了，但其实，现在的许多白话文却连“明白如话”也没有做到。倘要明白，我以为第一是在作者先把似识非识的字放弃，从活人的嘴上，采取有生命的词汇，搬到纸上来；也就是学学孩子，只说些自己的确能懂的话。至于旧语的复活，方言的普遍化，那自然也是必要的，但一须选择，二须有字典以确定所含的意义，这是另一问题，在这里不说它了。

（一九三五年）四月二日。

弄堂生意古今谈

“薏米杏仁莲心粥!”

“玫瑰白糖伦教糕!”

“虾肉馄饨面!”

“五香茶叶蛋!”

这是四五年前，闸北一带弄堂内外叫卖零食的声音，假使当时记录了下来，从早到夜，恐怕总可以有二三十样。居民似乎也真会化零钱，吃零食，时时给他们一点生意，因为叫声也时时中止，可见是在招呼主顾了。而且那些口号也真漂亮，不知道他是从“晚明文选”或“晚明小品”里找过词汇的呢，还是怎么的，实在使我似的初到上海的乡下人，一听到就有馋涎欲滴之概，“薏米杏仁”而又“莲心粥”，这是新鲜到连先前的梦里也没有想到的。但对于靠笔墨为生的人们，却有一点害处，假使你还没有练到“心如古井”，就可以被闹得整天整夜写不出什么东西来。

现在是大不相同了。马路边上的小饭店，正午傍晚，先前为长衫朋友所占领的，近来已经大抵是“寄沉痛于幽闲”；老主顾呢，坐到黄包车夫的老巢的粗点心店里面去了。至于车夫，那自然只好退到马路边沿饿肚子，或者幸而还能够咬侉饼。弄堂里的叫卖声，说也奇怪，竟也和古代判若天渊，卖零食的当然还有，但不过是橄榄或馄饨，却很少遇见那些“香艳肉感”的“艺术”的玩意了。嚷嚷呢，自然仍旧是嚷嚷的，只要上海市民存在一日，嚷嚷是大约决不会停止的。然而现在却切实了不少：麻油，豆腐，润发的刨花，晒衣的竹竿；方法，也有改进，或者一个人卖袜，独自作歌赞叹着袜的牢靠。或者两个人共同卖布，交互唱歌颂扬着布的便宜。但大概是一直唱着进来，直达弄底，又一直唱着回去，走出弄外，停下来做交易的时候，是很少的。

偶然也有高雅的货色：果物和花。不过这是并不打算卖给中国人的，所以他用洋话：

“Ringo，banana，appulu-u，appulu-u-u!”

“Hana 呀 Hana-a-a! ha-a-na-a!”

也不大有洋人买。

间或有算命的瞎子，化缘的和尚进弄来，几乎是专攻娘姨们的，倒还是他们比较的有生意，有时算一命，有时卖掉一张黄纸的鬼画符。但到今年，好像生意也清淡了，于是前天竟出现了大布置的化缘。先只听得一片鼓钹和铁索声，我正想做“超现实主义”的语录体诗，这么一来，诗思被闹跑了，寻声看去，原来是一个和尚用铁钩前胸的皮上，钩柄系有一丈多长的铁索，在地上拖着走进弄里来，别的两个和尚打着鼓和钹。但是，那些娘姨们，却都把门一关，躲得一个也不见了。这位苦行的高僧，竟连一个铜子也拖不去。

事后，我探了探她们的意见，那回答是："看这样子，两角钱是打发不走的。"

独唱，对唱，大布置，苦肉计，在上海都已经赚不到大钱，一面固然足征洋场上的"人心浇薄"，但一面也可见只好去"复兴农村"了，唔。

（一九三五年）四月二十三日。

不应该那么写

凡是有志于创作的青年，第一个想到的问题，大概总是“应该怎样写”？现在市场上陈列着的“小说作法”，“小说法程”之类，就是专掏这类青年的腰包的。然而，好像没有效，从“小说作法”学出来的作者，我们至今还没有听到过。有些青年是设法去问已经出名的作者，那些答案，还很少见有什么发表，但结果是不难推想而知的，不得要领。这也难怪，因为创作是并没有什么秘诀，能够交头接耳，一句话就传授给别一个的，倘不然，只要有这秘诀，就真可以登广告，收学费，开一个三天包成文豪学校了。以中国之大，或者也许会有罢，但是，这其实是骗子。

在不难推想而知的种种答案中，大概总该有一个是“多看大作家的作品”。这恐怕也很不能满文学青年的意，因为太宽泛，茫无边际——然而倒是切实的。凡是已有定评的大作家，他的作品，全部就说明着“应该怎样写”。只是读者很不容易看出，也就不能领悟。因为在学习者一方面，是必须知道了“不应该那么写”，这才会明白原来“应该这么写”的。

这“不应该那么写”，如何知道呢？惠列赛耶夫的《果戈理研究》第六章里，答覆着这问题——

> 应该这么写，必须从大作家们的完成了的作品去领会。那么，不应该那么写这一面，恐怕最好是从那同一作品的未定稿本去学习了。在这里，简直好像艺术家在对我们用实物教授。恰如他指着每一行，直接对我们这样说——“你看——哪，这是应该删去的。这要缩短，这要改作，因为不自然了。在这里，还得加些渲染，使形象更加显豁些。”

这确是极有益处的学习法，而我们中国却偏偏缺少这样的教材。近几年来，石印的手稿是有一些了，但大抵是学者的著述或日记。也许是因为向来崇尚“一挥而就”，“文不加点”的缘故罢，又大抵是全本干干净净，看不出苦心删改的痕迹来。取材于外国呢，则即使精通文字，也无法搜罗名作的初版以至改定版的各种本子的。

读书人家的子弟熟悉笔墨，木匠的孩子会玩斧凿，兵家儿早识刀枪，没有这样的环境和遗产，是中国的文学青年的先天的不幸。

在没奈何中，想了一个补救法：新闻上的记事，拙劣的小说，那事件，是也有可以写成一部文艺作品的，不过那记事，那小话，却并非文艺——这就是“不应该这样写”的标本。只是和“应该那样写”却无从比较了。

（一九三五年）四月二十三日。

什么是“讽刺”?

——答文学社问

我想：一个作者，用了精练的，或者简直有些夸张的笔墨——但自然也必须是艺术地——写出或一群人的或一面的真实来，这被写的一群人，就称这作品为“讽刺”。

“讽刺”的生命是真实；不必是曾有的实事，但必须是会有的实情。所以他不是“捏造”，也不是“污蔑”；既不是“揭发阴私”，又不是专记骇人听闻的所谓“奇闻”或“怪现状”。他所写的事情是公然的，也是常见的，平时是谁都不以为奇的，而且自然是谁都毫不注意的。不过这事情在那时却已经是不合理，可笑，可鄙，甚而至于可恶。但这么行下来了，习惯了，虽在人庭广众之间，谁也不觉得奇怪；现在给它特别一提，就动人。譬如罢，洋服青年拜佛，现在是平常事，道学先生发怒，更是平常事，只消几分钟，这事迹就过去，消灭了。但“讽刺”却是正在这时候照下来的一张相，一个撅着屁股，一个皱着眉心，不但自己和别人看起来有些不很雅观，连自己看见也觉得不很雅观；而且流传开去，对于后日的大讲科学和高谈养性，也不免有些妨害。倘说，所照的并非真实，是不行的，因为这时有目共睹，谁也会觉得确有这等事；但又不好意思承认这是真实，失了自己的尊严。于是挖空心思，给起了一个名目，叫作“讽刺”。其意若曰：它偏要提出这等事，可见也不是好货。

有意的偏要提出这等事，而且加以精炼，甚至于夸张。却确是“讽刺”的本领。同一事件，在拉杂的非艺术的记录中，是不成为讽刺，谁也不大会受感动的。例如新闻记事，就记忆所及，今年就见过两件事。其一，是一个青年，冒充了军官，向各处招摇撞骗，后来破获了，他就写忏悔书，只是不过借此谋生，并无他意。其二，是一个窃贼招引学生，教授偷窃之法，家长知道，把自己的子弟禁在家里了，他还上门来逞凶。较可注意的事件，报上是往往有些特别的批评文字的，但对于这两件，却至今没有说过什么话，可见是看得很平常，以为不足介意的了。然而这材料，假如到了斯惠夫德（J. Swift）或果戈理（N. Gogol）的手里，我看是准可以成为出色的讽刺作品的。在或一时代的社会里，事情越平常，就越普遍，也就愈合于作讽刺。

讽刺作者虽然大抵为被讽刺者所憎恨，但他却常常是善意的，他的讽刺，在希望他们改善，并非要捺这一群到水底里。然而待到同群中有讽刺作者出现的时候，这一群却已是不可收拾，更非笔墨所能救了，所以这努力大抵是徒劳的，而且还适得其反，实际上不过表现了这一群的缺点以至恶德，面对于敌对的别一群，倒反成为有益。我想：从别一群看来，感受是和被讽刺的那一群不同的，他们会觉得“暴露”更多于“讽刺”。

如果貌似讽刺的作品，而毫无善意，也毫无热情，只使读者觉得一切世事，一无足取，也一无可为，那就并非讽刺了，这便是所谓“冷嘲”。

（一九三五年）五月三日。

几乎无事的悲剧

果戈理（Nikolai Gogol）的名字，渐为中国读者所认识了，他的名著《死魂灵》的译本，也已经发表了第一部的一半。那译文虽然不能令人满意，但总算借此知道了从第二至六章，一共写了五个地主的典型，讽刺固多，实则除一个老太婆和吝啬鬼泼留希金外，都各有可爱之处，至于写到农奴，却没有一点可取了，连他们诚心来帮绅士们的忙，也不但无益，反而有害，果戈理自己就是地主。

然而当时的绅士们很不满意，一定的照例的反击，是说书中的典型，多是果戈理自己，而且他也并不知道大俄罗斯地主的情形。这是说得通的，作者是乌克兰人，而看他的家信，有时也简直和书中的地主的意见相类似。然而即使他并不知道大俄罗斯的地主的情形罢，那创作出来的脚色，可真是生动极了，直到现在，纵使时代不同，国度不同，也还使我们像是遇见了有些熟识的人物。讽刺的本领，在这里不及谈，单说那独特之处，尤其是在用平常事，平常话，深刻地显出当时地主的无聊生活。例如第四章里的罗士特来夫，是地方恶少式的地主，赶热闹，爱赌博，撒大谎，要恭维——但挨打也不要紧。他在酒店里遇到乞乞科夫，夸示自己的好小狗，勒令乞乞科夫摸过狗耳朵之后，还要摸鼻子——

> 乞乞科夫要和罗士特来夫表示好意，便摸了一下狗的耳朵。“是的，会成功一匹好狗的。”他加添着说。
>
> “再摸摸他那冰冷的鼻头，拿手来呀！”因为要不使他扫兴，乞乞科夫就又一碰那鼻子。于是说道：“不是平常的鼻子！”

这种莽撞而沾沾自喜的主人，和深通世故的客人的圆滑的应酬，是我们现在还随时可以遇见的，有些人简直以此为一世的交际术。“不是平常的鼻子”，是怎样的鼻子呢？说不明的，但听者只要这样也就足够了。后来又回到罗士特来夫的庄园去，历览他所有的田产和东西——

> 还去看克理米亚的母狗，已经瞎了眼，据罗士特来夫说，是就要倒毙的。两年以前，却还是一条很好的母狗。大家也来察看这母狗，看起来，她也确瞎了眼。

这时罗士特来夫并没有说谎，他表扬着瞎了眼的母狗，看起来，也确是瞎了眼的母狗。这和大家有什么关系呢，然而世界上有一些人，却确是嚷闹，表扬，夸示着这一类事，又竭力证实着这一类事，算是忙人和诚实人，在过了他的整一世。

这些极平常的或者简直近于没有事情的悲剧，正如无声的言语一样，非由诗人画出它的形象来，是很不容易觉察的。然而人们灭亡于英雄的特别的悲剧者少，消磨于极平常的，或者简直近于没有事情的悲剧者却多。

听说果戈理的那些所谓“含泪的微笑”，在他本土，现在是已经无用了，来替代他的有了健康的笑。但在别地方，也依然有用，因为其中还藏着许多活人的影子。况且健康的笑，在被笑的一方面是悲哀的，所以果戈理的“含泪的微笑”，倘传到了和作者地位不同的读者的脸上，也就成为健康：这是《死魂灵》的伟大处，也正是作者的悲哀处。

（一九三五年）七月十四日。

写于深夜里

一、珂勒惠支教授的版画之入中国

野地上有一堆烧过的纸灰，旧墙上有整个割出的图画，经过的人是大抵未必注意的，然而这些里面，各各藏着一些意义，是爱，是悲哀，是愤怒，……而且往往比叫了出来的更猛烈。也有几个人懂得这意义。

一九三一年——我忘了月份了——创刊不久便被禁止的杂志《北斗》第一本上，有一幅木刻画，是一个母亲，悲哀地闭了眼睛，交出她的孩子去。这是珂勒惠支教授（Prof. Kaethe Kollwitz）的木刻连续画“战争”的第一幅，题目叫作“牺牲”；也是她的版画绍介进中国来的第一幅。

这幅木刻是我寄去的，算是柔石遇害的纪念。他是我的学生和朋友，一同绍介外国文坛的人，尤喜欢木刻，曾经编印过三本欧美作家的作品，虽然印得不大好。然而不知道为了什么，突然被捕了，不久就在龙华和别的五个青年作家同时枪毙。当时的报章上毫无记载，大约是不敢，也不能记载，然而许多人都明白他不在人间了，因为这是常有的事。只有他那双目失明的母亲，我知道她一定还以为她的爱子仍在上海翻译和校对。偶然看到德国书店的目录上有这幅“牺牲”，便将它投寄《北斗》了，算是我的无言的纪念。然而，后来知道，很有一些人是觉得所含的意义的，不过他们大抵以为纪念的是被害的全群。

这时珂勒惠支教授的版画集正在由欧洲走向中国的路上，但到得上海，勤恳的绍介者却早已睡在土里了，我们连地点也不知道。好的，我一个人来看。这里是穷困、疾病、饥饿、死亡……自然也有挣扎和奋斗，但比较得少；这正如作者的自画像，脸上虽有憎恨和愤怒，而更多的是慈爱和悲悯的相同。这是一切“被侮辱和被损害的”的母亲的心的图像。这类母亲，在中国的指甲还未染红的乡下，也常有的，然而人往往嗤笑她，说做母亲的只爱不中用的儿子，但我想，她是也爱中用的儿子的，只因为既然强壮而有能力，她便放了心，去注意“被侮辱的和被损害的”孩子去了。

现在就有她的作品的复印二十一幅，来作证明；并且对于中国的青年艺术学徒，又有这样的益处的——

一，近五年来，木刻已颇流行了，虽然时时受着迫害。但别的版画，较成片段的，却只有一本关于卓伦（Anders Zorn）的书。现在所绍介的全是铜刻和石刻，使读者知道版画之中，又有这样的作品，也可以比油画之类更加普遍，而且看见和卓伦截然不同的技法和内容。

二，没有到过外国的人，往往以为白种人都是对人来讲耶稣道理或开洋行的，鲜衣美食，一不高兴就用皮鞋向人乱踢。有了这画集，就明白世界上其实许多地方都还存在着“被侮辱和被损害的”人，是和我们一气的朋友，而且还有为这些人们悲哀、叫喊和战斗的艺术家。

三，现在中国的报纸上多喜欢登载张口大叫着的希特拉像，当时是暂时的，照相上却永久是这姿势，多看就令人觉得疲劳。现在由德国艺术家的画集，却看见了别一种人，虽然并非英雄，却可以亲近，同情，而且愈看，而愈觉得美，愈觉得有动人之力。

四，今年是柔石被害后的满五年，也是作者的木刻第一次在中国出现后的第五年；而作者，用中国式计算起来，她是七十岁了，这也可以算作一个纪念。作者虽然现在也只能守着沉默，但她的作品，却更多的在远东的天下出现了。是的，为人类的艺术，别的力量是阻挡不住的。

二、略论暗暗的死

这几天才悟到，暗暗的死，在一个人是极其惨苦的事。

中国在革命以前，死囚临刑，先在大街上通过，于是他或呼冤，或骂官，或自述英雄行为，或说不怕死。到壮美时，随着观看的人们，便喝一声彩，后来还传述开去。在我年青的时候，常听到这种事，我总以为这情形是野蛮的，这办法是残酷的。

新近在林语堂博士编辑的《宇宙风》里，看到一篇铢堂先生的文章，却是别一种见解。他认为这种对死囚喝彩，是崇拜失败的英雄，是扶弱，“理想是不能不算崇高。然而在人群的组织上实在要不得。抑强扶弱，便是永远不愿意有强。崇拜失败的英雄，便是不承认成功的英雄”，所以使“凡是古来成功的帝王，欲维持几百年的威力，不定得残害几万几十万无辜的人，方才能博得一时的慑服”。

残害了几万几十万人，还只“能博得一时的慑服”，为“成功的帝王”设想，实在是大可悲哀的：没有好法子。不过我并不想替他们划策，我所由此悟到的，乃是给死囚在临刑前可以当众说话，倒是“成功的帝王”的恩惠，也是他自信还有力量的证据，所以他有胆放死囚开口，给他在临死之前，得到一个自夸的陶醉，大家也明白他的收场。我先前只以为“残酷”还不是确切的判断，其中是含有一点恩惠的。我每当朋友或学生的死，倘不知时日，不知地点，不知死法，总比知道的更悲哀和不安；由此推想那一边，在暗室中毕命于几个屠夫的手里，也一定比当众而死的更寂寞。

然而“成功的帝王”是不秘密杀人的，他只秘密一件事：和他那些妻妾的调笑。到得就要失败了，才又增加一件秘密：他的财产的数目和安放的处所；再下去，这才加到第三件，秘密的杀人。这时，他也如铢堂先生一样，觉得民众自有好恶，不论成败的可怕了。

所以第三种秘密法，是即使没有策士的献议，也总有一时要采用的，也许有些地方还已经采用。这时街道文明了，民众安静了，但我们试一推测死者的心，却一定比明明白白而死的更加惨苦。我先前读但丁的《神曲》，到《地狱篇》，就惊异于这作者设想的残酷，但到现在，阅历加多，才知道他还是仁厚的了：他还没有想出一个现在已极平常的惨苦到谁也看不见的地狱来。

三、一个童话

看到二月十七日的“DZZ”，有为纪念海涅（H. Heine）死后八十年，勃莱兑勒（Willi Bredel）所作的《一个童话》，很爱这个题目，也来写一篇。

有一个时候，有一个这样的国度。权力者压服了人民，但觉得他们倒都是强敌了，拼音字好像机关枪，木刻好像坦克车；取得了土地，但规定的车站上不能下车。地面上也不能走了，总得在空中飞来飞去；而且皮肤的抵抗力也衰弱起来，一有要紧的事情，就伤风，同时还传染给大臣们，一齐生病。

出版有大部的字典，还不止一部，然而是都不合于实用的，倘要明白真情，必须查考向来没有印过的字典。这里面很有新奇的解释，例如：“解放”就是“枪毙”；“托尔斯泰主义”就是“逃走”；“官”字下注云：“大官的亲戚朋友和奴才”；“城”字下注云：“为防学生出入而造的高而坚固的砖墙”；“道德”条下注云：“不准女人露出臂膊”；“革命”条下注云：“放大水入田地里，用飞机载炸弹向‘匪贼’头上掷之也”。

出版有大部的法律，是派遣学者，往各国采访了现行律，摘取精华，编纂而成的，所以没有一国，能有这部法律的完全和精密。但卷头有二页白纸，只有见过没有印出的字典的人才能够看出字来，首先计三条：一，或从宽办理；二，或从严办理；三，或有时全不适用之。

自然有法院，但曾在白纸上看出字来的犯人，在开庭时候是决不抗辩的，因为坏人才爱抗辩，一辩即不免"从严办理"；自然也有高等法院，但会在白纸上看出字来的人，是决不上诉的，因为坏人才爱上诉，一上诉即不免"从严办理"。

有一天的早晨，许多军警围住了一个美术学校。校里有几个中装和西装的人在跳着，翻着，寻找着，跟随他们的也是警察，一律拿着手枪。不多久，一位西装朋友就在寄宿舍里抓住了一个十八岁的学生的肩头。

"现在政府派我们到你们这里来检查，请你……"

"你查罢！"那青年立刻从床底下拖出自己的柳条箱来。

这里的青年是积多年的经验，已颇聪明了的，什么也不敢有。但那学生究竟只有十八岁，终于被在抽屉里，搜出几封信来了，也许是因为那些信里面说到他的母亲的困苦而死，一时不忍烧掉罢。西装朋友便仔仔细细地一字一字地读着，当读到"……世界是一台吃人的筵席，你的母亲被吃去了，天下无数无数的母亲也会被吃去的……"的时候，就把眉头一扬，摸出一枝铅笔来，在那些字上打着曲线，问道：

"这是怎么讲的？"

"…………"

"谁吃你的母亲？世上有人吃人的事情吗？我们吃你的母

亲？好！”他凸出眼珠，好像要化为枪弹，打了过去的样子。

“那里！……这……那里！……这……”青年发急了。

但他并不把眼珠射出去，只将信一折塞在衣袋里；又把那学生的木版、木刻刀和拓片，《铁流》《静静的顿河》，剪贴的报，都放在一处，对一个警察说：

“我把这些交给你！”

“这些东西里有什么呢，你拿去？”青年知道这并不是好事情。

但西装朋友只向他瞥了一眼，立刻顺手一指，对别一个警察命令道：

“我把这个交给你！”

警察的一跳好像老虎，一把抓住了这青年的背脊上的衣服，提出寄宿舍的大门口去了。门外还有两个年纪相仿的学生，背脊上都有一只勇壮巨大的手在抓着。旁边围着一大层教员和学生。

四、又是一个童话

有一天的早晨的二十一天之后，拘留所里开审了。一间阴暗的小屋子里，上面坐着两位老爷，一东一西。东边的一个是马褂，西边的一个是西装，不相信世上有人吃人的事情的乐天派，录口供的。警察吆喝着连抓带拖地弄进一个十八岁的学生来，苍白脸，脏衣服，站在下面。马褂问过他的姓名，年龄，籍贯之后，就又问道：

“你是木刻研究会的会员么?”

“是的。”

“谁是会长呢?”

“Ch……正的，H……副的。”

“他们现在在哪里?”

“他们都被学校开除了，我不晓得。”

“你为什么要鼓动风潮呢，在学校里?”

“啊! ……”青年只惊叫了一声。

“哼。”马褂随手拿出一张木刻的肖像来给他看，“这是你刻的吗?”

“是的。”

“刻的是谁呢?”

“是一个文学家。”

“他叫什么名字?”

“他叫卢那却尔斯基。”

“他是文学家! ——他是哪一国人?”

“我不知道!”这青年想逃命，说谎了。

“不知道? 你不要骗我! 这不是露西亚人吗? 这不是明白白的露西亚红军军官吗? 我在露西亚的革命史上亲眼看见他的照片的呀! 你还想赖?”

“哪里!”青年好像头上受到了铁椎的一击，绝望地叫了一声。

“这是应该的，你是普罗艺术家，刻起来自然要刻红军军官呀!”

“哪里……这完全不是……”

“不要强辩了，你总是‘执迷不悟’！我们很知道你在拘留所里的生活很苦。但你得从实说来，好使我们早些把你送给法院判决。——监狱里的生活比这里好得多。”

青年不说话——他十分明白了说和不说一样。

“你说，”马褂又冷笑了一声，“你是CP，还是CY？”

“都不是的。这些我什么也不懂！”

“红军军官会刻，CP，CY就不懂了？人这么小，却这样的刁顽！去！”于是一双手顺势向前一摆，一个警察很聪明而熟练地提着那青年就走了。

我抱歉得很，写到这里，似乎有些不像童话了。但如果不称它为童话，我将称他为什么呢？特别的只在我说得出这事的年代，是一九三二年。

五、一封真实的信

“敬爱的先生：

你问我出了拘留所以后的事情么，我现在大略叙述在下面——

在当年的最后一月的最后一天，我们三个被××省政府解到了高等法院。一到就开检查庭。这检察官的审问很特别，只问了三句：

‘你叫什么名字？’——第一句；

‘今年你几岁？’——第二句；

‘你是哪里人？’——第三句。

开完了这样特别的庭，我们又被法院解到了军人监狱。有谁要看统治者的统治艺术的全般的么？那只要到军人监狱里去。他的虐杀异己，屠戮人民，不惨酷是不快意的。时局一紧张，就拉出一批所谓重要的政治犯来枪毙，无所谓刑期不刑期的。例如南昌陷于危急的时候，曾在三刻钟之内，打死了二十二个；福建人民政府成立时，也枪毙了不少。刑场就是狱里的五亩大的菜园，囚犯的尸体，就靠泥埋在菜园里，上面栽起菜来，当作肥科用。

约莫隔了两个半月的样子。起诉书来了。法官只问我们三句话，怎么可以做起诉书的呢。可以的！原文虽然不在手头，但是我背得出，可惜的是法律的条目已经忘记了——

> ……Ch……H……所组织之木刻研究会，系受共党指挥，研究普罗坛术之团体也。被告等皆为该会会员，……核其所刻，皆为红军军官及劳动饥饿者之景象，借以鼓动阶级斗争而示无产阶级必有专政之一日。

之后，没有多久，就开审判庭。庭上一字儿坐着老爷五位，威严得很。然而我倒并不怎样地手足无措，因为这时我的脑子里浮出了一幅图画，那是陀密埃（Henri Daumier）的‘法官’，真使我赞叹！

审判庭开后的第八日，开最后的判决庭，宣判了。判决书上所开的罪状，也还是起诉书上的那么几句，只在他的后半段里，有——

‘核其所为，当依危害民国紧急治罪法第×条，刑法第×百×十×条第×款，各处有期徒刑五年。……然被告等皆年幼无知，误入歧途，不无可悯，特依××法第×千×百×十×条第×款之规定，减处有期徒刑二年六个月。于判决书送到后十日以内，不服上诉……’云云。

我还用得到‘上诉’么？‘服’得很！反正这是他们的法律！

总结起来，我从被捕到放出，竟游历了三处残杀人民的屠场。现在，我除了感激他们不砍我的头之外，更感激的是增加了我不知几多的知识。单在刑罚一方面，我才晓得现在的中国有：一，抽籐条；二，老虎凳，都还是轻的；三，踏杠，是叫犯人跪下，把铁杠放在他的腿弯上，两头站上彪形大汉去，起先两个，逐渐加到八人；四，跪火链，是把烧红的铁链盘在地上，使犯人跪上去；五，还有一种叫‘吃’的，是从鼻孔里灌辣椒水、火油、醋、烧酒……六，还有反绑着犯人的手，另用细麻绳缚住他的两个大拇指，高悬起来，吊着打，我叫不出这刑罚的名目。

我认为最惨的还是在拘留所里和我同栊的一个年青的农民。老爷硬说他是红军军长，但他死不承认。呵，来了，他们用缝衣针插在他的指甲缝里，用榔头敲进去。敲进去了一只，不承认，敲第二只，仍不承认，又敲第三只……第四只……终于十只指头都敲满了。直到现在，那青年的惨白的脸，凹下的眼睛，两只满是鲜血的手，还时常浮在我的眼前，使我难于忘却！使我苦痛！……

然而，入狱的原因，直到我出来之后才查明白。祸根是在我们学生对于学校有不满之处，尤其是对于训育主任，而他却是省党部的政治情报员。他为了要镇压全体学生的不满，就把仅存的三个木刻研究会员，抓了去做示威的牺牲了。而那个硬派卢那却尔斯基为红军军官的马褂老爷，又是他的妹夫。多么便利呵！

写完了大略，抬头看看窗外，一地惨白的月色，心里不禁渐渐地冰凉了起来。然而我自信自己还并不怎样的怯弱，然而，我的心凉起来了……

愿你的身体康健！

人凡。四月四日，后半夜。”

［附记］从《一个童话》后半起至篇末止，均据人凡君信及《坐牢略记》。四月七日。

（一九三六年）

我的第一个师父

不记得是哪一部旧书上看来的了，大意说是有一位道学先生，自然是名人，一生拼命辟佛，却名自己的小儿子为“和尚”。有一天，有人拿这件事来质问他。他回答道：“这正是表示轻贱呀!”那人无话可说而退云。

其实，这位道学先生是诡辩。名孩子为“和尚”，其中是含有迷信的。中国有许多妖魔鬼怪，专喜欢杀害有出息的人，尤其是孩子；要下贱，他们才放手，安心。和尚这一种人，从和尚的立场看来，会成佛，——但也不一定——固然高超得很，而从读书人的立场一看，他们无家无室，不会做官，却是下贱之流。读书人意中的鬼怪，那意见当然和读书人相同，所以也就不来搅扰了。这和名孩子为阿猫阿狗，完全是一样的意思：容易养大。

还有一个避鬼的法子，是拜和尚为师，也就是舍给寺院了的意思，然而并不放在寺院里。我生在周氏是长男，“物以稀为贵”，父亲怕我有出息，因此养不大，不到一岁，便领到长宁寺里去，拜了一个和尚为师了。拜师是否要贽见礼，或者布施什么的呢，我完全不知道。只知道我却由此得到一个法名叫作“长庚”，后来我也偶尔用作笔名，并且在《在酒楼上》这篇小说里，赠给了恐吓自己的侄女的无赖；还有一件百家衣，就是“衲衣”，论理，是应该用各种破布拼成的，但我的却是橄榄形的各色小绸片所缝就，非喜庆大事不给穿；还有一条称为“牛绳”的东西，上挂零星小件，如历本，镜子，银筛之类，据说是可以避邪的。

这种布置，好像也具有些力量：我至今没有死。

不过，现在法名还在，那两件法宝却早已失去了。前几年回北平去，母亲还给了我婴儿时代的银筛，是那时的惟一的记念。仔细一看，原来那筛子圆径不过寸馀，中央一个太极图，上面一本书，下面一卷画，左右缀着极小的尺、剪刀、算盘、天平之类。我于是恍然大悟，中国的邪鬼，是怕斩钉截铁，不能含糊的东西的。因为探究和好奇，去年曾经去问上海的银楼，终于买了两面来，和我的几乎一式一样，不过缀着的小东西有些增减，奇怪得很，半世纪有馀了，邪鬼还是这样的性情，避邪还是这样的法宝。然而我又想，这法宝成人却用不得，反而非常危险的。

但因此又使我记起了半世纪以前的最初的先生。我至今不知道他的法名，无论谁，都称他为“龙师父”，瘦长的身子，瘦长的脸，高颧细眼，和尚是不应该留须的，他却有两绺下垂的小胡子。对人很和气，对我也很和气，不教我念一句经，也不教我一点佛门规矩；他自己呢，穿起袈来做大和尚，或者戴上毗卢帽放焰口，“无祀孤魂，来受甘露味”的时候，是庄严透顶的，平常可也不念经，因为是住持，只管着寺里的琐屑事；其实——自然是由我看起来——他不过是一个剃光了头发的俗人。

因此我又有一位师母，就是他的老婆。论理，和尚是不应该有老婆的，然而他有。我家的正屋的中央，供着一块牌位，用金字写着必须绝对尊敬和服从的五位："天地君亲师。"我是徒弟，他是师，决不能抗议，而在那时，也决不想到抗议，不过觉得似乎有点古怪。但我是很爱我的师母的，在我的记忆上，见面的时候，她已经大约有四十几了，是一位胖胖的师母，穿着玄色纱衫裤，在自己家里的院子里纳凉，她的孩子们就来和我玩耍。有时还有水果和点心吃，——自然，这也是我所以爱她的一个大原因；用高洁的陈源教授的话来说，便是所谓"有奶便是娘"，在人格上是很不足道的。

不过我的师母在恋爱故事上，却有些不平常。"恋爱"，这是现在的术语，那时我们这偏僻之区只叫作"相好"。《诗经》云："式相好矣，毋相尤矣，"起源是算得很古，虽文武周公的时候不怎么久就有了的，然而后来好像并不算十分冠冕堂皇的好话。这且不管它罢。总之，听说龙师父年青时，是一个很漂亮而能干的和尚，交际很广，认识各种人。有一天，乡下做社戏了，他和戏子相识，便上台替他们去敲锣，精光的头皮，簇新的海青，真是风头十足。乡下人大抵有些顽固，以为和尚是只应该念经拜忏的，台下有人骂了起来。师父不甘示弱，也给他们一个回骂。于是战争开幕，甘蔗梢头雨点似的飞上来，有些勇士，还有进攻之势，"彼众我寡"，他只好退走，一面退，一面一面追，逼得他又只好慌张地躲进一家人家去。而这人家，又只有一位年青的寡妇。以后的故事，我也不甚了然了，总而言之，她后来就是我的师母。

自从《宇宙风》出世以来，一向没有拜读的机缘，近几天才看见了“春季特大号”。其中有一篇铢堂先生的《不以成败论英雄》，使我觉得很有趣，他以为中国人的“不以成败论英雄”，“理想是不能不算崇高”的，“然而在人群的组织上实在要不得。抑强扶弱，便是永远不愿意有强。崇拜失败英雄，便是不承认成功的英雄”。“近人有一句流行语，说中国民族富于同化力，所以辽、金、元、清都并不曾征服中国。其实无非是一种惰性，对于新制度不容易接收罢了。”我们怎样来改悔这“惰性”呢，现在姑且不谈，而且正在替我们想法的人们也多得很。我只要说那位寡妇之所以变了我的师母，其弊病也就在“不以成败论英雄”。乡下没有活的岳飞或文天祥，所以一个漂亮的和尚在如雨而下的甘蔗梢头中，从戏台逃下，也就是一个货真价实的失败的英雄。她不免发现了祖传的“惰性”，崇拜起来，对于追兵，也像我们的祖先的对于辽、金、元、清的大军似的，“不承认成功的英雄”了。在历史上，这结果是正如铢堂先生所说：“乃是中国的社会不树威是难得帖服的，”所以活该有“扬州十日”和“嘉定三屠”。但那时的乡下人，却好像并没有“树威”，走散了，自然，也许是他们料不到躲在家里。

因此我有了三个师兄，两个师弟。大师兄是穷人的孩子，舍在寺里，或是卖在寺里的；其馀的四个，都是师父的儿子，大和尚的儿子做小和尚，我那时倒并不觉得怎么稀奇。大师兄只有单身；二师兄也有家小，但他对我守着秘密，这一点，就可见他的道行远不及我的师父，他的父亲了。而且年龄都和我相差太远，我们几乎没有交往。

三师兄比我恐怕要大十岁，然而我们后来的感情是很好的，我常常替他担心。还记得有一回，他要受大戒了，他不大看经，想来未必深通什么大乘教理，在剃得精光的囟门上，放上两排艾绒，同时烧起来，我看是总不免要叫痛的，这时善男信女，多数参加，实在不大雅观，也失了我做师弟的体面。这怎么好呢？每一想到，十分心焦，仿佛受戒的是我自己一样。然而我的师父究竟道力高深，他不说戒律，不议教理，只在当天大清早，叫了我的三师兄去，厉声吩咐道："拼命熬住，不许哭，不许叫，要不然，脑袋就炸开，死了！"这一种大喝，实在比什么《妙法莲花经》或《大乘起信论》还有力，谁高兴死呢，于是仪式很庄严地进行，虽然两眼比平时水汪汪，但到两排艾绒在头顶上烧完，的确一声也不出。我嘘一口气，真所谓"如释重负"，善男信女们也个个"合十赞叹，欢喜布施，顶礼而散"了。

出家人受了大戒，从沙弥升为和尚，正和我们在家人行过冠礼，由童子而为成人相同。成人愿意"有室"，和尚自然也不能不想到女人。以为和尚记得释迦牟尼或弥勒菩萨，乃是未曾拜和尚为师，或与和尚为友的世俗的谬见。寺里也有确在修行，没有女人，也不吃荤的和尚，例如我的大师兄即是其一，然而他们孤僻，冷酷，看不起人，好像总是郁郁不乐，他们的一把扇或一本书，你一动他就不高兴，令人不敢亲近他。所以我所熟识的，都是有女人，或声明想女人，吃荤，或声明想吃荤的和尚。

我那时并不诧异三师兄在想女人，而且知道他所理想的是怎样的女人。人也许以为他想的是尼姑罢，并不是的，和尚和尼姑"相好"，加倍的不便当。他想的乃是千金小姐或少奶奶，而作这"相思"或"单相思"——即今之所谓"单恋"也——的媒介的是"结"。我们那里的阔人家，一有丧事，每七日总要做一些法事，有一个七日，是要举行"解结"的仪式的，因为死人在未死之前，总不免开罪于人，存着冤结，所以死后要替他解散。方法是在这天拜完经的傍晚，灵前陈列着几盘东西，是食物和花，而其中有一盘，是用麻线或白头绳，穿上十来文钱，两头相合而打成蝴蝶式，八结式之类的复杂的，颇不容易解开的结子。一群和尚便环坐桌旁，且唱且解，解开之后，钱归和尚，而死人的一切冤结也从此完全消失了。这道理似乎有些古怪，但谁都这样办，并不为奇，大约也是一种"惰性"。不过解结是并不如世俗人的所推测，个个解开的，倘有和尚以为打得精致，因而生爱，或者故意打得结实，很难解散，因而生恨的，便能暗暗地整个落到僧袍的大袖里去，一任死者留下冤结，到地狱里去吃苦。这种宝结带回寺里，便保存起来，也时时鉴赏，恰如我们的或亦不免偏爱看看女作家的作品一样。当鉴赏的时候，当然也不免想到作家，打结子的是谁呢，男人不会，奴婢不会，有这种本领的，不消说是小姐或少奶奶了。和尚没有文学界人物的清高，所以他就不免睹物思人，所谓“时涉遐想”起来，至于心理状态，则我虽曾拜和尚为师，但究竟是在家人，不大明白底细。只记得三师兄曾经不得已而分给我几个，有些实在打得精奇，有些则打好之后，浸过水，还用剪刀柄之类砸实，使和尚无法解散。解结，是替死人投法的，现在却和和尚为难。我真不知道小姐或少奶奶是什么意思。这疑问直到二十年后，学了一点医学，才明白原来是给和尚吃苦，颇有一点虐待异性的病态的。深闷的怨恨，会无线电似的报在佛寺的和尚身上，我看道学先生可还没有料到这一层。

后来，三师兄也有了老婆，出身是小姐，是尼姑，还是“小家碧玉”呢，我不明白，他也严守秘密，道行远不及他的父亲了。这时我也长大起来，不知道从哪里，听到了和尚应守清规之类的古老话，用这话来嘲笑他，本意是在要他受窘。不料他竟一点不窘，立刻用“金刚怒目”式，向我大喝一声道：

“和尚没有老婆，小菩萨哪里来!?”

这真是所谓“狮吼”，使我明白了真理，哑口无言，我的确早看见寺里有丈馀的大佛，有数尺或数寸的小菩萨，却从未想到他们为什么有大小。经此一喝，我才彻底地省悟了和尚有老婆的必要，以及一切小菩萨的来源，不再发生疑问。但要找寻三师兄，从此却艰难了一点，因为这位出家人，这时就有了三个家了：一是寺院，二是他的父母的家，三是他自己和女人的家。

我的师父，在约略四十年前已经去世，师兄弟们大半做了一寺的住持；我们的交情是依然存在的，却久已彼此不通消息，但我想，他们一定早已各有一大批小菩萨，而且有些小菩萨又有小菩萨了。

（一九三六年）四月一日。

答托洛斯基派的信

一、回信

陈先生：

先生的来信及惠寄的《斗争》《火花》等刊物，我都收到了。

总括先生来信的意思，大概有两点，一是骂史太林先生们是官僚，再一是斥毛泽东先生们的“各派联合一致抗日”的主张为出卖革命。

这很使我“糊涂”起来了，因为史太林先生们的苏维埃俄罗斯社会主义共和国联邦在世界上的任何方面的成功，不就说明了托洛斯基先生的被逐，飘泊，潦倒，以致“不得不”用敌人金钱的晚景的可怜么？现在的流浪，当与革命前西伯利亚的当年风味不同，因为那时怕运送一片面包的人也没有；但心境又当不同，这却因了现在苏联的成功。事实胜于雄辩，竟不料现在就来了如此无情面的讽刺的。其次，你们的“理论”确比毛泽东先生们高超得多，岂但得多，简直一是在天上，一是在地下。但高超固然是可敬佩的，无奈这高超又恰恰为日本侵略者所欢迎，则这高超仍不免要从天上掉下来，掉到地上最不干净的地方去。因为你们高超的理论为日本所欢迎，我看了你们印出的很整齐的刊物，就不禁为你们捏一把汗，在大众面前，倘若有人做一个攻击你们的谣，说日本人出钱叫你们办报，你们能够洗刷得很清楚么？这决不是因为从前你们中曾有人跟着别人骂过我拿卢布，现在就来这一手以报复。不是的，我还不至于这样下流，因为我不相信你们会下作到拿日本人钱来出报攻击毛泽东先生们的一致抗日论。你们决不会的。我只要敬告你们一声，你们的高超的理论，将不受中国大众所欢迎，你们的所为有背于中国人现在为人的道德。我要对你们讲的话，就仅仅这一点。

最后，我倒感到一点不舒服，就是你们忽然寄信寄书给我，不是没有原因的。那就因为我的某几个“战友”曾指我是什么什么的原故。但我“即使怎样不行，自觉和你们总是相离很远的罢。那切切实实，足踏在地上，为着现在中国人的生存而流血奋斗者，我得引为同志，是自以为光荣的。要请你原谅，因为三日之期已过，你未必会再到那里去取，这信就公开作答了。即颂

大安。

鲁迅。六月九日。（一九三六年）

这信由先生口授，O. V 笔写。

二、附录来信

鲁迅先生：

一九二七年革命失败后，中国康缪尼斯脱不采取退兵政策以预备再起，而乃转向军事投机。他们放弃了城市工作，命令党员在革命退潮后到处暴动，想在农民基础上制造 Reds 以打平天下。七八年来，几十万勇敢有为的青年，被这种政策所牺牲掉，使现在民族运动高涨之时，城市民众失掉革命的领袖，并把下次革命推远到难期的将来。

现在 Reds 打天下的运动失败了。中国康缪尼斯脱又盲目地接受了莫斯科官僚的命令，转向所谓“新政策”。他们一反过去的行为，放弃阶级的立场，改换面目，发宣言，派代表交涉，要求与官僚、政客、军阀，甚而与民众的刽子手“联合战线”。藏匿了自己的旗帜，模糊了民众的认识，使民众认为官僚、政客、刽子手，都是民族革命者，都能抗日，其结果必然是把革命民众送交刽子手们，使再遭一次屠杀。史太林党的这种无耻背叛行为，使中国革命者都感到羞耻。

现在上海的一般自由资产阶级与小资产阶级上层分子无不欢迎史太林党的这“新政策”。这是无足怪的。莫斯科的传统威信，中国 Reds 的流血史迹与现存力量——还有比这更值得利用的东西吗？可是史太林党的“新政策”越受欢迎，中国革命便越遭毒害。

我们这个团体，自一九三〇年后，在百般困苦的环境中，为我们的主张作不懈地斗争。大革命失败后我们即反对史太林派的盲动政策，而提出“革命的民主斗争”的道路。我们认为大革命既然失败了，一切只有再从头做起。我们不断地团结革命干部，研究革命理论，接受失败的教训，教育革命工人，期望在这反革命的艰苦时期，为下次革命打下坚固的基础。几年来的各种事变证明我们的政治路线与工作方法是正确的，我们反对史太林党的机会主义，盲动主义的政策与官僚党制，现在我们又坚决打击这背叛的“新政策”。但恰因为此，我们现在受到各投机分子与党官僚们的嫉视。这是幸呢，还是不幸？

先生的学识文章与品格，是我十馀年来所景仰的，在许多有思想的人都沉溺到个人主义的坑中时，先生独能本自己的见解奋斗不息！我们的政治意见，如能得到先生的批评，私心将引为光荣。现在送上近期刊物数份，敬乞收阅。如蒙赐覆，请留存×处，三日之内当来领取。顺颂

健康！

陈××　六月三日。

论现在我们的文学运动

——病中答访者问

O. V. 笔录

“左翼作家联盟”五六年来领导和战斗过来的，是无产阶级革命文学的运动。这文学和运动，一直发展着；到现在更具体地，更实际斗争地发展到民族革命战争的大众文学。民族革命战争的大众文学，是无产阶级革命文学的发展，是无产革命文学在现在时候的真实的更广大的内容。这种文学，现在已经存在着，并且即将在这基础之上，再受着实际战斗生活的培养，开起烂漫的花来罢。因此，新的口号的提出，不能看作革命文学连动的停止，或者说“此路不通”了。所以，决非停止了历来的反对法西主义，反对一切反动者的血的斗争，而是将这斗争更深入，更扩大，更实际，更细微曲折，将斗争具体化到抗日反汉奸的斗争，将一切斗争汇合到抗日反汉奸斗争这总流里去。决非革命文学要放弃他的阶级的领导的责任，而是将他的责任更加重，更放大，重到和大到要使全民族，不分阶级和党派，一致去对外。这个民族立场，才真是阶级的立场。托洛斯基的中国的徒孙们，似乎糊涂到连这一点都不懂的。但有些我的战友，竟也有在做相反的“美梦”者，我想，也是极糊涂的昏虫。

但民族革命战争的大众文学，正如无产革命文的口号一样，大概是一个总的口号罢。在总口号之下，再提些随时应变的具体的口号，例如“国防文学”“救亡文学”“抗日文艺”……等等，我以为是无碍的。不但没有碍，并且是有益的，需要的。自然，大多了也使人头昏，混乱。

不过，提口号，发空论，都十分容易办。但在批评上应用，在创作上实现，就有问题了。批评与创作都是实际工作。以过去的经验，我们的批评常流于标准太狭窄，看法太庸浅；我们的创作也常现出近于出题目做八股的弱点。所以我想现在应当特别注意这点，民族革命战争的大众文学决不是只局限于写义勇军打仗，学生请愿示威……等等的作品。这些当然是最好的，但不应这样狭窄。他广泛得多，广泛到包括描写现在中国各种生活和斗争的意识的一切文学。因为现在中国最大的问题，人人所共的问题，是民族生存的问题，所有一切生活（包含吃饭睡觉）都与这问题相关；例如吃饭可以和恋爱不相干，但目前中国人的吃饭和恋爱却都和日本侵略者多少有些关系，这是看一看满洲和华北的情形就可以明白的。而中国的唯一的出路，是全国一致对日的民族革命战争。懂得这一点，则作家观察生活，处理材料，就如理丝有绪；作者可以自由地去写工人、农民、学生、强盗、娼妓、穷人、阔佬，什么材料都可以，写出来都可以成为民族革命战争的大众文学。也无需在作品的后面有意地插一条民族革命战争的尾巴，翘起来当作旗手；因为我们需要的，不是作品后面添上去的口号和矫作的尾巴，而是那全部作品中的真实的生活，生龙活虎的战斗，跳动着的脉搏、思想和热情，等等。

（一九三六年）六月十日。

“这也是生活”……

这也是病中的事情。

有一些事，健康者或病人是不觉得的，也许遇不到，也许太微细。到得大病初愈，就会经验到；在我，则疲劳之可怕和休息之舒适，就是两个好例子。我先前往往自负，从来不知道所谓疲劳。书桌面前有一把圆椅，坐着写字或用心的看书，是工作；旁边有一把籐躺椅，靠着谈天或随意地看报，便是休息；觉得两者并无很大的不同，而且往往以此自负，现在才知道是不对的，所以并无大不同者，乃是因为并未疲劳，也就是并未出力工作的缘故。

我有一个亲戚的孩子，高中毕了业，却只好到袜厂里去做学徒，心情已经很不快活的了，而工作又很繁重，几乎一年到头，并无休息。他是好高的，不肯偷懒，支持了一年多。有一天，忽然坐倒了，对他的哥哥道：“我一点力气也没有了。”

他从此就站不起来，送回家里，躺着，不想饮食，不想动弹，不想言语，请了耶稣教堂的医生来看，说是全体什么病也没有，然而全体都疲乏了。也没有什么法子治。自然，连接而来的是静静的死。我也曾经有过两天这样的情形，但原因不同，他是做乏，我是病乏的。我的确什么欲望也没有，似乎一切都和我不相干，所有举动都是多事，我没有想到死，但也没有觉得生；这就是所谓"无欲望状态"，是死亡的第一步。曾有爱我者因此暗中下泪；然而我有转机了，我要喝一点汤水，我有时也看看四近的东西，如墙壁、苍蝇之类，此后才能觉得疲劳，才需要休息。

像心纵意的躺倒，四肢一伸，大声打一个呵欠，又将全体放在适宜的位置上，然后弛懈了一切用力之点，这真是一种大享乐。在我是从来未曾享受过的。我想，强壮的，或者有福的人，恐怕也未曾享受过。

记得前年，也在病后，做了一篇病后杂谈，共五节，投给文学，但后四节无法发表，印出来只剩了头一节了。虽然文章前面明明有一个"一"字，此后突然而止，并无"二""三"，仔细一想是就会觉得古怪的，但这不能要求于每一位读者，甚而至于不能希望于批评家。于是有人据这一节，下我断语道："鲁迅是赞成生病的。"现在也许暂免这种灾难了，但我还不如先在这里声明一下："我的话到这里还没有完。"

有了转机之后四五天的夜里，我醒来了，喊醒了广平。

"给我喝一点水。并且去开开电灯，给我看来看去的看一下。"

"为什么？……"她的声音有些惊慌，大约是以为我在讲昏话。

"因为我要过活。你懂得么？这也是生活呀。我要看来看去的看一下。”

“哦……”她走起来，给我喝了几口茶，徘徊了一下，又轻轻地躺下了，不去开电灯。

我知道她没有懂得我的话。

街灯的光穿窗而入，屋子里显出微明，我大略一看，熟识的墙壁，壁端的棱线，熟识的书堆，堆边的未订的画集，外面的进行着的夜，无穷的远方，无数的人们，都和我有关。我存在着，我在生活，我将生活下去，我开始觉得自己更切实了，我有动作的欲望——但不久我又坠入了睡眠。

第二天早晨在日光中一看，果然，熟识的墙壁，熟识的书堆……这些，在平时，我也时常看它们的，其实是算作一种休息。但我们一向轻视这等事，纵使也是生活中的一片，却排在喝茶搔痒之下，或者简直不算一回事。我们所注意的是特别的精华，毫不在枝叶。给一名人作传的人，也大抵一味铺张其特点，李白怎样做诗，怎样耍癫，拿破仑怎样打仗，怎样不睡觉，却不说他们怎样不耍癫，要睡觉。其实，一生中专门耍癫或不睡觉，是一定活不下去的，人之有时能耍癫和不睡觉，就因为倒是有时不耍癫和也睡觉的缘故。然而人们以为这些平凡的都是生活的渣滓，一看也不看。

于是所见的人或事，就如盲人摸象，摸着了脚，即以为象的样子像柱子。中国古人，常欲得其“全”，就是制妇女用的“乌鸡白凤丸”，也将全鸡连毛血都放在丸药里，方法固然可笑，主意却是不错的。

删夷枝叶的人，决定得不到花果。

为了不给我开电灯，我对于广平很不满，见人即加以攻击；到得自己能走动了，就去一翻她所看的刊物，果然，在我卧病期中，全是精华的刊物已经出得不少了，有些东西，后面虽然仍旧是“美容妙法”“古木发光”，或者“尼姑之秘密”，但第一面却总有一点激昂慷慨的文章。作文已经有了“最中心之主题”；连义和拳时代和德国统帅瓦德西睡了一些时候的赛金花，也早已封为九天护国娘娘了。

尤可惊服的是先前用《御香缥缈录》，把清朝的宫廷讲得津津有味的《申报》上的《春秋》，也已经时而大有不同，有一天竟在卷端的《点滴》里，教人当吃西瓜时，也该想到我们土地的被割碎，像这西瓜一样。自然，这是无时无地无事而不爱国，无可訾议的。但倘使我一面这样想，一面吃西瓜，我恐怕一定咽不下去，即使用劲咽下，也难免不能消化，在肚子里咕冬的响它好半天。这也未必是因为我病后神经衰弱的缘故。我想，倘若用西瓜作比，讲过国耻讲义，却立刻又会高高兴兴地把这西瓜吃下，成为血肉的营养的人，这人恐怕是有些麻木。对他无论讲什么讲义，都是毫无功效的。

我没有当过义勇军，说不确切。但自己问：战士如吃西瓜，是否大抵有一面吃，一面想的仪式的呢？我想：未必有的，他大概只觉得口渴，要吃，味道好，却并不想到此外任何好听的大道理。吃过西瓜，精神一振，战斗起来就和喉干舌敝时候不同，所以吃西瓜和抗敌的确有关系，但和应该怎样想的上海设定的战略，却是不相干。这样整天哭丧着脸去吃喝，不多久，胃口就倒了，还抗什么敌。

然而人往往喜欢说得稀奇古怪，连一个西瓜也不肯主张平平常常地吃下去。其实，战士的日常生活，是并不全部可歌可泣的，然而又无不和可歌可泣之部相关联，这才是实际上的战士。

（一九三六年）八月二十三日。

死

当印造凯绥·珂勒惠支（Kaethe Kollwitz）所作版画的选集时，曾请史沫德黎（A Smedley）女士做一篇序。自以为这请得非常合适，因为她们俩原极熟识的。不久做来了，又逼着茅盾先生译出，现已登在选集上。其中有这样的文字：

许多年来，凯绥·珂勒惠支——她从没有一次利用过赠授给她的头衔——作了大量的画稿，速写，铅笔作的和钢笔作的速写，木刻，铜刻。把这些来研究，就表示着有二大主题支配着，她早年的主题是反抗，而晚年的是母爱，母性的保障，救济，以及死。而笼照于她所有的作品之上的，是受难的，悲剧的，以及保护被压迫者深切热情的意识。

有一次我问她："从前你用反抗的主题，但是现在你好像很有点抛不开死这观念。这是为什么呢？"用了深有所苦的语调，她回答道，"也许因为我是一天一天老了！"……

我那时看到这里，就想了一想。算起来：她用"死"来做画材的时候，是一九一〇年顷；这时她不过四十三四岁。我今年的这“想了一想”，当然和年纪有关，但回忆十馀年前对于死却还没有感到这么深切。大约我们的生死久已被人们随意处置，认为无足重轻，所以自己也看得随随便便，不像欧洲那样得认真了。有些外国人说，中国人最怕死。这其实是不确的，——但自然，每不免模模糊糊地死掉则有之。

大家所相信的死后的状态，更助成了对于死的随便。谁都知道，我们中国人是相信有鬼（近时或谓之“灵魂”）的，既有鬼，则死掉之后，虽然已不是人，却还不失为鬼，总还不算是一无所有。不过设想中的做鬼的久暂，却因其人的生前的贫富而不同。穷人们是大抵以为死后就去轮回的，根源出于佛教。佛教所说的轮回，当然手续繁重，并不这么简单，但穷人往往无学，所以不明白。这就是使死罪犯人绑赴法场时，大叫“二十年后又是一条好汉”，而无惧色的原因。况且相传鬼的衣服，是和临终时一样的，穷人无好衣裳，做了鬼也决不怎么体面，实在还不如立刻投胎，化为赤条条的婴儿的上算。我们会见谁家生了小孩，胎里就穿着叫化子或是游泳家的衣服的么？从来没有。这就好，从新来过。也许有人要问，既然相信轮回，那就说不定来生会堕入更穷苦的景况，或者简直是畜生道，更加可怕了。但我看他们是并不这样想的，他们确信自己并未造出该入畜生道的罪孽，他们从来没有能堕畜生道的地位、权势和金钱。

然而有着地位、权势和金钱的人，却又并不觉得该堕畜生道；他们倒一面化为居士，准备成佛，一面自然也主张读经复古，兼做圣贤。他们像活着时候的超出人理一样，自以为死后也超出了轮回的。至于小有金钱的人，则虽然也不觉得该受轮回，但此外也别无雄才大略，只预备安心做鬼。所以年纪一到五十上下，就给自己寻葬地，合寿材，又烧纸锭，先在冥中存储，生下子孙，每年可吃羹饭。这实在比做人还享福。假使我现在已经是鬼，在阳间又有好子孙，那么，又何必零星卖稿，或向北新书局去算账呢，只要很闲适地躺在楠木或阴沉木的棺材里，逢年逢节，就自有一桌盛馔和一堆国币摆在眼前了，岂不快哉！

就大体而言，除极富贵者和冥律无关外，大抵穷人利于立即投胎，小康者利于长久做鬼。小康者的甘心做鬼，是因为鬼的生活（这两字大有语病，但我想不出适当的名词来），就是他还未过厌的人的生活的连续。阴间当然也有主宰者，而且极其严厉，公平，但对于他独独颇肯通融，也会收点礼物，恰如人间的好官一样。

有一批人是随随便便，就是临终也恐怕不大想到的，我向来正是这随便党里的一个，三十年前学医的时候，曾经研究过灵魂的有无，结果是不知道；又研究过死亡是否苦痛，结果是不一律，后来也不再深究，忘记了。近十年中，有时也为了朋友的死，写点文章，不过好像并不想到自己。这两年来病特别多，一病也比较得长久，这才往往记起了年龄，自然，一面也为了有些作者们笔下的好意的或是恶意的不断的提示。

从去年起，每当病后休养，躺在籐椅上，每不免想到体力恢复后应该动手的事情：做什么文章，翻译或印行什么书籍。

想定之后，就结束道：就是这样罢——但要赶快做。这“要赶快做”的想头，是为先前所没有的，就因为在不知不觉中，记得了自己的年龄却从来没有直接地想到“死”。

直到今年的大病，这才分明地引起关于死的预想来。原先是仍如每次的生病一样，一任着日本的S医师的诊治的。他虽不是肺病专家，然而年纪大，经验多，从习医的时期说，是我的前辈，又极熟识，肯说话。自然，医师对于病人，纵使怎样熟识，说话是还是有限度的，但是他至少已经给了我两三回警告，不过我仍然不以为意，也没有转告别人。大约实在是日子太久，病象太险了的缘故罢，几个朋友暗自协商定局，请了美国的D医师来诊察了。他是在上海的唯一的欧洲的肺病专家，经过打诊、听诊之后，虽然誉我为最能抵抗疾病的典型的中国人，然而也宣告了我的就要灭亡；并且说，倘是欧洲人，则在五年前已经死掉。这判决使善感的朋友们下泪。我也没有请他开方，因为我想，他的医学从欧洲学来，一定没有学过给死了五年的病人开方的法子。然而D医师的诊断却实在是极准确的，后来我照了一张用X光透视的胸像，所见的景象，竟大抵和他的诊断相同。

我并不怎么介意于他的宣告，但也受了些影响，日夜躺着，无力谈话，无力看书。连报纸也拿不动，又未曾练到“心如古井”，就只好想，而从此竟有时要想到“死”了。不过所想的也并非“二十年后又是一条好汉”，或者怎样久住在楠木棺材里之类，而是临终之前的琐事。在这时候，我才确信，我是到底相信人死无鬼的。我只想到过写遗嘱，以为我倘曾贵为宫保，富有千万，儿子和女婿及其他一定早已逼我写好遗嘱了，现在却谁也不提起。但是，我也留下一张罢。当时好像很想定了一些，都是写给亲属的，其中有的是：

一，不得因为丧事，收受任何人的一文钱。——但老朋友的，不在此例。

二，赶快收敛，埋掉，拉倒。

三，不要做任何关于纪念的事情。

四，忘记我，管自己生活。——倘不，那就真是糊涂虫。

五，孩子长大，倘无才能，可寻点小事情过活，万不可去做空头文学家或美术家。

六，别人应许给你的事物，不可当真。

七，损着别人的牙眼，却反对报复，主张宽容的人，万勿和他接近。

此外自然还有，现在忘记了。只还记得在发热时，又曾想到欧洲人临死时，往往有一种仪式，是请别人宽恕，自己也宽恕了别人。我的怨敌可谓多矣，倘有新式的人怒起我来，怎么回答呢？我想了一想，决定的是：让他们怨恨去，我也一个都不宽恕。

但这仪式并未举行，遗嘱也没有写，不过默默地躺着，有时还发生更切迫的思想：原来这样就算是在死下去，倒也并不苦痛；但是，临终的一刹那，也许并不这样的罢；然而，一世只有一次，无论怎样，总是受得了的。……后来，却有了转机，好起来了。到现在，我想，这些大约并不是真的要死之前的情形，真的要死，是连这些想头也未必有的，但究竟如何，我也不知道。

（一九三六年）九月五日。

女　吊

大概是明末的王思任说的罢："会稽乃报仇雪耻之乡，非藏垢纳污之地！"这对于我们绍兴人很有光彩，我也很喜欢听到，或引用这两句话。但其实，是并不的确的；这地方，无论为哪一样都可以用。

不过一般的绍兴人，并不像上海的"前进作家"那样憎恶报复，却也是事实。单就文坛而言，他们就在戏剧上创造了一个带复仇性的，比别的一切鬼魂更美、更强的鬼魂。这就是"女吊"。我以为绍兴有两种特色的鬼，一种是表现对于死的无可奈何，而且随随便便的"无常"，我已经在《朝华夕拾》里得了绍介给全国读者的光荣了，这回就轮到别一种。

"女吊"也许是方言，翻成普通的白话，只好说是"女性的吊死鬼"。其实，在平时，说起"吊死鬼"，就已经含有"女性的"的意思的，因为投缳而死者，向来以妇人女子为最多。有一种蜘蛛，用一枝丝挂下自己的身体，悬在室中，《尔雅》上已谓之"蚬，缢女"，可见在周朝或汉朝，自经的已经大抵是女性了，所以那时不称它为男性的"缢夫"或中性的"缢者”。不过一到做“大戏”或“目连戏”的时候，我们便能在看客的嘴里听到“女吊”的称呼，也叫作“吊神”。横死的鬼魂而得到“神”的尊号的，我还没有发见过第二位，则其受民众之爱戴也可想。但为什么这时独要称她“女吊”呢，很容易解：因为在戏台上，也要有“男吊”出现了。

我所知道的是四十年前的绍兴，那时没有达官显宦，所以未闻有专门为人（堂会?）的演剧。凡做戏，总带着一点社戏性，供着神位，是看戏的主体，人们去看，不过叨光。但“大戏”或“目连戏”所邀请的看客，范围可较广了，自然请神，而又请鬼，尤其是横死的怨鬼。所以仪式就更紧张、更严肃。一请怨鬼，仪式就格外紧张严肃，我觉得这道理是很有趣的。

也许我在别处已经写过，“大戏”和“目连”虽然同是演给神、人、鬼看的戏文，但两者又很不同。不同之点：一在演员，前者是专门的戏子，后者则是临时集合的 amateur——农民和工人；一在剧本，前者有许多种，后者却好歹总只演一本“目连救母记”。然而开场的“起殇”，中间的鬼魂时时出现，收场的好人升天，恶人落地狱，是两者都一样的。

当没有开场之前，就可看出这并非普通的社戏，为的是台两旁早已挂满了纸帽，就是高长虹之所谓“纸糊的假冠”，是给神道和鬼魂戴的。所以凡内行人，缓缓地吃过夜饭，喝过茶，闲闲而去，只要看挂着的帽子，就能知道什么鬼神已经出现，因为这戏开场较早，“起殇”在太阳落尽时候，所以饭后去看，一定是做了好一会了，但都不是精彩的部分。“起殇”者，绍兴人现已大抵误解为“起丧”，以为就是召鬼，其实是专限于横死者的。《九歌》中的《国殇》云："身既死兮神以灵，魂魄毅兮为鬼雄，"当然连战死者在内。明社垂绝，越人起义而死者不少，至清被称为叛贼，我们就这样的一同招待他们的英灵。在薄暮中，十几匹马，站在台下了；戏子扮好一个鬼王，蓝面鳞纹，手执钢叉，还得有十几名鬼卒，则普通的孩子都可以应募。我在十馀岁时候，就曾经充过这样的义勇鬼，爬上台去，说明志愿，他们就给在脸上涂上几笔彩色，交付一柄钢叉。待到有十多人了，即一拥上马，疾驰到野外的许多无主孤坟之处，环绕三匝，下马大叫，将钢叉用力地连连刺在坟墓上，然后拔叉驰回，上了前台，一同大叫一声，将钢叉一掷，钉在台板上。我们的责任，这就算完结，洗脸下台，可以回家了，但倘被父母所知，往往不免挨一顿竹篠（这是绍兴打孩子的最普通的东西），一以罚其带着鬼气，二以贺其没有跌死，但我却幸而从来没有被觉察，也许是因为得了恶鬼保佑的缘故罢。

这一种仪式，就是说，种种孤魂厉鬼，已经跟着鬼王和鬼卒，前来和我们一同看戏了，但人们用不着担心，他们深知道理，这一夜决不丝毫作怪。于是戏文也接着开场，徐徐进行，人事之中，夹以出鬼：火烧鬼、淹死鬼、科场鬼（死在考场里的）、虎伤鬼……孩子们也可以自由去扮，但这种没出息鬼，愿意去扮的并不多，看客也不将它当作一回事。一到"跳吊"时分——"跳"是动词，意义和"跳加官"之"跳"同——情形的松紧可就大不相同了。台上吹起悲凉的喇叭来，中央的横梁上，原有一团布，也在这时放下，长约戏台高度的五分之二。看客们都屏着气，台上就闯出一个不穿衣裤，只有一条犊鼻裤，面施几笔粉墨的男人，他就是“男吊”。一登台，径奔悬布，像蜘蛛的死守着蛛丝，也如结网，在这上面钻，挂。他用布吊着各处：腰、胁，胯下，肘弯，腿弯，后项窝……一共七七四十九处。最后才是脖子，但是并不真套进去的，两手扳着布，将颈子一伸，就跳下，走掉了。这“男吊”最不易跳，演目连戏时，独有这一个脚色须特请专门的戏子。那时的老年人告诉我，这也是最危险的时候，因为也许会招出真的“男吊”来。所以后台上一定要扮一个王灵官，一手捏诀，一手执鞭，目不转睛地看着一面照见前台的镜子。倘镜中见有两个，那么，一个就是真鬼了，他得立刻跳出去，用鞭将假鬼打落台下。假鬼一落台，就该跑到河边，洗去粉墨，挤在人丛中看戏，然后慢慢地回家。倘打得慢，他就会在戏台上吊死，洗得慢，真鬼也还会认识，跟住他。这挤在人丛中看自己们所做的戏，就如要人下野而念佛，或出洋游历一样，也正是一种缺少不得的过渡仪式。

这之后，就是“跳女吊”。自然先有悲凉的喇叭；少顷，门幕一掀，她出场了。大红衫子，黑色长背心，长发蓬松，颈挂两条纸锭，垂头，垂手，弯弯曲曲地走一个全台，内行人说：这是走了一个“心”字。为什么要走“心”字呢？我不明白。我只知道她何以要穿红衫。看王充的《论衡》，知道汉朝的鬼的颜色是红的，但再看后来的文字和图画，却又并无一定颜色，而在戏文里，穿红的则只有这“吊神”。意思是很容易了然的；因为她投缳之际，准备作厉鬼以复仇，红色较有阳气，易于和生人相接近，……绍兴的妇女，至今还偶有搽粉穿红之后，这才上吊的。自然，自杀是卑怯的行为，鬼魂报仇更不合于科学，但那些都是愚妇人，连字也不认识，敢请“前进”的文学家和“战斗”的勇士们不要十分生气罢。我真怕你们要变呆鸟。

她将披着的头发向后一抖，人这才看清了脸孔：石灰一样白的圆脸，漆黑的浓眉，乌黑的眼眶，猩红的嘴唇。听说浙东的有几府的戏文里，吊神又拖着几寸长的假舌头，但在绍兴没有。不是我袒护故乡，我以为还是没有好；那么，比起现在将眼眶染成淡灰色的时式打扮来，可以说是更彻底，更可爱。不过下嘴角应该略略向上，使嘴巴成为三角形：这也不是丑模样。假使半夜之后，在薄暗中，远处隐约着一位这样的粉面朱唇，就是现在的我，也许会跑过去看看的，但自然，却未必就被诱惑得上吊。她两肩微耸，四顾，倾听，似惊，似喜，似怒，终于发出悲哀的声音，慢慢地唱道；

奴奴本是杨家女，

呵呀，苦呀，天哪！……”

下文我不知道了。就是这一句，也还是刚从克士那里听来的。但那大略，是说后来去做童养媳，备受虐待，终于弄到投缳。唱完就听到远处的哭声，这也是一个女人，在衔冤悲泣，准备自杀。她万分惊喜，要去“讨替代”了，却不料突然跳出“男吊”来，主张应该他去讨。他们由争论而至动武，女的当然不敌，幸而王灵官虽然脸相并不漂亮，却是热烈的女权拥护家，就在危急之际出现，一鞭把男吊打死，放女的独去活动了。老年人告诉我说：古时候，是男女一样的要上吊的，自从王灵官打死了男吊神，才少有男人上吊；而且古时候，是身上有七七四十九处，都可以吊死的，自从王灵官打死了男吊神，致命处才只在脖子上。中国的鬼有些奇怪，好像是做鬼之后，也还是要死的，那时的名称，绍兴叫作“鬼里鬼”。但男吊既然早被王灵官打死，为什么现在“跳吊”还会引出真的来呢？我不懂这道理，问问老年人，他们也讲说不明白。

而且中国的鬼还有一种坏脾气，就是“讨替代”，这才完全是利己主义；倘不然，是可以十分坦然地和他们相处的。习俗相沿，虽女吊不免，她有时也单是“讨替代”，忘记了复仇。绍兴煮饭，多用铁锅，烧的是柴或草，烟煤一厚，火力就不灵了，因此我们就常在地上看见刮下的锅煤。但一定是散乱的，凡村姑乡妇，谁也决不肯省些方，把锅子伏在地面上，团团一刮，使烟煤落成一个黑圈子。这是因为吊神诱人的圈套，就用煤圈炼成的缘故。散掉烟煤，正是消极的抵制，不过为的是反对“讨替代”，并非因为怕她去报仇。被压迫者即使没有报复的毒心，也决无被报复的恐惧，只有明明暗暗，吸血吃肉的凶手或其帮闲们，这才赠人以“犯而勿校”或“勿念旧恶”的格言，——我到今年，也愈加看透了这些人面东西的秘密。

（一九三六年）九月十九—二十日。

致孙伏园（二）

伏园兄：

今天《副镌》上关于爱情定则的讨论只有不相干的两封信，莫非竟要依了钟孟公先生的“忠告”，逐渐停止了么？

我以为那封信虽然也不失为言之成理的提议，但在变态的中国，很可以不依，可以变态的办理的。

先前登过的二十来篇文章，诚然是古怪的居多，和爱情定则的讨论无甚关系，但在别一方面，却可作鏖考，也有意外的价值。这不但可以给改革家看看，略为惊醒他们黄金色的好梦，而“足为中国人没有讨论的资格的左证”，也就是这些文章的价值之所在了。

我交际太少，能够使我和社会相通的，多靠着这类白纸上的黑字，所以于我实在是不为无益的东西。例如“教员就应该格外严办”，“主张爱情可以变迁，要小心你的老婆也会变心不爱你”之类，着想都非常有趣，令人看之茫茫然惘惘然；倘无报章讨论，是一时不容易听到，不容易想到的，如果“至期截止”，杜塞了这些名言的发展地，岂不可惜？

钟先生也还是脱不了旧思想，他以为丑，他就想遮盖住，殊不知外面遮上了，里面依然还在腐烂，倒不如不论好歹，一齐揭开来，大家看看好。往时布袋和尚带着一个大口袋，装些另碎东西，一遇见人，便都倒在地上道，“看看，看看”。这举动虽然难免有些发疯的嫌疑，然而在现在却是大可师法的办法。

至于信中所谓揭出怪论来便使“青年出丑”，也不过是多虑，照目下的情形看，甲们以为可丑者，在乙们也许以为可宝，全不一定，正无须乎替别人如此操心，况且就在上面的一封信里，也已经有了反证了。

以上是我的意见：就是希望不截止。若夫究竟如何，那自然是由你自定，我这些话，单是愿意作为一点参考罢了。

迅　六月十二日。

（一九二三年）

致台静农（四）

静农兄：

九月十七日来信收到了。请你转致半农先生，我感谢他的好意，为我，为中国，但我很抱歉，我不愿意如此。

诺贝尔赏金，梁启超自然不配，我也不配，要拿这钱，还欠努力。世界上比我好的作家何限，他们得不到。你看我译的那本《小约翰》，我哪里做得出来，然而这作者就没有得到。

或者我所便宜的，是我是中国人，靠着这“中国”两个字罢，那么，与陈焕章在美国做《孔门理财学》而得博士无异了，自己也觉得好笑。

我觉得中国实在还没有可得诺贝尔赏金的人，瑞典最好是不要理我们，谁也不给。倘因为黄色脸皮人，格外优待从宽，反足以长中国人的虚荣心，以为真可与别国大作家比肩了，结果将很坏。

我眼前所见的依然黑暗，有些疲倦，有些颓唐，此后能否创作，尚在不可知之数。倘这事成功而从此不再动笔，对不起人；倘再写，也许变了翰林文字，一无可观了。还是照旧的没有名誉而穷之为好罢。

未名社出版物，在这里有信用，但售处似乎不多。读书的人，多半是看时势的，去年郭沫若书颇行，今年上半年我的书颇行，现在是大卖《戴季陶讲演录》了（蒋介石的也行了一时）。这里的书，要作者亲到而阔才好，就如江湖上卖膏药者，必须将老虎骨头挂在旁边似的。

还有一些琐事，详寄季野信中，不赘。

迅上　九月二十五日。

（一九二七年）

致韦素园（二六）

素园兄：

二月十五日给我的信，早收到了。还记得先前有一封信未覆。因为信件多了，一时无从措手，一懒，便全部懒下去了。连几个熟朋友的信，也懒在内，这是很对不起的，但一半也因为各种事情曲折太多，一时无从说起。

关于 Gorki 的两条，我想将来信摘来登在《奔流》十期上。那纪念册不知道见了没有，我想，看看不妨，译是不可的。即如你所译的卢氏《论托尔斯泰》那篇，是译起来很费力的硬性文字——这篇我也曾从日文重译，给《春潮》月刊，但至今未印出——我想你要首先使身体好起来，倘若技痒，要写字了，至多也只好译译《黄花集》上所载那样的短文。

我所译的 T. iM. 篇幅并不多，日译是单行本，但我想且不出它。L. 还有一篇论 W. Hausenstein 的，觉得很好，也许将来译它出来，并出一本。

上海的市民是在看《开天辟地》（现在已到尧皇出世了）和《封神榜》这些旧戏，新戏有《黄慧如产后血崩》，（你看怪不怪?）有些文学家是在讲革命文学。对于 Gorky，去年似乎有许多人要译他的著作，现在又不听见了，大约又冷下去了。

你说《奔流》绍介外国文学不错，我也是这意思，所以每期总要放一两篇论文。但读者却最讨厌这些东西，要看小说，看下去很畅快的小说，不费心思的。所以这里有些书店，已不收翻译的稿子，创作倒很多。不过不知怎地，我总看不下去，觉得将这些工夫，去看外国作品，所得的要多得多。

我近来总是忙着看来稿，翻译，校对，见客，一天都被零碎事化去了。经济倒还安定的，自从走出北京以来，没有窘急过。至于“新生活”的事，我自己是川岛到厦门以后，才听见的。他见我一个人住在高楼上，很骇异，听他的口气，似乎是京沪都在传说，说我携了密斯许同住于厦门了。那时我很愤怒。但也随他们去罢。其实呢，异性，我是爱的，但我一向不敢，因为我自己明白各种缺点，深恐辱没了对手。然而一到爱起来，气起来，是什么都不管的。后来到广东，将这些事对密斯许说了，便请她住在一所屋子里——但自然也还有别的人。前年来沪，我也劝她同来了，现就住在上海，帮我做点校对之类的事——你看怎样，先前大放流言的人们，也都在上海，却反而哑口无言了，这班孱头，真是没有骨力。

但是，说到这里为止，疑问之处尚多，恐怕大家都还是难于“十分肯定”的，不过我且说到这里为止罢，究竟如何，且听下回分解罢。

不过我的“新生活”却实在并非忙于和爱人接吻，游公园，而苦于终日伏案写字，晚上是打牌声，往往睡不着，所以又很想变换变换了，不过也无处可走，大约总还是在上海。

现在正在翻译 Lunacharsky 的一本《艺术论》，约二百页，下月底可完。

迅上　三月廿二夜。

（一九二九年）

致胡今虚（一）

今虚先生；

你给我的七月三日的信，我是八月一日收到的，我现在就是通信也不大便当。

你说我最近二三年来，沉静而且隐藏，这是不确的，事实也许正相反。不过环境和先前不同，我连改名发表文章，也还受吧儿的告密，倘不是“不痛不痒，痛煞痒煞”的文章，我恐怕你也看不见的。《三闲集》之后，还有一本《二心集》，不知道见过没有，这也许比较好一点。

《三闲集》里所说的惊，是事实，别处我不知道，上海确是的，这当然是一部分，然而连住在我寓里的学生，也因而憎恶我，说因为住在我寓里，他的朋友都看他不起了。我要回避，是决非太过的，我至今还相信并非太过。即使今年竟与曾今可同流，我也毫没有忏悔我的所说的意思。

好的青年，自然有的，我亲见他们遇害，亲见他们受苦，如果没有这些人，我真可以“息息肩”了。现在所做的虽只是些无聊事，但人也只有人的本领，一部分人以为非必要者，一部分人却以为必要的。而且两手也只能做这些事，学术文章要参考书，小说也须能往各处走动，考察，但现在我所处的境遇，都不能。

我很感谢你对于我的希望，只要能力所及，我自然想做的。不过处境不同，彼此不能知道底细，所以你信中所说，我也很有些地方不能承认。这须身临其境，才可明白，用笔是一时说不清楚的，但也没有认清的必要，就此收场罢。

此复，并颂

进步

迅上　八月一夜。

（一九三三年）

致董永舒（一）

永舒先生：

你给我的信，在前天收到。我是活着的，虽然不知道可以活到什么时候。

《雪朝》我看了一遍，这还不能算短篇小说，因为局面小，描写也还简略，但作为一篇随笔看，是要算好的。此后如要创作，第一须观察，第二是要看别人的作品，但不可专看一个人的作品，以防被他束缚住，必须博采众家，取其所长，这才后来能够独立。我所取法的，大抵是外国的作家。

但看别人的作品，也很有难处，就是经验不同，即不能心心相印。所以常有极要紧，极精彩处，而读者不能感到，后来自己经验了类似的事，这才了然起来。例如描写饥饿罢，富人是无论如何都不会懂的，如果饿他几天，他就明白那好处。

《伟大的印象》曾在杂志《北斗》上登载过，这杂志早被禁止，现在已无从搜求。昨天托内山书店寄上七（?）本书，想能和此信先后而至，其中的《铁流》是原版，你所买到的，大约是光华书局的再版罢，但内容是一样的，不过纸张有些不同罢了。

高尔基的传记，我以为写得还好，并且不枯燥，所以寄上一本。至于他的作品，中国译出的已不少，但我觉得没有一本可靠的，不必购读。今年年底，当有他的小说选集和论文选集各一本可以出版，是从原文直接翻译出来的好译本，那时我当寄上。

此复，即颂

时绥

鲁迅启上　八月十三日。

以后如有信，寄“上海北四川路底内山书店”收转，则比较的可以收到得快。又及。

（一九三三年）

致郑西谛

三

西谛先生：

笺样昨日收到，看了半夜，标准从宽，连“仿虚白斋笺”在内，也只得取了二百六十九种，已将去取注在各包目录之上，并笺样一同寄回，请酌夺。大约在小纸店中，或尚可另碎得二三十种，即请先生就近酌补，得三百种，分订四本或六本，亦即成为一书。倘更有佳者，能足四百之数，自属更好，但恐难矣。记得清秘阁曾印有模“梅花喜神谱”笺百种，收为附录，亦不恶，然或该版已烧掉乎。

齐白石花果笺有清秘、荣宝两种，画悉同，而有一张上却都有上款，写明为“△△制”，殊奇。细审之，似清秘阁版乃剽窃也，故取荣宝版。

李毓如作，样张中只有一家版，因系色笺，刻又劣，故未取。此公在光绪年中，似为纸店服役了一世，题签之类，常见其名，而技艺却实不高明，记得作品却不少。先生可否另觅数幅，存其名以报其一世之吃苦。吃苦而能入书，虽可笑，但此书有历史性，固不妨亦有苦工也。

书名。曰《北平笺谱》或《北平笺图》，如何？

编次。看样本，大略有三大类。仿古，一也；取古人小画，宜于笺纸者用之，如戴醇士、黄瘿瓢、赵撝叔、无名氏罗汉，二也；特请人为笺作画，三也。后者先则有光绪间之李毓如、伯禾、锡玲、李伯霖，宣统末之林琴南，但大盛则在民国四五年后之师曾、茫父……时代。编次似可用此法，而以最近之《壬申》《癸酉》笺殿之。

前信曾主张用宣纸，现在又有些动摇了，似乎远不及夹贡之好看。不知价值如何，倘一样，或者还不将"永久"牺牲一点，都用夹贡罢。

此上，即颂

著安

迅顿首　十月二夜。

五*

西谛先生：

七日信顷收到。名目就是《北平笺谱》罢，因为"北平"两字，可以限定了时代和地方。

印色纸之漂亮与否，与纸质也大有关系，索性都用白地，不要染色罢。

目录的写法，照来信所拟，是好的。作者呢，还是用名罢，因为他的号在笺上可见。但“作”字不如直用“画”字，以与“刻”相对。

因画版大小不一，而影响于书之大小，不能一律，这真是一个难问题。我想，只能用两法对付：（一）书用五尺纸的三开本（此地五尺宣纸比四尺者贵三分之一），则价贵三分之一，而大小当皆可容得下，体裁较为好看；（二）就只能如来信所说，另印一册，但当题为《北平笺谱别册》，而另有序目，使与小本者若即若离，但我以为纵使用费较昂，倘可能，不如仍用（一）法，因为这是“新古董”不嫌其阔的。

笺上的直格，索性都不用罢。加框，是不好看的。页码其实本可不用，而于书签上刻明册数。但为切实计，则用用亦可，只能如来示所说，印在第二页的边上，不过不能用黑色印，以免不调和，而且倘每页用同一颜色，则每页须多加上一回印工，所以我以为任择笺上之一种颜色，同时印之，每页不尽同，倒也有趣。总之：对于这一点，我无一定主意，请先生酌定就是。

第一页及序目，能用木刻，自然最好。小引做后，即当寄呈。

此复即颂

著安

迅上　十月十一日。

（一九三三年）

＊此信自《现代作家书简》抄出。——编者注。

二八

西谛先生：

五月二十八日信，今日午后收到。去年底，先生不是说过，《十竹斋笺谱》文求堂云已售出了么？前日有内山书店店员从东京来，他说他见过，是在的，但文求老头子惜而不卖，他以为还可以得重价。又见文求今年书目，则书名不列在内，他盖藏起来，当作宝贝了。我们的翻刻一出，可使此宝落价。

但我们的同胞，其也刻得慢，其悠悠然之态，固足令人佩服，然一生中也就做不了多少事，无怪古人之要修仙，盖非此则不能多看书也。年内先印两种，极好。旧纸及毛边，最好是不用，盖印行之意，广布者其一，久存者其二，所以纸张须求其耐久。倘办得到，不如用黄罗纹纸，买此种书者必非精穷人，每本贵数毛当不足以馁其气。又闻有染成颜色，成为旧纸之状者，倘染工不贵而所用颜料不至蚀纸使脆，则宣纸似亦可用耳。

另选百二十张以制普及版，也是最要紧的事，这些画，青年作家真应该看看了。看近日作品，于古时衣服什器无论矣，即画现在的事，衣服器具，也错误甚多，好像诸公于裸体模特儿之外，都未留心观察，然而裸体画仍不佳。本月之《东方杂志》（卅一卷十一号）上有常书鸿所作之《裸女》，看去仿佛当胸有特大之乳房一枚，倘是真的人，如此者是不常见的。盖中国艺术家，一向喜欢绍介欧洲十九世纪末之怪画，一怪，即便于胡为，于是畸形怪相，遂弥漫于画苑。而别一派，则以为凡革命艺术，都应该大刀阔斧，乱砍乱劈，凶眼睛，大拳头，不然，即是贵族。我这回之印《引玉集》，大半是在供此派诸公之参考的，其中多少认真、精密，哪有仗着“天才”，一挥而就的作品，倘有影响，则幸也。

《引玉集》印三百部，序跋是在上海排好，打了纸版寄去的（但他们竟颠倒了两页），印、纸、装订，连运费在内，共三百二十元（合中国钱），但印中国木刻，恐怕不行。《引玉集》原图，本多小块，所以书不妨小，这回却至少非加大三分之一不可，加大的印价，日前已去函问，得复后当通知。大约每本六十图，则当需二元，百二十图分两本，成本当在四元至三元半，售价至少也得定五元了。

投稿家非投稿不可，而所见又不多，得一小题，便即大做，而且往往反覆不已。《桂公塘》事即其一，我以为大可置之不理，此种辩论，废时失业，实不如闲坐也。近来时被攻击，惯而安之，纵令诬我以可死之罪，亦不想置辩，而至今亦终未死，可见与此辈讲理，乃反而上当耳。例如乡下顽童，常以纸上画一乌龟，贴于人之背上，最好是毫不理睬，若认真与他们辩自己之非乌龟，岂且非空费口舌。

小品文本身本无功过，今之被人诟病，实因过事张扬，本不能诗者争作打油诗；凡袁宏道李日华文，则誉为字字佳妙，于是而反感随起。总之，装腔作势，是这回的大病根。其实，文人作文，农人掘锄，本是平平常常，若照相之际，文人偏要装作粗人，玩什么“荷锄带笠图”，农夫则在柳下捧一本书，装作“深柳读书图”之类，就要令人肉麻。现已非晋，或明，而《论语》及《人间世》作者，必欲作飘逸闲放语，此其所以难也。

但章之攻林，则别有故，章编《人言》，而林辞编辑，自办刊物，故深恨之，仍因利益而已，且章颇恶劣，因我在外国发表文章，而以军事裁判暗示当局者，亦此人也。居此已近五年，文坛之堕落，实为前此所未见，好像也不能再堕落了。

本月《文学》已见，内容极充实，有许多是可以借此明白中国人的思想根柢的。顷读《清代文字狱档》第八本，见有山西秀才欲娶二表妹不得，乃上书于乾隆，请其出力，结果几乎杀头。真像明清之际的佳人才子小说，惜结末大不相同耳。清时，许多中国人似并不悟自已之为奴，一叹。

专此布达，即请

著安

迅顿首　六月二日夜。

（一九三四年）

致陈铁耕（三）

铁耕先生：

昨收到廿二日函并木刻，欢喜之至。许多事情，真是一书难尽，在这里只好不说了。

木刻，好像注意的人多起来了，各处常见用为插画，但很少好的。我为保存历史材料和比较进步与否起见，想出一种不定期刊，或年刊，二十幅，印一百二十本，名曰《木刻纪程》，以作纪念。但正值大家走散的时候，收集很不容易（新近又有一个木刻社被毁了），你的原版，我此刻才知道在白涛兄处，而他人在广州，版则在汕头。他来信说，日内将回去一趟，所以我即写信嘱他将你的那一块《等爸爸回来》寄来，但不知道他能否在未走之前，收到我的信。

《岭南之春》的缺点是牛头似乎太大一点，但可以用的，倘不费事，望将版寄来（这只能用小包寄），不过用在第二本上也难说。十五张连环图画，我是看得懂的，因为我们那里也有这故事，但构图和刻法，却诚如来信所说，有些草率。

我做不出什么作品来，但那木刻集却印好了，印的并不坏，非锌版印者所能比，上午已寄上一本，想能与此信同时寄到的罢。我还想绍介德国版画（连铜刻，石印），但幅数较多，需款不小，所以恐怕一时办不到。

记得去年你曾函告我，要得一部《北平笺谱》。现在是早已印成，而且已经卖完了。但你所要的一部，还留在我的寓里，我也不要收钱。不知照现在的地址收转，确可以收到无误否，因为这部书印得不多，所以我于邮寄时须小心一点。等来信后，当用小包寄上。

此复，即颂

时绥

树上　六月六夜。

（一九三四年）

致李雾城（二）

雾城先生：

二十一日信并木刻一幅，早收到了，想写回信，而地址一时竟不知放在哪里，所以一直拖到现在。

那一幅图，诚然，刻法，明暗，都比《拉》进步，尤其是主体很分明，能令人一看就明白所要表现的是什么。然而就全体而言，我以为却比《拉》更有缺点。一，背景，想来是割稻，但并无穗子之状；二，主题，那两人的面貌太相像，半跪的人的一足是不对的，当防敌来袭或预备攻击时，跪法应作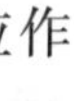，这才易于站起。还有一层，《拉》是“动”的，这幅却有些“静”的了，这是因为那主体缺少紧张的状态的缘故。

我看先生的木刻，黑白对比的力量，已经很能运用的了，一面最好是更仔细的观察实状，实物；还有古今的名画，也有可以采取的地方，都要随时留心，不可放过，日积月累，一定很有益的。

至于手法和构图，我的意见是以为不必问是西洋风或中国风，只要看观者能否看懂，而采用其合宜者。先前售卖的旧法花纸，其实乡下人是并不全懂的，他们之买去贴起来，好像了然于心者，一半是因为习惯：这是花纸，好看的。所以例如阴影，是西法，但倘不扰乱一般观众的目光，可用时我以为也还可以用上去。睡着的人的头上放出一道毫光，内画人物，算是做梦，与西法之嘴里放出一道毫光，内写文字，算是说话，也不妨并用的。

中国的木刻，已经像样起来了，我想，最好是募集作品，精选之后，将入选者请作者各印一百份，订成一本，出一种不定期刊，每本以二十至二十四幅为度，这是于大家很有益处的。但可惜我一知半解，又无法公开通信处，不能动。

此复，即颂

时绥

迅上　三月二十八日。

（一九三四年）

致杨霁云（二七）

霁云先生：

顷收到二月二日大札。《集外集》止抽去十篇，诚为“天恩高厚”，但旧诗如此明白，却一首也不删，则终不免“呆鸟”之讥。阮大铖虽奸佞，还能作《燕子笺》之类，而今之叭儿及其主人，则连小才也没有，“一代不如一代”，盖不独人类为然也。

文字请此辈去检查，本是犯不上的事情，但商店为营业起见，也不能深责，只好一面听其检查，不如意，则自行重印耳。《启事》及《来信》，自己可以检得，但《革命文学……》改正稿，希于便中寄下。近又在《新潮》上发见通信一则，此外当还有，拟索性在印杂文时补入。

被删去五分之四的，即《病后杂谈》，文学社因为只存一头，遂不登，但我是不以悬头为耻的，印去要求登载，现已在二月号《文学》上登出来了。后来又做了一篇，系讲清初删禁中国人文章的事情，其手段大抵和现在相同。这回审查诸公，却自己不删削了，加了许多记号，要作者或编辑改定，我即删了一点，仍不满足，不说抽去，也不说可登，吞吞吐吐，可笑之至。终于由徐伯昕手执铅笔，照官意改正，总算通过了，大约三月号之《文学》上可以登出来。禁止，则禁止耳，但此辈竟连这点骨气也没有，事实上还是删改，而自己不肯负改的责任，要算是作者或编辑改的。俟此文发表及《集外集》出版后，资料已足，我就可以作杂文后记了。

今年上海爆竹声特别旺盛，足见复古之一斑。舍间是向不过年的，不问新旧，但今年却亦借口新年，烹酒轰肉，且买花炮，夜则放之，盖终年被迫被困，苦得够了，人亦何苦不暂时吃一通乎。况且新生活自有有力之政府主持，我辈小百姓，大可不必凑趣，自寻枯槁之道也，想先生当亦以为然的。

专此布复，并颂

旧年禧

迅启上　二月四夜。

（一九三五年）

致李桦（三）

李桦先生：

先生十二月九日的信和两本木刻集，是早经收到了的，但因为接连的生病，没有能够早日奉复，真是抱歉得很。我看先生的作品，总觉得《春郊小景集》和《罗浮集》最好，恐怕是为宋元以来的文人的山水画所涵养的结果罢。我以为宋末以后，除了山水，实在没有什么绘画，山水画的发达也到了绝顶，后人无以胜之，即使用了别的手法和工具，虽然可以见得新颖，却难于更加伟大，因为一方面也被题材所限制了。彩色木刻也是好的，但在中国，大约难以发达，因为没有鉴赏者。

来信说技巧修养是最大的问题，这是不错的，现在的许多青年艺术家，往往忽略了这一点。所以他的作品，表现不出所要表现的内容来。正如作文的人，因为不能修辞，于是也就不能达意。但是，如果内容的充实，不与技巧并进，是很容易陷入徒然玩弄技巧的深坑里去的。

这就到了先生所说的关于题材的问题。现在有许多人，以为应该表现国民的艰苦，国民的战斗，这自然并不错的，但如自己并不在这样的旋涡里，实在无法表现，假使以意为之，那就决不能真切，深刻，也就不成为艺术。所以我的意见，以为一个艺术家，只要表现他所经验的就好了，当然，书斋外面是应该走出去的，倘不在什么旋涡中，那么，只表现些所见的平常的社会状态也好。日本的浮世绘，何尝有什么大题目，但它的艺术价值却在的。如果社会状态不同了，那自然也就不固定在一点上。

至于怎样的是中国精神，我实在不知道。就绘画而论，六朝以来，就大受印度美术的影响，无所谓国画了；元人的水墨山水，或者可以说是国粹，但这是不必复兴，而且即使复兴起来，也不会发展的。所以我的意思，是以为倘参酌汉代的石刻画像，明清的书籍插画，并且留心民间所赏玩的所谓“年画”，和欧洲的新法融合起来，许能够创出一种更好的版画。

专此布复，并颂

时绥

迅上　二月四夜。

（一九三五年）

致曹白（三）

曹白先生：

三月卅日信并木刻，均收到（二十八日的也收到）。5.4的装饰画；可以过得去。要从我这里得到正确的批评是难的，因为我自己是外行。但据我看来，现在中国的木刻家，最不擅长的是木刻人物，其病根就在缺少基础工夫。因为木刻究竟是绘画，所以先要学好素描；此外，远近法的紧要不必说了，还有要紧的是明暗法。木刻只有白黑二色，光线一错，就一塌糊涂。现在常有学麦绥莱尔的，但你看，麦的明暗，是多么清楚。

从此进向文学和木刻，从我自已是作文的人说来，当然是很好的。假如我有所知道，问起来可以回答，也并不讨厌。不过我先得声明一下，有时是会长久没有回信的，这是因为被约期的投稿逼得太忙了，或是生了病，没力气写字了的时候。

《死魂灵百图》本月中旬可以出版（也许已经出版了，我不大清楚），但另有一种用纸较好的，却要出的较迟，这不过纸白而厚，版和印法却都一样。您可以不要急急地去买它，因为那时我有数十本入手，当分赠一本。不过这是极旧的木刻，即画家画了稿子，另一木刻者用疏密的线条，表出那原画来，并非所谓“创作木刻”，在现在，是没有可学之处的。

权力者的砍杀我，确是费尽心力，而且他们有叭儿狗，所以比北洋军阀更周密，更厉害。不过好像效力也并不大；一大批叭儿狗，现在已经自己露出了尾巴，沉下去了。

为了一张文学家的肖像，得了这样的罪，是大黑暗，也是大笑话，我想作一点短文，到外国去发表。所以希望你告诉我被捕的原因、年月、审判的情形，定罪的长短（二年四月?），但只要一点大略就够。

专此布复，即颂

时绥

迅上　四月一日。

（一九三六年）